▌兰州大学与甘肃中医药大学横向协作项目 项目编号 411000-971200066

▌兰州大学“双一流”建设资金项目之“丝绸之路语言文学文献与活态文化传承创新”项目

▌中央高校基本科研业务费专项资金资助项目 项目编号 18LZUJBWZY019

先秦两汉文学涉医文化文献辑要

丛 书 主 编　王海燕　庆振轩
丛书副主编　张志明　杨许波
本 书 主 编　白宪娟　锁晓梅

兰州大学出版社
LANZHOU UNIVERSITY PRESS

图书在版编目（CIP）数据

先秦两汉文学涉医文化文献辑要 / 白宪娟，锁晓梅主编. -- 兰州 : 兰州大学出版社，2020.3
（中国古代文学涉医文化文献辑要 / 王海燕，庆振轩主编. 第一辑）
ISBN 978-7-311-05801-2

Ⅰ. ①先… Ⅱ. ①白… ②锁… Ⅲ. ①古典文学—作品综合集—中国—先秦时代②古典文学—作品综合集—中国—汉代③中国医药学—文化—文献—汇编—中国—先秦时代④中国医药学—文化—文献—汇编—中国——汉代 Ⅳ. ①I212.01②R2-05

中国版本图书馆CIP数据核字(2020)第175903号

责任编辑 钟 静
封面设计 王 挺

书　　名	先秦两汉文学涉医文化文献辑要 中国古代文学涉医文化文献辑要(第一辑)
作　　者	王海燕　庆振轩　丛书主编 白宪娟　锁晓梅　本书主编
出版发行	兰州大学出版社　(地址:兰州市天水南路222号　730000)
电　　话	0931-8912613(总编办公室)　0931-8617156(营销中心) 0931-8914298(读者服务部)
网　　址	http://press.lzu.edu.cn
电子信箱	press@lzu.edu.cn
印　　刷	西安日报社印务中心
开　　本	700 mm×1000 mm　1/16
印　　张	39.25
字　　数	525千
版　　次	2020年3月第1版
印　　次	2020年3月第1次印刷
书　　号	ISBN 978-7-311-05801-2
定　　价	110.00元

总　序

不为良相且良医

中医药文化源远流长，博大精深，毛泽东在1958年给卫生部的一份报告的批示中写道：中国医药学是一个伟大的宝库，应当努力发掘，加以提高。而我们对于这个“宝库”的认知，是从撰写“苏轼与医学文化”的系列论文不断加深的。

面对浩瀚汪洋的“苏海”，我们从“苏轼与医学文化”这一独特角度入手，在搜集苏轼相关诗文后，撰写了《千金不换囊中术，上医元自能医国——苏轼与医学文化探论之一》《胸次岂无医国策，囊中幸有活人方——苏轼与医学文化探论之二》《卫浴·养生·浴德·净心——苏轼与沐浴文化探论》三篇论文，并先后在苏轼研究学人会第十九届、第二十一届年会发表。“苏轼与医学文化”系列论文受到学界同行关注并给予好评，第二十三届苏轼研究年会常州会议即将苏轼“养生、医学文化”列为会议议题之一。

我们对于“苏轼与医学文化”的探研主要从三个层面展开：苏轼的医国之志、医国之能与毕生的努力奋斗。苏轼在其一生的政治生涯中，有意识地将医道医理与治政之道结合，以医喻政，针对现实政治，在仁宗朝、神宗朝、哲宗朝不同时期，因时因事，对症下药，雄论堪医国，形成其论政为文的独特风貌。

忠言似药偏医国，苏轼的医国之言见赤诚之心亦见其对于现实政治的深刻剖析与真知灼见，且医道与治国之道、医理与政见水乳交融。要言不烦，成为议政论证之佳作。如其《盖公堂记》写道：

> 始吾居乡，有病寒而咳者，问诸医，医以为蛊，不治且杀人。取其百金而治之，饮以蛊药，攻伐其肾肠，烧灼其体肤，禁切其饮食之美者。期月而百疾作，内热恶寒，而咳不已，累然真蛊者也。又求于医，医以为热，授之以寒药，旦朝吐之，暮夜下之于是始不能食。惧而反之，则钟乳、乌喙杂然并进，而瘭疽痈疥眩瞀之状，无所不至。三易医而病愈甚。里老父教之曰："是医之罪，药之过也。子何疾之有？人之生也，以气为主，食为辅。今子终日药不释口，臭味乱于外，而百毒战于内，劳其主，隔其辅，是以病也。子退而休之，谢医却药而进所嗜，气完而食美矣，则夫药之良者，可以一饮而效。"从之，期月而病良已。
>
> 昔之为政者亦然。吾观夫秦自孝公以来，至于始皇，立法更制，以镌磨锻炼其民，可谓极矣。萧何、曹参亲见其斫丧之祸，而收其民于百战之余，知其厌苦憔悴无聊，而不可与有为也。是以一切与之休息，而天下安。（《苏轼全集校注》，第1079页）

而为萧、曹建言"治道贵清静而民自定"者即盖公也。洪迈认为："是时熙宁中，公在密州，为此说者，以讽王安石新法也。其议论病之三易，与秦汉之所以兴亡治乱，不过三百言而尽之。"（《容斋五笔》卷四《东坡文章不可学》）而"以医为喻，起尽议论，却将正意一证"（茅坤《苏文忠公文钞》）。

尤为令人感佩的是，苏轼一生抒写胸中医国之志是其诗文创作的自觉追求，所作诗文要"皆有为而作，精悍确苦，言必中当世之过，凿凿乎如五谷必可以疗饥，斷斷乎如药石必可以伐病。"（《凫绎先生诗集序》）在东坡的政治追求中，古今良相即良医，所以在唐代贤相中他最为尊崇陆贽的医国之术。

元祐八年（1093）五月，在《乞校正陆贽奏议上进札子》中针对时政再一次对症下药，略谓：

窃谓人臣之纳忠，譬如医者之用药，药虽进于医手，方多传于古人。若已经效于世间，不必皆从于己出。

伏见唐宰相陆贽，才本王佐，学为帝师。论深切于事情，言不离于道德。智如子房而文则过，辩如贾谊而术不疏，上以格君心之非，下以通天下之志。但其不幸，仕不遇时。德宗以苛刻为能，而贽谏之以忠厚；德宗以猜疑为术，而贽劝之以推诚；德宗好用兵，而贽以消兵为先；德宗好聚财，而贽以散财为急。至于用人听言之法，治边驭将之方，罪己以收人心，改过以应天道，去小人以除民患，惜名器以待有功，如此之流，未易悉数。可谓进苦口之药石，针害身之膏肓。使德宗尽用其言，则贞观可得而复。

苏轼与吕希哲等人认为陆贽奏议"聚古今之精华，实治乱之龟鉴"，期望其"必能发圣性之高明，成治功于岁月"。但对于已成见在胸的哲宗而言，苏轼们的良苦用心，他"听而不受，受而不信，信而不行"，历史已经走到了新的转折点。

于是"知其不可为而为之"的苏轼，于《朝辞赴定州论事状》中再一次告诫哲宗：

臣又闻为政如用药方，今天下虽未大治，实无大病。古人云："有病不治，常得中医。"虽未能尽除小疾，然贤于误服恶药、觊万一之利而得不救之祸者远矣。臣恐急进好利之臣，辄劝陛下轻有改变。故辄进此说，敢望陛下深信古语，且守中医安稳万全之策，勿为恶药所误。实社稷宗庙之利，天下幸甚。

尽管此时肺腑之言，对于哲宗已如秋风之过耳，全然不起作用，然而苏轼以医喻政的拳拳爱国之心铭刻在历史上，其系列雄文为后人珍视。正是从相近角度考虑，韩昌箕精选了苏轼策论百篇，并高度评价说：

> 东坡先生集中所著策论一百余篇，羽翼经史，阐析理道，近裨时务，远备边功，当时仁庙读之，未尝不叹为奇才。至其因时制宜，视病发药，在嘉祐则务变更，在熙宁则务安静，在元祐则主免役，一是之从而不徇人为爱憎。仁人之言，其利溥矣。（韩昌箕：《苏文忠公策论选叙》）

其言苏轼不同时期的政论、策论“因时制宜，视病发药”，匡救时弊，利在天下，是很中肯的评价，也表明了苏轼“上医医国”的目的所在。正因为苏轼的医国之志与医国之能蕴含于胸中而外化为诗文，出自苏门在诗坛与苏轼并称“苏黄”的黄庭坚对于东坡充满了政治上的期待，赋诗曰“诚求活国医，何忍弃和缓”（《见子瞻灿字韵和答三人四返而愈崛奇辄次其韵寄彭门三首》之三《黄庭坚诗集校注》，第912页）。

面对“苏海”，时有钦服敬畏之感，探究东坡医学文化思想，更增加了这种感觉，因为收集检索相关资料，苏轼相关文字的丰富内涵，给予我们多方面的启示，翻检东坡诗文集，其所涉及医学文化方面的篇目多达二百余篇，其关涉面之广泛，令人惊叹，诸如名医传记《蜀名医张玄隐》《单庞二医》等；有“上医治未病”的诸多养生文字，如《论养生》《问养生》《续养生论》《记道人养生语》等；有“中医治欲病”之《书济众方后》《圣散子叙》等；有验方的收集和介绍如《裕陵偏头疼方》《枳枸汤》《治齿痛方》等；有药物药性之观察研讨如《苍术录》《苍耳录》《益智录》等。苏轼所辑验方、秘方部分留存在《苏沈良方》中，泽惠后世。纪昀《四库全书总目题要》高度评价说：

> 轼杂著时言医理，于是事亦颇究心。盖方药之事，术家能习其技而不能知其所以然，儒者能明其理而又往往未经实验。此书以经效之方而集于博通物理者之手，故宜非

他方所能及矣。(《苏沈良方提要》)

尤其要指出的是，探讨东坡医学思想，反复品味东坡相关文章，往往陶醉其中。其治国宏论，笔力雄健，痛陈时政，敢为危言，然以医喻政之作，或将医案娓娓道出，或将病象绘描其中，病象昭然，理义自明，理寓事中，使人警醒。所以后人给予相关文章高度评价：

> 东坡作文，如天花变现，初无根叶，不可揣测。如作《盖公堂记》，共六百余字，仅三百余字说医。(《室中语》)

阅读东坡此类著述，其充溢的独特个性魅力，令人难忘。《墨宝堂记》中说："蜀之谚曰：'学书者纸费，学医者人费。'此言虽小，可以喻大。世有好功名者，以其未试之学，而骤出之于政，其费人岂特医者之比乎?"可谓入木三分，有意为政为医者当书之座右。

东坡的医学文化思想，融入了他在复杂的社会经历中的人生感悟，由事见人，文如其人，使读者从一个独特的角度加深了对东坡的认识。茅坤《苏文忠公文钞》卷三十八曰："《药颂》多旷达旨，从徙南海得之。"周寿昌《思益堂日札》卷七亦曰：

> 《土谚》谚云："医病如治民，防病如治军。"语最有味。古人名医，曰和、曰缓，知此术非可躁急行也。若养生，则节嗜欲，慎起居，全在坚忍有制，必如东坡《养生论》所云："如商君法，如孙武令"，而后得也。

东坡的医学文化思想中，无论是以医喻政，还是医人施药，都充溢着医者仁心：为苏颂介绍名医；为友人详细介绍药方；即使那位不知名的乡人，他也拿出了家藏秘方，并详加说明(《书药方赠民某君》)，甚至还有《乞医疗病囚状》的奏议，非特为亲友而已。其心可鉴，其情可感，其人可敬，由是之故，陆游在《跋东坡问疾帖》中由衷赞叹：

> 东坡先生忧其亲党之疾，委曲详尽如此，则爱君忧国之际可知矣。其曰"勿使常医弄疾"，天下之至言。读之使

人感叹弥日。

由东坡相关文字记载，我们可以感知在特定时代特定的家庭中，掌握熟悉一些医疗常识的重要性。其《治暴下法》曰：

> 欧阳文忠公尝得暴下，国医不能愈。夫人云："市人有此药，三文一帖，甚效。"公曰："吾辈脏腑，与市人不同，不可服。"夫人便以国医药杂进之，一服而愈。公召卖者厚遗之，求其方，久之，乃肯传。但用车前子一味为末，米饮下二钱匕。云："此药利水道而不动气，水道利而清浊分，谷藏自止矣。（《苏轼全集校注》，第8415页）

参之以宋人关于苏轼载记的《圣散子》方药疗效的争议，可以明确感知，中医之辨证施治，因人而异，当有南北地域、男女长幼、春夏秋冬、富贵贫贱之考究。普通民众了解一些医药知识，对于医治疾病，可以事半功倍。我们从陆游《山村经行因施药》诗中也看到了在特定的历史条件下，老百姓对于了解一般医药知识的渴望和需要：

> 逆旅人家近野桥，偶因秣蹇暂消摇。
> 村翁不解读本草，争就先生辨药苗。
>
> （陆游著，钱仲联校注：《剑南诗稿校注》，上海古籍出版社1985版，第3673页）

"横看成岭侧成峰，远近高低各不同。"正是在这种持续的学习研讨中，对于"苏学""苏海"的博大精深叹为观止，对于渊深的医学文化叹为观止。高山仰止，景行行止。虽不能至，然心向往之。然而文章草成之后，再反复阅看东坡涉医诗文，面对其蕴含的丰富的中医药文化知识、渊深的思想内涵、独到的人生体味，总有意犹未尽之感。于是由东坡涉医诗文而及两宋相关文学文献，由两宋而上溯秦汉下及明清，理清了探研中国古代文学涉医文化文献的基本思路。

中医药文化由于根植于博大精深的传统文化，因此具有文史哲兼容的特色，医学与军政、医学与文学、医学与哲学、医学与现实生活联系紧密，有许多有待我们思考研究的丰富内涵。其中尤为引人瞩目的是，文人尚医，医者善文，历朝历代，多有其人。早在先秦典籍《国语·晋语》中即有“上医医国，其次疾人，固医官矣”的说法；汉代《淮南子·说山训》亦云：“良医者，常治无病之病，故无病；圣人者，常治无患之患，固无患”，于是至宋以后“不为良相，即为良医”成为文士的人生理想。文人尚医，医者善文，医理与文理相通，一个崭新的路径由此出现。当我们变换思路去研究“文人尚医”的特殊现象，发现一些著名文人的诗文集中有大量涉医之诗文，而当我们再翻阅医者善文的著述，也叹服其议论卓越，文采斐然。文士论医、医者著文，既是研究中医药文化的重要史料，同时又有着多方面的研究价值。

但长期以来，由于研究者视野所限，研究文史者多忽略文人笔下丰富“医论”和大量的医学文献资料，而研究医学者，亦多关注医学科学本身，而忽略医学文献的文学蕴涵，以至于长期以来“古代文学涉医文化”的研究较少有人涉足。

在文献整理方面，中医药研究者所编《中医药文献汇编》《中医古籍珍本集成》《海外回归中医古籍善本集萃》等收集皆为医药专著，文学研究者编有历代诗、词、文、赋总集，但极少有涉医文学文献的整理。直到1988年，陈御风等编纂了《历代笔记医事别录》，方药中先生在序言中高度评价了此书的价值，认为该书“收录唐宋元明清历代笔记杂著中之医学资料，类分医事制度、经典训释、医学文献、医家人物、医学通论、养生导引、医林轶闻及内外妇儿临床各科十七门，都为一秩，撷英采华，洋洋五十万言，蔚为大观”，并期望相关文献整理有系统全面的发展：“盖以中国医药学确乎为一伟大宝库，其系统载述于历代医药专业文献者固多，散见于文人笔记、稗官野史、各类小说等非医药文献者亦复不少，若能于历代非医药文献中就有关医药资料加以整理，博采旁搜，则必能聚沙成塔，集腋成裘，弥补现有专业文献之不足。对此，前贤识此者固有人在，然脚踏实地从事此项工作者则不多。今陶君等能欣然任此以启其端，当是一好事，亦是一大事。”然而自陶御风先生等所编纂大作问世之后，嗣响寥寥。时至今日，历代笔记整理出版成果累累，但无系统整理其中涉医文献之成果。历代诗词文赋涉医文献更多，但也少有人问津。

在学术研究方面，刘晓林《中医文化与古典文学》（1999）出版之前，关注中医与文学的研究成果寥寥无几，且为泛言二者关系。刘著探讨了中医文化与古典文学契合的深层文化原因，并对一些具有代表性的古典文学作品和医学著作进行了分析，具有开拓之功。王水香、陈庆元《古典文学与中医学》2007年5月出版。其关注点有三：诗词、曲赋、笔记、散文、戏曲、小说、神话中医学对古典文学的影响；对中医学名著文学意味进行探究；从著述、实践、思想、交流等层面探讨医家通文、文士知医现象。

台湾学者皮国立著《国族、国医与病人——近代中国的医疗和身体》是一本论文集，涉及中医药文化研究的多个方面，诸如对中医的批判和对中国国民性批判的关系；医人与医国、身病与心病的关系、近代名人与中西医之争等等。

综观目前相关研究成果，我们发现传统中医药文化与文学的研究存在两个问题，其一是传统医学医药文献资料搜集相对完备，但对于医学文献的文学蕴涵研究相对欠缺；其二是学术界已经关注中国古代文学涉医文化的研究，但对于历代文学涉医文化文献的整理搜集相对欠缺，研究力量薄弱，研究方法单一，缺乏系统的、多元的综合研究，很多重要作家作品尚未有人注意。故而缺乏系统全面深入的研究探讨，在这一领域还有比较广阔的研究空间。为了整体把握中医药文化与古典文学研究，课题组成员反复论证，确立了“中医药文化与中国古典文献研究”这一具有交叉学科特色的协作研究课题。

“中医药文化与中国古典文献研究”既为中医药、中国古代文学、中华传统文化研究提供翔实可靠的文献依据，同时又是传承发展中医药事业、弘扬中华优秀传统文化的具体举措。

“不为良相且良医”，文士论医、医者著文，多以医论政、以医论军、以医论世、以医寓理、以医论事等，通过对中医药文化与古代文学进行综合研究，有助于深入了解不同历史时期政治、军事、经济、社会变革、士人思想、文学嬗变等，对于深化拓展传统医学文化、古典文学的研究，具有推动作用。

“中医药文化与中国古典文献研究”最终成果为两个系列，即“中国古代文学涉医文化文献辑要”系列和“中国古代文学涉医文化文献研究”系列。

“中医药文化与中国古典文献研究”合作项目受到甘肃中医药大学和兰州大学有关部门的重视和大力支持，在“中国古代文学涉医文化文献辑要”第一辑（五卷）即将由兰州大学出版社出版发行之际，谨在此向甘肃中医药大学、甘肃中医药文化传承发展中心，向兰州大学社科处、宣传部、文学院以及兰州大学出版社表示衷心的感谢！

“中医药文化与中国古典文献研究”编委会

二〇一九年八月

前 言

先秦两汉涉医文学文献是中国古代涉医文学文献的重要组成部分，并因时间与学理上的机缘而具有了源头性质，故其极具文献价值与研究价值。文学与医学根本上而言都是人学，对生命的关怀是二者共同的最终追求，而士人学养构成的博通进一步拉近了医学与文学间的距离。对涉医文学文献的整理与研究，既有助于更好地认识医学的人文价值，又有助于更好地认识诸种文学现象和文学本质。

先秦两汉涉医文学文献整理既着眼于传世文献，同时亦重视出土文献，其范围涵盖了诗歌、散文、辞赋等多种文体，具体内容涉及以下方面：首先是先秦两汉文学中以医论政、以医论道以及以疾病为喻的文献，这是先秦两汉最直接、最明显的涉医文学文献，体现出医学对文学的强力渗透。其次是由疾病而衍生出的文本，体现了文学对医学的书写与想象。再次是体现关注生命的文献，具体包括对人体生理构成的引申发挥及注重生命养护的文献。其中体现的是因中国深层文化理念对文学与医学的同时浸透，而使二者呈现出的水乳交融的特质。然后是巫医文献，这是体现先秦两汉文献时代特色的内容。这一时期是巫医由混沌融合而慢慢分离，但又彼此不易撇清关系的阶段，故此时的涉医文学文献常常带着浓重的巫术色彩。以上诸方面内容构成了先秦两汉涉医文学文献的主体。

目前，学界对涉医文学虽做出了一定研究，但文献整理却相对滞后。先秦两汉涉医文学文献整理既是跨学科研究做出的尝试，同时又是对目前研究中不足的弥补，并为后续的涉医文学研究提供了重要的文献基础。而这正是本书文献整理的意义所在。

本书上编“诗歌”中的楚辞、秋风辞、风赋，“赋”和下编由白宪娟编著，共计32.5万字，上编“诗歌”中的其余部分和“散文”部分由锁晓梅编著，共计20万字。

凡　例

一、本书收录的是先秦两汉文学中涉及医学的文献资料。

二、本书文献收录范围涵盖了先秦两汉的传世文献及出土文献，并将之分别编为上编和下编。在上编传世文献中，又按文体兼顾时序的方式对涉医文化文献进行了梳理。

三、本书遵照主题相关原则进行了资料的收录，故所录文献多为节选。

四、本书在传世文献部分，对所录文献涉及的先秦两汉的作家、作品进行了简要介绍，生平资料不详者，则阙疑处理。在出土文献部分，收录的文献着重参考了今人的整理本，故不做简介。

目　录

上编　传世文献

诗　歌

赋

散　文

下编　出土文献

上编　传世文献

诗　歌

先秦诗歌

诗 经

《诗经》是我国古代第一部诗歌总集，大多作者不明，只有少数篇章可以确定诗篇的作者。《诗经》收录了西周初年至春秋中叶的诗歌，所涉地域包括陕西、山西、河南、河北、山东等黄河流域及江汉地区，共收录诗歌305篇，及6篇有目无辞的笙诗（《南陔》《白华》《华黍》《由庚》《由仪》《崇伍》）。《诗经》分风、雅、颂三部分。国风是地方的风土民谣，共160篇。雅是朝廷正乐，包括大雅31篇，小雅74篇。颂包括周颂、商颂、鲁颂，共40篇。《诗经》的艺术手法是赋、比、兴，其中赋的手法是《诗经》中使用频率最高的手法。风、雅、颂、赋、比、兴合称诗之“六义”。“采诗说”“献诗说”“删诗说”是《诗经》收集、整理过程中的三种说法。“赋诗言志”则是对《诗经》在春秋时期流传应用的概括总结。

周南·卷耳

采采卷耳，不盈顷筐。嗟我怀人，寘彼周行：
陟彼崔嵬，我马虺隤。我姑酌彼金罍，维以不永怀！
陟彼高冈，我马玄黄。我姑酌彼兕觥，维以不永伤！
陟彼砠矣，我马瘏矣，我仆痡矣，云何吁矣！

程俊英撰：《诗经译注》，上海古籍出版社2012年版，第4页

周南·螽斯

螽斯羽，诜诜兮。宜尔子孙，振振兮。
螽斯羽，薨薨兮。宜尔子孙，绳绳兮。
螽斯羽，揖揖兮。宜尔子孙，蛰蛰兮。

程俊英撰：《诗经译注》，上海古籍出版社2012年版，第7页

周南·桃夭

桃之夭夭，灼灼其华。之子于归，宜其室家。
桃之夭夭，有蕡其实。之子于归，宜其家室。
桃之夭夭，其叶蓁蓁。之子于归，宜其家人。

程俊英撰：《诗经译注》，上海古籍出版社2012年版，第8页

周南·芣苢

采采芣苢，薄言采之。采采芣苢，薄言有之。
采采芣苢，薄言掇之。采采芣苢，薄言捋之。
采采芣苢，薄言袺之。采采芣苢，薄言襭之。

程俊英撰：《诗经译注》，上海古籍出版社2012年版，第8页

鄘风·载驰

载驰载驱，归唁卫侯。驱马悠悠，言至于漕。大夫跋涉，我心则忧。

……

陟彼阿丘，言采其蝱。女子善怀，亦各有行。许人尤之，众稚且狂。

……

程俊英撰：《诗经译注》，上海古籍出版社2012年版，第57页

卫风·伯兮

……

其雨其雨，杲杲出日。愿言思伯，甘心首疾。

焉得谖草？言树之背。愿言思伯，使我心痗！

程俊英撰：《诗经译注》，上海古籍出版社2012年版，第66页

王风·中谷有蓷

中谷有蓷，暵其干矣。有女仳离，嘅其叹矣。嘅其叹矣，遇人之艰难矣！

中谷有蓷，暵其修矣。有女仳离，条其歗矣。条其歗矣，遇人之不淑矣！

中谷有蓷，暵其湿矣。有女仳离，啜其泣矣。啜其泣矣，何嗟及矣！

程俊英撰：《诗经译注》，上海古籍出版社2012年版，第72页

唐风·椒聊

椒聊之实，蕃衍盈升。彼其之子，硕大无朋。椒聊且！远条且！

椒聊之实，蕃衍盈匊。彼其之子，硕大且笃。椒聊且！远条且！

程俊英撰：《诗经译注》，上海古籍出版社2012年版，第116页

小雅·节南山

节彼南山，维石岩岩。赫赫师尹，民具尔瞻。忧心如惔，不敢戏谈。国既卒斩，何用不监！

节彼南山，有实其猗。赫赫师尹，不平谓何！天方荐瘥，丧乱

弘多。民言无嘉，憯莫惩嗟！

……

昊天不傭，降此鞠讻！昊天不惠，降此大戾！君子如届，俾民心阕。君子如夷，恶怒是违。

不吊昊天，乱靡有定。式月斯生，俾民不宁。忧心如酲，谁秉国成？不自为政，卒劳百姓。

……

程俊英撰：《诗经译注》，上海古籍出版社2012年版，第201页

小雅·正月

正月繁霜，我心忧伤。民之讹言，亦孔之将。念我独兮，忧心京京。哀我小心，癙忧以痒。

父母生我，胡俾我瘉？不自我先，不自我后。好言自口，莠言自口。忧心愈愈，是以有侮。

忧心惸惸，念我无禄。民之无辜，并其臣仆。哀我人斯，于何从禄？瞻乌爰止，于谁之屋？

……

心之忧矣，如或结之。今兹之正，胡然厉矣？燎之方扬，宁或灭之？赫赫宗周，褒姒威之！

……

鱼在于沼，亦匪克乐。潜虽伏矣，亦孔之炤。忧心惨惨，念国之为虐！

彼有旨酒，又有嘉肴。洽比其邻，昏姻孔云。念我独兮，忧心殷殷。

……

程俊英撰：《诗经译注》，上海古籍出版社2012年版，第203–204页

小雅·十月之交

……

悠悠我里，亦孔之痗。四方有羡，我独居忧。民莫不逸，我独不敢休。天命不彻，我不敢效我友自逸。

程俊英撰：《诗经译注》，上海古籍出版社2012年版，第207页

小雅·雨无正

……

谓尔迁于王都，曰予未有室家。鼠思泣血，无言不疾。昔尔出居，谁从作尔室？

程俊英撰：《诗经译注》，上海古籍出版社2012年版，第210页

小雅·小宛

宛彼鸣鸠，翰飞戾天。我心忧伤，念昔先人。明发不寐，有怀二人。

……

中原有菽，庶民采之。螟蛉有子，蜾蠃负之。教诲尔子，式穀似之。

题彼脊令，载飞载鸣。我日斯迈，而月斯征。夙兴夜寐，无忝尔所生！

交交桑扈，率场啄粟。哀我填寡，宜岸宜狱。握粟出卜，自何能穀？

……

程俊英撰：《诗经译注》，上海古籍出版社2012年版，第213页

小雅·小弁

弁彼鸒斯，归飞提提。民莫不穀，我独于罹。何辜于天，我罪伊何？心之忧矣，云如之何？

踧踧周道，鞫为茂草。我心忧伤，惄焉如捣。假寐永叹，维忧用老。心之忧矣，疢如疾首。

维桑与梓，必恭敬止。靡瞻匪父，靡依匪母。不属于毛，不离于里？天之生我，我辰安在？

菀彼柳斯，鸣蜩嘒嘒。有漼者渊，萑苇淠淠。譬彼舟流，不知所届。心之忧矣，不遑假寐。

鹿斯之奔，维足伎伎。雉之朝雊，尚求其雌。譬彼坏木，疾用无枝。心之忧矣，宁莫之知！

相彼投兔，尚或先之。行有死人，尚或墐之。君子秉心，维其忍之。心之忧矣，涕既陨之。

……

程俊英撰：《诗经译注》，上海古籍出版社2012年版，第214-215页

小雅·巧言

……

彼何人斯，居河之麋。无拳无勇，职为乱阶。“既微且尰，尔勇伊何？为犹将多，尔居徒几何？”

程俊英撰：《诗经译注》，上海古籍出版社2012年版，第217页

小雅·蓼莪

蓼蓼者莪，匪莪伊蒿。哀哀父母，生我劬劳。
蓼蓼者莪，匪莪伊蔚。哀哀父母，生我劳瘁。

……

程俊英撰：《诗经译注》，上海古籍出版社2012年版，第222页

小雅·大东

……

小东大东，杼柚其空。纠纠葛屦，可以履霜。佻佻公子，行彼周行；既往既来，使我心疚。

有冽氿泉，无浸获薪。契契寤叹，哀我惮人。薪是获薪，尚可载也。哀我惮人，亦可息也。

……

程俊英撰：《诗经译注》，上海古籍出版社2012年版，第223页

小雅·四月

……

山有蕨薇，隰有杞桋。君子作歌，维以告哀。

程俊英撰：《诗经译注》，上海古籍出版社2012年版，第226页

小雅·无将大车

无将大车，只自尘兮。无思百忧，只自疷兮。

无将大车，维尘冥冥。无思百忧，不出于颎。

无将大车，维尘雍兮。无思百忧，只自重兮。

程俊英撰：《诗经译注》，上海古籍出版社2012年版，第228页

小雅·頍弁

有頍者弁，实维伊何？尔酒既旨，尔肴既嘉。岂伊异人？兄弟匪他。茑与女萝，施于松柏。未见君子，忧心奕奕；既见君子，庶几说怿。

有頍者弁，实维何期？尔酒既旨，尔肴既时。岂伊异人？兄弟具来。茑与女萝，施于松上。未见君子，忧心怲怲；既见君子，庶几有臧。

……

程俊英撰：《诗经译注》，上海古籍出版社2012年版，第242页

小雅·菀柳

有菀者柳，不尚息焉。上帝甚蹈，无自暱焉。俾予靖之，后予极焉。

有菀者柳，不尚愒焉。上帝甚蹈，无自瘵焉。俾予靖之，后予迈焉。

……

程俊英撰：《诗经译注》，上海古籍出版社2012年版，第251页

小雅·白华

白华菅兮，白茅束兮。之子之远，俾我独兮！
英英白云，露彼菅茅。天步艰难，之子不犹。
滮池北流，浸彼稻田。啸歌伤怀，念彼硕人。
樵彼桑薪，卬烘于煁。维彼硕人，实劳我心。
……
有鹙在梁，有鹤在林。维彼硕人，实劳我心。
鸳鸯在梁，戢其左翼。之子无良，二三其德。
有扁斯石，履之卑兮。之子之远，俾我疧兮。

程俊英撰：《诗经译注》，上海古籍出版社2012年版，第255-256页

大雅·思齐

……肆戎疾不殄，烈假不瑕。……

程俊英撰：《诗经译注》，上海古籍出版社2012年版，第270页

大雅·生民

厥初生民，时维姜嫄。生民如何？克禋克祀，以弗无子。履帝武敏歆，攸介攸止。载震载夙，载生载育，时维后稷。

诞弥厥月，先生如达。不坼不副，无灾无害，以赫厥灵。上帝不宁，不康禋祀，居然生子。

……

诞实匍匐，克岐克嶷，以就口食。蓺之荏菽，荏菽旆旆。禾役穟穟，麻麦幪幪，瓜瓞唪唪。

诞后稷之穑，有相之道。茀厥丰草，种之黄茂。实方实苞，实种实褎，实发实秀，实坚实好，实颖实栗。即有邰家室。

诞降嘉种：维秬维秠，维穈维芑。恒之秬秠，是获是亩；恒之穈芑，是任是负，以归肇祀。

诞我祀如何？或舂或揄，或簸或蹂。释之叟叟，烝之浮浮。载谋载惟，取萧祭脂。取羝以軷，载燔载烈，以兴嗣岁。

……

程俊英撰：《诗经译注》，上海古籍出版社2012年版，第278-279页

大雅·板

上帝板板，下民卒瘅！出话不然，为犹不远。靡圣管管，不实于亶。犹之未远，是用大谏！

……

天之方虐，无然谑谑。老夫灌灌，小子跻跻。匪我言耄，尔用忧谑。多将熇熇，不可救药。

……

程俊英撰：《诗经译注》，上海古籍出版社2012年版，第292-293页

大雅·桑柔

菀彼桑柔，其下侯旬，捋采其刘。瘼此下民，不殄心忧。仓兄填兮，倬彼昊天，宁不我矜！

……

忧心慇慇，念我土宇。我生不辰，逢天僤怒。自西徂东，靡所定处。多我觏痻，孔棘我圉。

……

程俊英撰：《诗经译注》，上海古籍出版社2012年版，第300页

大雅·云汉

……

旱既大甚，涤涤山川。旱魃为虐，如惔如焚。我心惮暑，忧心如熏。群公先正，则不我闻。昊天上帝，宁俾我遯！

……

旱既大甚，散无友纪。鞫哉庶正，疚哉冢宰。趣马师氏，膳夫左右；靡人不周，无不能止。瞻卬昊天，云如何里！

……

程俊英撰：《诗经译注》，上海古籍出版社2012年版，第304页

楚 辞

离 骚

屈 原

屈原，战国末期楚国人，名平，字原，又名正则，字灵均，楚国贵族屈瑕的后代。屈原在楚国民歌的基础上吸收历史文学资源，创立了楚辞，同时也开创了“香草美人”传统。屈原的创作标志着中国诗歌从集体创作到了个人独立创作阶段。屈原的作品有《离骚》《九歌》《九章》《天问》《橘颂》《远游》《卜居》《渔父》《招魂》《大招》，其中后六篇是否为屈原所作争议较多。

……

纷吾既有此内美兮，又重之以修能。
扈江离与辟芷兮，纫秋兰以为佩。
汩余若将弗及兮，恐年岁之不吾与。
朝搴阰之木兰兮，夕揽中洲之宿莽。
……
杂申椒与菌桂兮，岂惟纫夫蕙茝？
……
荃不揆余之中情兮，反信谗而齌怒。
……
余既不难夫离别兮，伤灵修之数化。
余既滋兰之九畹兮，又树蕙之百亩。
畦留夷与揭车兮，杂杜衡与芳芷。
冀枝叶之峻茂兮，愿竢时乎吾将刈。

虽萎绝其亦何伤兮，哀众芳之芜秽。

……

朝饮木兰之坠露兮，夕餐秋菊之落英。

苟余情其信姱以练要兮，长颇颔亦何伤？

揽木根以结茝兮，贯薜荔之落蕊。

矫菌桂以纫蕙兮，索胡绳之纚纚。

……

既替余以蕙纕兮，又申之以揽茝。

……

忳郁邑余侘傺兮，吾独穷困乎此时也。

……

步余马于兰皋兮，驰椒丘且焉止息。

进不入以离尤兮，退将复修吾初服。

制芰荷以为衣兮，集芙蓉以为裳。

不吾知其亦已兮，苟余情其信芳。

……

芳与泽其杂糅兮，唯昭质其犹未亏。

……

薋菉葹以盈室兮，判独离而不服。

……

揽茹蕙以掩涕兮，沾余襟之浪浪。

……

驷玉虬以乘鹥兮，溘埃风余上征。

……

饮余马于咸池兮，总余辔乎扶桑。

折若木以拂日兮，聊逍遥以相羊。

……

时暧暧其将罢兮，结幽兰而延伫。

……

溘吾游此春宫兮，折琼枝以继佩。
及荣华之未落兮，相下女之可诒。
……
索琼茅以筳篿兮，命灵氛为余占之。
……
"……何所独无芳草兮，尔何怀乎故宇？"
……
户服艾以盈要兮，谓幽兰兮不可佩。
览察草木其犹未得兮，岂珵美之能当？
苏粪壤以充帏兮，谓申椒其不芳。
……
巫咸将夕降兮，怀椒糈而要之。
……
"……恐鹈鴂之先鸣兮，使夫百草为之不芳。"
何琼佩之偃蹇兮，众薆然而蔽之。
……
兰芷变而不芳兮，荃蕙化而为茅。
何昔日之芳草兮，今直为此萧艾也。
……
余以兰为可恃兮，羌无实而容长。
委厥美以从俗兮，苟得列乎众芳。
椒专佞以慢慆兮，樧又欲充夫佩帏。
……
览椒兰其若兹兮，又况揭车与江离？
……
折琼枝以为羞兮，精琼靡以为粻。
为余驾飞龙兮，杂瑶象以为车。
……

〔汉〕王逸撰，黄灵庚点校：《楚辞章句》，上海古籍出版社2017

年版，第2–34页

九　歌

屈　原

东皇太一

瑶席兮玉瑱，盍将把兮琼芳。
蕙肴蒸兮兰藉，奠桂酒兮椒浆。

〔汉〕王逸著，黄灵庚点校：《楚辞章句》，上海古籍出版社2017年版，第43页

云中君

浴兰汤兮沐芳，华采衣兮若英。

〔汉〕王逸撰，黄灵庚点校：《楚辞章句》，上海古籍出版社2017年版，第44页

湘　君

薜荔柏兮蕙绸，荪桡兮兰旌。
……
桂棹兮兰枻，斫冰兮积雪。
采薜荔兮水中，搴芙蓉兮木末。
……
采芳洲兮杜若，将以遗兮下女。

〔汉〕王逸撰，黄灵庚点校：《楚辞章句》，上海古籍出版社2017年版，第46页

湘夫人

沅有芷兮醴有兰，思公子兮未敢言。

……

荪壁兮紫坛，播芳椒兮成堂。

桂栋兮兰橑，辛夷楣兮药房。

罔薜荔兮为帷，擗蕙櫋兮既张。

白玉兮为镇，疏石兰兮为芳。

芷葺兮荷屋，缭之兮杜衡。

合百草兮实庭，建芳馨兮庑门

……

搴汀洲兮杜若，将以遗兮远者。

〔汉〕王逸撰，黄灵庚点校：《楚辞章句》，上海古籍出版社2017年版，第50页

大司命

结桂枝兮延竚，羌愈思兮愁人。

〔汉〕王逸撰，黄灵庚点校：《楚辞章句》，上海古籍出版社2017年版，第54页

少司命

秋兰兮麋芜，罗生兮堂下。

绿叶兮素枝，芳菲菲兮袭予。

……

秋兰兮青青，绿叶兮紫茎。

……

荷衣兮蕙带，儵而来兮忽而逝。

……

竦长剑兮拥幼艾，荃独宜兮为民正。

〔汉〕王逸撰，黄灵庚点校：《楚辞章句》，上海古籍出版社2017年版，第56页

山　鬼

若有人兮山之阿，被薜荔兮带女萝。

……

乘赤豹兮从文狸，辛夷车兮结桂旗。

被石兰兮带杜蘅，折芳馨兮遗所思。

……

采三秀兮于山间，石磊磊兮葛蔓蔓。

……

山中人兮芳杜若，饮石泉兮荫松柏。

〔汉〕王逸撰，黄灵庚点校：《楚辞章句》，上海古籍出版社2017年版，第61页

礼　魂

春兰兮秋菊，长无绝兮终古。

〔汉〕王逸撰，黄灵庚点校：《楚辞章句》，上海古籍出版社2017年版，第65页

天　问

屈　原

何所不死？长人何守？

〔汉〕王逸撰，黄灵庚点校：《楚辞章句》，上海古籍出版社2017年版，第72页

延年不死，寿何所止？

〔汉〕王逸撰，黄灵庚点校：《楚辞章句》，上海古籍出版社2017

年版，第72页

化而为黄熊，巫何活焉？

〔汉〕王逸撰，黄灵庚点校：《楚辞章句》，上海古籍出版社2017年版，第73页

白蜺婴茀，胡为此堂？

安得夫良药，不能固臧？

天式从横，阳离爰死。

大鸟何鸣，夫焉丧厥体？

〔汉〕王逸撰，黄灵庚点校：《楚辞章句》，上海古籍出版社2017年版，第73页

女娲有体，孰制匠之？

〔汉〕王逸撰，黄灵庚点校：《楚辞章句》，上海古籍出版社2017年版，第77页

九　章

屈　原

惜　诵

惜诵以致愍兮，发愤以抒情。

……

竭忠诚以事君兮，反离群而赘肬。

〔汉〕王逸撰，黄灵庚点校：《楚辞章句》，上海古籍出版社2017年版，第91页

九折臂而成医兮，吾今而知其然。

……

梼木兰以矫蕙兮，凿申椒以为粮。

播江离与滋菊兮，愿春日以为糗芳。

〔汉〕王逸撰，黄灵庚点校：《楚辞章句》，上海古籍出版社2017年版，第96页

涉江

登昆仑兮食玉英，与天地兮同寿，与日月兮同光。

〔汉〕王逸撰，黄灵庚点校：《楚辞章句》，上海古籍出版社2017年版，第98页

抽思

数惟荪之多怒兮，伤余心之忧忧。

〔汉〕王逸撰，黄灵庚点校：《楚辞章句》，上海古籍出版社2017年版，第109页

兹历情以陈辞兮，荪佯聋而不闻。

……

何毒药之謇謇兮，愿荪之可完。

〔汉〕王逸撰，黄灵庚点校：《楚辞章句》，上海古籍出版社2017年版，第110页

怀沙

郁结纡轸兮，离慜而长鞠。抚情效志兮，俛屈以自抑。

〔汉〕王逸撰，黄灵庚点校：《楚辞章句》，上海古籍出版社2017年版，第115页

离慜而不迁兮，愿志之有像。

〔汉〕王逸撰，黄灵庚点校：《楚辞章句》，上海古籍出版社2017年版，第119页

思美人

揽大薄之芳茝兮，搴长洲之宿莽。
惜吾不及古人兮，吾谁与玩此芳草？
解篇薄与杂菜兮，备以为交佩。
佩缤纷以缭转兮，遂萎绝而离异。

〔汉〕王逸撰，黄灵庚点校：《楚辞章句》，上海古籍出版社2017年版，第124–125页

令薜荔而为理兮，惮举趾而缘木。
因芙蓉而为媒兮，惮褰裳而濡足。

〔汉〕王逸撰，黄灵庚点校：《楚辞章句》，上海古籍出版社2017年版，第126页

惜往日

芳与泽其杂糅兮，孰申旦而别之？
何芳草之早殀兮，微霜降而下戒。
谅不聪明而蔽壅兮，使谗谀而日得。
自前世之嫉贤兮，谓蕙若其不可佩。
妒佳冶之芬芳兮，嫫母姣而自好。

〔汉〕王逸撰，黄灵庚点校：《楚辞章句》，上海古籍出版社2017年版，第130页

橘　颂

后皇嘉树，橘徕服兮。
受命不迁，生南国兮。
深固难徙，更壹志兮。
绿叶素荣，纷其可喜兮。
曾枝剡棘，圆果抟兮。
青黄杂糅，文章烂兮。

精色内白，类可任兮。
纷缊宜修，姱而不丑兮。
嗟尔幼志，有以异兮。
独立不迁，岂不可喜兮？
深固难徙，廓其无求兮。
苏世独立，横而不流兮。
闭心自慎，终不失过兮。
秉德无私，参天地兮。
愿岁并谢，与长友兮。
淑离不淫，梗其有理兮。
年岁虽少，可师长兮。
行比伯夷，置以为像兮。

〔汉〕王逸撰，黄灵庚点校：《楚辞章句》，上海古籍出版社2017年版，第133页

悲回风

悲回风之摇蕙兮，心冤结而内伤。

〔汉〕王逸撰，黄灵庚点校：《楚辞章句》，上海古籍出版社2017年版，第135页

鸟兽鸣以号群兮，草苴比而不芳。
……
故荼苦不同亩兮，兰茝幽而独芳。

〔汉〕王逸撰，黄灵庚点校：《楚辞章句》，上海古籍出版社2017年版，第136页

……
惟佳人之独怀兮，折芳椒以自处。

〔汉〕王逸撰，黄灵庚点校：《楚辞章句》，上海古籍出版社2017年版，第137页

……

蘋蘅槁而节离兮，芳以歇而不比。

〔汉〕王逸撰，黄灵庚点校：《楚辞章句》，上海古籍出版社2017年版，第138页

远　游

屈　原

闻赤松之清尘兮，愿承风乎遗则。

贵真人之休德兮，羡往世之登仙；

〔汉〕王逸撰，黄灵庚点校：《楚辞章句》，上海古籍出版社2017年版，第149页

轩辕不可攀援兮，吾将从王乔而娱戏。

餐六气而饮沆瀣兮，漱正阳而含朝霞。

保神明之清澄兮，精气入而粗秽除。

顺凯风以从游兮，至南巢而壹息。

见王子而宿之兮，审壹气之和德。

〔汉〕王逸撰，黄灵庚点校：《楚辞章句》，上海古籍出版社2017年版，第152页

仍羽人于丹丘兮，留不死之旧乡。

朝濯发于汤谷兮，夕晞余身兮九阳。

吸飞泉之微液兮，怀琬琰之华英。

玉色頩以脕颜兮，精醇粹而始壮。

质销铄以汋约兮，神要眇以淫放。

嘉南州之炎德兮，丽桂树之冬荣。

山萧条而无兽兮，野寂漠乎无人。

载营魄而登霞兮，掩浮云而上征。

命天阍其开关兮，排阊阖而望予。

召丰隆使先导兮，问太微之所居。

〔汉〕王逸撰，黄灵庚点校：《楚辞章句》，上海古籍出版社2017年版，第154页

招　魂

屈　原

光风转蕙，泛崇兰些。

〔汉〕王逸撰，黄灵庚点校：《楚辞章句》，上海古籍出版社2017年版，第208页

芙蓉始发，杂芰荷些。

〔汉〕王逸撰，黄灵庚点校：《楚辞章句》，上海古籍出版社2017年版，第209页

菉蘋齐叶兮，白芷生。

〔汉〕王逸撰，黄灵庚点校：《楚辞章句》，上海古籍出版社2017年版，第219页

惜　誓

屈　原

乃至少原之野兮，赤松王乔皆在旁。
二子拥瑟而调均兮，余因称乎清商。
澹然而自乐兮，吸众气而翱翔。
念我长生而久仙兮，不如反余之故乡。

〔汉〕王逸撰，黄灵庚点校：《楚辞章句》，上海古籍出版社2017年版，第239页

七　谏

东方朔

东方朔（前154年—前93年），字曼倩，平原郡厌次县人。汉武帝时上书自荐，诏拜为郎，后任常侍郎、太中大夫等职。除本篇外，另著有《答客难》《非有先生论》等，作品收入《汉魏六朝百三家集》。东方朔滑稽多智，事迹常被神化，班固《汉书》存其传。

沉　江

明法令而修理兮，兰芷幽而有芳。

〔汉〕王逸撰，黄灵庚点校：《楚辞章句》，上海古籍出版社2017年版，第253页

联蕙芷以为佩兮，过鲍肆而失香。

〔汉〕王逸撰，黄灵庚点校：《楚辞章句》，上海古籍出版社2017年版，第254页

怨　世

蓬艾亲入御于床笫兮，马兰踸踔而日加。

弃捐药芷与杜衡兮，余奈世之不知芳何。

〔汉〕王逸撰，黄灵庚点校：《楚辞章句》，上海古籍出版社2017年版，第258页

桂蠹不知所淹留兮，蓼虫不知徙乎葵菜。

〔汉〕王逸撰，黄灵庚点校：《楚辞章句》，上海古籍出版社2017年版，第259页

怨　思

江离弃于穷巷兮，蒺藜蔓乎东厢。

〔汉〕王逸撰，黄灵庚点校：《楚辞章句》，上海古籍出版社2017年版，第263页

自　悲

身被疾而不闲兮，心沸热其若汤。
冰炭不可以相并兮，吾固知乎命之不长。
哀独苦死之无乐兮，惜予年之未央。
悲不反余之所居兮，恨离予之故乡。
鸟兽惊而失群兮，犹高飞而哀鸣。
狐死必首丘兮，夫人孰能不反其真情？

〔汉〕王逸撰，黄灵庚点校：《楚辞章句》，上海古籍出版社2017年版，第264页

饮菌若之朝露兮，构桂木而为室。
杂橘柚以为囿兮，列新夷与椒桢。

〔汉〕王逸撰，黄灵庚点校：《楚辞章句》，上海古籍出版社2017年版，第266页

哀　命

哀形体之离解兮，神罔两而无舍。
惟椒兰之不反兮，魂迷惑而不知路。

〔汉〕王逸撰，黄灵庚点校：《楚辞章句》，上海古籍出版社2017年版，第268页

谬　谏

年滔滔而日远兮，寿冉冉而愈衰。

〔汉〕王逸撰，黄灵庚点校：《楚辞章句》，上海古籍出版社2017年版，第270页

身寝疾而日愁兮，情沉抑而不扬。

〔汉〕王逸撰，黄灵庚点校：《楚辞章句》，上海古籍出版社2017

年版，第275页

哀时命

愿至昆仑之悬圃兮，采锺山之玉英。

揽瑶木之橝枝兮，望阆风之板桐。

〔汉〕王逸撰，黄灵庚点校：《楚辞章句》，上海古籍出版社2017年版，第278页

下垂钓于溪谷兮，上要求于仙者。

与赤松而结友兮，比王侨而为耦。

〔汉〕王逸撰，黄灵庚点校：《楚辞章句》，上海古籍出版社2017年版，第283页

九　怀

王　褒

王褒（前90年—前51年），字子渊，蜀郡资中（今四川资阳）人。除此篇作品外，另有《洞箫赋》《僮约》《圣主得贤臣颂》《甘泉赋》等。其《洞箫赋》是较早的音乐赋，该赋以骚体形式铺写了洞箫的声音、形状、音质等，风格明快，骄丽可喜。

匡　机

弥览兮九隅，彷徨兮兰宫。

芷闾兮药房，奋摇兮众芳。

菌阁兮蕙楼，观道兮从横。

〔汉〕王逸撰，黄灵庚点校：《楚辞章句》，上海古籍出版社2017年版，第290页

通　路

北饮兮飞泉，南采兮芝英。

……

纫蕙兮永词，将离兮所思。

〔汉〕王逸撰，黄灵庚点校：《楚辞章句》，上海古籍出版社2017年版，第292页

危　俊

陶嘉月兮总驾，搴玉英兮自修。

结荣茝兮逶逝，将去烝兮远游。

〔汉〕王逸撰，黄灵庚点校：《楚辞章句》，上海古籍出版社2017年版，第294页

昭　世

袭英衣兮缇䌷，披华裳兮芳芬。

〔汉〕王逸撰，黄灵庚点校：《楚辞章句》，上海古籍出版社2017年版，第296页

尊　嘉

季春兮阳阳，列草兮成行。

余悲兮兰生，委积兮从横。

江离兮遗捐，辛夷兮挤臧。

……

抽蒲兮陈坐，援芙蕖兮为盖。

〔汉〕王逸撰，黄灵庚点校：《楚辞章句》，上海古籍出版社2017年版，第299页

蓄　英

将息兮兰皋，失志兮悠悠。

〔汉〕王逸撰，黄灵庚点校：《楚辞章句》，上海古籍出版社2017年版，第301–302页

株　昭

皇门开兮照下土，株秽除兮兰芷睹。

〔汉〕王逸撰，黄灵庚点校：《楚辞章句》，上海古籍出版社2017年版，第310页

九　叹

刘　向

刘向（前77年—前6年），本名更生，字子政，因官至中垒校尉，世称刘中垒。楚元王刘交四世孙，刘歆之父。刘向遍阅群书，喜好儒学，长于诗赋。曾奉命领校中书，撰写的《别录》是我国最早的目录学著作。《楚辞》《山海经》《战国策》的编订整理均与其有关。其著作目前存有《新序》《说苑》《列女传》《列仙传》等。

逢　纷

椒桂罗以颠覆兮，有竭信而归诚。

〔汉〕王逸撰，黄灵庚点校：《楚辞章句》，上海古籍出版社2017年版，第313页

怀兰蕙与蘅芷兮，行中野而散之。

……

芙蓉盖而菱华车兮，紫贝阙而玉堂。

薜荔饰而陆离荐兮，鱼鳞衣而白蜺裳。

〔汉〕王逸撰，黄灵庚点校：《楚辞章句》，上海古籍出版社2017年版，第314–315页

离　世

菀蘼芜与菌若兮，渐藁本于洿渎。

淹芳芷于腐井兮，弃鸡骇于筐簏。

〔汉〕王逸撰，黄灵庚点校：《楚辞章句》，上海古籍出版社2017年版，第324页

惜　贤

怀芬香而挟蕙兮，佩江蓠之菲菲。

握申椒与杜若兮，冠浮云之峨峨。

登长陵而四望兮，览芷圃之蠡蠡。

游兰皋与蕙林兮，睨玉石之嵾嵯。

扬精华以眩耀兮，芳郁渥而纯美。

结桂树之旖旎兮，纫荃蕙与辛夷。

芳若兹而不御兮，捐林薄而菀死。

〔汉〕王逸撰，黄灵庚点校：《楚辞章句》，上海古籍出版社2017年版，第337页

搴薜荔于山野兮，采撚支于中洲。

〔汉〕王逸撰，黄灵庚点校：《楚辞章句》，上海古籍出版社2017年版，第339页

忧　苦

葛藟虆于桂树兮，鸱鸮集于木兰。

〔汉〕王逸撰，黄灵庚点校：《楚辞章句》，上海古籍出版社2017年版，第343页

愍　命

莞芎弃于泽洲兮，瓟蠡蠹于筐簏。

……

折芳枝与琼华兮，树枳棘与薪柴。

掘荃蕙与射干兮，耘藜藿与蘘荷。

〔汉〕王逸撰，黄灵庚点校：《楚辞章句》，上海古籍出版社2017年版，第348页

九　思

王　逸

王逸（生卒年不详），字叔师，南郡宜城（今湖北襄阳宜城县）人。其作品包括赋、诔、书、论、诗等，多有散佚，明人辑录为《王叔师集》。王逸的《楚辞章句》是目前《楚辞》的最早注本，也是后世极为倚重的注本。

怨　上

菽藟兮蔓衍，芳虈兮挫枯。

〔汉〕王逸撰，黄灵庚点校：《楚辞章句》，上海古籍出版社2017年版，第361页

疾　世

吮玉液兮止渴，啮芝华兮疗饥。

〔汉〕王逸撰，黄灵庚点校：《楚辞章句》，上海古籍出版社2017年版，第364页

悯　上

思灵泽兮一膏沐，怀兰英兮把琼若。

〔汉〕王逸撰，黄灵庚点校：《楚辞章句》，上海古籍出版社2017年版，第367页

哀　岁

椒瑛兮湟污，葈耳兮充房。

〔汉〕王逸撰，黄灵庚点校：《楚辞章句》，上海古籍出版社2017年版，第375页

汉代诗歌

秋风辞

刘 彻

刘彻（前156年—前87年），汉代明君，他不仅是一位杰出的政治家，同时还在文化领域做出杰出贡献。他广开献书之路，创立太学，罢黜百家，独尊儒术，被曾国藩誉为“自古英哲非常之君”。汉武帝长于创作，作品有《瓠子歌》《天马歌》《李夫人赋》《秋风辞》《思奉车子侯歌》等。

秋风起兮白云飞，草木黄落兮雁南归。
兰有秀兮菊有芳，怀佳人兮不能忘。
……

逯钦立辑校：《先秦汉魏晋南北朝诗》上，中华书局1983年版，第94页

安世房中歌

承帝明德，师象山则。云施称民，永受厥福。承容之常，承帝之明。下民安乐，万寿无疆。

逯钦立辑校：《先秦汉魏晋南北朝诗》上，中华书局1983年版，第147页

郊祀歌

五　神

五神相，包四邻。土地广，扬浮云。扢嘉坛，椒兰房。璧玉精，垂华光。益亿年，美始兴。交于神，若有承。广宜延，咸毕觞。灵舆位，偃蹇骧。卉汨胪，析奚遗。淫渌泽，洼然归。

逯钦立辑校：《先秦汉魏晋南北朝诗》上，中华书局1983年版，第153页

赤　蛟

赤蛟绥，黄华盖，露夜零，昼晻濭。百君礼，六龙位。勺椒浆，灵已醉。灵既享，锡吉祥。芒芒极，降嘉觞。灵殷殷，烂扬光。延寿命，永未央。杳冥冥，塞六合。泽汪涉，辑万国。灵禗禗，象舆轪。票然逝，旗逶蛇。礼乐成，灵将归。托玄德，长无衰。

逯钦立辑校：《先秦汉魏晋南北朝诗》上，中华书局1983年版，第154页

上　陵

上陵何美美，下津风以寒。问客从何来，言从水中央。桂树为君船，青丝为君笮。木兰为君櫂，黄金错其间。沧海之雀赤翅鸿。白雁随山林乍开乍合，曾不知日月明。醴泉之水，光泽何蔚蔚。芝为车，龙为马，览遨游，四海外。甘露初二年，芝生铜池中。仙人下来饮，延寿千万岁。

逯钦立辑校：《先秦汉魏晋南北朝诗》上，中华书局1983年版，第158页

临高台

临高台以轩，下有清水清且寒。江有香草目以兰，黄鹄高飞离哉翻，关弓射鹄，令我主寿万年，收中吾。

逯钦立辑校：《先秦汉魏晋南北朝诗》上，中华书局1983年版，第161页

远如期

远如期，益如寿。处天左侧，大乐万岁，与天无极。雅乐陈，佳哉纷，单于自归，动如惊心。虞心大佳，万人还来，谒者引，乡殿陈，累世未尝闻之，增寿万年亦诚哉。

逯钦立辑校：《先秦汉魏晋南北朝诗》上，中华书局1983年版，第161页

吟叹曲·王子乔

王子乔，参驾白鹿云中遨。参驾白鹿云中遨，下游来。王子乔，参驾白鹿上至云戏游遨，上建逋阴广里践近高，结仙宫过谒三台，东游四海五岳上，过蓬莱紫云台。三王五帝不足令，令我圣朝应太平。养民若子事父明，当究天禄永康宁。玉女罗坐吹笛箫，嗟行圣人游八极，鸣吐衔福翔殿侧，圣主享万年。悲今皇帝延寿命。

逯钦立辑校：《先秦汉魏晋南北朝诗》上，中华书局1983年版，第261页

平调曲·长歌行

仙人骑白鹿，发短耳何长。导我上太华，揽芝获赤幢。来到主人门，奉药一玉箱。主人服此药，身体日康强。发白复更黑，延年

寿命长。

逯钦立辑校：《先秦汉魏晋南北朝诗》上，中华书局1983年版，第262页

瑟调曲·西门行

请呼心所欢，可用解忧愁。
人生不满百，常怀千岁忧。
昼短苦夜长，何不秉烛游。
……
自非仙人王子乔，计会寿命难与期。
自非仙人王子乔，计会寿命难与期。
人寿非金石，年命安可期。
……

逯钦立辑校：《先秦汉魏晋南北朝诗》上，中华书局1983年版，第269页

杂曲歌辞·古歌

上金殿，著玉樽，延贵客，入金门，上金堂。东厨具肴膳，椎牛烹猪羊，主人前进酒，弹瑟为清商，投壶对弹棋。博奕并复行，朱火飏烟雾，博山吐微香。清樽发朱颜。四坐乐且康，今日乐相乐，延年寿千霜。

逯钦立辑校：《先秦汉魏晋南北朝诗》上，中华书局1983年版，第289页

杂曲歌辞·古步出夏门行

白骨不覆，疫疠流行。

逯钦立辑校：《先秦汉魏晋南北朝诗》上，中华书局1983年版，第290页

同声歌

张　衡

张衡（78年—139年），字平子，南阳（今河南南阳）人。通五经六艺，擅长辞赋、诗歌、散文创作。在辞赋方面，张衡与司马相如、扬雄、班固并称汉赋四大家，其《归田赋》开汉代抒情小赋先河。其诗歌目前存有九篇，见于明人张溥编选的《汉魏六朝百三家集》。《后汉书》著有其传记。

邂逅承际会，得充君后房。
情好新交接，恐慄若探汤。
不才勉自竭，贱妾职所当。
绸缪主中馈，奉礼助烝尝。
思为莞蒻席，在下蔽匡床。
愿为罗衾帱，在上卫风霜。
洒扫清枕席，鞮芬以狄香。
重户纳金扃，高下华灯光。
衣解巾粉御，列图陈枕张。
素女为我师，仪态盈万方。
众夫所希见，天老教轩皇。
乐莫斯夜乐，没齿焉可忘。

逯钦立辑校：《先秦汉魏晋南北朝诗》上，中华书局1983年版，第178–179页

怨　诗

张　衡

猗猗秋兰，植彼中阿。
有馥其芳，有黄其葩。
……

逯钦立辑校：《先秦汉魏晋南北朝诗》上，中华书局1983年版，第179页

古诗十九首

《古诗十九首》因南朝萧统编《文选》时选入十九首无名氏古诗而得名。包括《行行重行行》《青青河畔草》《今日良宴会》等诗歌。《古诗十九首》借景抒情，情景交融，书写了汉代文人的思乡怀人之情，代表了汉代五言诗的最高成就，被刘勰誉为“五言之冠冕”。

驱车上东门

驱车上东门，遥望郭北墓。
白杨何萧萧，松柏夹广路。
……
人生忽如寄，寿无金石固。
……
服食求神仙，多为药所误。
不如饮美酒，被服纨与素。

逯钦立辑校：《先秦汉魏晋南北朝诗》上，中华书局1983年版，第332页

生年不满百

生年不满百，常怀千岁忧。
昼短苦夜长，何不秉烛游。
为乐当及时，何能待来兹。
愚者爱惜费，但为后世嗤。
仙人王子乔，难可与等期。

逯钦立辑校：《先秦汉魏晋南北朝诗》上，中华书局1983年版，第333页

风　赋

宋　玉

宋玉，字子渊，战国时期著名辞赋家。屈原的弟子，与唐勒、景差齐名。宋玉长于辞赋创作，代表作品有《九辩》《风赋》《高唐赋》《神女赋》《登徒子好色赋》等。宋玉以其辞赋创作，得与屈原并称屈宋。

……将击芙蓉之精。猎蕙草，离秦蘅，概新夷，被荑杨，回穴冲陵，萧条众芳。然后徜徉中庭，北上玉堂，跻于罗帏，经于洞房，乃得为大王之风也。故其风中人状，直憯凄惏栗，清凉增欷。清清泠泠，愈病析酲，发明耳目，宁体便人。此所谓大王之雄风也。

王曰："善哉论事！夫庶人之风，岂可闻乎？"宋玉对曰："夫庶人之风，塕然起于穷巷之间，堀堁扬尘，勃郁烦冤，冲孔袭门。动沙堁，吹死灰，骇溷浊，扬腐馀，邪薄入瓮牖，至于室庐。故其风中人状，直憞溷郁邑，殴温致湿，中心惨怛，生病造热。中唇为胗，得目为蔑，啗齰嗽获，死生不卒。此所谓庶人之雌风也。"

萧统著：《文选》，浙江大学出版社2017年版，第760页

赋

惜　誓

贾　谊

贾谊（前200年—前168年），洛阳（今河南洛阳）人。世称贾生，因其曾做过长沙王太傅，又称贾长沙。贾谊以散文、辞赋见长，其散文以政论文为代表，著名篇章如《过秦论》《论积贮疏》《陈政事疏》，被鲁迅称为西汉鸿文。贾谊的《吊屈原赋》以骚体形式开汉赋先声，《鵩鸟赋》则开汉赋主客问答体式先河。另有《惜誓》《旱云赋》《簴赋》残篇传世。

念我长生而久仙兮，不如反余之故乡。

龚克昌等评注：《全汉赋评注》（前汉部分），花山文艺出版社2003年版，第22页

七　发

枚　乘

枚乘（？—约前140年），字叔，淮阴（今江苏淮安市）人，先后入吴王刘濞、梁孝王帐下，后景帝召为弘农都尉，在赴京途中亡故。枚乘的《七发》，开汉大赋的先河，后世仿作颇多，遂成七体。《汉书·艺文志》著录枚乘赋九篇，今存《七发》《梁王菟园赋》《忘忧馆柳赋》等作品。

楚太子有疾，而吴客往问之，曰：“伏闻太子玉体不安，亦少间

乎？”太子曰：“惫！谨谢客。”客因称曰：“今时天下安宁，四宇和平，太子方富于年，意者久耽安乐，日夜无极；邪气袭逆，中若结轖。纷屯澹淡，嘘唏烦酲。惕惕怵怵，卧不得瞑。虚中重听，恶闻人声；精神越渫，百病咸生。聪明眩曜，悦怒不平。久执不废，大命乃倾。太子岂有是乎？”太子曰：“谨谢客。赖君之力，时时有之，然未至于是也。”客曰：“今夫贵人之子，必宫居而闺处，内有保母，外有傅父，欲交无所。饮食则温淳甘膬，腥醲肥厚。衣裳则杂遝曼煖，燂烁热暑。虽有金石之坚，犹将销铄而挺解也，况其在筋骨之间乎哉？故曰：纵耳目之欲，恣支体之安者，伤血脉之和。且夫出舆入辇，命曰蹶痿之机；洞房清宫，命曰寒热之媒；皓齿蛾眉，命曰伐性之斧；甘脆肥脓，命曰腐肠之药。今太子肤色靡曼，四支委随，筋骨挺解，血脉淫濯，手足堕窳；越女侍前，齐姬奉后；往来游宴，纵恣于曲房隐间之中。此甘餐毒药，戏猛兽之爪牙也。所以来者至深远，淹滞永久而不废，虽令扁鹊治内，巫咸治外，尚何及哉！今如太子之病者，独宜世之君子，博见强识，承间语事，变度易意，常无离侧，以为羽翼。淹沈之乐，浩唐之心，遁佚之志，其奚由至哉！”太子曰：“诺。病已，请事此言。”客曰：“今太子之病，可无药石针刺灸疗而已，可以要言妙道说而去也。不欲闻之乎？”太子曰：“仆愿闻之。”

客曰：“龙门之桐，高百尺而无枝；中郁结之轮菌，根扶疏以分离。上有千仞之峰，下临百丈之溪。湍流遡波，又澹淡之。其根半死半生。冬则烈风漂霰，飞雪之所激也；夏则雷霆霹雳之所感也。朝则鹂黄鳱鴠鸣焉；暮则羁雌迷鸟宿焉。独鹄晨号乎其上，鹍鸡哀鸣翔乎其下。于是背秋涉冬，使琴挚斫斩以为琴，野茧之丝以为弦，孤子之钩以为隐，九寡之珥以为约。使师堂操《畅》，伯子牙为之歌。歌曰：麦秀蕲兮雉朝飞，向虚壑兮背槁槐，依绝区兮临回溪。飞鸟闻之，翕翼而不能去；野兽闻之，垂耳而不能行；蚑蟜蝼蚁闻之，拄喙而不能前。此亦天下之至悲也。太子能强起听之乎？”太子曰：“仆病，未能也。”

客曰："犓牛之腴，菜以笋蒲；肥狗之和，冒以山肤。楚苗之食，安胡之饭，抟之不解，一啜而散。于是使伊尹煎熬，易牙调和。熊蹯之臑，勺药之酱，薄耆之炙，鲜鲤之鲙，秋黄之苏，白露之茹；兰英之酒，酌以涤口。山梁之餐，豢豹之胎。小饭大歠，如汤沃雪。此亦天下之至美也，太子能强起尝之乎？"太子曰："仆病，未能也。"

客曰："钟岱之牡，齿至之车；前似飞鸟，后类距虚。穱麦服处，躁中烦外；羁坚辔，附易路。于是伯乐相其前后，王良、造父为之御，秦缺、楼季为之右。此两人者，马佚能止之，车覆能起之。于是使射千镒之重，争千里之逐。此亦天下之至骏也，太子能强起乘之乎？"太子曰："仆病，未能也。"

客曰："既登景夷之台，南望荆山，北望汝海，左江右湖，其乐无有。于是使博辩之士，原本山川，极命草木；比物属事，离辞连类。浮游览观，乃下置酒于虞怀之宫，连廊四注；台城层构，纷纭玄绿；辇道邪交，黄池纡曲。溷章白鹭，孔鸟鹎鹄，鹓雏鵁鶄，翠鬣紫缨。螭龙德牧，邕邕群鸣。阳鱼腾跃，奋翼振鳞。漃漻薵蓼，蔓草芳苓。女桑河柳，素叶紫茎。苗松豫章，条上造天。梧桐并闾，极望成林。众芳芬郁，乱于五风。从容猗靡，消息阳阴。列坐纵酒，荡乐娱心。景春佐酒，杜连理音。滋味杂陈，肴糅错该。练色娱目，流声悦耳。于是乃发《激楚》之结风，扬郑卫之皓乐。使先施、徵舒、阳文、段干、吴娃、闾娵、傅予之徒，杂裾垂髾，目窕心与；揄流波，杂杜若，蒙清尘，被兰泽，嬿服而御。此亦天下之靡丽皓侈广博之乐也。太子能强起游乎？"太子曰："仆病，未能也。"

客曰："将为太子驯骐骥之马，驾飞轸之舆，乘牡骏之乘。右夏服之劲箭，左乌号之雕弓。游涉乎云林，周驰乎兰泽，弭节乎江浔。掩青蘋，游清风，陶阳气，荡春心。逐狡兽，集轻禽。于是极犬马之才，困野兽之足，穷相御之智巧，恐虎豹，慑鸷鸟。逐马鸣镳，鱼跨麋角。履游麕兔，蹈践麖鹿，汗流沫坠，冤伏陵窘。无创而死者，固足充后乘矣。此校猎之至壮也，太子能强起游乎？"太子曰："卜病，未能也。”然阳气见于眉宇之间，侵淫而上，几满大宅。

客见太子有悦色，遂推而进之曰：“冥火薄天，兵车雷运，旍旗偃蹇，羽毛肃纷。驰骋角逐，慕味争先。徼墨广博，观望之有圻。纯粹全牺，献之公门。”太子曰：“善！愿复闻之。”客曰：“未既。于是榛林深泽，烟云闇莫，兕虎并作。毅武孔猛，袒裼身薄。白刃硙硙，矛戟交错。收获掌功，赏赐金帛。掩蘋肆若，为牧人席。旨酒嘉肴，羞炰脍炙，以御宾客。涌触并起，动心惊耳。诚不必悔，决绝以诺；贞信之色，形于金石。高歌陈唱，万岁无斁。此真太子之所喜也，能强起而游乎？”太子曰：“仆甚愿从，直恐为诸大夫累耳。”然而有起色矣。

客曰：“将以八月之望，与诸侯远方交游兄弟，并往观涛乎广陵之曲江。至则未见涛之形也，徒观水力之所到，则恤然足以骇矣。观其所驾轶者，所擢拔者，所扬汩者，所温汾者，所涤汔者，虽有心略辞给，固未能缕形其所由然也。怳兮忽兮，聊兮慄兮，混汩汩兮，忽兮慌兮，俶兮傥兮，浩瀇瀁兮，慌旷旷兮。秉意乎南山，通望乎东海；虹洞兮苍天，极虑乎崖涘。流揽无穷，归神日母。汩乘流而下降兮，或不知其所止。或纷纭其流折兮，忽缪往而不来。临朱汜而远逝兮，中虚烦而益怠。莫离散而发曙兮，内存心而自持。于是澡概胸中，洒练五藏，澹澉手足，颒濯发齿。揄弃恬怠，输写淟浊，分决狐疑，发皇耳目。当是之时，虽有淹病滞疾，犹将伸伛起躄，发瞽披聋而观望之也。况直眇小烦懑，酲醲病酒之徒哉！故曰：‘发蒙解惑，不足以言也。’”太子曰：“善，然则涛何气哉？”客曰：“不记也。然闻于师曰，似神而非者三：疾雷闻百里；江水逆流，海水上潮；山出内云，日夜不止。衍溢漂疾，波涌而涛起。其始起也，洪淋淋焉，若白鹭之下翔。其少进也，浩浩溰溰，如素车白马帷盖之张。其波涌而云乱，扰扰焉如三军之腾装。其旁作而奔起也，飘飘焉如轻车之勒兵。六驾蛟龙，附从太白。纯驰皓蜺，前后络驿。颙颙卬卬，椐椐强强，莘莘将将。壁垒重坚，沓杂似军行。訇隐匈礚，轧盘涌裔，原不可当。观其两傍，则滂渤怫郁，闇漠感突，上击下律。有似勇壮之卒，突怒而无畏；蹈壁冲津，穷曲随隈，逾岸出追；遇者死，当者坏。初发乎或围之津涯，荄轸谷分。回翔青篾，衔枚檀桓。弭节伍子之山，通厉胥母之场。凌赤岸，篲扶桑，横奔似雷行。诚奋厥武，如振如怒。沌沌浑浑，状如奔马。混混庉庉，声如雷鼓。发怒庢沓，清升逾跇，侯波奋振，合战于藉藉之口。鸟不及飞，鱼不及回，兽不及走。纷纷翼翼，波涌云乱。荡取南山，背击北岸，覆亏丘陵，平夷西畔。险险戏戏，崩亏陂池，决胜乃罢。瀄汩潺湲，披扬流洒，横暴之极，鱼鳖失势，颠倒偃侧，沋沋湲湲，蒲伏连延。神物怪疑，不可胜言。直使人踣焉，洄闇凄怆焉。此天下怪异诡观也。太子能强起观之乎？”太子曰：“仆病，未能也。”

客曰：“将为太子奏方术之士有资略者，若庄周、魏牟、杨朱、墨翟、便蜎、詹何之伦，使之论天下之精微，理万物之是非。孔老览观，孟子持筹而算之，万不失一。此亦天下要言妙道也，太子岂欲闻之乎？”于是太子据几而起，曰：“涣乎若一听圣人辩士之言。”涊然汗出，霍然病已。

龚克昌等评注：《全汉赋评注》（前汉部分），花山文艺出版社2003年版，第31–37页

梁王菟园赋

枚　乘

昆鸡蝭蛙，仓庚密切。别鸟相离，哀鸣其中。若乃附巢蹇鷙之傅于列树也。欐欐若飞雪之重弗丽也。西望西山，山鹊野鸠，白鹭鹘桐，鹯鹗鹞雕，翡翠鸲鹆，守狗戴胜，巢枝穴藏。被塘临谷，声音相闻。啄尾离属，翱翔群熙。交颈接翼，阘而未至。徐飞翋䎙，往来霞水，离散而没合。疾疾纷纷，若尘埃之间白云也。……日移乐衰，游观西园之芝，芝成宫阙，枝叶荣茂，选择纯熟，挈取含苴。复取其次，顾赐从者，于是从容安步，斗鸡走兔，俯仰钓射，烹熬炮炙，

极欢到莫。……于是妇人先称曰，春阳生兮萋萋，不才子兮心哀，见嘉客兮不能归，桑萎蚕饥，中人望奈何！

龚克昌等评注：《全汉赋评注》（前汉部分），花山文艺出版社2003年版，第52–53页

子虚赋

司马相如

司马相如（前172年—前118年），字长卿，蜀郡人，西汉杰出的辞赋家。代表作为《天子游猎赋》，包括《子虚赋》《上林赋》两篇，司马相如的赋作奠定了汉赋的大赋体质。除了大赋外，司马相如还有《大人赋》《长门赋》《美人赋》《哀秦二世赋》等篇幅较小的赋作。同时，司马相如还参与政事，曾任武帝郎官，出使西南夷，并凭借文辞使之归附。

臣闻楚有七泽，尝见其一，未睹其余也。臣之所见，盖特其小小耳者，名曰云梦。云梦者，方九百里，其中有山焉。其山则盘纡岪郁，隆崇嵂崒，岑崟参差，日月蔽亏，交错纠纷，上干青云；罢池陂陁，下属江河。其土则丹青赭垩，雌黄白坿，锡碧金银；众色炫耀，照烂龙鳞。其石则赤玉玫瑰，琳珉昆吾，瑊玏玄厉，碝石碔砆。其东则有蕙圃，衡兰芷若，芎藭昌蒲，茳蓠蘪芜，诸柘巴且。其南则有平原广泽，登降陁靡，案衍坛曼，缘以大江，限以巫山。其高燥则生葴菥苞荔，薜莎青薠。其埤湿则生藏莨蒹葭，东蘠雕胡，莲藕觚卢，奄闾轩于。众物居之，不可胜图。其西则有涌泉清池，激水推移。外发芙蓉菱华，内隐钜石白沙。其中则有神龟蛟鼍，毒冒鳖鼋。其北则有阴林巨树，楩楠豫章，桂椒木兰，檗离朱杨，樝梨梬栗，桔柚芬芳。其上则有赤猿玃猱，鹓雏孔鸾，腾远射干。其下则有白虎玄豹，蟃蜒貙犴。

龚克昌等评注：《全汉赋评注》（前汉部分），花山文艺出版社2003年版，第124页

李夫人赋

刘 彻

美连娟以修嫮兮，命樔绝而不长。饰新宫以延贮兮，泯不归乎故乡。惨郁郁其芜秽兮，隐处幽而怀伤。释舆马于山椒兮，奄修夜之不阳。秋气潜以凄泪兮，桂枝落而销亡。

龚克昌等评注：《全汉赋评注》（前汉部分），花山文艺出版社2003年版，第225页

洞箫赋

王 褒

原夫箫干之所生兮，于江南之丘墟。洞条畅而罕节兮，标敷纷以扶疏。徒观其旁山侧兮，则岖嵚岿崎，倚巇迤巕，诚可悲乎其不安也。弥望傥莽，联延旷荡，又足乐乎其敞闲也。托身躯于后土兮，经万载而不迁。吸至精之滋熙兮，禀苍色之润坚。感阴阳之变化兮，附性命乎皇天。翔风萧萧而迳其末兮，回江流川而溉其山。扬素波而挥连珠兮，声磕磕而澍渊。朝露清泠而陨其侧兮，玉液浸润而承其根。孤雌寡鹤，娱优乎其下兮，春禽群嬉，翱翔乎其颠。秋蜩不食，抱朴而长吟兮，玄猿悲啸，搜索乎其间。处幽隐而奥庰兮，密漠泊以獭猭。惟详察其素体兮，宜清静而弗谊。幸得谥为洞箫兮，蒙圣主之渥恩。可谓惠而不费兮，因天性之自然。于是般匠施巧，夔妃准法。带以象牙，掍其会合。锼镂离洒，绛唇错杂。邻菌缭纠，罗鳞捷猎。胶致理比，挹抐擨㩍。

于是乃使夫性昧之宕冥，生不睹天地之体势，闇于白黑之貌形。愤伊郁而酷䛿，愍眸子之丧精，寡所舒其思虑兮，专发愤乎音声。故吻吮值夫宫商兮，和纷离其匹溢。形旖旎以顺吹兮，瞋[口函][口胡]以纡郁。气旁迕以飞射兮，驰散涣以逫律。趣从容其勿述兮，骛合遝以诡谲。或浑沌而潺湲兮，猎若枚折。或漫衍而骆驿兮，沛焉竞溢。惏慄密率，掩以绝灭。𠺕霵晔踕，跳然复出。

若乃徐听其曲度兮，廉察其赋歌。啾咇㘉而将吟兮，行鍖銔以和罗。风鸿洞而不绝兮，优娆娆以婆娑。翩绵连以牢落兮，漂乍弃而为他。要复遮其蹊径兮，与讴谣乎相和。故听其巨音，则周流泛滥，并包吐含，若慈父之畜子也。其妙声，则清静厌瘱，顺叙卑迖，若孝子之事父也。科条譬类，诚应义理，澎濞慷慨，一何壮士。优柔温润，又似君子。故其武声则若雷霆輘輷，佚豫以沸㥜。其仁声则若𩗗风纷披，容与而施惠。或杂遝以聚敛兮，或拔摋以奋弃。悲怆怳以恻惐兮，时恬淡以绥肆。被淋洒其靡靡兮，时横溃以阳遂。哀悁悁之可怀兮，良醰醰而有味。故贪饕者听之而廉隅兮，狼戾者闻之而不怼。刚毅强暴反仁恩兮，啴唌逸豫戒其失。钟期牙旷怅然而愕立兮，杞梁之妻不能为其气。师襄严春不敢窜其巧兮，浸淫叔子远其类。嚚顽朱均惕复惠兮，桀跖鬻博偏以顿顇。吹参差而入道德兮，故永御而可贵。时奏狡弄，则彷徨翱翔。或留而不行，或行而不留。愺恅澜漫，亡耦失畴。薄索合沓，罔象相求。

故知音者乐而悲之，不知音者怪而伟之。故闻其悲声则莫不怆然累欷，撆涕抆泪。其奏欢娱，则莫不惮漫衍凯，阿那腲腇者已。是以蟋蟀蚸蠖，蚑行喘息，蝼蚁蝘蜓，蝇蝇翊翊，迁延徙迤，鱼瞰鸡睨。垂喙蜿转，瞪瞢忘食。况感阴阳之和，而化风俗之伦哉？

乱曰：状若捷武，超腾逾曳，迅漂巧兮，又似流波，泡溲泛𣶶，趋巇道兮。哮呷呟唤，跻躓连绝，淈殄沌兮。搅搜㶉捎，逍遥踊跃，若坏颓兮。优游流离，踌躇稽诣，亦足耽兮。颓唐遂往，长辞远逝，漂不还兮。赖蒙圣化，从容中道，乐不淫兮。条畅洞达，中节操兮。终诗卒曲，尚余音兮。吟气遗响，联绵漂撇，生微风兮。连延骆驿，变无穷兮。

龚克昌等评注：《全汉赋评注》（前汉部分），花山文艺出版社2003年版，第252–255页

蜀都赋

扬 雄

扬雄（公元前53年—公元18年），字子云，蜀郡成都（今四川成都）人。扬雄博学多才，仿《易经》做《太玄》，仿《论语》做《法言》，另有《方言》《训纂》等作品。扬雄长于辞赋创作，是汉赋四大家之一。有大赋《甘泉赋》《羽猎赋》《河东赋》《长杨赋》，及自述情怀的小赋《解嘲》《逐贫赋》等。

其中则有玉石嶜岑，丹青玲珑。邛节桃枝，石鳙水螭。南则有楗牂潜夷，昆明峨眉，绝限峣嵣，堪严亶翔。灵山揭其右，离堆被其东。于近则有瑕英菌芝，玉石江珠；于远则有银铅锡碧，马犀象僰。西有盐泉铁冶，橘林铜陵，邙连庐池，澹漫波沦。其旁则有期牛兕旄，金马碧鸡。北则有岷山，外羌白马；兽则麢羊野麋，罢犛貘貒，麙麈鹿麝，户豹能黄，貑胡雌玃，猨蝙玃猱，犹豰毕方。……于木则楩栎豫章树榜，檜槵椫柙，青稚雕梓，枌梧橿枥，槲楢木稷，枒信揖丛，俊干凑集，枇栎楱榻，玌沈樘椅，从风推参，循崖撮捼，淫淫溶溶，缤纷幼靡，泛闳野望，芒芒菲菲。其竹则钟龙箊篂，野篠纷邑，宗生族攒，俊茂丰美，洪溶忿苇，纷扬搔翕，与风披拖，夹江缘山，寻卒而起，结根才业，填衍迥野，若此者方乎数千里。于汜则注注漾漾，积土崇堤，其浅湿则生苍葭蒋蒲，藿芧青蘋，草叶莲藕，茱华菱根；其中则有翡翠鸳鸯，袅鸬鹈鹭，鸐鸨鹕鹅。其深则有猵獭沈鳣，水豹蛟蚢，鼋蟺鳖龟，众鳞鳎鳑，蚌含珠而擘裂。……龟鳖碛竹，石蝎相救。鱼酌不收。鵁鶄䴔鵁，风胎雨彀。众物骇

目，单不知所御。尔乃其裸，罗诸圃䟃缘畛黄甘诸柘，柿桃杏李枇杷，杜樼櫄㯩，棠黎离支，杂以梃橙，被以樱梅，树以木兰。扶林禽，爚般关，旁支何若，英络其间。春机杨柳，褭弱蝉杪。扶施连卷，䝙豯蝳蟦。子鷛呼焉。尔乃五谷凭戎，瓜瓠饶多，卉以部麻。往往姜栀，附子巨蒜，木艾椒蓠。蔼酱酴清，众献储斯。盛冬育笋，旧菜增伽。百华投春，隆隐芬芳。蔓茗荧翠，翠紫青黄。丽靡摛烛，若挥锦布绣，望芒芒兮无幅。……乃使有伊之徒，调夫五味、甘甜之和，勺药之羹，江东鲐鲍，陇西牛羊，糴米肥猪，麤䴥不行，鸿䝞貆乳，独竹孤鸧，炮鴳被纰之胎，山鷵隋脑，水游之腴，蜂豚应雁，被鸩晨凫，戳鸹初乳。山鹤既交，春羔秋𩿧，脍鲮龟肴。秔田孺鹜，形不及劳。五肉七菜，朦厌腥臊。可以颐精神养血脉者，莫不毕陈。……

龚克昌等评注：《全汉赋评注》（前汉部分），花山文艺出版社2003年版，第279–281页

甘泉赋

扬　雄

回猋肆其砀骇兮，披桂椒而郁移杨。香芬茀以穷隆兮，击薄栌而将荣。芗呹肸以掍根兮，声骈隐而历钟。排玉户而飏金铺兮，发兰蕙与穹穷。帷弸彋其拂汨兮，稍暗暗而靓深。阴阳清浊穆羽相和兮，若夔、牙之调琴。般倕弃其剞劂兮，王尔投其钩绳。虽方征侨与偓佺兮，犹仿佛其若梦。

于是事变物化，目骇耳回，盖天子穆然，珍台闲馆，琁题玉英，蜵蜎蠖濩之中，惟夫所以澄心清魂，储精垂恩，感动天地，逆釐三神者。乃搜逑索偶，皋、伊之徒，冠伦魁能，函甘棠之惠，挟东征之意，相与齐乎阳灵之宫。靡薜荔而为席兮，折琼枝以为芳。噏清云之流瑕兮，饮若木之露英。……想西王母欣然而上寿兮，屏玉女

而却宓妃。玉女亡所眺其清眿兮，宓妃曾不得施其蛾眉。方揽道德之精刚兮，侔神明与之为资。

龚克昌等评注：《全汉赋评注》（前汉部分），花山文艺出版社2003年版，第304–305页

羽猎赋

扬　雄

若夫壮士忼慨，殊乡别趣。东西南北，骋耆奔欲，拕苍豨，跋犀犛，蹶浮麋。斮巨狿，搏玄蝯。腾空虚，歫连卷。踔夭蟜，娭涧门。莫莫纷纷，山谷为之风猋，林丛为之生尘。及至获夷之徒，蹶松柏，掌蒺藜。猎蒙茏，辚轻飞。履般首，带修蛇。钩赤豹，摼象犀。跇峦阬，超唐陂。车骑云会，登降闇蔼。泰华为旒，熊耳为缀。木仆山还，漫若天外。储与乎大溥，聊浪乎宇内。

……

于是禽殚中衰，相与集于靖冥之馆，以临珍池。灌以岐梁，溢以江河。东瞰目尽，西畅无厓。随珠和氏，焯烁其陂。玉石嶜崟，眩燿青荧。汉女水潜，怪物暗冥，不可殚形。玄鸾孔雀，翡翠垂荣。王雎关关，鸿雁嘤嘤，群娭乎其中。噍噍昆鸣，凫鹥振鹭，上下砰磕，声若雷霆。乃使文身之技，水格鳞虫。凌坚冰，犯严渊。探岩排碕，薄索蛟螭。蹈獱獭，据鼋鼍，抾灵蠵。入洞穴，出苍梧。乘巨鳞，骑京鱼。浮彭蠡，目有虞。方椎夜光之流离，剖明月之珠胎。鞭洛水之宓妃，饷屈原与彭胥。

龚克昌等评注：《全汉赋评注》（前汉部分），花山文艺出版社2003年版，第332–334页

解　嘲

扬　雄

“且吾闻之也，炎炎者灭，隆隆者绝。观雷观火，为盈为实。天收其声，地藏其热。高明之家，鬼瞰其室。攫挐者亡，默默者存；位极者宗危，自守者身全。是故知玄知默，守道之极；爰清爰静，游神之廷；惟寂惟寞，守德之宅；世异事变，人道不殊；彼我易时，未知何如？今子乃以鸱枭而笑凤皇，执蝘蜓而嘲龟龙，不亦病乎？子徒笑我玄之尚白，吾亦笑子病甚，不遭臾跗、扁鹊，悲夫！”

龚克昌等评注：《全汉赋评注》（前汉部分），花山文艺出版社2003年版，第379页

仙　赋

桓　谭

桓谭（约公元前40年—约公元32年），字君山，沛国相（今安徽淮北）人，东汉著名经学家。桓谭博学多才，通熟五经，排抵谶纬，非毁俗儒。著有《新论》二十九篇，但已亡佚。辑录篇目见于严可均的《全上古三代秦汉三国六朝文》。

夫王乔赤松，呼则出故，翕则纳新；夭矫经引，积气关元；精神周洽，鬲塞流通；乘凌虚无，洞达幽明。诸物皆见，玉女在旁。仙道既成，神灵攸迎。乃骖驾青龙，赤腾为历。躇玄厉之擢嶵，有似乎鸾凤之翔飞，集于胶葛之宇，泰山之台。吸玉液，食华芝，漱玉浆，饮金醪，出宇宙，与云浮，洒轻雾，济倾崖。观仓川而升天门，驰白鹿而从麒麟。周览八极，还崦华坛。泛泛乎，滥滥乎，随天转琁。容容无为，寿极乾坤。

龚克昌等评注：《全汉赋评注》（后汉部分），花山文艺出版社2003年版，第4–5页

祓禊赋

杜笃

杜笃（？—78年），字季雅，京兆杜陵（今陕西西安）人，东汉经学家。杜笃的《论都赋》是最早的都城赋，对班固的《两都赋》具有启发作用。其《首阳山赋》情景结合，在汉赋转变中起到重要作用。

王侯公主，暨乎富商。用事伊雒，帷幔玄黄。于是旨酒嘉肴，方丈盈前，浮枣绛水，酹酒醲川。若乃窈窕淑女，美媵艳姝，戴翡翠，珥明珠，曳离袿，立水涯。微风掩壒，纤縠低徊，兰苏肸蚃，感动情魂。若乃隐逸未用，鸿生俊儒，冠高冕，曳长裾，坐沙渚，谈诗书，咏伊吕，歌唐虞。

巫咸之伦，秉火祈福。浮枣绛水，酹酒酿川，沿以素波，鱼踊跃渊。怀季女使不飧。

龚克昌等评注：《全汉赋评注》（后汉部分），花山文艺出版社2003年版，第110页

七激

傅毅

傅毅（？—90年），字武仲，扶风茂陵（今陕西兴平）人，东汉赋家，与班固齐名。主要作品有《迪志诗》《七激》《舞赋》。所存作品见于严可均的《全上古三代秦汉三国六朝文》和逯钦立《先秦汉

魏晋南北朝诗》。

徒华公子，讬病幽处，游心于玄妙，清思乎黄老。于是玄通子闻而往属曰："仆闻君子当世而光迹，因时以舒志，必将铭勒功勋，悬著隆高。今公子削迹藏体，当年陆沈，变度易趣，违拂雅心。挟六经之指，守偏塞之术，意亦有所蔽与，何图身之谬也。仆将为公子论天下之至妙，列耳目之通好，原情心之性理，综道德之弥奥，岂欲闻之乎？"公子曰："仆虽不敏，固愿闻之。"

玄通子曰："洪梧幽生，生于遐荒。阳春后荣，涉秋先雕。晨飙飞砾，孙禽相求。积雪涐涐，中夏不流。于是乃使夫游宦失势，穷摈之士，泳溺水，越炎火，穷林薄，历隐深。三秋乃获，断之高岑，梓匠摹度，拟以斧斤。然后背洞壑，临绝溪，听迅波，望层崖。太师奏操，荣期清歌。歌曰：'陟景山兮采芳苓，哀不惨伤，乐不流声。弹羽跃水，叩角奋荣。沈微玄穆，感物悟灵。'此亦天下之妙音也，子能强起而听之乎？"

玄通子曰："单极滋味，嘉旨之膳，刍豢常珍，庶羞异馔，凫鸧之羹，粉粱之饭，涔养之鱼，脍其鲤鲂，分毫之割，纤如发芒，散如绝谷，积如委红。芳甘百品，并仰累重，殊芳殊味，厥和不同。既食日晏，乃进夫雍州之梨，出于丽阴，下生芷隰，上讬桂林。甘露润其叶，醴泉渐其根。脆不抗齿，在口流液。握之摧沮，批之离坼。可以解烦，悁悦心意，子能起而食之乎？"

玄通子曰："骥騄之乘，龙骧超摅，腾虚鸟踊，莫能执御。于是乃使王良理辔，操以术教，践路促节，机登飙驱。前不可先，后不可追。逾埃绝影，倏忽若飞。日不转曜，穷远旋归。此盖天下之骏马，子能强起而乘之乎？"

玄通子曰："三时既逝，季冬暮岁，玄冥终统，庶卉零悴。王在灵囿，讲戎简旅。于是驷骥騄，乘轻轩，麾旄旗，鸣八鸾。陈众车于广隰，散列骑乎平原。属罘网以弥野，连罻罗以营山。部曲周匝，风动云旋。合团促陈，禽兽骇殚。仆不暇起，穷不及旋，击不待刃，骨解肉离，摧牙碎首，分其文皮，流血丹野，羽毛翳日。于是下兰皋，临流泉，观通谷，望景山，酌旨酒，割芳鲜。此天下之至娱也，子能强起而观之乎？”

玄通子曰：“当馆侈饰，洞房华屋，楹桷雕藻，文以朱绿。曾台百仞，临望博见，俯视云雾，骋目穷观。园薮平夷，沼池漫衍。禽兽群交，芳草华蔓。于是宾友所欢，近览从容，詹公沉饵，蒲且飞红。纶不虚出，矢不徒降，投钩必获，控弦加双。俯尽深潜，仰殚轻翼。日移怠倦，然后宴息。列觞酌醴，妖靡侍侧。被华文，曳绫縠，弭随珠，佩琚玉。红颜呈素，峨眉不画，唇不施朱，发不加泽。升龙舟，浮华池。纡帷翳而永望，镜形影于玄流。偏滔滔以南北，似汉女之神游。笑比目之双跃，乐偏禽之匹嬉。此亦天下之欢也，子能强起而与之游乎？”

玄通子曰：“汉之盛世，存乎永平，太和协畅，万机穆清。于是群俊学士，云集辟雍。含咏圣术，文质发朦。达牺农之妙旨，照虞夏之典坟。遵孔氏之宪则，投颜闵之高迹。推义穷类，靡不博观。光润嘉美，世宗其言。”公子瞿然而兴曰：“至乎，主得圣道，天基允臧。明哲用思，君子所常。自知沉溺，久蔽不悟，请诵斯语，仰子法度。”

仰归云，朔游风。
无物可乐，顾望怀愁。
阍君逐臣，顽父放子。
排挫礼学，讥谴世伪。

龚克昌等评注：《全汉赋评注》（后汉部分），花山文艺出版社2003年版，第150–153页

七　兴

刘广世

刘广世，生平事迹不详。据《艺文类聚》所载傅云《七谟·序》言“昔枚乘作《七发》，而属文之士，著傅毅、刘广世、崔骃、李尤、桓麟、崔琦、刘梁之徒，承其流而作之者纷焉”，可知刘广世约为东汉前期人。

子康子有疾，王先生往焉。曰：“骏驵之马，惛不征路。其荷衡也，曜似惊禽。其即行也，惊若游鹰。飙骇风逝，电发波腾。影不及形，尘不暇兴。”

龚克昌等评注：《全汉赋评注》（后汉部分），花山文艺出版社2003年版，第160页

西都赋

班　固

班固（32年—92年），字孟坚，扶风安陵（今陕西咸阳）人。在其父班彪《史记后传》的基础上撰成《汉书》，开创了纪传体断代史的体例。《汉书》的《地理志》《艺文志》的设置对后世史书体例产生重要影响。同时，班固还是汉赋四大家之一，其《两都赋》开后世京都赋先河。其《咏史诗》是诗歌史上第一篇咏史诗。在散文方面，班固根据白虎观会议整理而成《白虎通义》，使谶纬神学理论化。

尔乃盛娱游之壮观，奋泰武乎上囿。因兹以威戎夸狄，耀威灵而讲武事。命荆州使起鸟，诏梁野而驱兽。毛群内阗，飞羽上覆，接翼侧足，集禁林而屯聚。水衡虞人，修其营表。种别群分，部曲

有署。罘网连纮，笼山络野。列卒周匝，星罗云布。于是乘銮舆，备法驾，帅群臣，披飞廉，入苑门。遂绕酆鄗，历上兰。六师发逐，百兽骇殚。震震爚爚，雷奔电激。草木涂地，山渊反覆。蹂躏其十二三，乃拗怒而少息。尔乃期门佽飞，列刃钻鍭，要趹追踪。鸟惊触丝，兽骇值锋。机不虚掎，弦不再控。矢不单杀，中必叠双。飑飑纷纷，矰缴相缠。风毛雨血，洒野蔽天。平原赤，勇士厉。猨狖失木，豺狼慑窜。尔乃移师趋险，并蹈潜秽，穷虎奔突，狂兕触蹶。许少施巧，秦成力折。掎僄狡，扼猛噬。脱角挫脰，徒搏独杀。挟师豹，拖熊螭，曳犀犛，顿象罴。超洞壑，越峻崖，蹶崭岩，钜石隤。松柏仆，丛林摧，草木无余，禽兽殄夷。

于是天子乃登属玉之馆，历长杨之榭。览山川之体势，观三军之杀获。原野萧条，目极四裔，禽相镇压，兽相枕藉。然后收禽会众，论功赐胙。陈轻骑以行炰，腾酒车以斟酌。割鲜野食，举烽命釂。飨赐毕，劳逸齐。大路鸣銮，容与徘徊。集乎豫章之宇，临乎昆明之池。左牵牛而右织女，似云汉之无涯。茂树荫蔚，芳草被堤。兰茝发色，晔晔猗猗。若摛锦布绣，烛燿乎其陂。鸟则玄鹤白鹭，黄鹄䴔鹳；鸧鸹鸨鶂，凫鹥鸿雁。朝发河海，夕宿江汉；沈浮往来，云集雾散。于是后宫乘辂辂，登龙舟。张凤盖，建华旗。祛黼帷，镜清流。靡微风，澹淡浮。櫂女讴，鼓吹震，声激越，謍厉天。鸟群翔，鱼窥渊。招白鹇，下双鹄。揄文竿，出比目。抚鸿罿，御矰缴，方舟并骛，俛仰极乐。遂乃风举云摇，浮游溥览。前乘秦岭，后越九嵕。东薄河华，西涉岐雍。宫馆所历，百有余区。行所朝夕，储不改供。礼上下而接山川，究休祐之所用。采游童之讙谣，第从臣之嘉颂。于斯之时，都都相望，邑邑相属。国藉十世之基，家承百年之业。士食旧德之名氏，农服先畴之畎亩，商循族世之所鬻，工用高曾之规矩。粲乎隐隐，各得其所。

龚克昌等评注：《全汉赋评注》（后汉部分），花山文艺出版社2003年版，第211-213页

答宾戏

班　固

主人曰："何为其然也？其咎繇谟虞，箕子访周，言通帝王，谋合神圣。殷说梦发于傅岩，周望兆动于渭滨，齐宁激声于康衢，汉良受书于邳垠，皆俟命而神交，匪词言之所信，故能建必然之策，展无穷之勋也。近者陆子优繇，《新语》以兴，董生下帷，发藻儒林，刘向司籍，辩章旧闻，扬雄谭思，《法言》、《太玄》。皆及时君之门闱，究先圣之壶奥，婆娑乎术艺之场，休息乎篇籍之囿，以全其质而发其文，用纳乎圣听，列炳于后人，斯非其亚与。若乃夷抗行于首阳，惠降志于辱仕，颜耽乐于箪瓢，孔终篇于西狩，声盈塞于天渊，真吾徒之师表也。且吾闻之：一阴一阳，天地之方，乃文乃质，王道之纲。有同有异，圣哲之常。故曰：慎修所志，守尔天符，委命共己，味道之腴，神之听之，名其舍诸！宾又不闻和氏之璧，韫于荆石；随侯之珠，藏于蜯蛤乎？历世莫眂，不知其将含景耀，吐英精，旷千载而流夜光也。应龙潜于潢汙，鱼鼋媟之，不睹其能奋灵德，合风云，超忽荒而踞昊苍也。故夫泥蟠而天飞者，应龙之神也。先贱而后贵者，和随之珍也。时暗而久章者，君子之真也。若乃牙、旷清耳于管弦，离娄眇目于豪分；逢蒙绝技于弧矢，班输榷巧于斧斤；良、乐轶能于相驭，乌获抗力于千钧；和、鹊发精于鍼石，研、桑心计于无垠。走亦不任厕技于彼列，故密尔自娱于斯文。

龚克昌等评注：《全汉赋评注》（后汉部分），花山文艺出版社2003年版，第309-310页

温泉赋

张　衡

六气淫错，有疾疠兮。温泉汩焉，以流秽兮。

龚克昌等评注：《全汉赋评注》（后汉部分），花山文艺出版社2003年版，第391页

南都赋

张　衡

其宝利珍怪，则金彩玉璞，随珠夜光。铜锡铅锴，赭垩流黄。绿碧紫英，青臒丹粟。太一余粮，中黄縠玉。松子神陂，赤灵解角。耕父扬光于清冷之渊，游女弄珠于汉皋之曲。

龚克昌等评注：《全汉赋评注》（后汉部分），花山文艺出版社2003年版，第394页

于其陂泽，则有钳卢玉池，赭阳东陂。贮水渟洿，亘望无涯。其草则藨苽莞，蒋蒲蒹葭。藻茆菱芡，芙蓉含华。从风发荣，斐披芬葩。其鸟则有鸳鸯鹄鹥，鸿鸨驾鹅。鶈鸧鹭鹬，鹔鷞鹍鸬。嘤嘤和鸣，澹淡随波。

龚克昌等评注：《全汉赋评注》（后汉部分），花山文艺出版社2003年版，第395页

若其园圃，则有蓼蕺蘘荷，藷蔗姜䊦，菥蓂芋瓜。乃有樱梅山柿，侯桃梨栗。梬枣若留，穰橙邓橘。其香草则有薜荔蕙若，薇芜荪苌，晻暧蓊郁，含芬吐芳。

若其厨膳，则有华芗重秬，滍皋香秔，归雁鸣鵽，黄稻鲜鱼，以为芍药，酸甜滋味，百种千名。春卵夏笋，秋韭冬菁。苏蔱紫姜，

拂彻羶腥。酒则九醖甘醴，十旬兼清。醪敷径寸，浮蚁若蓱。其甘不爽，醉而不酲。

龚克昌等评注：《全汉赋评注》（后汉部分），花山文艺出版社2003年版，第396页

西京赋

张　衡

有凭虚公子者，心奓体忲，雅好博古，学乎旧史氏，是以多识前代之载。言于安处先生曰：夫人在阳时则舒，在阴时则惨，此牵乎天者也。处沃土则逸，处瘠土则劳，此系乎地者也。惨则鲜于欢，劳则褊于惠，能违之者寡矣。小必有之，大亦宜然。故帝者因天地以致化，兆人承上教以成俗，化俗之本，有与推移。何以覈诸？秦据雍而强，周即豫而弱，高祖都西而泰，光武处东而约，政之兴衰，恒由此作，先生独不见西京之事欤？请为吾子陈之。

龚克昌等评注：《全汉赋评注》（后汉部分），花山文艺出版社2003年版，第415页

前开唐中，弥望广潒。顾临太液，沧池漭沆。渐台立于中央，赫昈昈以弘敞。清渊洋洋，神山峨峨。列瀛洲与方丈，夹蓬莱而骈罗。上林岑以垒嶵，下崭岩以喦齬。长风激于别隯，起洪涛而扬波，浸石菌于重涯，濯灵芝以朱柯。海若游于玄渚，鲸鱼失流而蹉跎。于是采少君之端信，庶栾大之贞固。立修茎之仙掌，承云表之清露。屑琼蕊以朝飧，必性命之可度。美佳昔之松乔，要羡门乎天路。想升龙于鼎湖，岂时俗之足慕，若历世而长存，何遽营乎陵墓。

龚克昌等评注：《全汉赋评注》（后汉部分），花山文艺出版社2003年版，第419页

思玄赋

张　衡

旌性行以制佩兮，佩夜光与琼枝。纗幽兰之秋华兮，又缀之以江蓠。美襞积以酷烈兮，允尘邈而难亏。既姱丽而鲜双兮，非是时之攸珍。奋余荣而莫见兮，播余香而莫闻。幽独守此侧陋兮，敢怠遑而舍勤？

龚克昌等评注：《全汉赋评注》（后汉部分），花山文艺出版社2003年版，第519页

俗迁渝而事化兮，泯规矩之圜方。宝萧艾于重笥兮，谓蕙芷之不香。斥西施而弗御兮，羁马𮭩以服箱。行陂僻而获志兮，循法度而离殃。惟天地之无穷兮，何遭遇之无常！不抑操而苟容兮，譬临河而无航。欲巧笑以干媚兮，非余心之所尝。袭温恭之黻衣兮，被礼义之绣裳。辫贞亮以为鞶兮，杂伎艺以为珩。昭彩藻与雕琢兮，璜声远而弥长。淹栖迟以恣欲兮，曜灵忽其西藏。恃己知而华予兮，鹈鴂鸣而不芳。冀一年之三秀兮，遒白露之为霜。时亹亹而代序兮，畴可与乎比伉？咨妒㜎之难并兮，想依韩以流亡。恐渐冉而无成兮，留则蔽而不彰。

龚克昌等评注：《全汉赋评注》（后汉部分），花山文艺出版社2003年版，第520页

占既吉而无悔兮，简元辰而俶装。旦余沐于清原兮，晞余发于朝阳。漱飞泉之沥液兮，咀石菌之流英。翾鸟举而鱼跃兮，将往走乎八荒。过少皞之穷野兮，问三丘乎句芒。何道真之淳粹兮，去秽累而飘轻。登蓬莱而容与兮，鳌虽抃而不倾。留瀛洲而采芝兮，聊且以乎长生。凭归云而遐逝兮，夕余宿乎扶桑。噏青岑之玉醴兮，餐沆瀣以为粻。发昔梦于木禾兮，谷昆仑之高冈。

龚克昌等评注：《全汉赋评注》（后汉部分），花山文艺出版社

2003年版，第521页

颤羁旅而无友兮，余安能乎留兹？顾金天而叹息兮，吾欲往乎西嬉。前祝融使举麾兮，缅朱鸟以承旗。躔建木于广都兮，摭若华而踌躇。超轩辕于西海兮，跨汪氏之龙鱼。闻此国之千岁兮，曾焉足以娱余？

龚克昌等评注：《全汉赋评注》（后汉部分），花山文艺出版社2003年版，第522页

无绵挛以涬己兮，思百忧以自疹。

龚克昌等评注：《全汉赋评注》（后汉部分），花山文艺出版社2003年版，第523页

将答赋而不暇兮，爰整驾而亟行。瞻昆仑之巍巍兮，临萦河之洋洋。伏灵龟以负坻兮，亘螭龙之飞梁。登阆风之曾城兮，构不死而为床。屑瑶蕊以为糇兮，斢白水以为浆。抨巫咸以占梦兮，乃贞吉之元符。滋令德于正中兮，含嘉禾以为敷。既垂颖而顾本兮，尔要思乎故居。安和静而随时兮，姑纯懿之所庐。

龚克昌等评注：《全汉赋评注》（后汉部分），花山文艺出版社2003年版，第524页

系曰：天长地久岁不留，俟河之清只怀忧。愿得远度以自娱，上下无常穷六区。超逾腾跃绝世俗，飘飖神举逞所欲。天不可阶仙夫希，《柏舟》悄悄吝不飞。松乔高跱孰能离，结精远游使心携。回志朅来从玄谋，获我所求夫何思！

龚克昌等评注：《全汉赋评注》（后汉部分），花山文艺出版社2003年版，第526页

七　蠲

崔　琦

崔琦（生卒年不详），字子玮，东汉涿郡安平（今河北涿州）

人。因作《外戚箴》《白鹄赋》讽戒梁冀而遭其杀害。著有赋、颂、箴十五篇，《后汉书》有传。

寒门邱子有疾，玄野子谓之曰："蓝沼清池，素波朱澜。金钩芳饵，纤缴华竿。缗沈鱼浮，荐以香兰。幽室洞房，绝槛垂轩，紫阁青台，绮错相连。结实布叶，与波邪倾。从风离合，澹淡交并。紫蒂黄葩，翳水吐荣。红颜溢坐，美目盈堂，姿喻春华，橾越秋霜。从容微眄，流曜吐芳。巧笑在侧，顾盼倾城。"

玄野子曰："爰有梧桐，产乎玄溪。传根朽壤，讬阴生危。激水澡其下，孤鸟集其枝。罔双偶而特立，独飘飖而单离。匠石摧肩，公输折首。目眩肌战，制以为琴。子野调操，钟期听音。子能听之乎?"

暂唱却转，时吟齐讴。穷乐极欢，濡首相煦。

再奏致哀风。

三王行化，夷叔隐己。

翻然凤举，轩尔龙腾。

于斯江罣，寔产橘柚，紫叶玄实，绿里朱茎。孟冬之月，于时可食。抚以玉手，永用华饰。

小语大笑，应节有方。众戏并进，于肆徘徊。

妓人正容，就到从行。三声二变，激徵溢商。镜舞九曜，剑利冬霜。

龚克昌等评注：《全汉赋评注》（后汉部分），花山文艺出版社2003年版，第689–690页。

穷鸟赋

赵　壹

赵壹（生卒年不详），字元叔，汉阳郡西县（今甘肃天水）人，主要活动于汉灵帝年间，事迹载于《后汉书·文苑传》。赵壹恃才傲物，得罪权贵，几致于死。经友人救助免死，遂作《穷鸟赋》答谢友人。其《刺世疾邪赋》对黑暗腐败的批判力度在汉赋中无有出其右者。另有残赋《迅风赋》《解摈》两篇。

昔原大夫赎桑下绝气，传称其仁；秦越人还虢太子结脉，世著其神。设曩之二人不遭仁遇神，则结绝之气竭矣，然而糒脯出乎车轮，针石运乎手爪。今所赖者，非直车轮之糒脯，手爪之针石也。乃收之于斗极，还之于司命，使干皮复含血，枯骨复被肉，允所谓遭仁遇神，真所宜传而著之。余畏禁，不敢班班显言，窃为《穷鸟赋》一篇。

龚克昌等评注：《全汉赋评注》（后汉部分），花山文艺出版社2003年版，第782页

散 文

先秦散文

尚　书

《尚书》，又名《书》《书经》，是第一部上古历史文献汇编，保存了商周尤其是西周初年的历史资料。由《虞书》《夏书》《商书》《周书》构成，主要是对帝王言行的记录，文章风格佶屈聱牙，是古代应用文体的源头。从汉代开始，《尚书》以《今文尚书》和《古文尚书》的面目流传，至西晋二者皆亡佚。今本《古文尚书》是后人伪作。《今文尚书》则是真实可靠的。

金　縢

既克商二年，王有疾，弗豫。二公曰："我其为王穆卜。"周公曰："未可以戚我先王？"公乃自以为功，为三坛同墠。为坛于南方，北面，周公立焉。植璧秉珪，乃告太王、王季、文王。

史乃册祝曰："惟尔元孙某，遘厉虐疾。若尔三王，是有丕子之责于天，以旦代某之身。予仁若考，能多材多艺，能事鬼神。乃元孙不若旦多材多艺，不能事鬼神，乃命于帝庭，敷佑四方。用能定尔子孙于下地，四方之民，罔不祗畏。呜呼！无坠天之降宝命，我先王亦永有依归。今我即命于元龟，尔之许我，我其以璧与珪，归俟尔命，尔不许我，我乃屏璧与珪。"

乃卜三龟，一习吉。启籥见书，乃并是吉。公曰："体！王其罔害。予小子新命于三王，惟永终是图。兹攸俟，能念予一人。”公归，乃纳册于金縢之匮中。王翼日乃瘳。

武王既丧，管叔及其群弟乃流言于国，曰：“公将不利于孺子。”周公乃告二公曰：“我之弗辟，我无以告我先王。”周公居东二年，则罪人斯得。于后，公乃为诗以贻王，名之曰《鸱鸮》，王亦未敢诮公。

秋，大熟，未获，天大雷电以风，禾尽偃，大木斯拔，邦人大恐。王与大夫尽弁，以启金縢之书，乃得周公所自以为功代武王之说。二公及王乃问诸史与百执事。对曰：“信，噫！公命我勿敢言。”

王执书以泣，曰：“其勿穆卜。昔公勤劳王家，惟予冲人弗及知。今天动威以彰周公之德，惟朕小子其新逆，我国家礼亦宜之。”

王出郊，天乃雨，反风，禾则尽起。二公命邦人，凡大木所偃，尽起而筑之，岁则大熟。

李民、王健撰：《尚书译注》，上海古籍出版社2004年版，第236–240页

大　诰

王曰：“尔惟旧人，尔丕克远省，尔知宁王若勤哉？天閟毖我成功所，予不敢不极卒宁王图事。肆予大化诱我友邦君，天棐忱辞，其考我民，予曷其不于前宁人图功攸终？天亦惟用勤毖我民，若有疾，予曷敢不于前宁人攸受休毕？”

李民、王健撰：《尚书译注》，上海古籍出版社2004年版，第248页

康　诰

王曰：“呜呼！小子封，恫瘝乃身，敬哉！天畏棐忱，民情大可见，小人难保，往尽乃心，无康好逸豫，乃其乂民。我闻曰：‘怨不在大，亦不在小；惠不惠，懋不懋。’”

李民、王健撰：《尚书译注》，上海古籍出版社2004年版，第259–260页

无　逸

周公曰："呜呼！我闻曰：昔在殷王中宗，严恭寅畏，天命自度，治民祗惧，不敢荒宁。肆中宗之享国七十有五年。其在高宗，时旧劳于外，爰暨小人。作其即位，乃或亮阴，三年不言，其惟不言，言乃雍。不敢荒宁，嘉靖殷邦。至于小大，无时或怨。肆高宗之享国五十年有九年。其在祖甲，不义惟王，旧为小人。作其即位，爰知小人之依，能保惠于庶民，不敢侮鳏寡。肆祖甲之享国三十有三年。自时厥后立王，生则逸！生则逸！不知稼穑之艰难，不闻小人之劳，惟耽乐之从。自时厥后，亦罔或克寿。或十年，或七八年，或五六年，或四三年。"

李民、王健撰：《尚书译注》，上海古籍出版社2004年版，第314页

春秋左传

《春秋左传》，又名《左氏春秋》《春秋左氏传》《左传》，编年体史书，相传作者是春秋末年的左丘明。《春秋左传》记事起于鲁隐公元年，止于鲁悼公十四年，实际成书于战国中期。《春秋左传》辞义富赡、文采若云月，既具史学价值又具文学价值。《春秋左传》长于记事，尤擅长记叙战争。《春秋左传》与《公羊传》《谷梁传》合称"《春秋》三传"。

僖公三十年

晋侯使医衍酖卫侯。宁俞货医，使薄其酖，不死。公为之请，纳玉于王与晋侯。皆十瑴，王许之。秋，乃释卫侯。卫侯使赂周歂、冶廑，曰："苟能纳我，吾使尔为卿。"周、冶杀元咺及子适、子仪。公入，祀先君，周、冶既服，将命，周歂先入，及门，遇疾而死。

治廑辞卿。

杨伯峻编著：《春秋左传注》（修订本），中华书局2009年版，第478–479页

文公十八年

十八年春，齐侯戒师期，而有疾。医曰："不及秋，将死。"公闻之，卜，曰："尚无及期。"惠伯令龟，卜楚丘占之，曰："齐侯不及期，非疾也；君亦不闻。令龟有咎。"二月丁丑，公薨。

杨伯峻编著：《春秋左传注》（修订本），中华书局2009年版，第629页

宣公十五年

初，魏武子有嬖妾，无子。武子疾，命颗曰："必嫁是。"疾病，则曰："必以为殉。"及卒，颗嫁之，曰："疾病则乱，吾从其治也。"及辅氏之役，颗见老人结草以亢杜回，杜回踬而颠，故获之。夜梦之曰："余，而所嫁妇人之父也。尔用先人之治命，余是以报。"

杨伯峻编著：《春秋左传注》（修订本），中华书局2009年版，第764页

成公十年

晋侯梦大厉，被发及地，搏膺而踊，曰："杀余孙，不义。余得请于帝矣！"坏大门及寝门而入。公惧，入于室。又坏户。公觉，召桑田巫。巫言如梦。公曰："何如？"曰："不食新矣。"公疾病，求医于秦。秦伯使医缓为之。未至，公梦疾为二竖子，曰："彼，良医也，惧伤我，焉逃之？"其一曰："居肓之上，膏之下，若我何？"医至，曰："疾不可为也，在肓之上，膏之下，攻之不可，达之不及，药不至焉，不可为也。"公曰："良医也。"厚为之礼而归之。六月丙

午，晋侯欲麦，使甸人献麦，馈人为之。召桑田巫，示而杀之。将食，张，如厕，陷而卒。小臣有晨梦负公以登天，及日中，负晋侯出诸厕，遂以为殉。

杨伯峻编著：《春秋左传注》（修订本），中华书局2009年版，第849–850页

襄公二十三年

孟孙恶臧孙，季孙爱之。孟氏之御驺丰点好羯也，曰："从余言，必为孟孙。"再三云，羯从之。孟庄子疾，丰点谓公鉏："苟立羯，请仇臧氏。"公鉏谓季孙曰："孺子秩固其所也。若羯立，则季氏信有力于臧氏矣。"弗应。己卯，孟孙卒，公鉏奉羯立于户侧。季孙至，入，哭，而出，曰："秩焉在？"公鉏曰："羯在此矣。"季孙曰："孺子长。"公鉏曰："何长之有？唯其才也。且夫子之命也。"遂立羯。秩奔邾。

孙入哭，甚哀，多涕。出，其御曰："孟孙之恶子也，而哀如是。季孙若死，其若之何？"臧孙曰："季孙之爱我，疾疢也。孟孙之恶我，药石也。美疢不如恶石。夫石犹生我，疢之美，其毒滋多。孟孙死，吾亡无日矣。"

杨伯峻编著：《春秋左传注》（修订本），中华书局2009年版，第1080–1081页

昭公元年

晋侯有疾，郑伯使公孙侨如晋聘，且问疾。叔向问焉，曰："寡君之疾病，卜人曰：'实沈、台骀为祟'，史莫之知，敢问此何神也？"子产曰："昔高辛氏有二子，伯曰阏伯，季曰实沈，居于旷林，不相能也，日寻干戈，以相征讨。后帝不臧，迁阏伯于商丘，主辰。商人是因，故辰为商星。迁实沈于大夏，主参。唐人是因，以服事夏、商。其季世曰唐叔虞。当武王邑姜方震大叔，梦帝谓己：'余命

而子曰虞，将与之唐，属诸参，其蕃育其子孙。’及生，有文在其手曰虞，遂以命之。及成王灭唐，而封大叔焉，故参为晋星。由是观之，则实沈，参神也。昔金天氏有裔子曰昧，为玄冥师，生允格、台骀。台骀能业其官，宣汾、洮，障大泽，以处大原。帝用嘉之，封诸汾川，沈、姒、蓐、黄实守其祀。今晋主汾而灭之矣。由是观之，则台骀，汾神也。抑此二者，不及君身。山川之神，则水旱疠疫之灾于是乎禜之。日月星辰之神，则雪霜风雨之不时，于是乎禜之。若君身，则亦出入、饮食、哀乐之事也，山川星辰之神又何为焉？侨闻之，君子有四时：朝以听政，昼以访问，夕以修令，夜以安身。于是乎节宣其气，勿使有所壅闭湫底以露其体，兹心不爽，而昏乱百度。今无乃壹之，则生疾矣。侨又闻之，内官不及同姓，其生不殖。美先尽矣，则相生疾，君子是以恶之。故《志》曰：‘买妾不知其姓，则卜之。’违此二者，古之所慎也。男女辨姓，礼之大司也。今君内实有四姬焉，其无乃是也乎？若由是二者，弗可为也已。四姬有省犹可，无则必生疾矣。”叔向曰：“善哉！肸未之闻也，此皆然矣。”

叔向出，行人挥送之。叔向问郑故焉，且问子皙。对曰：“其与几何？无礼而好陵人，怙富而卑其上，弗能久矣。”

晋侯闻子产之言，曰：“博物君子也。”重贿之。

晋侯求医于秦，秦伯使医和视之，曰：“疾不可为也，是谓近女，室疾如蛊。非鬼非食，惑以丧志。良臣将死，天命不佑。”公曰：“女不可近乎？”对曰：“节之。先王之乐，所以节百事也，故有五节，迟速本末以相及，中声以降，五降之后，不容弹矣。于是有烦手淫声，慆堙心耳，乃忘平和，君子弗听也。物亦如之，至于烦，乃舍也已，无以生疾。君子之近琴瑟，以仪节也，非以慆心也。天有六气，降生五味，发为五色，徵为五声。淫生六疾。六气曰阴、阳、风、雨、晦、明也，分为四时，序为五节，过则为灾。阴淫寒疾，阳淫热疾，风淫末疾，雨淫腹疾，晦淫惑疾，明淫心疾。女，阳物而晦时，淫则生内热惑蛊之疾。今君不节、不时，能无及此乎？”

出，告赵孟。赵孟曰："谁当良臣？"对曰："主是谓矣！主相晋国，于今八年，晋国无乱，诸侯无阙，可谓良矣。和闻之，国之大臣，荣其宠禄，任其大节，有灾祸兴而无改焉，必受其咎。今君至于淫以生疾，将不能图恤社稷，祸孰大焉？主不能御，吾是以云也。"赵孟曰："何谓蛊"对曰："淫溺惑乱之所生也。于文，皿虫为蛊。谷之飞亦为蛊。在《周易》，女惑男、风落山谓之《蛊》。皆同物也。"赵孟曰："良医也。"厚其礼而归之。

杨伯峻编著：《春秋左传注》（修订本），中华书局2009年版，第1217–1223页

昭公七年

郑子产聘于晋。晋侯有疾，韩宣子逆客，私焉，曰："寡君寝疾，于今三月矣，并走群望，有加而无瘳。今梦黄熊入于寝门，其何厉鬼也？"对曰："以君之明，子为大政，其何厉之有？昔尧殛鲧于羽山，其神化为黄熊，以入于羽渊，实为夏郊，三代祀之。晋为盟主，其或者未之祀也乎！"韩子祀夏郊，晋侯有间，赐子产莒之二方鼎。

杨伯峻编著：《春秋左传注》（修订本），中华书局2009年版，第1289–1290页

及子产适晋，赵景子问焉，曰："伯有犹能为鬼乎？"子产曰："能。人生始化曰魄，既生魄，阳曰魂。用物精多，则魂魄强，是以有精爽，至于神明。匹夫匹妇强死，其魂魄犹能冯依于人，以为淫厉，况良霄，我先君穆公之胄，子良之孙，子耳之子，敝邑之卿，从政三世矣。郑虽无腆，抑谚曰'蕞尔国'，而三世执其政柄，其用物也弘矣，其取精也多矣，其族又大，所冯厚矣，而强死，能为鬼，不亦宜乎？"

杨伯峻编著：《春秋左传注》（修订本），中华书局2009年版，第1292–1293页

昭公二十年

齐侯疥，遂痁，期而不瘳。诸侯之宾问疾者多在。梁丘据与裔款言于公曰："吾事鬼神丰，于先君有加矣。今君疾病，为诸侯忧，是祝、史之罪也。诸侯不知，其谓我不敬，君盍诛于祝固、史嚚以辞宾？"公说，告晏子。晏子曰："日宋之盟，屈建问范会之德于赵武。赵武曰：'夫子之家事治，言于晋国，竭情无私。其祝、史祭祀，陈信不愧；其家事无猜，其祝、史不祈。'建以语康王。康王曰：'神、人无怨，宜夫子之光辅五君以为诸侯主也。'"公曰："据与款谓寡人能事鬼神，故欲诛于祝、史，子称是语，何故？"对曰："若有德之君，外内不废，上下无怨，动无违事，其祝、史荐信，无愧心矣。是以鬼神用飨，国受其福，祝、史与焉。其所以蕃祉老寿者，为信君使也，其言忠信于鬼神。其适遇淫君，外内颇邪，上下怨疾，动作辟违，从欲厌私，高台深池，撞钟舞女。斩刈民力，输掠其聚，以成其违，不恤后人。暴虐淫从，肆行非度，无所还忌，不思谤讟，不惮鬼神。神怒民痛，无悛于心。其祝、史荐信，是言罪也；其盖失数美，是矫诬也。进退无辞，则虚以求媚。是以鬼神不飨其国以祸之，祝、史与焉。所以夭昏孤疾者，为暴君使也，其言僭嫚于鬼神。"公曰："然则若之何？"对曰："不可为也：山林之木，衡鹿守之；泽之萑蒲，舟鲛守之；薮之薪蒸，虞候守之；海之盐、蜃，祈望守之。县鄙之人，入从其政；偪介之关，暴征其私；承嗣大夫，强易其贿。布常无艺，征敛无度；宫室日更，淫乐不违。内宠之妾，肆夺于市；外宠之臣，僭令于鄙。私欲养求，不给则应。民人苦病，夫妇皆诅。祝有益也，诅亦有损。聊、摄以东，姑、尤以西，其为人也多矣。虽其善祝，岂能胜亿兆人之诅？君若欲诛于祝、史，修德而后可。"公说，使有司宽政，毁关，去禁，薄敛，已责。

杨伯峻编著：《春秋左传注》（修订本），中华书局2009年版，第1415–1418页

昭公二十二年

王有心疾，乙丑，崩于荣锜氏。

杨伯峻编著：《春秋左传注》（修订本），中华书局2009年版，第1435页

定公四年

水潦方降，疾疟方起。

杨伯峻编著：《春秋左传注》（修订本），中华书局2009年版，第1534页

定公十三年

冬十一月，荀跞、韩不信、魏曼多奉公以伐范氏、中行氏，弗克。

二子将伐公。齐高强曰："三折肱知为良医。唯伐君为不可，民弗与也。我以伐君在此矣。三家未睦，可尽克也。克之，君将谁与？若先伐君，是使睦也。"弗听，遂伐公。国人助公，二子败，从而伐之。丁未，荀寅、士吉射奔朝歌。

杨伯峻编著：《春秋左传注》（修订本），中华书局2009年版，第1591页

哀公六年

初，昭王有疾。卜曰："河为祟。"王弗祭。大夫请祭诸郊。王曰："三代命祀，祭不越望。江、汉、睢、章，楚之望也。祸福之至，不是过也。不谷虽不德，河非所获罪也。"遂弗祭。

孔子曰："楚昭王知大道矣。其不失国也，宜哉！《夏书》曰：'惟彼陶唐，帅彼天常，有此冀方。今失其行，乱其纪纲，乃灭而

亡。'又曰：'允出兹在兹。'由己率常，可矣。"

杨伯峻编著：《春秋左传注》（修订本），中华书局2009年版，第1636页

春秋公羊传

巫者，事鬼神祷解以治病请福者也，男曰觋，女曰巫。

〔汉〕何休解诂，〔唐〕徐彦疏：《春秋公羊传注疏》，北京大学出版社1999年版，第23页

国　语

《国语》，又称《春秋外传》《左氏外传》，相传作者为左丘明。是我国第一部国别体史书，记录了周穆王征犬戎至智伯被灭之间大约五百年的历史，共二十一卷，分别记录了周、鲁、齐、晋、郑、楚、吴、越八国的历史，内容上偏重于记述历史人物的言论。韦昭的《国语解》是目前《国语》最早的注本。

臧文仲说僖公请免卫成公

温之会，晋人执卫成公归之于周，使医鸩之，不死，医亦不诛。

〔战国〕左丘明撰，〔三国吴〕韦昭注：《国语·鲁语》，上海古籍出版社2015年版，第104页

子叔声伯辞邑

子叔声伯如晋谢季文子，郤犨欲予之邑，弗受也。归，鲍国谓之曰："子何辞苦成叔之邑，欲信让耶，抑知其不可乎？"对曰："吾闻之，不厚其栋，不能任重。重莫如国，栋莫如德。夫苦成叔家欲任两国而无大德，其不存也，亡无日矣。譬之如疾，余恐易焉。苦

成氏有三亡：少德而多宠，位下而欲上政，无大功而欲大禄，皆怨府也。其君骄而多私，胜敌而归，必立新家。立新家，不因民不能去旧；因民，非多怨民无所始。为怨三府，可谓多矣。其身之不能定，焉能予人之邑！”鲍国曰：“我信不若子，若鲍氏有衅，吾不图矣。今子图远以让邑，必常立矣。”

〔战国〕左丘明撰，〔三国吴〕韦昭注：《国语·鲁语》，上海古籍出版社2015年版，第116页

齐姜劝重耳勿怀安

公子曰：“吾不动矣，必死于此。”姜曰：“不然。《周诗》曰：‘莘莘征夫，每怀靡及。’夙夜征行，不遑启处，犹惧无及。况其顺身纵欲怀安，将何及矣！人不求及，其能及乎？日月不处，人谁获安？西方之书有之曰：‘怀与安，实疚大事。’《郑诗》云：‘仲可怀也，人之多言，亦可畏也。’昔管敬仲有言，小妾闻之，曰：‘畏威知疾，民之上也。从怀如流，民之下也。见怀思威，民之中也。畏威如疾，乃能威民。威在民上，弗畏有刑。从怀如流，去威远矣，故谓之下。其在辟也，吾从中也。《郑诗》之言，吾其从之。’此大夫管仲之所以纪纲齐国，裨辅先君而成霸者也。子而弃之，不亦难乎？齐国之政败矣，晋之无道久矣，从者之谋忠矣，时日及矣，公子几矣。君国可以济百姓，而释之者，非人也。败不可处，时不可失，忠不可弃，怀不可从，子必速行。吾闻晋之始封也，岁在大火，阏伯之星也，实纪商人。商之飨国三十一王。瞽史之纪曰：‘唐叔之世，将如商数。’今未半也。乱不长世，公子唯子，子必有晋。若何怀安？”公子弗听。

〔战国〕左丘明撰，〔三国吴〕韦昭注：《国语·晋语》，上海古籍出版社2015年版，第224页

医和视平公疾

平公有疾，秦景公使医和视之，出曰："不可为也。是谓远男而近女，惑以生蛊；非鬼非食，惑以丧志。良臣不生，天命不佑。若君不死，必失诸侯。"赵文子闻之曰："武从二三子以佐君为诸侯盟主，于今八年矣，内无苛慝，诸侯不二，子胡曰：'良臣不生，天命不佑'？"对曰："自今之谓。和闻之曰：'直不辅曲，明不规暗，拱木不生危，松柏不生埤。'吾子不能谏惑，使至于生疾，又不自退而宠其政，八年之谓多矣，何以能久！"文子曰："医及国家乎？"对曰："上医医国，其次疾人，固医官也。"文子曰："子称蛊，何实生之？"对曰："蛊之慝，谷之飞实生之。物莫伏于蛊，莫嘉于谷，谷兴蛊伏而章明者也。故食谷者，昼选男德以象谷明，宵静女德以伏蛊慝，今君一之，是不飨谷而食蛊也，是不昭谷明而皿蛊也。夫文，'虫''皿'为'蛊'，吾是以云。"文子曰："君其几何？"对曰："若诸侯服不过三年，不服不过十年，过是，晋之殃也。"是岁也，赵文子卒，诸侯叛晋。十年，平公薨。

〔战国〕左丘明撰，〔三国吴〕韦昭注：《国语·晋语》，上海古籍出版社2015年版，第314–315页

郑子产来聘

郑简公使公孙成子来聘，平公有疾，韩宣子赞授客馆。客问君疾，对曰："寡君之疾久矣，上下神祇不遍谕，而无除。今梦黄熊入于寝门，不知人杀乎，抑厉鬼邪！"子产曰："以君之明，子为大政，其何厉之有？侨闻之，昔者鲧违帝命，殛之于羽山，化为黄熊，以入于羽渊，实为夏郊，三代举之。夫鬼神之所及，非其族类，则绍其同位，是故天子祀上帝，公侯祀百辟，自卿以下不过其族。今周室少卑，晋实继之，其或者未举夏郊邪？"宣子以告，祀夏郊，董伯为尸，五日，公见子产，赐之莒鼎。

〔战国〕左丘明撰，〔三国吴〕韦昭注：《国语·晋语》，上海古籍出版社2015年版，第317页

史伯为桓公论兴衰

公曰："周其弊乎？"对曰："殆于必弊者也。《泰誓》曰：'民之所欲，天必从之。'今王弃高明昭显，而好谗慝暗昧；恶角犀丰盈，而近顽童穷固。去和而取同。夫和实生物，同则不继。以他平他谓之和，故能丰长而物归之；若以同裨同，尽乃弃矣。故先王以土与金木水火杂，以成百物。是以和五味以调口，刚四支以卫体，和六律以聪耳，正七体以役心，平八索以成人，建九纪以立纯德，合十数以训百体。出千品，具万方，计亿事，材兆物，收经入，行姟极。故王者居九畡之田，收经入以食兆民，周训而能用之，和乐如一。夫如是，和之至也。于是乎先王聘后于异姓，求财于有方，择臣取谏工而讲以多物，务和同也。声一无听，物一无文，味一无果，物一不讲。王将弃是类也，而与剸同，天夺之明，欲无弊，得乎？"

〔战国〕左丘明撰，〔三国吴〕韦昭注：《国语·郑语》，上海古籍出版社2015年版，第338–339页

范无宇论国为大城未有利者

"……且夫制城邑若体性焉，有首领股肱，至于手拇毛脉，大能掉小，故变而不勤。地有高下，天有晦明，民有君臣，国有都鄙，古之制也。先王惧其不帅，故制之以义，旌之以服，行之以礼，辩之以名，书之以文，道之以言。既其失也，易物之由。夫边境者，国之尾也，譬之如牛马，处暑之既至，虻䗈之既多，而不能掉其尾，臣亦惧之。不然，是三城也，岂不使诸侯之心惕惕焉。"

〔战国〕左丘明撰，〔三国吴〕韦昭注：《国语·楚语》，上海古籍出版社2015年版，第362页

夫差伐齐不听申胥之谏

吴王夫差既许越成，乃大戒师徒，将以伐齐。

申胥进谏曰："昔天以越赐吴，而王弗受。夫天命有反，今越王勾践恐惧而改其谋，舍其愆令，轻其征赋，施民所善，去民所恶，身自约也，裕其众庶，其民殷众，以多甲兵。越之在吴，犹人之有腹心之疾也。夫越王之不忘败吴，于其心也侙然，服士以伺吾间。今王非越是图，而齐、鲁以为忧。夫齐、鲁譬诸疾，疥癣也，岂能涉江、淮而与我争此地哉？将必越实有吴土。"

〔战国〕左丘明撰，〔三国吴〕韦昭注：《国语·吴语》，上海古籍出版社2015年版，第395页

勾践灭吴

勾践之地，南至于句无，北至于御儿，东至于鄞，西至于姑蔑，广运百里。乃致其父母昆弟而誓之曰："寡人闻，古之贤君，四方之民归之，若水之归下也。今寡人不能，将帅二三子夫妇以蕃。"令壮者无取老妇，令老者无取壮妻。女子十七不嫁，其父母有罪；丈夫二十不娶，其父母有罪。将免者以告，公令医守之。生丈夫，二壶酒，一犬；生女子，二壶酒，一豚。生三人，公与之母；生二人，公与之饩。当室者死，三年释其政；支子死，三月释其政。必哭泣葬埋之，如其子。令孤子、寡妇、疾疹、贫病者，纳宦其子。其达士，洁其居，美其服，饱其食，而摩厉之于义。四方之士来者，必庙礼之。勾践载稻与脂于舟以行，国之孺子之游者，无不餔也，无不歠也，必问其名。非其身之所种则不食，非其夫人之所织则不衣，十年不收于国，民俱有三年之食。

〔战国〕左丘明撰，〔三国吴〕韦昭注：《国语·越语》，上海古籍出版社2015年版，第418–419页

战国策

《战国策》又称《国策》《国事》《短长》《长书》《修书》《事语》等，是汇编而成的国别体史书，记载了战国初年至秦灭六国之间二百余年的历史，分别记载了西周、东周、秦、齐、楚、赵、魏、韩、燕、宋、卫、中山等国之事，主要记录了战国策士的言行策略。作者非一人，成书非一时，今本《战国策》为西汉刘向所编订命名的。

医扁鹊见秦武王

医扁鹊见秦武王，武王示之病，扁鹊请除之。左右曰："君之病，在耳之前，目之下，除之未必已也，将使耳不聪，目不明。"君以告扁鹊。扁鹊怒而投其石，曰："君与知者谋之，而与不知者败之！使此知秦国之政也，则君一举而亡国矣！"

诸祖耿编撰：《战国策集注汇考：增补本》，凤凰出版社2008年版，第227页

陉山之事

苏代为齐献书穰侯曰："臣闻往来之者言曰：'秦且益赵甲四万人以伐齐。'臣窃必之弊邑之王曰：'秦王明而熟于计，穰侯智而习于事，必不益赵甲四万人以伐齐。'是何也？夫三晋相结，秦之深雠也。三晋百背秦，百欺秦，不为不信，不为无行。今破齐以肥赵，赵，秦之深雠，不利于秦，一也。秦之谋者，必曰：'破齐弊晋，而后制晋楚之胜。'夫齐，罢国也，以天下击之，譬犹以千钧之弩决溃痈也。秦王安能制晋楚哉？二也。秦少出兵，则晋楚不信；多出兵，则晋楚为制于秦；齐恐，则必不走于秦，且走晋楚。三也。齐割地以实晋楚，则晋楚安；齐举兵而为之顿剑，则秦反受兵。四也。是晋楚以秦破齐，以齐破秦，何晋楚之智而齐秦之愚？五也。秦得安

邑，善齐以安之，亦必无患矣。秦有安邑，则韩魏必无上党哉。夫取三晋之肠胃，与出兵而惧其不反也，孰利？故臣窃必之弊邑之王曰：‘秦王明而熟于计，穰侯智而习于事，必不益赵甲四万人以伐齐矣。’”

诸祖耿编撰：《战国策集注汇考：增补本》，凤凰出版社2008年版，第254页

或谓韩相国

或谓韩相国曰：“人之所以善扁鹊者，为有臃肿也；使善扁鹊而无臃肿也，则人莫之为之也。今君以所事善平原君者，为恶于秦也；而善平原君乃所以恶于秦也。愿君之熟计之也！”

诸祖耿编撰：《战国策集注汇考：增补本》，凤凰出版社2008年版，第1477页

燕太子丹质于秦

秦王闻之，大喜。乃朝服，设九宾，见燕使者咸阳宫。荆轲奉樊於期头函，而秦武阳奉地图匣，以次进。至陛下，秦武阳色变振恐，群臣怪之。荆轲顾笑武阳，前为谢曰：“北蛮夷之鄙人，未尝见天子，故振慑，愿大王少假借之，使毕使于前。”秦王谓轲曰：“起，取武阳所持图！”轲既取图，奉之，发图，图穷而匕首见。因左手把秦王之袖，而右手持匕首，揕抗之。未至身，秦王惊，自引而起，绝袖。拔剑，剑长，操其室。时惣急，剑坚，故不可立拔。荆轲逐秦王，秦王还柱而走。群臣惊愕，卒起不意，尽失其度。而秦法，群臣侍殿上者，不得持尺兵。诸郎中执兵皆陈殿下，非有诏，不得上。方急时，不及召下兵，以故荆轲逐秦王，而卒惶急，无以击轲，而乃以手共搏之。是时侍医夏无且以其所奉药囊提轲。秦王之方还柱走，卒惶急，不知所为，左右乃曰：“王负剑！王负剑！”遂拔以击荆轲，断其左股。荆轲废，乃引其匕首提秦王，不中，中柱。秦

王复击轲，被八创。轲自知事不就，倚柱而笑，箕踞以骂曰：“事所以不成者，乃欲以生劫之，必得约契以报太子也。”左右既前斩荆轲，秦王目眩良久。而论功赏群臣及当坐者各有差。而赐夏无且黄金二百镒，曰：“无且爱我，乃以药囊提轲也！”

诸祖耿编撰：《战国策集注汇考：增补本》，凤凰出版社2008年版，第1653页

老 子

《老子》又称《道德经》，共八十一章，分上、下两篇，即《道经》和《德经》，是道家学派的重要著作。老子的思想核心是道，进而由此提倡自然无为，推崇朴拙，以及辩证思想。作者老子略早于孔子，有李耳、老聃等不同说法。唐代，老子被尊为道教始祖，《老子》也成为道教的经典著作。

第十二章

五色令人目盲；五音令人耳聋；五味令人口爽；驰骋畋猎，令人心发狂；难得之货，令人行妨。是以圣人为腹不为目，故去彼取此。

陈鼓应注译：《老子今注今译》，商务印书馆2003年版，第118页

第十三章

故贵以身为天下，若可寄天下，爱以身为天下，若可托天下。

陈鼓应注译：《老子今注今译》，商务印书馆2003年版，第121页

第四十四章

名与身孰亲？身与货孰多？得与亡孰病？甚爱必大费；多藏必厚亡。

陈鼓应注译：《老子今注今译》，商务印书馆2003年版，第241页

第五十章

出生入死。生之徒，十有三；死之徒，十有三；人之生，动之于死地，亦十有三。夫何故？以其生生之厚。盖闻善摄生者，陆行不遇兕虎，入军不被甲兵；兕无所投其角，虎无所用其爪，兵无所容其刃。夫何故？以其无死地。

陈鼓应注译：《老子今注今译》，商务印书馆2003年版，第256页

第五十九章

治人事天，莫若啬。夫为啬，是谓早服；早服谓之重积德；重积德则无不克；无不克则莫知其极；莫知其极，可以有国；有国之母，可以长久；是谓深根固柢，长生久视之道。

陈鼓应注译：《老子今注今译》，商务印书馆2003年版，第288页

论　语

《论语》是记录孔子及其弟子言行的语录体著作，由孔子弟子及再传弟子编写而成。现存《论语》20篇，492章。《论语》体现了孔子的政治、伦理、教育、美学等思想，其核心思想是仁礼中和。《论

语》是儒家的经典著作，与《大学》《中庸》《孟子》并称四书，是十三经之一。

学　而

子曰："君子食无求饱，居无求安，敏于事而慎于言，就有道而正焉，可谓好学也已。"

杨伯峻译注：《论语译注》，中华书局2009年版，第9页

述　而

子之所慎：齐，战，疾。

杨伯峻译注：《论语译注》，中华书局2009年版，第68页

泰　伯

曾子有疾，召门弟子曰："启予足！启予手！《诗》云：'战战兢兢，如临深渊，如履薄冰。'而今而后，吾知免夫！小子！"

杨伯峻译注：《论语译注》，中华书局2009年版，第78页

曾子有疾，孟敬子问之。曾子言曰："鸟之将死，其鸣也哀；人之将死，其言也善。君子所贵乎道者三：动容貌，斯远暴慢矣；正颜色，斯近信矣；出辞气，斯远鄙倍矣。笾豆之事，则有司存。"

杨伯峻译注：《论语译注》，中华书局2009年版，第78页

乡　党

"食不厌精，脍不厌细。食饐而餲，鱼馁而肉败，不食。色恶，不食。臭恶，不食。失饪，不食。不时，不食。割不正，不食。不得其酱，不食。肉虽多，不使胜食气。唯酒无量，不及乱。沽酒市脯不食。不撤姜食，不多食。"

杨伯峻译注：《论语译注》，中华书局2009年版，第101-102页

康子馈药，拜而受之。曰："丘未达，不敢尝。"

杨伯峻译注：《论语译注》，中华书局2009年版，第104页

君赐食，必正席先尝之。君赐腥，必熟而荐之。君赐生，必畜之。侍食于君，君祭，先饭。

杨伯峻译注：《论语译注》，中华书局2009年版，第104页

子　路

子曰："南人有言曰：'人而无恒，不可以作巫医。'善夫！""不恒其德，或承之羞。"子曰："不占而已矣。"

杨伯峻译注：《论语译注》，中华书局2009年版，第139页

季　氏

孔子曰："君子有三戒：少之时，血气未定，戒之在色；及其壮也，血气方刚，戒之在斗；及其老也，血气既衰，戒之在得。"

杨伯峻译注：《论语译注》，中华书局2009年版，第174页

墨　子

墨子，名翟，春秋战国之交宋国人。墨家学派创始人，在先秦墨家与儒家并称显学。墨子的观点有兼爱、非攻、尚贤、尚同、天志、明鬼等，《墨子》是由其弟子收集的墨子语录编纂而成的。墨子死后墨家分为三个学派：相里氏之墨、相夫氏之墨、邓陵氏之墨。

辞　过

子墨子曰：古之民，未知为宫室时，就陵阜而居，穴而处。下润湿伤民，故圣王作为宫室，为宫室之法，曰："室高足以辟润湿，边足以圉风寒，上足以待雪霜雨露，宫墙之高，足以别男女之礼。"

谨此则止，凡费财劳力，不加利者，不为也。役修其城郭，则民劳而不伤；以其常正，收其租税，则民费而不病。民所苦者非此也，苦于厚作敛于百姓。是故圣王作为宫室，便于生，不以为观乐也；作为衣服带履，便于身，不以为辟怪也。故节于身，诲于民，是以天下之民可得而治，财用可得而足。

〔清〕孙诒让撰，孙启治点校：《墨子间诂》，中华书局2010年版，第30页

非　攻

今师徒唯毋兴起，冬行恐寒，夏行恐暑，此不可以冬夏为者也。春则废民耕稼树艺，秋则废民获敛。今唯毋废一时，则百姓饥寒冻馁而死者，不可胜数。今尝计军上，竹箭、羽旄、幄幕、甲盾、拨劫，往而靡弊腑冷不反者，不可胜数；又与矛戟戈剑乘车，其列住碎拆靡弊而不反者，不可胜数；与其牛马肥而往、瘠而反，往死亡而不反者，不可胜数。与其涂道之修远，粮食辍绝而不继，百姓死者，不可胜数也。与其居处之不安，食饭之不时，肌饱之不节，百姓之道疾病而死者，不可胜数。丧师多不可胜数，丧师尽不可胜计，则是鬼神之丧其主后，亦不可胜数。

〔清〕孙诒让撰，孙启治点校：《墨子间诂》，中华书局2010年版，第129页

公　输

子墨子见王，曰："今有人于此，舍其文轩，邻有敝舆，而欲窃之；舍其锦绣，邻有短褐，而欲窃之；舍其粱肉，邻有糠糟，而欲窃之。此为何若人？" 王曰："必为窃疾矣。"子墨子曰："荆之地，方五千里，宋之地，方五百里，此犹文轩之与敝舆也；荆有云梦，犀兕麋鹿满之，江汉之鱼鼋鼍为天下富，宋所为无雉兔狐狸者也，此犹粱肉之与糠糟也；荆有长松、文梓，楩　、豫章，宋无长木，此

犹锦绣之与短褐也。臣以三事之攻宋也，为与此同类。臣见大王之必伤义而不得。”王曰：“善哉！虽然，公输盘为我为云梯，必取宋。”

〔清〕孙诒让撰，孙启治点校：《墨子间诂》，中华书局2010年版，第484页

孟　子

《孟子》是战国中期儒家经典著作，记录了孟子的思想言行，由孟子及其弟子编著而成。现存7篇，286章。《孟子》反映了其性善、民本、仁政、养气等思想，其行文气势浩然，感情充沛，极富感染力。是先秦诸子中颇具文学性的著作之一。

梁惠王章句下

王曰：“大哉言矣！寡人有疾，寡人好勇。”

对曰：“王请无好小勇。夫抚剑疾视曰，‘彼恶敢当我哉’！此匹夫之勇，敌一人者也。王请大之！”“《诗》云：‘王赫斯怒，爰整其旅，以遏徂莒，以笃周祜，以对于天下。’此文王之勇也。文王一怒而安天下之民。”“《书》曰：‘天降下民，作之君，作之师，惟曰其助上帝宠之，四方有罪无罪惟我在，天下曷敢有越厥志？’一人衡行于天下，武王耻之。此武王之勇也。而武王亦一怒而安天下之民。今王亦一怒而安天下之民，民惟恐王之不好勇也。”

杨伯峻译注：《孟子译注》，中华书局2010年版，第28页

曰：“王如善之，则何为不行？”

王曰：“寡人有疾，寡人好货。”

对曰：“昔者公刘好货，《诗》云：‘乃积乃仓，乃裹𫗫粮，于橐于囊。思戢用光。弓矢斯张，干戈戚扬，爰方启行。’故居者有积仓，行者有裹囊也，然后可以爰方启行。王如好货，与百姓同之，于王何有？”

王曰："寡人有疾，寡人好色。"

对曰："昔者太王好色，爱厥妃。《诗》云：'古公亶父，来朝走马，率西水浒，至于岐下。爰及姜女，聿来胥宇。'当是时也，内无怨女，外无旷夫。王如好色，与百姓同之，于王何有？"

杨伯峻译注：《孟子译注》，中华书局2010年版，第34页

公孙丑章句下

孟子将朝王，王使人来曰："寡人如就见者也，有寒疾，不可以风。朝，将视朝，不识可使寡人得见乎？"

对曰："不幸而有疾，不能造朝。"

明日，出吊于东郭氏。公孙丑曰："昔者辞以病，今日吊，或者不可乎？"

曰："昔者疾，今日愈，如之何不吊？"

王使人问疾，医来。

孟仲子对曰："昔者有王命，有采薪之忧，不能造朝。今病小愈，趋造于朝，我不识能至否乎。"

使数人要于路，曰："请必无归，而造于朝！"

不得已而之景丑氏宿焉。

杨伯峻译注：《孟子译注》，中华书局2010年版，第80页

滕文公章句上

滕文公为世子，将之楚，过宋而见孟子。孟子道性善，言必称尧舜。

世子自楚反，复见孟子。孟子曰："世子疑吾言乎？夫道一而已矣。成覸谓齐景公曰：'彼，丈夫也；我，丈夫也；吾何畏彼哉？'颜渊曰：'舜，何人也？予，何人也？有为者亦若是。'公明仪曰：'文王，我师也，周公岂欺我哉？'今滕，绝长补短，将五十里也，犹可以为善国。《书》曰：'若药不瞑眩，厥疾不瘳。'"

杨伯峻译注：《孟子译注》，中华书局2010年版，第102页

离娄章句上

孟子曰："桀纣之失天下也，失其民也；失其民者，失其心也。得天下有道：得其民，斯得天下矣；得其民有道：得其心，斯得民矣；得其心有道：所欲与之聚之，所恶勿施，尔也。民之归仁也，犹水之就下、兽之走圹也。故为渊驱鱼者，獭也；为丛驱爵者，鹯也；为汤武驱民者，桀与纣也。今天下之君有好仁者，则诸侯皆为之驱矣。虽欲无王，不可得已。今之欲王者，犹七年之病求三年之艾也。苟为不畜，终身不得。苟不志于仁，终身忧辱，以陷于死亡。《诗》云'其何能淑，载胥及溺。'此之谓也。"

杨伯峻译注：《孟子译注》，中华书局2010年版，第156页

告子章句上

孟子曰："人之于身也，兼所爱。兼所爱，则兼所养也。无尺寸之肤不爱焉，则无尺寸之肤不养也。所以考其善不善者，岂有他哉？于己取之而已矣。体有贵贱，有小大。无以小害大，无以贱害贵。养其小者为小人，养其大者为大人。今有场师，舍其梧槚，养其樲棘，则为贱场师焉。养其一指而失其肩背，而不知也，则为狼疾人也。饮食之人，则人贱之矣，为其养小以失大也。饮食之人无有失也，则口腹岂适为尺寸之肤哉？"

杨伯峻译注：《孟子译注》，中华书局2010年版，第248页

庄　子

庄子，名周，战国中期蒙地人。庄子与老子合称老庄，《庄子》代表了庄子及其后学的思想，其经典思想是游、齐物、自然、无为等，其思想精深博大，是战国中期道家学派的经典著作。《庄子》分内篇、外篇、杂篇，共三十三篇。《庄子》与《老子》《周易》并称

三玄。至唐代，庄子被尊为南华真人，《庄子》又称《南华真经》。鲁迅称庄子文章："汪洋辟阖，仪态万方，晚周诸子之作，莫能先也。"

逍遥游

若夫乘天地之正，而御六气之辩，以游无穷者，彼且恶乎待哉！故曰：至人无己，神人无功，圣人无名。

〔清〕郭庆藩撰，王孝鱼点校：《庄子集释》，中华书局2007年版，第17页

惠子谓庄子曰："魏王贻我大瓠之种，我树之成而实五石。以盛水浆，其坚不能自举也。剖之以为瓢，则瓠落无所容。非不呺然大也，吾为其无用而掊之。"庄子曰："夫子固拙于用大矣。宋人有善为不龟手之药者，世世以洴澼絖为事。客闻之，请买其方百金。聚族而谋曰：'我世世为洴澼絖，不过数金；今一朝而鬻技百金，请与之。'客得之，以说吴王。越有难，吴王使之将。冬，与越人水战，大败越人，裂地而封之。能不龟手，一也；或以封，或不免于洴澼絖，则所用之异也。今子有五石之瓠，何不虑以为大樽而浮乎江湖，而忧其瓠落无所容？则夫子犹有蓬之心也夫！"

〔清〕郭庆藩撰，王孝鱼点校：《庄子集释》，中华书局2007年版，第36页

惠子谓庄子曰："吾有大树，人谓之樗。其大本臃肿而不中绳墨，其小枝卷曲而不中规矩。立之涂，匠者不顾。今子之言，大而无用，众所同去也。"庄子曰："子独不见狸狌乎？卑身而伏，以候敖者；东西跳梁，不辟高下；中于机辟，死于罔罟。今夫斄牛，其大若垂天之云。此能为大矣，而不能执鼠。今子有大树，患其无用，何不树之于无何有之乡，广莫之野，彷徨乎无为其侧，逍遥乎寝卧其下。不夭斤斧，物无害者，无所可用，安所困苦哉！"

〔清〕郭庆藩撰，王孝鱼点校：《庄子集释》，中华书局2007年

版，第39页

养生主

吾生也有涯，而知也无涯。以有涯随无涯，殆已；已而为知者，殆而已矣！为善无近名，为恶无近刑，缘督以为经，可以保身，可以全生，可以养亲，可以尽年。

庖丁为文惠君解牛，手之所触，肩之所倚，足之所履，膝之所踦，砉然响然，奏刀騞然，莫不中音。合于桑林之舞，乃中经首之会。

文惠君曰："譆，善哉！技盖至此乎？"庖丁释刀对曰："臣之所好者道也，进乎技矣。始臣之解牛之时，所见无非全牛者。三年之后，未尝见全牛也；方今之时，臣以神遇而不以目视，官知止而神欲行。依乎天理，批大卻，导大窾，因其固然。技经肯綮之未尝，而况大軱乎！良庖岁更刀，割也；族庖月更刀，折也。今臣之刀十九年矣，所解数千牛矣，而刀刃若新发于硎。彼节者有间，而刀刃者无厚，以无厚入有间，恢恢乎其于游刃必有余地矣，是以十九年而刀刃若新发于硎。虽然，每至于族，吾见其难为，怵然为戒，视为止，行为迟，动刀甚微，謋然已解，如土委地。提刀而立，为之四顾，为之踌躇满志，善刀而藏之。"

文惠君曰："善哉！吾闻庖丁之言，得养生焉。"

公文轩见右师而惊曰："是何人也？恶乎介也？天与，其人与？"曰："天也，非人也。天之生是使独也，人之貌有与也。以是知其天也，非人也。"

泽雉十步一啄，百步一饮，不蕲畜乎樊中。神虽王，不善也。

老聃死，秦失吊之，三号而出。弟子曰："非夫子之友邪？"曰："然。""然则吊焉若此，可乎？"曰："然。始也吾以为其人也，而今非也。向吾入而吊焉，有老者哭之，如哭其子；少者哭之，如哭其母。彼其所以会之，必有不蕲言而言，不蕲哭而哭者。是遁天倍情，忘其所受，古者谓之遁天之刑。适来，夫子时也；适去，夫子顺也。安时而处顺，哀乐不能入也，古者谓是帝之县解。”

指穷于为薪，火传也，不知其尽也。

〔清〕郭庆藩撰，王孝鱼点校：《庄子集释》，中华书局2007年版，第115-129页

人间世

颜回见仲尼，请行。曰：“奚之？”曰：“将之卫。”曰：“奚为焉？”曰：“回闻卫君，其年壮，其行独。轻用其国，而不见其过。轻用民死，死者以国量乎泽若蕉，民其无如矣！回尝闻之夫子曰：‘治国去之，乱国就之，医门多疾。’愿以所闻思其则，庶几其国有瘳乎！”

〔清〕郭庆藩撰，王孝鱼点校：《庄子集释》，中华书局2007年版，第131页

匠石之齐，至于曲辕，见栎社树。其大蔽数千牛，絜之百围，其高临山十仞而后有枝，其可以舟者旁十数。观者如市，匠伯不顾，遂行不辍。弟子厌观之，走及匠石，曰：“自吾执斧斤以随夫子，未尝见材如此其美也。先生不肯视，行不辍，何邪？”曰：“已矣，勿言之矣！散木也。以为舟则沉，以为棺椁则速腐，以为器则速毁，以为门户则液樠，以为柱则蠹，是不材之木也。无所可用，故能若是之寿。”

匠石归，栎社见梦曰：“女将恶乎比予哉？若将比予于文木邪？夫柤梨橘柚，果蓏之属，实熟则剥，剥则辱；大枝折，小枝泄。此以其能苦其生者也，故不终其天年而中道夭，自掊击于世俗者也。物莫不若是。且予求无所可用久矣，几死，乃今得之，为予大用。使予也而有用，且得有此大也邪？且也若与予也皆物也，奈何哉其相物也？而几死之散人，又恶知散木！”

匠石觉而诊其梦。弟子曰：“趣取无用，则为社何邪？”曰：

“密！若无言！彼亦直寄焉！以为不知己者诟厉也。不为社者，且几有翦乎！且也彼其所保与众异，而以义喻之，不亦远乎！”

〔清〕郭庆藩撰，王孝鱼点校：《庄子集释》，中华书局2007年版，第170–174页

宋有荆氏者，宜楸柏桑。其拱把而上者，求狙猴之杙者斩之；三围四围，求高名之丽者斩之；七围八围，贵人富商之家求椫傍者斩之。故未终其天年，而中道之夭于斧斤，此材之患也。故解之以牛之白颡者与豚之亢鼻者，与人有痔病者，不可以适河。此皆巫祝以知之矣，所以为不祥也。此乃神人之所以为大祥也。

〔清〕郭庆藩撰，王孝鱼点校：《庄子集释》，中华书局2007年版，第177页

支离疏者，颐隐于脐，肩高于顶，会撮指天，五管在上，两髀为胁。挫针治繲，足以餬口；鼓筴播精，足以食十人。上征武士，则支离攘臂而游于其间；上有大役，则支离以有常疾不受功；上与病者粟，则受三钟与十束薪。夫支离其形者，犹足以养其身，终其天年，又况支离其德者乎！

〔清〕郭庆藩撰，王孝鱼点校：《庄子集释》，中华书局2007年版，第180页

山木自寇也；膏火自煎也。桂可食，故伐之；漆可用，故割之。人皆知有用之用，而莫知无用之用也。

〔清〕郭庆藩撰，王孝鱼点校：《庄子集释》，中华书局2007年版，第186页

大宗师

“孰能以无为首，以生为脊，以死为尻；孰知死生存亡之一体者，吾与之友矣！”

〔清〕郭庆藩撰，王孝鱼点校：《庄子集释》，中华书局2007年版，第258页

彼方且与造物者为人，而游乎天地之一气。彼以生为附赘县疣，以死为决疣溃痈。夫若然者，又恶知死生先后之所在！

〔清〕郭庆藩撰，王孝鱼点校：《庄子集释》，中华书局2007年版，第268页

在宥

人大喜邪？毗于阳。大怒邪？毗于阴。阴阳并毗，四时不至，寒暑之和不成，其反伤人之形乎！使人喜怒失位，居处无常，思虑不自得，中道不成章。于是乎天下始乔诘卓鸷，而后有盗跖曾史之行。故举天下以赏其善者不足，举天下以罚其恶者不给，故天下之大不足以赏罚。自三代以下者，匈匈焉终以赏罚为事，彼何暇安其性命之情哉！

而且说明邪？是淫于色也。说聪邪？是淫于声也。说仁邪？是乱于德也。说义邪？是悖于理也。说礼邪？是相于技也。说乐邪？是相于淫也。说圣邪？是相于艺也。说知邪？是相于疵也。天下将安其性命之情，之八者，存可也，亡可也；天下将不安其性命之情，之八者，乃始脔卷獊囊而乱天下也。而天下乃始尊之惜之，甚矣天下之惑也！岂直过也而去之邪！乃齐戒以言之，跪坐以进之，鼓歌以舞之，吾若是何哉！

〔清〕郭庆藩撰，王孝鱼点校：《庄子集释》，中华书局2007年版，第365-368页

天地

门无鬼与赤张满稽观于武王之师。赤张满稽曰："不及有虞氏乎！故离此患也。"门无鬼曰："天下均治而有虞氏治之邪？其乱而后治之与？"赤张满稽曰："天下均治之为愿，而何计以有虞氏为！有虞氏之药疡也，秃而施髢，病而求医。孝子操药以修慈父，其色燋然，圣人羞之。"

〔清〕郭庆藩撰，王孝鱼点校：《庄子集释》，中华书局2007年版，第443页

刻意

刻意尚行，离世异俗，高论怨诽，为亢而已矣；此山谷之士，非世之人，枯槁赴渊者之所好也。语仁义忠信，恭俭推让，为修而已矣；此平世之士，教诲之人，游居学者之所好也。语大功，立大名，礼君臣，正上下，为治而已矣。此朝廷之士，尊主强国之人，致功并兼者之所好也。就薮泽，处闲旷，钓鱼闲处，无为而已矣；此江海之士，避世之人，闲暇者之所好也。吹呴呼吸，吐故纳新，熊经鸟申，为寿而已矣；此道引之士，养形之人，彭祖寿考者之所好也。

若夫不刻意而高，无仁义而修，无功名而治，无江海而闲，不道引而寿，无不忘也，无不有也，淡然无极而众美从之。此天地之道，圣人之德也。故曰：夫恬淡寂漠虚无无为，此天地之平而道德之质也。故曰，圣人休休焉则平易矣，平易则恬淡矣。平易恬淡，则忧患不能入，邪气不能袭，故其德全而神不亏。

〔清〕郭庆藩撰，王孝鱼点校：《庄子集释》，中华书局2007年版，第535–538页

至乐

天下有至乐无有哉？有可以活身者无有哉？今奚为奚据？奚避奚处？奚就奚去？奚乐奚恶？夫天下之所尊者，富贵寿善也；所乐者，身安厚味美服好色音声也；所下者，贫贱夭恶也；所苦者，身不得安逸，口不得厚味，形不得美服，目不得好色，耳不得音声。若不得者，则大忧以惧，其为形也亦愚哉！夫富者，苦身疾作，多积财而不得尽用，其为形也亦外矣！夫贵者，夜以继日，思虑善否，其为形也亦疏矣！人之生也，与忧俱生。寿者惛惛，久忧不死，何

之苦也！其为形也亦远矣！烈士为天下见善矣，未足以活身。吾未知善之诚善邪，诚不善邪？若以为善矣，不足活身；以为不善矣，足以活人。故曰："忠谏不听，蹲循勿争。"故夫子胥争之以残其形，不争，名亦不成。诚有善无有哉？

今俗之所为与其所乐，吾又未知乐之果乐邪？果不乐邪？吾观夫俗之所乐，举群趣者，诬诬然如将不得已，而皆曰乐者，吾未之乐也，亦未之不乐也。果有乐无有哉？吾以无为诚乐矣，又俗之所大苦也。故曰："至乐无乐，至誉无誉。"

天下是非果未可定也。虽然，无为可以定是非。至乐活身，唯无为几存。请尝试言之。天无为以之清，地无为以之宁，故两无为相合，万物皆化。芒乎芴乎，而无从出乎！芴乎芒乎，而无有象乎！万物职职，皆从无为殖。故曰：天地无为也而无不为也，人也孰能得无为哉！

庄子妻死，惠子吊之，庄子则方箕踞鼓盆而歌。惠子曰："与人居，长子老身，死不哭亦足矣，又鼓盆而歌，不亦甚乎！"庄子曰："不然。是其始死也，我独何能无概然！察其始而本无生，非徒无生也而本无形，非徒无形也而本无气。杂乎芒芴之间，变而有气，气变而有形，形变而有生，今又变而之死，是相与为春秋冬夏四时行也。人且偃然寝于巨室，而我噭噭然随而哭之，自以为不通乎命，故止也。"

支离叔与滑介叔观于冥伯之丘，昆仑之虚，黄帝之所休。俄而柳生其左肘，其意蹶蹶然恶之。支离叔曰："子恶之乎？"滑介叔曰："亡，予何恶！生者，假借也。假之而生生者，尘垢也。死生为昼夜。且吾与子观化而化及我，我又何恶焉！"

庄子之楚，见空髑髅，髐然有形。撽以马捶，因而问之，曰："夫子贪生失理，而为此乎？将子有亡国之事，斧钺之诛，而为此乎？将子有不善之行，愧遗父母妻子之丑，而为此乎？将子有冻馁之患而为此乎？将子之春秋故及此乎？"于是语卒，援髑髅，枕而卧。夜半，髑髅见梦曰："子之谈者似辩士，视子所言，皆生人之累也，死则无此矣。子欲闻死之说乎？”庄子曰：“然。”髑髅曰：“死，无君于上，无臣于下；亦无四时之事，从然以天地为春秋，虽南面王乐，不能过也。”庄子不信，曰：“吾使司命复生子形，为子骨肉肌肤，反子父母妻子闾里知识，子欲之乎？”髑髅深颦蹙额曰：“吾安能弃南面王乐而复为人间之劳乎！”

〔清〕郭庆藩撰，王孝鱼点校：《庄子集释》，中华书局2007年版，第608-619页

列子行，食于道从，见百岁髑髅，攓蓬而指之曰：“唯予与汝知而未尝死，未尝生也。若果养乎？予果欢乎？”种有几？得水则为继，得水土之际则为蛙蠙之衣，生于陵屯则为陵舄，陵舄得郁栖则为乌足，乌足之根为蛴螬，其叶为胡蝶。胡蝶胥也化而为虫，生于灶下，其状若脱，其名为鸲掇。鸲掇千日为鸟，其名为干余骨。干余骨之沫为斯弥，斯弥为食醯。颐辂生乎食醯，黄軦生乎九猷，瞀芮生乎腐蠸。羊奚比乎不箰，久竹生青宁，青宁生程，程生马，马生人，人又反入于机。万物皆出于机，皆入于机。

〔清〕郭庆藩撰，王孝鱼点校：《庄子集释》，中华书局2007年版，第623-625页

达　生

达生之情者，不务生之所无以为；达命之情者，不务知之所无奈何。养形必先之以物，物有余而形不养者有之矣。有生必先无离形，形不离而生亡者有之矣。生之来不能却，其去不能止。悲夫！世之人以为养形足以存生；而养形果不足以存生，则世奚足为哉！虽不足为而不可不为者，其为不免矣！夫欲免为形者，莫如弃世。弃世则无累，无累则正平，正平则与彼更生，更生则几矣！事奚足弃而生奚足遗？弃事则形不劳，遗生则精不亏。夫形全精复，与天为一。天地者，万物之父母也，合则成体，散则成始。形精不亏，是谓能移。精而又精，反以相天。

〔清〕郭庆藩撰，王孝鱼点校：《庄子集释》，中华书局2007年版，第630-632页

田开之见周威公，威公曰："吾闻祝肾学生，吾子与祝肾游，亦何闻焉?"田开之曰："开之操拔篲以侍门庭，亦何闻于夫子!"威公曰："田子无让，寡人愿闻之。"开之曰："闻之夫子曰：'善养生者，若牧羊然，视其后者而鞭之。'"威公曰："何谓也?"田开之曰："鲁有单豹者，岩居而水饮，不与民共利，行年七十而犹有婴儿之色，不幸遇饿虎，饿虎杀而食之。有张毅者，高门县薄，无不走也，行年四十而有内热之病以死。豹养其内而虎食其外，毅养其外而病攻其内。此二子者，皆不鞭其后者也。"仲尼曰："无入而藏，无出而阳，柴立其中央。三者若得，其名必极。夫畏涂者，十杀一人，则父子兄弟相戒也，必盛卒徒而后敢出焉，不亦知乎！人之所取畏者，衽席之上，饮食之间，而不知为之戒者，过也!"

〔清〕郭庆藩撰，王孝鱼点校：《庄子集释》，中华书局2007年版，第644-647页

桓公田于泽，管仲御，见鬼焉。公抚管仲之手曰："仲父何见?" 对曰："臣无所见。"公反，诶诒为病，数日不出。齐士有皇子告敖者，曰："公则自伤，鬼恶能伤公！夫忿滀之气，散而不反，则为不足；上而不下，则使人善怒；下而不上，则使人善忘；不上不下，中身当心，则为病。"桓公曰："然则有鬼乎？"曰："有。沈有履，灶有髻。户内之烦壤，雷霆处之；东北方之下者，倍阿鲑蠪跃之；西北方之下者，则泆阳处之。水有罔象，丘有峷，山有夔，野有彷徨，泽有委蛇。"公曰："请问，委蛇之状何如?"皇子曰："委蛇，其大如毂，其长如辕，紫衣而朱冠。其为物也，恶闻雷车之声，则捧其首而立。见之者殆乎霸。"桓公辴然而笑曰："此寡人之所见者也。"于是正衣冠与之坐，不终日而不知病之去也。

〔清〕郭庆藩撰，王孝鱼点校：《庄子集释》，中华书局2007年版，第650-654页

山　木

庄子行于山中，见大木，枝叶盛茂。伐木者止其旁而不取也。问其故，曰："无所可用。"庄子曰："此木以不材得终其天年。"夫子出于山，舍于故人之家。故人喜，命竖子杀雁而烹之。竖子请曰："其一能鸣，其一不能鸣，请奚杀？"主人曰："杀不能鸣者。"明日，弟子问于庄子曰："昨日山中之木，以不材得终其天年；今主人之雁，以不材死。先生将何处？"庄子笑曰："周将处乎材与不材之间。材与不材之间，似之而非也，故未免乎累。若夫乘道德而浮游则不然，无誉无訾，一龙一蛇，与时俱化，而无肯专为。一上一下，以和为量，浮游乎万物之祖；物物而不物于物，则胡可得而累邪！此神农黄帝之法则也。若夫万物之情，人伦之传，则不然。合则离，成则毁，廉则挫，尊则议，有为则亏，贤则谋，不肖则欺，胡可得而必乎哉！悲夫，弟子志之，其唯道德之乡乎！"

〔清〕郭庆藩撰，王孝鱼点校：《庄子集释》，中华书局2007年版，第667-668页

知北游

生也死之徒，死也生之始，孰知其纪！人之生，气之聚也；聚则为生，散则为死。若死生为徒，吾又何患！故万物一也，是其所美者为神奇，其所恶者为臭腐；臭腐复化为神奇，神奇复化为臭腐。故曰："通天下一气耳。"圣人故贵一。

〔清〕郭庆藩撰，王孝鱼点校：《庄子集释》，中华书局2007年版，第733页

庚桑楚

南荣趎曰：“里人有病，里人问之，病者能言其病，然其病，病者犹未病也。若趎之闻大道，譬犹饮药以加病也，趎愿闻卫生之经而已矣。”老子曰：“卫生之经，能抱一乎！能勿失乎！能无卜筮而知吉凶乎？能止乎？能已乎？能舍诸人而求诸己乎！能翛然乎？能侗然乎？能儿子乎？儿子终日嗥而嗌不嗄，和之至也；终日握而手不掜，共其德也；终日视而目不瞚，偏不在外也。行不知所之，居不知所为，与物委蛇，而同其波。是卫生之经已。”南荣趎曰：“然则是至人之德已乎？”曰：“非也。是乃所谓冰解冻释者能乎？夫至人者，相与交食乎地而交乐乎天，不以人物利害相撄，不相与为怪，不相与为谋，不相与为事，翛然而往，侗然而来。是谓卫生之经已。”曰：“然则是至乎？”曰：“未也。吾固告汝曰：‘能儿子乎！’儿子动不知所为，行不知所之，身若槁木之枝而心若死灰。若是者，祸亦不至，福亦不来。祸福无有，恶有人灾也！”

宇泰定者，发乎天光。发乎天光者，人见其人，物见其物。人有修者，乃今有恒。有恒者，人舍之，天助之。人之所舍，谓之天民；天之所助，谓之天子。

〔清〕郭庆藩撰，王孝鱼点校：《庄子集释》，中华书局2007年版，第785–791页

古之人，其知有所至矣。恶乎至？有以为未始有物者，至矣，尽矣，弗可以加矣！其次以为有物矣，将以生为丧也，以死为反也，是以分已。其次曰始无有，既而有生，生俄而死。以无有为首，以生为体，以死为尻；孰知有无死生之一守者，吾与之为友。

〔清〕郭庆藩撰，王孝鱼点校：《庄子集释》，中华书局2007年版，第802页

徐无鬼

黄帝将见大隗乎具茨之山，方明为御，昌宇骖乘，张若謵朋前马，昆阍滑稽后车；至于襄城之野，七圣皆迷，无所问涂。适遇牧马童子，问涂焉，曰："若知具茨之山乎？"曰："然。""若知大隗之所存乎？"曰："然。"黄帝曰："异哉小童！非徒知具茨之山，又知大隗之所存。请问为天下。"小童曰："夫为天下者，亦若此而已矣，又奚事焉！予少而自游于六合之内，予适有瞀病，有长者教予曰：'若乘日之车而游于襄城之野。'今予病少痊，予又且复游于六合之外。夫为天下亦若此而已。予又奚事焉！"黄帝曰："夫为天下者，则诚非吾子之事，虽然，请问为天下。"小童辞。黄帝又问。小童曰："夫为天下者，亦奚以异乎牧马者哉！亦去其害马者而已矣！"黄帝再拜稽首，称天师而退。

〔清〕郭庆藩撰，王孝鱼点校：《庄子集释》，中华书局2007年版，第830–833页

得之也生，失之也死；得之也死，失之也生。药也其实，堇也，桔梗也，鸡瘫也，豕零也，是时为帝者也，何可胜言！

〔清〕郭庆藩撰，王孝鱼点校：《庄子集释》，中华书局2007年版，第866页

则　阳

魏莹与田侯牟约，田侯牟背之，魏莹怒，将使人刺之。犀首公孙衍闻而耻之曰："君为万乘之君也，而以匹夫从仇。衍请受甲二十万，为君攻之，虏其人民，系其牛马，使其君内热发于背，然后拔其国。"

〔清〕郭庆藩撰，王孝鱼点校：《庄子集释》，中华书局2007年版，第889页

长梧封人问子牢曰："君为政焉勿卤莽，治民焉勿灭裂。昔予为

禾，耕而卤莽之，则其实亦卤莽而报予；芸而灭裂之，其实亦灭裂而报予。予来年变齐，深其耕而熟耰之，其禾蘩以滋，予终年厌飧。”庄子闻之曰：“今人之治其形，理其心，多有似封人之所谓，遁其天，离其性，灭其情，亡其神，以众为。故卤莽其性者，欲恶之孽，为性萑苇蒹葭，始萌以扶吾形，寻擢吾性；并溃漏发，不择所出，漂疽疥痈，内热溲膏是也。”

〔清〕郭庆藩撰，王孝鱼点校：《庄子集释》，中华书局2007年版，第897–899页

外　物

庄子曰：“人有能游，且得不游乎？人而不能游，且得游乎？夫流遁之志，决绝之行，噫，其非至知厚德之任与！覆坠而不反，火驰而不顾，虽相与为君臣，时也，易世而无以相贱。故曰：至人不留行焉。夫尊古而卑今，学者之流也。且以狶韦氏之流观今之世，夫孰能不波，唯至人乃能游于世而不僻，顺人而不失己。彼教不学，承意不彼。目彻为明，耳彻为聪，鼻彻为颤，口彻为甘，心彻为知，知彻为德。凡道不欲壅，壅则哽，哽而不止则跈，跈则众害生。物之有知者恃息，其不殷，非天之罪。天之穿之，日夜无降，人则顾塞其窦。胞有重阆，心有天游。室无空虚，则妇姑勃溪；心无天游，则六凿相攘。大林丘山之善于人也，亦神者不胜。德溢乎名，名溢乎暴，谋稽乎诋，知出乎争，柴生乎守，官事果乎众宜。春雨日时，草木怒生，铫鎒于是乎始修，草木之倒植者过半而不知其然。静然可以补病，眦𡟲可以休老，宁可以止遽。虽然，若是，劳者之务也，非佚者之所未尝过而问焉；圣人之所以駴天下，神人未尝过而问焉；贤人所以駴世，圣人未尝过而问焉；君子所以駴国，贤人未尝过而问焉；小人所以合时，君子未尝过而问焉。”

〔清〕郭庆藩撰，王孝鱼点校：《庄子集释》，中华书局2007年版，第937–944页

让　王

尧以天下让许由，许由不受。又让于子州支父，子州之父曰："以我为天子，犹之可也。虽然，我适有幽忧之病，方且治之，未暇治天下也。"夫天下至重也，而不以害其生，又况他物乎！唯无以天下为者，可以托天下也。舜让天下于子州支伯，子州支伯曰："予适有幽忧之病，方且治之，未暇治天下也。"故天下大器也，而不以易生。此有道者之所以异乎俗者也。

〔清〕郭庆藩撰，王孝鱼点校：《庄子集释》，中华书局2007年版，第965–966页

大王亶父居豳，狄人攻之；事之以皮帛而不受，事之以犬马而不受，事之以珠玉而不受，狄人之所求者土地也。大王亶父曰："与人之兄居而杀其弟，与人之父居而杀其子，吾不忍也。子皆勉居矣！为吾臣与为狄人臣奚以异！且吾闻之，不以所用养害所养。"因杖筴而去之。民相连而从之，遂成国于岐山之下。夫大王亶父，可谓能尊生矣。能尊生者，虽贵富不以养伤身，虽贫贱不以利累形。今世之人居高官尊爵者，皆重失之，见利轻亡其身，岂不惑哉！

〔清〕郭庆藩撰，王孝鱼点校：《庄子集释》，中华书局2007年版，第967页

韩魏相与争侵地。子华子见昭僖侯，昭僖侯有忧色。子华子曰："今使天下书铭于君之前，书之言曰：'左手攫之则右手废，右手攫之则左手废。然而攫之者必有天下。'君能攫之乎？"昭僖侯曰："寡人不攫也。"子华子曰："甚善！自是观之，两臂重于天下也，身亦重于两臂。韩之轻于天下亦远矣，今之所争者，其轻于韩又远。君固愁身伤生以忧戚不得也！"僖侯曰："善哉！教寡人者众矣，未尝得闻此言也。"子华子可谓知轻重矣！

〔清〕郭庆藩撰，王孝鱼点校：《庄子集释》，中华书局2007年版，第969–971页

故曰：道之真以治身，其绪余以为国家，其土苴以治天下。由此观之，帝王之功，圣人之余事也，非所以完身养生也。今世俗之君子，多危身弃生以殉物，岂不悲哉！凡圣人之动作也，必察其所以之与其所以为。今且有人于此，以随侯之珠，弹千仞之雀，世必笑之。是何也？则其所用者重而所要者轻也。夫生者，岂特随侯之重哉！

子列子穷，容貌有饥色。客有言之于郑子阳者曰："列御寇，盖有道之士也，居君之国而穷，君无乃为不好士乎？"郑子阳即令官遗之粟。子列子见使者，再拜而辞。使者去，子列子入，其妻望之而拊心曰："妾闻为有道者之妻子，皆得佚乐，今有饥色。君过而遗先生食，先生不受，岂不命邪！"子列子笑谓之曰："君非自知我也。以人之言而遗我粟，至其罪我也又且以人之言，此吾所以不受也。"其卒，民果作难而杀子阳。

〔清〕郭庆藩撰，王孝鱼点校：《庄子集释》，中华书局2007年版，第971–974页

盗　跖

今吾告子以人之情，目欲视色，耳欲听声，口欲察味，志气欲盈。人上寿百岁，中寿八十，下寿六十，除病瘦死丧忧患，其中开口而笑者，一月之中不过四五日而已矣。天与地无穷，人死者有时，操有时之具，而托于无穷之间，忽然无异骐骥之驰过隙也。不能说其志意，养其寿命者，皆非通道者也。

〔清〕郭庆藩撰，王孝鱼点校：《庄子集释》，中华书局2007年版，第1002页

归到鲁东门外，适遇柳下季。柳下季曰："今者阙然数日不见，车马有行色，得微往见跖邪？"孔子仰天而叹曰："然！"柳下季曰："跖得无逆汝意若前乎？"孔子曰："然。丘所谓无病而自灸也。疾走料虎头，编虎须，几不免虎口哉！"

〔清〕郭庆藩撰，王孝鱼点校：《庄子集释》，中华书局2007年版，第1004页

无足问于知和曰："人卒未有不兴名就利者。彼富则人归之，归则下之，下则贵之。夫见下贵者，所以长生安体乐意之道也。今子独无意焉，知不足邪，意知而力不能行邪，故推正不妄邪？"知和曰："今夫此人以为与己同时而生，同乡而处者，以为夫绝俗过世之士焉，是专无主正，所以览古今之时，是非之分也，与俗化。世去至重，弃至尊，以为其所为也。此其所以论长生安体乐意之道，不亦远乎！惨怛之疾，恬愉之安，不监于体；怵惕之恐，欣懽之喜，不监于心。知为为而不知所以为。是以贵为天子，富有天下，而不免于患也。"无足曰："夫富之于人，无所不利，穷美究势，至人之所不得逮，贤人之所不能及。侠人之勇力而以为威强，秉人之知谋以为明察，因人之德以为贤良，非享国而严若君父。且夫声色滋味权势之于人，心不待学而乐之，体不待象而安之。夫欲恶避就，固不待师，此人之性也。天下虽非我，孰能辞之！"知和曰："知者之为，故动以百姓，不违其度，是以足而不争，无以为故不求。不足故求之，争四处而不自以为贪；有余故辞之，弃天下而不自以为廉。廉贪之实，非以迫外也，反监之度。势为天子而不以贵骄人，富有天下而不以财戏人。计其患，虑其反，以为害于性，故辞而不受也，非以要名誉也。尧舜为帝而雍，非仁天下也，不以美害生；善卷许由得帝而不受，非虚辞让也，不以事害己。此皆就其利辞其害，而天下称贤焉，则可以有之，彼非以兴名誉也。"无足曰："必持其名，苦体绝甘，约养以持生，则亦久病长阨而不死者也。"知和曰："平为福，有余为害者，物莫不然，而财其甚者也。今富人，耳营钟鼓管籥之声，口嗛于刍豢醪醴之味，以感其意，遗忘其业，可谓乱矣；侅溺于冯气，若负重行而上阪，可谓苦矣；贪财而取慰，贪权而取竭，静居则溺，体泽则冯，可谓疾矣；为欲富就利，故满若堵耳而不知避，且冯而不舍，可谓辱矣；财积而无用，服膺而不舍，满心戚醮，求益而不止，可谓忧矣；内则疑刦请之贼，外则畏寇盗之害，

内周楼疏，外不敢独行，可谓畏矣。此六者，天下之至害也，皆遗忘而不知察，及其患至，求尽性竭财，单以反一日之无故而不可得也。故观之名则不见，求之利则不得，缭意体而争此，不亦惑乎！”

〔清〕郭庆藩撰，王孝鱼点校：《庄子集释》，中华书局2007年版，第1001–1016页

列御寇

宋人有曹商者，为宋王使秦。其往也，得车数乘；王说之，益车百乘。反于宋，见庄子曰：“夫处穷闾阨巷，困窘织屦，槁项黄馘者，商之所短也；一悟万乘之主而从车百乘者，商之所长也。”庄子曰：“秦王有病召医，破痈溃痤者得车一乘，舐痔者得车五乘，所治愈下，得车愈多。子岂治其痔邪，何得车之多也？子行矣！”

〔清〕郭庆藩撰，王孝鱼点校：《庄子集释》，中华书局2007年版，第1049–1050页

庄子将死，弟子欲厚葬之。庄子曰：“吾以天地为棺椁，以日月为连璧，星辰为珠玑，万物为赍送。吾葬具岂不备邪？何以加此！”弟子曰：“吾恐乌鸢之食夫子也。”庄子曰：“在上为乌鸢食，在下为蝼蚁食，夺彼与此，何其偏也。”

〔清〕郭庆藩撰，王孝鱼点校：《庄子集释》，中华书局2007年版，第1063页

荀　子

荀子，名况，字卿，战国末期赵国人。曾三为齐国稷下祭酒，李斯、韩非均就学于荀子。《荀子》今存三十二篇，大部分篇章由荀子所作。荀子主张性恶论，礼法并重，王霸杂用，体现出战国后期杂糅诸家的色彩。荀子文章长于说理，逻辑严密，具有很强的说服力。同时，荀子的《赋篇》是目前最早以赋名篇的作品，其问答体

的形式对后世赋的创作产生重要影响。

劝　学

君子之学也：入乎耳，箸乎心，布乎四体，形乎动静。端而言，蝡而动，一可以为法则。小人之学也：入乎耳，出乎口。口耳之间则四寸耳，曷足以美七尺之躯哉！古之学者为己；今之学者为人。君子之学也以美其身；小人之学也以为禽犊。故不问而告谓之傲，问一而告二谓之囋。傲、非也，囋、非也；君子如向矣。

梁启雄著：《荀子简释》，中华书局2009年版，第8–9页

修　身

扁善之度——以治气养生，则身后彭祖；以修身自强，则名配尧禹。宜于时通，利以处穷，礼信是也。凡用血气、志意、知虑，由礼则治通，不由礼则勃乱提僈；食饮、衣服、居处、动静，由礼则和节，不由礼则触陷生疾；容貌、态度、进退、趋行，由礼则雅，不由礼则夷固僻违庸众而野。故人无礼则不生，事无礼则不成，国家无礼则不宁。诗曰："礼仪卒度，笑语卒获。"此之谓也。

梁启雄著：《荀子简释》，中华书局2009年版，第15–16页

治气养心之术——血气刚强，则柔之以调和；知虑渐深，则一之以易良；勇毅猛戾，则辅之以道顺；齐给便利，则节之以动止；狭隘褊小，则廓之以广大；卑湿重迟贪利，则抗之以高志；庸众驽散，则刦之以师友；怠慢僄弃，则炤之以祸灾；愚款端悫，则合之以礼乐，通之以思索。凡治气养心之术，莫径由礼，莫要得师，莫神一好。夫是之谓治气养心之术也。

梁启雄著：《荀子简释》，中华书局2009年版，第16–17页

君子贫穷而志广，富贵而体恭，安燕而血气不惰，劳倦而容貌不枯，怒不过夺，喜不过予。君子贫穷而志广，隆仁也；富贵而体恭，杀势也；安燕而血气不惰，柬理也。劳倦而容貌不枯，好交也。

怒不过夺，喜不过予，是法胜私也。《书》曰："无有作好，遵王之道。无有作恶，遵王之路。"此言君子之能以公义胜私欲也。

梁启雄著：《荀子简释》，中华书局2009年版，第23页

荣 辱

荣辱之大分，安危利害之常体——先义而后利者荣，先利而后义者辱；荣者常通，辱者常穷；通者常制人，穷者常制于人——是荣辱之大分也。材悫者常安利，荡悍者常危害；安利者常乐易，危害者常忧险；乐易者常寿长，忧险者常夭折——是安危利害之常体也。

夫天生蒸民，有所以取之——志意致修，德行致厚，智虑致明，是天子之所以取天下也。政令法，举措时，听断公，上则能顺天子之命，下则能保百姓，是诸侯之所以取国家也。志行修，临官治，上则能顺上，下则能保其职，是士大夫之所以取田邑也。循法则度量刑辟图籍，不知其义，谨守其数，慎不敢损益也；父子相传，以持王公，是故三代虽亡，治法犹存，是官人百吏之所以取禄秩也。孝弟原悫，軥录疾力，以敦比其事业，而不敢怠傲，是庶人之所以取煖衣饱食长生久视，以免于刑戮也。饰邪说，文奸言，为倚事，陶诞突盗，惕悍憍暴，以偷生反侧于乱世之间，是奸人之所以取危辱死刑也。其虑之不深，其择之不谨，其定取舍楛僈，是其所以危也。

梁启雄著：《荀子简释》，中华书局2009年版，第38-39页

礼 论

故礼者养也，刍豢稻粱，五味调香，所以养口也；椒兰芬苾，所以养鼻也；雕琢刻镂，黼黻文章，所以养目也；钟鼓管磬，琴瑟竽笙，所以养耳也；疏房檖貌越席床笫几筵，所以养体也。故礼者养也。

君子既得其养，又好其别。曷谓别？曰：贵贱有等，长幼有差，贫富轻重皆有称者也。故天子大路越席，所以养体也；侧载睪芷，所以养鼻也；前有错衡，所以养目也；和鸾之声，步中武象，趋中韶护，所以养耳也；龙旗九斿，所以养信也；寝兕，持虎，蛟韅，丝末，弥龙，所以养威也；故大路之马必信至教顺然后乘之，所以养安也。孰知夫出死要节之所以养生也！孰知夫出费用之所以养财也！孰知夫恭敬辞让之所以养安也！孰知夫礼义文理之所以养情也！

梁启雄著：《荀子简释》，中华书局2009年版，第253-255页

乐　论

君子以钟鼓道志，以琴瑟乐心，动以干戚，饰以羽旄，从以磬管；故其清明象天，其广大象地，其俯仰周旋有似于四时。故乐行而志清，礼修而行成，耳目聪明，血气和平，移风易俗，天下皆宁，美善相乐。

梁启雄著：《荀子简释》，中华书局2009年版，第281页

正　名

有尝试深观其隐而难其察者：志轻理而不重物者，无之有也；外重物而不内忧者，无之有也；行离理而不外危者，无之有也；外危而不内恐者，无之有也。心忧恐则口衔刍豢而不知其味，耳听钟鼓而不知其声，目视黼黻而不知其状，轻煖平簟而体不知其安。故向万物之美而不能嗛也，假而得问而嗛之则不能离也。故向万物之美而盛忧，兼万物之利而盛害，如此者，其求物也，养生也？粥寿也？故欲养其欲而纵其情，欲养其性而危其形，欲养其乐而攻其心，欲养其名而乱其行，如此者，虽封侯称君，其与夫盗无以异；乘轩戴冕，其与无足无以异。夫是之谓以己为物役矣！

梁启雄著：《荀子简释》，中华书局2009年版，第325-326页

赋

爰有大物，非丝非帛，文理成章；非日非月，为天下明。生者以寿，死者以葬，城郭以固，三军以强。粹而王，驳而伯，无一焉而亡。臣愚不识，敢请之王？王曰：此夫文而不采者与？简然易知而致有理者与？君子所敬而小人所不者与？性不得则若禽兽，性得之则甚雅似者与？匹夫隆之则为圣人，诸侯隆之则一四海者与？致明而约，甚顺而体，请归之礼。——礼。

梁启雄著：《荀子简释》，中华书局2009年版，第355–356页

宥　坐

孔子曰："如垤而进，吾与之；如丘而止，吾已矣。"今学曾未如肬赘，则具然欲为人师。

梁启雄著：《荀子简释》，中华书局2009年版，第391页

法　行

南郭惠子问于子贡曰："夫子之门何其杂也？"子贡曰："君子正身以俟，欲来者不距，欲去者不止。且夫良医之门多病人，檃栝之侧多枉木，是以杂也。"

梁启雄著：《荀子简释》，中华书局2009年版，第399页

韩非子

韩　非

韩非，又称韩非子，新郑（今河南新郑）人。曾就学于荀子，同时推崇老子。《韩非子》是先秦儒道法诸家思想的集大成之作，现

存五十五篇，绝大多数篇目出自韩非之手，少数篇章为伪作。《韩非子》的主要思想有法治、变革、中央集权等。《韩非子》文章逻辑严密，犀利峻刻，善用寓言，道理深入浅出。其《内外储说》《说林》《喻老》等称得上专门的寓言集。

存　韩

诏以韩客之所上书，书言"韩子之未可举"，下臣斯，甚以为不然。秦之有韩，若人之有腹心之病也。虚处则□然，若居湿地，着而不去，以极走则发矣。夫韩虽臣于秦，未尝不为秦病，今若有卒报之事，韩不可信也。秦与赵为难，荆苏使齐，未知何如。以臣观之，则齐、赵之交未必以荆苏绝也；若不绝，是悉赵而应二万乘也。夫韩不服秦之义而服于强也，今专于齐、赵，则韩必为腹心之病而发矣。韩与荆有谋，诸侯应之，则秦必复见崤塞之患。

陈奇猷集释：《韩非子集释》，中华书局2010年版，第16–17页

奸劫弑臣

谚曰："厉怜王。"此不恭之言也。虽然，古无虚谚，不可不察也。此谓劫杀死亡之主言也。人主无法术以御其臣，虽长年而美材，大臣犹将得势，擅事主断，而各为其私急。而恐父兄豪杰之士，借人主之力，以禁诛于己也，故弑贤长而立幼弱，废正的而立不义。故《春秋》记之曰："楚王子围将聘于郑，未出境，闻王病而反。因入问病，以其冠缨绞王而杀之，遂自立也。齐崔杼其妻美，而庄公通之，数如崔氏之室。及公往，崔子之徒贾举率崔子之徒而攻公。公入室，请与之分国，崔子不许；公请自刃于庙，崔子又不听；公乃走，踰于北墙。贾举射公，中其股，公坠，崔子之徒以戈斫公而死之，而立其弟景公。"近之所见，李兑之用赵也，饿主父百日而死，卓齿之用齐也，擢愍王之筋，悬之庙梁，宿昔而死。故厉虽癰肿疕疡，上比于《春秋》，未至于绞颈射股也；下比于近世，未至饿

死擢筋也。故劫杀死亡之君，此其心之忧惧，形之苦痛也，必甚于厉矣。由此观之，虽“厉怜王”可也。

陈奇猷集释：《韩非子集释》，中华书局2010年版，第106-108页

备　内

且万乘之主，千乘之君，后妃、夫人、子为太子者，或有欲其君之蚤死者。何以知其然？夫妻者，非有骨肉之恩也，爱则亲，不爱则疏。语曰：“其母好者其子抱。”然则其为之反也，其母恶者其子释。丈夫年五十而好色未解也，妇人年三十而美色衰矣。以衰美之妇人事好色之丈夫，则身死见疏贱，而子疑不为后，此后妃夫人之所以冀其君之死者也。唯母为后而子为主，则令无不行，禁无不止，男女之乐不减于先君，而擅万乘不疑，此鸩毒扼昧之所以用也。故《桃左春秋》曰：“人主之疾死者不能处半。”人主弗知则乱多资，故曰：利君死者众则人主危。故王良爱马，越王勾践爱人，为战与驰。医善吮人之伤，含人之血，非骨肉之亲也，利所加也。故与人成舆，则欲人之富贵；匠人成棺，则欲人之夭死也。非舆人仁而匠人贼也，人不贵则舆不售；人不死则棺不买，情非憎人也，利在人之死也。故后妃、夫人、太子之党成而欲君之死也，君不死则势不重，情非憎君也，利在君之死也。故人主不可以不加心于利己死者。故日月晕围于外，其贼在内，备其所憎，祸在所爱。是故明王不举不参之事，不食非常之食；远听而近视，以审内外之失；省同异之言以知朋党之分；偶参伍之验，以责陈言之实；执后以应前，按法以治众，众端以参观。士无幸赏，无踰行，杀必当罪不赦，则奸邪无所容其私矣。

陈奇猷集释：《韩非子集释》，中华书局2010年版，第115-116页

解　老

人处疾则贵医，有祸则畏鬼。圣人在上则民少欲；民少欲则血

气治而举动理，举动理则少祸害。夫内无痤疽瘅痔之害，而外无刑罚法诛之祸者，其轻恬鬼也甚。故曰："以道莅天下，其鬼不神。"治世之民不与鬼神相害也。故曰："非其鬼不神也，其神不伤人也。"鬼祟也疾人之谓鬼伤人，人逐除之之谓人伤鬼也。民犯法令之谓民伤上，上刑戮民之谓上伤民。民不犯法则上亦不行刑；上不行刑之谓上不伤人，故曰："圣人亦不伤民。"上不与民相害，而人不与鬼相伤，故曰："两不相伤。"民不敢犯法，则上内不用刑罚而外不事利其产业；上内不用刑罚而外不事利其产业则民蕃息，民蕃息而畜积盛；民蕃息而畜积盛之谓有德。凡所谓祟者，魂魄去而精神乱，精神乱则无德。鬼不祟人则魂魄不去，魂魄不去而精神不乱，精神不乱之谓有德。上盛畜积而鬼不乱其精神，则德尽在于民矣。故曰："两不相伤则德交归焉。"言其德上下交盛而俱归于民也。

陈奇猷集释：《韩非子集释》，中华书局2010年版，第142–143页

故欲利甚于忧，忧则疾生；疾生而智慧衰；智慧衰则失度量；失度量则妄举动；妄举动则祸害至；祸害至而疾婴内，疾婴内则痛，祸薄外则苦。苦痛杂于肠胃之间，则伤人也憯。憯则退而自咎，退而自咎也生于欲利，故曰："咎莫憯于欲利。"

陈奇猷集释：《韩非子集释》，中华书局2010年版，第146页

喻　老

有形之类，大必起于小；行久之物，族必起于少。故曰："天下之难事必作于易，天下之大事必作于细。"是以欲制物者于其细也。故曰："图难于其易也，为大于其细也。"千丈之堤，以蝼蚁之穴溃；百尺之室，以突隙之烟焚。故曰白圭之行堤也塞其穴，丈人之慎火也涂其隙，是以白圭无水难，丈人无火患，此皆慎易以避难，敬细以远大者也。扁鹊见蔡桓公，立有间，扁鹊曰："君有疾在腠理，不治将恐深。"桓侯曰："寡人无疾。"扁鹊出。桓侯曰："医之好治不病以为功。"居十日，扁鹊复见曰："君之病在肌肤，不治将益深。"

桓侯不应。扁鹊出。桓侯又不悦。居十日，扁鹊复见曰："君之病在肠胃，不治将益深。"桓侯又不应。扁鹊出。桓侯又不悦。居十日，扁鹊望桓侯而还走，桓侯故使人问之。扁鹊曰："病在腠理，汤熨之所及也；在肌肤，针石之所及也；在肠胃，火齐之所及也；在骨髓，司命之所属，无奈何也。今在骨髓，臣是以无请也。"居五日，桓侯体痛，使人索扁鹊，已逃秦矣。桓侯遂死。故良医之治病也，攻之于腠理。此皆争之于小者也。夫事之祸福亦有腠理之地，故曰圣人蚤从事焉。

陈奇猷集释：《韩非子集释》，中华书局2010年版，第160–161页

说林上

有献不死之药于荆王者，谒者操之以入。中射之士问曰："可食乎？"曰："可。"因夺而食之。王大怒，使人杀中射之士。中射之士使人说王曰："臣问谒者，曰'可食'，臣故食之，是臣无罪，而罪在谒者也。且客献不死之药，臣食之而王杀臣，是死药也，是客欺王也。夫杀无罪之臣，而明人之欺王也，不如释臣。"王乃不杀。

陈奇猷集释：《韩非子集释》，中华书局2010年版，第176–177页

说林下

管仲、鲍叔相谓曰："君乱甚矣，必失国。齐国之诸公子其可辅者，非公子纠则小白也。与子人事一人焉，先达者相收。"管仲乃从公子纠，鲍叔从小白。国人果弑君。小白先人为君，鲁人拘管仲而效之，鲍叔言而相之。故谚曰："巫咸虽善祝，不能自祓也；秦医虽善除，不能自弹也。"以管仲之圣而待鲍叔之助，此鄙谚所谓"虏自卖裘而不售，士自誉辩而不信"者也。

陈奇猷集释：《韩非子集释》，中华书局2010年版，第192页

安　危

闻古扁鹊之治其病也，以刀刺骨；圣人之救危国也，以忠拂耳。刺骨，故小痛在体，而长利在身；拂耳，故小逆在心，而久福在国。故甚病之人利在忍痛，猛毅之君以福拂耳。忍痛，故扁鹊尽巧；拂耳，则子胥不失；寿安之术也。病而不忍痛，则失扁鹊之巧；危而不拂耳，则失圣人之意。如此长利不远垂，功名不久立。

陈奇猷集释：《韩非子集释》，中华书局2010年版，第199–200页

内储说上

卫嗣君之时，有胥靡逃之魏，因为襄王之后治病。卫嗣君闻之，使人请以五十金买之，五反而魏王不予，乃以左氏易之。群臣左右谏曰："夫以一都买胥靡，可乎？"王曰："非子之所知也。夫治无小而乱无大。法不立而诛不必，虽有十左氏无益也；法立而诛必，虽失十左氏无害也。"魏王闻之曰："主欲治而不听之，不祥。"因载而往，徒献之。

陈奇猷集释：《韩非子集释》，中华书局2010年版，第228页

外储说左上

明主之道，如有若之应密子也。明主之听言也，美其辩；其观行也，贤其远。故群臣士民之道言者迂弘，其行身也离世。其说在田鸠对荆王也。故墨子为木鸢，讴癸筑武宫。夫药酒用言，明君圣主之以独知也。

陈奇猷集释：《韩非子集释》，中华书局2010年版，第261页

外储说左上

夫良药苦于口，而智者劝而饮之，知其入而已己疾也。忠言拂

于耳，而明主听之，知其可以致功也。

陈奇猷集释：《韩非子集释》，中华书局2010年版，第267页

外储说右上

术之不行，有故。不杀其狗则酒酸。夫国也有狗，且左右皆社鼠也。人主无尧之再诛，与庄王之应太子，而皆有薄媪之决蔡妪也。知贵不能以教歌之法先揆之。吴起之出爱妻，文公之斩颠颉，皆违其情者也。故能使人弹疽者，必其忍痛者也。

陈奇猷集释：《韩非子集释》，中华书局2010年版，第310页

外储说右上

夫痤疽之痛也，非刺骨髓，则烦心不可支也；非如是，不能使人以半寸砥石弹之。今人主之于治亦然：非不知有若则安；欲治其国，非如是不能听圣知则诛乱臣。乱臣者必重人，重人者必人主所甚亲爱也。人主所甚亲爱也者，是同坚白也。夫以布衣之资，欲以离人主之坚白所爱，是以解左髀说右髀者，是身必死而说不行者也。

陈奇猷集释：《韩非子集释》，中华书局2010年版，第329页

六　反

古者有谚曰："为政犹沐也，虽有弃发必为之。"爱弃发之费，而忘长发之利，不知权者也。夫弹痤者痛，饮药者苦；为苦惫之故不弹痤饮药，则身不活病不已矣。今上下之接无子父之泽，而欲以行义禁下，则交必有郄矣。且父母之于子也，产男则相贺，产女则杀之。此俱出父母之怀衽，然男子受贺，女子杀之者，虑其后便，计之长利也。故父母之于子也，犹用计算之心以相待也，而况无父子之泽乎！今学者之说人主也，皆去求利之心，出相爱之道，是求人主之过于父母之亲也，此不熟于论恩诈而诬也，故明主不受也。

圣人之治也，审于法禁，法禁明著，则官法；必于赏罚，赏罚不阿则民用。官治则国富，国富则兵强，而霸王之业成矣。霸王者，人主之大利也。人主挟大利以听治，故其任官者当能，其赏罚无私。使士民明焉尽力致死，则功伐可立而爵禄可致，爵禄致而富贵之业成矣。富贵者，人臣之大利也。人臣挟大利以从事，故其行危至死，其力尽而不望。此谓君不仁，臣不忠，则不可以霸王矣。

陈奇猷集释：《韩非子集释》，中华书局2010年版，第416–417页

八 说

慈母之于弱子也，爱不可为前。然而弱子有僻行，使之随师；有恶病，使之事医。不随师则陷于刑，不事医则疑于死。慈母虽爱无益于振刑救死，则存子者非爱也。子母之性，爱也；臣主之权，筴也。母不能以爱存家，君安能以爱持国？明主者通于富强，则可以得欲矣。故谨于听治，富强之法也。明其法禁，察其谋计。法明则内无变乱之患，计得于外无死虏之祸。故存国者，非仁义也。仁者，慈惠而轻财者也；暴者，心毅而易诛者也。慈惠则不忍，轻财则好与；心毅则憎心见于下，易诛则妄杀加于人。不忍则罚多宥赦，好与则赏多无功；憎心见则下怨其上，妄诛则民将背叛。故仁人在位，下肆而轻犯禁法，偷幸而望于上；暴人在位，则法令妄而臣主乖，民怨而乱心生。故曰：仁暴者，皆亡国者也。

陈奇猷集释：《韩非子集释》，中华书局2010年版，第427–428页

五 蠹

上古之世，人民少而禽兽众，人民不胜禽兽虫蛇。有圣人作，构木为巢，以避群害，而民悦之，使王天下，号曰有巢氏。民食果蓏蚌蛤，腥臊恶臭而伤害腹胃，民多疾病；有圣人作，钻燧取火，以化腥臊，而民说之，使王天下，号之曰燧人氏。中古之世，天下大水，而鲧、禹决渎。近古之世，桀、纣暴乱，而汤、武征伐。今

有构木钻燧于夏后氏之世者，必为鲧、禹笑矣；有决渎于殷、周之世者，必为汤、武笑矣。然则今有美尧、舜、汤、武、禹之道于当今之世者，必为新圣笑矣。是以圣人不期修古，不法常可，论世之事，因为之备。宋有人耕者，田中有株，兔走触株，折颈而死；因释其耒而守株，冀复得兔，兔不可复得，而身为宋国笑。今欲以先王之政，治当世之民，皆守株之类也。

陈奇猷集释：《韩非子集释》，中华书局2010年版，第442–443页

显　学

今不知治者必曰："得民之心。"欲得民之心而可以为治，则是伊尹、管仲无所用也，将听民而已矣。民智之不可用，犹婴儿之心也。夫婴儿不剔首则腹痛，不揊痤则寖益。剔首、揊痤，必一人抱之，慈母治之，然犹啼呼不止，婴儿子不知犯其所小苦，致其所大利也。今上急耕田垦草以厚民产也，而以上为酷；修刑重罚以为禁邪也，而以上为严；征赋钱粟以实仓库，且以救饥馑、备军旅也，而以上为贪；境内必知介而无私解，并力疾斗，所以禽虏也，而以上为暴。此四者所以治安也，而民不知悦也。

陈奇猷集释：《韩非子集释》，中华书局2010年版，第463–464页

吕氏春秋

吕不韦

吕不韦（前292年—前235年），姜姓，吕氏，名不韦，卫国濮阳（今河南滑县）人。《吕氏春秋》又名《吕览》，为吕不韦门客所撰，包括八览、六论、十二纪，二十六卷一百六十篇，共二十余万言。其书以黄老为中心，"兼儒墨，合名法"，亦包括墨、名、农、阴阳等诸家思想，是杂家著作。

孟春纪

一曰：孟春之月，日在营室，昏参中，旦尾中。其日甲乙，其帝太皞，其神句芒，其虫鳞，其音角，律中太蔟，其数八，其味酸，其臭膻，其祀户，祭先脾。

许维遹撰，梁运华整理：《吕氏春秋集释·孟春纪》，中华书局2010年版，第5页

孟春行夏令则风雨不时，草木早槁，国乃有恐；行秋令则民大疫，疾风暴雨数至，藜莠蓬蒿并兴；行冬令则水潦为败，霜雪大挚，首种不入。

许维遹撰，梁运华整理：《吕氏春秋集释·孟春纪》，中华书局2010年版，第12页

本　生

二曰：始生之者，天也。养成之者，人也。能养天之所生而勿撄之，谓之天子。天子之动也，以全天为故者也。此官之所自立也，立官者以全生也。今世之惑主，多官而反以害生，则失所为立之矣。譬之若修兵者，以备寇也。今修兵而反以自攻，则亦失所为修之矣。夫水之性清，土者扫之，故不得清。人之性寿，物者扫之，故不得寿。物也者，所以养性也，非所以性养也。今世之人，惑者多以性养物，则不知轻重也。不知轻重，则重者为轻，轻者为重矣。若此，则每动无不败。以此为君悖，以此为臣乱，以此为子狂。三者国有一焉，无幸必亡。今有声于此，耳听之必慊已，听之则使人聋，必弗听。有色于此，目视之必慊已，视之则使人盲，必弗视。有味于此，口食之必慊已，食之则使人瘖，必弗食。是故圣人之于声色滋味也，利于性则取之，害于性则舍之，此全性之道也。世之贵富者，其于声色滋味也多惑者，日夜求，幸而得之则遁焉。遁焉，性恶得不伤。万人操弓，共射其一招，招无不中。万物章章，以害一生，

生无不伤；以便一生，生无不长。故圣人之制万物也，以全其天也。天全则神和矣，目明矣，耳聪矣，鼻臭矣，口敏矣，三百六十节皆通利矣。若此人者，不言而信，不谋而当，不虑而得，精通乎天地，神覆乎宇宙；其于物无不受也，无不裹也，若天地然；上为天子而不骄，下为匹夫而不惛，此之谓全德之人。贵富而不知道，适足以为患，不如贫贱。贫贱之致物也难，虽欲过之，奚由？出则以车，入则以辇，务以自佚，命之曰招蹶之机。肥肉厚酒，务以自强，命之曰烂肠之食。靡曼皓齿，郑、卫之音，务以自乐，命之曰伐性之斧。三患者，贵富之所致也，故古之人有不肯贵富者矣，由重生故也；非夸以名也，为其实也，则此论之不可不察也。

许维遹撰，梁运华整理：《吕氏春秋集释·孟春纪》，中华书局2010年版，第12–18页

重 己

三曰：倕至巧也，人不爱倕之指，而爱己之指，有之利故也。人不爱昆山之玉、江汉之珠，而爱己之一苍璧小玑，有之利故也。今吾生之为我有，而利我亦大矣。论其贵贱，爵为天子，不足以比焉；论其轻重，富有天下，不可以易之；论其安危，一曙失之，终身不复得。此三者，有道者之所慎也。有慎之而反害之者，不达乎性命之情也。不达乎性命之情，慎之何益？是师者之爱子也，不免乎枕之以糠；是聋者之养婴儿也，方雷而窥之于堂，有殊弗知慎者。夫弗知慎者，是死生存亡可不可未始有别也。未始有别者，其所谓是未尝是，其所谓非未尝非，是其所谓非，非其所谓是，此之谓大惑。若此人者，天之所祸也。以此治身，必死必殃；以此治国，必残必亡。夫死殃残亡，非自至也，惑召之也。寿长至常亦然。故有道者不察所召，而察其召之者，则其至不可禁矣。此论不可不熟。使乌获疾引牛尾，尾绝力勯而牛不可行，逆也。使五尺竖子引棬，而牛恣所以之，顺也。世之人主贵人，无贤不肖，莫不欲长生久视，

而日逆其生，欲之何益？凡生之长也，顺之也，使生不顺者欲也，故圣人必先适欲。室大则多阴，台高则多阳，多阴则蹷，多阳则痿。此阴阳不适之患也，是故先王不处大室，不为高台。味不众珍，衣不燀热，燀热则理塞，理塞则气不达，味众珍则胃充，胃充则中大鞔，中大鞔而气不达，以此长生可得乎？昔先圣王之为苑囿园池也，足以观望劳形而已矣；其为宫室台榭也，足以辟燥湿而已矣；其为舆马衣裘也，足以逸身煖骸而已矣；其为饮食酏醴也，足以适味充虚而已矣；其为声色音乐也，足以安性自娱而已矣。五者，圣王之所以养性也，非好俭而恶费也，节乎性也。

许维遹撰，梁运华整理：《吕氏春秋集释·孟春纪》，中华书局2010年版，第19–24页

仲春纪

一曰：仲春之月，日在奎，昏弧中，旦建星中。其日甲乙，其帝太皞，其神句芒，其虫鳞，其音角，律中夹钟，其数八，其味酸，其臭膻，其祀户，祭先脾。

许维遹撰，梁运华整理：《吕氏春秋集释·仲春纪》，中华书局2010年版，第33页

是月也，玄鸟至，至之日，以太牢祀于高禖。天子亲往，后妃率九嫔御，乃礼天子所御，带以弓韣，授以弓矢，于高禖之前。是月也，日夜分，雷乃发声，始电，蛰虫咸动，开户始出。先雷三日，奋铎以令于兆民曰："雷且发声，有不戒其容止者，生子不备，必有凶灾。"

许维遹撰，梁运华整理：《吕氏春秋集释·仲春纪》，中华书局2010年版，第34–35页

贵　生

二曰：圣人深虑天下，莫贵于生。夫耳目鼻口，生之役也。耳

虽欲声，目虽欲色，鼻虽欲芬香，口虽欲滋味，害于生则止。在四官者不欲，利于生者则弗为。由此观之，耳目鼻口不得擅行，必有所制。譬之若官职不得擅为，必有所制。此贵生之术也。尧以天下让于子州支父，子州支父对曰："以我为天子犹可也。虽然，我适有幽忧之病，方将治之，未暇在天下也。"天下，重物也，而不以害其生，又况于他物乎？惟不以天下害其生者也，可以托天下。越人三世杀其君，王子搜患之，逃乎丹穴。越国无君，求王子搜而不得，从之丹穴。王子搜不肯出，越人熏之以艾，乘之以王舆。王子搜援绥登车，仰天而呼曰："君乎，独不可以舍我乎！"王子搜非恶为君也，恶为君之患也。若王子搜者，可谓不以国伤其生矣，此固越人之所欲得而为君也。鲁君闻颜阖得道之人也，使人以币先焉。颜阖守闾，鹿布之衣，而自饭牛。鲁君之使者至，颜阖自对之。使者曰："此颜阖之家邪？"颜阖对曰："此阖之家也。"使者致币，颜阖对曰："恐听缪而遗使者罪，不若审之。"使者还反审之，复来求之，则不得已。故若颜阖者，非恶富贵也，由重生恶之也。世之人主多以富贵骄得道之人，其不相知，岂不悲哉！故曰：道之真以持身，其绪余以为国家，其土苴以治天下。由此观之，帝王之功，圣人之余事也，非所以完身养生之道也。今世俗之君子，危身弃生以徇物，彼且奚以此之也？彼且奚以此为也？凡圣人之动作也，必察其所以之与其所以为。今有人于此，以随侯之珠弹千仞之雀，世必笑之。是何也？所用重，所要轻也。夫生岂特随侯珠之重也哉！子华子曰："全生为上，亏生次之，死次之，迫生为下。"故所谓尊生者，全生之谓；所谓全生者，六欲皆得其宜也。所谓亏生者，六欲分得其宜也。亏生则于其尊之者薄矣。其亏弥甚者也，其尊弥薄。所谓死者，无有所以知，复其未生也。所谓迫生者，六欲莫得其宜也，皆获其所甚恶者，服是也，辱是也。辱莫大于不义，故不义，迫生也，而迫生非独不义也，故曰迫生不若死。奚以知其然也？耳闻所恶，不若无闻。目见所恶，不若无见。故雷则掩耳，电则掩目，此其比也。凡六欲者，皆知其所甚恶，而必不得免，不若无有所以知。无有所以知者，死之谓也，故迫生不若死。嗜肉者，非腐鼠之谓也；嗜酒者，非败酒之谓也；尊生者，非迫生之谓也。

许维遹撰，梁运华整理：《吕氏春秋集释·仲春纪》，中华书局2010年版，第38–42页

情 欲

三曰：天生人而使有贪有欲。欲有情，情有节。圣人修节以止欲，故不过行其情也。故耳之欲五声，目之欲五色，口之欲五味，情也。此三者，贵贱愚智贤不肖欲之若一，虽神农黄帝其与桀纣同。圣人之所以异者，得其情也。由贵生动则得其情矣，不由贵生动则失其情矣。此二者，死生存亡之本也。俗主亏情，故每动为亡败。耳不可赡，目不可厌，口不可满；身尽府种，筋骨沈滞，血脉壅塞，九窍寥寥，曲失其宜，虽有彭祖，犹不能为也。其于物也，不可得之为欲，不可足之为求，大失生本，民人怨谤，又树大雠，意气易动，蹻然不固，矜势好智，胸中欺诈，德义之缓，邪利之急，身以困穷，虽后悔之，尚将奚及？巧佞之近，端直之远，国家大危，悔前之过，犹不可反。闻言而惊，不得所由，百病怒起，乱难时至。以此君人，为身大忧，耳不乐声，目不乐色，口不甘味，与死无择。古人得道者，生以寿长，声色滋味，能久乐之，奚故？论早定也。论早定则知早啬，知早啬则精不竭。秋早寒则冬必煗矣，春多雨则夏必旱矣。天地不能两，而况于人类乎？人之与天地也同。万物之形虽异，其情一体也，故古之治身与天下者必法天地也。尊酌者众则速尽，万物之酌大贵之生者众矣，故大贵之生常速尽。非徒万物酌之也，又损其生以资天下之人而终不自知。功虽成乎外而生亏乎内，耳不可以听，目不可以视，口不可以食，胸中大扰，妄言想见，临死之上，颠倒惊惧，不知所为，用心如此，岂不悲哉！世人之事君者，皆以孙叔敖之遇荆庄王为幸。自有道者论之则不然，此荆国之幸。荆庄王好周游田猎，驰骋弋射，欢乐无遗，尽傅其境内之劳

与诸侯之忧于孙叔敖。孙叔敖日夜不息，不得以便生为故，故使庄王功迹著乎竹帛，传乎后世。

许维遹撰，梁运华整理：《吕氏春秋集释·仲春纪》，中华书局2010年版，第42–47页

季春纪

一曰：季春之月，日在胃，昏七星中，旦牵牛中。其日甲乙，其帝太皞，其神句芒，其虫鳞，其音角，律中姑洗，其数八，其味酸，其臭羶，其祀户，祭先脾。

许维遹撰，梁运华整理：《吕氏春秋集释·季春纪》，中华书局2010年版，第58页

季春行冬令则寒气时发，草木皆肃，国有大恐；行夏令则民多疾疫，时雨不降，山陵不收；行秋令则天多沈阴，淫雨早降，兵革并起。

许维遹撰，梁运华整理：《吕氏春秋集释·季春纪》，中华书局2010年版，第65页

尽　数

二曰：天生阴阳寒暑燥湿，四时之化，万物之变，莫不为利，莫不为害。圣人察阴阳之宜，辨万物之利以便生，故精神安乎形，而年寿得长焉。长也者，非短而续之也，毕其数也。毕数之务，在乎去害。何谓去害？大甘、大酸、大苦、大辛、大咸，五者充形则生害矣。大喜、大怒、大忧、大恐、大哀，五者接神则生害矣。大寒、大热、大燥、大湿、大风、大霖、大雾，七者动精则生害矣。故凡养生，莫若知本，知本则疾无由至矣。精气之集也，必有入也。集于羽鸟与为飞扬，集于走兽与为流行，集于珠玉与为精朗，集于树木与为茂长，集于圣人与为敻明。精气之来也，因轻而扬之，因走而行之，因美而良之，因长而养之，因智而明之。流水不腐，户

枢不蝼，动也。形气亦然，形不动则精不流，精不流则气郁。郁处头则为肿为风，处耳则为挶为聋，处目则为䁾为盲，处鼻则为鼽为窒，处腹则为张为疛，处足则为痿为蹶。轻水所多秃与瘿人，重水所多尰与躄人，甘水所多好与美人，辛水所多疽与痤人，苦水所多尪与伛人。凡食无强厚味，无以烈味重酒，是以谓之疾首。食能以时，身必无灾。凡食之道，无饥无饱，是之谓五藏之葆。口必甘味，和精端容，将之以神气。百节虞欢，咸进受气。饮必小咽，端直无戾。今世上卜筮祷祠，故疾病愈来。譬之若射者，射而不中，反修于招，何益于中？夫以汤止沸，沸愈不止，去其火则止矣。故巫医毒药，逐除治之，故古之人贱之也，为其末也。

许维遹撰，梁运华整理：《吕氏春秋集释·季春纪》，中华书局2010年版，第65–69页

先　己

三曰：汤问于伊尹曰："欲取天下，若何？"伊尹对曰："欲取天下，天下不可取；可取，身将先取。"凡事之本，必先治身，啬其大宝。用其新，弃其陈，腠理遂通，精气日新，邪气尽去，及其天年，此之谓真人。昔者，先圣王成其身而天下成，治其身而天下治。故善响者不于响于声，善影者不于影于形，为天下者不于天下于身。《诗》曰："淑人君子，其仪不忒。其仪不忒，正是四国。"言正诸身也。故反其道而身善矣；行义则人善矣；乐备君道而百官已治矣，万民已利矣。三者之成也在于无为。无为之道曰胜天，义曰利身，君曰勿身。勿身督听，利身平静，胜天顺性。顺性则聪明寿长，平静则业进乐乡，督听则奸塞不皇。

许维遹撰，梁运华整理：《吕氏春秋集释·季春纪》，中华书局2010年版，第69–71页

圜 道

日夜一周，圜道也。月躔二十八宿，轸与角属，圜道也。精行四时，一上一下各与遇，圜道也。物动则萌，萌而生，生而长，长而大，大而成，成乃衰，衰乃杀，杀乃藏，圜道也。云气西行，云云然冬夏不辍，水泉东流，日夜不休，上不竭，下不满，小为大，重为轻，圜道也。黄帝曰："帝无常处也。有处者乃无处也。"以言不刑蹇，圜道也。人之窍九，一有所居则八虚，八虚甚久则身毙。故唯而听，唯止。听而视，听止。以言说一，一不欲留，留运为败，圜道也。一也齐至贵，莫知其原，莫知其端，莫知其始，莫知其终，而万物以为宗。圣王法之，以令其性，以定其正，以出号令。令出于主口，官职受而行之，日夜不休，宣通下究，瀸于民心，遂于四方，还周复归，至于主所，圜道也。令圜，则可不可、善不善无所壅矣。无所壅者，主道通也。故令者，人主之所以为命也，贤不肖安危之所定也。人之有形体四枝，其能使之也，为其感而必知也。感而不知，则形体四枝不使矣。人臣亦然。号令不感，则不得而使矣。有之而不使，不若无有。主也者，使非有者也，舜禹汤武皆然。

许维遹撰，梁运华整理：《吕氏春秋集释·季春纪》，中华书局2010年版，第79–81页

孟夏纪

一曰：孟夏之月，日在毕，昏翼中，旦婺女中。其日丙丁，其帝炎帝，其神祝融，其虫羽，其音徵，律中仲吕，其数七，其性礼，其事视，其味苦，其臭焦，其祀灶，祭先肺。……

许维遹撰，梁运华整理：《吕氏春秋集释·孟夏纪》，中华书局2010年版，第83–84页

是月也，聚蓄百药，靡草死，麦秋至。

许维遹撰，梁运华整理：《吕氏春秋集释·孟夏纪》，中华书局

2010年版，第87页

劝 学

凡说者，兑之也，非说之也。今世之说者，多弗能兑，而反说之。夫弗能兑而反说，是拯溺而硾之以石也，是救病而饮之以堇也。

许维遹撰，梁运华整理：《吕氏春秋集释·孟夏纪》，中华书局2010年版，第90页

仲夏纪

一曰：仲夏之月，日在东井，昏亢中，旦危中。其日丙丁，其帝炎帝，其神祝融，其虫羽，其音徵，律中蕤宾，其数七，其味苦，其臭焦，其祀灶，祭先肺。

许维遹撰，梁运华整理：《吕氏春秋集释·仲夏纪》，中华书局2010年版，第103页

仲夏行冬令则雹霰伤谷，道路不通，暴兵来至。行春令则五谷晚熟，百螣时起，其国乃饥。行秋令则草木零落，果实早成，民殃于疫。

许维遹撰，梁运华整理：《吕氏春秋集释·仲夏纪》，中华书局2010年版，第108页

侈 乐

乐之有情，譬之若肌肤形体之有情性也，有情性则必有性养矣。寒温劳逸饥饱，此六者非适也。凡养也者，瞻非适而以之适者也。能以久处其适，则生长矣。生也者，其身固静，感而后知，或使之也。遂而不返，制乎嗜欲，制乎嗜欲无穷则必失其天矣。且夫嗜欲无穷则必有贪鄙悖乱之心、淫佚奸诈之事矣，故强者劫弱、众者暴寡、勇者凌怯、壮者慠幼从此生矣。

许维遹撰，梁运华整理：《吕氏春秋集释·仲夏纪》，中华书局2010年版，第113-114页

适　音

夫乐有适，心亦有适。人之情：欲寿而恶夭，欲安而恶危，欲荣而恶辱，欲逸而恶劳。四欲得，四恶除，则心适矣。四欲之得也在于胜理。胜理以治身则生全以，生全则寿长矣；胜理以治国则法立，法立则天下服矣，故适心之务在于胜理。

夫音亦有适。太巨则志荡，以荡听钜则耳不容，不容则横塞，横塞则振；太小则志嫌，以嫌听小则耳不充，不充则不詹，不詹则窕；太清则志危，以危听清则耳谿极，谿极则不鉴，不鉴则竭；太浊则志下，以下听浊则耳不收，不收则不抟，不抟则怒。故太巨、太小、太清、太浊，皆非适也。

何谓适？衷，音之适也。何谓衷？大不出钧，重不过石，小大轻重之衷也。黄钟之宫，音之本也，清浊之衷也。衷也者适也，以适听适则和矣。乐无太，平和者是也。故治世之音安以乐，其政平也；乱世之音怨以怒，其政乖也；亡国之音悲以哀，其政险也。凡音乐通乎政而移风平俗者也，俗定而音乐化之矣。故有道之世，观其音而知其俗矣，观其政而知其主矣。故先王必托于音乐以论其教，清庙之瑟，朱弦而疏越，一唱而三叹，有进乎音者矣；大飨之礼，上玄尊而俎生鱼，大羹不和，有进乎味者也。故先王之制礼乐也，非特以欢耳目、极口腹之欲也，将以教民平好恶、行理义也。

许维遹撰，梁运华整理：《吕氏春秋集释·仲夏纪》，中华书局2010年版，第114-117页

古　乐

昔陶唐氏之始，阴多滞伏而湛积，水道壅塞，不行其原，民气郁阏而滞着，筋骨瑟缩不达，故作为舞以宣导之。

许维遹撰，梁运华整理：《吕氏春秋集释·仲夏纪》，中华书局2010年版，第119页

季夏纪

一曰：季夏之月，日在柳，昏心中，旦奎中。其日丙丁，其帝炎帝，其神祝融，其虫羽，其音徵，律中林钟。其数七，其味苦，其臭焦，其祀灶，祭先肺。

许维遹撰，梁运华整理：《吕氏春秋集释·季夏纪》，中华书局2010年版，第129页

季夏行春令则谷实解落，国多风欬，人乃迁徙。行秋令则丘隰水潦，禾稼不熟，乃多女灾。行冬令则寒气不时，鹰隼早鸷，四鄙入保。中央土，其日戊己，其帝黄帝，其神后土，其虫倮，其音宫，律中黄钟之宫，其数五，其味甘，其臭香，其祀中溜，祭先心。

许维遹撰，梁运华整理：《吕氏春秋集释·季夏纪》，中华书局2010年版，第133–134页

制　乐

周文王立国八年，岁六月，文王寝疾五日而地动，东西南北不出国郊。百吏皆请曰："臣闻地之动，为人主也。今王寝疾五日而地动，四面不出周郊，群臣皆恐，曰'请移之'。"文王曰："若何其移之也？"对曰："兴事动众，以增国城，其可以移之乎！"文王曰："不可。夫天之见妖也，以罚有罪也。我必有罪，故天以此罚我也。今故兴事动众，以增国城，是重吾罪也。不可。"文王曰："昌也请改行重善以移之，其可以免乎！"于是谨其礼秩皮革以交诸侯，饬其辞令币帛以礼豪士，颁其爵列等级田畴以赏群臣，无几何，疾乃止。文王即位八年而地动，已动之后四十三年，凡文王立国五十一年而终，此文王之所以止殃翦妖也。

许维遹撰，梁运华整理：《吕氏春秋集释·季夏纪》，中华书局

2010年版，第144–145页

明　理

国有此物，其主不知惊惶亟革，上帝降祸，凶灾必亟。其残亡死丧，殄绝无类，流散循饥无日矣。此皆乱国之所生也，不能胜数，尽荆、越之竹，犹不能书。故子华子曰："夫乱世之民，长短颉牾百疾。民多疾疠，道多褓繈，盲秃伛尪，万怪皆生。"故乱世之主乌闻至乐？不闻至乐，其乐不乐。

许维遹撰，梁运华整理：《吕氏春秋集释·季夏纪》，中华书局2010年版，第152–153页

孟秋纪

一曰：孟秋之月，日在翼，昏斗中，旦毕中。其日庚辛，其帝少皞，其神蓐收，其虫毛，其音商，律中夷则，其数九，其味辛，其臭腥，其祀门，祭先肝。

许维遹撰，梁运华整理：《吕氏春秋集释·孟秋纪》，中华书局2010年版，第154–155页

孟秋行冬令则阴气大胜，介虫败谷，戎兵乃来。行春令则其国乃旱，阳气复还，五谷不实。行夏令则多火灾，寒热不节，民多疟疾。

许维遹撰，梁运华整理：《吕氏春秋集释·孟秋纪》，中华书局2010年版，第157页

荡　兵

夫有以饐死者，欲禁天下之食，悖。有以乘舟死者，欲禁天下之船，悖。有以用兵丧其国者，欲偃天下之兵，悖。夫兵不可偃也，譬之若水火然，善用之则为福，不能用之则为祸。若用药者然，得

良药则活人，得恶药则杀人，义兵之为天下良药也亦大矣。

许维遹撰，梁运华整理：《吕氏春秋集释·孟秋纪》，中华书局2010年版，第160页

仲秋纪

一曰：仲秋之月，日在角，昏牵牛中，旦觜巂中。其日庚辛，其帝少皞，其神蓐收，其虫毛，其音商，律中南吕，其数九，其味辛，其臭腥，其祀门，祭先肝。

许维遹撰，梁运华整理：《吕氏春秋集释·仲秋纪》，中华书局2010年版，第175页

是月也，乃命宰祝巡行牺牲，视全具，案刍豢，瞻肥瘠，察物色，必比类量小大、视长短皆中度。五者备当，上帝其享。天子乃傩，御佐疾，以通秋气。以犬尝麻，先祭寝庙。

许维遹撰，梁运华整理：《吕氏春秋集释·仲秋纪》，中华书局2010年版，第176–177页

爱　士

昔者，秦缪公乘马而车为败，右服失而野人取之。缪公自往求之，见野人方将食之于岐山之阳。缪公叹曰："食骏马之肉而不还饮酒，余恐其伤女也！"于是遍饮而去。处一年，为韩原之战，晋人已环缪公之车矣，晋梁由靡已扣缪公之左骖矣，晋惠公之右路石奋投而击缪公之甲，中之者已六札矣。野人之尝食马肉于岐山之阳者三百有余人，毕力为缪公疾斗于车下，遂大克晋，反获惠公以归。此《诗》之所谓曰"君君子则正，以行其德；君贱人则宽，以尽其力"者也。人主其胡可以无务行德爱人乎？行德爱人则民亲其上，民亲其上则皆乐为其君死矣。赵简子有两白骡而甚爱之。阳城胥渠处广门之官，夜款门而谒曰："主君之臣胥渠有疾，医教之曰：'得白骡之肝，病则止；不得则死。'"谒者入通。董安于御于侧，愠曰：

"嘻！胥渠也，期吾君骡，请即刑焉。"简子曰："夫杀人以活畜，不亦不仁乎？杀畜以活人，不亦仁乎？"于是召庖人杀白骡，取肝以与阳城胥渠。处无几何，赵兴兵而攻翟，广门之官，左七百人，右七百人，皆先登而获甲首。人主其胡可以不好士！

许维遹撰，梁运华整理：《吕氏春秋集释·仲秋纪》，中华书局2010年版，第191–192页

季秋纪

一曰：季秋之月，日在房，昏虚中，旦柳中。其日庚辛，其帝少皞，其神蓐收，其虫毛，其音商，律中无射，其数九，其味辛，其臭腥，其祀门，祭先肝。

许维遹撰，梁运华整理：《吕氏春秋集释·孟秋纪》，中华书局2010年版，第194页

季秋行夏令则其国大水，冬藏殃败，民多鼽窒。行冬令则国多盗贼，边境不宁，土地分裂。行春令则暖风来至，民气解堕，师旅必兴。

许维遹撰，梁运华整理：《吕氏春秋集释·季秋纪》，中华书局2010年版，第199页

节　丧

二曰：审知生，圣人之要也；审知死，圣人之极也。知生也者，不以害生，养生之谓也；知死也者，不以害死，安死之谓也。此二者，圣人之所独决也。

凡生于天地之间，其必有死，所不免也。孝子之重其亲也，慈亲之爱其子也，痛于肌骨，性也。所重所爱，死而弃之沟壑，人之情不忍为也，故有葬死之义。葬也者，藏也，慈亲孝子之所慎也。慎之者，以生人之心虑。以生人之心为死者虑也，莫如无动，莫如无发。无发无动，莫如无有可利，则此之谓重闭。

许维遹撰，梁运华整理：《吕氏春秋集释·孟冬纪》，中华书局2010年版，第220页

民之于利也，犯流矢，蹈白刃，涉血盩肝以求之。野人之无闻者，忍亲戚兄弟知交以求利。今无此之危，无此之丑，其为利甚厚，乘车食肉，泽及子孙。虽圣人犹不能禁，而况于乱？国弥大，家弥富，葬弥厚。含珠鳞施，夫玩好货宝，钟鼎壶滥，舆马衣被戈剑，不可胜其数。诸养生之具，无不从者。题凑之室，棺椁数袭，积石积炭以环其外。奸人闻之，传以相告。上虽以严威重罪禁之，犹不可止。且死者弥久，生者弥疏，生者弥疏则守者弥怠，守者弥怠而葬器如故，其势固不安矣。世俗之行丧，载之以大輴，羽旄旌旗如云，偻翣以督之，珠玉以备之，黼黻文章以饬之，引绋者左右万人以行之，以军制立之然后可。以此观世，则美矣侈矣。以此为死，则不可也。苟便于死，则虽贫国劳民，若慈亲孝子者之所不辞为也。

许维遹撰，梁运华整理：《吕氏春秋集释·孟冬纪》，中华书局2010年版，第222-224页

异　用

孔子之弟子从远方来者，孔子荷杖而问之曰："子之公不有恙乎？"搏杖而揖之，问曰："子之父母不有恙乎？"置杖而问曰："子之兄弟不有恙乎？"杙步而倍之，问曰："子之妻子不有恙乎？"故孔子以六尺之杖，谕贵贱之等，辨疏亲之义，又况于以尊位厚禄乎？古之人贵能射也，以长幼养老也。今之人贵能射也，以攻战侵夺也。其细者以劫弱暴寡也，以遏夺为务也。仁人之得饴，以养疾侍老也。跖与企足得饴，以开闭取楗也。

许维遹撰，梁运华整理：《吕氏春秋集释·孟冬纪》，中华书局2010年版，第235-236页

仲冬纪

一曰：仲冬之月，日在斗，昏东壁中，旦轸中。其日壬癸，其帝颛顼，其神玄冥，其虫介，其音羽，律中黄钟，其数六，其味咸，其臭朽，其祀行，祭先肾。

许维遹撰，梁运华整理：《吕氏春秋集释·仲冬纪》，中华书局2010年版，第238页

仲冬行夏令则其国乃旱，气雾冥冥，雷乃发声。行秋令则天时雨汁，瓜瓠不成，国有大兵。行春令则虫螟为败，水泉减竭，民多疾疠。

许维遹撰，梁运华整理：《吕氏春秋集释·仲冬纪》，中华书局2010年版，第242页

至　忠

齐王疾痏，使人之宋迎文挚。文挚至，视王之疾，谓太子曰："王之疾必可已也。虽然，王之疾已，则必杀挚也。"太子曰："何故？"文挚对曰："非怒王则疾不可治，怒王则挚必死。"太子顿首强请曰："苟已王之疾，臣与臣之母以死争之于王。王必幸臣与臣之母，愿先生之勿患也。"文挚曰："诺。请以死为王。"与太子期，而将往不当者三，齐王固已怒矣。文挚至，不解屦登床，履王衣，问王之疾，王怒而不与言。文挚因出辞以重怒王，王叱而起，疾乃遂已。王大怒不说，将生烹文挚。太子与王后急争之而不能得，果以鼎生烹文挚。爨之三日三夜，颜色不变。文挚曰："诚欲杀我，则胡不覆之，以绝阴阳之气？"王使覆之，文挚乃死。夫忠于治世易，忠于浊世难。文挚非不知活王之疾而身获死也，为太子行难以成其义也。

许维遹撰，梁运华整理：《吕氏春秋集释·仲冬纪》，中华书局2010年版，第245–246页

季冬纪

一曰：季冬之月，日在婺女，昏娄中，旦氐中。其日壬癸，其帝颛顼，其神玄冥，其虫介，其音羽，律中大吕，其数六，其味咸，其臭朽，其祀行，祭先肾。

许维遹撰，梁运华整理：《吕氏春秋集释·仲冬纪》，中华书局2010年版，第258页

季冬行秋令则白露早降，介虫为妖，四邻入保。行春令则胎夭多伤，国多固疾，命之曰逆。行夏令则水潦败国，时雪不降，冰冻消释。

许维遹撰，梁运华整理：《吕氏春秋集释·季冬纪》，中华书局2010年版，第261页

孝　行

养有五道：修宫室、安床笫、节饮食、养体之道也；树五色，施五采，列文章，养目之道也。正六律，和五声，杂八音，养耳之道也。熟五谷，烹六畜，和煎调，养口之道也。和颜色，说言语，敬进退，养志之道也。此五者，代进而厚用之，可谓善养矣。

许维遹撰，梁运华整理：《吕氏春秋集释·孝行览》，中华书局2010年版，第308页

本　味

说汤以至味。汤曰："可对而为乎？"对曰："君之国小，不足以具之，为天子然后可具。夫三群之虫，水居者腥，肉玃者臊，草食者膻，臭恶犹美，皆有所以。凡味之本，水最为始。五味三材，九沸九变，火为之纪。时疾时徐，灭腥去臊除膻，必以其胜，无失其理。调和之事，必以甘酸苦辛咸，先后多少，其齐甚微，皆有自起。

鼎中之变，精妙微纤，口弗能言，志弗能喻，若射御之微，阴阳之化，四时之数。故久而不弊，熟而不烂，甘而不哝，酸而不酷，咸而不减，辛而不烈，澹而不薄。肥而不腴。肉之美者，猩猩之唇，獾獾之炙，隽觾之翠，述荡之掔，旄象之约，流沙之西，丹山之南，有凤之丸，沃民所食。鱼之美者：洞庭之鳟，东海之鲕，醴水之鱼，名曰朱鳖，六足，有珠百碧。藿水之鱼，名曰鳐，其状若鲤而有翼，常从西海夜飞游于东海。菜之美者：昆仑之蘋，寿木之华，指姑之东，中容之国，有赤木、玄木之叶焉。余瞀之南，南极之崖，有菜，其名曰嘉树，其色若碧。阳华之芸，云梦之芹，具区之菁。浸渊之草，名曰土英。和之美者：阳朴之姜，招摇之桂，越骆之菌，鳣鲔之醢，大夏之盐。宰揭之露，其色如玉。长泽之卵。饭之美者：玄山之禾，不周之粟，阳山之穄，南海之秬。水之美者：三危之露，昆仑之井，沮江之丘，名曰摇水。曰山之水。高泉之山，其上有涌泉焉，冀州之原。果之美者：沙棠之实。常山之北，投渊之上，有百果焉，群帝所食，箕山之东，青鸟之所，有甘栌焉，江浦之橘，云梦之柚，汉上石耳。所以致之，马之美者，青龙之匹，遗风之乘。非先为天子，不可得而具。天子不可强为，必先知道。道者，止彼在己，己成而天子成，天子成则至味具。故审近所以知远也，成己所以成人也，圣王之道要矣，岂越越多业哉！”

许维遹撰，梁运华整理：《吕氏春秋集释·孝行览》，中华书局2010年版，第313-321页

察今

荆人欲袭宋，使人先表澭水。澭水暴益，荆人弗知，循表而夜涉，溺死者千有余人，军惊而坏都舍。向其先表之时可导也，今水已变而益多矣，荆人尚犹循表而导之，此其所以败也。今世之主，法先王之法也，有似于此。其时已与先王之法亏矣，而曰“此先王之法也”。而法之，以此为治，岂不悲哉！故治国无法则乱，守法而

弗变则悖，悖乱不可以持国。世易时移，变法宜矣。譬之若良医，病万变，药亦万变。病变而药不变，向之寿民，今为殇子矣。故凡举事必循法以动，变法者因时而化，若此论则无过务矣。

许维遹撰，梁运华整理：《吕氏春秋集释·慎大览》，中华书局2010年版，第392–393页

审分

一曰：凡人主必审分，然后治可以至，奸伪邪辟之涂可以息，恶气苛疾无自至。夫治身与治国，一理之术也。

许维遹撰，梁运华整理：《吕氏春秋集释·审分览》，中华书局2010年版，第431页

勿躬

大桡作甲子，黔如作虏首，容成作历，羲和作占日，尚仪作占月，后益作占岁，胡曹作衣，夷羿作弓，祝融作市，仪狄作酒，高元作室，虞姁作舟，伯益作井，赤冀作臼，乘雅作驾，寒哀作御，王冰作服牛，史皇作图，巫彭作医，巫咸作筮，此二十官者，圣人之所以治天下也。

许维遹撰，梁运华整理：《吕氏春秋集释·审分览》，中华书局2010年版，第449–451页

达郁

五曰：凡人三百六十节，九窍五藏六府，肌肤欲其比也，血脉欲其通也，筋骨欲其固也，心志欲其和也，精气欲其行也，若此则病无所居，而恶无由生矣。病之留，恶之生也，精气郁也。故水郁则为污，树郁则为蠹，草郁则为蒉。国亦有郁，主德不通，民欲不达，此国之郁也。国郁处久，则百恶并起，而万灾丛至矣。上下之

相忍也，由此出矣。故圣王之贵豪士与忠臣也，为其敢直言而决郁塞也。

周厉王虐民，国人皆谤。召公以告曰："民不堪命矣！"王使卫巫监谤者，得则杀之。国莫敢言，道路以目。王喜，以告召公曰："吾能弭谤矣！"召公曰："是障之也，非弭之也。防民之口，甚于防川，川壅而溃，败人必多。夫民犹是也，是故治川者决之使导，治民者宣之使言。是故天子听政，使公卿列士正谏，好学博闻献诗，蒙箴师诵，庶人传语，近臣尽规，亲戚补察，而后王斟酌焉。是以下无遗善，上无过举。今王塞下之口，而遂上之过，恐为社稷忧。"王弗听也。三年，国人流王于彘。此郁之败也。郁者，不阳也。周鼎着鼠，令马履之，为其不阳也。不阳者，亡国之俗也。

许维遹撰，梁运华整理：《吕氏春秋集释·恃君览》，中华书局2010年版，第562–564页

察　贤

二曰：今有良医于此，治十人而起九人，所以求之万也。故贤者之致功名也，比乎良医，而君人者不知疾求，岂不过哉！今夫塞者，勇力、时日、卜筮、祷祠无事焉，善者必胜。立功名亦然，要在得贤。魏文侯师卜子夏，友田子方，礼段干木，国治身逸。天下之贤主，岂必苦形愁虑哉？执其要而已矣。雪霜雨露时，则万物育矣，人民修矣，疾病妖厉去矣。故曰"尧之容若委衣裘"，以言少事也。宓子贱治单父，弹鸣琴，身不下堂而单父治。巫马期以星出，以星入，日夜不居，以身亲之，而单父亦治。巫马期问其故于宓子，宓子曰："我之谓任人，子之谓任力。任力者故劳，任人者故逸。"宓子则君子矣，逸四肢，全耳目，平心气，而百官以治义矣，任其数而已矣。巫马期则不然，弊生事精，劳手足，烦教诏，虽治犹未至也。

许维遹撰，梁运华整理：《吕氏春秋集释·开春论》，中华书局

2010年版，第585-587页

别　类

二曰：知不知，上矣。过者之患，不知而自以为知。物多类然而不然，故亡国僇民无已。夫草有莘有藟，独食之则杀人，合而食之则益寿。万堇不杀。漆淖水淖，合两淖则为蹇，湿之则为干。金柔锡柔，合两柔则为刚，燔之则为淖。或湿而干，或燔而淖，类固不必，可推知也。小方，大方之类也；小马，大马之类也；小智，非大智之类也。鲁人有公孙绰者，告人曰："我能起死人。"人问其故，对曰："我固能治偏枯，今吾倍所以为偏枯之药，则可以起死人矣。"

许维遹撰，梁运华整理：《吕氏春秋集释·似顺论》，中华书局2010年版，第661页

审　时

得时之麦，秱长而颈黑，二七以为行，而服薄羔而赤色，称之重，食之致香以息，使人肌泽且有力，如此者不蚼蛆。先时者，暑雨未至，胕动蚼蛆而多疾，其次羊以节。后时者，弱苗而穗苍狼，薄色而美芒。是故得时之稼兴，失时之稼约。茎相若，称之，得时者重，粟之多。量粟相若而舂之，得时者多米。量米相若而食之，得时者忍饥。是故得时之稼，其臭香，其味甘，其气章，百日食之，耳目聪明，心意睿智，四卫变强，凶气不入，身无苛殃。黄帝曰："四时之不正也，正五谷而已矣。"

许维遹撰，梁运华整理：《吕氏春秋集释·士容论》，中华书局2010年版，第699-701页

管　子

管　仲

《管子》托名管仲所作。今本存七十六篇。《汉书·艺文志》将之归入道家，而其实际包含法、道、儒、阴阳、名、兵、农等诸家思想，但其思想主流是黄老思想，特点是将道家和法家思想结合在一起进行论述。此书大约成书于战国至秦汉时期，是研究黄老思想的珍贵资料。

权　修

上恃龟筮，好用巫医，则鬼神骤祟。故功之不立，名之不章，为之患者三：有独主者，有贫贱者，有日不足者。

〔唐〕房玄龄注，〔明〕刘绩补注，刘晓艺校点：《管子》，上海古籍出版社2015年版，第14页

中　匡

明日，管仲朝，公曰："寡人愿闻国君之信。"对曰："民爱之，邻国亲之，天下信之，此国君之信。"公曰："善。请问信安始而可?"对曰："始于为身，中于为国，成于为天下。"公曰："请问为身。"对曰："道血气以求长年，长心，长德，此为身也。"公曰："请问为国。"对曰："远举贤人，慈爱百姓，外存亡国，继绝世，起诸孤，薄税敛，轻刑罚，此为国之大礼也。"公曰："请问为天下。"对曰："法行而不苛，刑廉而不赦，有司宽而不凌，郁浊困滞，皆法度不亡，往行不来，而民游世矣。此为天下也。"

〔唐〕房玄龄注，〔明〕刘绩补注，刘晓艺校点：《管子》，上海古籍出版社2015年版，第138页

戒

管仲复于桓公曰："任之重者莫如身，涂之畏者莫如口，期而远者莫如年。以重任行畏涂，至远期，唯君子乃能矣。"桓公退，再拜之，曰："夫子数以此言者教寡人。"管仲对曰："滋味动静，生之养也。好恶喜怒哀乐，生之变。聪明当物，生之德也。是故圣人齐滋味而动静，御正六气之变，禁止声色之淫。邪行亡乎体，违言不存口。静然定生，圣也。"

〔唐〕房玄龄注，〔明〕刘绩补注，刘晓艺校点：《管子》，上海古籍出版社2015年版，第184页

心术

心之在体，君之位也。九窍之有职，官之分也。心处其道，九窍循理。嗜欲充益，目不见色，耳不闻声。故曰：上离其道，下失其事。毋代马走，使尽其力。毋代鸟飞，使弊其羽翼。毋先物动，以观其则。动则失位，静乃自得。

〔唐〕房玄龄注，〔明〕刘绩补注，刘晓艺校点：《管子》，上海古籍出版社2015年版，第263页

心之在体，君之位也。九窍之有职，官之分也。耳目者，视听之官也。心而无与于视听之事，则官得守其分矣。夫心有欲者，物过而目不见，声至而耳不闻也。故曰：上离其道，下失其事。故曰：心术者，无为而制窍者也，故曰君。无代马走，无代鸟飞，此言不夺能能，不与下诚也。毋先物动者，摇者不走，趮者不静，言动之不可以观也。位者，谓其所立也。人主者立于阴，阴者静，故曰：动则失位。阴则能制阳矣，静则能制动矣。故曰：静乃自得。

〔唐〕房玄龄注，〔明〕刘绩补注，刘晓艺校点：《管子》，上海古籍出版社2015年版，第265页

白　心

故曰：欲爱吾身，先知吾情。君亲六合，以考内身。以此知象，乃知行情。既知行情，乃知养生。左右前后，周而复所。执仪服象，敬迎来者。今夫来者，必道其道，无迁无衍，命乃长久。

〔唐〕房玄龄注，〔明〕刘绩补注，刘晓艺校点：《管子》，上海古籍出版社2015年版，第283页

水　地

地者，万物之本原，诸生之根菀也。美恶贤不肖愚俊之所生也。水者，地之血气，如筋脉之通流者也。故曰：水具材也。何以知其然也？曰：夫水，淖弱以清，而好洒人之恶，仁也。视之黑而白，精也。量之不可使概，至满而止，正也。唯无不流，至平而止，义也。人皆赴高，己独赴下，卑也。卑也者，道之室，王者之器也。而水以为都居。

〔唐〕房玄龄注，〔明〕刘绩补注，刘晓艺校点：《管子》，上海古籍出版社2015年版，第285页

人，水也。男女精气合而水流形。三月如咀咀者何？曰五味。五味者何？曰五藏。酸主脾，咸主肺，辛主肾，苦主肝，甘主心。五藏已具，而后生肉。脾生隔，肺生骨，肾生脑，肝生革，心生肉。五肉已具，而后发为九窍。脾发为鼻，肝发为目，肾发为耳，肺发为口，舌发为心。五月而成，十月而生。生而目视、耳听、心虑。目之所以视，非特山陵之见也，察于荒忽。耳之所听，非特雷鼓之闻也，察于淑湫。心之所虑，非特知于麤粗也，察于微眇。故修要之精。是以水集于玉，而九德出焉。凝蹇而为人，而九窍五虑出焉。此乃其精，麤浊蹇，能存而不能亡者也。

〔唐〕房玄龄注，〔明〕刘绩补注，刘晓艺校点：《管子》，上海古籍出版社2015年版，第287页

任　法

圣君任法而不任智，任数而不任说，任公而不任私，任大道而不任小物，然后身佚而天下治。失君则不然，舍法而任智，故民舍事而好誉；舍数而任说，故民舍实而好言；舍公而好私，故民离法而妄行。舍大道而任小物，故上劳烦，百姓迷惑，而国家不治。圣君则不然，守道要，处佚乐，驰骋弋猎，钟鼓竽瑟，宫中之乐，无禁圉也。不思不虑，不忧不图，利身体，便形躯，养寿命，垂拱而天下治。是故人主有能用其道者，不事心，不劳意，不动力，而土地自辟，囷仓自实，蓄积自多，甲兵自强。群臣无诈伪，百官无奸邪，奇术技艺之人，莫敢高言孟行，以过其情，以遇其主矣。

〔唐〕房玄龄注，〔明〕刘绩补注，刘晓艺校点：《管子》，上海古籍出版社2015年版，第312页

内　业

天主正，地主平，人主安静。春秋冬夏，天之时也。山陵川谷，地之枝也。喜怒取予，人之谋也。是故圣人与时变而不化，从物而不移，能正能静，然后能定。定心在中，耳目聪明，四肢坚固，可以为精舍。精也者，气之精者也。气，道乃生，生乃思，思乃知，知乃止矣。凡心之形，过知失生。

〔唐〕房玄龄注，〔明〕刘绩补注，刘晓艺校点：《管子》，上海古籍出版社2015年版，第328页

精存自生，其外安荣。内藏以为泉原，浩然和平，以为气渊。渊之不涸，四体乃固。泉之不竭，九窍遂通。乃能穷天地，被四海。中无惑意，外无邪灾，心全于中，形全于外。不逢天灾，不遇人害，谓之圣人。

〔唐〕房玄龄注，〔明〕刘绩补注，刘晓艺校点：《管子》，上海古籍出版社2015年版，第330页

抟气如神，万物备存。能抟乎？能一乎？能无卜筮而知吉凶乎？能止乎？能已乎？能勿求诸人而得之己乎？思之思之，又重思之。思之而不通，鬼神将通之。非鬼神之力也，精气之极也。

〔唐〕房玄龄注，〔明〕刘绩补注，刘晓艺校点：《管子》，上海古籍出版社2015年版，第332页

凡人之生也，天出其精，地出其形，合此以为人。和乃生，不和不生。察和之道，其精不见，其征不丑。平正擅匈，论治在心，此以长寿。忿怒之失度，乃为之图。节其五欲，去其二凶，不喜不怒，平正擅匈。

〔唐〕房玄龄注，〔明〕刘绩补注，刘晓艺校点：《管子》，上海古籍出版社2015年版，第333页

凡人之生也，必以平正，所以失之，必以喜怒忧患。是故止怒莫若诗，去忧莫若乐，节乐莫若礼，守礼莫若敬，守敬莫若静。内静外敬，能反其性，性将大定。凡食之道，大充伤而形不藏，大摄骨枯而血沍。充摄之间，此谓和成。精之所舍，而知之所生。饥饱之失度，乃为之图。饱则疾动，饥则广思，老则长虑。饱不疾动，气不通于四末。饥不广思，饱而不废。老不长虑，困乃遬竭。大心而敢，宽气而广，其形安而不移，能守一而弃万苛，见利不诱，见害不俱，宽舒而仁，独乐其身，是谓云气，意行似天。

凡人之生也，必以其欢。忧则失纪，怒则失端。忧悲喜怒，道乃无处。爱欲静之，遇乱正之。勿引勿推，福将自归。彼道自来，可藉与谋。静则得之，躁则失之。灵气在心，一来一逝。其细无内，其大无外。所以失之，以躁为害。心能执静，道将自定。得道之人，理丞而屯泄，中匈无败。节欲之道，万物不害。

〔唐〕房玄龄注，〔明〕刘绩补注，刘晓艺校点：《管子》，上海古籍出版社2015年版，第334–335页

小　问

桓公曰："善哉。牧民何先？"管子对曰："有时先事，有时先政，有时先德，有时先恕。飘风暴雨，不为人害，涸旱不为民患。百川道，年谷熟，籴贷贱，禽兽与人聚食民食，民不疾疫，当此时也，民富且骄。牧民者，厚收善岁以充仓廪，禁薮泽，此谓先之以事。随之以刑，敬之以礼乐，以振其淫，此谓先之以政。飘风暴雨为民害，涸旱为民患，年谷不熟，岁饥籴贷贵，民疾疫，当此时也，民贫且罢。牧民者，发仓廪，山林薮泽以共其财，后之以事，先之以恕，以振其罢，此谓先之以德。其收之也，不夺民财。其施之也，不失有德。富上而足下，此圣王之至事也。"桓公曰："善。"

〔唐〕房玄龄注，〔明〕刘绩补注，刘晓艺校点：《管子》，上海古籍出版社2015年版，第339页

禁　藏

凡人之情，得所欲则乐，逢所恶则忧，此贵贱之所同有也。近之不能勿欲，远之不能勿忘，人情皆然，而好恶不同。各行所欲，而安危异焉，然后贤不肖之形见也。夫物有多寡而情不能等，事有成败而意不能同，行有进退而力不能两也。故立身于中，养有节。宫室足以避燥湿，食饮足以和血气，衣服足以适寒温，礼仪足以别贵贱，游虞足以发欢欣，棺椁足以朽骨，衣衾足以朽肉，坟墓足以道记。不作无补之功，不为无益之事，故意定而不营气情。气情不营，则耳目縠，衣食足。耳目縠，衣食足，则侵争不生，怨怒无有，上下相亲，兵刃不用矣。

〔唐〕房玄龄注，〔明〕刘绩补注，刘晓艺校点：《管子》，上海古籍出版社2015年版，第357页

当春三月，萩室熯造，钻燧易火，杼井易水，所以去兹毒也。举春，祭塞久祷，以鱼为牲，以蘖为酒，相召，所以属亲戚也。

〔唐〕房玄龄注，〔明〕刘绩补注，刘晓艺校点：《管子》，上海古籍出版社2015年版，第359页

入　国

入国四旬，五行九惠之教。一曰老老，二曰慈幼，三曰恤孤，四曰养疾，五曰合独，六曰问疾，七曰通穷，八曰振困，九曰接绝。

〔唐〕房玄龄注，〔明〕刘绩补注，刘晓艺校点：《管子》，上海古籍出版社2015年版，第365页

所谓养疾者，凡国都皆有掌养疾。聋盲喑哑，跛躄偏枯握递，不耐自生者，上收而养之，疾。官而衣食之，殊身而后止。此之谓养疾。

所谓问疾者，凡国都皆有掌病。士人有病者，掌病以上令问之。九十以上，日一问。八十以上，二日一问。七十以上，三日一问。众庶，五日一问。疾甚者以告，上身问之。掌病行于国中，以问病为事。此之谓问病。

〔唐〕房玄龄注，〔明〕刘绩补注，刘晓艺校点：《管子》，上海古籍出版社2015年版，第366–367页

度　地

桓公曰："寡人悖，不知四害之服，奈何？"管仲对曰："冬作土功，发地藏，则夏多暴雨，秋霖不止。春不收枯骨朽，春伐枯木而去之，则夏旱之矣。夏有大露，原烟噎，下百草，人采食之，伤人，人多疾病而不止。民乃恐殆。君令五官之吏，与三老里有司伍长，行里顺之，令之家起火为温，其田及宫中皆盖井，毋令毒下及食器，将饮伤人。有下虫伤禾稼。凡天灾害之下也，君子谨避之，故不入九死也。大寒大暑，大风大雨，其至不时者，此谓四刑。或遇以死，或遇以生，君子避之，是亦伤人。故吏者，所以教顺也，三老里有司伍长者，所以为率也。五者已具，民无怨者，愿其毕也。故常以

冬日，顺三老里有司伍长，以冬赏罚，使各应其赏而服其罚，五者不可害，则君之法犯矣。此示民而易见，故民不比也。”

〔唐〕房玄龄注，〔明〕刘绩补注，刘晓艺校点：《管子》，上海古籍出版社2015年版，第375-376页

地　员

夫管仲之匡天下也，其施七尺，渎田悉徙，五种无不宜。其立后而手实，其木宜蚖蓄与杜松，其草宜楚棘。见是土也，命之曰五施。五七三十五尺而至于泉，呼音中角，其水仓，其民强。赤垆，历强肥，五种无不宜。其麻白，其布黄，其草宜白茅与雚，其木宜赤棠。见是土也，命之曰四施，四七二十八尺而至于泉，呼音中商，其水白而甘，其民寿。

黄唐，无宜也，唯宜黍秫也。宜县泽，行廥落，地润数毁，难以立邑置廥。其草宜黍秫与茅，其木宜櫄扰桑。见是土也，命之曰三施，三七二十一尺而至于泉，呼音中宫，其泉黄而糗。流徙。

斥埴，宜大菽与麦，其草宜萯雚，其木宜杞。见是土也，命之曰再施，二七一十四尺而至于泉，呼音中羽，其泉咸。水流徙，黑埴，宜稻麦。其草宜苹蓨，其木宜白棠。

〔唐〕房玄龄注，〔明〕刘绩补注，刘晓艺校点：《管子》，上海古籍出版社2015年版，第377-378页

山之上命之曰县泉，其地不干，其草如茅与走。其木乃槁，凿之二尺，乃至于泉。山之上命曰复吕，其草鱼肠与莸，其木乃柳，凿之三尺而至于泉。山之上命之曰泉英，其草蕲白昌，其木乃杨，凿之五尺而至于泉。山之材，其草兢与蔷，其木乃格，凿之二七十四尺而至于泉。山之侧，其草葍与蒌，其木乃品榆，凿之三七二十一尺而至于泉。

凡草土之道，各有谷造。或高或下，各有草土。叶下于蘴，蘴下于苋，苋下于蒲，蒲下于苇，苇下于雚，雚下于蒌，蒌下于荓，荓

下于萧，萧下于薜，薜下于萑，萑下于茅。凡彼草物，有十二衰，各有所归。

九州之土，为九十物。每州有常，而物有次。

群土之长，是唯五粟。五粟之状，或赤，或青，或白，或黑，或黄。五粟五章。五粟之状，淖而不肕，刚而不觳，不泞车轮，不污手足。其种大重、细重、白茎、白秀，无不宜也。五粟之土，若在陵在山，在隫在衍，其阴其阳，尽宜桐柞，莫不秀长。其榆其柳，其檿其桑，其柘其栎，其槐其杨，群木蕃滋，数大条直以长。其泽则多鱼，牧则宜牛羊。其地其樊，俱宜竹箭，藻龟楢檀，五臭生之。薜荔白芷，麋芜椒连，五臭所校。寡疾难老，士女皆好，其民工巧。其泉黄白，其人夷姤。五粟之土，干而不格，湛而不泽，无高下，葆泽以处。是谓粟土。

粟土之次曰五沃。五沃之物，或赤，或青，或黄，或白，或黑。五沃五物，各有异则。五沃之状，剽忞橐土，虫易全处。忞剽不白，下乃以泽。其种大苗、细苗、赨茎、黑秀、箭长。五沃之土，若在丘在山，在陵在冈，若在陬。陵之阳，其左其右，宜彼群木，桐柞枎櫄，及彼白梓，其梅其杏，其桃其李，其秀生茎起。其棘其棠，其槐其杨，其榆其桑，其札其枋，群木数大，条直以长。其阴则生之楂梨，其阳则安树之五麻。若高若下，不择畴所。其麻大者如箭如苇，大长以美。其细者如雚如蒸，欲有与名，大者不类。小者则治，揣而藏之，若众练丝。五臭畴生，莲与蘼芜，藁本白芷。其泽则多鱼，牧则宜牛羊。其泉白青，其人坚劲，寡有疥骚，终无痟酲。五沃之土，干而不斥，湛而不泽，无高下，葆泽以处。是谓沃土。

沃土之次曰五位。五位之物，五色杂英，各有异章。五位之状，不塥不灰，青忞以落及。其种大苇无，细苇无，赨茎、白秀。五位之土，若在冈在陵，在隫在衍，在丘在山，皆宜竹箭、求黾、楢檀。其山之浅，有茏与斥，群木安逐，条长数大。其桑其松，其杞其茸。种木胥容，榆桃柳楝。群药安生，姜与桔梗，小辛大蒙。其山之枭，多桔符榆。其山之末，有箭与苑。其山之旁，有彼黄宝，及彼白昌。

山藜苇芒，群药安聚，以围民殃。其林其漉，其槐其楝，其柞其榖，群木安逐。鸟兽安施，既有麋麃，又且多鹿。其泉青黑，其人轻直，省事少食。无高下，葆泽以处。是谓位土。

位土之次曰五蘟。五蘟之状，黑土黑菭，青怵以肥，芬然若灰。其种櫑葛，秫茎、黄秀。恚目，其叶若苑。以蓄殖果木，不若三土，以十分之二，是谓蘟土。

蘟土之次曰五壤。五壤之状，芬然若泽若屯土。其种大水肠，细水肠，秫茎、黄秀，以慈忍，水旱无不宜也。蓄殖果木，不若三土，以十分之二，是谓壤土。

壤土之次曰五浮。五浮之状，捍然如米，以葆泽，不离不坼。其种忍蘟。忍叶如雚，叶以长狐茸。黄茎、黑茎、黑秀，其粟大，无不宜也。蓄殖果木，不如三土，以十分之二。凡上土三十物，种十二物。

中土曰五忞。五忞之状，廪焉如壏，润湿以处。其种大稷、细稷，秫茎、黄秀，慈忍，水旱细粟如麻。蓄殖果木，不若三土，以十分之三。

忞土之次曰五纑。五纑之状，强力刚坚，其种大邯郸、细邯郸，茎叶如扶櫄，其粟大。蓄殖果木，不若三土，以十分之三。

纑土之次曰五壏。五壏之状，芬焉若糠以肥。其种大荔、细荔，青茎、黄秀。蓄殖果木，不若三土，以十分之三。

壏土之次曰五剽。五剽之状，华然如芬以脤。其种大秬、细秬，黑茎、青秀。蓄殖果木，不若三土，以十分之四。

剽土之次曰五沙。五沙之状，粟焉如屑尘厉。其种大萯、细萯，白茎、青秀以蔓。蓄殖果木，不如三土，以十分之四。

沙土之次曰五塥。五塥之状，累然如仆累。不忍水旱。其种大樛杞、细樛杞，黑茎、黑秀。蓄殖果木，不若三土，以十分之四。凡中土三十物，种十二物。

下土曰五犹。五犹之状如粪。其种大华、细华，白茎、黑秀。蓄殖果木，不如三土，以十分之五。犹土之次曰五弘。五弘之状如鼠肝。其种青梁，黑茎、黑秀。蓄殖果木，不如三土，以十分之五。弘土之次曰五殖。五殖之状，甚泽以疏，离坼以臞埆。其种雁膳，黑实，朱跗，黄实。蓄殖果木，不如三土，以十分之六。五殖之次曰五觳。五觳之状，娄娄然，不忍水旱。其种大菽、细菽，多白实。蓄殖果木，不如三土，以十分之六。觳土之次曰五凫。五凫之状，坚而不骼，其种陵稻、黑鹅、马夫。蓄殖果木，不如三土，以十分之七。凫土之次曰五桀。五桀之状，甚咸以苦，其物为下。其种白稻长狭。蓄殖果木，不如三土，以十分之七。凡下土三十物，其种十二物。

凡土物九十，其种三十六。

〔唐〕房玄龄注，〔明〕刘绩补注，刘晓艺校点：《管子》，上海古籍出版社2015年版，第380–386页

形势解

起居时，饮食节，寒暑适，则身利而寿命益。起居不时，饮食不节，寒暑不适，则形体累而寿命损。人惰而侈则贫，力而俭则富。夫物莫虚至，必有以也。故曰："寿夭贫富，无徒归也。"

〔唐〕房玄龄注，〔明〕刘绩补注，刘晓艺校点：《管子》，上海古籍出版社2015年版，第393页

立政九败解

人君唯毋好全生，则群臣皆全其生，而生又养生。养何也？曰：滋味也，声色也，然后为养生。然则从欲妄行，男女无别，及于禽兽。然则礼义廉耻不立，人君无以自守也。故曰：全生之说胜，则廉耻不立。

〔唐〕房玄龄注，〔明〕刘绩补注，刘晓艺校点：《管子》，上海古籍出版社2015年版，第403页

轻重戊

桓公问于管子曰："轻重安施？"管子对曰："自理国虙戏以来，未有不以轻重而能成其王者也。"公曰："何谓？"管子对曰："虙戏作，造六峜以迎阴阳，作九九之数以合天道，而天下化之。神农作，树五谷淇山之阳，九州之民乃知谷食，而天下化之。黄帝作，钻燧生火，以熟荤臊，民食之，无兹腢之病，而天下化之。黄帝之王，童山竭泽。有虞之王，烧曾薮，斩群害，以为民利，封土为社，置木为闾，始民知礼也。当是其时，民无愠恶不服，而天下化之。夏人之王，外凿二十虻，韘十七湛，疏三江，凿五湖，道四泾之水，以敌九州之高，以治九薮，民乃知城郭门闾室屋之筑，而天下化之。殷人之王，立帛牢，服牛马以为民利，而天下化之。周人之王，循六峜，合阴阳，而天下化之。"公曰："然则当世之王者，何行而可？"管子对曰："并用而毋俱尽也。"公曰："何谓？"管子对曰："帝王之道备矣，不可加也。公其行义而已矣。"公曰："其行义奈何？"管子对曰："天子幼弱，诸侯亢强，聘享不上。公其弱强继绝，率诸侯以起周室之祀。"公曰："善。"

〔唐〕房玄龄注，〔明〕刘绩补注，刘晓艺校点：《管子》，上海古籍出版社2015年版，第471页

晏子春秋

晏 婴

晏婴，字仲平，夷纬（今山东高密）人，春秋时期著名政治家。《晏子春秋》包括内篇、外篇，共两卷二百一十五章，是记载晏婴言行的书籍，大约成书于战国末期。此书通过对晏婴生平逸事、传说、传闻等小故事的记录，建构起晏婴生动幽默的形象。书中所记故事

与《左传》《国语》《吕氏春秋》等书的记载可相互佐证。

景公病久不愈欲诛祝史以谢晏子谏第十二

景公疥且疟，期年不已，召会谴、梁丘据、晏子而问焉，曰：“寡人之病病矣，使史固与祝佗巡山川宗庙，牺牲珪璧，莫不备具，数其常多先君桓公，桓公一则寡人再。病不已，滋甚，予欲杀二子者以说于上帝，其可乎？”会谴、梁丘据曰：“可。”晏子不对，公曰：“晏子何如？”晏子曰：“君以祝为有益乎？”公曰：“然。”

“若以为有益，则诅亦有损也。君疏辅而远拂，忠臣拥塞，谏言不出。臣闻之，近臣嘿，远臣喑，众口铄金。今自聊、摄以东，姑、尤以西者，此其人民众矣，百姓之咎怨诽谤，诅君于上帝者多矣。一国诅，两人祝，虽善祝者不能胜也。且夫祝直言情，则谤吾君也；隐匿过，则欺上帝也。上帝神，则不可欺；上帝不神，祝亦无益，愿君察之也。不然，刑无罪，夏商所以灭也。”

公曰：“善解余惑，加冠！”命会谴毋治齐国之政，梁丘据毋治宾客之事，兼属之乎晏子。晏子辞，不得命，受相退，把政改月而君病悛。公曰：“昔吾先君桓公，以管子为有力，邑狐与谷，以共宗庙之鲜，赐其忠臣，则是多忠臣者。子今忠臣也，寡人请赐子州款。”

辞曰：“管子有一美，婴不如也；有一恶，婴不忍为也，其宗庙之养鲜也。”终辞而不受。

卢守助撰：《晏子春秋译注·内篇谏上》，上海古籍出版社2006年版，第21页

景公问欲令祝史求福晏子对以当辞罪而无求第十

景公问于晏子曰：“寡人意气衰，身病甚。今吾欲具珪璋牺牲，令祝宗荐之乎上帝宗庙，意者礼可以干福乎？”

晏子对曰：“婴闻之，古者先君之干福也，政必合乎民，行必顺

乎神；节宫室，不敢大斩伐，以无逼山林；节饮食，无多畋渔，以无逼川泽；祝宗用事，辞罪而不敢有所求也。是以神民俱顺，而山川纳禄。今君政反乎民而行悖乎神，大宫室，多斩伐，以逼山林，羡饮食，多畋渔，以逼川泽。是以民神俱怨，而山川收禄，司过荐罪，而祝宗祈福，意者逆乎！”

公曰：“寡人非夫子无所闻此，请革心易行。”于是废公阜之游，止海食之献，斩伐者以时，畋渔者有数，居处饮食，节之勿羡，祝宗用事，辞罪而不敢有所求也。故邻国忌之，百姓亲之，晏子没而后衰。

卢守助撰：《晏子春秋译注·内篇问上》，上海古籍出版社2006年版，第98–99页

景公病水梦与日斗晏子教占梦者以对第六

景公病水，卧十数日，夜梦与二日斗，不胜。

晏子朝，公曰：“夕者梦与二日斗，而寡人不胜，我其死乎？”

晏子对曰：“请召占梦者。”

出于闺，使人以车迎占梦者。至，曰：“曷为见召？”晏子曰：“夜者，公梦二日与公斗，不胜。公曰：‘寡人死乎？’故请君占梦，是所为也。”

占梦者曰：“请反具书。”晏子曰：“毋反书。公所病者，阴也，日者，阳也。一阴不胜二阳，故病将已。以是对。”

占梦者入，公曰：“寡人梦与二日斗而不胜，寡人死乎？”占梦者对曰：“公之所病，阴也，日者，阳也。一阴不胜二阳，公病将已。”

居三日，公病大愈，公且赐占梦者。占梦者曰：“此非臣之力，晏子教臣也。”

公召晏子，且赐之。晏子曰：“占梦者以占之言对，故有益也。使臣言之，则不信矣。此占梦之力也，臣无功焉。”

公两赐之，曰："以晏子不夺人之功，以占梦者不蔽人之能。"

卢守助撰：《晏子春秋译注·内篇杂下》，上海古籍出版社2006年版，第201–202页

景公病疡晏子抚而对之乃知群臣之野第七

景公病疽在背，高子、国子请。公曰："职当抚疡。"高子进而抚疡，公曰："热乎？"曰："热。""热何如？"曰："如火。""其色何如？"曰："如未熟李。""大小何如？"曰："如豆。""堕者何如？"曰："如屦辨。"

二子者出，晏子请见。公曰："寡人有病，不能胜衣冠以出见夫子，夫子其辱视寡人乎？"晏子入，呼宰人具盥，御者具巾，刷手温之，发席傅荐，跪请抚疡。公曰："其热何如？"曰："如日。""其色何如？"曰："如苍玉。""大小何如？"曰："如璧。""其堕者何如？"曰："如珪。"

晏子出，公曰："吾不见君子，不知野人之拙也。"

卢守助撰：《晏子春秋译注·内篇杂下》，上海古籍出版社2006年版，第203页

景公有疾梁丘据裔款请诛祝史晏子谏第七

景公疥遂痁，期而不瘳。诸侯之宾，问疾者多在。梁丘据、裔款言于公曰："吾事鬼神，丰于先君有加矣。今君疾病，为诸侯忧，是祝史之罪也。诸侯不知，其谓我不敬，君盍诛于祝固、史嚚以辞宾。"

公说，告晏子。晏子对曰："日宋之盟，屈建问范会之德于赵武，赵武曰：'夫子家事治，言于晋国，竭情无私。其祝史祭祀，陈言不愧；其家事无猜，其祝史不祈。'建以语康王，康王曰：'神人无怨，宜天子之光辅五君，以为诸侯主也。'"

公曰："据与款谓寡人能事鬼神，故欲诛于祝史，子称是语何故？"

对曰："若有德之君，外内不废，上下无怨，动无违事，其祝史荐信，无愧心矣。是以鬼神用飨，国受其福，祝史与焉。其所以蕃祉老寿者，为信君使也，其言忠信于鬼神，其适遇淫君，外内颇邪，上下怨疾，动作辟违，从欲厌私，高台深池，撞钟舞女，斩刈民力，输掠其聚，以成其违，不恤后人，暴虐淫纵，肆行非度，无所还忌，不思谤讟，不惮鬼神，神怒民痛，无悛于心。其祝史荐信，是言罪也；其盖失数美，是矫诬也；进退无辞，则虚以成媚，是以鬼神不飨，其国以祸之，祝史与焉。所以夭昏孤疾者，为暴君使也，其言僭嫚于鬼神。"

公曰："然则若之何？"

对曰："不可为也。山林之木，衡鹿守之；泽之萑蒲，舟鲛守之；薮之薪蒸，虞候守之；海之盐蜃，祈望守之。县鄙之人，入从其政；偪介之关，暴征其私；承嗣大夫，强易其贿；布常无艺，征敛无度；宫室日更，淫乐不违。内宠之妾肆夺于市，外宠之臣僭令于鄙；私欲养求，不给则应。民人苦病，夫妇皆诅。祝有益也，诅亦有损。聊、摄以东，姑、尤以西，其为人也多矣！虽其善祝，岂能胜亿兆人之诅！君若欲诛于祝史，修德而后可。"

公说，使有司宽政，毁关去禁，薄敛已责，公疾愈。

卢守助撰：《晏子春秋译注·外篇》，上海古籍出版社2006年版，第240–241页

列　子

列御寇

列御寇，又称列子，战国郑国圃田（今河南省郑州市）人，道家思想的重要代表人物。《汉书·艺文志》著录《列子》八卷，但已

佚失。今本《列子》为后人根据相关史料编著而成。唐代尊列子为冲虚真人，《列子》为《冲虚真经》。《列子》长于使用寓言、神话表达哲理，启人深思。

黄　帝

黄帝即位十有五年，喜天五戴己，养正命，娱耳目，供鼻口，焦然肌色皯黣，昏然五情爽惑。又十有五年，忧天下之不治，竭聪明，进智力，营百姓，焦然肌色皯黣，昏然五情爽惑。黄帝乃喟然讃曰："朕之过淫矣。养一己其患如此，治万物其患如此。"于是放万机，舍宫寝，去直侍，彻钟悬。减厨膳，退而间居大庭之馆，斋心服形，三月不亲政事。昼寝而梦，游于华胥氏之国。华胥氏之国在弇州之西，台州之北，不知斯齐国几千万里；盖非舟车足力之所及，神游而已。其国无师长，自然而已。其民无嗜欲，自然而已。不知乐生，不知恶死，故无夭殇；不知亲己，不知疏物，故无爱憎；不知背逆，不知向顺，故无利害：都无所爱惜，都无所畏忌。入水不溺，入火不热。斫挞无伤痛，指擿无痟痒。乘空如履实，寝虚若处床。云雾不硋其视，雷霆不乱其听，美恶不滑其心，山谷不踬其步，神行而已。黄帝既寤，怡然自得，召天老、力牧、太山稽，告之，曰："朕闲居三月，斋心服形，思有以养身治物之道，弗获其术。疲而睡，所梦若此。今知至道不可以情求矣。朕知之矣！朕得之矣！而不能以告若矣。"又二十有八年，天下大治，几若华胥氏之国，而帝登假，百姓号之，二百余年不辍。

杨伯峻撰：《列子集释》，中华书局2008年版，第39页

周穆王

觉有八征，梦有六候。奚谓八征？一曰故，二曰为，三曰得，四曰丧，五曰哀，六曰乐，七曰生，八曰死。此者八征，形所接也。

奚谓六候？一曰正梦，二曰蘁梦，三曰思梦，四曰寤梦，五曰喜梦，六曰惧梦。此六者，神所交也。不识感变之所起者，事至则惑其所由然，识感变之所起者，事至则知其所由然。知其所由然，则无所怛。一体之盈虚消息，皆通于天地，应于物类。故阴气壮，则梦涉大水而恐惧；阳气壮，则梦涉大火而燔爇；阴阳俱壮，则梦生杀。甚饱则梦与，甚饥则梦取。是以以浮虚为疾者，则梦扬；以沈实为疾者，则梦溺。藉带而寝则梦蛇，飞鸟衔发则梦飞。将阴梦火，将疾梦食。饮酒者忧，歌舞者哭。子列子曰："神遇为梦，形接为事。故昼想夜梦，神形所遇。故神凝者想梦自消。信觉不语，信梦不达，物化之往来者也。古之真人，其觉自忘，其寝不梦，几虚语哉？"

杨伯峻撰：《列子集释》，中华书局2008年版，第101页

宋阳里华子中年病忘，朝取而夕忘，夕与而朝忘；在途则忘行，在室而忘坐；今不识先，后不识今。阖室毒之。谒史而卜之，弗占；谒巫而祷之，弗禁；谒医而攻之，弗已。鲁有儒生自媒能治之，华子之妻子以居产之半请其方。儒生曰："此固非封兆之所占，非祈请之所祷，非药石之所攻。吾试化其心，变其虑，庶几其瘳乎！"于是试露之，而求衣；饥之，而求食；幽之，而求明。儒生欣然告其子曰："疾可已也。然吾之方密，传世不以告人。试屏左右，独与居室七日。"从之。莫知其所施为也，而积年之疾一朝都除。华子既悟，乃大怒，黜妻罚子，操戈逐儒生。宋人执而问其以。华子曰："曩吾忘也，荡荡然不觉天地之有无。今顿识既往，数十年来存亡、得失、哀乐、好恶，扰扰万绪起矣。吾恐将来之存亡、得失、哀乐、好恶之乱吾心如此也，须臾之忘，可复得乎？"子贡闻而怪之，以告孔子。孔子曰："此非汝所及乎！"顾谓颜回纪之。

杨伯峻撰：《列子集释》，中华书局2008年版，第108页

秦人逢氏有子，少而惠，及壮而有迷罔之疾。闻歌以为哭，视白以为黑，飨香以为朽，尝甘以为苦，行非以为是：意之所之，天地、四方，水火、寒暑，无不倒错者焉。杨氏告其父曰："鲁之君子多术艺，将能已乎？汝奚不访焉？"其父之鲁，过陈，遇老聃，因告

其子之证。老聃曰："汝庸知汝子之迷乎？今天下之人皆惑于是非，昏于利害。同疾者多，固莫有觉者。且一身之迷不足倾一家，一家之迷不足倾一乡，一乡之迷不足倾一国，一国之迷不足倾天下。天下尽迷，孰倾之哉？向使天下之人其心尽如汝子，汝则反迷矣。哀乐、声色、臭味、是非，孰能正之？且吾之此言未必非迷，而况鲁之君子迷之邮者，焉能解人之迷哉？荣汝之粮，不若遄归也。"

杨伯峻撰：《列子集释》，中华书局2008年版，第108页

仲　尼

龙叔谓文挚曰："子之术微矣。吾有疾，子能已乎？"文挚曰："唯命所听。然先言子所病之证。"龙叔曰："吾乡誉不以为荣，国毁不以为辱；得而不喜，失而弗忧；视生如死；视富如贫；视人如豕；视吾如人。处吾之家，如逆旅之舍；观吾之乡，如戎蛮之国。凡此众疾，爵赏不能劝，刑罚不能威，盛衰、利害不能易，哀乐不能移。固不可事国君，交亲友，御妻子，制仆隶。此奚疾哉？奚方能已之乎？"文挚乃命龙叔背明而立，文挚自后向明而望之。既而曰："嘻！吾见子之心矣，方寸之地虚矣。几圣人也！子心六孔流通，一孔不达。今以圣智为疾者，或由此乎！非吾浅术所能已也。"

杨伯峻撰：《列子集释》，中华书局2008年版，第129页

目将眇者，先睹秋毫；耳将聋者，先闻蚋飞；口将爽者，先辨淄渑；鼻将窒者，先觉焦朽；体将僵者，先亟犇佚；心将迷者，先识是非：故物不至者则不反。

杨伯峻撰：《列子集释》，中华书局2008年版，第132页

汤　问

鲁公扈赵齐婴二人有疾，同请扁鹊求治。扁鹊治之。既同愈。谓公扈齐婴曰："汝曩之所疾，自外而干府藏者，固药石之所已。今

有偕生之疾，与体偕长，今为汝攻之，何如?”二人曰：“愿先闻其验。”扁鹊谓公扈曰：“汝志强而气弱，故足于谋而寡于断。齐婴志弱而气强，故少于虑而伤于专。若换汝之心，则均于善矣。”扁鹊遂饮二人毒酒，迷死三日，剖胸探心，易而置之；投以神药，既悟如初。二人辞归。于是公扈反齐婴之室，而有其妻子，妻子弗识。齐婴亦反公扈之室，有其妻子，妻子亦弗识。二室因相与讼，求辨于扁鹊。扁鹊辨其所由，讼乃已。……周穆王西巡狩，越昆仑，不至弇山。反还，未及中国，道有献工人名偃师，穆王荐之，问曰：“若有何能?”偃师曰：“臣唯命所试。然臣已有所造，愿王先观之。”穆王曰：“日以俱来，吾与若俱观之。”越日，偃师谒见王。王荐之，曰：“若与偕来者何人邪?”对曰：“臣之所造能倡者。”穆王惊视之，趋步俯仰，信人也。巧夫锁其颐，则歌合律；捧其手，则舞应节。千变万化，惟意所适。王以为实人也，与盛姬内御并观之。技将终，倡者瞬其目而招王之左右侍妾。王大怒，立欲诛偃师。偃师大慑，立剖散倡者以示王，皆傅会革、木、胶、漆、白、黑、丹、青之所为。王谛料之，内则肝、胆、心、肺、脾、肾、肠、胃，外则筋骨、支节、皮毛、齿发，皆假物也，而无不毕具者。合会复如初见。王试废其心，则口不能言；废其肝，则目不能视；废其肾，则足不能步。穆王始悦而叹曰：“人之巧乃可与造化者同功乎?”诏贰车载之以归。夫班输之云梯，墨翟之飞鸢，自谓能之极也。弟子东门贾禽滑厘闻偃师之巧，以告二子，二子终身不敢语艺，而时执规矩。

杨伯峻撰：《列子集释》，中华书局2008年版，第173页

力　命

杨朱之友曰季梁。季梁得病，七日大渐。其子环而泣之，请医。季梁谓杨朱曰：“吾子不肖如此之甚，汝奚不为我歌以晓之?”杨朱歌曰：“天其弗识，人胡能觉?匪佑自天，弗孽由人。我乎汝乎！其弗知乎！医乎巫乎！其知之乎?”其子弗晓，终谒三医。一曰矫氏，

二曰俞氏，三曰卢氏，诊其所疾。矫氏谓季梁曰："汝寒温不节，虚实失度，病由饥饱色欲。精虑烦散，非天非鬼。虽渐，可攻也。"季梁曰："众医也，亟屏之！"俞氏曰："女始则胎气不足，乳湩有余。病非一朝一夕之故，其所由来渐矣，弗可已也。"季梁曰："良医也，且食之！"卢氏曰："汝疾不由天，亦不由人，亦不由鬼。禀生受形，既有制之者矣，亦有知之者矣，药石其如汝何？"季梁曰："神医也，重贶遣之！"俄而季梁之疾自瘳。

杨伯峻撰：《列子集释》，中华书局2008年版，第204页

说　符

齐有贫者，常乞于城市。城市患其亟也，众莫之与。遂适田氏之厩，从马医作役而假食。郭中人戏之曰："从马医而食，不以辱乎？"乞儿曰："天下之辱莫过于乞。乞犹不辱，岂辱马医哉？"

杨伯峻撰：《列子集释》，中华书局2008年版，第270页

亢仓子

庚桑楚

庚桑楚，又名亢仓子、亢桑子，春秋时期陈国人，道家代表人物，唐代被尊为洞灵真人。亢桑子继承发展的是老子的道的思想，其书以道为核心，并将之推演到社会生活各领域。今本《亢仓子》共九篇，大多认为是唐代道教徒编纂的道教书籍。

君　道

始生之者，天也；养成之者，人也。能养天之所生而物撄之，谓之天子。天子之动也以全天气，故此官之所以自立也，立官者以

全生也。今世之惑主多官，而反以害生，则失所以为立官之本矣。草郁则为腐，树郁则为蠹，人郁则为病，国郁则百慝并起，危乱不禁。

《亢仓子》，商务印书馆1939年版，第21页

农　道

故得时之稼丰，失时之稼约。庶谷尽宜，从而食之，使人四卫变强，耳目聪明，凶气不入，身无苛殃。善乎，孔子之言！冬饱则身温，夏饱则身凉。夫温凉时适，则人无病疢。人无病疢，是疫疠不行。疫疠不行，咸得遂其天年。

《亢仓子》，商务印书馆1939年版，第43页

兵　道

夫有以咽药而死者，欲禁天下之医，非也；有以槳舟而死者，欲禁天下之船，非也；有以用兵丧其国者，欲禁天下之兵，非也。夫兵之不可废，譬水火焉。善用之则为福，不善用之则为祸，是故怒笞不可偃于家；刑罚不可偃于国，征伐不可偃于天下。古之圣王，有义兵而无偃兵，兵诚义以诛暴君而振苦人，人之悦也。

《亢仓子》，商务印书馆1939年版，第45页

尸　子

尸　佼

尸佼，又称尸子，战国时期魏国曲沃（山西省曲沃县）人。其书《尸子》在《汉书·艺文志》中著录二十篇，现仅存的两篇即今天《尸子》的通行本，《汉志》将之列入杂家。《尸子》具有重民思想，其宇宙论、时间观在诸子中颇具特色。

有医竘者，秦之良医也。为宣王割痤，为惠王治痔，皆愈。张子之背肿，命竘治之。谓竘曰："背，非吾背也，任子制焉。"治之，遂愈。竘诚善治疾也，张子委制焉。夫身与国亦犹此也，必有所委制然后治矣。

〔清〕汪继培辑，朱海雷撰：《尸子译注》，上海古籍出版社2006年版，第74页

关尹子

尹　喜

尹喜，字公度，又称关尹子，与老子同时，周朝大夫，道家重要代表人物，同时也是道教重要代表人物，被尊为文始真人。《汉书·艺文志》著录《关尹子》九篇。其思想重虚无清净、无为淡泊、随缘任化。《庄子·天下篇》曾对其进行过评论。

四符篇

曰："知夫此身如梦中身，随情所见者，可以飞神作我而游太清；知夫此物如梦中物，随情所见者，可以凝精作物而驾八荒。是道也，能见精神而人生，能忘精神而超生。吸气以养精，如金生水；吸风以养神，如木生火。所以假外以延精神，漱水以养精，精之所以不穷；摩火以养神，神之所以不穷。所以假内以延精神，若夫忘精神而超生者，吾尝言之矣。"

尹喜著：《关尹子》，中华书局1985年版，第32页

五鉴篇

关尹子曰："心蔽吉凶者，灵鬼摄之；心蔽男女者，淫鬼摄之；心蔽幽忧者，沉鬼摄之；心蔽放逸者，狂鬼摄之；心蔽盟诅者，奇

鬼摄之；心蔽药饵者，物鬼摄之。如是之鬼，或以阴为身，或以幽为身，或以风为身，或以气为身，或以土偶为身，或以彩画为身，或以老畜为身，或以败器为身。彼以其精，此以其精，两精相搏，则神应之。为鬼所摄者，或解奇事，或解异事，或解瑞事，其人傲然。不曰鬼于躬，惟曰道于躬。久之，或死木，或死金，或死绳，或死井。惟圣人能神，神而不神于神，役万物而执其机，可以会之，可以散之，可以御之，日应万物，其心寂然。”

尹喜著：《关尹子》，中华书局1985年版，第35页

曰：“人之平日，目忽见非常之物者，皆精有所结而使之然。人之病日，目忽见非常之物者，皆心有所歉而使之然。苟知吾心能于无中示有，则知吾心能于有中示无，但不信之，自然不神。或曰：‘厥识既昏，孰能不信我?’应之曰：‘如捕蛇师，心不怖蛇，彼虽梦蛇，而不怖畏。故黄帝曰道无鬼神，独往独来。’”

尹喜著：《关尹子》，中华书局1985年版，第41页

六匕篇

曰：“心忆者，犹忘饥；心忿者，犹忘寒；心养者，犹忘病；心激者，犹忘痛。苟吸气以养其和，孰能饥之；存神以滋其暖，孰能寒之。养五藏以五行，则无伤也。孰能病之，归五藏于五行，则无知也，孰则痛之?”

尹喜著：《关尹子》，中华书局1985年版，第48页

九药篇

曰：“金玉难捐，土石易舍。学道之士，遇微言妙行，慎勿执之，是可为而不可执。若执之者，则腹心之疾无药可疗。”

尹喜著：《关尹子》，中华书局1985年版，第62页

鹖冠子

鹖冠子

《鹖冠子》是战国时期道家思想的代表作，其对道家的发展体现在将道家的天道与法家的刑名结合在一起。《鹖冠子》的作者鹖冠子为楚国隐者，而鹖冠子学派则是战国后期极具影响力的学派。

世　贤

煖曰："王独不闻魏文侯之问扁鹊耶？曰：'子昆弟三人，其孰最善为医？'扁鹊曰：'长兄最善，中兄次之，扁鹊最为下。'魏文侯曰：'可得闻邪？'扁鹊曰：'长兄于病视神，未有形而除之，故名不出于家。中兄治病，其在毫毛，故名不出于闾。若扁鹊者，镵血脉，投毒药，副肌肤间，而名出闻于诸侯。'魏文侯曰：'善。使管子行医术以扁鹊之道，曰桓公几能成其霸乎！'凡此者，不病病，治之无名，使之无形。至功之成其下，谓之自然。故良医化之，拙医败之，虽幸不死，创深股维。"

黄怀信撰：《鹖冠子汇校集注》，中华书局2004年版，第335-336页

子华子

子华子

子华子，先秦诸子之一。《汉书·艺文志》未著录其著作，但先秦著作如庄子、列子、孔子家语等都提及子华子，其约略与孔子同时。其贵生、全生、养生的观点对庄子有很大影响。从思想脉络上

归属于道家一派。

阳城胥渠问

子华子曰："夫道一也，我与道而为三矣。而我之百骸九窍毛发膏泽脏腑肝膈，吹嘘吸引，滋液吐纳，无非道也。自此以往，大挠甲子所不能纪也。"

《子华子》，景印文渊阁四库全书本，台湾商务印书馆1986年版，第152页

大　道

子华子曰："火宿于心，炎上而排下，其神躁而无准人之暴急以取祸者，心使之也。木宿于肝，触突干抵而锐，其神狷束而无当。人之朴戆以取祸者，肝使之然也。金宿于肺，硜訇而不屈，罄而不能仰也，其神阔踈而无法。人之讦决以取祸者，肺使之也。水宿于肾，瑟缩以凑险，其神伏而不发。人之嬚婟脂韦以取祸者，肾使之也。土宿于脾，磅礴而不尽，其渗漉也，下注而不止，其神好大而无功。人之重迟涩纳以取祸者，脾使之也。火气之喜明也，木气之喜达也，金气之喜辨也，水气之喜藏也，土气之喜发生也，是故事心者，宜以孝；事肝者，宜以仁；事肺者，宜以义；事肾者，宜以知；事脾者，宜以诚。实而不诈，五物宿于其所喜，五事各施其所宜，外邪之不入，内究之不泄，夫是之谓善完。"

《子华子》，景印文渊阁四库全书本，台湾商务印书馆1986年版，第170页

北宫意问

子华子居于苓塞，北宫意、公仲承侍，纵言而及于医。子华子曰："医者，理也。理者，意也。药者，瀹也。瀹者，养也。腑脏之

伏也，血气之留也，空窍之塞也，关鬲之碍也，意其所未然也，意其所将然也，察于四然者而谨训于理，夫是之谓医。以其所有余也，而养其所乏也；以其所益多也，而养其所损也。反其所养则益者，弥损矣；反其所养则有余者，弥乏矣。察于二反者而加疏瀹焉，夫是之谓药。故曰：医者，理也；理者，意也。药者，瀹也；瀹者，养也。”北宫意曰：“正惟是，世俗之医所不能为也。虽然，意闻之也，有所资于意不如无意之为愈也。有所待于养，不如无待之为愈也。敢问人有精神也，其升降上下与昼夜相通也，与天地相灌注也，其为种凡有几？”子华子曰：“意，善哉而之问也。触类以演之，进乎此则与知道者谋矣。”

《子华子》，景印文渊阁四库全书本，台湾商务印书馆1986年版，第174页

公仲子曰：“夫子之言也，而之问也，承也。得所未之尝闻，如发蔀焉，愿夫子益其说而稽征其所以解也。”子华子曰：“然言固不可以一而足也。夫心也，五六之主也，精神之舍也。心之精为火，其气为离，其色赤，其状如覆莲，其神为朱鸟，其窍上通于舌；肝之精为木，其气为震，其色青，其状如悬瓠，其神为苍龙，其窍上通于目；肺之精为金，其气为兑，其色白，其状如悬磬，其神为伏虎，其窍上通于鼻；肾之精为水，其气为坎，其色黑，其状如介石，其神为元龟，其窍上通于耳；脾之精为土，其气为戊己，其色黄，其状如覆缶，其神为凤凰，其窍上通于口。是故脾肾心肝肺，五官之司。口舌鼻耳目，五官之候。脾之藏意，肾之藏精，心之藏神，肝之藏魂，肺之藏魄。金木水火土，五精之总也。寒热风燥湿，五气之聚也。水以润之，火以熯之，土以溽之，木以敷之，金以敛之，此以其性言也。水之冽也，火之炎也，土之烝也，木之温也，金之清也，此以其气言也。水在下，火在上，土在中，木在左，金在右，此以其位言也。水之平也，火之锐也，土之圜也，木之曲直也，金之方也，此以其形言也。水则因火则革，土则化，木则变，金则从革，此以其材言也。水井洫也，火爨治也，木金器械也，土爰稼穑

也，此以其事言也。夫盈于天地之间而充物者，惟此五物也。凡五物之有不可无也，其所无不可有也。微者养之使章，弱者养之使强，损者养之使益，不足者养之使有余。无物不养也，无物不备也，夫是之谓和喜怒哀恐思，不能汨也。视听言貌思不能夺也，夫是之谓大和之国无待于意而为医，大和之俗无待于养而为药，不以物滑和，不以欲乱情，中无载则道集于虚矣，心无累则道载于平矣，安平恬愉吐故纳新，静与阴同闭，动与阳俱开，若是者，由人而之天，合于太初之三气矣。以之正心修身治国家天下，无以易于此术也。五之说，尽于此矣。”二子拱而退书以识之。

《子华子》，景印文渊阁四库全书本，台湾商务印书馆1986年版，第175页

神　气

子华子曰：“古之至人探几而钓深，与天通心，清明在躬，与帝同功。是以进为而在上，则至精之感流通而无碍。以上行而际浮，以下行而极忧，以旁行而塞于四表，不言而从化，不召而效证。以其所以感之者，内也。伏羲神农之世，其民童蒙瞑瞑蹎蹎，不知所以然而然，是以永年。黄帝尧舜之世，其民朴以有立，职职植植而弗鄙弗夭，是以难老。末世之俗则不然，烦称文辞而实不效，知谲相诞而情不应，盖先霜霰以戒裘炉者矣。机括存乎中，而群有诈心者，族攻之于外。是以父哭其子，兄丧其弟，长短颉牾，百疾俱作，时方疾疠，道有襁负，盲秃狂伛，万怪以生。所以然者，气之所感故也。夫神气之所以动，可谓微矣。日月薄食，虹蜺昼见，五纬相凌，四时相乘，水竭山崩，宵光昼冥，石言犬痫，夏霜冬雷，缪盭之族。诸祸之物，不约而总至。所以然者，气之所感故也。夫神气之所以动，可谓徵矣。故曰：天之与人，其有以相通，此之谓也。”

《子华子》，景印文渊阁四库全书本，台湾商务印书馆1986年版，第176页

邓析子

邓　析

邓析是春秋时期的名家，《邓析子》相传为邓析所作。其思想近于法家思想。

转辞篇

患生于官成，病始于少瘳，祸生于懈慢，孝衰于妻子。此四者，慎终如始也。富必给贫，壮必给老，快情恣欲，必多侈侮，故曰尊贵无以高人，聪明无以宠人，资给无以先人，刚勇无以胜人，能履行此，可以为天下君。

《邓析子》，上海古籍出版社1990年版，第5页

司马法

司马穰苴

司马穰苴，春秋时期齐国人，著名军事家，唐代被尊为武庙十哲之一。《司马法》是著名的军事著作，是武经七书之一。司马穰苴是否作《司马法》尚有争议。

仁　本

古者以仁为本，以义治之之谓正。

司马穰苴著：《司马法》，上海中华书局平津馆1936年版，第3页

其次，贤王制礼乐法度，乃作五刑，兴甲兵以讨不义。巡狩省

方，会诸侯，考不同。其有失命，乱常、背德、逆天之时，而危有功之君，遍告于诸侯，彰明有罪。乃告于皇天上帝日月星辰，祷于后土、四海神祇、山川冢社，乃造于先王。然后冢宰征师于诸侯曰："某国为不道，征之，以某年月日，师至于某国，会天子正刑。"冢宰与百官布令于军曰："入罪人之地，无暴圣祇，无行田猎，无毁土功，无燔墙屋，无伐林木，无取六畜，禾黍、器械，见其老幼，奉归勿伤。"虽遇壮者，不校勿敌，敌若伤之，医药归之。既诛有罪，王及诸侯修正其国，举贤立明，正复厥职。

王霸之所以治诸侯者六：以土地形诸侯，以政令平诸侯，以礼信亲诸侯，以礼力说诸侯，以谋人维诸侯，以兵革服诸侯。同患同利以合诸侯，比小事大以和诸侯。

会之以发禁者九：凭弱犯寡则眚之，贼贤害民则伐之，暴内陵外则坛之，野荒民散则削之，负固不服则侵之，贼杀其亲则正之，放弑其君则残之，犯令陵政则杜之，外内乱禽兽行则灭之。

司马穰苴著：《司马法》，上海中华书局平津馆1936年版，第3页

文　子

文　子

文子，春秋时期道家代表人物，与孔子同时。《汉书·艺文志》道家类著录《文子》九篇，《隋书·经籍志》著录《文子》十二篇，今本《文子》共十二篇。

十守·道原

人受天地变化而生……头圆法天，足方象地。天有四时、五行、九曜、三百六十日，人有四支、五藏、九窍、三百六十节。天有风雨寒暑，人有取与喜怒。胆为云，肺为气，脾为风，肾为雨，肝为

雷，人与天地相类，而心为之主。耳目者日月也，血气者风雨也。

《二十二子·文子缵义》，上海古籍出版社1985年版，第836页

周　礼

《周礼》成书于两汉之际，记载了先秦时期的政治、经济、礼制等诸多内容，具有很强的史料价值。《周礼》是儒家十三经之一，与《仪礼》《礼记》合称“三礼”。《汉书》的《河间献王传》最早记载了《周礼》的发现过程。

天官冢宰

医师，上士二人，下士四人，府二人，史二人，徒二十人。

食医，中士二人。

疾医，中士八人。

疡医，下士八人。

兽医，下士四人。

杨天宇撰：《周礼译注》，上海古籍出版社2012年版，第7页

医师掌医之政令，聚毒药以共医事。凡邦之有疾病者，有疕疡者造焉，则使医分而治之。

岁终，则稽其医事，以制其食：十全为上，十失一次之，十失二次之，十失三次之，十失四为下。

食医掌和王之六食、六饮、六膳、百羞、百酱、八珍之齐。

凡食齐视春时，羹齐视夏时，酱齐视秋时，饮齐视冬时。凡和，春多酸，夏多苦，秋多辛，冬多咸，调以滑甘。

凡会膳食之宜，牛宜稌，羊宜黍，豕宜稷，犬宜粱，雁宜麦，鱼宜苽。凡君子之食恒放焉。

疾医掌养万民之疾病。四时皆有疠疾：春时有痟首疾，夏时有痒疥疾，秋时有疟寒疾，冬时有漱上气疾。

以五味、五谷、五药养其病，以五气、五声、五声视其死生。两之以九窍之变，参之以九藏之动。

凡民之有疾病者，分而治之，死终则各书其所以，而入于医师。

疡医掌肿疡、溃疡、金疡、折疡之祝药、刮、杀之齐。

凡疗疡，以五毒攻之，以五气养之，以五药疗之，以五味节之。

凡药，以酸养骨，以辛养筋，以咸养脉，以苦养气，以甘养肉，以滑养窍。

凡有疡者，受其药焉。

兽医掌疗兽病，疗兽疡。

凡疗兽病，灌而行之，以节之，以动其气，观其所发而养之。

凡疗兽疡，灌而劀之，以发其恶，然后药之，养之，食之。

凡兽之有病者，有疡者，使疗之。死则计其数，以进退之。

杨天宇撰：《周礼译注》，上海古籍出版社2012年版，第68–74页

夏官司马

巫马掌养疾马而乘治之，相医而药攻马疾，受财于校人。马死，则使其贾粥之，入其布于校人。

杨天宇撰：《周礼译注》，上海古籍出版社2012年版，第476页

礼　记

《礼记》记载了先秦的礼制，是对先秦儒家哲学、政治、教育等思想的记载。《礼记》是儒家十三经之一，东汉出现两种辑本，即戴德的《大戴礼记》和戴圣的《小戴礼记》。后《大戴礼记》亡佚大半，而《小戴礼记》则畅行于世。

月　令

孟春之月，日在营室，昏参中，旦尾中。其日甲乙，其帝大皞，其神句芒，其虫鳞，其音角，律中大蔟，其数八，其味酸，其臭羶，其祀户，祭先脾。东风解冻，蛰虫始振，鱼上冰，獭祭鱼，鸿雁来。天子居青阳左个，乘鸾路，驾仓龙，载青旗，衣青衣，服仓玉，食麦与羊，其器疏以达。

杨天宇撰：《礼记译注》，上海古籍出版社2012年版，第172-174页

仲春之月，日在奎，昏弧中，旦建星中。其日甲乙，其帝大皞，其神句芒，其虫鳞，其音角，律中夹钟，其数八，其味酸，其臭羶，其祀户，祭先脾。始雨水，桃始华，仓庚鸣，鹰化为鸠。天子居青阳大庙，乘鸾路，驾仓龙，载青旗，衣青衣，服仓玉，食麦与羊，其器疏以达。

杨天宇撰：《礼记译注》，上海古籍出版社2012年版，第177-178页

季春之月，日在胃，昏七星中，旦牵牛中。其日甲乙，其帝大皞，其神句芒，其虫鳞，其音角，律中姑洗，其数八，其味酸，其臭羶，其祀户，祭先脾。桐始华，田鼠化为鴽，虹始见，萍始生。天子居青阳右个，乘鸾路，驾仓龙，载青旗，衣青衣，服仓玉，食麦与羊，其器疏以达。

杨天宇撰：《礼记译注》，上海古籍出版社2012年版，第181-182页

季春行冬令，则寒气时发，草木皆肃，国有大恐。行夏令，则民多疾疫，时雨不降，山林不收。行秋令，则天多沉阴，淫雨蚤降，兵革并起。

孟夏之月，日在毕，昏翼中，旦婺女中。其日丙丁，其帝炎帝，其神祝融，其虫羽，其音徵，律中中吕，其数七，其味苦，其臭焦，

其祀灶，祭先肺。蝼蝈鸣，蚯蚓出，王瓜生，苦菜秀。天子居明堂左个，乘朱路，驾赤骝，载赤旗，衣朱衣，服赤玉，食菽与鸡，其器高以粗。

杨天宇撰：《礼记译注》，上海古籍出版社2012年版，第184–186页

是月也，驱兽毋害五谷，毋大田猎。农乃登麦，天子乃以彘尝麦，先荐寝庙。是月也，聚畜百药。靡草死，麦秋至，断薄刑，决小罪，出轻系。蚕事毕，后妃献茧，乃收茧税，以桑为均，贵贱长幼如一，以给郊、庙之服。

杨天宇撰：《礼记译注》，上海古籍出版社2012年版，第187页

是月也，日长至，阴阳争，死生分。君子齐戒，处必掩身，毋躁；止声色，毋或进；薄滋味，毋致和；节嗜欲，定心气，百官静，事毋刑，以定晏阴之所成。鹿角解，蝉始鸣，半夏生，木堇荣。是月也，毋用火南方。可以居高明，可以远眺望，可以升山陵，可以处台榭。

仲夏行冬令，则雹冻伤谷，道路不通，暴兵来至。行春令，则五谷晚熟，百螣时起，其国乃饥。行秋令，则草木零落，果实早成，民殃于疫。

季夏之月，日在柳，昏火中，旦奎中。其日丙丁，其帝炎帝，其神祝融，其虫羽，其音徵，律中林钟，其数七，其味苦，其臭焦，其祀灶，祭先肺。温风始至，蟋蟀居壁，鹰乃学习，腐草为萤。天子居明堂右个，乘朱路，驾赤骝，载赤旗，衣朱衣，服赤玉，食菽与鸡，其器高以粗。命渔师伐蛟，取鼍，登龟，取鼋。命泽人纳材苇。

杨天宇撰：《礼记译注》，上海古籍出版社2012年版，第191–193页

季夏行春令，则谷实鲜落，国多风欬，民乃迁徙。行秋令，则丘湿水潦，禾稼不熟，乃多女灾。行冬令，则风寒不时，鹰、隼蚤鸷，四鄙入保。

杨天宇撰：《礼记译注》，上海古籍出版社2012年版，第195页

孟秋行冬令，则阴气大胜，介虫败谷，戎兵乃来。行春令，则其国乃旱，阳气复还，五谷无实。行夏令，则国多火灾，寒热不节，民多疟疾。

杨天宇撰：《礼记译注》，上海古籍出版社2012年版，第199页

仲秋之月，日在角，昏牵牛中，旦觜觿中。其日庚辛，其帝少皞，其神蓐收，其虫毛，其音商，律中南吕，其数九，其味辛，其臭腥，其祀门，祭先肝。盲风至，鸿雁来，玄鸟归，群鸟养羞。天子居总章大庙，乘戎路，驾白骆，载白旗，衣白衣，服白玉，食麻与犬，其器廉以深。

是月也，养衰老，授几杖，行糜粥饮食。乃命司服，具饬衣裳：文绣有恒，制有小大，度有长短；衣服有量，必循其故；冠带有常。乃命有司，申严百刑，斩杀必当，毋或枉桡；枉桡不当，反受其殃。

是月也，乃命宰、祝，循行牺牲：视全具，案刍豢，瞻肥瘠，察物色；必比类；量小大，视长短，皆中度。五者备当，上帝其飨。天子乃难，以达秋气；以犬尝麻，先荐寝庙。

杨天宇撰：《礼记译注》，上海古籍出版社2012年版，第199-201页

季秋之月，日在房，昏虚中，旦柳中。其日庚辛，其帝少皞，其神蓐收，其虫毛，其音商，律中无射，其数九，其味辛，其臭腥，其祀门，祭先肝。鸿雁来宾，爵入大水为蛤，鞠有黄华，豺乃祭兽，戮禽。天子居总章右个，乘戎路，驾白骆，载白旗，衣白衣，服白玉，食麻与犬，其器廉以深。

杨天宇撰：《礼记译注》，上海古籍出版社2012年版，第203-204页

是月也，草木黄落，乃伐薪为炭。蛰虫咸伏在内，皆墐其户。乃趣狱刑，毋留有罪。收禄秩之不当，供养之不宜者。是月也，天子乃以犬尝稻，先荐寝庙。季秋行夏令，则其国大水，冬藏殃败，民多鼽嚏。行冬令，则国多盗贼，边竟不宁，土地分裂。行春令，

则暖风来至，民气解惰，师兴不居。

孟冬之月，日在尾，昏危中，旦七星中。其日壬癸，其帝歑顼，其神玄冥，其虫介，其音羽，律中应钟，其数六，其味咸，其臭朽，其祀行，祭先肾。水始冰，地始冻，雉入大水为蜃，虹藏不见。

天子居玄堂左个，乘玄路，驾铁骊，载玄旗，衣黑衣，服玄玉，食黍与彘，其器闳以奄。

杨天宇撰：《礼记译注》，上海古籍出版社2012年版，第206-208页

仲冬之月，日在斗，昏东壁中，旦轸中。其日壬癸，其帝歑顼，其神玄冥，其虫介，其音羽，律中黄锺，其数六，其味咸，其臭朽，其祀行，祭先肾。冰益壮，地始坼，鹖旦不鸣，虎始交。天子居玄堂大庙，乘玄路，驾铁骊，载玄旗，衣黑衣，服玄玉，食黍与彘，其器闳以奄。饬死事。命有司曰："土事毋作，慎毋发盖，毋发室屋及起大众，以固而闭地，气且泄，是谓发天地之房，诸蛰则死，民必疾疫，又随以丧。"命之曰畅月。

杨天宇撰：《礼记译注》，上海古籍出版社2012年版，第211-212页

是月也日短至。阴阳争，诸生荡。君子齐戒，处必掩身，身欲宁，去声色，禁耆欲，安形性，事欲静，以待阴阳之所定。芸始生，荔挺出，蚯蚓结，麋角解，水泉动。

杨天宇撰：《礼记译注》，上海古籍出版社2012年版，第214页

是月也，可以罢官之无事、去器之无用者。涂阙廷门闾，筑囹圄，此所以助天地之闭藏也。仲冬行夏令，则其国乃旱，氛雾冥冥，雷乃发声。行秋令，则天时雨汁，瓜瓠不成，国有大兵。行春令，则蝗虫为败，水泉咸竭，民多疥疠。

季冬之月，日在婺女，昏娄中，旦氐中。其日壬癸，其帝歑顼，其神玄冥，其虫介，其音羽，律中大吕，其数六，其味咸，其臭朽，其祀行，祭先肾。雁北乡，鹊始巢。雉雊，鸡乳。天子居玄堂右个，乘玄路，驾铁骊，载玄旗，衣黑衣，服玄玉。食黍与彘，其器闳以

奄。命有司大难，旁磔，出土牛，以送寒气。征鸟厉疾。乃毕山川之祀，及帝之大臣，天子神祇。

杨天宇撰：《礼记译注》，上海古籍出版社2012年版，第214－216页

季冬行秋令，则白露早降，介虫为妖，四鄙入保。行春令，则胎夭多伤，国多固疾，命之曰逆。行夏令，则水潦败国，时雪不降，冰冻消释。

杨天宇撰：《礼记译注》，上海古籍出版社2012年版，第218页

内　则

男女未冠笄者，鸡初鸣，咸盥漱，栉，縰，拂髦，总角，衿缨，皆佩容臭。昧爽而朝，问何食饮矣。

杨天宇撰：《礼记译注》，上海古籍出版社2012年版，第332页

五日则燂汤请浴，三日具沐。其间面垢，燂潘请靧；足垢燂汤请洗。

杨天宇撰：《礼记译注》，上海古籍出版社2012年版，第334页

凡食齐视春时，羹齐视夏时，酱齐视秋时，饮齐视冬时。凡和，春多酸，夏多苦，秋多辛，冬多咸，调以滑甘。牛宜稌，羊宜黍，豕宜稷，犬宜粱，雁宜麦，鱼宜苽。春宜羔豚，膳膏芗；夏宜腒鱐，膳膏臊；秋宜犊麛，膳膏腥；冬宜鲜羽，膳膏羶。

牛修，鹿脯，田豕脯，麇脯，麕脯。麇、鹿、田豕、麕，皆有轩，雉、兔皆有芼。爵、鷃、蜩、范、芝、栭、菱、椇、枣、栗、榛、柿、瓜、桃、李、梅、杏、楂、梨、姜、桂。

大夫燕食，有脍无脯，有脯无脍。士不贰羹胾，庶人耆老不徒食。

脍，春用葱，秋用芥。豚，春用韭，秋用蓼。脂用葱，膏用薤。三牲用藙，和用醯。兽用梅。鹑羹、鸡羹、鴽，酿之蓼。鲂、鱮烝，雏烧，雉，芗，无蓼。

不食雏鳖。狼去肠，狗去肾，狸去正脊，兔去尻，狐去首，豚去脑，鱼去乙，鳖去丑。肉曰脱之，鱼曰作之，枣曰新之，栗曰撰之，桃曰胆之，柤、梨曰攒之。

牛夜鸣则庮；羊泠毛而毳，羶；狗赤股而躁，臊；鸟皫色而沙鸣，郁；豕望视而交睫，腥；马黑脊而般臂，漏。

雏尾不盈握弗食，舒雁翠，鹄、鸮胖，舒凫翠，鸡肝、雁肾、鸨奥、鹿胃。

肉腥，细者为脍，大者为轩。或曰麋、鹿、鱼为菹，麕为辟鸡，野豕为轩，兔为宛脾。切葱若薤，实诸醯以柔之。

杨天宇撰：《礼记译注》，上海古籍出版社2012年版，第341页

山海经

《山海经》现存十八篇，包括山经五篇，海外经四篇，海内经五篇，大荒经四篇。《山海经》中记载了大量的殊方异物、神话传说，是了解古代地理、历史、巫术、医药、民俗的重要资料，具有地理学、神话学、民俗学、医学、文学、历史学等学科文献价值。西汉刘歆是《山海经》最早的整理者，此书的完成非成于一人一时，大致成书于战国中后期到西汉初期。

南山经

南山经之首，曰鹊山。其首曰招摇之山，临于西海之上，多桂，多金、玉。有草焉，其状如韭而青华，其名曰祝馀，食之不饥。有木焉，其状如榖而黑理，其华四照，其名曰迷谷，佩之不迷。有兽焉，其状如禺而白耳，伏行人走，其名曰狌狌，食之善走。丽麂之水出焉，而西流注于海，其中多育沛，佩之无瘕疾。

陈诚译注：《山海经译注》，上海古籍出版社2010年版，第2页

又东三百七十里，曰杻阳之山，其阳多赤金，其阴多白金。有

兽焉，其状如马而白首，其文如虎而赤尾，其音如谣，其名曰鹿蜀，佩之宜子孙。怪水出焉，而东流注于宪翼之水。其中多玄鱼，其状如龟而鸟首虺尾，其名曰旋龟，其音如判木，佩之不聋，可以为底。

又东三百里柢山，多水，无草木。有鱼焉，其状如牛，陵居，蛇尾有翼，其羽在魼下，其音如留牛，其名曰鯥，冬死而复生，食之无肿疾。

又东四百里，曰亶爰之山，多水，无草木，不可以上。有兽焉，其状如狸而有髦，其名曰类，自为牝牡，食者不妒。

又东三百里，曰基山，其阳多玉，其阴多怪木。有兽焉，其状如羊，九尾四耳，其目在背，其名曰猼訑，佩之不畏。有鸟焉，其状如鸡而三首六目、六足三翼，其名曰鹇鸺，食之无卧。

又东三百里，曰青丘之山，其阳多玉，其阴多青雘。有兽焉，其状如狐而九尾，其音如婴儿，能食人，食者不蛊。有鸟焉，其状如鸠，其音如呵，名曰灌灌，佩之不惑。英水出焉，南流注于即翼之泽。其中多赤鱬，其状如鱼而人面，其音如鸳鸯，食之不疥。

陈诚译注：《山海经译注》，上海古籍出版社2010年版，第5–8页

南次三经之首，曰天虞之山，其下多水，不可以上。东五百里，曰祷过之山，其上多金玉，其下多犀兕，多象。有鸟焉，其状如䴔，而白首、三足、人面，其名曰瞿如，其鸣自号也。泿水出焉，而南流注于海。其中有虎蛟，其状鱼身而蛇尾，其音如鸳鸯，食者不肿，可以已痔。

陈诚译注：《山海经译注》，上海古籍出版社2010年版，第20页

西山经

西山经华山之首，曰钱来之山，其上多松，其下多洗石。有兽焉，其状如羊而马尾，名曰羬羊，其脂可以已腊。

西四十五里，曰松果之山。濩水出焉，北流注于渭，其中多铜。

有鸟焉，其名曰䲹渠，其状如山鸡，黑身赤足，可以已𦢊。

陈诚译注：《山海经译注》，上海古籍出版社2010年版，第28页

又西八十里，曰小华之山，其木多荆杞，其兽多㸲牛，其阴多磬石，其阳㻬琈之玉，鸟多赤鷩，可以御火。其草有萆荔，状如乌韭，而生于石上，赤缘木而生，食之已心痛。

又西八十里，曰符禺之山，其阳多铜，其阴多铁。其上有木焉，名曰文茎，其实如枣，可以已聋。其草多条，其状如葵，而赤华黄实，如婴儿舌，食之使人不惑。符禺之水出焉，而北流注于渭。其兽多葱聋，其状如羊而赤鬣。其鸟多䲸，其状如翠而赤喙，可以御火。

又西六十里，曰石脆之山，其木多棕、楠，其草多条，其状如韭，而白华黑实，食之已疥。其阳多㻬琈之玉，其阴多铜。灌水出焉，而北流注于禺水。其中有流赭，以涂牛马无病。

又西七十里，曰英山，其上多杻橿，其阴多铁，其阳多赤金。禺水出焉，北流注于招水，其中多鲜鱼，其状如鳖，其音如羊。其阳多箭䉋，兽多㸲牛、羬羊。有鸟焉，其状如鹑，黄身而赤喙，其名曰肥遗，食之已疠，可以杀虫。

又西五十二里，曰竹山，其上多乔木，其阴多铁。有草焉，其名曰黄雚，其状如樗，其叶如麻，白华而赤实，其状如赭，浴之已疥，又可以已胕。竹水出焉，北流注于渭，其阳多竹箭，多苍玉。丹水出焉，东南流注于洛水，其中多水玉，多人鱼。有兽焉，其状如豚而白毛，大如笄而黑端，名曰豪彘。

又西百二十里，曰浮山，多盼木，枳叶而无伤，木虫居之。有草焉，名曰薰草，麻叶而方茎，赤华而黑实，臭如蘼芜，佩之可以已疠。

又西七十里，曰羭次之山，漆水出焉，北流注于渭。其上多棫橿，其下多竹箭，其阴多赤铜，其阳多婴垣之玉。有兽焉，其状如禺而长臂，善投，其名曰嚣。有鸟焉，其状如枭，人面而一足，曰橐𩇯，冬见夏蛰，服之不畏雷。

陈诚译注：《山海经译注》，上海古籍出版社2010年版，第30-34页

又西三百二十里，曰嶓冢之山，汉水出焉，而东南流注于沔；嚣水出焉，北流注于汤水。其上多桃枝钩端，兽多犀、兕、熊、罴，鸟多白翰、赤鷩。有草焉，其叶如蕙，其本如桔梗，黑华而不实，名曰蓇蓉，食之使人无子。

又西三百五十里，曰天帝之山，上多棕、柟；下多菅、蕙。有兽焉，其状如狗，名曰溪边，席其皮者不蛊。有鸟焉，其状如鹑，黑文而赤翁，名曰栎，食之已痔。有草焉，其状如葵，其臭如蘼芜，名曰杜衡，可以走马，食之已瘿。

西南三百八十里，曰皋涂之山，蔷水出焉，西流注于诸资之水；涂水出焉，南流注于集获之水。其阳多丹粟，其阴多银、黄金，其上多桂木。有白石焉，其名曰礜，可以毒鼠。有草焉，其状如稿茇，其叶如葵赤背，名曰无条，可以毒鼠。有兽焉，其状如鹿而白尾，马足人手而四角，名曰玃如。有鸟焉，其状如鸱而人足，名曰数斯，食之已瘿。

陈诚译注：《山海经译注》，上海古籍出版社2010年版，第36-38页

西次三经之首，曰崇吾之山，在河之南，北望冢遂，南望䍃之泽，西望帝之搏兽之丘，东望蠕渊。有木焉，员叶而白柎，赤华而黑理，其实如枳，食之宜子孙。有兽焉，其状如禺而文臂，豹虎而善投，名曰举父。有鸟焉，其状如凫，而一翼一目，相得乃飞，名曰蛮蛮，见则天下大水。

又西北三百七十里，曰不周之山。北望诸毗之山，临彼岳崇之山，东望泑泽，河水所潜也，其原浑浑泡泡。爰有嘉果，其实如桃，其叶如枣，黄华而赤柎，食之不劳。

又西北四百二十里，曰峚山，其上多丹木，员叶而赤茎，黄华而赤实，其味如饴，食之不饥。丹水出焉，西流注于稷泽，其中多白玉，是有玉膏，其原沸沸汤汤，黄帝是食是飨。是生玄玉。玉膏

所出，以灌丹木。丹木五岁，五色乃清，五味乃馨。黄帝乃取峚山之玉荣，而投之钟山之阳。瑾瑜之玉为良，坚粟精密，浊泽有而光。五色发作，以和柔刚。天地鬼神，是食是飨；君子服之，以御不祥。自峚山至于钟山，四百六十里，其间尽泽也。是多奇鸟、怪兽、奇鱼，皆异物焉。

陈诚译注：《山海经译注》，上海古籍出版社2010年版，第36–53页

西南四百里，曰昆仑之丘，是实惟帝之下都，神陆吾司之。其神状虎身而九尾，人面而虎爪；是神也，司天之九部及帝之囿时。有兽焉，其状如羊而四角，名曰土蝼，是食人。有鸟焉，其状如蜂，大如鸳鸯，名曰钦原，蠚鸟兽则死，蠚木则枯。有鸟焉，其名曰鹑鸟，是司帝之百服。有木焉，其状如棠，黄华赤实，其味如李而无核，名曰沙棠，可以御水，食之使人不溺。有草焉，名曰蓍草，其状如葵，其味如葱，食之已劳。河水出焉，而南流注于无达。赤水出焉，而东南流注于泛天之水。洋水出焉，而西南流注于丑涂之水。墨水出焉，而西流注于大杅。是多怪鸟兽。

陈诚译注：《山海经译注》，上海古籍出版社2010年版，第58页

西水行百里，至于翼望之山，无草木，多金玉。有兽焉，其状如狸，一目而三尾，名曰讙，其音如夺百声，是可以御凶，服之已瘅。有鸟焉，其状如乌，三首六尾而善笑，名曰鵸鵌，服之使人不厌，又可以御凶。

陈诚译注：《山海经译注》，上海古籍出版社2010年版，第67页

又北百二十里，曰上申之山，上无草木，而多硌石，下多榛楛，兽多白鹿。其鸟多当扈，其状如雉，以其髯飞，食之不眴目。汤水出焉，东流注于河。

陈诚译注：《山海经译注》，上海古籍出版社2010年版，第70–71页

又西三百五十里，曰英鞮之山，上多漆木，下多金玉，鸟兽尽白。涴水出焉，而北流注于陵羊之泽。是多冉遗之鱼，鱼身蛇首六

足，其目如马耳，食之使人不眯，可以御凶。

又西三百里，曰中曲之山，其阳多玉，其阴多雄黄、白玉及金。有兽焉，其状如马而白身黑尾，一角，虎牙爪，音如鼓音，其名曰驳，是食虎豹，可以御兵。有木焉，其状如棠，而员叶赤实，实大如木瓜，名曰櫰木，食之多力。

陈诚译注：《山海经译注》，上海古籍出版社2010年版，第74–75页

西南三百六十里，曰崦嵫之山，其上多丹木，其叶如谷，其实大如瓜，赤符而黑理，食之已瘅，可以御火。其阳多龟，其阴多玉。苕水出焉，而西流注于海，其中多砥砺。有兽焉，其状马身而鸟翼，人面蛇尾，是好举人，名曰孰湖。有鸟焉，其状如鸮而人面，蜼身犬尾，其名自号也，见则其邑大旱。

陈诚译注：《山海经译注》，上海古籍出版社2010年版，第78页

北山经

又北二百五十里，曰求如之山，其上多铜，其下多玉，无草木。滑水出焉，而西流注于诸毗之水。其中多滑鱼，其状如鳝，赤背，其音如梧，食之已疣。其中多水马，其状如马，文臂牛尾，其音如呼。

又北三百里，曰带山，其上多玉，其下多青碧。有兽焉，其状如马，一角有错，其名曰䑏疏，可以辟火。有鸟焉，其状如乌，五采而赤文，名曰鵸䳜，是自为牝牡，食之不疽。彭水出焉，而西流注于芘湖之水，中多儵鱼，其状如鸡而赤毛，三尾、六足、四首，其音如鹊，食之可以已忧。

又北四百里，曰谯明之山。谯水出焉，西流注于河。其中多何罗之鱼，一首而十身，其音如吠犬，食之已痈。有兽焉，其状如貆而赤豪，其音如榴榴，名曰孟槐，可以御凶。是山也，无草木，多青雄黄。

又北三百五十里，曰涿光之山。嚣水出焉，而西流注于河。其中多鳛鳛之鱼，其状如鹊而十翼，鳞皆在羽端，其音如鹊，可以御火，食之不瘅。其上多松柏，其下多棕橿，其兽多麢羊，其鸟多蕃。

陈诚译注：《山海经译注》，上海古籍出版社2010年版，第82-85页

又北二百里，曰丹熏之山，其上多樗柏，其草多韭䪥，多丹雘。熏水出焉，而西流注于棠水。有兽焉，其状如鼠，而菟首麋身，其音如獋犬，以其尾飞，名曰耳鼠，食之不睬，又可以御百毒。

陈诚译注：《山海经译注》，上海古籍出版社2010年版，第87页

又北二百里，曰蔓联之山，其上无草木。有兽焉，其状如禺而有鬣，牛尾、文臂、马蹄，见人则呼，名曰足訾，其鸣自呼。有鸟焉，群居而朋飞，其毛如雌雉，名曰䴔，其鸣自呼，食之已风。

又北百八十里，曰单张之山，其上无草木。有兽焉，其状如豹而长尾，人首而牛耳，一目，名曰诸犍，善咤，行则衔其尾，居则蟠其尾。有鸟焉，其状如雉，而文首、白翼、黄足，名曰白鵺，食之已嗌痛，可以已痸。栎水出焉，而南流注于杠水。

陈诚译注：《山海经译注》，上海古籍出版社2010年版，第88-89页

又北二百里，曰狱法之山。瀤泽之水出焉，而东北流注于泰泽。其中多鱳鱼，其状如鲤而鸡足，食之已疣。有兽焉，其状如犬而人面，善投，见人则笑，其名山狎，其行如风，见则天下大风。

又北二百里，曰北岳之山，多枳、棘、刚木。有兽焉，其状如牛而四角、人目、彘耳，其名曰诸怀，其音如鸣雁，是食人。诸怀之水出焉，而西流注于嚣水，中多鮨鱼，鱼身而犬首，其音如婴儿，食之已狂。

陈诚译注：《山海经译注》，上海古籍出版社2010年版，第93-94页

又北五十里，曰县雍之山，其上多玉，其下多铜，其兽多闾麋，其鸟多白翟、白鹤。晋水出焉，而东南流注于汾水。其中多鮆鱼，

其状如儵而赤麟，其音如叱，食之不骄。

陈诚译注：《山海经译注》，上海古籍出版社2010年版，第97页

又北三百五十里，曰梁渠之山，无草木，多金玉。修水出焉，而东流注于雁门，其兽多居暨，其状如彙而赤毛，其音如豚。有鸟焉，其状如夸父，四翼、一目、犬尾，名曰嚣，其音如鹊，食之已腹痛，可以止衕。

陈诚译注：《山海经译注》，上海古籍出版社2010年版，第101页

又东北二百里，曰龙侯之山，无草木，多金、玉。决决之水出焉，而东流注于河。其中多人鱼，其状如鰟鱼，四足，其音如婴儿，食之无痴疾。

又东北二百里，曰马成之山，其上多文石，其阴多金玉。有兽焉，其状如白犬而黑头，见人则飞，其名曰天马，其鸣自詨，有鸟焉，其状如乌，首白而身青、足黄，是名曰鶌鶋，其名自詨，食之不饥，可以已寓。

又东北七十里，曰咸山，其上有玉，其下多铜，是多松、柏，草多茈草。条菅之水出焉，而西南流注于长泽。其中多器酸，三岁一成，食之已疠。

陈诚译注：《山海经译注》，上海古籍出版社2010年版，第105-107页

又东三百里，曰阳山，其上多玉，其下多金铜。有兽焉，其状如牛而赤尾，其颈腎，其状如句瞿，其名曰领胡，其鸣自詨，食之已狂。有鸟焉，其状如雌雉，而五采以文，是自为牝牡，名曰象蛇，其名自詨。留水出焉，而南流注于河。其中有䱻父之鱼，其状如鲋鱼，鱼首而彘身，食之已呕。

陈诚译注：《山海经译注》，上海古籍出版社2010年版，第108页

又东百八十里，曰小侯之山。明漳之水出焉，南流注于黄泽。有鸟焉，其状如乌而白文，名曰鸪鸐，食之不灂。

……

又东北二百里，曰轩辕之山，其上多铜，其下多竹。有鸟焉，其状如枭而白首，其名曰黄鸟，其鸣自詨，食之不妒。

陈诚译注：《山海经译注》，上海古籍出版社2010年版，第112页

东山经

又南三百里，曰栒状之山，其上多金、玉，其下多青碧、石。有兽焉，其状如犬，六足，其名曰从从，其鸣自詨。有鸟焉，其状如鸡而鼠毛，其名曰蚩鼠，见则其邑大旱。识水出焉，而北流注于湖水。其中多箴鱼，其状如儵，其喙如箴，食之无疫疾。

陈诚译注：《山海经译注》，上海古籍出版社2010年版，第127页

又南三百八十里，曰葛山之首，无草木。澧水出焉，东流注于余泽，其中多珠蟞鱼，其状如胏而有目，六足有珠，其味酸甘，食之无疠。

陈诚译注：《山海经译注》，上海古籍出版社2010年版，第133页

又南五百里，曰䃌山，南临䃌水，东望湖泽。有兽焉，其状如马，而羊目、四角、牛尾，其音如獆狗，其名曰峳峳。见则其国多狡客。有鸟焉，其状如凫而鼠尾，善登木，其名曰絜钩，见则其国多疫。

陈诚译注：《山海经译注》，上海古籍出版社2010年版，第138页

又东次四经之首，曰北号之山，临于北海。有木焉，其状如杨，赤华，其实如枣而无核，其味酸甘，食之不疟。食水出焉，而东北流注于海。有兽焉，其状如狼，赤首鼠目，其音如豚，名曰猲狙，是食人。有鸟焉，其状如鸡而白首，鼠足而虎爪，其名曰鬿雀，亦

食人。

又南三百里，曰旄山，无草木。苍体之水出焉，而西流注于展水。其中多鱃鱼，其状如鲤而大首，食者不疣。

又南三百二十里，曰东始之山，上多苍玉。有木焉，其状如杨而赤理，其汁如血，不实，其名曰芑，可以服马。泚水出焉，而东北流注于海，其中多美贝，多茈鱼，其状如鲋，一首而十身，其臭如蘪芜，食之不糟。

陈诚译注：《山海经译注》，上海古籍出版社2010年版，第144页

又东二百里，曰太山，上多金、玉、桢木。有兽焉，其状如牛而白首，一目而蛇尾，其名曰蜚，行水则竭，行草则死，见则天下大疫。钩水出焉，而北流注于劳水，其中多鱃鱼。

陈诚译注：《山海经译注》，上海古籍出版社2010年版，第147页

中山经

中山经薄山之首，曰甘枣之山。共水出焉，而西流注于河。其上多杻木，其下有草焉，葵本而杏叶，黄华而荚实，名曰箨，可以已瞢。有兽焉，其状如䶅鼠而文题，其名曰㔮，食之已瘿。

又东二十里，曰历儿之山，其上多橿，多櫔木，是木也，方茎而员叶，黄华而毛，其实如拣，服之不忘。

又东十五里，曰渠猪之山，其上多竹。渠猪之水出焉，而南流注于河。其中是多豪鱼，状如鲔，赤喙尾，赤羽，可以已白癣。

又东三十五里，曰葱聋之山，其中多大谷，是多白垩，黑、青、黄垩。

又东十五里，曰涹山，其上多赤铜，其阴多铁。

又东七十里，曰脱扈之山。有草焉，其状如葵叶而赤华，荚实，实如棕荚，名曰植楮，可以已癙，食之不眯。

又东二十里，曰金星之山，多天婴，其状如龙骨，可以已痤。

陈诚译注：《山海经译注》，上海古籍出版社2010年版，第150-152页

又东百二十里，曰吴林之山，其中多葌草。

又北三十里，曰牛首之山。有草焉，名曰鬼草，其叶如葵而赤茎，其秀如禾，服之不忧。劳水出焉，而西流注于潏水。是多飞鱼，其状如鲋鱼，食之已痔衕。

又北四十里，曰霍山，其木多榖。有兽焉，其状如狸，而白尾有鬣，名曰朏朏，养之可以已忧。

……

又北三十五里，曰阴山，多砺石、文石。少水出焉，其中多雕棠，其叶如榆叶而方，其实如赤菽，食之已聋。

陈诚译注：《山海经译注》，上海古籍出版社2010年版，第153-154页

又西二百里，曰昆吾之山，其上多赤铜。有兽焉，其状如彘而有角，其音如号，名曰蠪蚳，食之不眯。

又西百二十里，曰葌山。葌水出焉，而北流注于伊水，其上多金、玉，其下多青雄黄。有木焉，其状如棠而赤时，名曰芒草，可以毒鱼。

陈诚译注：《山海经译注》，上海古籍出版社2010年版，第158页

又东十里，曰青要之山，实惟帝之密都。北望河曲，是多驾鸟。南望墠渚，禹父之所化，中多仆累、蒲卢。䰠武罗司之，其状人面而豹文，小要而白齿，而穿耳以鐻，其鸣如鸣玉。是山也，宜女子。畛水出焉，而北流注于河。其中有鸟焉，名曰䴅，其状如凫，青身而朱目赤尾，食之宜子。有草焉，其状如葌，而方茎、黄华、赤实，其本如槁本，名曰荀草，服之美人色。

又东十里，曰騩山，其上有美枣，其阴有㻬琈之玉。正回之水出焉，而北流注于河。其中多飞鱼，其状如豚而赤文，服之不畏雷，

可以御兵。

又东四十里，曰宜苏之山，其上多金玉，其下多蔓居之木。滽滽之水出焉，而北流注于河，是多黄贝。

又东二十里，曰和山，其上无草木而多瑶碧，实为河之九都。是山也五曲，九水出焉，合而北流注于河，其中多苍玉。吉神泰逢司之，其状如人而虎尾，是好居于萯山之阳，出入有光。泰逢神动天地气也。

凡萯之首，自敖岸之山至于和山，凡五山，四百四十里。其祠泰逢、熏池、武罗，皆一牡羊副，婴用吉玉。其二神用一雄鸡瘗之，糈用稌。

陈诚译注：《山海经译注》，上海古籍出版社2010年版，第160-163页

海外南经

不死民在其东，其为人黑色，寿，不死。一曰在穿匈国东。

陈诚译注：《山海经译注》，上海古籍出版社2010年版，第246页

海外西经

巫咸国在女丑北，右手操青蛇，左手操赤蛇。在登葆山，群巫所从上下也。

陈诚译注：《山海经译注》，上海古籍出版社2010年版，第256页

海内西经

开明东有巫彭、巫抵、巫阳、巫履、巫凡、巫相，夹窫窳之尸，皆操不死之药以距之。窫窳者，蛇身人面，贰负臣所杀也。

陈诚译注：《山海经译注》，上海古籍出版社2010年版，第294页

海内北经

犬封国曰大戎国，状如犬。有一女子，方跪进杯食。有文马，缟身朱鬣，目若黄金，名曰吉量，乘之寿千岁。

陈诚译注：《山海经译注》，上海古籍出版社2010年版，第299页

大荒西经

有灵山，巫咸、巫即、巫盼、巫彭、巫姑、巫真、巫礼、巫抵、巫谢、巫罗十巫，从此升降，百药爰在。

陈诚译注：《山海经译注》，上海古籍出版社2010年版，第348-349页

海内经

流沙之东，黑水之间，有山名不死之山。

陈诚译注：《山海经译注》，上海古籍出版社2010年版，第373页

汉代散文

史　记

司马迁

司马迁（前145年或前135年—卒年不详），字子长，夏阳（陕西韩城）人，西汉著名历史学家，后世尊之为太史公。司马迁继承父志，以“究天人之际，通古今之变，成一家之言”的史学理念，创作了我国历史上第一部纪传体通史《史记》。《史记》记载了从上古三代到汉武帝元狩元年三千多年的历史。《史记》被鲁迅誉为“史家之绝唱，无韵之离骚”。

秦本纪

十四年，秦饥，请粟于晋。晋君谋之群臣。虢射曰：“因其饥伐之，可有大功。”晋君从之。十五年，兴兵将攻秦。缪公发兵，使丕豹将，自往击之。九月壬戌，与晋惠公夷吾合战于韩地。晋君弃其军，与秦争利，还而骜。缪公与麾下驰追之，不能得晋君，反为晋军所围。晋击缪公，缪公伤。于是岐下食善马者三百人驰冒晋军，晋军解围，遂脱缪公而反生得晋君。初，缪公亡善马，岐下野人共得而食之者三百余人，吏逐得，欲法之。缪公曰：“君子不以畜产害人。吾闻食善马肉不饮酒，伤人。”乃皆赐酒而赦之。三百人者闻秦击晋，皆求从，从而见缪公窘，亦皆推锋争死，以报食马之德。于是缪公虏晋君以归，令于国，“斋宿，吾将以晋君祠上帝”。周天子闻之，曰“晋我同姓”，为请晋君。夷吾姊亦为缪公夫人，夫人闻之，乃衰绖跣，曰：“妾兄弟不能相救，以辱君命。”缪公曰：“我得晋君以为功，今天子为请，夫人是忧。”乃与晋君盟，许归之，更舍上舍，而馈之七牢。十一月，归晋君夷吾，夷吾献其河西地，使太子圉为质于秦。秦妻子圉以宗女。是时秦地东至河。

司马迁撰：《史记》，中华书局1982年版，第188页

秦始皇本纪

齐人徐市等上书，言海中有三神山，名曰蓬莱、方丈、瀛洲，仙人居之。请得斋戒，与童男女求之。于是遣徐市发童男女数千人，入海求仙人。

司马迁撰：《史记》，中华书局1982年版，第247页

丞相李斯曰：“……臣请史官非秦记皆烧之。非博士官所职，天下敢有藏《诗》《书》、百家语者，悉诣守、尉杂烧之。有敢偶语《诗》《书》者弃市。以古非今者族。吏见知不举者与同罪。令下三十日不烧，黥为城旦。所不去者，医药、卜筮、种树之书。若欲有学法令，以吏为师。”制曰：“可。”

司马迁撰：《史记》，中华书局1982年版，第254页

卢生说始皇曰：“臣等求芝奇药仙者常弗遇，类物有害之者。方中，人主时为微行以辟恶鬼，恶鬼辟，真人至。人主所居而人臣知之，则害于神。真人者，入水不濡，入火不爇，陵云气，与天地久长。今上治天下，未能恬倓，愿上所居宫毋令人知，然后不死之药殆可得也。”于是始皇曰：“吾慕真人，自谓‘真人’，不称‘朕’。”乃令咸阳之旁二百里内宫观二百七十复道甬道相连，帷帐、钟鼓、美人充之，各案署不移徙。行所幸，有言其处者，罪死。始皇帝幸梁山宫，从山上见丞相车骑众，弗善也。中人或告丞相，丞相后损

车骑。始皇怒曰："此中人泄吾语。"案问莫服。当是时，诏捕诸时在旁者，皆杀之。自是后莫知行之所在。听事，群臣受决事，悉于咸阳宫。

司马迁撰：《史记》，中华书局1982年版，第257页

高祖本纪

高祖击布时，为流矢所中，行道病。病甚，吕后迎良医，医入见，高祖问医。医曰："病可治。"于是高祖嫚骂之曰："吾以布衣提三尺剑取天下，此非天命乎？命乃在天，虽扁鹊何益！"遂不使治病，赐金五十斤罢之。

司马迁撰：《史记》，中华书局1982年版，第391页

孝武本纪

是时而李少君亦以祠灶、谷道、却老方见上，上尊之。少君者，故深泽侯入以主方。匿其年及所生长，常自谓七十，能使物，却老。其游以方遍诸侯。无妻子。人闻其能使物及不死，更馈遗之，常余金钱帛衣食。人皆以为不治产业而饶给，又不知其何所人，愈信，争事之。少君资好方，善为巧发奇中。尝从武安侯饮，坐中有年九十余老人，少君乃言与其大父游射处，老人为儿时从其大父行，识其处，一坐尽惊。少君见上，上有故铜器，问少君。少君曰："此器齐桓公十年陈于柏寝。"已而案其刻，果齐桓公器。一宫尽骇，以少君为神，数百岁人也。

少君言于上曰："祠灶则致物，致物而丹沙可化为黄金，黄金成以为饮食器则益寿，益寿而海中蓬莱仙者可见，见之以封禅则不死，黄帝是也。臣尝游海上，见安期生，食臣枣，大如瓜。安期生仙者，通蓬莱中，合则见人，不合则隐。"于是天子始亲祠灶，而遣方士入海求蓬莱安期生之属，而事化丹沙诸药齐为黄金矣。

居久之，李少君病死。天子以为化去不死也，而使黄锤史宽舒

受其方。求蓬莱安期生莫能得，而海上燕齐怪迂之方士多相效，更言神事矣。

司马迁撰：《史记》，中华书局1982年版，第453-455页

文成死明年，天子病鼎湖甚，巫医无所不致，不愈。游水发根乃言曰："上郡有巫，病而鬼下之。"上召置祠之甘泉。及病，使人问神君。神君言曰："天子毋忧病。病少愈，强与我会甘泉。"于是病愈，遂幸甘泉，病良已。大赦天下，置寿宫神君。神君最贵者，其佐曰大禁、司命之属，皆从之。非可得见，闻其音，与人言等。时去时来，来则风肃然也。居室帷中。时昼言，然常以夜。天子祓，然后入。因巫为主人，关饮食。所欲者言行下。又置寿宫、北宫，张羽旗，设供具，以礼神君。神君所言，上使人受书其言，命之曰"画法"。其所语，世俗之所知也，毋绝殊者，而天子独喜。其事秘，世莫知也。

司马迁撰：《史记》，中华书局1982年版，第459-460页

是时既灭南越，越人勇之乃言"越人俗信鬼，而其祠皆见鬼，数有效。昔东瓯王敬鬼，寿至百六十岁。后世谩怠，故衰耗"。乃令越巫立越祝祠，安台无坛，亦祠天神上帝百鬼，而以鸡卜。上信之，越祠鸡卜始用焉。

公孙卿曰："仙人可见，而上往常遽，以故不见。今陛下可为观，如缑氏城，置脯枣，神人宜可致。且仙人好楼居。"于是上令长安则作蜚廉桂观，甘泉则作益延寿观，使卿持节设具而候神人。乃作通天台，置祠具其下，将招来神仙之属。于是甘泉更置前殿，始广诸宫室。夏，有芝生殿防内中。天子为塞河，兴通天台，若有光云，乃下诏曰："甘泉防生芝九茎，赦天下，毋有复作。"

司马迁撰：《史记》，中华书局1982年版，第478-479页

礼　书

礼由人起。人生有欲，欲而不得则不能无忿，忿而无度量则争，

争则乱。先王恶其乱，故制礼义以养人之欲，给人之求，使欲不穷于物，物不屈于欲，二者相待而长，是礼之所起也。故礼者养也。稻粱五味，所以养口也；椒兰芬茝，所以养鼻也；钟鼓管弦，所以养耳也；刻镂文章，所以养目也；疏房床笫几席，所以养体也：故礼者养也。

君子既得其养，又好其辨也。所谓辨者，贵贱有等，长少有差，贫富轻重皆有称也。故天子大路越席，所以养体也；侧载臭茝，所以养鼻也；前有错衡，所以养目也；和鸾之声，步中《武》《象》，骤中《韶》《濩》，所以养耳也；龙旗九斿，所以养信也；寝兕持虎，鲛韅弥龙，所以养威也。故大路之马，必信至教顺，然后乘之，所以养安也。孰知夫出死要节之所以养生也，孰知夫轻费用之所以养财也，孰知夫恭敬辞让之所以养安也，孰知夫礼义文理之所以养情也。

司马迁撰：《史记》，中华书局1982年版，第1161–1162页

乐 书

是故强者胁弱，众者暴寡，知者诈愚，勇者苦怯，疾病不养，老幼孤寡不得其所，此大乱之道也。

司马迁撰：《史记》，中华书局1982年版，第1186页

君子曰：礼乐不可以斯须去身。致乐以治心，则易直子谅之心油然生矣。易直子谅之心生则乐，乐则安，安则久，久则天，天则神。天则不言而信，神则不怒而威。致乐，以治心者也；致礼，以治躬者也。治躬则庄敬，庄敬则严威。心中斯须不和不乐，而鄙诈之心入之矣；外貌斯须不庄不敬，而慢易之心入之矣。故乐也者，动于内者也；礼也者，动于外者也。乐极和，礼极顺。内和而外顺，则民瞻其颜色而弗与争也，望其容貌而民不生易慢焉。德辉动乎内而民莫不承听，理发乎外而民莫不承顺，故曰“知礼乐之道，举而错之天下无难矣”。

司马迁撰：《史记》，中华书局1982年版，第1217–1218页

太史公曰：夫上古明王举乐者，非以娱心自乐，快意恣欲，将欲为治也。正教者皆始于音，音正而行正。故音乐者，所以动荡血脉，通流精神而和正心也。故宫动脾而和正圣，商动肺而和正义，角动肝而和正仁，徵动心而和正礼，羽动肾而和正智。故乐所以内辅正心而外异贵贱也；上以事宗庙，下以变化黎庶也。琴长八尺一寸，正度也。弦大者为宫，而居中央，君也。商张右傍，其余大小相次，不失其次序，则君臣之位正矣。故闻宫音，使人温舒而广大；闻商音，使人方正而好义；闻角音，使人恻隐而爱人；闻徵音，使人乐善而好施；闻羽音，使人整齐而好礼。夫礼由外入，乐自内出。故君子不可须臾离礼，须臾离礼则暴慢之行穷外；不可须臾离乐，须臾离乐则奸邪之行穷内。故乐音者，君子之所养义也。夫古者，天子诸侯听钟磬未尝离于庭，卿大夫听琴瑟之音未尝离于前，所以养行义而防淫佚也。夫淫佚生于无礼，故圣王使人耳闻雅颂之音，目视威仪之礼，足行恭敬之容，口言仁义之道。故君子终日言而邪辟无由入也。

司马迁撰：《史记》，中华书局1982年版，第1236–1237页

天官书

田氏篡齐，三家分晋，并为战国。争于攻取，兵革更起，城邑数屠，因以饥馑疾疫焦苦，臣主共忧患，其察禨祥候星气尤急。

司马迁撰：《史记》，中华书局1982年版，第1344页

鲁周公世家

武王克殷二年，天下未集，武王有疾，不豫，群臣惧，太公、召公乃缪卜。周公曰："未可以戚我先王。"周公于是乃自以为质，设三坛，周公北面立，戴璧秉圭，告于太王、王季、文王。史策祝曰："惟尔元孙王发，勤劳阻疾。若尔三王是有负子之责于天，以旦代王发之身。旦巧能，多材多蓺，能事鬼神。乃王发不如旦多材多

蓺，不能事鬼神。乃命于帝庭，敷佑四方，用能定汝子孙于下地，四方之民罔不敬畏。无坠天之降葆命，我先王亦永有所依归。今我其即命于元龟，尔之许我，我以其璧与圭归，以俟尔命。尔不许我，我乃屏璧与圭。”周公已令史策告太王、王季、文王，欲代武王发，于是乃即三王而卜。卜人皆曰吉，发书视之，信吉。周公喜，开籥，乃见书遇吉。周公入贺武王曰：“王其无害。旦新受命三王，维长终是图。兹道能念予一人。”周公藏其策金縢匮中，诫守者勿敢言。明日，武王有瘳。

司马迁撰：《史记》，中华书局1982年版，第1516页

初，成王少时，病，周公乃自揃其蚤沈之河，以祝于神曰：“王少未有识，奸神命者乃旦也。”亦藏其策于府。成王病有瘳。及成王用事，人或谮周公，周公奔楚。成王发府，见周公祷书，乃泣，反周公。

司马迁撰：《史记》，中华书局1982年版，第1520页

周公卒后，秋未获，暴风雷，禾尽偃，大木尽拔。周国大恐。成王与大夫朝服以开金縢书，王乃得周公所自以为功代武王之说。二公及王乃问史百执事，史百执事曰：“信有，昔周公命我勿敢言。”成王执书以泣，曰：“自今后其无缪卜乎！昔周公勤劳王家，惟予幼人弗及知。今天动威以彰周公之德，惟朕小子其迎，我国家礼亦宜之。”王出郊，天乃雨，反风，禾尽起。二公命国人，凡大木所偃，尽起而筑之。岁则大孰。于是成王乃命鲁得郊祭文王。鲁有天子礼乐者，以褒周公之德也。

司马迁撰：《史记》，中华书局1982年版，第1522–1523页

赵世家

赵简子疾，五日不知人，大夫皆惧。医扁鹊视之，出，董安于问。扁鹊曰：“血脉治也，而何怪！在昔秦缪公尝如此，七日而寤。寤之日，告公孙支与子舆曰：‘我之帝所甚乐。吾所以久者，适有学

也。帝告我："晋国将大乱，五世不安；其后将霸，未老而死；霸者之子且令而国男女无别。"'公孙支书而藏之，秦谶于是出矣。献公之乱，文公之霸，而襄公败秦师于殽而归纵淫，此子之所闻。今主君之疾与之同，不出三日疾必间，间必有言也。"

居二日半，简子寤。语大夫曰："我之帝所甚乐，与百神游于钧天，广乐九奏万舞，不类三代之乐，其声动人心。有一熊欲来援我，帝命我射之，中熊，熊死。又有一罴来，我又射之，中罴，罴死。帝甚喜，赐我二笥，皆有副。吾见儿在帝侧，帝属我一翟犬，曰：'及而子之壮也，以赐之。'帝告我：'晋国且世衰，七世而亡，嬴姓将大败周人于范魁之西，而亦不能有也。今余思虞舜之勋，适余将以其胄女孟姚配而七世之孙。'"董安于受言而书藏之。以扁鹊言告简子，简子赐扁鹊田四万亩。

司马迁撰：《史记》，中华书局1982年版，第1786页

留侯世家

留侯从上击代，出奇计马邑下，及立萧何相国，所与上从容言天下事甚众，非天下所以存亡，故不著。留侯乃称曰："家世相韩，及韩灭，不爱万金之资，为韩报仇强秦，天下振动。今以三寸舌为帝者师，封万户，位列侯，此布衣之极，于良足矣。愿弃人间事，欲从赤松子游耳。"乃学辟谷，道引轻身。会高帝崩，吕后德留侯，乃强食之，曰："人生一世间，如白驹过隙，何至自苦如此乎！"留侯不得已，强听而食。

司马迁撰：《史记》，中华书局1982年版，第2047-2048页

商君列传

赵良曰："千羊之皮，不如一狐之掖；千人之诺诺，不如一士之谔谔。武王谔谔以昌，殷纣墨墨以亡。君若不非武王乎，则仆请终日正言而无诛，可乎？"商君曰："语有之矣，貌言华也，至言实也，

苦言药也，甘言疾也。夫子果肯终日正言，鞅之药也。鞅将事子，子又何辞焉！”

司马迁撰：《史记》，中华书局1982年版，第2234页

范雎蔡泽列传

范雎乃上书曰：

……

臣闻善厚家者取之于国，善厚国者取之于诸侯。天下有明主则诸侯不得擅厚者，何也？为其割荣也。良医知病人之死生，而圣主明于成败之事，利则行之，害则舍之，疑则少尝之，虽舜禹复生，弗能改已。语之至者，臣不敢载之于书，其浅者又不足听也。意者臣愚而不概于王心邪？亡其言臣者贱而不可用乎？自非然者，臣愿得少赐游观之间，望见颜色。一语无效，请伏斧质。

司马迁撰：《史记》，中华书局1982年版，第2404页

客卿范雎复说昭王曰："秦韩之地形，相错如绣。秦之有韩也，譬如木之有蠹也，人之有心腹之病也。天下无变则已，天下有变，其为秦患者孰大于韩乎？王不如收韩。"昭王曰："吾固欲收韩，韩不听，为之柰何？"对曰："韩安得无听乎？王下兵而攻荥阳，则巩、成皋之道不通；北断太行之道，则上党之师不下。王一兴兵而攻荥阳，则其国断而为三。夫韩见必亡，安得不听乎？若韩听，而霸事因可虑矣。"王曰："善。"且欲发使于韩。

司马迁撰：《史记》，中华书局1982年版，第2410页

扁鹊仓公列传

扁鹊者，勃海郡郑人也，姓秦氏，名越人。少时为人舍长。舍客长桑君过，扁鹊独奇之，常谨遇之。长桑君亦知扁鹊非常人也。出入十余年，乃呼扁鹊私坐，间与语曰："我有禁方，年老，欲传与公，公毋泄。"扁鹊曰："敬诺。"乃出其怀中药予扁鹊："饮是以上

池之水，三十日当知物矣。”乃悉取其禁方书尽与扁鹊。忽然不见，殆非人也。扁鹊以其言饮药三十日，视见垣一方人。以此视病，尽见五藏症结，特以诊脉为名耳。为医或在齐，或在赵。在赵者名扁鹊。

当晋昭公时，诸大夫强而公族弱，赵简子为大夫，专国事。简子疾，五日不知人，大夫皆惧，于是召扁鹊。扁鹊入视病，出，董安于问扁鹊，扁鹊曰：“血脉治也，而何怪！昔秦穆公尝如此，七日而寤。寤之日，告公孙支与子舆曰：‘我之帝所甚乐。吾所以久者，适有所学也。帝告我：“晋国且大乱，五世不安。其后将霸，未老而死。霸者之子且令而国男女无别。”’公孙支书而藏之，秦策于是出。夫献公之乱，文公之霸，而襄公败秦师于殽而归纵淫，此子之所闻。今主君之病与之同，不出三日必间，间必有言也。”

居二日半，简子寤，语诸大夫曰：“我之帝所甚乐，与百神游于钧天，广乐九奏万舞，不类三代之乐，其声动心。有一熊欲援我，帝命我射之，中熊，熊死。有罴来，我又射之，中罴，罴死。帝甚喜，赐我二笥，皆有副。吾见儿在帝侧，帝属我一翟犬，曰：‘及而子之壮也以赐之。’帝告我：‘晋国且世衰，七世而亡。嬴姓将大败周人于范魁之西，而亦不能有也。’”董安于受言，书而藏之。以扁鹊言告简子，简子赐扁鹊田四万亩。

其后扁鹊过虢。虢太子死，扁鹊至虢宫门下，问中庶子喜方者曰：“太子何病，国中治穰过于众事？”中庶子曰：“太子病血气不时，交错而不得泄，暴发于外，则为中害。精神不能止邪气，邪气畜积而不得泄，是以阳缓而阴急，故暴蹷而死。”扁鹊曰：“其死何如时？”曰：“鸡鸣至今。”曰：“收乎？”曰：“未也，其死未能半日也。”“言臣齐勃海秦越人也，家在于郑，未尝得望精光侍谒于前也。闻太子不幸而死，臣能生之。”中庶子曰：“先生得无诞之乎？何以言太子可生也！臣闻上古之时，医有俞跗，治病不以汤液醴洒，镵石挢引，案扤毒熨，一拨见病之应，因五藏之输，乃割皮解肌，诀脉结筋，搦髓脑，揲荒爪幕，湔浣肠胃，漱涤五藏，练精易形。先生之方能若是，则太子可生也；不能若是而欲生之，曾不可以告咳婴之儿。”终日，扁鹊仰天叹曰：“夫子之为方也，若以管窥天，以郄视文。越人之为方也，不待切脉望色听声写形，言病之所在。闻病之阳，论得其阴；闻病之阴，论得其阳。病应见于大表，不出千里，决者至众，不可曲止也。子以吾言为不诚，试入诊太子，当闻其耳鸣而鼻张，循其两股以至于阴，当尚温也。”

中庶子闻扁鹊言，目眩然而不瞚，舌挢然而不下，乃以扁鹊言入报虢君。虢君闻之大惊，出见扁鹊于中阙，曰：“窃闻高义之日久矣，然未尝得拜谒于前也。先生过小国，幸而举之，偏国寡臣幸甚。有先生则活，无先生则弃捐填沟壑，长终而不得反。”言未卒，因嘘唏服臆，魂精泄横，流涕长潸，忽忽承睫，悲不能自止，容貌变更。扁鹊曰：“若太子病，所谓‘尸蹶’者也。夫以阳入阴中，动胃繵缘，中经维络，别下于三焦、膀胱，是以阳脉下遂，阴脉上争，会气闭而不通，阴上而阳内行，下内鼓而不起，上外绝而不为使，上有绝阳之络，下有破阴之纽，破阴绝阳，色废脉乱，故形静如死状。太子未死也。夫以阳入阴支兰藏者生，以阴入阳支兰藏者死。凡此数事，皆五藏蹙中之时暴作也。良工取之，拙者疑殆。”

扁鹊乃使弟子子阳厉针砥石，以取外三阳五会。有间，太子苏。乃使子豹为五分之熨，以八减之齐和煮之，以更熨两胁下。太子起坐。更适阴阳，但服汤二旬而复故。故天下尽以扁鹊为能生死人。扁鹊曰：“越人非能生死人也，此自当生者，越人能使之起耳。”

扁鹊过齐，齐桓侯客之。入朝见，曰：“君有疾在腠理，不治将深。”桓侯曰：“寡人无疾。”扁鹊出，桓侯谓左右曰：“医之好利也，欲以不疾者为功。”后五日，扁鹊复见，曰：“君有疾在血脉，不治恐深。”桓侯曰：“寡人无疾。”扁鹊出，桓侯不悦。后五日，扁鹊复见，曰：“君有疾在肠胃间，不治将深。”桓侯不应。扁鹊出，桓侯不悦。后五日，扁鹊复见，望见桓侯而退走。桓侯使人问其故。扁鹊曰：“疾之居腠理也，汤熨之所及也；在血脉，针石之所及也；其在肠胃，酒醪之所及也；其在骨髓，虽司命无奈之何。今在骨髓，臣是以无请也。”后五日，桓侯体病，使人召扁鹊，扁鹊已逃去。桓侯遂死。

使圣人预知微，能使良医得蚤从事，则疾可已，身可活也。人之所病，病疾多；而医之所病，病道少。故病有六不治：骄恣不论于理，一不治也；轻身重财，二不治也；衣食不能适，三不治也；阴阳并，藏气不定，四不治也；形羸不能服药，五不治也；信巫不信医，六不治也。有此一者，则重难治也。

扁鹊名闻天下。过邯郸，闻贵妇人，即为带下医；过雒阳，闻周人爱老人，即为耳目痹医；来入咸阳，闻秦人爱小儿，即为小儿医：随俗为变。秦太医令李醯自知伎不如扁鹊也，使人刺杀之。至今天下言脉者，由扁鹊也。

太仓公者，齐太仓长，临菑人也，姓淳于氏，名意。少而喜医方术。高后八年，更受师同郡元里公乘阳庆。庆年七十余，无子，使意尽去其故方，更悉以禁方予之，传黄帝、扁鹊之脉书，五色诊病，知人死生，决嫌疑，定可治，及药论，甚精。受之三年，为人治病，决死生多验。然左右行游诸侯，不以家为家，或不为人治病，病家多怨之者。

文帝四年中，人上书言意，以刑罪当传西之长安。意有五女，随而泣。意怒，骂曰：“生子不生男，缓急无可使者！”于是少女缇萦伤父之言，乃随父西。上书曰：“妾父为吏，齐中称其廉平，今坐法当刑。妾切痛死者不可复生而刑者不可复续，虽欲改过自新，其道莫由，终不可得。妾愿入身为官婢，以赎父刑罪，使得改行自新也。”书闻，上悲其意，此岁中亦除肉刑法。

意家居，诏召问所为治病死生验者几何人也，主名为谁。

诏问故太仓长臣意：“方伎所长，及所能治病者？有其书无有？皆安受学？受学几何岁？尝有所验，何县里人也？何病？医药已，其病之状皆何如？具悉而对。”

臣意对曰：“自意少时，喜医药，医药方试之多不验者。至高后八年，得见师临菑元里公乘阳庆。庆年七十余，意得见事之。谓意曰：'尽去而方书，非是也。庆有古先道遗传黄帝、扁鹊之脉书，五色诊病，知人生死，决嫌疑，定可治，及药论书，甚精。我家给富，心爱公，欲尽以我禁方书悉教公。'臣意即曰：'幸甚，非意之所敢望也。'臣意即避席再拜谒，受其脉书上下经、五色诊、奇咳术、揆度阴阳外变、药论、石神、接阴阳禁书，受读解验之，可一年所。明岁即验之，有验，然尚未精也。要事之三年所，即尝已为人治，诊病决死生，有验，精良。今庆已死十年所，臣意年尽三年，年三十九岁也。"

齐侍御史成自言病头痛，臣意诊其脉，告曰："君之病恶，不可言也。"即出，独告成弟昌曰："此病疽也，内发于肠胃之间，后五日当臃肿，后八日呕脓死。"成之病得之饮酒且内。成即如期死。所以知成之病者，臣意切其脉，得肝气。肝气浊而静，此内关之病也。脉法曰"脉长而弦，不得代四时者，其病主在于肝。和即经主病也，代则络脉有过"。经主病和者，其病得之筋髓里。其代绝而脉贲者，病得之酒且内。所以知其后五日而臃肿，八日呕脓死者，切其脉时，少阳初代。代者经病，病去过人，人则去。络脉主病，当其时，少阳初关一分，故中热而脓未发也，及五分，则至少阳之界，及八日，则呕脓死，故上二分而脓发，至界而臃肿，尽泄而死。热上则熏阳明，烂流络，流络动则脉结发，脉结发则烂解，故络交。热气已上行，至头而动，故头痛。

齐王中子诸婴儿小子病，召臣意诊切其脉，告曰："气鬲病。病使人烦懑，食不下，时呕沫。病得之心忧，数忔食饮。"臣意即为之作下气汤以饮之，一日气下，二日能食，三日即病愈。所以知小子之病者，诊其脉，心气也，浊躁而经也，此络阳病也。脉法曰"脉来数疾去难而不一者，病主在心"。周身热，脉盛者，为重阳。重阳者，逷心主。故烦懑食不下则络脉有过，络脉有过则血上出，血上出者死。此悲心所生也，病得之忧也。

齐郎中令循病，众医皆以为蹷入中，而刺之。臣意诊之，曰："涌疝也，令人不得前后溲。"循曰："不得前后溲三日矣。"臣意饮以火齐汤，一饮得前溲，再饮大溲，三饮而疾愈。病得之内。所以知循病者，切其脉时，右口气急，脉无五藏气，右口脉大而数。数者中下热而湧，左为下，右为上，皆无五藏应，故曰湧疝。中热，故溺赤也。

齐中御府长信病，臣意入诊其脉，告曰："热病气也。然暑汗，脉少衰，不死。"曰："此病得之当浴流水而寒甚，已则热。"信曰："唯，然！往冬时，为王使于楚，至莒县阳周水，而莒桥梁颇坏，信则揽车辕未欲渡也，马惊，即堕，信身入水中，几死，吏即来救信，出之水中，衣尽濡，有间而身寒，已热如火，至今不可以见寒。"臣意即为之液汤火齐逐热，一饮汗尽，再饮热去，三饮病已。即使服药，出入二十日，身无病者。所以知信之病者，切其脉时，并阴。脉法曰"热病阴阳交者死"。切之不交，并阴。并阴者，脉顺清而愈，其热虽未尽，犹活也。肾气有时间浊，在太阴脉口而希，是水气也。肾固主水，故以此知之。失治一时，即转为寒热。

齐王太后病，召臣意入诊脉，曰："风瘅客脬，难于大小溲，溺赤。"臣意饮以火齐汤，一饮即前后溲，再饮病已，溺如故。病得之流汗出湑。湑者，去衣而汗晞也。所以知齐王太后病者，臣意诊其脉，切其太阴之口，湿然风气也。脉法曰"沈之而大坚，浮之而大紧者，病主在肾"。肾切之而相反也，脉大而躁。大者，膀胱气也；躁者，中有热而溺赤。

齐章武里曹山跗病，臣意诊其脉，曰："肺消瘅也，加以寒热。"即告其人曰："死，不治。适其共养，此不当医治。"法曰"后三日而当狂，妄起行，欲走；后五日死"。即如期死。山跗病得之盛怒而以接内。所以知山跗之病者，臣意切其脉，肺气热也。脉法曰"不平不鼓，形獘"。此五藏高之远数以经病也，故切之时不平而代。不平者，血不居其处；代者，时参击并至，乍躁乍大也。此两络脉绝，故死不治。所以加寒热者，言其人尸夺。尸夺者，形獘；形獘者，不当关灸镵石及饮毒药也。臣意未往诊时，齐太医先诊山跗病，灸其足少阳脉口，而饮之半夏丸，病者即泄注，腹中虚；又灸其少阴脉，是坏肝刚绝深，如是重损病者气，以故加寒热。所以后三日而当狂者，肝一络连属结绝乳下阳明，故络绝，开阳明脉，阳明脉伤，即当狂走。后五日死者，肝与心相去五分，故曰五日尽，尽即死矣。

齐中尉潘满如病少腹痛，臣意诊其脉，曰："遗积瘕也。"臣意即谓齐太仆臣饶、内史臣繇曰："中尉不复自止于内，则三十日死。"后二十余日，溲血死。病得之酒且内。所以知潘满如病者，臣意切其脉深小弱，其卒然合合也，是脾气也。右脉口气至紧小，见瘕气也。以次相乘，故三十日死。三阴俱抟者，如法；不俱抟者，决在急期；一抟一代者，近也。故其三阴抟，溲血如前止。

阳虚侯相赵章病，召臣意。众医皆以为寒中，臣意诊其脉曰："迵风。"迵风者，饮食下嗌而辄出不留。法曰"五日死"，而后十日乃死。病得之酒。所以知赵章之病者，臣意切其脉，脉来滑，是内风气也。饮食下嗌而辄出不留者，法五日死，皆为前分界法。后十日乃死，所以过期者，其人嗜粥，故中藏实，中藏实故过期。师言曰"安谷者过期，不安谷者不及期"。

济北王病，召臣意诊其脉，曰："风蹶胸满。"即为药酒，尽三石，病已。得之汗出伏地。所以知济北王病者，臣意切其脉时，风气也，心脉浊。病法"过入其阳，阳气尽而阴气入"。阴气入张，则寒气上而热气下，故胸满。汗出伏地者，切其脉，气阴。阴气者，病必入中，出及瀺水也。

齐北宫司空命妇出于病，众医皆以为风入中，病主在肺，刺其足少阳脉。臣意诊其脉，曰："病气疝，客于膀胱，难于前后溲，而溺赤。病见寒气则遗溺，使人腹肿。"出于病得之欲溺不得，因以接内。所以知出于病者，切其脉大而实，其来难，是蹶阴之动也。脉来难者，疝气之客于膀胱也。腹之所以肿者，言蹶阴之络结小腹也。蹶阴有过则脉结动，动则腹肿。臣意即灸其足蹶阴之脉，左右各一所，即不遗溺而溲清，小腹痛止。即更为火齐汤以饮之，三日而疝气散，即愈。

故济北王阿母自言足热而懑，臣意告曰："热蹶也。"则刺其足心各三所，案之无出血，病旋已。病得之饮酒大醉。

济北王召臣意诊脉诸女子侍者，至女子竖，竖无病。臣意告永巷长曰："竖伤脾，不可劳，法当春呕血死。"臣意言王曰："才人女子竖何能？"王曰："是好为方，多伎能，为所是案法新，往年市之民所，四百七十万，曹偶四人。"王曰："得毋有病乎？"臣意对曰："竖病重，在死法中。"王召视之，其颜色不变，以为不然，不卖诸侯所。至春，竖奉剑从王之厕，王去，竖后，王令人召之，即仆于厕，呕血死。病得之流汗。流汗者，法病内重，毛发而色泽，脉不衰，此亦内之病也。

齐中大夫病龋齿，臣意灸其左大阳明脉，即为苦参汤，日嗽三升，出入五六日，病已。得之风，及卧开口，食而不嗽。

菑川王美人怀子而不乳，来召臣意。臣意往，饮以莨菪药一撮，以酒饮之，旋乳。臣意复诊其脉，而脉躁。躁者有余病，即饮以消石一齐，出血，血如豆比五六枚。

齐丞相舍人奴从朝入宫，臣意见之食闺门外，望其色有病气。臣意即告宦者平。平好为脉，学臣意所，臣意即示之舍人奴病，告之曰："此伤脾气也，当至春鬲塞不通，不能食饮，法至夏泄血死。"宦者平即往告相曰："君之舍人奴有病，病重，死期有日。"相君曰："卿何以知之？"曰："君朝时入宫，君之舍人奴尽食闺门外，平与仓公立，即示平曰，病如是者死。"相即召舍人而谓之曰："公奴有病不？"舍人曰："奴无病，身无痛者。"至春果病，至四月，泄血死。所以知奴病者，脾气周乘五藏，伤部而交，故伤脾之色也，望之杀然黄，察之如死青之兹。众医不知，以为大虫，不知伤脾。所以至春死病者，胃气黄，黄者土气也，土不胜木，故至春死。所以至夏死者，脉法曰"病重而脉顺清者曰内关"，内关之病，人不知其所痛，心急然无苦。若加以一病，死中春；一愈顺，及一时。其所以四月死者，诊其人时愈顺。愈顺者，人尚肥也。奴之病得之流汗数出，炙于火而以出见大风也。

菑川王病，召臣意诊脉，曰："蹶上为重，头痛身热，使人烦漕。"臣意即以寒水拊其头，刺足阳明脉，左右各三所，病旋已。病得之沐发未干而卧。诊如前，所以蹶，头热至肩。

齐王黄姬兄黄长卿家有酒召客，召臣意。诸客坐，未上食。臣意望见王后弟宋建，告曰："君有病，往四五日，君要胁痛不可俯仰，又不得小溲。不亟治，病即入濡肾。及其未舍五藏，急治之。病方今客肾濡，此所谓'肾痹'也。"宋建曰："然，建故有要脊痛。往四五日，天雨，黄氏诸倩见建家京下方石，即弄之，建亦欲效之，效之不能起，即复置之。暮，要脊痛，不得溺，至今不愈。"建病得之好持重。所以知建病者，臣意见其色，太阳色干，肾部上及界要以下者枯四分所，故以往四五日知其发也。臣意即为柔汤使服之，十八日所而病愈。

济北王侍者韩女病要背痛，寒热，众医皆以为寒热也。臣意诊脉，曰："内寒，月事不下也。"即窜以药，旋下，病已。病得之欲男子而不可得也。所以知韩女之病者，诊其脉时，切之，肾脉也，啬而不属。啬而不属者，其来难，坚，故曰月不下。肝脉弦，出左口，故曰欲男子不可得也。

临菑泛里女子薄吾病甚，众医皆以为寒热笃，当死，不治。臣意诊其脉，曰："蛲瘕。"蛲瘕为病，腹大，上肤黄粗，循之戚戚然。臣意饮以芫华一撮，即出蛲可数升，病已，三十日如故。病蛲得之于寒湿，寒湿气宛笃不发，化为虫。臣意所以知薄吾病者，切其脉，循其尺，其尺索刺粗，而毛美奉发，是虫气也。其色泽者，中藏无邪气及重病。

齐淳于司马病，臣意切其脉，告曰："当病迵风。迵风之状，饮食下嗌辄后之。病得之饱食而疾走。"淳于司马曰："我之王家食马肝，食饱甚，见酒来，即走去，驱疾至舍，即泄数十出。"臣意告曰："为火齐米汁饮之，七八日而当愈。"时医秦信在旁，臣意去，信谓左右阁都尉曰："意以淳于司马病为何？"曰："以为迵风，可治。"信即笑曰："是不知也。淳于司马病，法当后九日死。"即后九日不死，其家复召臣意。臣意往问之，尽如意诊。臣即为一火齐米汁，使服之，七八日病已。所以知之者，诊其脉时，切之，尽如法。其病顺，故不死。

齐中郎破石病，臣意诊其脉，告曰："肺伤，不治，当后十日丁亥溲血死。"即后十一日，溲血而死。破石之病，得之堕马僵石上。所以知破石之病者，切其脉，得肺阴气，其来散，数道至而不一也。色又乘之。所以知其堕马者，切之得番阴脉。番阴脉入虚里，乘肺脉。肺脉散者，固色变也乘也。所以不中期死者，师言曰："病者安谷即过期，不安谷则不及期。"其人嗜黍，黍主肺，故过期。所以溲血者，诊脉法曰"病养喜阴处者顺死，养喜阳处者逆死"。其人喜自静，不躁，又久安坐，伏几而寐，故血下泄。

齐王侍医遂病，自练五石服之。臣意往过之，遂谓意曰："不肖有病，幸诊遂也。"臣意即诊之，告曰："公病中热。论曰'中热不溲者，不可服五石'。石之为药精悍，公服之不得数溲，亟勿服。色将发臃。"遂曰："扁鹊曰'阴石以治阴病，阳石以治阳病。'夫药石者有阴阳水火之齐，故中热，即为阴石柔齐治之；中寒，即为阳石刚齐治之。"臣意曰："公所论远矣。扁鹊虽言若是，然必审诊，起度量，立规矩，称权衡，合色脉表里有余不足顺逆之法，参其人动静与息相应，乃可以论。论曰'阳疾处内，阴形应外者，不加悍药及镵石'。夫悍药入中，则邪气辟矣，而宛气愈深。诊法曰'二阴应外，一阳接内者，不可以刚药'。刚药入则动阳，阴病益衰，阳病益箸，邪气流行，为重困于俞，忿发为疽。"意告之后百余日，果为疽发乳上，入缺盆，死。此谓论之大体也，必有经纪。拙工有一不习，文理阴阳失矣。

齐王故为阳虚侯时，病甚，众医皆以为蹶。臣意诊脉，以为痹，根在右胁下，大如覆杯，令人喘，逆气不能食。臣意即以火齐粥且饮，六日气下；即令更服丸药，出入六日，病已。病得之内。诊之时不能识其经解，大识其病所在。

臣意尝诊安阳武都里成开方，开方自言以为不病，臣意谓之病苦沓风，三岁四支不能自用，使人瘖，瘖即死。今闻其四支不能用，瘖而未死也。病得之数饮酒以见大风气。所以知成开方病者，诊之，其脉法奇咳言曰“藏气相反者死”。切之，得肾反肺，法曰“三岁死”也。

安陵阪里公乘项处病，臣意诊脉，曰：“牡疝。”牡疝在鬲下，上连肺。病得之内。臣意谓之：“慎毋为劳力事，为劳力事则必呕血死。”处后蹴踘，要蹶寒，汗出多，即呕血。臣意复诊之，曰：“当旦日日夕死。”即死。病得之内。所以知项处病者，切其脉得番阳。番阳入虚里，处旦日死。一番一络者，牡疝也。

臣意曰：他所诊期决死生及所治已病众多，久颇忘之，不能尽识，不敢以对。

问臣意：“所诊治病，病名多同而诊异，或死或不死，何也？”对曰：“病名多相类，不可知，故古圣人为之脉法，以起度量，立规矩，县权衡，案绳墨，调阴阳，别人之脉各名之，与天地相应，参合于人，故乃别百病以异之，有数者能异之，无数者同之。然脉法不可胜验，诊疾人以度异之，乃可别同名，命病主在所居。今臣意所诊者，皆有诊籍。所以别之者，臣意所受师方适成，师死，以故表籍所诊，期决死生，观所失所得者合脉法，以故至今知之。”

问臣意曰：“所期病决死生，或不应期，何故？”对曰：“此皆饮食喜怒不节，或不当饮药，或不当针灸，以故不中期死也。”

问臣意：“意方能知病死生，论药用所宜，诸侯王大臣有尝问意者不？及文王病时，不求意诊治，何故？”对曰：“赵王、胶西王、济南王、吴王皆使人来召臣意，臣意不敢往。文王病时，臣意家贫，欲为人治病，诚恐吏以除拘臣意也，故移名数，左右不修家生，出行游国中，问善为方数者事之久矣，见事数师，悉受其要事，尽其方书意，及解论之。身居阳虚侯国，因事侯。侯入朝，臣意从之长安，以故得诊安陵项处等病也。”

问臣意：“知文王所以得病不起之状？”臣意对曰：“不见文王病，然窃闻文王病喘，头痛，目不明。臣意心论之，以为非病也。以为肥而蓄精，身体不得摇，骨肉不相任，故喘，不当医治。脉法曰‘年二十脉气当趋，年三十当疾步，年四十当安坐，年五十当安卧，年六十已上气当大董’。文王年未满二十，方脉气之趋也而徐之，不应天道四时。后闻医灸之即笃，此论病之过也。臣意论之，以为神气争而邪气入，非年少所能复之也，以故死。所谓气者，当调饮食，择晏日，车步广志，以适筋骨肉血脉，以泻气。故年二十，是谓‘易贸’，法不当砭灸，砭灸至气逐。”

问臣意：“师庆安受之？闻于齐诸侯不？”对曰：“不知庆所师受。庆家富，善为医，不肯为人治病，当以此故不闻。庆又告臣意曰：‘慎毋令我子孙知若学我方也。’”

问臣意：“师庆何见于意而爱意，欲悉教意方？”对曰：“臣意不闻师庆为方善也。意所以知庆者，意少时好诸方事，臣意试其方，皆多验，精良。臣意闻菑川唐里公孙光善为古传方，臣意即往谒之。得见事之，受方化阴阳及传语法，臣意悉受书之。臣意欲尽受他精方，公孙光曰：‘吾方尽矣，不为爱公所。吾身已衰，无所复事之。是吾年少所受妙方也，悉与公，毋以教人。’臣意曰：‘得见事侍公前，悉得禁方，幸甚。意死不敢妄传人。’居有间，公孙光闲处，臣意深论方，见言百世为之精也。师光喜曰：‘公必为国工。吾有所善者皆疏，同产处临菑，善为方，吾不若，其方甚奇，非世之所闻也。吾年中时，尝欲受其方，杨中倩不肯，曰“若非其人也”。胥与公往见之，当知公喜方也。其人亦老矣，其家给富。’时者未往，会庆子男殷来献马，因师光奏马王所，意以故得与殷善。光又属意于殷曰：‘意好数，公必谨遇之，其人圣儒。’即为书以意属阳庆，以故知庆。臣意事庆谨，以故爱意也。”

问臣意曰：“吏民尝有事学意方，及毕尽得意方不？何县里人？”对曰：“临菑人宋邑。邑学，臣意教以五诊，岁余。济北王遣太医高期、王禹学，臣意教以经脉高下及奇络结，当论俞所居，及气当上下出入邪逆顺，以宜镵石，定砭灸处，岁余。菑川王时遣太仓马长冯信正方，臣意教以案法逆顺，论药法，定五味及和齐汤法。高永侯家丞杜信，喜脉，来学，臣意教以上下经脉五诊，二岁余。临菑召里唐安来学，臣意教以五诊上下经脉，奇咳，四时应阴阳重，未成，除为齐王侍医。”

问臣意：“诊病决死生，能全无失乎？”臣意对曰：“意治病人，必先切其脉，乃治之。败逆者不可治，其顺者乃治之。心不精脉，所期死生视可治，时时失之，臣意不能全也。”

太史公曰：女无美恶，居宫见妒；士无贤不肖，入朝见疑。故扁鹊以其伎见殃，仓公乃匿迹自隐而当刑。缇萦通尺牍，父得以后宁。故老子曰“美好者不祥之器”，岂谓扁鹊等邪？若仓公者，可谓近之矣。

司马迁撰：《史记》，中华书局1982年版，第2785–2817页

淮南衡山列传

王有孽子不害，最长，王弗爱，王、王后、太子皆不以为子兄数。不害有子建，材高有气，常怨望太子不省其父；又怨时诸侯皆得分子弟为侯，而淮南独二子，一为太子，建父独不得为侯。建阴结交，欲告败太子，以其父代之。太子知之，数捕系而榜笞建。建具知太子之谋欲杀汉中尉，即使所善寿春庄芷以元朔六年上书于天子曰：“毒药苦于口利于病，忠言逆于耳利于行。今淮南王孙建，材能高，淮南王王后荼、荼子太子迁常疾害建。建父不害无罪，擅数捕系，欲杀之。今建在，可征问，具知淮南阴事。”

司马迁撰：《史记》，中华书局1982年版，第3088页

日者列传

司马季主者，楚人也。卜于长安东市。

宋忠为中大夫，贾谊为博士，同日俱出洗沐，相从论议，诵易先王圣人之道术，究遍人情，相视而叹。贾谊曰：“吾闻古之圣人，不居朝廷，必在卜医之中。今吾已见三公九卿朝士大夫，皆可知矣。试之卜数中以观采。”二人即同舆而之市，游于卜肆中。天新雨，道

少人，司马季主间坐，弟子三四人侍，方辩天地之道，日月之运，阴阳吉凶之本。二大夫再拜谒。司马季主视其状貌，如类有知者，即礼之，使弟子延之坐。坐定，司马季主复理前语，分别天地之终始，日月星辰之纪，差次仁义之际，列吉凶之符，语数千言，莫不顺理。

司马迁撰：《史记》，中华书局1982年版，第3215页

且夫卜筮者，埽除设坐，正其冠带，然后乃言事，此有礼也。言而鬼神或以飨，忠臣以事其上，孝子以养其亲，慈父以畜其子，此有德者也。而以义置数十百钱，病者或以愈，且死或以生，患或以免，事或以成，嫁子娶妇或以养生：此之为德，岂直数十百钱哉！此夫老子所谓“上德不德，是以有德”。今夫卜筮者利大而谢少，老子之云岂异于是乎？

司马迁撰：《史记》，中华书局1982年版，第3219页

龟策列传

卜先以造灼钻，钻中已，又灼龟首，各三；又复灼所钻中曰正身，灼首曰正足，各三。即以造三周龟，祝曰：“假之玉灵夫子。夫子玉灵，荆灼而心，令而先知。而上行于天，下行于渊，诸灵数箣，莫如汝信。今日良日，行一良贞。某欲卜某，即得而喜，不得而悔。即得，发乡我身长大，首足收人皆上偶。不得，发乡我身挫折，中外不相应，首足灭去。”

灵龟卜祝曰：“假之灵龟，五巫五灵，不如神龟之灵，知人死，知人生。某身良贞，某欲求某物。即得也，头见足发，内外相应；即不得也，头仰足肣，内外自垂。可得占。”

卜占病者祝曰：“今某病困。死，首上开，内外交骇，身节折；不死，首仰足肣。”卜病者祟曰：“今病有祟无呈，无祟有呈。兆有中祟有内，外祟有外。”

司马迁撰：《史记》，中华书局1982年版，第3240–3241页

卜岁中民疫不疫。疫，首仰足肣，身节有强外；不疫，身正首仰足开。……

命曰横吉安。以占病，病甚者一日不死；不甚者卜日瘳，不死。系者重罪不出，轻罪环出；过一日不出，久毋伤也。……民疾疫无疾。……

命曰呈兆。病者不死。……

命曰柱彻。卜病不死。……

命曰首仰足肣有内无外。占病，病甚不死。系者解。……

命曰首仰足肣有内无外。占病，病甚不死。系者不出。……民疾疫有病甚。……

命曰呈兆首仰足肣。以占病，不死。……民病疫。……

命曰呈兆首仰足开。以占病，病笃死。……民疾疫有而少。……

命曰首仰足肣。以占病，不死。……民疾疫少。……

命曰首仰足开有内。以占病者，死。系者出。……民疾疫有而少。……

命曰横吉内外自桥。以占病，卜日毋瘳死。……民疫无疾。……

命曰横吉内外自吉。以占病，病者死。……民疾疫。……

命曰渔人。以占病者，病者甚，不死。系者出。……民疾疫。……

命曰首仰足肣内高外下。以占病，病者甚，不死。系者不出。……居家室多忧病。岁大孰。民疾疫。……

命曰横吉上有仰下有柱。病久不死。系者不出。……民疾疫。……

命曰横吉榆仰。以占病，不死。系者不出。……岁中有疾疫……

命曰横吉下有柱。以占病，病甚不环有瘳无死。系者出。……民毋疾疫。……

命曰载所。以占病，环有瘳无死。系者出。……民毋疾疫。……

命曰根格。以占病者，不死。系久毋伤。……民疾疫无死。……

命曰首仰足肣外高内下。卜有忧，无伤也。行者不来。病久死。……

命曰外高内下。卜病不死，有祟。……

命曰头见足发有内外相应。以占病者，起。系者出。……

命曰呈兆首仰足开。以占病，病甚死。系者出，有忧。……民疾疫无死。……

命曰呈兆首仰足开外高内下。以占病，不死，有外祟。系者出，有忧。……民疾疫有兵。……

命曰首仰足肣身折内外相应。以占病，病甚不死。系者久不出。……民疾疫。岁中。……

命曰内格外垂。行者不行。来者不来。病者死。系者不出。……

命曰横吉内外相应自桥榆仰上柱足肣。以占病，病甚不死。……民疾疫有兵。……

命曰头仰足肣内外自垂。卜忧病者甚，不死。……

……

命曰横吉内外自举。以占病者，久不死。……

命曰内高外下疾轻足发。……

……病者死。

……病者久不死。……

此横吉上柱外内自举足肣。以卜有求得。病不死。系者毋伤，未出。……

此横吉上柱外内自举柱足以作。以卜有求得。病死环起。……

此挺诈有外。以卜有求不得。病不死，数起。……

此挺诈有内。以卜有求不得。病不死，数起。……

此挺诈内外自举。以卜有求得。病不死。……

此狐狢。以卜有求不得。病死，难起。……

此狐彻。以卜有求不得。病者死。……

此首俯足肣身节折。以卜有求不得。病者死。……

此挺内外自垂。以卜有求不晦。病不死，难起。……

此横吉榆仰首俯。以卜有求难得。病难起，不死。……

此横吉上柱载正身节折内外自举。以卜病者，卜日不死，其一日乃死。

此横吉上柱足肣内自举外自垂。以卜病者，卜日不死，其一日乃死。

首俯足诈有外无内。病者占龟未已，急死。卜轻失大，一日不死。

首仰足肣。以卜有求不得。以系有罪。人言语恐之毋伤。行不行。见人不见。

大论曰：外者人也，内者自我也；外者女也，内者男也。首俛者忧。大者身也，小者枝也。大法，病者，足肣者生，足开者死。行者，足开至，足肣者不至。行者，足肣不行，足开行。有求，足开得，足肣者不得。系者，足肣不出，开出。其卜病也，足开而死者，内高而外下也。

司马迁撰：《史记》，中华书局1982年版，第3242–3251页

太史公自序

扁鹊言医，为方者宗，守数精明；后世序，弗能易也，而仓公可谓近之矣。作扁鹊仓公列传第四十五。

司马迁撰：《史记》，中华书局1982年版，第3316页

汉　书

班　固

平帝纪

诏曰："……郡国大旱，蝗，青州尤甚，民流亡。安汉公、四辅、三公、卿大夫、吏民为百姓困乏献其田宅者二百三十人，以口赋贫民。遣使者捕蝗，民捕蝗诣吏，以石斠受钱。天下民赀不满二万，及被灾之郡不满十万，勿租税。民疾疫者，舍空邸第，为置医药。赐死者一家六尸以上葬钱五千，四尸以上三千，二尸以上二千。罢安定呼池苑，以为安民县，起官寺市里，募徙贫民，县次给食。至徙所，赐田宅什器，假与犁、牛、种、食。又起五里于长安城中，宅二百区，以居贫民。"

班固撰：《汉书》，中华书局2007年版，第90–91页

百官公卿表

奉常，秦官，掌宗庙礼仪，有丞。景帝中六年更名太常。属官有太乐、太祝、太宰、太史、太卜、太医六令丞，又均官、都水两长丞，又诸庙寝园食官令长丞，有廱太宰、太祝令丞，五畤各一尉。

班固撰：《汉书》，中华书局2007年版，第103页

少府，秦官，掌山海池泽之税，以给共养，有六丞。属官有尚书、符节、太医、太官、汤官、导官、乐府、若卢、考工室、左弋、居室、甘泉居室、左右司空、东织、西织、东园匠十六官令丞，又胞人、都水、均官三长丞，又上林中十池监，又中书谒者、黄门、钩盾、尚方、御府、永巷、内者、宦者八官令丞。诸仆射、署长、

中黄门皆属焉。

班固撰：《汉书》，中华书局2007年版，第104页

食货志

出入相友，守望相助，疾病相救，民是以和睦，而教化齐同，力役生产可得而平也。

班固撰：《汉书》，中华书局2007年版，第157页

又以《周官》税民：凡田不耕为不殖，出三夫之税；城郭中宅不树艺者为不毛，出三夫之布；民浮游无事，出夫布一匹。其不能出布者，冗作，县官衣食之。诸取众物鸟兽鱼鳖百虫于山林、水泽及畜牧者，嫔妇桑蚕织纴纺绩补缝，工匠医巫卜祝及它方技商贩贾人坐肆列里区谒舍，皆各自占所为于其所之县官，除其本，计其利，十一分之，而以其一为贡。敢不自占，自占不以实者，尽没入所采取，而作县官一岁。

……

羲和鲁匡言："名山大泽，盐铁钱布帛，五均赊贷，斡在县官，唯酒酤独未斡。酒者，天之美禄，帝王所以颐养天下，享祀祈福，扶衰养疾。"

班固撰：《汉书》，中华书局2007年版，第173页

羲和置命士督五均六斡，郡有数人，皆用富贾。洛阳薛子仲、张长叔、临菑姓伟等，乘传求利，交错天下。因与郡县通奸，多张空簿，府臧不实，百姓俞病。莽知民苦之，复下诏曰："夫盐，食肴之将；酒，百药之长，嘉会之好；铁，田农之本；名山大泽，饶衍之臧；五均赊贷，百姓所取平，卬以给澹；铁布铜冶，通行有无，备民用也。此六者，非编户齐民所能家作，必卬于市，虽贵数倍，不得不买。豪民富贾，即要贫弱，先圣知其然也，故斡之。每一斡为设科条防禁，犯者罪至死。"奸吏猾民并侵，众庶各不安生。

班固撰：《汉书》，中华书局2007年版，第174页

郊祀志

武帝初即位，尤敬鬼神之祀。

……

明年，上初至雍，郊见五畤。后常三岁一郊。是时上求神君，舍之上林中磃氏馆。神君者，长陵女子，以乳死，见神于先后宛若。宛若祠之其室，民多往祠。平原君亦往祠，其后子孙以尊显。及上即位，则厚礼置祠之内中。闻其言，不见其人云。

是时，李少君亦以祠灶、谷道、却老方见上，上尊之。少君者，故深泽侯人，主方。匿其年及所生长。常自谓七十，能使物，却老。其游以方遍诸侯。无妻子。人闻其能使物及不死，更馈遗之，常余金钱衣食。人皆以为不治产业而饶给，又不知其何所人，愈信，争事之。少君资好方，善为巧发奇中。常从武安侯宴，坐中有年九十余老人，少君乃言与其大父游射处，老人为儿从其大父，识其处，一坐尽惊。少君见上，上有故铜器，问少君。少君曰："此器齐桓公十年陈于柏寝。"已而按其刻，果齐桓公器。一宫尽骇，以为少君神，数百岁人也。少君言上："祠灶皆可致物，致物而丹沙可化为黄金，黄金成以为饮食器则益寿，益寿而海中蓬莱仙者乃可见之，以封禅则不死，黄帝是也。臣尝游海上，见安期生，安期生食臣枣，大如瓜。安期生仙者，通蓬莱中，合则见人，不合则隐。"于是天子始亲祠灶，遣方士入海求蓬莱安期生之属，而事化丹沙诸药齐为黄金矣。久之，少君病死。天子以为化去不死也，使黄锤史宽舒受其方，而海上燕齐怪迂之方士多更来言神事矣。

班固撰：《汉书》，中华书局2007年版，第182页

其后又作柏梁、铜柱、承露仙人掌之属矣。

文成死明年，天子病鼎湖甚，巫医无所不致。游水发根言上郡有巫，病而鬼下之。上召置祠之甘泉。及病，使人问神君，神君言曰："天子无忧病。病少愈，强与我会甘泉。"于是上病愈，遂起，

幸甘泉，病良已。大赦，置寿宫神君。神君最贵者曰太一，其佐曰太禁、司命之属，皆从之，非可得见，闻其言，言与人音等。时去时来，来则风肃然。居室帷中，时昼言，然常以夜。天子祓，然后入。因巫为主人，关饮食，所欲言，行下。又置寿宫、北宫，张羽旗，设共具，以礼神君。神君所言，上使受书，其名曰“画法”。其所言，世俗之所知也，无绝殊者，而天子心独喜。其事秘，世莫知也。

……

其春，乐成侯上书言栾大。栾大，胶东宫人，故尝与文成将军同师，已而为胶东王尚方。而乐成侯姊为康王后，无子。王死，它姬子立为王，而康后有淫行，与王不相中，相危以法。康后闻文成死，而欲自媚于上，乃遣栾大入，因乐成侯求见言方。天子既诛文成，后悔其方不尽，乃见栾大，大说。大为人长美，言多方略，而敢为大言，处之不疑。大言曰：“臣常往来海中，见安期、羡门之属，顾以臣为贱，不信臣。又以为康王诸侯耳，不足与方。臣数以言康王，康王又不用臣。臣之师曰：‘黄金可成，而河决可塞，不死之药可得，仙人可致也。’然臣恐效文成，则方士皆掩口，恶敢言方哉！”上曰：“文成食马肝死耳。子诚能修其方，我何爱乎！”大曰：“臣师非有求人，人者求之。陛下必欲致之，则贵其使者，令为亲属，以客礼待之，勿卑。使各佩其信印，乃可使通言于神人。神人尚肯邪不邪，尊其使然后可致也。”于是上使验小方，斗棋，棋自相触击。

……

于是五利常夜祠其家，欲以下神。后装治行，东入海求其师云。大见数月，佩六印，贵震天下，而海上燕齐之间，莫不搤掔而自言有禁方能神仙矣。

……

入海求蓬莱者，言蓬莱不远，而不能至者，殆不见其气。上乃遣望气佐候其气云。

……

齐人公孙卿曰："今年得宝鼎，其冬辛巳朔旦冬至，与黄帝时等。"卿有札书曰："黄帝得宝鼎冕候，问于鬼臾区，鬼臾区对曰：'黄帝得宝鼎神策，是岁己酉朔旦冬至，得天之纪，终而复始。'于是黄帝迎日推策，后率二十岁复朔旦冬至，凡二十推，三百八十年，黄帝仙登于天。"卿因所忠欲奏之。所忠视其书不经，疑其妄言，谢曰："宝鼎事已决矣。尚何以为？"卿因嬖人奏之。上大说，乃召问卿。对曰："受此书申公，申公已死。"上曰："申公何人也？"卿曰："齐人，与安期生通，受黄帝言，无书，独有此鼎书。曰'汉兴复当黄帝之时'。曰'汉之圣者，在高祖之孙且曾孙也。宝鼎出而与神通，封禅。封禅七十二王，唯黄帝得上泰山封'。申公曰：'汉帝亦当上封，上封则能仙登天矣。黄帝万诸侯，而神灵之封君七千。天下名山八，而三在蛮夷，五在中国。中国华山、首山、太室山、泰山、东莱山，此五山黄帝之所常游，与神会。黄帝且战且学仙，患百姓非其道，乃断斩非鬼神者。百余岁然后得与神通。黄帝郊雍上帝，宿三月。鬼臾区号大鸿，死葬雍，故鸿冢是也。其后黄帝接万灵明庭。明庭者，甘泉也。所谓寒门者，谷口也。黄帝采首山铜，铸鼎于荆山下。鼎既成，有龙垂胡髯下迎黄帝。黄帝上骑，群臣后宫从上龙七十余人，龙乃上去。余小臣不得上，乃悉持龙髯，龙髯拔，堕，堕黄帝之弓。百姓印望黄帝既上天，乃抱其弓与龙髯号，故后世因名其处曰鼎湖，其弓曰乌号。'"于是天子曰："嗟乎！诚得如黄帝，吾视去妻子如脱屣耳。"拜卿为郎，使东候神于太室。

……

上遂东巡海上，行礼祠八神。齐人之上疏言神怪、奇方者以万数，乃益发船，令言海中神山者数千人求蓬莱神人。公孙卿持节常先行候名山，至东莱，言夜见大人，长数丈，就之则不见，见其迹甚大，类禽兽云。群臣有言见一老父牵狗，言"吾欲见巨公"，已忽不见。上既见大迹，未信，及群臣又言老父，则大以为仙人也。宿留海上，与方士传车及间使求神仙人以千数。

……

其春，公孙卿言见神人东莱山，若云“欲见天子”。天子于是幸缑氏城，拜卿为中大夫。遂至东莱，宿，留之数日，毋所见，见大人迹云。复遣方士求神人采药以千数。是岁旱。天子既出亡名，乃祷万里沙，过祠泰山。还至瓠子，自临塞决河，留二日，湛祠而去。

班固撰：《汉书》，中华书局2007年版，第183–187页

公孙卿曰：“仙人可见，上往常遽，以故不见。今陛下可为馆如缑氏城，置脯枣，神人宜可致。且仙人好楼居。”于是上令长安则作飞廉、桂馆，甘泉则作益寿、延寿馆，使卿持节设具而候神人。乃作通天台，置祠具其下，将招来神仙之属。于是甘泉更置前殿，始广诸宫室。夏，有芝生甘泉殿房内中。天子为塞河，兴通天，若有光云，乃下诏赦天下。

班固撰：《汉书》，中华书局2007年版，第188页

成帝末年，颇好鬼神……上善其言。

班固撰：《汉书》，中华书局2007年版，第194页

天文志

东南，民有疾疫，岁恶。

班固撰：《汉书》，中华书局2007年版，第205页

田氏篡齐，三家分晋，并为战国，争于攻取，兵革递起，城邑数屠，因以饥馑疾疫愁苦，臣主共忧患，其察禨祥候星气尤急。

班固撰：《汉书》，中华书局2007年版，第209页

后元年五月壬午，火、金合于舆鬼之东北，不至柳，出舆鬼北可五寸。占曰：“为铄，有丧。舆鬼，秦也。”丙戌，地大动，铃铃然，民大疫死，棺贵，至秋止。

班固撰：《汉书》，中华书局2007年版，第211页

艺文志

医经者，原人血脉经落骨髓阴阳表里，以起百病之本，死生之分，而用度箴石汤火所施，调百药齐和之所宜。至齐之得，犹磁石取铁，以物相使。拙者失理，以瘉为剧，以生为死。

……

经方者，本草石之寒温，量疾病之浅深，假药味之滋，因气感之宜，辩五苦六辛，致水火之齐，以通闭解结，反之于平。及失其宜者，以热益热，以寒增寒，精气内伤，不见于外，是所独失也。故谚曰："有病不治，常得中医。"

……

房中者，情性之极，至道之际，是以圣王制外乐以禁内情，而为之节文。传曰："先王之所乐，所以节百事也。"乐而有节，则和平寿考。及迷者弗顾，以生疾而陨性命。

……

神仙者，所以保性命之真，而游求于其外者也。聊以荡意平心，同死生之域，而无怵惕于胸中。然而或者专以为务，则诞欺怪迂之文弥以益多，非圣王之所以教也。孔子曰："索隐行怪，后世有述焉，吾不为之矣。"

……

方技者，皆生生之具，王官之一守也。太古有岐伯、俞拊，中世有扁鹊、秦和，盖论病以及国，原诊以知政。汉兴有仓公。今其技术晻昧，故论其书，以序方技为四种。

班固撰：《汉书》，中华书局2007年版，第350–351页

张陈王周传

沛公入秦，宫室帷帐狗马重宝妇女以千数，意欲留居之。樊哙谏，沛公不听。良曰："夫秦为无道，故沛公得至此。为天下除残去

贼，宜缟素为资。今始入秦，即安其乐，此所谓‘助桀为虐’。且‘忠言逆耳利于行，毒药苦口利于病’，愿沛公听樊哙言。”沛公乃还军霸上。

班固撰：《汉书》，中华书局2007年版，第425页

蒯伍江息夫传

哀帝初即位，皇后父特进孔乡侯傅晏与躬同郡，相友善，躬繇是以为援，交游日广。先是，长安孙宠亦以游说显名，免汝南太守，与躬相结，俱上书，召待诏。是时哀帝被疾，始即位，而人有告中山孝王太后祝诅上，太后及弟宜乡侯冯参皆自杀，其罪不明。是后无盐危山有石自立，开道。躬与宠谋曰：“上亡继嗣，体久不平，关东诸侯，心争阴谋。今无盐有大石自立，闻邪臣托往事，以为大山石立而先帝龙兴。东平王云以故与其后日夜祠祭祝诅上，欲求非望。而后舅伍宏反因方术以医技得幸，出入禁门。霍显之谋将行于杯杓，荆轲之变必起于帷幄。事势若此，告之必成；发国奸，诛主仇，取封侯之计也。”躬、宠乃与中郎右师谭，共因中常侍宋弘上变事告焉。上恶之，下有司案验，东平王云、云后谒及伍宏等皆坐诛。上擢宠为南阳太守，谭颍川都尉，弘、躬皆光禄大夫左曹给事中。是时，侍中董贤爱幸，上欲侯之，遂下诏云：“躬、宠因贤以闻，封贤为高安侯，宠为方阳侯，躬为宜陵侯，食邑各千户。赐谭爵关内侯，食邑。”丞相王嘉内疑东平狱事，争不欲侯贤等，语在《嘉传》。嘉固言董贤泰盛，宠、躬皆倾覆有佞邪材，恐必挠乱国家，不可任用。嘉以此得罪矣。

班固撰：《汉书》，中华书局2007年版，第472页

贾谊传

是时，匈奴强，侵边。天下初定，制度疏阔。诸侯王僭儗，地过古制，淮南、济北王皆为逆诛。谊数上疏陈政事，多所欲匡建，

其大略曰："臣窃惟事势，可为痛哭者一，可为流涕者二，可为长太息者六，若其它背理而伤道者，难遍以疏举。进言者皆曰天下已安已治矣，臣独以为未也。曰安且治者，非愚则谀，皆非事实知治乱之体者也。夫抱火厝之积薪之下而寝其上，火未及燃，因谓之安，方今之势，何以异此！本末舛逆，首尾衡决，国制抢攘，非甚有纪，胡可谓治！陛下何不壹令臣得孰数之于前，因陈治安之策，试详择焉！"

班固撰：《汉书》，中华书局2007年版，第487页

天下之势方病大瘇。一胫之大几如要，一指之大几如股，平居不可屈信，一二指搐，身虑亡聊。失今不治，必为锢疾，后虽有扁鹊，不能为已。病非徒瘇也，又苦跋盭。元王之子，帝之从弟也；今之王者，从弟之子也。惠王，亲兄子也；今之王者，兄子之子也。亲者或亡分地以安天下，疏者或制大权以偪天子，臣故曰非徒病瘇也，又苦跋盭。可痛哭者，此病是也。

天下之势方倒县。凡天子者，天下之首，何也？上也。蛮夷者，天下之足，何也？下也。今匈奴嫚娒侵掠，至不敬也，为天下患，至亡已也，而汉岁致金絮采缯以奉之。夷狄征令，是主上之操也；天子共贡，是臣下之礼也。足反居上，首顾居下，倒县如此，莫之能解，犹为国有人乎？非亶倒县而已，又类辟，且病痱。夫辟者一面病，痱者一方痛。今西边北边之郡，虽有长爵不轻得复，五尺以上不轻得息，斥候望烽燧不得卧，将吏被介胄而睡，臣故曰一方病矣。医能治之，而上不使，可为流涕者此也。

班固撰：《汉书》，中华书局2007年版，第489页

爰盎晁错传

陛下幸募民相徙以实塞下，使屯戍之事益省，输将之费益寡，甚大惠也。下吏诚能称厚惠，奉明法，存恤所徙之老弱，善遇其壮士，和辑其心而勿侵刻，使先至者安乐而不思故乡，则贫民相募而

劝往矣。臣闻古之徙远方以实广虚也，相其阴阳之和，尝其水泉之味，审其土地之宜，观其草木之饶，然后营邑立城，制里割宅，通田作之道，正阡陌之界，先为筑室，家有一堂二内，门户之闭，置器物焉，民至有所居，作有所用，此民所以轻去故乡而劝之新邑也。为置医巫，以救疾病，以修祭祀，男女有昏，生死相恤，坟墓相从，种树畜长，室屋完安，此所以使民乐其处而有长居之心也。

臣又闻古之制边县以备敌也，使五家为伍，伍有长；十长一里，里有假士；四里一连，连有假五百；十连一邑，邑有假候：皆择其邑之贤材有护，习地形知民心者，居则习民于射法，出则教民于应敌。故卒伍成于内，则军正定于外。服习以成，勿令迁徙，幼则同游，长则共事。夜战声相知，则足以相救；昼战目相见，则足以相识；驩爱之心，足以相死。如此而劝以厚赏，威以重罚，则前死不还踵矣。所徙之民非壮有材力，但费衣粮，不可用也；虽有材力，不得良吏，犹亡功也。

陛下绝匈奴不与和亲，臣窃意其冬来南也，壹大治，则终身创矣。欲立威者，始于折胶，来而不能困，使得气去，后未易服也。愚臣亡识，唯陛下财察。

班固撰：《汉书》，中华书局2007年版，第502–503页

公孙弘卜式儿宽传

上报曰："古者赏有功，褒有德，守成上文，遭遇右武，未有易此者也。朕夙夜庶几，获承至尊，惧不能宁，惟所与共为治者，君宜知之。盖君子善善及后世，若兹行，常在朕躬。君不幸罹霜露之疾，何恙不已，乃上书归侯，乞骸骨，是章朕之不德也。今事少闲，君其存精神，止念虑，辅助医药以自持。"因赐告牛酒杂帛。居数月，有瘳，视事。

班固撰：《汉书》，中华书局2007年版，第589页

张汤传

元康四年春，安世病，上疏归侯，乞骸骨。天子报曰："将军年老被病，朕甚闵之。虽不能视事，折冲万里，君先帝大臣，明于治乱，朕所不及，得数问焉，何感而上书归卫将军富平侯印？薄朕忘故，非所望也！愿将军强餐食，近医药，专精神，以辅天年。"安世复强起视事，至秋薨。天子赠印绶，送以轻车介士，谥曰敬侯。赐茔杜东，将作穿复土，起冢祠堂。子延寿嗣。

班固撰：《汉书》，中华书局2007年版，第597页

严朱吾丘主父徐严终王贾传

是时，上颇好神仙，故褒对及之。

上令褒与张子侨等并待诏，数从褒等放猎，所幸宫馆，辄为歌颂，第其高下，以差赐帛。议者多以为淫靡不急，上曰："'不有博弈者乎，为之犹贤乎已！'辞赋大者与古诗同义，小者辩丽可喜。辟如女工有绮縠，音乐有郑卫，今世俗犹皆以此虞说耳目，辞赋比之，尚有仁义风谕，鸟兽草木多闻之观，贤于倡优博弈远矣。"顷之，擢褒为谏大夫。

其后太子体不安，苦忽忽善忘，不乐。诏使褒等皆之太子宫虞侍太子，朝夕诵读奇文及所自造作。疾平复，乃归。太子喜褒所为《甘泉》及《洞箫颂》，令后宫贵人左右皆诵读之。

班固撰：《汉书》，中华书局2007年版，第646-647页

杨胡朱梅云传

王孙苦疾，仆迫从上祠雍，未得诣前。愿存精神，省思虑，进医药，厚自持。窃闻王孙先令裸葬，令死者亡知则已，若其有知，是戮尸地下，将裸见先人，窃为王孙不取也。且《孝经》曰"为之

棺椁衣衾”，是亦圣人之遗制，何必区区独守所闻？愿王孙察焉。

班固撰：《汉书》，中华书局2007年版，第669页

隽疏于薛平彭传

哀帝即位，征当为光禄大夫诸吏散骑，复为光禄勋、御史大夫，至丞相。以冬月，赐爵关内侯。明年春，上使使者召，欲封当。当病笃，不应召。室家或谓当：“不可强起受侯印为子孙耶？”当曰：“吾居大位，已负素餐之责矣，起受侯印，还卧而死，死有余罪。今不起者，所以为子孙也。”遂上书乞骸骨。上报曰：“朕选于众，以君为相，视事日寡，辅政未久，阴阳不调，冬无大雪，旱气为灾，朕之不德，何必君罪？君何疑而上书乞骸骨，归关内侯爵邑？使尚书令谭赐君养牛一，上尊酒十石。君其勉致医药以自持。”后月余，卒。子晏以明经历位大司徒，封防乡侯。汉兴，唯韦、平父子至宰相。

班固撰：《汉书》，中华书局2007年版，第713–714页

王贡两龚鲍传

王吉字子阳，琅邪皋虞人也。少好学明经，以郡吏举孝廉为郎，补若卢右丞，迁云阳令。举贤良为昌邑中尉，而王好游猎，驱驰国中，动作亡节，吉上疏谏，曰：

“臣闻古者师日行三十里，吉行五十里，《诗》云：‘匪风发兮，匪车揭兮，顾瞻周道，中心怛兮。’说曰：是非古之风也，发发者；是非古之车也，揭揭者。盖伤之也。今者大王幸方舆，曾不半日而驰二百里，百姓颇废耕桑，治道牵马，臣愚以为民不可数变。昔召公述职，当民事时，舍于棠下而听断焉。是时人皆得其所，后世思其仁恩，至乎不伐甘棠，《甘棠》之诗是也。

“大王不好书术而乐逸游，冯式撙衔，驰骋不止，口倦乎叱咤，手苦于箠辔，身劳乎车舆；朝则冒雾露，昼则被尘埃，夏则为大暑

之所暴炙，冬则为风寒之所匽薄。数以软脆之玉体犯勤劳之烦毒，非所以全寿命之宗也，又非所以进仁义之隆也。

“夫广夏之下，细旃之上，明师居前，劝诵在后，上论唐虞之际，下及殷周之盛，考仁圣之风，习治国之道，䜣䜣焉发愤忘食，日新厥德，其乐岂徒衔橛之间哉！休则俯仰诎信以利形，进退步趋以实下，吸新吐故以练臧，专意积精以适神，于以养生，岂不长哉！大王诚留意如此，则心有尧舜之志，体有乔松之寿，美声广誉登而上闻，则福禄其臻而社稷安矣。”

班固撰：《汉书》，中华书局2007年版，第716页

禹上书曰：“臣禹年老贫穷，家訾不满万钱，妻子穅豆不赡，裋褐不完。有田百三十亩，陛下过意征臣，臣卖田百亩以供车马。至，拜为谏大夫，秩八百石，奉钱月九千二百。廪食太官，又蒙赏赐四时杂缯绵絮衣服酒肉诸果物，德厚甚深。疾病侍医临治，赖陛下神灵，不死而活。又拜为光禄大夫，秩二千石，奉钱月万二千。禄赐愈多，家日以益富，身日以益尊，诚非屮茅愚臣所当蒙也。伏自念终亡以报厚德，日夜惭愧而已。臣禹犬马之齿八十一，血气衰竭，耳目不聪明，非复能有补益，所谓素餐尸禄洿朝之臣也。自痛去家三千里，凡有一子，年十二，非有在家为臣具棺椁者也。诚恐一旦蹎仆气竭，不复自还，洿席荐于宫室，骸骨弃捐，孤魂不归。不胜私愿，愿乞骸骨，及身生归乡里，死亡所恨。”

班固撰：《汉书》，中华书局2007年版，第720页

魏相丙吉传

吉为人深厚，不伐善。自曾孙遭遇，吉绝口不道前恩，故朝廷莫能明其功也。地节三年，立皇太子，吉为太子太傅，数月，迁御史大夫。及霍氏诛，上躬亲政，省尚书事。是时，掖庭宫婢则令民夫上书，自陈尝有阿保之功。章下掖庭令考问，则辞引使者丙吉知状。掖庭令将则诣御史府以视吉。吉识，谓则曰：“汝尝坐养皇曾孙

不谨督笞，汝安得有功？独渭城胡组、淮阳郭徵卿有恩耳。”分别奏组等共养劳苦状。诏吉求组、徵卿，已死，有子孙，皆受厚赏。诏免则为庶人，赐钱十万。上亲见问，然后知吉有旧恩，而终不言。上大贤之，制诏丞相：“朕微眇时，御史大夫吉与朕有旧恩，厥德茂焉。《诗》不云乎：‘亡德不报。’其封吉为博阳侯，邑千三百户。”临当封，吉疾病，上将使人加绋而封之，及其生存也。上忧吉疾不起，太子太傅夏侯胜曰：“此未死也。臣闻有阴德者，必飨其乐以及子孙。今吉未获报而疾甚，非其死疾也。”后病果瘉。吉上书固辞，自陈不宜以空名受赏。上报曰：“朕之封君，非空名也，而君上书归侯印，是显朕之不德也。方今天下少事，君其专精神，省思虑，近医药，以自持。”后五岁，代魏相为丞相。

班固撰：《汉书》，中华书局2007年版，第742–743页

眭两夏侯京翼李传

臣闻之于师曰……今陛下明圣，深怀要道，烛临万方，布德流惠，靡有阙遗。罢省不急之用，振救困贫，赋医药，赐棺钱，恩泽甚厚。又举直言，求过失，盛德纯备，天下幸甚。

臣奉窃学《齐诗》，闻五际之要《十月之交》篇，知日蚀、地震之效昭然可明，犹巢居知风，穴处知雨，亦不足多，适所习耳。臣闻人气内逆，则感动天地；天变见于星气日蚀，地变见于奇物震动。所以然者，阳用其精，阴用其形，犹人之有五臧六体，五臧象天，六体象地。故臧病则气色发于面，体病则欠申动于貌。今年太阴建于甲戌，律以庚寅初用事，历以甲午从春。历中甲庚，律得参阳，性中仁义，情得公正贞廉，百年之精岁也。正以精岁，本首王位，日临中时接律而地大震，其后连月久阴，虽有大令，犹不能复，阴气盛矣。古者朝廷必有同姓以明亲亲，必有异姓以明贤贤，此圣王之所以大通天下也。同姓亲而易进，异姓疏而难通，故同姓一，异姓五，乃为平均。今左右亡同姓，独以舅后之家为亲，异姓之臣又

疏。二后之党满朝，非特处位，势尤奢僭过度，吕、霍、上官足以卜之，甚非爱人之道，又非后嗣之长策也。阴气之盛，不亦宜乎！

班固撰：《汉书》，中华书局2007年版，第752页

赵尹韩张两王传

延寿为吏，上礼义，好古教化，所至必聘其贤士，以礼待用，广谋议，纳谏争；举行丧让财，表孝弟有行；修治学官，春秋乡射，陈钟鼓管弦，盛升降揖让，及都试讲武，设斧钺旌旗，习射御之事，治城郭，收赋租，先明布告其日，以期会为大事，吏民敬畏趋乡之。又置正、五长，相率以孝弟，不得舍奸人。闾里仟佰有非常，吏辄闻知，奸人莫敢入界。其始若烦，后吏无追捕之苦，民无箠楚之忧，皆便安之。接待下吏，恩施甚厚而约誓明。或欺负之者，延寿痛自刻责："岂其负之，何以至此？"吏闻者自伤悔，其县尉至自刺死。及门下掾自刭，人救不殊，因瘖不能言。延寿闻之，对掾史涕泣，遣吏医治视，厚复其家。

班固撰：《汉书》，中华书局2007年版，第764页

盖诸葛刘郑孙毋将何传

宽饶初拜为司马，未出殿门，断其禅衣，令短离地，冠大冠，带长剑，躬案行士卒庐室，视其饮食居处，有疾病者身自抚循临问，加致医药，遇之甚有恩。及岁尽交代，上临飨罢卫卒，卫卒数千人皆叩头自请，愿复留共更一年，以报宽饶厚德。宣帝嘉之，以宽饶为太中大夫，使行风俗，多所称举贬黜，奉使称意。擢为司隶校尉，刺举无所回避，小大辄举，所劾奏众多，廷尉处其法，半用半不用，公卿贵戚及郡国吏繇使至长安，皆恐惧莫敢犯禁，京师为清。

班固撰：《汉书》，中华书局2007年版，第774页

匡张孔马传

上报曰："君以道德修明，位在三公，先帝委政，遂及朕躬。君遵修法度，勤劳公家，朕嘉与君同心合意，庶几有成。今司隶校尉尊妄诋欺，加非于君，朕甚闵焉。方下有司问状，君何疑而上书归侯乞骸骨，是章朕之未烛也。传不云乎？'礼义不愆，何恤人之言！'君其察焉。专精神，近医药，强食自爱。"因赐上尊酒、养牛。衡起视事。

班固撰：《汉书》，中华书局2007年版，第805页

王商史丹傅喜传

丹为人足知，恺弟爱人，貌若傥荡不备，然心甚谨密，故尤得信于上。丹兄嗣父爵为侯，让不受分。丹尽得父财，身又食大国邑，重以旧恩，数见褒赏，赏赐累千金，僮奴以百数，后房妻妾数十人，内奢淫，好饮酒，极滋味声色之乐。为将军前后十六年，永始中病乞骸骨，上赐策曰："左将军寝病不衰，愿归治疾，朕愍以官职之事久留将军，使躬不瘳。使光禄勋赐将军黄金五十斤，安车驷马，其上将军印绶。宜专精神，务近医药，以辅不衰。"

班固撰：《汉书》，中华书局2007年版，第816页

何武王嘉师丹传

会息夫躬、孙宠等因中常侍宋弘上书告东平王云祝诅，又与后舅伍宏谋弑上为逆，云等伏诛，躬、宠擢为吏二千石。是时，侍中董贤爱幸于上，上欲侯之而未有所缘，傅嘉劝上因东平事以封贤。上于是定躬、宠告东平本章，掇去宋弘，更言因董贤以闻，欲以其功侯之，皆先赐爵关内侯。顷之，欲封贤等，上心惮嘉，乃先使皇后父孔乡侯傅晏持诏书视丞相御史。于是嘉与御史大夫贾延上封事

言："窃见董贤等三人始赐爵，众庶匈匈，咸曰贤贵，其余并蒙恩，至今流言未解。陛下仁恩于贤等不已，宜暴贤等本奏语言，延问公卿大夫博士议郎，考合古今，明正其义，然后乃加爵土；不然，恐大失众心，海内引领而议。暴平其事，必有言当封者，在陛下所从；天下虽不说，咎有所分，不独在陛下。前定陵侯淳于长初封，其事亦议。大司农谷永以长当封，众人归咎于永，先帝不独蒙其讥。臣嘉、臣延材驽不称，死有余责。知顺指不迕，可得容身须臾，所以不敢者，思报厚恩也。"上感其言，止，数月，遂下诏封贤等，因以切责公卿曰："朕居位以来，寝疾未瘳，反逆之谋，相连不绝，贼乱之臣，近侍帷幄。前东平王云与后谒祝诅朕，使侍医伍宏等内侍案脉，几危社稷，殆莫甚焉！昔楚有子玉得臣，晋文为之侧席而坐；近事，汲黯折淮南之谋。今云等至有图弑天子逆乱之谋者，是公卿股肱莫能悉心务聪明以销厌未萌之故。赖宗庙之灵，侍中驸马都尉贤等发觉以闻，咸伏厥辜。《书》不云乎？'用德章厥善'。其封贤为高安侯、南阳太守宠为方阳侯、左曹光禄大夫躬为宜陵侯。"

班固撰：《汉书》，中华书局2007年版，第851–852页

佞幸传

傅太后从弟喜先为大司马辅政，数谏，失太后指，免官。上舅丁明代为大司马，亦任职，颇害贤宠，及丞相王嘉死，明甚怜之。上寖重贤，欲极其位，而恨明如此，遂册免明曰："前东平王云贪欲上位，祠祭祝诅，云后舅伍宏以医待诏，与校秘书郎杨闳结谋反逆，祸甚迫切。赖宗庙神灵，董贤等以闻，咸伏其辜。将军从弟侍中奉车都尉吴、族父左曹屯骑校尉宣皆知宏及栩丹诸侯王后亲，而宣除用丹为御属，吴与宏交通厚善，数称荐宏。宏以附吴得兴其恶心，因医技进，几危社稷，朕以恭皇后故，不忍有云。将军位尊任重，既不能明威立义，折消未萌，又不深疾云、宏之恶，而怀非君上，阿为宣、吴，反痛恨云等扬言为群下所冤，又亲见言伍宏善医，死

可惜也，贤等获封极幸。嫉妒忠良，非毁有功，于戏伤哉！盖‘君亲无将，将而诛之’。是以季友鸩叔牙，《春秋》贤之；赵盾不讨贼，谓之弑君。朕闵将军陷于重刑，故以书饬。将军遂非不改，复与丞相嘉相比，令嘉有依，得以罔上。有司致法将军请狱治，朕惟噬肤之恩未忍，其上票骑将军印绶，罢归就第。”遂以贤代明为大司马卫将军。册曰：“朕承天序，惟稽古建尔于公，以为汉辅。往悉尔心，统辟元戎，折冲绥远，匡正庶事，允执其中。天下之众，受制于朕，以将为命，以兵为威，可不慎与！”

班固撰：《汉书》，中华书局2007年版，第917–918页

外戚传

霍光夫人显欲贵其小女，道无从。明年，许皇后当娠，病。女医淳于衍者，霍氏所爱，尝入宫侍皇后疾。衍夫赏为掖庭户卫，谓衍：“可过辞霍夫人行，为我求安池监。”衍如言报显。显因生心，辟左右，字谓衍：“少夫幸报我以事，我亦欲报少夫，可乎？”衍曰：“夫人所言，何等不可者！”显曰：“将军素爱小女成君，欲奇贵之，愿以累少夫。”衍曰：“何谓邪？”显曰：“妇人免乳大故，十死一生。今皇后当免身，可因投毒药去也，成君即得为皇后矣。如蒙力事成，富贵与少夫共之。”衍曰：“药杂治，当先尝，安可？”显曰：“在少夫为之耳。将军领天下，谁敢言者？缓急相护，但恐少夫无意耳！”衍良久曰：“愿尽力。”即捣附子，赍入长定宫。皇后免身后，衍取附子并合大医大丸以饮皇后。有顷曰：“我头岑岑也，药中得无有毒？”对曰：“无有。”遂加烦懑，崩。衍出，过见显，相劳问，亦未敢重谢衍。后人有上书告诸医侍疾无状者，皆收系诏狱，劾不道。显恐急，即以状具语光，因曰：“既失计为之，无令吏急衍！”光惊鄂，默然不应。其后奏上，署衍勿论。

班固撰：《汉书》，中华书局2007年版，第991页

王莽传

翟义党王孙庆捕得，莽使太医、尚方与巧屠共刳剥之，量度五藏，以竹筳导其脉，知所终始，云可以治病。

班固撰：《汉书》，中华书局2007年版，第3042页

后汉书

范　晔

范晔（398年—445年），字蔚宗，南阳顺阳（今河南淅川县）人。其所撰《后汉书》与《史记》《汉书》《三国志》并称前四史。《后汉书》记载了从汉光武帝建武元年到汉献帝建安二十五年间的历史。《后汉书》基本沿袭《史记》《汉书》的体例，同时首设了《皇后纪》《列女传》《党锢传》等类传。《后汉书》结构谨严，文采斐然。

孝和孝殇帝纪

十五年春闰月乙未，诏流民欲还归本而无粮食者，过所实禀之，疾病加致医药；其不欲还归者，勿强。

范晔撰：《后汉书》，中华书局2007年版，第52页

孝安帝纪

夏四月，会稽大疫，遣光禄大夫将太医循行疾病，赐棺木，除田租、田赋。沛国，勃海大风，雨雹。

范晔撰：《后汉书》，中华书局2007年版，第55页

孝桓帝纪

十一月甲申，诏曰："朕摄政失中，灾眚连仍，三光不明，阴阳错序。监寐寤叹，疢如疾首。今京师厮舍，死者相枕，郡县阡陌，处处有之，甚违周文掩胔之义。其有家属而贫无以葬者，给直，人三千，丧主布三匹；若无亲属，可于官壖地葬之，表识姓名，为设祠祭。又徙在作部，疾病致医药，死亡厚埋藏。民有不能自振及流移者，禀谷如科。州郡检察，务崇恩施，以康我民。"

范晔撰：《后汉书》，中华书局2007年版，第85页

元嘉元年春正月，京师疾疫，使光禄大夫将医药案行。癸酉，大赦天下，改元元嘉。

范晔撰：《后汉书》，中华书局2007年版，第86页

孝灵帝纪

诏公卿至六百石各上封事。大疫，使中谒者巡行致医药。

范晔撰：《后汉书》，中华书局2007年版，第96–97页

二年春正月，大疫，使使者巡行致医药。

范晔撰：《后汉书》，中华书局2007年版，第97页

二年春，大疫，使常侍、中谒者巡行致医药。

班固撰：《汉书》，中华书局2007年版，第100页

皇后纪

太后其年寝疾，不信巫祝小医，数敕绝祷祀。至六月，崩。在位二十三年，年四十余。合葬显节陵。

范晔撰：《后汉书》，中华书局2007年版，第120页

李王邓来列传

大司徒侯霸等曰："王莽篡汉，倾乱天下。通怀伊、吕、萧、曹之谋，建造大策，扶助神灵，辅成圣德。破家为国，忘身奉主，有扶危存亡之义。功德最高，海内所闻。通以天下平定，谦让辞位。夫安不忘危，宜令通居职疗疾。欲就诸侯，不可听。"于是诏通勉致医药，以时视事。其夏，引拜为大司空。

范晔撰：《后汉书》，中华书局2007年版，第170页

邓寇列传

羌胡俗耻病死，每病临困，辄以刃自刺。训闻有困疾者，辄拘持缚束，不与兵刃，使医药疗之，愈者非一，小大莫不感悦。于是赏赂诸羌种，使相招诱。迷唐伯父号吾乃将其母及种人八百户，自塞外来降。训因发湟中秦、胡、羌兵四千人，出塞掩击迷唐于写谷，斩首虏六百余人，得马牛羊万余头。迷唐乃去大、小榆，居颇岩谷，众悉破散。其春，复欲归故地就田业，训乃发湟中六千人，令长史任尚将之，缝革为船，置于箄上以度河，掩击迷唐庐落大豪，多所斩获。复追逐奔北，会尚等夜为羌所攻，于是义从羌胡并力破之，斩首前后一千八百余级，获生口二千人，马牛羊三万余头，一种殆尽。迷唐遂收其余部，远徙庐落，西行千余里，诸附落小种皆背畔之。烧当豪帅东号稽颡归死，余皆款塞纳质。于是绥接归附，威信大行。遂罢屯兵，各令归郡。唯置弛刑徒二千余人，分以屯田，为贫人耕种，修理城郭坞壁而已。……

训虽宽中容众，而于闺门甚严，兄弟莫不敬惮，诸子进见，未尝赐席接以温色。四年冬，病卒官，时年五十三。吏人羌胡爱惜，旦夕临者日数千人。戎俗父母死，耻悲泣，皆骑马歌呼。至闻训卒，莫不吼号，或以刀自割，又刺杀其犬马牛羊，曰"邓使君已死，我曹亦俱死耳"。前乌桓吏士皆奔走道路，至空城郭。吏执不听，以状

白校尉徐偃。偃叹息曰："此义也。"乃释之。遂家家为训立祠，每有疾病，辄此请祷求福。

范晔撰：《后汉书》，中华书局2007年版，第181–182页

冯岑贾列传

乃下玺书曰："制诏大司马，虎牙、建威、汉忠、捕虏、武威将军：虏兵猥下，三辅惊恐。栒邑危亡，在于旦夕。北地营保，按兵观望。今偏城获全，虏兵挫折，使耿定之属，复念君臣之义。征西功若丘山，犹自以为不足。孟之反奔而殿，亦何异哉？今遣太中大夫赐征西吏士死伤者医药、棺敛，大司马已下亲吊死问疾，以崇谦让。"于是使异进军义渠，并领北地太守事。

范晔撰：《后汉书》，中华书局2007年版，第430页

苏竟杨厚列传

初，延岑护军邓仲况拥兵据南阳阴县为寇，而刘歆兄子龚为其谋主。竟时在南阳，与龚书晓之曰："……夫周公之善康叔，以不从管蔡之乱也；景帝之悦济北，以不从吴濞之畔也。自更始以来，孤恩背逆，归义向善，臧否粲然，可不察欤！良医不能救无命，强梁不能与天争，故天之所坏，人不得支。宜密与太守刘君共谋降议。仲尼栖栖，墨子遑遑，忧人之甚也。屠羊救楚，非要爵禄；茅焦干秦，岂求报利？尽忠博爱之诚，愤懑不能已耳。"

范晔撰：《后汉书》，中华书局2007年版，第308–309页

永建二年，顺帝特征，诏告郡县督促发遣。厚不得已，行到长安，以病自上，因陈汉三百五十年之厄，宜蠲汉改宪之道，及消伏灾异，凡五事。制书褒述，有诏太医致药，太官赐羊酒。及至，拜议郎，三迁为侍中，特蒙引见，访以时政。四年，厚上言"今夏必盛寒，当有疾疫蝗虫之害"。

范晔撰：《后汉书》，中华书局2007年版，第310页

郑范陈贾张列传

楷字公超，通《严氏春秋》《古文尚书》，门徒常百人。宾客慕之，自父党夙儒，偕造门焉。车马填街，徒从无所止，黄门及贵戚之家，皆起舍巷次，以候过客往来之利。楷疾其如此，辄徙避之。家贫无以为业，常乘驴车至县卖药，足给食者，辄还乡里。司隶举茂才，除长陵令，不至官。隐居弘农山中，学者随之，所居成市，后华阴山南遂有公超市。五府连辟，举贤良方正，不就。

范晔撰：《后汉书》，中华书局2007年版，第369页

桓荣丁鸿列传

荣每疾病，帝辄遣使者存问，太官、太医相望于道。及笃，上疏谢恩，让还爵土。帝幸其家问起居，入街下车，拥经而前，抚荣垂涕，赐以床茵、帷帐、刀剑、衣被，良久乃去。自是诸侯将军大夫问疾者，不敢复乘车到门，皆拜床下。荣卒，帝亲自变服，临丧送葬，赐冢茔于首山之阳。除兄子二人补四百石，都讲生八人补二百石，其余门徒多至公卿。

范晔撰：《后汉书》，中华书局2007年版，第372页

光武十王列传

永平元年，彊病，显宗遣中常侍钩盾令将太医乘驿视疾，诏沛王辅、济南王康、淮阳王延诣鲁。及薨，临命上疏谢曰："臣蒙恩得备藩辅，特受二国，宫室礼乐，事事殊异，巍巍无量，讫无报称。而自修不谨，连年被疾，为朝廷忧念。皇太后、陛下哀怜臣彊，感动发中，数遣使者太医令丞方伎道术，络绎不绝。臣伏惟厚恩，不知所言。臣内自省视，气力羸劣，日夜浸困，终不复望见阙庭，奉承帷幄，孤负重恩，衔恨黄泉。身既夭命孤弱，复为皇太后、陛下

忧虑，诚悲诚惭。息政，小人也，猥当袭臣后，必非所以全利之也。诚愿还东海郡。天恩愍哀，以臣无男之故，处臣三女小国侯，此臣宿昔常计。今天下新罹大忧，惟陛下加供养皇太后，数进御餐。臣疆困劣，言不能尽意。愿并谢诸王，不意永不复相见也。”

范晔撰：《后汉书》，中华书局2007年版，第416页

苍还国，疾病，帝驰遣名医，小黄门侍疾，使者冠盖不绝于道。

范晔撰：《后汉书》，中华书局2007年版，第973页

朱乐何列传

帝意解，寝其事。后数日，诏使直事郎问晖起居，太医视疾，太官赐食。晖乃起谢，复赐钱十万，布百匹，衣十领。

范晔撰：《后汉书》，中华书局2007年版，第986页

窦太后临朝，和帝未亲万机，恢以意不得行，乃称疾气骸骨。诏赐钱，太医视疾。

范晔撰：《后汉书》，中华书局2007年版，第998页

邓张徐张胡列传

禹上言：“方谅暗密静之时，不宜依常有事于苑囿。其广成、上林空地，宜且以假贫民。”太后从之。及安帝即位，数上疾乞身。诏遣小黄门问疾，赐牛一头，酒十斛，劝令就第。其钱布、刀剑、衣物，前后累至。

……

禹与司徒夏勤、司空张敏俱上表言：“新野君不安，车驾连日宿止，臣等诚窃惶惧。臣闻王者动设先置，止则交戟，清道而后行，清室而后御，离宫不宿，所以重宿卫也。陛下体烝烝之至孝，亲省方药，恩情发中，久处单外，百官露止，议者所不安。宜且还宫，上为宗庙社稷，下为万国子民。”

范晔撰：《后汉书》，中华书局2007年版，第438页

班梁列传

超在西域三十一岁。十四年八月至洛阳，拜为射声校尉。超素有匈胁疾，既至，病遂加。帝遣中黄门问疾，赐医药。其年九月卒，年七十一。朝廷愍惜焉，使者吊祭，赠赗甚厚。子雄嗣。

范晔撰：《后汉书》，中华书局2007年版，第465页

杨李翟应霍爰徐列传

霍谞字叔智，魏郡邺人也。少为诸生，明经。有人诬谞舅宋光于大将军梁商者，以为妄刊章文，坐系洛阳诏狱，掠考困极。谞时年十五，奏记于商曰："……光衣冠子孙，径路平易，位极州郡，日望征辟，亦无瑕秽纤介之累，无故刊定诏书，欲以何名？就有所疑，当求其便安，岂有触冒死祸，以解细微？譬犹疗饥于附子，止渴于鸩毒，未入肠胃，已绝咽喉，岂可为哉！"

范晔撰：《后汉书》，中华书局2007年版，第476页

王充王符仲长统列传

年渐七十，志力衰耗，乃造《养性书》十六篇，裁节嗜欲，颐神自守。永元中，病卒于家。

……

（王符）《贵忠篇》曰：……历观前政贵人之用心也，与婴儿子其何异哉？婴儿有常病，贵臣有常祸，父母有常失，人君有常过。婴儿常病，伤于饱也；贵臣常祸，伤于宠也。哺乳多则生痫病，富贵盛而致骄疾。爱子而贼之，骄臣而灭之者，非一也。

范晔撰：《后汉书》，中华书局2007年版，第479页

《述赦篇》曰：凡疗病者，必知脉之虚实，气之所结，然后为之方，故疾可愈而寿可长也。为国者，必先知民之所苦，祸之所起，然后为之禁，故奸可塞而国可安也。今日贼良民之甚者，莫大于数赦赎。赦赎数，则恶人昌而善人伤矣。何以明之哉？夫勤敕之人，身不蹈非，又有为吏正直，不避强御，而奸猾之党横加诬言者，皆知赦之不久故也。善人君子，被侵怨而能至阙庭自明者，万无数人；数人之中得省问者，百不过一；既对尚书而空遣去者，复什六七矣。其轻薄奸轨，既陷罪法，怨毒之家冀其辜戮，以解畜愤，而反一概悉蒙赦释，令恶人高会而夸咤，老盗服臧而过门，孝子见仇而不得讨，遭盗者睹物而不敢取，痛莫甚焉！

范晔撰：《后汉书》，中华书局2007年版，第483页

崔骃列传

桓帝初，诏公卿郡国举至孝独行之士。寔以郡举，征诣公车，病不对策，除为郎。明于政体，吏才有余，论当世便事数十条，名曰《政论》。指切时要，言辩而确，当世称之。仲长统曰："凡为人主，宜写一通，置之坐侧。"其辞曰："……夫熊经鸟伸，虽延历之术，非伤寒之理；呼吸吐纳，虽度纪之道，非续骨之膏。盖为国之法，有似理身，平则致养，疾则攻焉。夫刑罚者，治乱之药石也；德教者，兴平之粱肉也。夫以德教除残，是以粱肉理疾也；以刑罚理平，是以药石供养也。方今承百王之敝，值厄运之会。自数世以来，政多恩贷，驭委其辔，马骀其衔，四牡横奔，皇路险倾。方将柑勒鞬辀以救之，岂暇鸣和銮，清节奏哉？昔高祖令萧何作九章之律，有夷三族之令，黥、劓、斩趾、断舌、枭首，故谓之具五刑。文帝虽除肉刑，当劓者笞三百，当斩左趾者笞五百，当斩右趾者弃市。右趾者既殒其命，笞挞者往往至死，虽有轻刑之名，其实杀也。当此之时，民皆思复肉刑。至景帝元年，乃下诏曰：'加笞与重罪无异，幸而不死，不可为人。'乃定律，减笞轻捶。自是之后，笞者得

全。以此言之，文帝乃重刑，非轻之也；以严致平，非以宽致平也。必欲行若言，当大定其本，使人主师五帝而式三王，盪亡秦之俗，遵先圣之风，弃苟全之政，蹈稽古之踪，复五等之爵，立井田之制。然后选稷契为佐，伊吕为辅，乐作而凤皇仪，击石而百兽舞。若不然，则多为累而已。”

范晔撰：《后汉书》，中华书局2007年版，第1164页

吴延史卢赵列传

时皇子有疾，下郡县出珍药，而大将军梁冀遣客赍书诣京兆，并货牛黄。笃发书收客，曰：“大将军椒房外家，而皇子有疾，必应陈进医方，岂当使客千里求利乎？”遂杀之。冀惭而不得言，有司承旨欲求其事。笃以病免归，教授家巷。

范晔撰：《后汉书》，中华书局2007年版，第612页

光和元年，有日食之异，植上封事谏曰：“……案今年之变，皆阳失阴侵，消御灾凶，宜有其道。谨略陈八事：一曰用良，二曰原禁，三曰御疠，四曰备寇，五曰修礼，六曰遵尧，七曰御下，八曰散利。用良者，宜使州郡核举贤良，随方委用，责求选举。原禁者，凡诸党锢，多非其罪，可加赦恕，申宥回枉。御疠者，宋后家属，并以无辜委骸横尸，不得收葬，疫疠之来，皆由于此。宜敕收拾，以安游魂。”

范晔撰：《后汉书》，中华书局2007年版，第616页

袁绍刘表列传

九年三月，尚使审配守邺，复攻谭于平原。配献书于谭曰：“配闻良药苦口而利于病，忠言逆耳而便于行。愿将军缓心抑怒，终省愚辞。盖《春秋》之义，国君死社稷，忠臣死君命。苟图危宗庙，剥乱国家，亲疏一也。是以周公垂涕以蔽管、蔡之狱，季友歔欷而行叔牙之诛。何则？义重人轻，事不获已故也。昔先公废黜将军以

续贤兄，立我将军以为嫡嗣，上告祖灵，下书谱牒，海内远近，谁不备闻！何意凶臣郭图，妄画蛇足，曲辞谄媚，交乱懿亲。至令将军忘孝友之仁，袭阏、沈之迹，放兵钞突，屠城杀吏，冤魂痛于幽冥，创痍被于草棘。又乃图获邺城，许赏赐秦胡，其财物妇女，豫有分数。又云：'孤虽有老母，趣使身体完具而已。'闻此言者，莫不悼心挥涕，使太夫人忧哀愦隔，我州君臣监寐悲叹。诚拱献以听执事之图，则惧违《春秋》死命之节，诒太夫人不测之患，损先公不世之业。我将军辞不获命，以及馆陶之役。伏惟将军至孝蒸蒸，发于岐嶷，友于之性，生于自然，章之以聪明，行之以敏达，览古今之举措，睹兴败之征符，轻荣财于粪土，贵名位于丘岳。何意奄然迷沈，堕贤哲之操，积怨肆忿，取破家之祸！翘企延颈，待望仇敌，委慈亲于虎狼之牙，以逞一朝之志，岂不痛哉！若乃天启尊心，革图易虑，则我将军匍匐悲号于将军股掌之上，配等亦当敷躬布体以听斧锧之刑。如又不悛，祸将及之。愿熟详凶吉，以赐环玦。"

范晔撰：《后汉书》，中华书局2007年版，第705–706页

循吏列传

吴有龙丘苌者，隐居太末，志不降辱。王莽时，四辅三公连辟，不到。掾史白请召之。延曰："龙丘先生躬德履义，有原宪、伯夷之节。都尉埽洒其门，犹惧辱焉，召之不可。"遣功曹奉谒，修书记，致医药，吏使相望于道。积一岁，苌乃乘辇诣府门，愿得先死备录。延辞让再三，遂署议曹祭酒。苌寻病卒，延自临殡，不朝三日。是以郡中贤士大夫争往宦焉。

范晔撰：《后汉书》，中华书局2007年版，第720页

文苑列传

十二年，东平清河奏讹言卿仲辽等，所连及且千人。香科别据奏，全活甚众。每郡国疑罪，辄务求轻科，爱惜人命，每存忧济。

又晓习边事，均量军政，皆得事宜。帝知其精勤，数加恩赏，疾病存问，赐医药。在位多所荐达，宠遇甚盛，议者讥其过幸。

范晔撰：《后汉书》，中华书局2007年版，第766页

方术列传

郭玉者，广汉雒人也。初，有老父不知何出，常渔钓于涪水，因号涪翁。乞食人间，见有疾者，时下针石，辄应时而效，乃著《针经》《诊脉法》传于世。弟子程高寻求积年，翁乃授之。高亦隐迹不仕。玉少师事高，学方诊六微之技，阴阳隐侧之术。和帝时，为太医丞，多有效应。帝奇之，仍试令嬖臣美手腕者与女子杂处帷中，使玉各诊一手，问所疾苦。玉曰："左阳右阴，脉有男女，状若异人。臣疑其故。"帝叹息称善。

玉仁爱不矜，虽贫贱厮养，必尽其心力，而医疗贵人，时或不愈。帝乃令贵人羸服变处，一针即差。召玉诘问其状。对曰："医之为言意也。腠理至微，随气用巧，针石之间，毫芒即乖。神存于心手之际，可得解而不可得言也。夫贵者处尊高以临臣，臣怀怖慑以承之。其为疗也，有四难焉：自用意而不任臣，一难也；将身不谨，二难也；骨节不强，不能使药，三难也；好逸恶劳，四难也。针有分寸，时有破漏，重以恐惧之心，加以裁慎之志，臣意且犹不尽，何有于病哉！此其所为不愈也。"帝善其对。年老卒官。

华佗字元化，沛国谯人也，一名旉。游学徐土，兼通数经。晓养性之术，年且百岁而犹有壮容，时人以为仙。沛相陈珪举孝廉，太尉黄琬辟，皆不就。

精于方药，处齐不过数种，心识分铢，不假称量，针灸不过数处。若疾发结于内，针药所不能及者，乃令先以酒服麻沸散，既醉无所觉，因刳破腹背，抽割积聚。若在肠胃，则断截湔洗，除去疾秽，既而缝合，傅以神膏，四五日创愈，一月之间皆平复。

佗尝行道，见有病咽塞者，因语之曰："向来道隅有卖饼人，萍

齑甚酸，可取三升饮之，病自当去。”即如佗言，立吐一蛇，乃悬于车而候佗。时佗小兒戏于门中，逆见，自相谓曰：“客车边有物，必是逢我翁也。”及客进，顾视壁北，悬蛇以十数，乃知其奇。

又有一郡守笃病久，佗以为盛怒则差。乃多受其货而不加功。无何弃去，又留书骂之。太守果大怒，令人追杀佗，不及，因瞋恚，吐黑血数升而愈。

又有疾者，诣佗求疗，佗曰：“君病根深，应当剖破腹。然君寿亦不过十年，病不能相杀也。”病者不堪其苦，必欲除之，佗遂下疗，应时愈。十年竟死。

广陵太守陈登，忽患匈中烦懑，面赤，不食。佗脉之，曰：“府君胃中有虫，欲成内疽，腥物所为也。”即作汤二升，再服，须臾，吐出三升许虫，头赤而动，半身犹是生鱼脍，所苦便愈。佗曰：“此病后三期当发，遇良医可救。”登至期疾动，时佗不在，遂死。

曹操闻而召佗，常在左右，操积苦头风眩，佗针，随手而差。

有李将军者，妻病，呼佗视脉。佗曰：“伤身而胎不去。”将军言间实伤身，胎已去矣。佗曰：“案脉，胎未去也。”将军以为不然。妻稍差，百余日复动，更呼佗。佗曰：“脉理如前，是两胎。先生者去，血多，故后儿不得出也。胎既已死，血脉不复归，必燥著母脊。”乃为下针，并令进汤。妇因欲产而不通。佗曰：“死胎枯燥，势不自生。”使人探之，果得死胎，人形可识，但其色已黑。佗之绝技，皆此类也。

为人性恶，难得意，且耻以医见业，又去家思归，乃就操求还取方，因托妻疾，数期不反。操累书呼之，又敕郡县发遣，佗恃能厌事，独不肯至。操大怒，使人廉之，知妻诈疾，乃收付狱讯，考验首服。荀彧请曰：“佗方术实工，人命所悬，宜加全宥。”操不从，竟杀之。佗临死，出一卷书与狱吏，曰：“此可以活人。”吏畏法不敢受，佗不强与，索火烧之。

初，军吏李成苦咳，昼夜不寐。佗以为肠痈，与散两钱服之，即吐二升脓血，于此渐愈。乃戒之曰：“后十八岁，疾当发动，若不得此药，不可差也。”复分散与之，后五六岁，有里人如成先病，请药甚急，成愍而与之，乃故往谯更从佗求，适值见收，意不忍言。后十八年，成病发，无药而死。

广陵吴普、彭城樊阿，皆从佗学。普依准佗疗，多所全济。

佗语普曰：“人体欲得劳动，但不当使极耳。动摇则谷气得销，血脉流通，病不得生，譬犹户枢，终不朽也。是以古之仙者为导引之事，熊经鸱顾，引挽腰体，动诸关节，以求难老。吾有一术，名五禽之戏：一曰虎，二曰鹿，三曰熊，四曰猿，五曰鸟。亦以除疾，兼利蹄足，以当导引。体有不快，起作一禽之戏，怡而汗出，因以著粉，身体轻便而欲食。”普施行之，年九十余，耳目聪明，齿牙完坚。

阿善针术。凡医咸言背及匈藏之间不可妄针，针之不可过四分，而阿针背入一二寸，巨阙匈藏乃五六寸，而病皆瘳。阿从佗求方可服食益于人者，佗授以漆叶青𪏭散：漆叶屑一斗，青𪏭十四两，以是为率。言久服，去三虫，利五藏，轻体，使人头不白。阿从其言，寿百余岁。漆叶处所而有。青𪏭生于丰、沛、彭城及朝歌间。

……

费长房者，汝南人也。曾为市掾。市中有老翁卖药，悬一壶于肆头，及市罢，辄跳入壶中。市人莫之见，唯长房于楼上睹之，异焉，因往再拜奉酒脯。翁知长房之意其神也，谓之曰：“子明日可更来。”长房旦日复诣翁，翁乃与俱入壶中。唯见玉堂严丽，旨酒甘肴盈衍其中，共饮毕而出。翁约不听与人言之。后乃就楼上候长房曰：“我神仙之人，以过见责，今事毕当去，子宁能相随乎？楼下有少酒，与卿为别。”长房使人取之，不能胜，又令十人扛之，犹不举。翁闻，笑而下楼，以一指提之而上。视器如一升许，而二人饮之终日不尽。

长房遂欲求道，而顾家人为忧。翁乃断一青竹，度与长房身齐，使悬之舍后。家人见之，即长房形也，以为缢死，大小惊号，遂殡葬之。长房立其傍，而莫之见也。于是遂随从入深山，践荆棘于群虎之中。留使独处，长房不恐。又卧于空室，以朽索悬万斤石于心上，众蛇竞来啮索且断，长房亦不移。翁还，抚之曰："子可教也。"复使食粪，粪中有三虫，臭秽特甚，长房意恶之。翁曰："子几得道，恨于此不成，如何！"

长房辞归，翁与一竹杖，曰："骑此任所之，则自至矣。既至，可以杖投葛陂中也。"又为作一符，曰："以此主地上鬼神。"长房乘杖，须臾来归，自谓去家适经旬日，而已十余年矣。即以杖投陂，顾视则龙也。家人谓其久死，不信之。长房曰："往日所葬，但竹杖耳。"乃发冢剖棺，杖犹存焉。遂能医疗众病，鞭笞百鬼，及驱使社公。或在它坐，独自恚怒，人问其故，曰："吾责鬼魅之犯法者耳。"

汝南岁岁常有魅，伪作太守章服、诣府门椎鼓者，郡中患之。时魅适来，而逢长房谒府君，惶惧不得退，便前解衣冠，叩头乞活。长房呵之云："便于中庭正汝故形！"即成老鳖，大如车轮，颈长一丈。长房复令就太守服罪，付其一札，以敕葛陂君。魅叩头流涕，持札植于陂边，以颈绕之而死。

后东海君来见葛陂君，因淫其夫人，于是长房劾系之三年，而东海大旱。长房至海上，见其人请雨，乃谓之曰："东海君有罪，吾前系于葛陂，今方出之使作雨也。"于是雨立注。

长房曾与人共行，见一书生黄巾被裘，无鞍骑马，下而叩头，长房曰："还它马，赦汝死罪。"人问其故，长房曰："此狸也，盗社公马耳。"又尝坐客，而使至宛市鲊，须臾还，乃饭。或一日之间，人见其在千里之外者数处焉。

后失其符，为众鬼所杀。

范晔撰：《后汉书》，中华书局2007年版，第802-805页

初，章帝时有寿光侯者，能劾百鬼众魅，令自缚见形。其乡人有妇为魅所病，侯为劾之，得大蛇数丈，死于门外。又有神树，人止者辄死，鸟过者必坠，侯复劾之，树盛夏枯落，见大蛇长七八丈，悬死其间。帝闻而征之。乃试问之："吾殿下夜半后，常有数人绛衣被发，持火相随，岂能劾之乎？"侯曰："此小怪，易销耳。"帝伪使

三人为之，侯劾三人，登时仆地无气。帝大惊曰："非魅也，朕相试耳。"解之而苏。

甘始、东郭延年、封君达三人者，皆方士也。率能行容成御妇人术，或饮小便，或自倒悬，爱啬精气，不极视大言。甘始、元放、延年皆为操所录，问其术而行之。君达号"青牛师"。凡此数人，皆百余岁及二百岁也。

王真、郝孟节者，皆上党人也。王真年且百岁，视之面有光泽，似未五十者。自云："周流登五岳名山，悉能行胎息胎食之方，嗽舌下泉咽之，不绝房室。"孟节能含枣核，不食可至五年十年。又能结气不息，身不动摇，状若死人，可至百日半年。亦有室家。为人质谨不妄言，似士君子。曹操使领诸方士焉。

北海王和平，性好道术，自以当仙。济南孙邕少事之，从至京师。会和平病殁，邕因葬之东陶。有书百余卷，药数囊，悉以送之。后弟子夏荣言其尸解，邕乃恨不取其宝书仙药焉。

范晔撰：《后汉书》，中华书局2007年版，第807–808页

列女列传

汉中程文矩妻者，同郡李法之姊也，字穆姜。有二男，而前妻四子。文矩为安众令，丧于官。四子以母非所生，憎毁日积，而穆姜慈爱温仁，抚字益隆，衣食资供皆兼倍所生。或谓母曰："四子不孝甚矣，何不别居以远之？"对曰："吾方以义相导，使其自迁善也。"及前妻长子兴遇疾困笃，母恻隐自然，亲调药膳，恩情笃密。兴疾久乃瘳，于是呼三弟谓曰："继母慈仁，出自天受。吾兄弟不识恩养，禽兽其心。虽母道益隆，我曹过恶亦已深矣！"遂将三弟诣南郑狱，陈母之德，状已之过，乞就刑辟。县言之于郡，郡守表异其母，蠲除家徭，遣散四子，许以修革，自后训导愈明，并为良士。

范晔撰：《后汉书》，中华书局2007年版，第821–822页

东夷列传

无大君长，其官有侯、邑君、三老。耆旧自谓与句骊同种，言语法俗大抵相类。其人性愚悫，少嗜欲，不请匄。男女皆衣曲领。其俗重山川，山川各有部界，不得妄相干涉。同姓不昏。多所忌讳，疾病死亡，辄捐弃旧宅，更造新居。知种麻，养蚕，作绵布。晓候星宿，豫知年岁丰约。常用十月祭天，昼夜饮酒歌舞，名之为“舞天”。又祠虎以为神。邑落有相侵犯者，辄相罚，责生口牛马，名之为“责祸”。杀人者偿死。少寇盗。能步战，作矛长三丈，或数人共持之。乐浪檀弓出其地。又多文豹，有果下马，海出班鱼，使来皆献之。

范晔撰：《后汉书》，中华书局2007年版，第830页

南蛮西南夷列传

冉駹夷者，武帝所开。元鼎六年，以为汶山郡。至地节三年，夷人以立郡赋重，宣帝乃省并蜀郡为北部都尉。其山有六夷七羌九氐，各有部落。其王侯颇知文书，而法严重。贵妇人，党母族。死则烧其尸。土气多寒，在盛夏冰犹不释，故夷人冬则避寒，入蜀为佣，夏则违暑，反其聚邑。皆依山居止，累石为室，高者至十余丈，为邛笼。又土地刚卤，不生谷粟麻菽，唯以麦为资，而宜畜牧。有旄牛，无角，一名童牛，肉重千斤，毛可为毦。出名马。有灵羊，可疗毒。又有食药鹿，鹿麑有胎者。其肠中粪亦疗毒疾。又有五角羊、麝香、轻毛毼鸡、牲牲。其人能作旄毡、班罽、青顿、毞毲、羊羧之属。特多杂药。地有咸土，煮以为盐。麢羊牛马，食之皆肥。

范晔撰：《后汉书》，中华书局2007年版，第844页

西羌传

时烧何豪有妇人比铜钳者，年百余岁，多智算，为种人所信向，皆从取计策。时为卢水胡所击，比铜钳乃将其众来依郡县。种人颇有犯法者，临羌长收系比铜钳，而诛杀其种六七百人。显宗怜之，乃下诏曰："昔桓公伐戎而无仁惠。故《春秋》贬曰'齐人'。今国家无德，恩不及远，羸弱何辜，而当并命！夫长平之暴，非帝者之功，咎由太守长吏妄加残戮。比铜钳尚生者，所在致医药养视，令招其种人，若欲归故地者，厚遣送之。其小种若束手自诣，欲效功者，皆除其罪。若有逆谋为吏所捕，而狱状未断，悉以赐有功者。"

范晔撰：《后汉书》，中华书局2007年版，第850-851页

羌虽外患，实深内疾，若攻之不根，是养疾疴于心腹也。惜哉寇敌略定矣，而汉祚亦衰焉。呜呼！昔先王疆理九土，判别畿荒，知夷貊殊性，难以道御。故斥远诸华，薄其贡职，唯与辞要而已。

范晔撰：《后汉书》，中华书局2007年版，第860页

乌桓鲜卑列传

自匈奴遁逃，鲜卑强盛，据其故地，称兵十万，才力劲健，意智益生。加以关塞不严，禁网多漏，精金良铁，皆为贼有；汉人逋逃，为之谋主，兵利马疾，过于匈奴。昔段良将，习兵善战，有事西羌，犹十余年。今育、晏才策，未必过颎，鲜卑种众，不弱于曩时。而虚计二载，自许有成，若祸结兵连，岂得中休？当复征发众人，转运无已，是为耗竭诸夏，并力蛮夷。夫边垂之患，手足之蚧搔；中国之困，胸背之瘭疽。方今郡县盗贼尚不能禁，况此丑虏而可伏乎！

范晔撰：《后汉书》，中华书局2007年版，第890-891页

礼　仪

不豫，太医令丞将医入，就进所宜药。尝药监、近臣中常侍、小黄门皆先尝药，过量十二。公卿朝臣问起居无间。太尉告请南郊，司徒、司空告请宗庙，告五岳、四渎、群祀，并祷求福，疾病，公卿复如礼。

范晔撰：《后汉书》，中华书局2007年版，第933页

五　行

桓帝元嘉中，京都妇女作愁眉、啼妆、堕马髻、折要步、龋齿笑。所谓愁眉者，细而曲折。啼妆者，薄拭目下，若啼处。堕马髻者，作一边。折要步者，足不在体下。龋齿笑者，若齿痛，乐不欣欣。始自大将军梁冀家所为，京都歙然，诸夏皆放效。此近服妖也。梁冀二世上将，婚媾王室，大作威福，将危社稷。天诫若曰：兵马将往收捕，妇女忧愁，踧眉啼泣，吏卒掣顿，折其要脊，令髻倾邪，虽强语笑，无复气味也。到延熹二年，举宗诛夷。

范晔撰：《后汉书》，中华书局2007年版，第964页

《五行传》曰："治宫室，饰台榭，内淫乱，犯亲戚，侮父兄，则稼穑不成。"谓土失其性而为灾也。又曰："思心不容，是谓不圣。厥咎霿，厥罚恒风，厥极凶短折。时则有脂夜之妖，时则有华孽，时则有牛祸，时则有心腹之疴，时则有黄眚、黄祥，惟金、水、木、火土。"华孽，刘歆传为嬴虫之孽，谓螟属也。

范晔撰：《后汉书》，中华书局2007年版，第980页

安帝元初六年夏四月，会稽大疫。

延光四年冬，京都大疫。

桓帝元嘉元年正月，京都大疫。二月，九江、庐江又疫。

延熹四年正月，大疫。

灵帝建宁四年三月，大疫。

熹平二年正月，大疫。

光和二年春，大疫。

五年二月，大疫。

中平二年正月，大疫。

献帝建安二十二年，大疫。

范晔撰：《后汉书》，中华书局2007年版，第988页

百　官

太医令一人，六百石。本注曰：掌诸医。药丞、方丞各一人。本注曰：药丞主药。方丞主药方。

范晔撰：《后汉书》，中华书局2007年版，第1025页

中宫药长一人，四百石。本注曰：宦者。

范晔撰：《后汉书》，中华书局2007年版，第1030页

素　书

黄石公

黄石公，下邳（今江苏睢宁）人，秦汉道家代表人物。《史记·留侯世家》张良事涉及黄石公。《素书》据传为黄石公所作。

本德宗道

夫志，心独行之术。

长没长于博谋，安没安于忍辱，先没先于修德，乐没乐于好善，神没神于至诚，明没明于体物，吉没吉于知足，苦没苦于多愿，悲没悲于精散，病没病于无常，短没短于苟得，幽没幽于贪鄙，孤没孤于自恃，危没危于任疑，败没败于多私。

黄石公著：《素书》，景印文渊阁四库全书本，台湾商务印书馆

1986年版，第133页

孔丛子

孔　鲋

孔鲋（前264年？—前208年），字子鱼，鲁国曲阜（今山东曲阜）人，孔子八世孙。曾在陈胜帐下任博士，秦始皇统一中国后，不仕。

嘉　言

宰我使于齐而反。见夫子，曰梁丘据遇虺毒，三旬而后瘳。朝齐君。会大夫众宾而庆焉。弟子与在宾列。大夫众宾并复献攻疗之方。弟子谓之曰夫所以献方将为病也。今梁丘已瘳矣，而诸夫子乃复献方，方将安施？意欲梁丘大夫复有虺害当用之乎？众坐默然无辞。弟子此言何如？夫子曰：汝说非也。夫三折肱为良医。梁丘子遇虺毒而获瘳，犹有与之同疾者，必问所以已之之方焉。众人为此故各言其方，欲售之以已人之疾也。凡言其方者，称其良也，且以参据所以已之之方优劣耳。

孔鲋著：《孔丛子》，上海古籍出版社1990年版，第4页

新　语

陆　贾

陆贾，汉初楚国人，有辩才，曾凭借口才协助刘邦平定天下，说服刘邦注重文治，两次臣服南越，联合陈平、周勃一起诛灭吕氏。陆贾奉刘邦之命著《新语》，阐述秦所以失天下，汉所以得天下的缘

由，共十二篇。陆贾作品除《新语》外，大多流失。

术　事

故良马非独骐骥，利剑非惟干将，美女非独西施，忠臣非独吕望。今有马而无王良之御，有剑而无砥砺之功，有女而无芳泽之饰，有士而不遭文王，道术蓄积而不舒，美玉韫椟而深藏。故怀道者须世，抱朴者待工，道为智者设，马为御者良，贤为圣者用，辩为智者通，书为晓者传，事为见者明。故制事者因其则，服药者因其良。书不必起仲尼之门，药不必出扁鹊之方，合之者善，可以为法，因世而权行。

王利器校注：《新语校注》，中华书局1986年版，第44页

资　质

昔扁鹊居宋，得罪于宋君，出亡之卫。卫人有病将死者，扁鹊至其家，欲为治之。病者之父谓扁鹊曰："吾子病甚笃，将为迎良医治，非子所能治也。"退而不用，乃使灵巫求福请命，对扁鹊而咒，病者卒死，灵巫不能治也。夫扁鹊天下之良医，而不能与灵巫争用者，知与不知也。故事求远而失近，广藏而狭弃，斯之谓也。

昔宫之奇为虞公画计，欲辞晋献公璧马之赂，而不假之夏阳之道，岂非金石之计哉！然虞公不听者，惑于珍怪之宝也。

王利器校注：《新语校注》，中华书局1986年版，第110页

新　书

贾　谊

大　都

天下之势方病大尰，一胫之大几如要，一指之大几如股，臣闻“尾大不掉，末大必折”，恶病也。平居不可屈信，一二指搐，身固无聊也。失今弗治，必为锢疾，后虽有扁鹊，弗能为已。悲夫！枝拱苟大，弛必至心，此所以窃为陛下患也。病非徒尰也，又苦跋盭。元王之子，帝之从弟也；今之王者，从弟之子也。惠王之子，亲兄之子也；今之王者，兄子之子也。亲者或无分地以安天下，疏者或专大权以偪天子，臣故曰：“非徒病尰也，又苦跋盭。”可痛哭者，此病是也。

阎振益、钟夏校注：《新书校注》，中华书局2000年版，第43页

解　县

天下之势方倒县，窃愿陛下省之也。凡天子者，天下之首也。何也？上也。蛮夷者，天下之足也。何也？下也。蛮夷征令，是主上之操也；天子共贡，是臣下之礼也。足反居上，首顾居下，是倒县之势也。天下倒县，莫之能解，犹为国有人乎？非特倒县而已也，又虑躄且病痱。夫躄者一面病，痱者一方痛。今西为上流，东为下流，故陇西为上，东海为下，则北境一倒也，西郡、北郡，虽有长爵不轻得复，五尺以上不轻得息，苦甚矣！中地左戍，延行数千里，粮食馈饷至难也。斥候者望烽燧而不敢卧，将吏戍者或介胄而睡，而匈奴欺侮侵掠，未知息时。于焉信威广德难。臣故曰：“一方病

矣。”医能治之，而上弗肯使也。天下倒县甚苦矣，窃为陛下惜之。

阎振益、钟夏校注：《新书校注》，中华书局2000年版，第127–128页

春 秋

楚惠王食寒葅而得蛭，因遂吞之，腹有疾而不能食。令尹入问，曰："王安得此疾？"王曰："我食寒葅而得蛭，念谴之而不行其罪乎，是法废而威不立也，非所闻也；谴而行其诛，则庖宰、监食者，法皆当死，心又弗忍也。故吾恐蛭之见也，遂吞之。"令尹避席，再拜而贺曰："臣闻'皇天无亲，惟德是辅'。王有仁德，天之所奉也，病不为伤。"是昔也，惠王之后而蛭出，故其久病心腹之积皆愈。故天之视听，不可谓不察。

阎振益、钟夏校注：《新书校注》，中华书局2000年版，第246页

修政语上

汤曰："药食尝于卑，然后至于贵；药言献于贵，然后闻于卑。"故药食尝于卑然后至于贵，教也；药言献于贵然后闻于卑，道也。故使人味食然后食者，其得味也多；若使人味言然后闻言者，其得言也少。故以是明上之于言也，必自也听之，必自也择之，必自也聚之，必自也藏之，必自也行之。故道以数取之为明，以数行之为章，以数施之万姓为藏。是故求道者不以目而以心，取道者不以手而以耳，致道者以言，入道者以忠，积道者以信，树道者以人。故人主有欲治安之心而无治安之政者，虽欲治显荣也，弗得矣。故治安不可以虚成也，显荣不可以虚得也。故明君敬士、察吏、爱民，以参其极，非此者，则四美不附矣。

阎振益、钟夏校注：《新书校注》，中华书局2000年版，第362页

韩诗外传

韩　婴

韩婴，汉代燕（今河北）人，文帝时的博士，是汉代四家诗（齐诗、鲁诗、韩诗、毛诗）中韩诗的创立者。韩婴解诗特点是以《诗》证事，以史解诗。韩婴的儒家思想明显融合了孟、荀的思想。

哀公问孔子曰："有智者寿乎？"孔子曰："然。人有三死而非命也者，自取之也。居处不理，饮食不节，佚劳过度者，病共杀之。居下而好干上，嗜欲无厌，求索不止者，刑共杀之。少以敌众，弱以侮强，忿不量力者，兵共杀之。故有三死而非命也者，自取之也。"诗曰："人而无仪，不死何为。"

许维遹校释：《韩诗外传集释》卷一，中华书局2009年版，第5页

天地有合，则生气有精矣。阴阳消息，则变化有时矣。时得则治，时失则乱。故人生而不具者五。目无见，不能食，不能行，不能言，不能施化。三月微盷而后能见，八月生齿而后能食，朞年膑就而后能行，三年颇合而后能言。十六精通而后能施化。阴阳相反，阴以阳变，阳以阴变。故男八月生齿，八岁而龀齿。十六而精化小通。女七月生齿，七岁而龀齿，十四而精化小通。是故阳以阴变，阴以阳变。故不肖者精化始具，而生气感动，触情纵欲，反施乱化。是以年寿亟夭而性不长也。《诗》曰："乃如之人兮，怀婚姻也，太无信也，不知命也。"贤者不然。精气阗溢而后伤，时不可过也。不见道端，乃陈情欲，以歌道义。《诗》曰："静女其姝，俟我乎城隅。爱而不见，搔首踌躇。""瞻彼日月，遥遥我思。道之云远，曷云能来！"急时之辞也。甚焉故称日月也。

许维遹校释：《韩诗外传集释》卷一，中华书局2009年版，第

19页

闵子骞始见于夫子，有菜色，后有刍豢之色。子贡问曰：“子始有菜色，今有刍豢之色，何也？”闵子曰：“吾出蒹葭之中，入夫子之门。夫子内切瑳以孝，外为之陈王法，心窃乐之。出见羽盖龙旂，旃裘相随，心又乐之。二者相攻胸中而不能任，是以有菜色也。今被夫子之教寖深，又赖二三子切瑳而进之，内明于去就之义，出见羽盖龙旂，旃裘相随，视之如坛土矣，是以有刍豢之色。”诗曰：“如切如瑳，如错如磨。”

许维遹校释：《韩诗外传集释》卷二，中华书局2009年版，第36页

国无道则飘风厉疾，暴雨折木，阴阳错氛，夏寒冬温，春热秋荣，日月无光，星辰错行，民多疾病，国多不祥，群生不寿，而五谷不登。当成周之时，阴阳调，寒暑平，群生遂，万物宁。故曰：其风治，其乐连，其驱马舒，其民依依，其行迟迟，其意好好。诗曰：“匪风发兮，匪车揭兮。顾瞻周道，中心怛兮。”

许维遹校释：《韩诗外传集释》卷二，中华书局2009年版，第74页

夫治气养心之术，血气刚强则柔之以调和，智虑潜深则一之以易谅，勇毅强果则辅之以道术，齐给便捷则安之以静退，卑摄贪利则抗之以高志，容众驽散则劫之以师友，怠慢摽弃则慰之以祸灾，愿婉端悫则合之以礼乐。凡治气养心之术，莫径由礼，莫优得师，莫慎一好。好一则抟，抟则精，精则神，神则化。是以君子务结心乎一也。《诗》曰：“淑人君子，其仪一兮。其仪一兮，心如结兮。”

许维遹校释：《韩诗外传集释》卷二，中华书局2009年版，第75页

昔者周文王之时，国八年，夏六月，文王寝疾。五日而地动，东西南北不出国郊。有司皆曰：“臣闻地之动，为人主也。今者君王寝疾，五日而地动，四面不出国郊。群臣皆恐，请移之。”文王曰：“奈何其移之也？”对曰：“兴事动众以增国城，其可以移之乎。”文

王曰："不可。夫天之见妖，是罚有罪也。我必有罪，故天以此罚我也。今又专兴事动众以增国城，是重吾罪也。不可以移之。昌也请改行重善以移之，其可以免乎？"于是遂谨其礼帙、皮革，以交诸侯；饰其辞令币帛，以礼俊士；颁其爵列、等级、田畴，以赏群臣。行此无几何而疾止。文王即位八年而地动。地动之后四十三年，凡莅国五十一年而终。此文王之所以践妖也。《诗》曰："畏天之威，于时保之。"

许维遹校释：《韩诗外传集释》卷三，中华书局2009年版，第81页

楚庄王寝疾，卜之，曰："河为祟。"大夫曰："请用牲。"庄王曰："止。古者圣王之制，祭不过望。濉、漳、江、汉，楚之望也。寡人虽不德，河非所获罪也。"三日而疾有瘳。孔子闻之曰："楚庄王之霸，其有方矣。制节守职，其霸不亦宜乎！"诗曰："嗟嗟保介。"庄王之谓也。

许维遹校释：《韩诗外传集释》卷三，中华书局2009年版，第90页

人主之疾，十有二发，非有贤医，莫能治也。何谓十二发？曰：痿、蹶、逆、胀、满、支、隔、盲、烦、喘、痹、风，此之曰十二发。贤医治之如何？曰：省事轻刑，则痿不作。无使小民饥寒，则蹶不作。无令财货上流，则逆不作。无令仓廪积腐，则胀不作。无使府库充实，则满不作。无使群臣纵恣，则支不作。无使下情不上通，则隔不作。上振恤下，则盲不作。法令奉行，则烦不作。无使下怨，则喘不作。无使贤人伏匿，则痹不作。无使百姓歌吟诽谤，则风不作。夫重臣群下者，人主之心腹支体也。心腹支体无疾，则人主无疾矣。故非有贤医，莫能治也。人主皆有此十二疾而不用贤医，则国非其国也。《诗》曰："多将熇熇，不可救药。"终亦必亡而已矣。故贤医用，则众庶无疾，况人主乎？

许维遹校释：《韩诗外传集释》卷三，中华书局2009年版，第91页

太平之时，无瘖疣、跛眇、尪蹇、侏儒、折短，父不哭子，兄不哭弟，道无襁负之遗育。然各以其序终者，贤医之用也。故安止平正，除疾之道无他焉，用贤而已矣。《诗》曰："有瞽有瞽，在周之庭。"纣之余民也。

许维遹校释：《韩诗外传集释》卷三，中华书局2009年版，第93页

能制天下，必能养其民也。能养民者，为自养也。饮食适乎藏，滋味适乎气，劳佚适乎筋骨，寒暖适乎肌肤，然后气藏平，心术治，思虑得，喜怒时，起居而游乐，事时而用足。夫是之谓能自养者也。故圣人不淫佚侈靡者，非鄙夫色而爱财用也。养有适，过则不乐，故不为也。是以夏不数浴，非爱水也。冬不频炀，非爱火也。不高台榭，非无土木也。不大钟鼎，非无金锡也。不沈于酒，不贪于色，非辟丑也。直行情性之所安，而制度可以为天下法矣。故用不靡财，足以养其生，而天下称其仁也。养不害性，足以成教，而天下称其义也。适情辟余，不求非其有，而天下称其廉也。行成不可掩，息刑不可犯，执一道而轻万物，天下称其勇也。四行在乎民，居则婉愉，怒则胜敌。故审其所以养而治道具矣。治道具而远近畜矣。《诗》曰："于铄王师，遵养时晦。"言相养者之至于晦也。

许维遹校释：《韩诗外传集释》卷三，中华书局2009年版，第103页

客有说春申君者曰："汤以七十里，文王百里，皆兼天下，一海内。今夫孙子者，天下之贤人也，君藉之百里之势，臣窃以为不便于君，若何?"春申君曰："善。"于是使人谢孙子。孙子去而之赵，赵以为上卿。客又说春申君曰："昔伊尹去夏之殷，殷王而夏亡。管仲去鲁入齐，鲁弱而齐强。由是观之，夫贤者之所在，其君未尝不善，其国未尝不安也。今孙子天下之贤人，何谓辞而去?"春申君又云："善。"于是使使请孙子。孙子为书谢之曰："鄙语曰：'疠怜王。'此不恭之语也。虽然，不可不审也，此为劫杀死亡之主言者也。夫人主年少而放，无术以知奸，即大臣以专断图私，以禁诛于

己也。故舍贤长而立幼弱，废正适而立不义。故《春秋》志之，曰：楚王之子围聘于郑，未出境，闻王疾，返问疾，遂以冠缨绞王而杀之，因自立。齐崔杼之妻美，庄公通之。崔杼帅其党而攻庄公。公请与分国，崔杼不许。欲自刃于庙，崔杼又不许。庄公走出，踰于外墙，射中其股，遂杀之，而立其弟景公。近世所见：李兑用赵，饿主父于沙丘，百日而杀之。淖齿用齐，擢闵王之筋而悬之于庙梁，宿昔而杀之。夫疠虽瘫肿痂疕，上比远世，未至绞颈射股也，下比近世，未至擢筋饿死也。夫劫杀死亡之主，心之忧劳，形之苦痛，必甚于疠矣。由此观之，疠虽怜王，可也。"因为赋曰："琁玉瑶珠不知珮，杂布与锦不知异。闾娵子都莫之媒，嫫母力父是之喜。以盲为明，以聋为聪。以是为非，以吉为凶。呜呼上天，曷为其同！"《诗》曰："上帝甚蹈，无自瘵焉。"

许维遹校释：《韩诗外传集释》卷四，中华书局2009年版，第154页

官怠于有成，病加于小愈，祸生于懈惰，孝衰于妻子。察此四者，慎终如始。《易》曰："小狐汔济，濡其尾。"《诗》曰："靡不有初，鲜克有终。"

许维遹校释：《韩诗外传集释》卷八，中华书局2009年版，第292页

扁鹊过虢侯，世子暴病而死。扁鹊造宫门，曰："吾闻国中卒有壤土之事，得无有急乎？"曰："世子暴病而死。"扁鹊曰："入言郑医秦越人能活之。"中庶子好方者出应之，曰："吾闻上古医曰茅父，茅父之为医也，以莞为席，以蒭为狗，北面而祝之，发十言耳，诸扶舆而来者皆平复如故。子之方岂能若是乎？"扁鹊曰："不能。"又曰："吾闻中古之为医者曰踰跗，踰跗之为医也，搦脑髓，爪荒莫，吹区九窍，定脑脱，死者复生。子之方岂能若是乎？"扁鹊曰："不能。"中庶子曰："苟如子之方，譬如以管窥天，以锥刺地，所窥者大，所见者小，所刺者巨，所中者少。如子之方，岂足以变骇童子哉？"扁鹊曰："不然。事故有昧投而中蠡头，掩目而别白黑者。夫

世子病所谓尸蹶者。以为不然，试入诊世子股阴当温，耳焦焦如有啼者声。若此者，皆可活也。”中庶子遂入诊世子，以病报虢侯，虢侯闻之，足跣而起，至门曰：“先生远辱，幸临寡人。先生幸而治之，则粪土之息，得蒙天载地长为人。先生弗治之，则先犬马填沟壑矣。”言未卒而涕泣沾襟。扁鹊入，砥针砺石，取三阳五输，为轩光之灶，八减之汤，子同捣药，子明灸阳，子游按摩，子仪反神，子越扶形，于是世子复生。天下闻之，皆以扁鹊能起死人也，扁鹊曰：“吾不能起死人，直使夫当生者起耳。”夫死者犹可药，而况生乎？悲夫！罢君之治，无可药而息也。《诗》曰：“不可救药。”言必亡而已矣。

许维遹校释：《韩诗外传集释》卷十，中华书局2009年版，第345页

春秋繁露

董仲舒

董仲舒（前179年—前104年），广川（今河北景县）人，景帝时的博士。汉武帝时，董仲舒提出了天人感应、大一统、罢黜百家独尊儒术的主张，这些主张均为汉武帝所采纳。董仲舒创新发展了先秦儒学，并使儒学成为中国的主流意识形态。其代表作有《天人三策》《春秋繁露》《士不遇赋》等。

通国身

气之清者为精，人之清者为贤。治身者以积精为宝，治国者以积贤为道。身以心为本，国以君为主；精积于其本，则血气相承受；贤积于其主，则上下相制使。血气相承受，则形体无所苦；上下相制使，则百官各得其所；形体无所苦，然后身可得而安也。百官各

得其所，然后国可得而守也。夫欲致精者，必虚静其形；欲致贤者，必卑谦其身。形静志虚者，精气之所趣也；谦尊自卑者，仁贤之所事也。故治身者务执虚静以致精，治国者务尽卑谦以致贤。能致精则合明而寿，能致贤则德泽洽而国太平。

钟哲点校：《春秋繁露义证》，中华书局2011年版，第182–183页

深察名号

栣众恶于内，弗使得发于外者，心也。故心之为名，栣也。人之受气苟无恶者，心何栣哉？吾以心之名得人之诚。人之诚，有贪有仁，仁贪之气，两在于身。身之名，取诸天。天两有阴阳之施，身亦两有贪仁之性。天有阴阳禁，身有情欲栣，与天道一也。是以阴之行不得干春夏，而月之魄常厌于日光，乍全乍伤。天之禁阴如此，安得不损其欲而辍其情以应天。天所禁而身禁之，故曰身犹天也。禁天所禁，非禁天也。必知天性不乘于教，终不能栣。察实以为名，无教之时，性何遽若是。故性比于禾，善比于米。米出禾中，而禾未可全为米也。善出性中，而性未可全为善也。善与米，人之所继天而成于外，非在天所为之内也。天之所为，有所至而止。止之内谓之天性，止之外谓人事。事在性外，而性不得不成德。民之号，取之瞑也。使性而已善，则何故以瞑为号？以霣者言，弗扶将，则颠陷猖狂，安能善？性有似目，目卧幽而瞑，待觉而后见。当其未觉，可谓有见质，而不可谓见。今万民之性，有其质而未能觉，譬如瞑者待觉，教之然后善。当其未觉，可谓有善质，而不可谓善，与目之瞑而觉，一概之比也。静心徐察之，其言可见矣。性而瞑之未觉，天所为也。效天所为，为之起号，故谓之民。民之为言，固犹瞑也，随其名号以入其理，则得之矣。是正名号者于天地，天地之所生，谓之性情。性情相与为一瞑，情亦性也。谓性已善，奈其情何？故圣人莫谓性善，累其名也。身之有性情也，若天之有阴阳

也。言人之质而无其情，犹言天之阳而无其阴也。

钟哲点校：《春秋繁露义证》，中华书局2011年版，第293-299页

为人者天

为生不能为人，为人者天也。人之人本于天，天亦人之曾祖父也。此人之所以乃上类天也。人之形体，化天数而成；人之血气，化天志而仁；人之德行，化天理而义；人之好恶，化天之暖清；人之喜怒，化天之寒暑；人之受命，化天之四时；人生有喜怒哀乐之答，春秋冬夏之类也。喜，春之答也；怒，秋之答也；乐，夏之答也；哀，冬之答也。天之副在乎人。人之情性有由天者矣。故曰受，由天之号也。为人主也，道莫明省身之天，如天出之也。使其出也，答天之出四时而必忠其受也，则尧舜之治无以加。是可生可杀，而不可使为乱。故曰："非道不行，非法不言。"此之谓也。

钟哲点校：《春秋繁露义证》，中华书局2011年版，第318-319页

阳尊阴卑

天之大数，毕于十旬。旬天地之间，十而毕举；旬生长之功，十而毕成。十者，天数之所止也。古之圣人，因天数之所止，以为数纪。十如更始，民世世传之，而不知省其所起。知省其所起，则见天数之所始；见天数之所始，则知贵贱逆顺所在；知贵贱逆顺所在，则天地之情著，圣人之宝出矣。是故阳气以正月始出于地，生育长养于上。至其功必成也，而积十月。人亦十月而生，合于天数也。是故天道十月而成，人亦十月而成，合于天道也。

钟哲点校：《春秋繁露义证》，中华书局2011年版，第323-324页

王道通三

古之造文者，三画而连其中，谓之王。三画者，天地与人也，

而连其中者，通其道也。取天地与人之中以为贯而参通之，非王者孰能当是？是故王者唯天之施，施其时而成之，法其命而循之诸人，法其数而以起事，治其道而以出法，治其志而归之于仁。仁之美者在于天。天，仁也。天覆育万物，既化而生之，有养而成之，事功无已，终而复始，凡举归之以奉人，察于天之意，无穷极之仁也。人之受命于天也，取仁于天而仁也。是故人之受命天之尊，父兄子弟之亲，有忠信慈惠之心，有礼义廉让之行，有是非逆顺之治，文理灿然而厚，知广大有而博，唯人道为可以参天。天常以爱利为意，以养长为事，春秋冬夏皆其用也。王者亦常以爱利天下为意，以安乐一世为事，好恶喜怒而备用也。然而主之好恶喜怒，乃天之春夏秋冬也，其俱暖清寒暑而以变化成功也。天出此物者，时则岁美，不时则岁恶。人主出此四者，义则世治，不义则世乱，是故治世与美岁同数，乱世与恶岁同数，以此见人理之副天道也。天有寒有暑，夫喜怒哀乐之发，与清暖寒暑，其实一贯也。喜气为暖而当春，怒气为清而当秋，乐气为太阳而当夏，哀气为太阴而当冬。四气者，天与人所同有也，非人所能蓄也，故可节而不可止也。节之而顺，止之而乱。人生于天，而取化于天。喜气取诸春，乐气取诸夏，怒气取诸秋，哀气取诸冬，四气之心也。四肢之答各有处，如四时；寒暑不可移，若肢体。肢体移易其处，谓之壬人；寒暑移易其处，谓之败岁；喜怒移易其处，谓之乱世。明王正喜以当春，正怒以当秋，正乐以当夏，正哀以当冬。上下法此，以取天之道。春气爱，秋气严，夏气乐，冬气哀。爱气以生物，严气以成功，乐气以养生，哀气以丧终，天之志也。是故春气暖者，天之所以爱而生之；秋气清者，天之所以严以成之；夏气温者，天之所以乐而养之；冬气寒者，天之所以哀而藏之。春主生，夏主养，秋主收，冬主藏。生溉其乐以养，死溉其哀以藏，为人子者也。故四时之行，父子之道也；天地之志，君臣之义也；阴阳之理，圣人之法也。阴，刑气也；阳，德气也。阴始于秋，阳始于春。春之为言，犹偆偆也；秋之为言，犹湫湫也。偆偆者喜乐之貌也，湫湫者忧悲之状也。是故春喜夏乐秋忧冬悲，悲死而乐生，以夏养春，以冬藏秋，大人之志也。是故先爱而后严，乐生而哀终，天之当也；而人资诸天。天固有此，然而无所之如其身而已矣。人主立于生杀之位，与天共持变化之势，物莫不应天化。天地之化如四时，所好之风出，则为暖气而有生于俗；所恶之风出，则为清气而有杀于俗；喜则为暑气而有养长也；怒则为寒气而有闭塞也。人主以好恶喜怒变习俗，而天以暖清寒暑化草木，喜怒时而当则岁美，不时而妄则岁恶。天地人主一也。然则人主之好恶喜怒，乃天之暖清寒暑也，不可不审其处而出也，当暑而寒，当寒而暑，必为恶岁矣。人主当喜而怒，当怒而喜，必为乱世矣。是故人主之大守，在于谨藏而禁内，使好恶喜怒必当义乃出，若暖清寒暑之必当其时乃发也。人主掌此而无失，使乃好恶喜怒未尝差也，如春秋冬夏之未尝过也，可谓参天矣。深藏此四者而勿使妄发，可谓天矣。

钟哲点校：《春秋繁露义证》，中华书局2011年版，第328–333页

阴阳义

天地之常，一阴一阳，阳者天之德也，阴者天之刑也。迹阴阳终岁之行，以观天之所亲而任。成天之功，犹谓之空，空者之实也。故清溧之于岁也，若酸咸之于味也，仅有而已矣。圣人之治，亦从而然。天之少阴用于功，太阴用于空。人之少阴用于严，而太阴用于丧。丧亦空，空亦丧也。是故天之道以三时成生，以一时丧死。死之者，谓百物枯落也；丧之者，谓阴气悲哀也。天亦有喜怒之气，哀乐之心，与人相副。以类合之，天人一也。春，喜气也，故生；秋，怒气也，故杀；夏，乐气也，故养；冬，哀气也，故藏。四者，天人同有之，有其理而一用之。与天同者大治，与天异者大乱，故为人主之道，莫明于在身之与天同者而用之，使喜怒必当义而出，如寒暑之必当其时乃发也；使德之厚于刑也，如阳之多于阴也。是故天之行阴气也，少取以成秋，其余以归之冬；圣人之行阴气也，

少取以立严，其余以归之丧。丧亦人之冬气，故人之太阴，不用于刑而用于丧，天之太阴，不用于物而用于空，空亦为丧，丧亦为空，其实一也，皆丧死亡之心也。

钟哲点校：《春秋繁露义证》，中华书局2011年版，第341-342页

人副天数

天德施，地德化，人德义。天气上，地气下，人气在其间。春生夏长，百物以兴；秋杀冬收，百物以藏。故莫精于气，莫富于地，莫神于天。天地之精所以生物者，莫贵于人。人受命乎天也，故超然有以倚。物疢疾莫能为仁义，唯人独能为仁义；物疢疾莫能偶天地，唯人独能偶天地。人有三百六十节，偶天之数也；形体骨肉，偶地之厚也。上有耳目聪明，日月之象也；体有空窍理脉，川谷之象也；心有哀乐喜怒，神气之类也；观人之体一，何高物之甚，而类于天也。物旁折取天之阴阳以生活耳，而人乃烂然有其文理。是故凡物之形，莫不伏从旁折天地而行，人独题直立端尚正，正当之。是故所取天地少者，旁折之；所取天地多者，正当之。此见人之绝于物而参天地。是故人之身首妢而员，象天容也；发，象星辰也；耳目戾戾，象日月也；鼻口呼吸，象风气也；胸中达知，象神明也，腹胞实虚，象百物也。百物者最近地，故要以下，地也。天地之象，以要为带。颈以上者，精神尊严，明天类之状也；颈而下者，丰厚卑辱，土壤之比也。足布而方，地形之象也。是故礼带置绅，必直其颈，以别心也。带而上者尽为阳，带而下者尽为阴，各其分。阳，天气也；阴，地气也。故阴阳之动，使人足病，喉痹起，则地气上为云雨，而象亦应之也。天地之符，阴阳之副，常设于身。身犹天也，数与之相参，故命与之相连也。天以终岁之数，成人之身，故小节三百六十六，副日数也；大节十二分，副月数也；内有五臧，副五行数也；外有四肢，副四时数也；乍视乍瞑，副昼夜也；乍刚乍柔，副冬夏也；乍哀乍乐，副阴阳也；心有计虑，副度数也；行

有伦理，副天地也；此皆暗肤着身，与人俱生。比而偶之弇合，于其可数也，副数；不可数者，副类。皆当同而副天，一也。是故陈其有形以著无形者，拘其可数，以著其不可数者。以此言道之亦宜以类相应，犹其形也，以数相中也。

钟哲点校：《春秋繁露义证》，中华书局2011年版，第354–357页

同类相动

今平地注水，去燥就湿，均薪施火，去湿就燥。百物去其所与异，而从其所与同。故气同则会，声比则应，其验皦然也。试调琴瑟而错之，鼓其宫则他宫应之，鼓其商而他商应之，五音比而自鸣，非有神，其数然也。美事召美类，恶事召恶类，类之相应而起也，如马鸣则马应之，牛鸣则牛应之。帝王之将兴也，其美祥亦先见；其将亡也，妖孽亦先见。物故以类相召也，故以龙致雨，以扇逐暑，军之所处以棘楚。美恶皆有从来，以为命，莫知其处所。天将阴雨，人之病故为之先动，是阴相应而起也。天将欲阴雨，又使人欲睡卧者，阴气也。有忧亦使人卧者，是阴相求也；有喜者，使人不欲卧者，是阳相索也；水得夜，益长数分，东风而酒湛溢，病者至夜而疾益甚，鸡至几明，皆鸣而相薄。其气益精，故阳益阳而阴益阴，阳阴之气，因可以类相益损也。天有阴阳，人亦有阴阳。天地之阴气起，而人之阴气应之而起，人之阴气起，而天地之阴气亦宜应之而起，其道一也。明于此者，欲致雨则动阴以起阴，欲止雨则动阳以起阳，故致雨非神也。而疑于神者，其理微妙也。非独阴阳之气可以类进退也，虽不祥祸福所从生，亦由是也。无非已先起之，而物以类应之而动者也。故聪明圣神，内视反听，言为明圣，内视反听，故独明圣者知其本心皆在此耳。故琴瑟报弹其宫，他宫自鸣而应之，此物之以类动者也。其动以声而无形，人不见其动之形，则谓之自鸣也。又相动无形，则谓之自然，其实非自然也，有使之然者矣。物固有实使之，其使之无形。《尚书大传》言："周将兴之时，

有大赤鸟衔谷之种，而集王屋之上者，武王喜，诸大夫皆喜。周公曰：‘茂哉！茂哉！天之见此以劝之也。’”恐恃之。

钟哲点校：《春秋繁露义证》，中华书局2011年版，第358–361页

五行顺逆

木者春，生之性，农之本也。劝农事，无夺民时，使民，岁不过三日，行什一之税，进经术之士。挺群禁，出轻系，去稽留，除桎梏，开门阖，通障塞。恩及草木，则树木华美，而朱草生；恩及鳞虫，则鱼大为，鳣鲸不见，群龙下。如人君出入不时，走狗试马，驰骋不反宫室，好淫乐，饮酒沈湎，纵恣，不顾政治，事多发役，以夺民时，作谋增税，以夺民财，民病疥搔，温体，足胻痛。咎及于木，则茂木枯槁，工匠之轮多伤败。毒水渰群，漉陂如渔，咎及鳞虫，则鱼不为，群龙深藏，鲸出见。

火者夏，成长，本朝也。举贤良，进茂才，官得其能，任得其力，赏有功，封有德，出货财，振困乏，正封疆，使四方。恩及于火，则火顺人而甘露降；恩及羽虫，则飞鸟大为，黄鹄出见，凤凰翔。如人君惑于谗邪，内离骨肉，外疏忠臣，至杀世子，诛杀不辜，逐忠臣，以妾为妻，弃法令，妇妾为政，赐予不当，则民病血壅肿，目不明。咎及于火，则大旱，必有火灾；摘巢探鷇，咎及羽虫，则飞鸟不为，冬应不来，枭鸱群鸣，凤凰高翔。

土者夏中，成熟百种，君之官。循宫室之制，谨夫妇之别，加亲戚之恩。恩及于土，则五谷成，而嘉禾兴。恩及倮虫，则百姓亲附，城郭充实，贤圣皆迁，仙人降。如人君好淫佚，妻妾过度，犯亲戚，侮父兄，欺罔百姓，大为台榭，五色成光，雕文刻镂，则民病心腹宛黄，舌烂痛。咎及于土，则五谷不成；暴虐妄诛，咎及倮虫，倮虫不为，百姓叛去，贤圣放亡。

金者秋，杀气之始也。建立旗鼓，杖把旄钺，以诛贼残，禁暴虐，安集，故动众兴师，必应义理，出则祠兵，入则振旅，以闲习

之。因于搜狩，存不忘亡，安不忘危，修城郭，缮墙垣，审群禁，饬兵甲，警百官，诛不法。恩及于金石，则凉风出；恩及于毛虫，则走兽大为，麒麟至。如人君好战，侵陵诸侯，贪城邑之赂，轻百姓之命，则民病喉，咳嗽，筋挛，鼻鼽塞。咎及于金，则铸化凝滞，冻坚不成；四面张罔，焚林而猎，咎及毛虫，则走兽不为，白虎妄搏，麒麟远去。

水者冬，藏至阴也。宗庙祭祀之始，敬四时之祭，禘祫昭穆之序，天子祭天，诸侯祭土。闭门闾，大搜索，断刑罚，执当罪，饬关梁，禁外徙。恩及于水，则醴泉出；恩及介虫，则鼋鼍大为，灵龟出。如人君简宗庙，不祷祀，废祭祀，执法不顺，逆天时，则民病流肿、水张、痿痹，孔窍不通。咎及于水，雾气冥冥，必有大水，水为民害；咎及介虫，则龟深藏，鼋鼍呴。

钟哲点校：《春秋繁露义证》，中华书局2011年版，第371–381页

五行变救

五行变至，当救之以德，施之天下，则咎除。不救以德，不出三年，天当雨石。木有变，春凋秋荣，秋木冰，春多雨。此繇役众，赋敛重，百姓贫穷叛去，道多饥人。救之者，省繇役，薄赋敛，出仓谷，振困穷矣。火有变，冬温夏寒。此王者不明，善者不赏，恶者不绌，不肖在位，贤者伏匿，则寒暑失序，而民疾疫。救之者，举贤良，赏有功，封有德。土有变，大风至，五谷伤，此不信仁贤，不敬父兄，淫泆无度，宫室荣。救之者，省宫室，去雕文，举孝悌，恤黎元。金有变，毕昴为回三覆，有武，多兵，多盗寇。此弃义贪财，轻民命，重货赂，百姓趣利，多奸轨。救之者，举廉洁，立正直，隐武行文，束甲械。水有变，冬湿多雾，春夏雨雹，此法令缓，刑罚不行。救之者，忧囹圄，案奸宄，诛有罪，蒐五日。

钟哲点校：《春秋繁露义证》，中华书局2011年版，第385–386页

执　贽

凡执贽，天子用畅，公侯用玉，卿用羔，大夫用雁。雁乃有类于长者，长者在民上，必施然有先后之随，必俶然有行列之治，故大夫以为贽。羔有角而不任，设备而不用，类好仁者；执之不鸣，杀之不谛，类死义者；羔食于其母，必跪而受之，类知礼者。故羊之为言犹祥与，故卿以为贽。玉有似君子。子曰："人而不曰如之何、如之何者，吾末如之何也矣。"故匿病者不得良医，羞问者圣人去之，以为远功而近有灾，是则不有。玉至清而不蔽其恶，内有瑕秽，必见之于外，故君子不隐其短，不知则问，不能则学，取之玉也。君子比之玉，玉润而不污，是仁而至清洁也；廉而不杀，是义而不害也；坚而不磬，过而不濡，视之如庸，展之如石，状如石，搔而不可从绕，洁白如素而不受污，玉类备者，故公侯以为贽。畅有似于圣人者，纯仁淳粹，而有知之贵也，择于身者尽为德音，发于事者尽为润泽。积美阳芳香，以通之天。畅亦取百香之心，独末之，合之为一，而达其臭，气畅于天。其淳粹无择，与圣人一也，故天子以为贽，而各以事上也。观贽之意，可以见其事。

钟哲点校：《春秋繁露义证》，中华书局2011年版，第419–422页

循天之道

循天之道以养其身，谓之道也。天有两和以成二中，岁立其中，用之无穷。是北方之中用合阴，而物始动于下；南方之中用合阳，而养始美于上。其动于下者，不得东方之和不能生，中春是也。其养于上者，不得西方之和不能成，中秋是也。然则天地之美恶在？两和之处，二中之所来归而遂其为也。是故东方生而西方成，东方和生，北方之所起，西方和成，南方之所养长。起之不至于和之所不能生，养长之不至于和之所不能成。成于和，生必和也；始于中，止必中也。中者，天地之所终始也；而和者，天地之所生成也。夫

德莫大于和，而道莫正于中。中者，天地之美达理也，圣人之所保守也。《诗》云："不刚不柔，布政优优。"此非中和之谓与？是故能以中和理天下者，其德大盛；能以中和养其身者，其寿极命。

男女之法，法阴与阳。阳气起于北方，至南方而盛，盛极而合乎阴。阴气起乎中夏，至中冬而盛，盛极而合乎阳。不盛不合，是故十月而壹俱盛，终岁而乃再合。天地久节，以此为常，是故先法之内矣，养身以全，使男子不坚牡不家室，阴不极盛不相接。是故身精明，难衰而坚固，寿考无忒，此天地之道也。

天气先盛牡而后施精，故其精固；地气盛牝而后化，故其化良。是故阴阳之会，冬合北方而物动于下，夏合南方而物动于上。上下之大动，皆在日至之后。为寒则凝冰裂地，为热则焦沙烂石，气之精至于是。故天地之化，春气生而百物皆出，夏气养而百物皆长，秋气杀而百物皆死，冬气收而百物皆藏。是故惟天地之气而精，出入无形，而物莫不应，实之至也。君子法乎其所贵，天地之阴阳当男女，人之男女当阴阳。阴阳亦可以谓男女，男女亦可以谓阴阳。天地之经，至东方之中而所生大养，至西方之中而所养大成，一岁四起，业而必于中。中之所为，而必就于和，故曰和其要也。和者，天之正也，阴阳之平也，其气最良，物之所生也。诚择其和者，以为大得天地之奉也。天地之道，虽有不和者，必归之于和，而所为有功；虽有不中者，必止之于中，而所为不失。是故阳之行，始于北方之中，而止于南方之中；阴之行，始于南方之中，而止于北方之中。阴阳之道不同，至于盛而皆止于中，其所始起皆必于中。中者，天地之太极也，日月之所至而却也，长短之隆，不得过中，天地之制也。兼和与不和，中与不中，而时用之，尽以为功。是故时无不时者，天地之道也。顺天之道，节者天之制也，阳者天之宽也，阴者天之急也，中者天之用也，和者天之功也。举天地之道，而美于和，是故物生皆贵气而迎养之。孟子曰："我善养吾浩然之气者也。"谓行必终礼，而心自喜，常以阳得生其意也。公孙之养气曰："里藏泰实则气不通，泰虚则气不足，热胜则气□，寒胜则气□，泰劳则气不入，泰佚则气宛至，怒则气高，喜则气散，忧则气狂，惧则气慑。凡此十者，气之害也，而皆生于不中和。故君子怒则反中而自说以和，喜则反中而收之以正，忧则反中而舒之以意，惧则反中而实之以精。”夫中和之不可不反如此。

故君子道至，气则华而上。凡气从心，心，气之君也，何为而气不随也。是以天下之道者，皆言内心其本也。故仁人之所以多寿者，外无贪而内清净，心和平而不失中正，取天地之美以养其身，是其且多且治。鹤之所以寿者，无宛气于中，是故食冰。猿之所以寿者，好引其末，是故气四越。天气常下施于地，是故道者亦引气于足。天之气常动而不滞，是故道者亦不宛气。苟不治，虽满不虚。是故君子养而和之，节而法之，去其群泰，取其众和。高台多阳，广室多阴，远天地之和也，故圣人弗为，适中而已矣。

法人八尺，四尺其中也。宫者，中央之音也；甘者，中央之味也；四尺者，中央之制也。是故三王之礼，味皆尚甘，声皆尚和。处其身所以常自渐于天地之道，其道同类，一气之辨也。法天者，乃法人之辨。天之道，向秋冬而阴来，向春夏而阴去。是故古之人霜降而迎女，冰泮而杀内，与阴俱近，与阳俱远也。天地之气，不致盛满，不交阴阳。是故君子甚爱气而游于房，以体天也。气不伤于以盛通，而伤于不时、天并。不与阴阳俱往来，谓之不时；恣其欲而不顾天数，谓之天并。君子治身，不敢违天，是故新牡十日而一游于房，中年者倍新牡，始衰者倍中年，中衰者倍始衰，大衰者以月当新牡之日，而上与天地同节矣，此其大略也。然而其要皆期于不极盛不相遇。疏春而旷夏，谓不远天地之数。

民皆知爱其衣食，而不爱其天气。天气之于人，重于衣食。衣食尽，尚犹有闲，气尽而立终。故养生之大者，乃在爱气。气从神而成，神从意而出。心之所之谓意，意劳者神扰，神扰者气少，气少者难久矣。故君子闲欲止恶以平意，平意以静神，静神以养气。气多而治，则养身之大者得矣。

古之道士有言曰：“将欲无陵，固守一德。”此言神无离形，则气多内充，而忍饥寒也。和乐者，生之外泰也；精神者，生之内充也。外泰不若内充，而况外伤乎？忿恤忧恨者，生之伤也；和说劝善者，生之养也。君子慎小物而无大败也。行中正，声向荣，气意和平，居处虞乐，可谓养生矣。凡养生者，莫精于气。是故春袭葛，夏居密阴，秋避杀风，冬避重漯，就其和也；衣欲常漂，食欲常饥，体欲常劳，而无长佚，居多也。凡天地之物，乘于其泰而生，厌于其胜而死，四时之变是也。故冬之水气，东加于春而木生，乘其泰也。春之生，西至金而死，厌于胜也。生于木者，至金而死；生于金者，至火而死。春之所生而不得过秋，秋之所生不得过夏，天之数也。饮食臭味，每至一时，亦有所胜，有所不胜，之理不可不察也。四时不同气，气各有所宜，宜之所在，其物代美，视代美而代养之，同时美者杂食之，是皆其所宜也。故荠以冬美，而荼以夏成，此可以见冬夏之所宜服矣。冬，水气也，荠，甘味也，乘于水气而美者，甘胜寒也。荠之为言济与？济，大水也；夏，火气也；荼，苦味也，乘于火气而成者，苦胜暑也。天无所言，而意以物，物不与群物同时而生死者，必深察之，是天之所以告人也。故荠成告之甘，荼成告之苦也。君子察物而成告谨，是以至荠不可食之时，而尽远甘物，至荼成就也。天所独代之成者，君子独代之，是冬夏之所宜也。春秋杂物其和，而冬夏代服其宜，则当得天地之美，四时和矣。凡择味之大体，各因其时之所美，而违天不远矣。是故当百物大生之时，群物皆生，而此物独死。可食者，告其味之便于人也；其不可食者，告杀秽除害之不待秋也。当物之大枯之时，群物皆死，如此物独生。其可食者，益食之，天为之利人，独代生之；其不可食，益畜之。天愍州华之间，故生宿麦，中岁而熟之。君子察物之异，以求天意，大可见矣。是故男女体其盛，臭味取其胜，居处就其和，劳佚居其中，寒暖无失适，饥饱无过平，欲恶度理，动静顺性，喜怒止于中，忧惧反之正，此中和常在乎其身，谓之得天地泰。得天地泰者，其寿引而长，不得天地泰者，其寿伤而短，短长之质，人之所由受于天也。是故寿有短长，养有得失，及至其末之，大卒而必雠于此，莫之得离，故寿之为言，犹雠也。天下之人虽众，不得不各雠其所生，而寿夭于其所自行。自行可久之道者，其寿雠于久；自行不可久之道者，其寿亦雠于不久。久与不久之情，各雠其生平之所行，今如后至，不可得胜，故曰：寿者，雠也。然则人之所自行，乃与其寿夭相益损也。其自行佚而寿长者，命益之也；其自行端而寿短者，命损之也。以天命之所损益，疑人之所得失，此大惑也。是故天长之而人伤之者，其长损；天短之而人养之者，其短益。夫损益者皆人，人其天之继欤？出其质而人弗继，岂独立哉！

钟哲点校：《春秋繁露义证》，中华书局2011年版，第444–451页

天地之行

一国之君，其犹一体之心也：隐居深宫，若心之藏于胸；至贵无与敌，若心之神无与双也。其官人上士，高清明而下重浊，若身之贵目而贱足也；任群臣无所亲，若四肢之各有职也；内有四辅，若心之有肝肺脾肾也；外有百官，若心之有形体孔窍也；亲圣近贤，若神明皆聚于心也；上下相承顺，若肢体相为使也；布恩施惠，若元气之流皮毛腠理也；百姓皆得其所，若血气和平，形体无所苦也；无为致太平，若神气自通于渊也；致黄龙凤皇，若神明之致玉女芝英也。君明，臣蒙其功，若心之神，体得以全；臣贤，君蒙其恩，若形体之静而心得以安；上乱，下被其患，若耳目不聪明而手足为伤也；臣不忠而君灭亡，若形体妄动而心为之丧。是故君臣之礼，若心之与体，心不可以不坚，君不可以不贤；体不可以不顺，臣不可以不忠。心所以全者，体之力也；君所以安者，臣之功也。

钟哲点校：《春秋繁露义证》，中华书局2011年版，第460–461页

如天之为

阴阳之气，在上天亦在人。在人者为好恶喜怒，在天者为暖清寒暑。出入上下、左右、前后，平行而不止，未尝有所稽留滞郁也。

其在人者，亦宜行而无留，若四时之条条然也。夫喜怒哀乐之止动也，此天之所为人性命者。临其时而欲发其应，亦天应也，与暖清寒暑之至其时而欲发无异。若留德而待春夏，留刑而待秋冬也，此有顺四时之名，实逆于天地之经，在人者亦天也，奈何其久留天气，使之郁滞，不得以其正周行也。是故天行谷朽寅，而秋生麦，告除秽而继乏也。所以成功继乏，以赡人也。

天之生有大经也，而所周行者，又有害功也，除而杀殛者，行急皆不待时也，天之志也，而圣人承之以治。是故春修仁而求善，秋修义而求恶，冬修刑而致清，夏修德而致宽。此所以顺天地，体阴阳。然而方求善之时，见恶而不释；方求恶之时，见善亦立行。方致清之时，见大善亦立举之；方致宽之时，见大恶亦立去之。以效天地之方生之时有杀也，方杀之时有生也。是故志意随天地，缓急仿阴阳。然而人事之宜行者，无所郁滞，且恕于人，顺于天，天人之道兼举，此谓执其中。天非以春生人，以秋杀人也。当生者曰生，当死者曰死，非杀物之义待四时也。而人之所治也，安取久留当行之理，而必待四时也。此之谓壅，非其中也。人有喜怒哀乐，犹天之有春夏秋冬也。喜怒哀乐之至其时而欲发也，若春夏秋冬之至其时而欲出也，皆天气之然也，其宜直行而无郁滞，一也。天终岁乃一遍此四者，而人主终日不知过此四之数，其理故不可以相待。且天之欲利人，非直其欲利谷也。除秽不待时，况秽人乎！

钟哲点校：《春秋繁露义证》，中华书局2011年版，第463–465页

淮南子

刘　安

刘安（前179年—前122年），淮南（今安徽淮南）人。刘安好读书鼓琴，善文辞，曾受武帝命作《离骚传》，又献《颂德》《长安都国颂》。刘安召集门客编写了《淮南子》，又名《淮南鸿烈》《鸿

烈》，包括内书二十一篇、外书三十三篇、中书八卷，现仅存内书二十一篇。《淮南子》中集中体现的是黄老思想。

原道训

夫喜怒者，道之邪也；忧悲者，德之失也；好憎者，心之过也；嗜欲者，性之累也。人大怒破阴，大喜坠阳；薄气发喑，惊怖为狂；忧悲多恚，病乃成积；好憎繁多，祸乃相随。故心不忧乐，德之至也；通而不变，静之至也；嗜欲不载，虚之至也；无所好憎，平之至也；不与物散，粹之至也。能此五者，则通于神明。通于神明者，得其内者也。是故以中制外，百事不废；中能得之，则外能收之。中之得则五藏宁，思虑平；筋力劲强，耳目聪明；疏达而不悖，坚强而不鞼，无所大过，而无所不逮。处小而不逼，处大而不窕；其魂不躁，其神不娆；湫漻寂寞，为天下枭。

陈广忠译注：《淮南子译注》，上海古籍出版社2017年版，第28页

夫建钟鼓，列管弦，席旃茵，傅旄象；耳听朝歌北鄙靡靡之乐，齐靡曼之色；陈酒行觞，夜以继日；强弩于高鸟，走犬逐狡兔。此其为乐也，炎炎赫赫，怵然若有所诱慕。解车休马，罢酒彻乐，而心忽然若有所丧，怅然若有所亡也。是何则？不以内乐外，而以外乐内；乐作而喜，曲终而悲；悲喜转而相生，精神乱营，不得须臾平。察其所以，不得其形，而日以伤生，失其得者也。是故内不得于中，禀授于外而以自饰也，不浸于肌肤，不浃于骨髓，不留于心志，不滞于五藏。故从外入者，无主于中不止；从中出者，无应于外不行。故听善言便计，虽愚者知说之；称至德高行，虽不肖者知慕之。说之者众，而用之者鲜；慕之者多，而行之者寡。所以然者何也？不能反诸性也。夫内不开于中而强学问者，不入于耳而不著于心，此何以异于聋者之歌也？效人为之，而无以自乐也。声出于口，则越而散矣。夫心者，五藏之主也。所以制使四支，流行血气，

驰骋于是非之境，而出入于百事之门户者也。是故不得于心，而有经天下之气，是犹无耳而欲调钟鼓，无目而欲喜文章也。亦必不胜其任矣！夫心者，五藏之主也，所以制使四支，流行血气，驰骋于是非之境，而出入于百事之门户者也。是故不得于心，而有经天下之气，是犹无耳而欲调钟鼓，无目而欲喜文章也。亦必不胜其任矣！

陈广忠译注：《淮南子译注》，上海古籍出版社2017年版，第32页

夫形者生之所也，气者生之元也，神者生之制也，一失位则二者伤矣。是故圣人使人各处其位，守其职，而不得相干也。故夫形者，非其所安也而处之，则废；气不当其所充而用之，则泄；神非其所宜而行之，则昧。此三者，不可不慎守也。

陈广忠译注：《淮南子译注》，上海古籍出版社2017年版，第38页

夫精神气志者，静而日充者以壮，躁而日耗者以老。是故圣人将养其神，和弱其气，平夷其形，而与道沈浮俯仰。恬然则纵之，迫则用之；其纵之也若委衣，其用之也若发机。

陈广忠译注：《淮南子译注》，上海古籍出版社2017年版，第40页

俶真训

是故伤死者其鬼娆，时既者其神漠，是皆不得形神俱没也。夫圣人用心杖性，依神相扶，而得终始。是故其寐不梦，其觉不忧。

陈广忠译注：《淮南子译注》，上海古籍出版社2017年版，第47页

夫人之事其神而娆其精，营慧然而有求于外，此皆失其神明而离其宅也。是故冻者假兼衣于春，而暍者望冷风于秋。夫有病于内者，必有色于外矣。夫梣木色青翳，而蠃瘉蜗睆，此皆治目之药也。人无故求此物者，必有蔽其明者。

陈广忠译注：《淮南子译注》，上海古籍出版社2017年版，第62页

静漠恬澹，所以养性也；和愉虚无，所以养德也。外不滑内，则性得其宜；性不动和，则德安其位。养生以经世，抱德以终年，可谓能体道矣。若然者，血脉无郁滞，五藏无蔚气，祸福弗能挠滑，非誉弗能尘垢，故能致其极。非有其世，孰能济焉？有其人，不遇其时，身犹不能脱，又况无道乎？

陈广忠译注：《淮南子译注》，上海古籍出版社2017年版，第72页

天文训

天地以设，分而为阴阳。阳生于阴，阴生于阳，阴阳相错，四维乃通，或死或生，万物乃成。蚑行喙息，莫贵于人，孔窍肢体，皆通于天。天有九重，人亦有九窍；天有四时以制十二月，人亦有四肢以使十二节；天有十二月以制三百六十日，人亦有十二肢以使三百六十节。故举事而不顺天者，逆其生者也。以日冬至，数来岁正月朔日，五十日者民食足；不满五十日，日减一斗；有余日，日益一升。有其岁司也。

陈广忠译注：《淮南子译注》，上海古籍出版社2017年版，第132页

地形训

凡地形，东西为纬，南北为经。山为积德，川为积刑。高者为生，下者为死。丘陵为牡，溪谷为牝。水员折者有珠，方折者有玉。清水有黄金，龙渊有玉英。

土地各以其类生。是故山气多男，泽气多女；障气多喑，风气多聋；林气多癃，木气多伛；岸下气多肿，石气多力；险阻气多瘿；暑气多夭，寒气多寿；谷气多痹，丘气多狂；衍气多仁，陵气多贪。

轻土多利，重土多迟；清水音小，浊水音大；湍水人轻，迟水人重；中土多圣人。皆象其气，皆应其类。故南方有不死之草，北方有不释之冰；东方有君子之国，西方有形残之尸。寝居直梦，人死为鬼；磁石上飞，云母来水；土龙致雨，燕雁代飞；蛤蟹珠龟，与月盛衰。是故坚土人刚，弱土人肥，垆土人大，沙土人细，息土人美，耗土人丑。食水者善游能寒，食土者无心而慧，食木者多力而㚢，食草者善走而愚，食叶者有丝而蛾，食肉者勇敢而悍，食气者神明而寿，食谷者知慧而夭，不食者不死而神。

……

一主日，日数十，日主人，人故十月而生。……昼生者类父，夜生者似母。

陈广忠译注：《淮南子译注》，上海古籍出版社2017年版，第154–158页

东方川谷之所注，日月之所出。其人兑形小头，隆鼻大口，鸢肩企行，窍通于目，筋气属焉。苍色主肝，长大早知而不寿。其地宜麦，多虎豹。

南方阳气之所积，暑湿居之，其人修形兑上，大口决眦，窍通于耳，血脉属焉，赤色主心，早壮而夭。其地宜稻，多兕象。

西方高土川谷出焉，日、月入焉。其人面末偻，修颈印行，窍通于鼻，皮革属焉。白色主肺，勇敢不仁。其地宜黍，多旄犀。

北方幽晦不明，天之所闭也，寒冰之所积也，蛰虫之所伏也。其人翕形短颈，大肩下尻，窍通于阴，骨干属焉。黑色主肾，其人惷愚禽兽而寿。其地宜菽，多犬马。

中央四达，风气之所通，雨露之所会也。其人大面短颈，美须恶肥，窍通于口，肤肉属焉。黄色主胃，慧圣而好治；其地宜禾，多牛羊及六畜。

木胜土，土胜水，水胜火，火胜金，金胜木。故禾春生秋死，菽夏生冬死，麦秋生夏死，荠冬生中夏死。

陈广忠译注：《淮南子译注》，上海古籍出版社2017年版，第

160–162 页

弱土之气，御于白天。白天九百岁生白礜，白礜九百岁生白澒，白澒九百岁生白金，白金千岁生白龙，白龙入藏生白泉。白泉之埃上为白云，阴阳相薄为雷，激扬为电，上者就下，流水就通，而合于白海。

陈广忠译注：《淮南子译注》，上海古籍出版社 2017 年版，第 175 页

时则训

孟春之月，招摇指寅，昏参中，旦尾中。其位东方，其日甲乙，盛德在木。其虫鳞，其音角，律中太蔟，其数八，其味酸，其臭羶，其祀户，祭先脾。

陈广忠译注：《淮南子译注》，上海古籍出版社 2017 年版，第 177 页

孟春行夏令，则风雨不时，草木早落，国乃有恐；行秋令，则其民大疫，飘风暴雨总至，黎莠蓬蒿并兴。

陈广忠译注：《淮南子译注》，上海古籍出版社 2017 年版，第 179 页

仲春之月，招摇指卯，昏弧中，旦建星中。其位东方，其日甲乙，其虫鳞，其音角，律中夹钟，其数八，其味酸，其臭羶，其祀户，祭先脾。

……

先雷三日，振铎以令于兆民曰："雷且发声，有不戒其容止者，生子不备，必有凶灾。"

陈广忠译注：《淮南子译注》，上海古籍出版社 2017 年版，第 180 页

季春之月，招摇指辰，昏七星中，旦牵牛中。其位东方，其日甲乙，其虫鳞，其音角，律中姑洗，其数八，其味酸，其臭羶，其

祀户，祭先脾。

陈广忠译注：《淮南子译注》，上海古籍出版社2017年版，第182页

季春行冬令，则寒气时发，草木皆肃，国有大恐；行夏令，则民多疾疫，时雨不降，山陵不登。

陈广忠译注：《淮南子译注》，上海古籍出版社2017年版，第185页

孟夏之月，招摇指巳，昏翼中，旦婺女中。其位南方，其日丙丁，盛德在火。其虫羽，其音徵，律中仲吕，其数七，其味苦，其臭焦，其祀灶，祭先肺。

……

聚畜百药，靡草死，麦秋至，决小罪，断薄刑。

陈广忠译注：《淮南子译注》，上海古籍出版社2017年版，第186页

仲夏之月，招摇指午，昏亢中，旦危中。其位南方，其日丙丁，其虫羽，其音徵，律中蕤宾，其数七，其味苦，其臭焦，其祀灶，祭先肺。

……

日长至，阴阳争，死生分。君子斋戒，慎身无躁，节声色，薄滋味，百官静，事无径，以定晏阴之所成。鹿角解，蝉始鸣，半夏生，木堇荣。

陈广忠译注：《淮南子译注》，上海古籍出版社2017年版，第188页

仲夏……行秋令，则草木零落，果实蚤成，民殃于疫。

陈广忠译注：《淮南子译注》，上海古籍出版社2017年版，第190页

季夏之月，招摇指未，昏心中，旦奎中。其位中央，其日戊己，盛德在土，其虫赢，其音宫，律中百钟，其数五，其味甘，其臭香，其祀中霤，祭先心。

陈广忠译注：《淮南子译注》，上海古籍出版社2017年版，第191页

季夏……行秋令，则丘隰水潦，稼穑不孰，乃多女灾。

陈广忠译注：《淮南子译注》，上海古籍出版社2017年版，第193页

孟秋之月，招摇指申，昏斗中，旦毕中。其位西方，其日庚辛，盛德在金。其虫毛，其音商，律中夷则，其数九，其味辛，其臭腥，其祀门，祭先肝。

陈广忠译注：《淮南子译注》，上海古籍出版社2017年版，第194页

孟冬……行夏令，则冬多火灾，寒暑不节，民多疟疾。

陈广忠译注：《淮南子译注》，上海古籍出版社2017年版，第196页

仲秋之月，招摇指酉，昏牵牛中，旦觜嶲中。其位西方，其日庚辛，其虫毛，其音商，律中南吕。其数九，其味辛，其臭腥。其祀门，祭先肝。

陈广忠译注：《淮南子译注》，上海古籍出版社2017年版，第197页

季秋之月，招摇指戌，昏虚中，旦柳中。其位西方，其日庚辛，其虫毛，其音商，律中无射。其数九，其味辛，其臭腥，其祀门，祭先肝。

陈广忠译注：《淮南子译注》，上海古籍出版社2017年版，第199页

季秋行夏令，则其国大水，冬藏殃败，民多鼽窒。

陈广忠译注：《淮南子译注》，上海古籍出版社2017年版，第202页

孟冬之月，招摇指亥，昏危中，旦七星中。其位北方，其日壬癸，盛德在水。其虫介，其音羽，律中应钟，其数六，其味咸，其臭腐，其祀井，祭先肾。

陈广忠译注：《淮南子译注》，上海古籍出版社2017年版，第203页

仲冬之月，招摇指子，昏壁中，旦轸中。其位北方，其日壬癸，其虫介，其音羽，律中黄钟。其数六，其味咸，其臭腐，其祀井，祭先肾。

……

是谓发天地之藏，诸蛰则死，民必疾疫，有随以丧。……

是月也，日短至，阴阳争。君子斋戒，处必掩身欲静。去声色，禁嗜欲，宁身体，安形性。

陈广忠译注：《淮南子译注》，上海古籍出版社2017年版，第206页

仲冬……行春令，则虫螟为败，水泉咸竭，民多疾疠。

季冬之月，招摇指丑，昏娄中，旦氐中。其位北方，其日壬癸，其虫介，其音羽，律中大吕。其数六，其味咸，其臭腐，其祀井，祭先肾。

陈广忠译注：《淮南子译注》，上海古籍出版社2017年版，第209页

季冬……行春令，则胎夭伤，国多固疾，命之曰逆。

陈广忠译注：《淮南子译注》，上海古籍出版社2017年版，第211页

南方之极，自北户孙之外，贯颛顼之国，南至委火、炎风之野，赤帝、祝融之所司者，万二千里。其令曰："爵有德，赏有功，惠贤良，救饥渴，举力农，振贫穷，惠孤寡，忧罢疾，出大禄，行大赏，起毁宗，立无后，封建侯，立贤辅。"

中央之极，自昆仑东绝两恒山，日月之所道，江、汉之所出，众民之野，五谷之所宜，龙门、河、济相贯，以息壤堙洪水之州，东至于碣石，黄帝、后土之所司者，万二千里。其令曰："平而不阿，明而不苛，包裹覆露，无不囊怀，溥氾无私，正静以和，行稃鬻，养老衰，吊死问疾，以送万物之归。"

陈广忠译注：《淮南子译注》，上海古籍出版社2017年版，第213–214页

览冥训

夫道者，无私就也，无私去也；能者有余，拙者不足；顺之者利，逆之者凶。譬如隋侯之珠，和氏之璧，得之者富，失之者贫。得失之度，深微窈冥，难以知论，不可以辩说也。何以知其然？今夫地黄主属骨，而甘草主生肉之药也。以其属骨，责其生肉；以其生肉，论其属骨，是犹王孙绰之欲倍偏枯之药，而欲以生殊死之人，亦可谓失论矣。

陈广忠译注：《淮南子译注》，上海古籍出版社2017年版，第231页

夫钳且、大丙，不施辔衔，而以善御闻于天下；伏戏、女娲不设法度，而以至德遗于后世。何则？至虚无纯一，而不喔喋苛事也。《周书》曰："掩雉不得，更顺其风。"今若夫申、韩、商鞅之为治也，挬拔其根，芜弃其本，而不穷究其所由生，何以至此也，凿五刑，为刻削，乃背道德之本，而争于锥刀之末，斩艾百姓，殚尽太半，而忻忻然常自以为治，是犹抱薪而救火，凿窦而出水。夫井植生梓而不容瓮，沟植生条而不容舟，不过三月必死。所以然者何也？皆狂生而无其本者也。河九折注于海，而流不绝者，昆仑之输也，潦水不泄，泬漭极望，旬月不雨，则涸而枯泽，受翼而无源者。譬若羿请不死之药于西王母，恒娥窃以奔月，怅然有丧，无以续之。何则？不知不死之药所由生也。是故乞火不若取燧，寄汲不若凿井。

陈广忠译注：《淮南子译注》，上海古籍出版社2017年版，第246–247页

精神训

古未有天地之时，惟像无形。窈窈冥冥，芒芠漠闵，澒濛鸿洞，

莫知其门。有二神混生，经天营地，孔乎莫知其所终极，滔乎莫知其所止息。于是乃别为阴阳，离为八极；刚柔相成，万物乃形；烦气为虫，精气为人。是故精神，天之有也；而骨骸者，地之有也。精神入其门，而骨骸反其根，我尚何存？是故圣人法天顺情，不拘于俗，不诱于人。以天为父，以地为母；阴阳为纲，四时为纪；天静以清，地定以宁，万物失之者死，法之者生。

夫静漠者，神明之宅也；虚无者，道之所居也。是故或求之于外者，失之于内；有守之于内者，失之于外。譬犹本与末也，从本引之，千枝万叶，莫不随也。

夫精神者，所受于天也；而形体者，所禀于地也。故曰："一生二，二生三，三生万物。万物背阴而抱阳，冲气以为和。"故曰一月而膏，二月而肤，三月而胎，四月而肌，五月而筋，六月而骨，七月而成，八月而动，九月而躁，十月而生。形体以成，五藏乃形。是故肺主目，肾主鼻，胆主口，肝主耳，外为表而内为里，开闭张歙，各有经纪。故头之圆也象天，足之方也象地。天有四时、五行、九解、三百六十六日，人亦有四支、五藏、九窍、三百六十六节。天有风雨寒暑，人亦有取与喜怒。故胆为云，肺为气，肝为风，肾为雨，脾为雷，以与天地相参也，而心为之主。是故耳目者，日月也；血气者，风雨也。日中有蹲乌，而月中有蟾蜍。日月失其行，薄蚀无光；风雨非其时，毁折生灾；五星失其行，州国受殃。

夫天地之道，至纮以大，尚犹节其章光，爱其神明，人之耳目曷能久熏劳而不息乎？精神何能久驰骋而不既乎？是故血气者，人之华也；而五藏者，人之精也。夫血气能专于五藏而不外越，则胸腹充而嗜欲省矣。胸腹充而嗜欲省，则耳目清、听视达矣。耳目清、听视达，谓之明。五藏能属于心而无乖，则教志胜而行不僻矣。教志胜而行之不僻，则精神盛而气不散矣。精神盛而气不散则理，理则均，均则通，通则神，神则以视无不见，以听无不闻也，以为无不成也。是故忧患不能入也，而邪气不能袭。故事有求之于四海之外而不能遇，或守之于形骸之内而不见也。故所求多者所得少，所见大者所知小。

夫孔窍者，精神之户牖也；而气志者，五藏之使候也。耳目淫于声色之乐，则五藏摇动而不定矣。五藏摇动而不定，则血气滔荡而不休矣。血气滔荡而不休，则精神驰骋于外而不守矣。精神驰骋于外而不守，则祸福之至，虽如丘山，无由识之矣。使耳目精明玄达而无诱慕，气志虚静恬愉而省嗜欲，五藏定宁充盈而不泄，精神内守形骸而不外越，则望于往世之前，而视于来事之后，犹未足为也，岂直祸福之间哉！故曰："其出弥远者，其知弥少。"以言夫精神之不可使外淫也。是故五色乱目，使目不明；五声哗耳，使耳不聪；五味乱口，使口爽伤；趣舍滑心，使行飞扬。此四者，天下之所养性也，然皆人累也。故曰：嗜欲者，使人之气越；而好憎者，使人之心劳；弗疾去，则志气日耗。夫人之所以不能终其寿命，而中道夭于刑戮者，何也？以其生生之厚。夫惟能无以生为者，则所以修得生也。

夫天地运而相通，万物总而为一。能知一，则无一之不知也。不能知一，则无一之能知也。譬吾处于天下也，亦为一物矣。不识天下之以我备其物与？且惟无我而物无不备者乎？然则我亦物也，物亦物也，物之与物也，有何以相物也？虽然，其生我也，将以何益？其杀我也，将以何损？夫造化者既以我为坯矣，将无所违之矣。吾安知夫刺灸而欲生者之非惑也？又安知夫绞经而求死者之非福也？或者生乃徭役也，而死乃休息也？天下茫茫，孰知？其生我也，不强求已；其杀我也，不强求止。欲生而不事，憎死而不辞，贱之而弗憎，贵之而弗喜，随其天资而安之不极。吾生也有七尺之形，吾死也有一棺之土。吾生之比于有形之类，犹吾死之沦于无形之中也。然则吾生也物不以益众，吾死也土不以加厚，吾又安知所喜憎利害其间者乎？

陈广忠译注：《淮南子译注》，上海古籍出版社2017年版，第249–256页

夫悲乐者，德之邪也；而喜怒者，道之过也；好憎者，心之暴

也。故曰："其生也天行，其死也物化。静则与阴俱闭，动则与阳俱开。"精神澹然无极，不与物散而天下自服。故心者形之主也，而神者心之宝也。形劳而不休则蹶，精用而不已则竭，是故圣人贵而尊之，不敢越也。

陈广忠译注：《淮南子译注》，上海古籍出版社2017年版，第258页

所谓真人者，性合于道也。故有而若无，实而若虚；处其一，不知其二；治其内，不识其外。明白太素，无为复朴，体本抱神，以游于天地之樊，芒然仿佯于尘垢之外，而消摇于无事之业。浩浩荡荡乎，机械知巧，弗载于心。是故死生亦大矣，而不为变。虽天地覆育，亦不与之抮抱矣。审乎无瑕，而不与物糅；见事之乱，而能守其宗。若然者，正肝胆，遗耳目；心志专于内，通达耦于一。居不知所为，行不知所之，浑然而往，逯然而来。形若槁木，心若死灰。忘其五藏，损其形骸。不学而知，不视而见，不为而成，不治而辩。感而应，迫而动，不得已而往，如光之耀，如景之放。以道为紃，有待而然。抱其太清之本，而无所容与，而物无能营。廓惝而虚，清靖而无思虑。大泽焚而不能热，河、汉涸而不能寒也，大雷毁山而不能惊也，大风晦日而不能伤也。是故视珍宝珠玉犹石砾也，视至尊穷宠犹行客也，视毛嫱西施犹䫜丑也。以死生为一化，以万物为一方，同精于太清之本，而游于忽区之旁。有精而不使，有神而不行，契大浑之朴，而立至清之中。是故其寝不梦，其智不萌；其魄不抑，其魂不腾。反覆终始，不知其端绪。甘暝太宵之宅，而觉视于昭昭之宇，休息于无委曲之隅，而游敖于无形埒之野。居而无容，处而无所。其动无形，其静无体。存而若亡，生而若死。出入无间，役使鬼神。沦于不测，入于无间，以不同形相嬗也。终始若环，莫得其伦。此精神之所以能登假于道也，是故真人之所游。

若吹呴呼吸，吐故内新，熊经鸟伸，凫浴猿躩，鸱视虎顾，是养形之人也，不以滑心。使神滔荡而不失其充，日夜无伤而与物为春，则是合而生时于心也。且人有戒形而无损于心，有缀宅而无耗

精。夫癞者趋不变，狂者形不亏，神将有所远徙，孰暇知其所为？故形有摩而神未尝化者，以不化应化，千变万掺而未始有极。化者复归于无形也，不化者与天地俱生也。夫木之死也，青青去之也。夫使木生者岂木也？犹充形者之非形也。故生生者未尝死也，其所生则死矣；化物者未尝化也，其所化则化矣。轻天下，则神无累矣；细万物，则心不惑矣；齐死生，则志不慑矣；同变化，则明不眩矣。众人以为虚言，吾将举类而实之。

陈广忠译注：《淮南子译注》，上海古籍出版社2017年版，第259-263页

尊势厚利，人之所贪也。使之左据天下图，而右手刎其喉，愚夫不为。由此观之，生尊于天下也。圣人食足以接气，衣足以盖形，适情不求余，无天下不亏其性，有天下不羡其和，有天下、无天下，一实也。今赣人敖仓，予人河水，饥而飧之，渴而饮之，其人腹者不过箪食瓢浆，则身饱而敖仓不为之减也，腹满而河水不为之竭也。有之不加饱，无之不为之饥，与守其篅笆、有其井，一实。

人大怒破阴，大喜坠阳；大忧内崩，大怖生狂；除秽去累，漠若未始出其宗，乃为大通。清目而不以视，静耳而不以听；钳口而不以言，委心而不以虑；弃聪明而反太素，休精神而弃知故；觉而若昧，以生而若死；终则反本未生之时，而与化为一体。死之与生，一体也。

今夫繇者揭钁臿，负笼土，盐汗交流，喘息薄喉。当此之时，得茠越下，则脱然而喜矣。岩穴之间，非直越下之休也。病疵瘕者，捧心抑腹，膝上叩头，蜷跼而谛，通夕不寐，当此之时，哙然得卧，则亲戚兄弟欢然而喜。夫修夜之宁，非直一哙之乐也。

故知宇宙之大，则不可劫以死生；知养生之和，则不可县以天下；知未生之乐，则不可畏以死；知许由之贵于舜，则不贪物。墙之立，不若其偃也，又况不为墙乎？冰之凝，不若其释也，又况不为冰乎？自无蹠有，自有蹠无，终始无端，莫知其所萌，非通于外内，孰能无好憎？无外之外，至大也；无内之内，至贵也；能知大

贵，何往而不遂？

衰世凑学，不知原心反本，直雕琢其性，矫拂其情，以与世交。故目虽欲之，禁之以度；心虽乐之，节之以礼；趋翔周旋，诎节畀拜；肉凝而不食，酒澄而不饮；外束其形，内总其德；错阴阳之和，而迫性命之情；故终身为悲人。达至道者则不然，理情性，治心术；养以和，持以适；乐道而忘贱，安德而忘贫；性有不欲，无欲而不得；心有不乐，无乐而弗为；无益情者，不以累德；而便于性者，不以滑。故纵体肆意，而度制可以为天下仪。

今夫儒者不本其所以欲，而禁其所欲；不原其所以乐，而闭其所乐。是犹决江河之源，而障之以手也。夫牧民者，犹畜禽兽也，不塞其囿垣，使有野心；系绊其足，以禁其动，而欲修生寿终，岂可得乎？

夫颜回、季路、子夏、冉伯牛，孔子之通学也。然颜渊夭死，季路菹于卫，子夏失明，冉伯牛为厉，此皆迫性拂情，而不得其和也。故子夏见曾子，一臞一肥。曾子问其故，曰："出见富贵之乐而欲之，入见先王之道又说之。两者心战，故臞；先王之道胜，故肥。"推此志，非能贪富贵之位，不便侈靡之乐，直宜迫性闭欲，以义自防也。虽情心郁殪，形性屈竭，犹不得已自强也，故莫能终其天年。

若夫至人，量腹而食，度形而衣；容身而游，适情而行；余天下而不贪，委万物而不利；处大廓之宇，游无极之野；登太皇，冯太一，玩天地于掌握之中，夫岂为贫富肥臞哉！故儒者非能使人弗也，欲而能止之；非能使人勿乐，乐而能禁之。夫使天下畏刑而不敢盗，岂若能使无有盗心哉？

陈广忠译注：《淮南子译注》，上海古籍出版社2017年版，第271–278页

本经训

是故体太一者，明于天地之情，通于道德之伦；聪明耀于日月，精神通于万物；动静调于阴阳，喜怒和于四时；德泽施于方外，名声传于后世。

法阴阳者，德与天地参，明与日月并，精与鬼神总；戴员履方，抱表怀绳；内能治身，外能得人；发号施令，天下莫不从风。

则四时者，柔而不脆，刚而不鞼；宽而不肆，肃而不悖；优柔委从，以养群类；其德含愚而容不肖，无所私爱。

陈广忠译注：《淮南子译注》，上海古籍出版社2017年版，第297–298页

天爱其精，地爱其平，人爱其情。天之精，日月星辰雷电风雨也；地之平，水火金木土也；人之情，思虑聪明喜怒也。故闭四关，止五遁，则与道沦。是故神明藏于无形，精神反于至真，则目明而不以视，耳聪而不以听，心条达而不以思虑，委而弗为，和而弗矜，真性命之情，而智故不行得杂焉。精泄于目，则其视明；在于耳，则其听聪；留于口，则其言当；集于心，则其虑通。故闭四关则身无患，百节莫苑，莫死莫生，莫虚莫盈，是谓真人。

陈广忠译注：《淮南子译注》，上海古籍出版社2017年版，第300页

夫声色五味，远国珍怪，瑰异奇物，足以变易心志，摇荡精神，感动血气者，不可胜计也。夫天地之生财也，本不过五。圣人节五行，则治不荒。凡人之性，心和欲得则乐，乐斯动，动斯蹈，蹈斯荡，荡斯歌，歌斯舞，歌舞节则禽兽跳矣。人之性，心有忧丧则悲，悲则哀，哀斯愤，愤斯怒，怒斯动，动则手足不静。人之性，有浸犯则怒，怒则血充，血充则气激，气激则发怒，发怒则有所释憾矣。故钟鼓管箫，干戚羽旄，所以饰喜也；衰绖苴杖，哭踊有节，所以饰哀也；兵革羽旄，金鼓斧钺，所以饰怒也。必有其质，乃为之文。

陈广忠译注：《淮南子译注》，上海古籍出版社2017年版，第305页

主术训

人主之居也，如日月之明也，天下之所同侧目而视，侧耳而听，延颈举踵而望也。是故非澹漠无以明德，非宁静无以致远，非宽大无以兼覆，非慈厚无以怀众，非平正无以制断。是故贤主之用人也，犹巧工之制木也，大者以为舟航柱梁，小者以为楫楔，修者以榈榱，短者以为朱儒枅栌。无小大修短，各得其所宜。规矩方员，各有所施。天下之物，莫凶于鸡毒，然而良医橐而藏之，有所用也。是故林莽之材，犹无可弃者，而况人乎？今夫朝廷之所不举，乡曲之所不誉，非其人不肖也，其所以官之者非其职也。

陈广忠译注：《淮南子译注》，上海古籍出版社2017年版，第342页

缪称训

主者国之心，心治则百节皆安，心扰则百节皆乱。故其心治者，支体相遗也；其国治者，君臣相忘也。

陈广忠译注：《淮南子译注》，上海古籍出版社2017年版，第379页

物莫无所不用，天雄乌喙，药之凶毒也，良医以活人。侏儒瞽师，人之困慰者也，人主以备乐。是故圣人制其剟材，无所不用矣。

陈广忠译注：《淮南子译注》，上海古籍出版社2017年版，第383页

输子阳谓其子曰："良工渐乎矩凿之中。"矩凿之中，固无物而不周。圣王以治民，造父以治马，医骆以治病，同材自取焉。

陈广忠译注：《淮南子译注》，上海古籍出版社2017年版，第397页

诠言训

圣人胜心，众人胜欲；君子行正气，小人行邪气。内便于性，外合于义，循理而动，不系于物者，正气也。推于滋味，淫于声色，发于喜怒，不顾后患者，邪气也。邪与正相伤，欲与性相害，不可两立。一置一废，故圣人损欲而从事于性。目好色，耳好声，口好味，接而说之，不知利害，嗜欲也。食之不宁于体，听之不合于道，视之不便于性，三官交争，以义为制者，心也。割痤疽非不痛也，饮毒药非不苦也，然而为之者，便于身也。渴而饮水非不快也，饥而大飧非不赡也，然而弗为者，害于性也。此四者，耳目鼻口不知所取去，必为之制，各得其所。由是观之，欲之不可胜，明矣。

凡治身养性，节寝处，适饮食，和喜怒，便动静，使在己者得，而邪气因而不生。岂若忧瘕疵之与痤疽之发，而豫备之哉？夫函牛之鼎沸，而蝇蚋弗敢入。昆山之玉瑱，而尘垢弗能污也。

圣人无去之心而心无丑，无取之美而美不失。故祭祀思亲不求福，飨宾修敬不思德，唯弗求者能有之。处尊位者，以有公道而无私说，故称尊焉，不称贤也；有大地者，以有常术而无钤谋，故称平焉，不称智也。内无暴事以离怨于百姓，外无贤行以见忌于诸侯，上下之礼，袭而不离，而为论者莫然不见所观焉，此所谓藏无形者。非藏无形，孰能形？

陈广忠译注：《淮南子译注》，上海古籍出版社2017年版，第620页

说山训

人有嫁其子而教之曰：“尔行矣，慎无为善。”曰：“不为善，将为不善邪?”应之曰：“善且由弗为，况不善乎?”此全其天器者。

拘囹圄者，以日为修；当死市者，以日为短。日之修短有度也，有所在而短，有所在而修也，则中不平也。故以不平为平者，其平

不平也。

嫁女于病消者，夫死则后难复处也。故沮舍之下，不可以坐；倚墙之傍，不可以立。执狱牢者无病，罪当死者肥泽，刑者多寿，心无累也。

良医者，常治无病之病，故无病；圣人者，常治无患之患，故无患也。夫至巧不用剑，善闭者不用关楗；淳于髡之告失火者，此其类。

以清入浊，必困辱；以浊入清，必覆倾。君子之于善也，犹采薪者，见一芥掇之，见青葱则拔之。天二气则成虹，地二气则泄藏，人二气则成病。

陈广忠译注：《淮南子译注》，上海古籍出版社2017年版，第703页

千年之松，下有茯苓，上有兔丝；上有丛蓍，下有伏龟。圣人从外知内，以见知隐也。

喜武，非侠也；喜文，非儒也；好方，非医也；好马，非驺也；知音，非瞽也；知味，非庖也。此有一概而未得主名也。

陈广忠译注：《淮南子译注》，上海古籍出版社2017年版，第710页

治疽不择善恶丑肉而并割之，农夫不察苗莠而并耘之，岂不虚哉！

坏塘以取龟，发屋而求狸，掘室而求鼠，割唇而治龋，桀跖之徒，君子不与。杀戎马而求狐狸，援两鳖而失灵龟，断右臂而争一毛，折镆邪而争锥刀，用智如此，岂足高乎？

陈广忠译注：《淮南子译注》，上海古籍出版社2017年版，第716页

病者寝席，医之用针石，巫之用糈藉，所以救钧也。

貍头愈鼠，鸡头已瘘，虻散积血，斫木愈龋，此类之推者也。膏之杀鳖，鹊矢中猬，烂灰生蝇，漆见蟹而不干，此类之不推者也。推与不推，若非而是，若是而非，孰能通其微？

陈广忠译注，《淮南子译注》，上海古籍出版社2017年版，第

732 页

得之同，速为上；胜之同，迟为下。所以贵镆邪者，以其应物而断割也。靭靡勿释，牛车绝辚。

为孔子之穷于陈、蔡而废六艺，则惑；为医之不能自治其病，病而不就药，则勃矣。

陈广忠译注：《淮南子译注》，上海古籍出版社2017年版，第739页

说林训

夫随一隅之迹，而不知因天地以游，惑莫大焉。虽时有所合，然而不足贵也。譬若旱岁之土龙，疾疫之刍狗，是时为帝者也。

陈广忠译注：《淮南子译注》，上海古籍出版社2017年版，第741页

黄帝生阴阳，上骈生耳目，桑林生臂手，此女娲所以七十化也。

陈广忠译注：《淮南子译注》，上海古籍出版社2017年版，第750页

与死者同病，难为良医；与亡国同道，难与为谋。

陈广忠译注：《淮南子译注》，上海古籍出版社2017年版，第753页

治鼠穴而坏里闾，溃小疱而发痤疽，若珠之有纇，玉之有瑕，置之而全，去之而亏。

陈广忠译注：《淮南子译注》，上海古籍出版社2017年版，第756页

蚕食而不饮，二十二日而化；蝉饮而不食，三十日而蜕；蜉蝣不食不饮，三日而死。人食礜石而死，蚕食之而不饥；鱼食巴菽而死，鼠食之而肥。类不可必推。……蛖象之病，人之宝也；人之病，将有谁宝之者乎？

陈广忠译注：《淮南子译注》，上海古籍出版社2017年版，第

761页

病热而强之餐，救暍而饮之寒，救经而引其索，拯溺而授之石，欲救之，反为恶。

陈广忠译注：《淮南子译注》，上海古籍出版社2017年版，第774页

木大者根擢，山高者基扶，蹠巨者志远，体大者节疏。狂者伤人，莫之怨也；婴儿詈老，莫之疾也，贼心㤅。尾生之信，不如随牛之诞，而又况一不信者乎！忧父之疾者子，治之者医，进献者祝，治祭者庖。

陈广忠译注：《淮南子译注》，上海古籍出版社2017年版，第787页

人间训

患至而多后忧之，是犹病者已惓而索良医也，虽有扁鹊、俞跗之巧，犹不能生也。

陈广忠译注：《淮南子译注》，上海古籍出版社2017年版，第789页

夫病湿而强之食，病暍而饮之寒，此众人之所以为养也，而良医之所以为病也。悦于目，悦于心，愚者之所利也，然而有道者之所辟也。

陈广忠译注：《淮南子译注》，上海古籍出版社2017年版，第797页

修务训

古者，民茹草饮水，采树木之实，食蠃蜕之肉，时多疾病毒伤之害。于是神农乃始教民播种五谷，相土地宜，燥湿肥垸高下，尝百草之滋味、水泉之甘苦，令民知所避就。当此之时，一日而遇七十毒。

陈广忠译注：《淮南子译注》，上海古籍出版社2017年版，第852页

泰族训

今夫道者，藏精于内，栖神于心，静漠恬淡，讼缪胸中，邪气无所留滞；四枝节族，毛蒸理泄，则机枢调利，百脉九窍莫不顺比。其所居神者，得其位也，岂节拊而毛修之哉！

陈广忠译注：《淮南子译注》，上海古籍出版社2017年版，第896页

仰取象于天，俯取度于地，中取法于人。乃立明堂之朝，行明堂之令，以调阴阳之气，以和四时之节，以辟疾病之菑。

陈广忠译注：《淮南子译注》，上海古籍出版社2017年版，第903页

治身，太上养神，其次养形。治国，太上养化，其次正法。神清志平，百节皆宁，养性之本也；肥肌肤，充肠腹，供嗜欲，养生之末也。民交让争处卑，委利争受寡，力事争就劳，日化上迁善而不知其所以然，此治之上也。利赏而劝善，畏刑而不为非，法令正于上而百姓服于下，此治之末也。上世养本，而下世事末，此太平之所以不起也。夫治之主不世出，而可与兴治之臣不万一，以万一求不世出，此所以千岁不一会也。

水之性，淖以清，穷谷之污，生以青苔，不治其性也。掘其所流而深之，茨其所决而高之，使得循势而行，乘衰而流，虽有腐髊流渐，弗能污也。其性非异也，通之与不通也。风俗犹此也。诚决其善志，防其邪心，启其善道，塞其奸路，与同出一道，则民性可善，而风俗可美也。

所以贵扁鹊者，非贵其随病而调药，贵其摩息脉血，知病之所从生也；所以贵圣人者，非贵随罪而鉴刑也，贵其知乱之所由起也。若不修其风俗，而纵之淫辟，乃随之以刑，绳之以法，法虽残贼天

下，弗能禁也。

陈广忠译注：《淮南子译注》，上海古籍出版社2017年版，第916页

今目悦五色，口嚼滋味，耳淫五声，七窍交争，以害其性，日引邪欲而浇其身。夫调身弗能治，奈天下何？故自养得其节，则养民得其心矣。所谓有天下者，非谓其履势位，受传籍，称尊号也，言运天下之力，而得天下之心。

陈广忠译注：《淮南子译注》，上海古籍出版社2017年版，第926页

夫言者，所以通己于人也，闻者所以通人于己也。喑者不言，聋者不闻，既喑且聋，人道不通。故有喑聋之病者，虽破家求医，不顾其费，岂独形骸有喑聋哉？心志亦有之。

陈广忠译注：《淮南子译注》，上海古籍出版社2017年版，第931页

要 略

《原道》者，卢牟六合，混沌万物，象太一之容，测窈冥之深，以翔虚无之轸；托小以苞大，守约以治广，使人知先后之祸福，动静之利害。诚通其志，浩然可以大观矣。欲一言而寤时，则尊天而保真；欲再言而通，则贱物而贵身；欲参言而究，则外欲而反情。执其大指，以内洽五藏，瀸濇肌肤，被服法则，而与之终身，所以应待万方，览耦百变也。若转丸掌中，足以自乐也。

陈广忠译注：《淮南子译注》，上海古籍出版社2017年版，第948页

《精神》者，所以原本人之所由生，而晓寤其形骸九窍取象，与天合同；其血气，与雷霆风雨比类；其喜怒，与昼宵寒暑并明。审死生之分，别同异之迹，节动静之机，以反其性命之宗。所以使人爱养其精神，抚静其魂魄，不以物易己，而坚守虚无之宅者也。

陈广忠译注：《淮南子译注》，上海古籍出版社2017年版，第953页

神异经

东方朔

东方有树焉，高百丈，敷张自辅，叶长一丈，广六尺，其名曰梨。如今之柤梨，但树大耳。其子径三尺，剖之少瓤，白如素。和羹食之，为地仙。衣服不败，辟谷可以入水火。

东方朔撰：《神异经》，上海古籍出版社1990年版，第2页

南方大荒有树焉，名曰如何。三百岁作花，九百岁作实。花色朱，其实正黄。高五十丈，敷张如盖，叶长一丈，广二尺余。似菅苎，色青，厚五分，可以絮，如厚朴材。理如支，九子，味如饴。实有核，形如棘子。长五尺，围如长。金刀剖之，则酸；芦刀剖之，则辛。食之者地仙。不畏水火，不畏白刃。

东方朔撰：《神异经》，上海古籍出版社1990年版，第2页

南方荒中有涕竹，长数百丈，围三丈六尺，厚八九寸，可以为船。其笋甘美，食之可以止创疠。

东方朔撰：《神异经》，上海古籍出版社1990年版，第3页

南方山有甘蔗之林，其高百丈，围三尺八寸。促节多汁，甜如蜜，咋啮其汁，令人润泽。可以节蚘虫。人腹中蚘虫，其状如蚓，此消谷虫也。多则伤人，少则谷不消。是甘蔗能灭多益少，凡蔗亦然。

东方朔撰：《神异经》，上海古籍出版社1990年版，第3页

东方有树，高五十丈，叶长八尺，名曰桃。其子径三尺二寸，小核味和，和核羹食之，令人益寿。食核中仁，可以治嗽。小桃温润，嘅嗽人食之即止。

东方朔撰：《神异经》，上海古籍出版社1990年版，第3页

东方荒中有木名曰栗，有壳径三尺三寸，壳刺长丈余，实径三尺。壳亦黄，其味甜，食之多令人短气而渴。

东方朔撰：《神异经》，上海古籍出版社1990年版，第7页

东南海中有烜洲，洲有温湖，鲋鱼生焉。其长八尺，食之宜暑而辟风寒。

东方朔撰：《神异经》，上海古籍出版社1990年版，第7页

十洲记

东方朔

祖洲近在东海之中，地方五百里，去西岸七万里。上有不死之草，草形如菰苗，长三四尺，人已死三日者，以草覆之，皆当时活也，服之令人长生。昔秦始皇大苑中，多枉死者横道，有鸟如乌状，衔此草覆死人面，当时起坐而自活也。有司闻奏，始皇遣使者赍草以问北郭鬼谷先生。鬼谷先生云：“此草是东海祖洲上，有不死之草，生琼田中，或名为养神芝。其叶似菰苗，丛生，一株可活一人。”始皇于是慨然言曰：“可采得否？”乃使使者徐福发童男童女五百人，率摄楼船等入海寻祖洲，遂不返。福，道士也，字君房，后亦得道也。

瀛洲在东海中，地方四千里，大抵是对会稽，去西岸七十万里。上生神芝仙草。又有玉石，高且千丈。出泉如酒，味甘，名之为玉醴泉，饮之数升辄醉，令人长生。洲上多仙家，风俗似吴人，山川如中国也。

玄洲在北海之中，戌亥之地，方七千二百里，去南岸三十六万里。上有太玄都，仙伯真公所治。多丘山，又有风山，声响如雷电。对天西北门上，多太玄仙官，仙官宫室各异，饶金芝玉草。乃是三天君下治之处，甚肃肃也。

炎洲在南海中，地方二千里，去北岸九万里。上有风生兽，似

豹，青色，大如狸。张网取之，积薪数车以烧之，薪尽而兽不然，灰中而立，毛亦不焦。斫刺不入，打之如皮囊。以铁锤鍛其头，数十下乃死。而张口向风，须臾复活；以石上菖蒲塞其鼻，即死。取其脑和菊花服之，尽十斤，得寿五百年。又有火林山，山中有火光兽，大如鼠，毛长三四寸，或赤，或白，山可三百里许，晦夜即见此山林，乃是此兽光照，状如火光相似。取其兽毛，以缉为布，时人号为火浣布，此是也。国人衣服垢污，以灰汁浣之，终无洁净。唯火烧此衣服，两盘饭间，振摆，其垢自落，洁白如雪。亦多仙家。

长洲一名青丘，在南海辰巳之地。地方各五千里，去岸二十五万里。上饶山川又多大树，树乃有二千围者。一洲之上，专是林木，故一名青丘。又有仙草灵药，甘液玉英，靡所不有。又有风山，山恒震声。有紫府宫，天真仙女游于此地。

元洲在北海中，地方三千里，去南岸十万里。上有五芝玄涧，涧水如蜜浆，饮之长生，与天地相毕。服此五芝，亦得长生不死，亦多仙家。

东方朔撰：《十洲记》，上海古籍出版社1990年版，第1页

凤麟洲在西海之中央，地方一千五百里。洲四面有弱水绕之，鸿毛不浮，不可越也。洲上多凤麟，数万各为群。又有山川池泽，及神药百种，亦多仙家。煮凤喙及麟角，合煎作膏，名之为续弦胶，或名连金泥。

东方朔撰：《十洲记》，上海古籍出版社1990年版，第3页

聚窟洲在西海中，申未之地。地方三千里，北接昆仑二十六万里，去东岸二十四万里。上多真仙灵官，宫第比门，不可胜数。及有狮子辟邪，凿齿天鹿，长牙铜头铁额之兽。洲上有大山，形似人鸟之象，因名之为人鸟山。山多大树，与枫木相类，而花叶香闻数百里，名为反魂树。扣其树，亦能自作声，声如群牛吼，闻之者，皆心震神骇。伐其木根心，于玉釜中煮，取汁，更微火煎，如黑饧状，令可丸之。名曰惊精香，或名之为震灵丸，或名之为反生香，或名之为震檀香，或名之为人鸟精，或名之为却死香。一种六名，

斯灵物也。香气闻数百里，死者在地，闻香气乃却活，不复亡也。以香熏死人，更加神验。征和三年，武帝幸安定。西胡月支国王遣使献香四两，大如雀卵，黑如桑椹。帝以香非中国所有，以付外库。又献猛兽一头，形如五六十日犬子，大似狸而色黄。命国使将入呈帝见之，使者抱之，似犬，羸细秃悴，尤怪其非也。问使者："此小物可弄，何谓猛兽？"使者对曰："夫威加百禽者，不必系之以大小。是以神麟故为巨象之王，鸾凤必为大鹏之宗。百足之虫，制于螣蛇，亦不在于巨细也。臣国去此三十万里，国有常占东风入律，百旬不休，青云干吕，连月不散者。当知中国时有好道之君，我王固将贱百家而贵道儒，薄金玉而厚灵物也。故搜奇蕴而贡神香，步天林而请猛兽，乘毳车而济弱渊，策骥足以度飞沙。契阔途遥，辛苦蹊路，于今已十三年矣。神香起夭残之死疾，猛兽却百邪之魅鬼。夫此二物，实济众生之至要，助政化之升平。岂图陛下反不知真乎？是臣国占风之谬矣。今日仰鉴天姿，亦乃非有道之君也。眼多视则贪色，口多言则犯难，身多动则淫贼，心多饰则奢侈。未有用此四者而成天下之治也。"武帝恧然不平。又问使者："猛兽何方而伏百兽？食噉何物？膂力何比？其所生何乡耶？"使者曰："猛兽所出，或生昆仑，或生玄圃，或生聚窟，或生天路。其寿不穷，食气饮露，解人言语，仁惠忠恕。当其仁也，爱护蠢动不犯虎豹；当其威也，一声叫发千人伏息。牛马百物，惊断组系，武士奄忽，失其势力。当其神也，立兴风云，吐嗽雨露，百邪迸走，蛟龙腾骛。处于太上之厩，役御狮子，名曰猛兽。盖神光无常，能为大禽之宗主，乃攫天之元王，辟邪之长帅者也。灵香虽少，斯更生之神丸也。疫病灾死者，将能起之。及闻气者，即活也。芳又特甚，故难歇也。"于是帝使使者令猛兽发声，试听之。使者乃指兽，命唤一声。兽舐唇良久，忽叫，如天大雷霹雳。又两目如礣磾之交光，光朗冲天，良久乃止。帝登时颠蹶，掩耳震动，不能自止。侍者及武士虎贲，皆失仗伏地，诸内外牛马豕犬之属，皆绝绊离系，惊骇放荡，久许，咸定。帝忌之，因以此兽付上林苑，令虎食之。于是虎闻兽来，乃相聚屈积如死虎伏。兽入苑，径上虎头，溺虎口，去十步已来，顾视虎，虎辄闭目。帝恨使者言不逊，欲收之。明日失使者及猛兽所在，遣四出寻讨，不知所止。到后元元年，长安城内病者数百，亡者太半。帝试取月支香烧之于城内，其死未三月者，皆活。芳气经三月不歇，于是信知其为神物也。乃更秘录余香，后一旦又失之，检函，封印如故，无复香也。帝愈懊恨，恨不礼待于使者。益贵方朔之遗语，自愧求李君之不勤，惭卫叔卿于阶庭矣。越明年，帝崩于五柞宫。已亡月支国人鸟山震檀却死等香也。向使厚待使者，帝崩之时，何缘不得灵香之用耶？自合命殒矣。

沧海岛在北海中，地方三千里，去岸二十一万里。海四面绕岛，各广五千里。水皆苍色，仙人谓之沧海也。岛上俱是大山，积石至多。石象八石，石脑石桂，英流丹黄子石胆之辈百余种，皆生于岛。石服之神仙长生。岛中有紫石宫室，九老仙都所治，仙官数万人居焉。

东方朔撰：《十洲记》，上海古籍出版社1990年版，第4页

盐铁论

桓 宽

桓宽（生卒年不详），字次公，汉代汝南郡（今河南上蔡）人。桓宽博学善文，其所著《盐铁论》记录了御史大夫桑弘羊和来自地方的贤良文学们的辩论，是了解汉代经济思想的重要史料。王利器校注的《盐铁论校注》（中华书局2012年），是其根据昭帝始元六年召开的盐铁会议整理而成的政论散文集。虽然是会议的整理记录，但文辞生动，形象突出，具有一定的文学性。

非 鞅

文学曰："善凿者建周而不拔，善基者致高而不蹶。伊尹以尧、舜之道为殷国基，子孙绍位，百代不绝。商鞅以重刑峭法为秦国基，故二世而夺。刑既严峻矣，又作为相坐之法，造诽谤，增肉刑，百姓斋栗，不知所措手足也。赋敛既烦数矣，又外禁山泽之原，内设百倍之利，民无所开说容言。崇利而简义，高力而尚功，非不广壤进地也，然犹人之病水，益水而疾深，知其为秦开帝业，不知其为秦致亡道也。狐刺之凿，虽公输子不能善其枘。畚土之基，虽良匠不能成其高。譬若秋蓬被霜，遭风则零落，虽有十子产，如之何？故扁鹊不能肉白骨，微、箕不能存亡国也。"

王利器校注：《盐铁论校注》，中华书局2015年版，第102页

轻 重

文学曰："扁鹊抚息脉而知疾所由生，阳气盛，则损之而调阴，寒气盛，则损之而调阳，是以气脉调和，而邪气无所留矣。夫拙医不知脉理之腠、血气之分，妄刺而无益于疾，伤肌肤而已矣。今欲损有余，补不足，富者愈富，贫者愈贫矣。严法任刑，欲以禁暴止奸，而奸犹不止，意者非扁鹊之用针石，故众人未得其职也。"

御史曰："周之建国也，盖千八百诸侯。其后，强吞弱，大兼小，并为六国。六国连兵结难数百年，内拒敌国，外攘四夷。由此观之：兵甲不休，战伐不乏，军旅外奉，仓库内实。今以天下之富，海内之财，百郡之贡，非特齐、楚之畜，赵、魏之库也。计委量入，虽急用之，宜无乏绝之时。顾大农等以术体躬稼，则后稷之烈，军四出而用不继，非天之财少也？用针石，调阴阳，均有无，补不足，亦非也？上大夫君与治粟都尉管领大农事，灸刺稽滞，开利百脉，是以万物流通，而县官富实。当此之时，四方征暴乱，车甲之费，克获之赏，以亿万计，皆赡大司农。此者扁鹊之力，而盐、铁之

福也。”

文学曰：“边郡山居谷处，阴阳不和，寒冻裂地，冲风飘卤，沙石凝积，地势无所宜。中国，天地之中，阴阳之际也，日月经其南，斗极出其北，含众和之气，产育庶物。今去而侵边，多斥不毛寒苦之地，是犹弃江皋河滨，而田于岭阪菹泽也。转仓廪之委，飞府库之财，以给边民。中国困于繇赋，边民苦于戍御。力耕不便种籴，无桑麻之利，仰中国丝絮而后衣之，皮裘蒙毛，曾不足盖形，夏不失复，冬不离窟，父子夫妇内藏于专室土圜之中。中外空虚，扁鹊何力？而盐、铁何福也？”

王利器校注：《盐铁论校注》，中华书局2015年版，第199-200页

相　刺

文学曰：“扁鹊不能治不受针药之疾，贤圣不能正不食谏诤之君。故桀有关龙逄而夏亡，纣有三仁而商灭，故不患无由余、子臧之论，患无桓、穆之听耳。是以孔子东西无所遇，屈原放逐于楚国也。故曰：‘直道而事人，焉往而不三黜？枉道而事人，何必去父母之邦。’此所以言而不见从，行而不得合者也。”

王利器校注：《盐铁论校注》，中华书局2015年版，第281页

国　疾

丞相史曰：“夫辩国家之政事，论执政之得失，何不徐徐道理相喻，何至切切如此乎！大夫难罢盐、铁者，非有私也，忧国家之用，边境之费也。诸生訚訚争盐、铁，亦非为己也，欲反之于古而辅成仁义也。二者各有所宗，时世异务，又安可坚任古术而非今之理也。且夫小雅非人，必有以易之。诸生若有能安集国中，怀来远方，使边境无寇虏之灾，租税尽为诸生除之，何况盐、铁、均输乎！所以贵术儒者，贵其处谦推让，以道尽人。今辩讼愕愕然，无赤、赐之

辞，而见鄙倍之色，非所闻也。大夫言过，而诸生亦如之，诸生不直谢大夫耳。”

贤良、文学皆离席曰：“鄙人固陋，希涉大庭，狂言多不称，以逆执事。夫药酒苦于口而利于病，忠言逆于耳而利于行。故愕愕者福也，諓諓者贼也。林中多疾风，富贵多谀言。万里之朝，日闻唯唯，而后闻诸生之愕愕，此乃公卿之良药针石。”

王利器校注：《盐铁论校注》，中华书局2015年版，第368-369页

散不足

“古圣人劳躬养神，节欲适情，尊天敬地，履德行仁。是以上天歆焉，永其世而丰其年。故尧秀眉高彩，享国百载。及秦始皇览怪迂，信禨祥，使卢生求羡门高，徐市等入海求不死之药。当此之时，燕、齐之士，释锄耒，争言神仙。方士于是趣咸阳者以千数，言仙人食金饮珠，然后寿与天地相保。于是数巡狩五岳、滨海之馆，以求神仙蓬莱之属。数幸之郡县，富人以赀佐，贫者筑道旁。其后，小者亡逃，大者藏匿；吏捕索掔顿，不以道理。名宫之旁，庐舍丘落，无生苗立树；百姓离心，怨思者十有半。《书》曰：‘享多仪，仪不及物曰不享。’故圣人非仁义不载于己，非正道不御于前。是以先帝诛文成、五利等，宣帝建学官，亲近忠良，欲以绝怪恶之端，而昭至德之涂也。

“宫室奢侈，林木之蠹也。器械雕琢，财用之蠹也。衣服靡丽，布帛之蠹也。狗马食人之食，五谷之蠹也。口腹从恣，鱼肉之蠹也。用费不节，府库之蠹也。漏积不禁，田野之蠹也。丧祭无度，伤生之蠹也。堕成变故伤功，工商上通伤农。故一杯棬用百人之力，一屏风就万人之功，其为害亦多矣！目修于五色，耳营于五音，体极轻薄，口极甘脆，功积于无用，财尽于不急，口腹不可为多。故国病聚不足即政怠，人病聚不足则身危。”

王利器校注：《盐铁论校注》，中华书局2015年版，第395页

救匮

贤良曰："盖桡枉者以直，救文者以质。昔者，晏子相齐，一狐裘三十载。故民奢，示之以俭；民俭，示之以礼。方今公卿大夫子孙，诚能节车舆，适衣服，躬亲节俭，率以敦朴，罢园池，损田宅，内无事乎市列，外无事乎山泽，农夫有所施其功，女工有所粥其业；如是，则气脉和平，无聚不足之病矣。"

大夫曰："孤子语孝，躄者语杖，贫者语仁，贱者语治。议不在己者易称，从旁议者易是，其当局则乱。故公孙弘布被，倪宽练袍，衣若仆妾，食若庸夫。淮南逆于内，蛮、夷暴于外，盗贼不为禁，奢侈不为节；若疫岁之巫，徒能鼓口耳，何散不足之能治乎？"

王利器校注：《盐铁论校注》，中华书局2015年版，第446页

箴石

丞相曰："吾闻诸郑长者曰：'君子正颜色，则远暴嫚；出辞气，则远鄙倍矣。'故言可述，行可则。此有司夙昔所愿睹也。若夫剑客论、博奕辩，盛色而相苏，立权以不相假，使有司不能取贤良之议，而贤良、文学被不逊之名，窃为诸生不取也。公孙龙有言：'论之为道辩，故不可以不属意，属意相宽，相宽其归争，争而不让，则入于鄙。'今有司以不仁，又蒙素餐，无以更责雪耻矣。县官所招举贤良、文学，而及亲民伟仕，亦未见其能用箴石而医百姓之疾也。"

贤良曰："贾生有言：'恳言则辞浅而不入，深言则逆耳而失指。'故曰：'谈何容易。'谈且不易，而况行之乎？此胡建所以不得其死，而吴得几不免于患也。语曰：'五盗执一良人，枉木恶直绳。'今欲下箴石，通关鬲，则恐有盛、胡之累，怀箴橐艾，则被不工之名。'狼跋其胡，载踕其尾。'君子之路，行止之道固狭耳。此子石所以叹息也。"

王利器校注：《盐铁论校注》，中华书局2015年版，第451-452页

备　胡

贤良曰："匈奴之地广大，而戎马之足轻利，其势易骚动也。利则虎曳，病则鸟折，辟锋锐而取罢极；少发则不足以更适，多发则民不堪其役。役烦则力罢，用多则财乏。二者不息，则民遗怨。此秦之所以失民心、陨社稷也。古者，天子封畿千里，繇役五百里，胜声相闻，疾病相恤。无过时之师，无踰时之役。内节于民心，而事适其力。是以行者劝务，而止者安业。今山东之戎马甲士戍边郡者，绝殊辽远，身在胡、越、心怀老母。老母垂泣，室妇悲恨，推其饥渴，念其寒苦。《诗》云：'昔我往矣，杨柳依依。今我来思，雨雪霏霏。行道迟迟，载渴载饥。我心伤悲，莫之我哀。'故圣人怜其如此，闵其久去父母妻子，暴露中野，居寒苦之地，故春使使者劳赐，举失职者，所以哀远民而慰抚老母也。德惠甚厚，而吏未称奉职承诏以存恤，或侵侮士卒，兴之为市，并力兼作，使之不以理。故士卒失职，而老母妻子感恨也。宋伯姬愁思而宋国火，鲁妾不得意而鲁寝灾。今天下不得其意者，非独西宫之女、宋之老母也。《春秋》动众则书，重民也。宋人围长葛，讥久役也。君子之用心必若是。"

王利器校注：《盐铁论校注》，中华书局2015年版，第497-498页

能　言

大夫曰："盲者口能言白黑，而无目以别之。儒者口能言治乱，而无能以行之。夫坐言不行，则牧童兼乌获之力，蓬头苞尧、舜之德。故使言而近，则儒者何患于治乱，而盲人何患于白黑哉？言之不出，耻躬之不逮。故卑而言高、能言而不能行者，君子耻之矣。"

贤良曰："能言而不能行者，国之宝也。能行而不能言者，国之用也。兼此二者，君子也。无一者，牧童、蓬头也。言满天下，德覆四海，周公是也。口言之，躬行之，岂若默然载施其行而已。则执事亦何患何耻之有？今道不举而务小利，慕于不急以乱群意，君子虽贫，勿为可也。药酒，病之利也；正言，治之药也。公卿诚能自强自忍，食文学之至言，去权诡，罢利官，一归之于民，亲以周公之道，则天下治而颂声作。儒者安得治乱而患之乎？"

王利器校注：《盐铁论校注》，中华书局2015年版，第511-512页

申　韩

御史曰："待周公而为相，则世无列国。待孔子而后学，则世无儒、墨。夫衣小缺，襟裂可以补，而必待全匹而易之；政小缺，法令可以防，而必待《雅》《颂》乃治之；是犹舍邻之医，而求俞跗而后治病；废污池之水，待江、海而后救火也。迂而不径，阙而无务，是以教令不从而治烦乱。夫善为政者，弊则补之，决则塞之，故吴子以法治楚、魏，申、商以法强秦、韩也。"

王利器校注：《盐铁论校注》，中华书局2015年版，第642页

文学曰："法能刑人而不能使人廉，能杀人而不能使人仁。所贵良医者，贵其审消息而退邪气也，非贵其下针石而钻肌肤也。所贵良吏者，贵其绝恶于未萌，使之不为，非贵其拘之囹圄而刑杀之也。今之所谓良吏者，文察则以祸其民，强力则以厉其下，不本法之所由生，而专己之残心，文诛假法，以陷不辜，累无罪，以子及父，以弟及兄，一人有罪，州里惊骇，十家奔亡，若痈疽之相泞，色淫之相连，一节动而百枝摇。《诗》云：'舍彼有罪，沦胥以铺。'痛伤无罪而累也。非患铫耨之不利，患其舍草而芸苗也。非患无准平，患其舍枉而绳直也。故亲近为过不必诛，是锄不用也；疏远有功不必赏，是苗不养也。故世不患无法，而患无必行之法也。"

王利器校注：《盐铁论校注》，中华书局2015年版，第644页

大　论

大夫曰："俗非唐、虞之时，而世非许由之民，而欲废法以治，是犹不用隐括斧斤，欲挠曲直枉也。故为治者不待自善之民，为轮者不待自曲之木。往者，应少、伯正之属溃梁、楚，昆卢、徐谷之徒乱齐、赵，山东、关内暴徒，保人阻险。当此之时，不任斤斧，折之以武，而乃始设礼修文，有似穷医，欲以短针而攻疽，孔丘以礼说跖也。"

文学曰："残材木以成室屋者，非良匠也。残贼民人而欲治者，非良吏也。故公输子因木之宜，圣人不费民之性。是以斧斤简用，刑罚不任，政立而化成。扁鹊攻于凑理，绝邪气，故痈疽不得成形。圣人从事于未然，故乱原无由生。是以砭石藏而不施，法令设而不用。断已然，凿已发者，凡人也。治未形、睹未萌者，君子也。"

王利器校注：《盐铁论校注》，中华书局2012年版，第671页

说　苑

刘　向

君　道

楚昭王有疾，卜之曰："河为祟。大夫请用三牲焉。"王曰："止，古者先王割地制土，祭不过望；江汉睢漳，楚之望也；祸福之至，不是过也。不谷虽不德，河非所获罪也，遂不祭焉。"仲尼闻之曰："昭王可谓知天道矣，其不失国，宜哉！"

楚昭王之时，有云如飞鸟，夹日而飞三日，昭王患之，使人乘驿东而问诸太史州黎，州黎曰："将虐于王身，以令尹司马说焉则

可。”令尹司马闻之，宿斋沐浴，将自以身祷之焉。王曰：“止，楚国之有不谷也，由身之有匈胁也；其有令尹司马也，由身之有股肱也。匈胁有疾，转之股肱，庸为去是人也？”

卢元骏注译：《说苑今注今译》，台湾商务印书馆1979年版，第29页

汤曰：“药食先尝于卑，然后至于贵；药言先献于贵，然后闻于卑。”故药尝乎卑，然后至乎贵，教也；药言献于贵，然后闻于卑，道也。故使人味食然后食者，其得味也多；使人味言然后闻言者，其得言也少。是以明王之言，必自他听之，必自他闻之，必自他择之，必自他取之，必自他聚之，必自他藏之，必自他行之；故道以数取之为明，以数行之为章，以数施之万物为藏。是故求道者不以目而以心，取道者不以手而以耳。

卢元骏注译：《说苑今注今译》，台湾商务印书馆1979年版，第31-32页

敬　慎

曾子有疾，曾元抱首，曾华抱足，曾子曰：“吾无颜氏之才，何以告汝？虽无能，君子务益。夫华多实少者，天也；言多行少者，人也。夫飞鸟以山为卑，而层巢其巅；鱼鳖以渊为浅，而穿穴其中；然所以得者饵也。君子苟能无以利害身，则辱安从至乎？官怠于宦成，病加于少愈，祸生于懈惰，孝衰于妻子；察此四者，慎终如始。诗曰：‘靡不有初，鲜克有终。’”

卢元骏注译：《说苑今注今译》，台湾商务印书馆1979年版，第321页

权　谋

下蔡威公闭门而哭，三日三夜，泣尽而继以血，旁邻窥墙而问之。曰：“子何故而哭，悲若此乎？”对曰：“吾国且亡。”曰：“何以

知也？”应之曰：“吾闻病之将死也，不可为良医；国之将亡也，不可为计谋；吾数谏吾君，吾君不用，是以知国之将亡也。”于是窥墙者闻其言，则举宗而去之楚。居数年，楚王果举兵伐蔡。窥墙者为司马，将兵而往来，虏甚众。问曰：“得无有昆弟故人乎？”见威公缚在虏中，问曰：“若何以至于此？”应曰：“吾何以不至于此？且吾闻之也，言之者行之役也，行之者言之主也。汝能行我言，汝为主，我为役，吾亦何以不至于此哉？”窥墙者乃言之于楚王，遂解其缚，与俱之楚。故曰：“能言者未必能行，能行者未必能言。”

卢元骏注译：《说苑今注今译》，台湾商务印书馆1979年版，第431页

谈　丛

民有五死，圣人能去其三，不能去其二。饥渴死者，可去也；冻寒死者，可去也；罹五兵死者，可去也。寿命死者，不可去也；痈疽死者，不可去也。饥渴死者，中不充也；冻寒死者，外胜中也；罹五兵死者，德不忠也；寿命死者，岁数终也；痈疽死者，血气穷也。故曰中不止，外淫作；外淫作者，多怨怪；多怨怪者，疾病生。故清静无为，血气乃平。

卢元骏注译：《说苑今注今译》，台湾商务印书馆1979年版，第550页

杂　言

鲁哀公问于孔子曰：“有智者寿乎？”孔子曰：“然。人有三死而非命也者，人自取之。夫寝处不时，饮食不节，佚劳过度者，疾共杀之；居下位而上忤其君，嗜欲无厌，而求不止者，刑共杀之；以少犯众，弱以侮强，忿怒不量力者，兵共杀之。此三者，非命也，人自取之。诗云：‘人而无仪，不死何为？’此之谓也。”

卢元骏注译：《说苑今注今译》，台湾商务印书馆1979年版，第

577–578 页

辨　物

夫天地有德，合则生气有精矣；阴阳消息，则变化有时矣。时得而治矣，时得而化矣，时失而乱矣；是故人生而不具者五：目无见，不能食，不能行，不能言，不能施化。故三月达眼而后能见，七月生齿而后能食，期年生膑而后能行，三年顣合而后能言，十六精通而后能施化。阴穷反阳，阳穷反阴，故阴以阳变，阳以阴变。故男八月而生齿，八岁而毁齿，二八十六而精小通；女七月而生齿，七岁而毁齿，二七十四而精化小通。不肖者精化始至，而生气感动，触情纵欲，故反施乱化。故诗云："乃如之人，怀婚姻也；大无信也，不知命也。"贤者不然，精化填盈后，伤时之不可遇也，不见道端，乃陈情欲以歌。诗曰："静女其姝，俟我乎城隅；爱而不见，搔首踟蹰。""瞻彼日月，遥遥我思；道之云远，曷云能来？"急时之辞也，甚焉，故称日月也。

卢元骏注译：《说苑今注今译》，台湾商务印书馆1979年版，第621页

扁鹊过赵王，王太子暴疾而死，鹊造宫门曰："吾闻国中卒有壤土之事，得无有急乎？"中庶子之好方者应之曰："然，王太子暴疾而死。"扁鹊曰："人言郑医秦越人能活太子。"中庶子难之曰："吾闻上古之为医者曰苗父，苗父之为医也，以菅为席，以刍为狗，北面而祝，发十言耳，诸扶而来者，举而来者，皆平复如故。子之方能如此乎？"扁鹊曰："不能。"又曰："吾闻中古之为医者曰俞柎，俞柎之为医也，搦脑髓，束肓莫，炊灼九窍而定经络，死人复为生人，故曰俞柎。子之方能若是乎？"扁鹊曰："不能。"中庶子曰："子之方如此，譬若以管窥天，以锥利地；所窥者甚大，所见者甚少。钧若子之方，岂足以变骇童子哉？"扁鹊曰："不然。物故有昧揥而中蛟头，掩目而别白黑者。太子之疾，所谓尸厥者也，以为不然，入诊之，太子股阴当温，耳中焦焦如有啸者声然者，皆可治也。”中庶子入报赵王，赵王跣而趋出门曰：“先生远辱幸临寡人，先生幸而有之，则粪土之息，得蒙天履地而长为人矣。先生不有之，则先犬马填沟壑矣。”言未已，涕泣沾襟。扁鹊遂为诊之，先造轩光之灶，八成之汤，砥针砺石，取三阳五输；子容捣药，子明吹耳，阳仪反神，子越扶形，子游矫摩。太子遂得复生。天下闻之，皆曰：“扁鹊能生死人。”鹊辞曰：“予非能生死人也，特使夫当生者活耳，夫死者犹不可药而生也，悲夫乱君之治，不可药而息也。诗曰：‘多将熇熇，不可救药！’甚之之辞也。”

卢元骏注译：《说苑今注今译》，台湾商务印书馆1979年版，第643–644页

修　文

古者有菑者谓之厉，君一时素服，使有司吊死问疾，忧以巫医，匍匐以救之，汤粥以方之。善者必先乎鳏寡孤独，及病不能相养，死无以葬埋，则葬埋之。有亲丧者不呼其门，有齐衰大功，五月不服力役之征，有小功之丧者未葬，不服力役之征。其有重尸多死者，急则有聚众，童子击鼓苣火，入官宫里用之，各击鼓苣火，逐官宫里。家之主人冠立于阼，事毕出乎里门，出乎邑门，至野外；此匍匐救厉之道也。师大败亦然。

卢元骏注译：《说苑今注今译》，台湾商务印书馆1979年版，第676–677页

乐者，圣人之所乐也，而可以善民心，其感人深，其移风易俗，故先王著其教焉。夫民有血气心知之性，而无哀乐喜怒之常，应感起物而动，然后心术形焉。是故感激憔悴之音作，而民思忧；啴奔慢易繁文简节之音作，而民康乐；粗属猛奋广贲之音作，而民刚毅；廉直劲正庄诚之音作，而民肃敬；宽裕肉好顺成和动之音作，而民慈爱。流僻邪散狄成涤滥之音作，而民淫乱。是故先王本之情性，

稽之度数，制之礼义；含生气之和，道五常之行，使阳而不散，阴而不密，刚气不怒，柔气不慑；四畅交于中，而发作于外，皆安其位，不相夺也。然后立之学等，广其节奏，省其文彩；以绳德厚，律小大之称，比终始之序，以象事行，使亲疏贵贱，长幼男女之理，皆形见于乐，故曰乐观其深矣。土弊则草木不长，水烦则鱼鳖不大，气衰则生物不遂，世乱则礼慝而乐淫；是故其声哀而不庄，乐而不安，慢易以犯节，流漫以忘本，广则容奸，狭则思欲；感涤荡之气，灭平和之德，是以君子贱之也。凡奸声感人而逆气应之，逆气成象而淫乐兴焉；正声感人而顺气应之，顺气成象而和乐兴焉。唱和有应，回邪曲直，各归其分，而万物之理，以类相动也。是故君子反情以和其志，比类以成其行，奸声乱色，不习于听，淫乐慝礼，不接心术，惰慢邪辟之气，不设于身体；使耳目鼻口心智百体，皆由顺正以行其义，然后发以声音，文以琴瑟，动以干戚，饰以羽旄，从以箫管；奋至德之光，动四气之和，以著万物之理。是故清明象天，广大象地，终始象四时，周旋象风雨；五色成文而不乱，八风从律而不奸，百度得数而有常。小大相成，终始相生，唱和清浊，代相为经，故乐行而伦清，耳目聪明，血气和平，移风易俗，天下皆宁，故曰乐者乐也。君子乐得其道，小人乐得其欲，以道制欲，则乐而不乱；以欲忘道，则惑而不乐，是故君子反情以和其意，广乐以成其教，故乐行而民向方，可以观德矣。德者性之端也，乐者德之华也，金石丝竹，乐之器也。诗言其志，歌詠其声，舞动其容，三者本于心，然后乐器从之；是故情深而文明，气盛而化神，和顺积中而英华发外，惟乐不可以为伪。乐者，心之动也，声者，乐之象也，文采节奏，声之饰也。君子之动本，乐其象也，后治其饰，是故先鼓以警戒，三步以见方，再始以著往，复乱以饬归；奋疾而不拔，极幽而不隐，独乐其志，不厌其道，备举其道，不私其欲。是故情见而义立，乐终而德尊，君子以好善，小人以饬过，故曰生民之道，乐为大焉。

卢元骏注译：《说苑今注今译》，台湾商务印书馆1979年版，第687-689页

反 质

杨王孙病且死，令其子曰："吾死欲倮葬，以返吾真，必无易吾意。"祁侯闻之，往谏曰："窃闻王孙令葬必倮而入地，必若所闻，愚以为不可。令死人无知则已矣，若死有知也，是戮尸于地下也，将何以见先人？愚以为不可！"王孙曰："吾将以矫世也。夫厚葬诚无益于死者，而世以相高，靡财殚币而腐之于地下，或乃今日入而明日出，此真与暴骸于中野何异？且夫死者终生之化，而物之归者；归者得至，而化者得变，是物各返其真。其真冥冥，视之无形，听之无声，乃合道之情。夫饰外以夸众，厚葬以矫真，使归者不得至，化者不得变，是使物各失其然也。且吾闻之，精神者，天之有也，形骸者，地之有也；精神离形而各归其真，故谓之鬼。鬼之为言归也，其尸块然独处，岂有知哉？厚裹之以币帛，多送之以财宝，以夺生者财用。古圣人缘人情，不忍其亲，故为之制礼；今则越之，吾是以欲倮葬以矫之也。昔尧之葬者，空木为椟，葛藟为缄；其穿地也，下不乱泉，上不泄臭。故圣人生易尚，死易葬，不加于无用，不损于无益，谓今费财而厚葬，死者不知，生者不得用，谬哉！可谓重惑矣。"祁侯曰："善。"遂倮葬也。

卢元骏注译：《说苑今注今译》，台湾商务印书馆1979年版，第722-723页

新　序

刘　向

杂事二

扁鹊见齐桓侯，立有间，扁鹊曰："君有疾在腠理，不治，将恐深。"桓侯曰："寡人无疾。"扁鹊出，桓侯曰："医之好利也，欲治不疾以为功。"居十日，扁鹊复见曰："君之疾在肌肤，不治将深。"桓侯不应。扁鹊出，桓侯不悦。居十日，扁鹊复见曰："君之疾在肠胃，不治将深。"桓侯不应。扁鹊出，桓侯不悦。居十日，扁鹊复见，望桓侯而还走。桓侯使人问之，扁鹊曰："疾在腠理，汤熨之所及也；在肌肤，针石之所及也；在胃肠，大剂之所及也；在骨髓，司命之所无奈何也；今在骨髓，臣是以无请也。"居五日，桓侯体痛，使人索扁鹊，扁鹊已逃之秦国。桓侯遂死，故良医之治疾也，攻之于腠理。此事皆治之于小者也。夫事之祸福，亦有腠理之地。故圣人蚤从事矣。

卢元骏注译：《新序今注今译》，天津古籍出版社1987年版，第62页

杂事四

楚惠王食寒葅而得蛭，因遂吞之，腹有疾而不能食。令尹入问曰："王安得此疾也？"王曰："我食寒葅而得蛭，念谴之而不行其罪乎？是法废而威不立也，非所以使国闻也；谴而行其诛乎？则庖宰食监法皆当死，心又不忍也，故吾恐蛭之见也，因遂吞之？"令尹避席再拜而贺曰："臣闻大道无亲，惟德是辅。君有仁德，天之所奉

也，病不为伤。”是夕也，惠王之后蛭出，故其久病心腹之积皆愈，天之视听，不可不察也。

卢元骏注译：《新序今注今译》，天津古籍出版社1987年版，第132页

列女传

刘　向

母仪传

三母者，太姜、太任、太姒。太姜者，王季之母，有吕氏之女。太王娶以为妃。生太伯、仲雍、王季。贞顺率道，靡有过失。太王谋事迁徙，必与太姜。君子谓太姜广于德教。太任者，文王之母，挚任氏中女也。王季娶为妃。

太任之性，端一诚庄，惟德之行。及其有娠，目不视恶色，耳不听淫声，口不出敖言，能以胎教，溲于豕牢而生文王。文王生而明圣，太任教之，以一而识百。君子谓太任为能胎教。古者妇人妊子，寝不侧，坐不边，立不跸，不食邪味，割不正不食，席不正不坐，目不视于邪色，耳不听于淫声，夜则令瞽诵诗，道正事。如此，则生子形容端正，才德必过人矣。故妊子之时，必慎所感，感于善则善，感于恶则恶。人生而肖万物者，皆其母感于物，故形音肖之。文王母可谓知肖化矣。

太姒者，武王之母，禹后有莘姒氏之女。仁而明道。文王嘉之，亲迎于渭，造舟为梁。及入，太姒思媚太姜、太任，旦夕勤劳，以进妇道。太姒号曰文母，文王理阳道而治外，文母理阴道而治内。太姒生十男，长伯邑考、次武王发、次周公旦、次管叔鲜、次蔡叔度、次曹叔振铎、次霍叔武、次成叔处、次康叔封、次聃季载。太

姒教诲十子，自少及长，未尝见邪僻之事。及其长，文王继而教之，卒成武王、周公之德。

刘向著，刘晓东校点：《列女传》，辽宁教育出版社1998年版，第4页

贞顺传

蔡人之妻者，宋人之女也。既嫁于蔡，而夫有恶疾。其母将改嫁之，女曰："夫不幸，乃妾之不幸也，奈何去之？适人之道，一与之醮，终身不改。不幸遇恶疾，不改其意。且夫采采芣苡之草，虽其臭恶，犹始于捋采之，终于怀撷之，浸以益亲，况于夫妇之道乎！彼无大故，又不遣妾，何以得去？"终不听其母，乃作《芣苡》之诗。君子曰："宋女之意甚贞而一也。"

刘向著，刘晓东校点：《列女传》，辽宁教育出版社1998年版，第38页

列仙传

刘　向

赤松子

赤松子者，神农时雨师也。服水玉，以教神农，能入火自烧。往往至昆仑山上，常止西王母石室中，随风雨上下。炎帝少女追之，亦得仙俱去。高辛时，复为雨师。

王叔岷撰：《列仙传校笺》，中华书局2007年版，第1页

马师皇

马师皇者，黄帝时马医也。知马形生死之，诊治之辄愈。后有龙下，向之垂耳张口。皇曰："此龙有病，知我能治。"乃针其唇下口中，以甘草汤饮之而愈。后数数有疾，龙出其波，告而求治之。一旦，龙负皇而去。

王叔岷撰：《列仙传校笺》，中华书局2007年版，第6页

赤将子舆

赤将子舆者，黄帝时人。不食五谷，而噉百草花。至尧帝时为木工，能随风雨上下，时时于市中卖缴，亦谓之缴父云。

王叔岷撰：《列仙传校笺》，中华书局2007年版，第7页

偓　佺

偓佺者，槐山采药父也。好食松实，形体生毛，长数寸。两目更方，能飞行逐走马。以松子遗尧，尧不暇服也。松者，简松也。时人受服者，皆至二三百岁焉。

王叔岷撰：《列仙传校笺》，中华书局2007年版，第11页

容成公

容成公者，自称黄帝师，见于周穆王。能善补导之事。取精于玄牝，其要，谷神不死，守生养气者也。发白更黑，齿落更生，事与老子同。亦云，老子师也。

王叔岷撰：《列仙传校笺》，中华书局2007年版，第14页

方　回

方回者，尧时隐人也。尧聘以为闾士。炼食云母，亦与民人有病者，隐于五柞山中。夏启末，为宦士，为人所劫，闭之室中，从求道，回化而得去，更以方回掩封其户。时人言：得回一丸泥涂门户，终不可开。

王叔岷撰：《列仙传校笺》，中华书局2007年版，第16页

涓　子

涓子者，齐人也。好饵术，接食其精，至三百年乃见于齐。著《天人经》四十八篇。后钓于荷泽，得鲤鱼，腹中有符。隐于宕山，能致风雨。受《伯阳九仙法》，淮南山安，少得其文，不能解其旨也。其《琴心》三篇，有条理焉。

王叔岷撰：《列仙传校笺》，中华书局2007年版，第24页

师　门

师门者，啸父弟子也。亦能使火，食桃李葩。为夏孔甲龙师。孔甲不能顺其意，杀而埋之外野。一旦风雨迎之，讫则山木皆焚。孔甲祠而祷之，还而道死。

王叔岷撰：《列仙传校笺》，中华书局2007年版，第31页

务　光

务光者，夏时人也。耳长七寸，好琴，服蒲韭根。殷汤将伐桀，因光而谋，光曰："非吾事也。"汤曰："孰可？"曰："吾不知也。"汤曰："伊尹何如？"曰："强力忍诟，吾不知其他。"汤既克桀，以天下让于光，曰："智者谋之，武者遂之，仁者居之，古之道也。吾子胡不遂之？请相吾子。"光辞曰："废上，非义也；杀人，非仁也；

人犯其难，我享其利，非廉也。吾闻非义不受其禄，无道之世，不践其位。况于尊我！我不忍久见也。”遂负石自沉于蓼水，已而自匿。后四百余岁，至武丁时复见。武丁欲以为相，不从。武丁以舆迎而从，逼不以礼。遂投浮梁山，后游尚父山。

王叔岷撰：《列仙传校笺》，中华书局2007年版，第33页

仇　生

仇生者，不知何所人也。当殷汤时为木正三十余年而更壮，皆知其奇人也，咸共师奉之。常食松脂，在尸乡北山上，自作石室。至周武王，幸其室而祀之。

王叔岷撰：《列仙传校笺》，中华书局2007年版，第36页

彭　祖

彭祖者，殷大夫也。姓籛，名铿，帝颛顼之孙，陆终氏之中子。历夏至殷末，八百余岁。常食桂芝，善导引行气。历阳有彭祖仙室，前世祷请风雨，莫不辄应。常有两虎在祠左右，祠讫地即有虎迹云。后升仙而去。

王叔岷撰：《列仙传校笺》，中华书局2007年版，第38页

邛　疏

邛疏者，周封史也。能行气炼形，煮石髓而服之，谓之石钟乳，至数百年，往来入太室山，中有卧石床枕焉。

王叔岷撰：《列仙传校笺》，中华书局2007年版，第40页

陆　通

陆通者，云楚狂接舆也。好养生，食橐庐木实及芜菁子。游诸名山，在蜀娥媚山上，世世见之，历数百年去。

王叔岷撰：《列仙传校笺》，中华书局2007年版，第48页

葛　由

葛由者，羌人也。周成王时，好刻木羊卖之。一旦，骑羊而入西蜀，蜀中王侯贵人追之，上绥山，在娥媚山西南，高无极也。随之者不复还，皆得仙道。故里谚曰："得绥山一桃，虽不得仙，亦足以豪。"山下立祠数十处云。

王叔岷撰：《列仙传校笺》，中华书局2007年版，第50页

江妃二女

江妃二女者，不知何所人也。出游于江汉之湄，逢郑交甫，见而悦之，不知其神人也。谓其仆曰："我欲下请其佩。"仆曰："此间之人皆习于辞，不得，恐罹悔焉。"交甫不听，遂下与之言曰："二女劳矣。"二女曰："客子有劳，妾何劳之有？"交甫曰："橘是柚也，我盛之以笥，令附汉水，将流而下。我遵其旁，彩其芝而茹之。以知吾为不逊也。愿请子之佩。"二女曰："橘是柚也，我盛之以莒，令附汉水，将流而下。我遵其旁，彩其芝而茹之。"遂手解佩与交甫。交甫悦，受而怀之，中当心，趋去数十步，视佩，空怀无佩。顾二女，忽然不见。

王叔岷撰：《列仙传校笺》，中华书局2007年版，第52页

范　蠡

范蠡，字少伯，徐人也。事周师太公望，好服桂饮水。为越大夫，佐勾践破吴。后乘舟入海，变名姓，适齐为鸱夷子更，后百余年见于陶，为陶朱君。财累亿万，号陶朱公。后弃之，兰陵卖药。后人世世识见之云。

王叔岷撰：《列仙传校笺》，中华书局2007年版，第58页

寇　先

寇先者，宋人也。以钓鱼为业，居睢水旁百余年。得鱼，或放或卖或自食之。常著冠带。好种荔枝，食其葩实焉。宋景公问其道，不告，即杀之。数十年，踞宋城门鼓琴，数十日乃去。宋人家家奉祀焉。

王叔岷撰：《列仙传校笺》，中华书局2007年版，第63页

安期先生

安期先生者，琅邪阜乡人也。卖药于东海边，时人皆言千岁翁。秦始皇东游，请见，与语三日三夜，赐金璧度数十万。出于阜乡亭，皆置去。留书以赤玉舄一量为报，曰："后数年，求我于蓬莱山。"始皇即遣使者徐市、卢生等数百人入海，未至蓬莱山，辄逢风波而还。立祠阜乡亭海边十数处云。

王叔岷撰：《列仙传校笺》，中华书局2007年版，第70页

桂　父

桂父者，象林人也。色黑而时白、时黄、时赤，南海人见而尊事之。常服桂及葵，以龟脑和之，千丸十斤桂。累世见之。今荆州之南，尚有桂丸焉。

王叔岷撰：《列仙传校笺》，中华书局2007年版，第73页

瑕丘仲

瑕丘仲者，宁人也。卖药于宁百余年，人以为寿矣。地动舍坏，仲及里中数十家屋临水皆败。仲死，民人取仲尸弃水中，收其药卖之。仲披裘而从诣之取药，弃仲者惧，叩头求哀。仲曰："恨汝仲人知我耳。吾去矣。"后为夫余胡王驿使，复来至宁，北方人谓之谪仙

人焉。

王叔岷撰：《列仙传校笺》，中华书局2007年版，第75页

任 光

任光者，上蔡人也。善饵丹，卖于都市里间，积八十九年，乃知是故时任光也。皆说如数十岁面颜，后长老识之。赵简子聘与俱归，常在柏梯山上，三世不知所在。晋人常服其丹也。

王叔岷撰：《列仙传校笺》，中华书局2007年版，第79页

稷丘君

稷丘君者，泰山下道士也。武帝时，以道术受赏赐。发白再黑，齿落更生。上东巡泰山，稷丘君乃冠章甫，衣黄衣，拥琴来迎拜武指帝："陛下勿上也。上必伤足指。"及数里，右足指果折，上讳之，故但祠而还，为稷丘君立祠焉。为稷承奉之云。

王叔岷撰：《列仙传校笺》，中华书局2007年版，第92页

崔文子

崔文子者，太山人也。文子世好黄、老事，居潜山下。后作黄散赤丸，成石父祠，卖药都市，自言三百岁。后有疫气，民死者万计。长吏之文所请救，文拥朱幡，系黄散，以徇人门，饮散者即愈，所活者万计。后去在蜀，卖黄散，故世宝崔文赤黄散，实近于神焉。

王叔岷撰：《列仙传校笺》，中华书局2007年版，第95页

赤须子

赤须子，丰人也。丰中传世见之云："秦穆公时主鱼吏也。"数道丰界灾害水旱，十不失一。臣下归向，迎而师之，从受业，问所长，好食松实、天门冬、石脂，齿落更生，发堕再出，服霞绝，后

遂去吴山下十余年，莫知所之。

王叔岷撰：《列仙传校笺》，中华书局2007年版，第101页

钩翼夫人

钩翼夫人者，齐人也，姓赵。少时好清净，病卧六年，右手拳屈，饮食少。望气者云："东北有贵人气，推而得之。"召到，姿色甚伟。武帝披其手，得一玉钩，而手寻展。遂幸而生昭帝。后武帝害之，殡尸不冷而香。一月间，后昭帝即位，更葬之，棺内但有丝履，故名其宫曰钩翼。后避讳改为弋。庙闱有神祠阁在焉。

王叔岷撰：《列仙传校笺》，中华书局2007年版，第106页

犊　子

犊子者，邺人也。少在黑山采松子茯苓，饵而服之，且数百年。时壮时老，时好时丑，时人乃知其仙人也。常过酤酒阳都家。阳都女者，市中酤酒家女，眉生而连，耳细而长，众以为异，皆言此天人也。会犊子牵一黄犊来过，都女悦之，遂留相奉侍。都女随犊子出取桃李，一宿而返，皆连兜甘美。邑中随伺逐之，出门共牵犊耳而走，人不能追也。且还，复在市中，数十年乃去。见潘山下，冬卖桃李云。

王叔岷撰：《列仙传校笺》，中华书局2007年版，第109页

鹿皮公

鹿皮公者，淄川人也。少为府小吏木工，举手能成器械。岑山上有神泉，人不能至也。小吏白府君，请木工斤斧三十人，作转轮悬阁，意思横生。数十日梯道四间成，上其巅作祠舍。留步其旁，绝其二间以自固。食芝草，饮神泉，且七十年。淄水来，三下，呼宗族家室，得六十余人，令上山半，水尽漂一郡，没者万计。小吏

乃辞遣宗家令下山，著鹿皮衣遂去，复上阁。后百余年，下卖药于市。

王叔岷撰：《列仙传校笺》，中华书局2007年版，第119页

昌　容

昌容者，常山道人也。自称殷王子。食蓬虆根，往来上下，见之者二百余年，而颜色如二十许人。能致紫草，卖与染家，得钱遗孤寡，历世而然，奉祠者万计。

王叔岷撰：《列仙传校笺》，中华书局2007年版，第122页

谿　父

谿父者，南郡鄘人也。居山间，有仙人常步其家，从买瓜，教之鍊瓜子，与桂附子芷实，共藏而对分食之。二十余年，能飞走，升山入水。后百余年，居绝山顶，呼谿下父老与道平生时事云。

王叔岷撰：《列仙传校笺》，中华书局2007年版，第125页

山　图

山图者，陇西人也。少好乘马，马踢之折脚。山中道人教令服地黄当归羌活独活苦参散，服之一岁，而不嗜食，病愈身轻，追道人问之，自言："五岳使，之名山采药，能随客，使汝不死。"山图追随之六十余年，一旦归来，行母服于家间，期年复去，莫知所之。

王叔岷撰：《列仙传校笺》，中华书局2007年版，第127页

谷　春

谷春者，栎阳人也。成帝时为郎，病死，而尸不冷。家发丧行服，犹不敢下钉。三年，更著冠帻坐县门上，邑中人大惊。家人迎之，不肯随归。发棺，有衣无尸。留门上，三宿，去之长安，止横门上。人知，追迎之，复去之太白山。立祠于山上。时来至其祠中

止宿焉。

王叔岷撰：《列仙传校笺》，中华书局2007年版，第129页

商丘子胥

商丘子胥者，高邑人也。好牧豕、吹竽，年七十不娶妇，而不老。邑人多奇之，从受道，问其要，言但食术、菖蒲根、饮水，不饥不老。如此传世，见之三百余年。贵戚富室闻之，取而服之，不能终岁辄止堕慢矣。谓将复有匿术也。

王叔岷撰：《列仙传校笺》，中华书局2007年版，第140页

赤　斧

赤斧者，巴戎人也。为碧鸡祠主簿，能作水澒炼丹，与消石服之，三十年反如童子，毛发生皆赤。后数十年，上华山取禹余粮，饵卖之于苍梧、湘江间，累世传之，手掌中有赤斧焉。

王叔岷撰：《列仙传校笺》，中华书局2007年版，第146页

负局先生

负局先生者，不知何许人也。语似燕、代间人。常负磨镜，局徇吴市中，衒磨镜，一钱因磨之。辄问主人，得无有疾苦者，辄出紫丸药以与之，得者莫不愈。如此数十年。后大疫病，家至户到，与药活者万计，不取一钱。吴人乃知其真人也。后止吴山绝崖头，悬药下与人，将欲去时，语下人曰："各还蓬莱山，为汝曹下神水。"崖头一旦有水，白色流从石间来下，服之多愈疾，立祠十余处。

王叔岷撰：《列仙传校笺》，中华书局2007年版，第150页

朱　璜

朱璜者，广陵人也。少病毒瘕，就睢山上道士阮邱，邱怜之。

言："卿除腹中三尸，有真人之业可度教也。"璜曰："病愈，当为君作客三十年，不敢自还。"邱与璜七物药，日服九丸。百日病下如肝脾者数斗，养之数十日肥健，心意日更开朗，与《老君》《黄庭经》。令日读三过，通之，能思其意。遂与璜俱入浮阳山玉女祠，其八十年，后见故处，白发尽黑，鬓更长三尺余，过家，食止数年复去。如此，至武帝末故在焉。

王叔岷撰：《列仙传校笺》，中华书局2007年版，第153页

黄阮邱

黄阮邱者，睢山上道士也。衣裘被发，耳长七寸，口中无齿，日行四百里，于山上种葱薤，百余年人不知也。时下卖药，朱璜发明之，乃知其神人也。地动山崩道绝，预戒下人。世共奉祠之。

王叔岷撰：《列仙传校笺》，中华书局2007年版，第155页

女　丸

女丸者，陈市上沽酒妇人也。作酒常美，遇仙人过其家饮酒，以素画五卷为质。丸开视其书，乃养性交接之术。丸私写其文要，更设房室，纳诸年少饮美酒，与止宿，行文书之法。如此三十年，颜色更如二十时。仙人数岁复来过，笑谓丸曰："盗道无私，有翅不飞。"遂弃家追仙人去，莫知所之云。

王叔岷撰：《列仙传校笺》，中华书局2007年版，第156页

陵阳子明

陵阳子明者，铚乡人也。好钓鱼于旋溪，钓得白龙，子明惧，解钩，拜而放之。后得白鱼，腹中有书，教子明服食之法，子明遂上黄山，采五石脂，沸水而服之。三年，龙来迎去。止陵阳山上，百余年，山去地千余丈，大呼下人，令上山半，告言："溪中子安当

来问子明钓车在否?”后二十余年，子安死，人取葬石。山下有黄鹤来栖其冢边树上，鸣呼子安云。

王叔岷撰:《列仙传校笺》，中华书局2007年版，第158页

玄 俗

玄俗者，自言河间人也。饵巴豆，卖药都市，七丸一钱，治百病。河间王病瘕，买药服之。下蛇十余头。问药意，俗云:“王瘕乃六世余殃下堕，即非王所招也。王常放乳鹿，麟母也。仁心感天，故当遭俗耳。”王家老舍人，自言父世见俗，俗形无影。王乃呼俗日中看，实无影。王欲以女配之，俗夜亡去，后人见于常山下。

王叔岷撰:《列仙传校笺》，中华书局2007年版，第166页

道德指归论

严 遵

严遵，又名严光，字子陵，会稽余姚（今浙江省余姚市）人。严遵淡泊名利，是东汉著名隐士，范晔评之曰“远性风疏，逸情云上”。

不出户篇

庄子曰:“一人之身俱生父母，四支九窍其职不同，五臟六腑各有所受，上下不相知，中外不相睹，头足为天地，肘膝为四海，肝胆为胡越，眉目为齐楚。若不同生，异躯殊体，动不相因，静不相待。九天之上，黄泉之下，未足以喻之。然而头有疾则足不能行，胸中有病则口不能言，心得所安则耳目聪明、屈伸调利、百节轻便者，以同形也。”

严遵撰:《道德指归论》，景印文渊阁四库全书本，台湾商务印

书馆1986年版，第96页

圣人无常心篇

托道之术，留神之方，清净为本，虚无为常，非心意之所能致，非思虑之所能然也。故知者之居也，耳目视听，心意思虑，饮食时节，穷适志欲，聪明并作，不释昼夜，经历百方，筹策万事，定安危之始，明去就之路，将以全身体而延大命也。若然，则精神为之损，血气为之败，魂魄离散，大命伤夭。及其寐也，心意不用，聪明蔽塞，不思不虑，不饮不食，精神和顺，血气生息，心得所安，身无百疾，遭离凶害，大疮以瘳，断骨以续，百节九窍，皆得所欲。夫以一人之身，去心则危者复宁，用心则安者将亡，而况乎奉道德，顺神明，承天心，养群生者哉？

严遵撰：《道德指归论》，景印文渊阁四库全书本，台湾商务印书馆1986年版，第99页

出生入死篇

故无为生之宅，有为死之家也。夫立则遗其身，坐则忘其心，澹如赤子，泊如无形，不视不听不为不言，变化消息动静无常，与道俯仰，与德浮沈，与神合体，与和屈伸。不贱为物，不贵为人。与王侯异利，与万性殊患，死生为一，故不别存亡，此治身之无为也。春生夏长，秋收冬藏，奉主之法，顺天之命。内慈父母，外绝名利，不思不虑，不与不求，独往独来，体和袭顺，辞让于人，不与时争，此治家之无为也。尊天敬地，不敢忘先，修身正法，去己任人，审实定名，顺物和神，参伍左右，前后相连，随时循理，曲因其当，万物并作，归之自然，此治国之无为也。冠无有，被无形，抱空虚，履太清，载道德，浮神明，秉太和，驱天地，驰阴阳，骋五行，从群物，涉玄冥，游乎无功，归乎无名，此治天下之无为也。贪生利寿，唯恐不得。强藏心意，闭塞耳目，导引翔步，动握百节，

吐故纳新，吹煦呼吸，被服五星，饮食日月，形神并作，未尝休息，此治身之有为也。废释天时，独任人事，贱强求贵，贫强求富，饥名渴势，心常载求，衣食奢泰，事过其务，此治家之有为也。富国兼壤，轻战乐兵，底威起节，名显势隆，刑严罚峻，峭直刻深，法察网周，惨毒少恩，诸侯畏忌，常为俊雄，公强求伯，伯强求王，此治国之有为也。祖孝悌，宗仁义，修礼节，饰民教，修治色味，以顺民心，钟鼓琴瑟，以和民志，主言臣听，主动臣随，表功厉行，开以恩厚，号令声华，使民亲附，诸事任已，百方仰朝，此治天下之有为也。是故，虚、无、清、静、微、寡、柔、弱、卑、损、时、和、啬，凡此十三，生之徒。实、有、浊、扰、显、众、刚、强、高、满、过、泰、费，此十三者，死之徒也。

严遵撰：《道德指归论》，景印文渊阁四库全书本，台湾商务印书馆1986年版，第100页

善建篇

故治之于身，则性简情易，心达志通，远所不远，明所不明，重神爱气，轻物细名，思虑不惑，血气和平，筋骨便利，耳目聪明，肌肤润泽，面理有光，精神专固，生生青青，身体轻劲，美好难终。治之于家，则夫信妇贞，父慈子孝，兄顺弟悌，九族和亲，耕桑时得，畜积殷殷，六畜蕃殖，事业修治，常有余财，乡邑愿之。治之于乡，则睹纲知纪，动合中和，名实正矣，白黑分明，曲直异理，是非自得，奸邪不起，威严尊显，令行禁止，奉上化下，公若父子，敬爱信向，上下欢喜，百姓和集，官无留负，职修名荣，称为君子，常有余德，没身不殆。治之于国，则主明臣忠，朝不壅贤，士不妬功，邪不蔽正，谗不害公，和睦顺从，上下无怨，百官乐职，万事自然，远人怀慕，天下同风，国富民实，不伐而强，宗庙尊显，社稷永宁，阴阳永合，祸乱不生，万物丰熟，境内大宁，邻家托命，后世蕃昌，道德有余，与天为常。治之于天下，则主阴臣阳，主静

臣动，主圆臣方，主因臣唱，主默臣言，正直公方，和一大通，平易无为，寂泊无声，德驰相告，神骋相传，运动无端，变化若天，不行而知，不为而成，功与道伦，宇内反真，无事无忧，太平自兴。

严遵撰：《道德指归论》，景印文渊阁四库全书本，台湾商务印书馆1986年版，第106页

治大国篇

日昃阴生，燥至风起，溪谷小动，海波大兴，高以相临，差以百寻者，以其形大故也。千仞之岸，万丈之崖，物类登之，崖隤下颠，蚊虻蝼蚁，适足以游翔，而犀象虎豹之麋骸者，以其形重也。飘风隆盛，发屋折木，石铁飞扬，山陵崩弛，而人血脉不为之伤者，以其暴大也。隙穴之风，不动鬓眉，及其中人也，生百病而成死亡者，以其纤介也。夫大国者，江海犀象之徒也，而德化者飘风隙穴之类也。故其福不可大生也，其利不可暴兴也，其善不可大处也，其恶不可大丧也。大生之则大亡，暴兴之则暴倾，大处之则大去，大丧之则大至。何以明之？庄子曰：夫饥而倍食，渴而大饮，热而投水，寒而入火，所苦虽除其身必死。胸中有瘕不可凿，喉中有疾不可剥也。蟁虻着面不可射也，虮虱着肤不可斫也，何则欲除小患而生大贼也？是以明王圣主之治大国也，若柄纤微，若通小水，若察秋毫，如听无有，若亡若存，若非若是，如行如留，如为如休，为在为不为之域，化在有无有之野，福微利鲜，言希禁寡，动于无形，功流四海。夫何故哉？以道为父，以德为母，神明为师，太和为友。清静为常，平易为主，天地为法，阴阳为象，日月为仪，万物为表，因应为元，诚信为首，殊分异职，绳绳玄默，引总纪纲，举大要而求之于己。

严遵撰：《道德指归论》，景印文渊阁四库全书本，台湾商务印书馆1986年版，第115页

为无为篇

故善除患者，不若无患之大也。起事致治者，不若默然者之贵也。是以君子动未始之始，静无无之无。布道施德，变化于玄，怒于不怒，言于不言，攻于不敢，守于无端，威于不武，报怨未萌，图难于易，治其本根，绝之未兆，使不得然。事不秋毫，功如太山，为大于细，治之绵绵，敬而慎之，若始若新，不为所欲，不求所便，常与事反，独守其元。与时俱益，日进无强，虽欲不大，事物自然。是故，大难之将生也，犹风邪之中人。未然之时，慎之不来。在于皮毛，汤熨去之；入于分理，微箴取之；在于藏府，百药除之；入于骨髓，天地不能忧，而造化不能治。

严遵撰：《道德指归论》，景印文渊阁四库全书本，台湾商务印书馆1986年版，第121页

其安易持论

未疾之人易为医也，未危之国易为谋也。萌牙之患易事也，小弱之祸易忧也。何以效之？庄子曰：任车未亏，僮子行之。及其倾覆也，颠高堕谷，千人不能安。卵之未剖也，一指靡之，及其为飞鸿也，奋翼凌云，罾缴不能连也。胎之新乳也，一绳制之，及其为牡也，罗网不能禁也。虎也，执群兽，食牛马，剑戟不能难也。故涟滴之流久久而成江海，小蛇不死化为神龙。积微之善以至吉祥，小恶不止乃至灭亡。是故，继体之君，无怨无恶，将相和一，百姓宾伏，邻国交市，无有谗贼，平易不动，上下和集。当此之时，守之不用威，持之不用力，无为无事，莫之能克。及至国家将危，万民将殆，患害将兴，萌而未兆。当此之时，安危在己不在于彼，谋之不必圣人，忧之不必力士，正之于枕席而患祸已亡矣。及至人君失道，大臣怨怼，邻国不市，百官衰废，祸患已生，小弱柔毳。当此之时，贤人深谋，生事起势，未动而患危，不加而祸碎。及至人

君失正，大臣谋误，邻国怨恨，百姓犹豫，患祸已起，根本末据，奸雄将兴，未得人助，或合而不结，或结而不固。当此之时，尊贤下众，折肝胆，听微谏，求过于己，患心不怨谋士底兵未发而散。故祸福作于无名，存亡生于微妙。二者云错，变动风号，屈伸波浑进退殽乱，听之不可闻，视之不可见，机巧不能事，智慧不能判。是故圣人化之以道，教之以身，为之未有，治之未然，不置而物自安，不养而物自全，动与福同室，静与祸异天，窅窅冥冥，莫观其元。

严遵撰：《道德指归论》，景印文渊阁四库全书本，台湾商务印书馆1986年版，第121页

汉武帝内传

班　固

至四月戊辰，帝闲居承华殿，东方朔、董仲君在侧，忽见一女子，著青衣，美丽非常，帝愕然，问之。女对曰："我墉宫玉女王子登也。向为王母所使，从昆仑山来。语帝曰：闻子轻四海之禄，寻道求生，降帝王之位，而屡祷山岳，勤哉有似可教者也。从今日清斋，不闲人事，至七月七日，王母暂来也。"帝下席跪诺。言讫，玉女忽然不知所在。

班固撰：《汉武帝内传》，景印文渊阁四库全书本，台湾商务印书馆1986年版，第289页

歌毕，王母曰："夫欲修身，当营其气，《太仙真经》所谓行'益易之道'，'益'者益精，'易'者易形。能益能易，名上仙籍；不益不易，不离死厄。行益易者，谓常思'灵宝'也。'灵'者神也，'宝'者精也。子但爱精握固，闭气吞液，气化为血，血化为精，精化为神，神化为液，液化为骨。行之不倦，神精充溢。为之一年易气，二年易血，三年易精，四年易脉，五年易髓，六年易骨，七年易筋，八年易发，九年易形。'形易'则变化，变化则成道，成

道则为仙人。吐纳六气，口中甘香。欲食灵芝，存得其味，微息揖吞，从心所适。气者水也，无所不成，至柔之物，通至神精矣。此元始天王在丹房之中所说微言，今敕侍笈玉女李庆孙，书录之以相付。子善录而修焉。”于是王母言语既毕，啸命灵官，使驾龙严车欲去。

帝下席叩头，请留殷勤，王母乃止。

王母乃遣侍女郭密香与上元夫人相问云：“王九光之母敬谢。但不相见，四千余年矣。天事劳我，致以愆面。刘彻好道，适来视之，见彻了了，似可成进。然形慢神秽，脑血淫漏，五脏不淳，关胃彭孛，骨无津液，脉浮反升，肉多精少，瞳子不夷，‘三尸’狡乱，玄白失时。虽当语之以至道，殆恐非仙才也。吾久在人间，实为息浊，然时复可游望，以写细念。庸主对坐，悒悒不乐，夫人可暂来否？若能屈驾，当停相须。”

班固撰：《汉武帝内传》，景印文渊阁四库全书本，台湾商务印书馆1986年版，第290页

夫人谓帝曰：“汝好道乎？闻数招方术，祭山岳，祠灵神，祷河川，亦为勤矣。勤而不获，实有由也。汝胎性暴，胎性淫，胎性奢，胎性酷，胎性贼，五者恒舍于荣卫之中，五脏之内，虽获良针，固难愈也。暴则使气奔而攻神，是故神扰而气竭；淫则使精漏而魂疲，是故精竭而魂消；奢则使真离而魄秽，是故命逝而灵失；酷则使丧仁而自攻，是故失仁而眼乱；贼则使心斗而口干，是故内战而外绝。此五事者，皆是截身之刀锯，刳命之斧斤矣，虽复志好长生，不能遣兹五难，亦何为损性而自劳乎？然由是得此小益，以自知性尔。若从今已，舍尔五性，反诸柔善，明务察下，慈务矜冤，惠务济贫，赈务施劳，念务存孤，惜务及爱身，恒为阴德。救济死厄，旦夕孜孜，不泄精液，于是闭诸淫。养汝神，放诸奢，从至俭，勤斋戒，节饮食，绝五谷，去膻腥，鸣天鼓，饮玉浆，荡华池，叩金梁。按而行之，当有异耳。今阿母迁天尊之重，下降于蟪蛄之窟。睿虚之灵，而诣狐鸟之俎，且阿母至诚，妙唱玄音，验其敬勖节，明修所

奉。比及百年，阿母必能致汝于玄都之墟，迎汝于昆阆之中，位以仙官，游于千方。信吾言矣，子励之哉；若不能尔，无所言矣。”

班固撰：《汉武帝内传》，景印文渊阁四库全书本，台湾商务印书馆1986年版，第291页

夫人曰：“若其志道，将以身投饿虎，忘躯破灭，蹈火履水，固于一志，必无忧也；若其志道，则心凝真性。嫌惑之徒，不畏急言，急言之发，欲成其志耳。阿母既有念，必当赐以尸解之方耳。”王母曰：“此子勤心已久，而不遇良师，遂欲毁其正志，当疑天下必无仙人。是故我发阆宫，暂舍尘浊，既欲坚其仙志，又欲令向化不惑也。今日相见，令人念之。至于尸解下方，吾甚不惜。后三年，吾必欲赐以成丹半剂，石象散一具，与之则彻不得复停。当今匈奴未弥，边陲有事，何必令其仓卒舍天下之尊，而便入林岫？但当问笃向之志，必卒何如。其乃改，吾方数来。”

王母因拊帝背曰：“汝用上元夫人至言，必得长生，可不勖勉耶？”

班固撰：《汉武帝内传》，景印文渊阁四库全书本，台湾商务印书馆1986年版，第292页

白虎通德论

班　固

五　祀

祭五祀所以岁一遍何？顺五行也。故春即祭户。户者，人所出入，亦春万物始触户而出也。夏祭灶。灶者，火之主，人所以自养也。夏亦火王，长养万物。秋祭门。门以闭藏自固也。秋亦万物成熟，内备自守也。冬祭井。井者，水之生藏在地中，冬亦水王，万

物伏藏。六月祭中霤。中霤者，象土在中央也。六月亦土王也。故《月令》春言其祀户，祭先脾；夏言其祀灶，祭先肺；秋言其祀门，祭先肝；冬言其祀井，祭先肾；中央言其祀中霤，祭先心。春祀户，祭所以特先脾者何？脾者，土也，春木王煞土，故以所胜祭之也。是冬肾六月心，非所胜也，以祭何？以为土位在中央，至尊，故祭以心。心者，藏之尊者。水最卑，不得食其所胜。

吴则虞点校：《白虎通疏证》，中华书局2011年版，第79页

考　黜

诸侯喑聋跛躄恶疾，不免黜者何？尊人君也。《春秋》曰："甲戌己丑，陈侯鲍卒。"《传》曰："甲戌之日亡，己丑之死而得。"有狂易之病，蜚亡而死，由不绝也。

世子有恶疾废者何？以其不可承先祖也。故《春秋传》曰："兄弟何以不立？有疾也。何疾尔？恶疾也。"

吴则虞点校：《白虎通疏证》，中华书局2011年版，第315页

性　情

性情者，何谓也？性者阳之施，情者阴之化也。人禀阴阳气而生，故内怀五性六情。情者，静也。性者，生也，此人所禀六气以生者也。故《钩命决》曰："情生于阴，欲以时念也。性生于阳，以就理也。阳气者仁，阴气者贪，故情有利欲，性有仁也。"

五性者何谓？仁义礼智信也。仁者，不忍也，施生爱人也。义者，宜也，断决得中也。礼者，履也，履道成文也。智者，知也，独见前闻，不惑于事，见微知著也。信者，诚也，专一不移也。故人生而应八卦之体，得五气以为常，仁义礼智信是也。六情者，何谓也？喜怒哀乐爱恶谓六情，所以扶成五性。性所以五，情所以六何？人本含六律五行之气而生，故内有五藏六府，此情性之所由出入也。《乐动声仪》曰："官有六府，人有五藏。"

五藏者何也？谓肝、心、肺、肾、脾也。肝之为言干也。肺之为言费也，情动得序。心之为言任也，任于恩也。肾之为言写也，以窍写也。脾之为言辨也，所以积精禀气也。五藏，肝仁、肺义、心礼、肾智、脾信也。肝所以仁者何？肝，木之精也。仁者好生，东方者，阳也，万物始生，故肝象木色青而有枝叶。目为之候何？目能出泪，而不能内物，木亦能出枝叶，不能有所内也。肺所以义者何？肺者，金之精。义者断决，西方亦金，成万物也。故肺象金色白也。鼻为之候何？鼻出入气，高而有窍。山亦有金石累积，亦有孔穴，出云布雨，以润天下，雨则云消。鼻能出纳气也。心所以为礼何？心，火之精也。南方尊阳在上，卑阴在下，礼有尊卑，故心象火，色赤而锐也，人有道尊，天本在上，故心下锐也。耳为之候何？耳能遍内外，别音语，火照有似于礼，上下分明。肾所以智何？肾者，水之精。智者，进而止无所疑惑。水亦进而不惑，北方水，故肾色黑；水阴，故肾双。窍为之候何？窍能泻水，亦能流濡。脾所以信何？脾者，土之精也。土尚任养，万物为之象，生物无所私，信之至也。故脾象土，色黄也。口为之候何？口能啖尝，舌能知味，亦能出音声，吐滋液。故《元命苞》曰："目者肝之使，肝者木之精，苍龙之位也。鼻者肺之使，肺者金之精，制割立断。耳者心之候，心者火之精，上为张星。阴者肾之写，肾者水之精，上为虚危。口者脾之门户，脾者土之精，上为北斗。主变化者也。"或曰：舌者心之候，耳者肾之候。或曰：肝系于目，肺系于鼻，心系于口，脾系于舌，肾系于耳。六府者，何谓也？谓大肠、小肠、胃、膀胱、三焦、胆也。府者，为五藏宫府也。故《礼运》记曰："六情者，所以扶成五性也。"胃者，脾之府也。脾主禀气。胃者，谷之委也，故脾禀气也。膀胱者，肾之府也。肾者主泻，膀胱常能有热，故先决难也。三焦者，包络府也。水谷之道路，气之所终始也。故上焦若窍，中焦若编，下焦若渎。胆者，肝之府也。肝者，木之精也。主仁，仁者不忍，故以胆断焉，是以仁者必有勇也。肝胆异趣，何以知相为府也？肝者，木之精也，木之为言牧也，人怒无不色青目眶张者，是其效也。小肠大肠，心肺之府也，主礼义。礼义者，有分理，肠之大小相承受也。肠为心肺主，心为支体主，故为两府也。目为心视，口为心谈，耳为心听，鼻为心嗅，是其支体主也。

喜在西方，怒在东方，好在北方，恶在南方，哀在下，乐在上何？以西方万物之成，故喜。东方万物之生，故怒。北方阳气始施，故好。南方阴气始起，故恶。上多乐，下多哀也。

魂魄者，何谓也？魂犹伝伝也，行不休于外也。少阳之气，故动不息，于人为外，主于情也。魄者，犹迫然著人也。此少阴之气，象金石著人不移，主于性也。魂者，芸也。情以除秽。魄者，白也，性以治内。

精神者，何谓也？精者静也，太阴施化之气也。象火之化，须待任生也。神者恍惚，太阴之气也，出入无间，总云支体万化之本也。

吴则虞点校：《白虎通疏证》，中华书局2011年版，第381页

嫁　娶

男子六十闭房何？所以辅衰也，故重性命也。又曰：父子不同椸，为乱长幼之序也。《礼·内则》曰："妾虽老，未满五十，必与五日之御，满五十不御，俱为助衰也。至七十大衰，食非肉不饱，寝非人不暖，故七十复开房也。"

吴则虞点校：《白虎通疏证》，中华书局2011年版，第492页

绋　冕

丧有病，得饮酒食肉何？所以辅人生已，重先祖遗支体也。故《曲礼》曰："居丧之礼，头有疮则沐，身有疡则浴，有疾则饮酒食肉。"五十不致毁，六十不毁，七十唯衰麻在身，饮酒食肉。又曰："父母有疾，食肉不至变味，饮酒不至变貌。笑不至矧，怒不至詈，琴瑟不御。"《曾子问》曰："三年之丧，练不群立，不旅行。礼以饰情，三年之丧而吊哭，不亦虚乎！"《礼·檀弓》曰：曾子有母之丧，

吊子张。子张者朋友，有服，虽重服，吊之可也。《曾子问》曰："小功可以与祭乎？"孔子曰："斩衰已下，与祭，礼也。"此谓君丧然也。子夏问："三年之丧，既卒哭，金革之事无避者，礼与。"孔子曰："吾闻诸老聃曰：'周公、伯禽，则有为之也。'今以三年之丧从其利者，吾不知也。"

吴则虞点校：《白虎通疏证》，中华书局2011年版，第519页

论衡

王充

王充（公元27年—约97年），字仲任，会稽上虞（今浙江绍兴）人。王充幼即好学，长入太学，博通五经，思想通达，为人耿介。为救社会弊端和俗儒鄙儒的不当之论，王充作《论衡》八十五篇。《论衡》以疾虚妄为主旨，提出了神灭无鬼、天人不能相感应等新颖观点。其晚年作《养性书》十六篇，但已佚。

累害篇

凡人仕宦有稽留不进，行节有毁伤不全，罪过有累积不除，声名有暗昧不明，才非下，行非悖也，又知非昏，策非昧也，逢遭外祸，累害之也。非唯人行，凡物皆然。生动之类，咸被累害。累害自外，不由其内。夫不本累害所从生起，而徒归责于被累害者，智不明，暗塞于理者也。物以春生，人保之；以秋成，人必不能保之。卒然牛马践根，刀镰割茎，生者不育，至秋不成。不成之类，遇害不遂，不得生也。夫鼠涉饭中，捐而不食。捐饭之味，与彼不污者钧，以鼠为害，弃而不御。君子之累害，与彼不育之物，不御之饭，同一实也。俱由外来，故为累害。

张宗祥校注：《论衡校注》，上海古籍出版社2010年版，第7页

气寿篇

凡人禀命有二品，一曰所当触值之命，二曰强弱寿夭之命。所当触值，谓兵烧压溺也；强寿弱夭，谓禀气渥薄也。兵烧压溺，遭以所禀为命，未必有审期也。若夫强弱夭寿，以百为数，不至百者，气自不足也。

夫禀气渥则其体强，体强则其命长；气薄则其体弱，体弱则命短。命短则多病寿短，始生而死，未产而伤，禀之薄弱也。渥强之人，不卒其寿，若夫无所遭遇，虚居困劣，短气而死，此禀之薄，用之竭也。此与始生而死，未产而伤，一命也，皆由禀气不足，不自致于百也。人之禀气，或充实而坚强，或虚劣而软弱。充实坚强，其年寿；虚劣软弱，失弃其身。

天地生物，物有不遂；父母生子，子有不就。物有为实，枯死而堕；人有为儿，夭命而伤。使实不枯，亦至满岁；使儿不伤，亦至百年。然为实、儿而死、枯者，禀气薄，则虽形体完，其虚劣气少，不能充也。儿生号啼之声，鸿朗高畅者寿，嘶喝湿下者夭。何则？禀寿夭之命，以气多少为主性也。妇人疏字者子活，数乳者子死。何则？疏而气渥，子坚强；数而气薄，子软弱也。怀子而前已产子死，则谓所怀不活。名之曰怀，其意以为已产之子死，故感伤之子失其性矣。所产子死，所怀子凶者，字乳亟数，气薄不能成也。虽成人形体，则易感伤，独先疾病，病独不治。百岁之命，是其正也。不能满百者，虽非正，犹为命也。譬犹人形一丈，正形也。名男子为丈夫，尊公妪为丈人。不满丈者，失其正也，虽失其正，犹乃为形也。夫形不可以不满丈之故，谓之非形，犹命不可以不满百之故，谓之非命也。非天有长短之命，而人各有禀受也。由此言之，人受气命于天，卒与不卒同也。语曰："图王不成，其弊可以霸。"霸者，王之弊也。霸本当至于王，犹寿当至于百也。不能成王，退而为霸；不能至百，消而为夭。王霸同一业，优劣异名；寿夭同一气，长短殊数。何以知不满百为夭者百岁之命也？以其形体小大长短同一等也。百岁之身，五十之体，无以异也。身体不异，血气不殊。鸟兽与人异形，故其年寿与人殊数。

何以明人年以百为寿也？世间有矣。儒者说曰："太平之时，人民侗长，百岁左右，气和之所生也。"《尧典》曰："朕在位七十载。"求禅得舜，舜征三十岁在位，尧退而老，八岁而终，至殂落九十八岁。未在位之时，必已成人，今计数百有余矣。又曰："舜生三十，征用三十，在位五十载，陟方乃死。"适百岁矣。文王谓武王曰："我百，尔九十，吾与尔三焉。"文王九十七而薨，武王九十三而崩。周公，武王之弟也，兄弟相差不过十年。武王崩，周公居摄七年，复政退老，出入百岁矣。邵公，周公之兄也，至康王之时，尚为太保，出入百有余岁矣。圣人禀和气，故年命得正数。气和为治平，故太平之世，多长寿人。百岁之寿，盖人年之正数也。犹物至秋而死，物命之正期也。物先秋后秋，则亦如人死或增百岁或减百也。先秋后秋为期，增百减百为数。物或出地而死，犹人始生而夭也。物或逾秋不死，亦如人年多度百至于三百也。传称老子二百余岁，邵公百八十，高宗享国百年，周穆王享国百年，并未享国之时，皆出百二十三十岁矣。

张宗祥校注：《论衡校注》，上海古籍出版社2010年版，第17-19页

幸偶篇

孔子门徒七十有余，颜回早夭。孔子曰："不幸短命死矣！"短命称不幸，则知长命者幸也，短命者不幸也。服圣贤之道，讲仁义之业，宜蒙福佑。伯牛有疾，亦复颜回之类，俱不幸也。蝼蚁行于地，人举足而涉之。足所履，蝼蚁苲死；足所不蹈，全活不伤。火燔野草，车轹所致，火所不燔，俗或喜之，名曰幸草。夫足所不蹈，火所不及，未必善也。举火行有适然也。由是以论，痈疽之发，亦

一实也。气结阏积，聚为痈，溃为疽创，流血出脓，岂痈疽所发身之善穴哉？营卫之行，遇不通也。蜘蛛结网，蜚虫过之，或脱或获；猎者张罗，百兽群扰，或得或失；渔者罾江湖之鱼，或存或亡。或奸盗大辟而不知，或罚赎小罪而发觉。

灾气加人，亦此类也。不幸遭触而死，幸者免脱而生不幸者，不侥幸也。孔子曰："人之生也直，罔之生也幸。"则夫顺道而触者，为不幸矣。立岩墙之下，为坏所压；蹈圻岸之上，为崩所坠，轻遇无端，故为不幸。鲁城门久朽欲顿，孔子过之，趋而疾行。左右曰："久矣。"孔子曰："恶其久也。"孔子戒慎已甚，如过遭坏，可谓不幸也。故孔子曰："君子有不幸而无幸，小人有幸而无不幸。"又曰："君子处易以俟命，小人行险以徼幸。"

张宗祥校注：《论衡校注》，上海古籍出版社2010年版，第20-21页

非唯人行，物亦有之。长数仞之竹，大连抱之木，工技之人，裁而用之，或成器而见举持，或遗材而遭废弃。非工技之人有爱憎也，刀斧如有偶然也。蒸谷为饭，酿饭为酒。酒之成也，甘苦异味；饭之熟也，刚柔殊和。非庖厨、酒人有意异也，手指之调有偶适也。调饭也殊筐而居，甘酒也异器而处，虫堕一器，酒弃不饮；鼠涉一筐，饭捐不食。夫百草之类，皆有补益。遭医人采掇，成为良药，或遗枯泽，为火所燎。等之金也，或为剑戟，或为锋铦。同之木也，或梁于宫，或柱于桥。俱之火也，或烁脂烛，或燔枯草。均之土也，或基殿堂，或涂轩户。皆之水也，或溉鼎釜，或澡腐臭。物善恶同，遭为人用，其不幸偶，犹可伤痛，况含精气之徒乎！

张宗祥校注：《论衡校注》，上海古籍出版社2010年版，第22-23页

命义篇

死生者，无象在天，以性为主。禀得坚强之性，则气渥厚而体

坚强，坚强则寿命长，寿命长则不夭死。禀气软弱者，气少泊而性羸窳，羸窳则寿命短，短则蚤死。故言有命，命则性也。至于富贵所禀，犹性所禀之气，得众星之精。众星在天，天有其象，得富贵象则富贵，得贫贱象则贫贱，故曰在天。在天如何？天有百官，有众星。天施气而众星布精。天所施气，众星之气在其中矣。人禀气而生，含气而长，得贵则贵，得贱则贱。贵或秩有高下，富或赀有多少，皆星位尊卑小大之所授也。故天有百官，天有众星，地有万民、五帝、三王之精。天有王梁、造父，人亦有之，禀受其气，故巧于御。

张宗祥校注：《论衡校注》，上海古籍出版社2010年版，第25-26页

亦有三性：有正，有随，有遭。正者，禀五常之性也；随者，随父母之性；遭者，遭得恶物象之故也。故妊妇食兔，子生缺唇。《月令》曰："是月也，雷将发声。"有不戒其容者，生子不备，必有大凶，瘖聋跛盲。气遭胎伤，故受性狂悖。羊舌似我初生之时，声似豺狼，长大性恶，被祸而死。在母身时，遭受此性，丹朱、商均之类是也。性命在本，故《礼》有胎教之法。子在身时，席不正不坐，割不正不食，非正色目不视，非正声耳不听。及长，置以贤师良傅，教君臣父子之道，贤不肖在此时矣。受气时，母不谨慎，心妄虑邪，则子长大，狂悖不善，形体丑恶。素女对黄帝陈五女之法，非徒伤父母之身，乃又贼男女之性。

张宗祥校注：《论衡校注》，上海古籍出版社2010年版，第27页

无形篇

人禀元气于天，各受寿夭之命，以立长短之形，犹陶者用土为簋廉，冶者用铜为柈杅矣。器形已成，不可小大；人体已定，不可减增。用气为性，性成命定。体气与形骸相抱，生死与期节相须。形不可变化，命不可减加。以陶冶言之，人命短长，可得论也。

或难曰：陶者用埴为簋廉，簋廉壹成，遂至毁败，不可复变。若夫冶者用铜为柈杅，柈杅虽已成器，犹可复烁。柈可得为尊，尊不可为簋。人禀气于天，虽各受寿夭之命，立以形体，如得善道神药，形可变化，命可加增。

曰：冶者变更成器，须先以火燔烁，乃可大小短长。人冀延年，欲比于铜器，宜有若炉炭之化，乃易形，形易，寿亦可增。人何由变易其形，便如火烁铜器乎？《礼》曰："水潦降，不献鱼鳖。"何则？雨水暴下，虫蛇变化，化为鱼鳖。离本真暂变之虫，臣子谨慎，故不敢献。人愿身之变，冀若虫蛇之化乎？夫虫蛇未化者，不若不化者。虫蛇未化，人不食也；化为鱼鳖，人则食之。食则寿命乃短，非所冀也。岁月推移，气变物类，虾蟆为鹑，雀为蜃蛤。人愿身之变，冀若鹑与蜃蛤鱼鳖之类也？人设捕蜃蛤，得者食之。虽身之不化，寿命不得长，非所冀也。鲁公牛哀寝疾七日，变而成虎。鲧殛羽山，化为黄能。愿身变者，冀牛哀之为虎，鲧之为能乎？则夫虎、能之寿，不能过人。天地之性，人最为贵。变人之形，更为禽兽，非所冀也。凡可冀者，以老翁变为婴儿，其次白发复黑，齿落复生，身气丁强，超乘不衰，乃可贵也。徒变其形，寿命不延，其何益哉？

且物之变随气，若应政治，有所象为，非天所欲寿长之故，变易其形也，又非得神草珍药食之而变化也。人恒服药固寿，能增加本性，益其身年也。遭时变化，非天之正气，人所受之真性也。天地不变，日月不易，星辰不没，正也。人受正气，故体不变。时或男化为女，女化为男，由高岸为谷，深谷为陵也。应政为变，为政变，非常性也。汉兴，老父授张良书，已化为石。是以石之精，为汉兴之瑞也。犹河精为人，持璧与秦使者，秦亡之征也。蚕食桑老，绩而为茧，茧又化而为蛾；蛾有两翼，变去蚕形。蛴螬化为复育，复育转而为蝉。蝉生两翼，不类蛴螬。凡诸命蠕蜚之类，多变其形，易其体。至人独不变者，禀得正也。生为婴儿，长为丈夫，老为父翁。从生至死，未尝变更者，天性然也。天性不变者，不可令复变；变者，不可不变。若夫变者之寿，不若不变者。人欲变其形，辄增益其年可也，如徒变其形而年不增，则蝉之类也，何谓人愿之？龙之为虫，一存一亡，一短一长。龙之为性也，变化斯须，辄复非常。由此言之，人，物也，受不变之形，不可变更，年不可增减。

传称高宗有桑谷之异，悔过反政，享福百年，是虚也。传言宋景公出三善言，荧惑却三舍，延年二十一载，是又虚也。又言秦缪公有明德，上帝赐之十九年，是又虚也。称赤松、王乔好道为仙，度世不死，是又虚也。假令人生立形谓之甲，终老至死，常守甲形，如好道为仙，未有使甲变为乙者也。夫形不可变更，年不可减增，何则？形、气、性，天也。形为春，气为夏，人以气为寿，形随气而动。气性不均，则于体不同。牛寿半马，马寿半人，然则牛马之形与人异矣。禀牛马之形，当自得牛马之寿。牛马之不变为人，则年寿亦短于人。世称高宗之徒，不言其身形变异，而徒言其增延年寿，故有信矣。

形之血气也，犹囊之贮粟米也。一石囊之高大，亦适一石。如损益粟米，囊亦增减。人以气为寿，气犹粟米，形犹囊也。增减其寿，亦当增减其身形安得如故？如以人形与囊异，气与粟米殊，更以苞瓜喻之。苞瓜之汁，犹人之血也；其肌，犹肉也。试令人损益苞瓜之汁，令其形如故，耐为之乎？人不耐损益苞瓜之汁，天安耐增减人之年？人年不可增减，高宗之徒，谁益之者？而云增加。如言高宗之徒，形体变易，其年亦增，乃可信也。今言年增，不言其体变，未可信也。何则？人禀气于天，气成而形立，则命相须以至终死。形不可变化，年亦不可增加。以何验之？人生能行，死则僵仆，死则气减，形消而坏。禀生人形，不可得变，其年安可增？

人生至老身变者，发与肤也。人少则发黑，老则发白，白久则黄。发之变，形非变也。人少则肤白，老则肤黑，黑久则黯，若有垢矣。发黄而肤为垢，故《礼》曰："黄耇无疆。"发变异，故人老寿迟死，骨肉不可变更，寿极则死矣。五行之物，可变改者唯土也。埏以为马，变以为人，是谓未入陶灶更火者也。如使成器入灶更火，牢坚不可复变。今人以为天地所陶冶矣，形已成定，何可复更也？

图仙人之形，体生毛，臂变为翼，行于云，则年增矣，千岁不死。此虚图也。世有虚语，亦有虚图。假使之然，蝉蛾之类，非真正人也。海外三十五国，有毛民、羽民，羽则翼矣。毛羽之民，土形所出，非言为道身生毛羽也。禹、益见西王母，不言有毛羽。不死之民，亦在外国，不言有毛羽。毛羽之民，不言不死；不死之民，不言毛羽。毛羽未可以效不死，仙人之有翼，安足以验长寿乎？

张宗祥校注：《论衡校注》，上海古籍出版社2010年版，第30–34页

奇怪篇

或曰："赵简子病，五日不知人。觉言：我之帝所，有熊来，帝命我射之，中，熊死；有罴来，我又射之，中罴，罴死。后问当道之鬼，鬼曰：'熊罴，晋二卿之先祖也。'熊罴，物也，与人异类，何以施类于人，而为二卿祖？夫简子所射熊罴，二卿祖当亡，简子当昌之秋也。简子见之，若寝梦矣。空虚之象，不必有实。假令有之，或时熊罴先化为人。乃生二卿。鲁公牛哀病化为虎。人化为兽，亦如兽为人。玄鼋入后宫，殆先化为人。天地之间，异类之物，相与交接，未之有也。

张宗祥校注：《论衡校注》，上海古籍出版社2010年版，第76–77页

书虚篇

传书或言：颜渊与孔子俱上鲁太山。孔子东南望，吴阊门外有系白马，引颜渊指以示之，曰："若见吴阊门乎？"颜渊曰："见之。"孔子曰："门外何有？"曰："有如系练之状。"孔子抚其目而正之，因与俱下。下而颜渊发白齿落，遂以病死。盖以精神不能若孔子，强力自极，精华竭尽，故早夭死。世俗闻之，皆以为然。如实论之，殆虚言也。

张宗祥校注：《论衡校注》，上海古籍出版社2010年版，第80–81页

夫地之有百川也，犹人之有血脉也。血脉流行，泛扬动静，自有节度。百川亦然，其朝夕往来，犹人之呼吸，气出入也。

张宗祥校注：《论衡校注》，上海古籍出版社2010年版，第85页

传书言："齐桓公负妇人而朝诸侯。"此言桓公之淫乱无礼甚也。……或曰："管仲告诸侯：'吾君背有疽创，不得妇人，疮不衰愈。'诸侯信管仲，故无畔者。"夫十室之邑，必有忠信若孔子，当时诸侯千人以上，必知方术。治疽不用妇人，管仲为君讳也。诸侯知仲为君讳而欺己，必恚怒而畔去，何以能久统会诸侯，成功于霸？……负妇人而坐，则云妇人在背。知妇人在背非道，则生管仲以妇人治疽之言矣。使桓公用妇人彻胤服，妇人于背，女气疮可去，以妇人治疽。方朝诸侯，桓公重衣，妇人袭裳，女气分隔，负之何益？桓公思士，作庭燎而夜坐，以思致士，反以白日负妇人见诸侯乎？

张宗祥校注：《论衡校注》，上海古籍出版社，第2010年版，第88–91页

感虚篇

传书言："汤遭七年旱，以身祷于桑林，自责以六过，天乃雨。"或言："五年。祷辞曰：'余一人有罪，无及万夫。万夫有罪，在余一人。天以一人不敏，使上帝鬼神，伤民之命。'于是剪其发，丽其手，自以为牲，用祈福于上帝。上帝甚说，时雨乃至。"言汤以身祷于桑林自责，若言剪发丽手，自以为牲，用祈福于帝者，实也。言雨至，为汤自责以身祷之故，殆虚言也。孔子疾病，子路请祷。孔子曰："有诸？"子路曰："有之。《诔》曰：'祷尔于上下神祇。'"孔子曰："丘之祷久矣。"圣人修身正行，素祷之日久，天地鬼神，知其无罪，故曰"祷久矣"。《易》曰："大人与天地合其德，与日月合其明，与四时合其叙，与鬼神合其吉凶。"此言圣人与天地鬼神同德行也。即须祷以得福，是不同也。汤与孔子，俱圣人也，皆素祷

之日久。孔子不使子路祷以治病，汤何能以祷得雨？孔子素祷，身犹疾病，汤亦素祷，岁犹大旱。然则天地之有水旱，犹人之有疾病也。疾病不可以自责除，水旱不可以祷谢去，明矣。汤之致旱，以过乎？是不与天地同德也。今不以过致旱乎？自责祷谢，亦无益也。人形长七尺，形中有五常，有瘅热之病，深自克责，犹不能愈，况以广大之天，自有水旱之变，汤用七尺之形，形中之诚，自责祷谢，安能得雨邪？人在层台之上，人从层台下叩头，求请台上之物。台上之人，闻其言则怜而与之；如不闻其言，虽至诚区区，终无得也。夫天去人，非徒层台之高也。汤虽自责，天安能闻知而与之雨乎？夫旱，火变也；湛，水异也。尧遭洪水，可谓湛矣。尧不自责以身祷祈，必舜、禹治之，知水变必须治也。除湛不以祷祈，除旱亦宜如之。由此言之，汤之祷祈，不能得雨。或时旱久，时当自雨；汤以旱久，亦适自责，世人见雨之下，随汤自责而至，则谓汤以祷祈得雨矣。

张宗祥校注：《论衡校注》，上海古籍出版社2010年版，第113-114页

传书言："梁山崩，壅河，三日不流，晋君忧之。晋伯宗以辇者之言，令景公素缟而哭之，河水为之流通。"此虚言也。夫山崩壅河，犹人之有痈肿，血脉不通也。治痈肿者，可复以素服哭泣之声治乎？

张宗祥校注：《论衡校注》，上海古籍出版社2010年版，第116页

传书言："曾子之孝，与母同气。曾子出薪于野，有客至而欲去，曾母曰：'愿留，参方到。'即以右手扼其左臂。曾子左臂立痛，即驰至问母：'臂何故痛？'母曰：'今者客来欲去，吾扼臂以呼汝耳。'盖以至孝，与父母同气，体有疾病，精神辄感。"曰："此虚也。"夫孝悌之至，通于神明，乃谓德化至天地。俗人缘此而说，言孝悌之至，精气相动。如曾母臂痛，曾子臂亦辄痛，曾母病，曾子亦病乎？曾母死，曾子辄死乎？考事，曾母先死，曾子不死矣。此

精气能小相动，不能大相感也。世称申喜夜闻其母歌，心动，开关问歌者为谁，果其母。盖闻母声，声音相感，心悲意动，开关而问，盖其实也。今曾母在家，曾子在野，不闻号呼之声，母小搤臂，安能动子？疑世人颂成，闻曾子之孝，天下少双，则为空生母搤臂之说也。

张宗祥校注：《论衡校注》，上海古籍出版社2010年版，第117-118页

福虚篇

楚惠王食寒菹而得蛭，因遂吞之，腹有疾而不能食。令尹问："王安得此疾也？"王曰："我食寒菹而得蛭，念谴之而不行其罪乎？是废法而威不立也，非所以使国人闻之也；谴而行诛乎？则庖厨监食者，法皆当死，心又不忍也。吾恐左右见之也，因遂吞之。"令尹避席再拜而贺曰："臣闻天道无亲，唯德是辅。王有仁德，天之所奉也，病不为伤。"是夕也，惠王之后而蛭出，及久患心腹之积皆愈。故天之亲德也，可谓不察乎！曰："此虚言也。"案惠王之吞蛭，不肖之主也。有不肖之行，天不佑也。何则？惠王不忍谴蛭，恐庖厨监食，法皆诛也。一国之君，专擅赏罚；而赦，人君所为也。惠王通谴菹中何故有蛭，庖厨监食皆当伏法。然能终不以饮食行诛于人，赦而不罪，惠莫大焉。庖厨罪觉而不诛，自新而改后。惠王赦细而活微，身安不病。今则不然，强食害己之物，使监食之臣，不闻其过，失御下之威，无御非之心，不肖一也。使庖厨监食失甘苦之和，若尘土落于菹中，大如虮虱，非意所能览，非目所能见，原心定罪，不明其过，可谓惠矣。今蛭广有分数，长有寸度，在寒菹中，眇目之人，犹将见之，臣不畏敬，择濯不谨，罪过至重。惠王不谴，不肖二也。菹中不当有蛭，不食投地，如恐左右之见，怀屏隐匿之处，足以使蛭不见，何必食之？如不可食之物，误在菹中，可复隐匿而强食之，不肖三也。有不肖之行，而天佑之，是天报佑不肖人也。

不忍谴蛭，世谓之贤。贤者操行，多若吞蛭之类。吞蛭天除其病，是则贤者常无病也。贤者德薄，未足以言。圣人纯道，操行少非，为推不忍之行，以容人之过。必众多矣。然而武王不豫，孔子疾病，天之佑人，何不实也？或时惠王吞蛭，蛭偶自出。食生物者无有不死，腹中热也。初吞蛭时未死，而腹中热、蛭动作，故腹中痛。须臾蛭死，腹中痛亦止。蛭之性食血，惠王心腹之积，殆积血也。故食血之虫死，而积血之病愈。犹狸之性食鼠，人有鼠病，吞狸自愈。物类相胜，方药相使也。食蛭虫而病愈，安得怪乎？食生物无不死，死无不出，之后蛭出，安得佑乎？令尹见惠王有不忍之德，知蛭入腹中必当死出，因再拜贺病不为伤。著已知来之德，以喜惠王之心，是与子韦之言星徙，太卜之言地动，无以异也。

张宗祥校注：《论衡校注》，上海古籍出版社2010年版，第119页

祸虚篇

传曰："子夏丧其子而丧其明，曾子吊之，哭。子夏曰：'天乎！予之无罪也！'曾子怒曰：'商，汝何无罪也？吾与汝事夫子于洙、泗之间，退而老于西河之上，使西河之民，疑汝于夫子，尔罪一也；丧尔亲，使民未有异闻，尔罪二也；丧尔子，丧尔明，尔罪三也。而曰汝何无罪欤？'子夏投其杖而拜，曰：'吾过矣，吾过矣！吾离群而索居，亦以久矣！'"夫子夏丧其明，曾子责以罪，子夏投杖拜曾子之言，盖以天实罚过，故目失其明，已实有之，故拜受其过。始闻暂见，皆以为然；熟考论之，虚妄言也。夫失明犹失听也。失明则盲，失听则聋。病聋不谓之有过，失明谓之有罪，惑也。盖耳目之病，犹心腹之有病也。耳目失明听，谓之有罪，心腹有病，可谓有过乎？伯牛有疾，孔子自牖执其手，曰："亡之命矣夫！斯人也而有斯疾也！"原孔子言，谓伯牛不幸，故伤之也。如伯牛以过致疾，天报以恶，与子夏同，孔子宜陈其过，若曾子谓子夏之状。今

乃言命，命非过也。且天之罪人，犹人君罪下也。所罚服罪，人君赦之。子夏服过，拜以自悔，天德至明，宜愈其盲。如非天罪，子夏失明，亦无三罪。且丧明之病，孰与被厉之病？丧明有三罪，被厉有十过乎？颜渊早夭，子路菹醢。早死、菹醢，极祸也。以丧明言之，颜渊、子路有百罪也。由此言之，曾子之言误矣。然子夏之丧明，丧其子也。子者，人情所通；亲者，人所力报也。丧亲，民无闻，丧子，失其明，此恩损于亲，而爱增于子也。增则哭泣无数，数哭中风，目失明矣。曾子因俗之议，以著子夏三罪。子夏亦缘俗议，因以失明，故拜受其过。曾子、子夏未离于俗，故孔子门叙行未在上第也。

张宗祥校注：《论衡校注》，上海古籍出版社2010年版，第124-125页

雷虚篇

何以验之？雷者，火也，以人中雷而死，即询其身，中头则须发烧燋，中身则皮肤灼焚，临其尸上，闻火之臬气，一验也。道术之家，以为雷烧石色赤，投于井中，石燋井寒，激声大鸣，若雷之状，二验也。人伤于寒，寒气入腹，腹中素温，温寒分争，激气雷鸣，三验也。当雷之时，电光时见，大若火之耀，四验也。当雷之击时，或燔人室屋，及地草木，五验也。夫论雷之为火有五验，言雷为天怒无一效。然则雷为天怒，虚妄之言。

张宗祥校注：《论衡校注》，上海古籍出版社2010年版，第141-142页

道虚篇

毛羽大效，难以观实，且以人髯发，物色少老验之。物生也色青，其熟也色黄；人之少也发黑，其老也发白。黄为物熟验，白为人老效。物黄，人虽灌溉壅养，终不能青；发白，虽吞药养性，终

不能黑。黑青不可复还，老衰安可复却？黄之与白，犹肉腥炙之燋，鱼鲜煮之熟也。燋不可复令腥，熟不可复令鲜。鲜腥犹少壮，燋熟犹衰老也。天养物，能使物畅至秋，不得延之至春；吞药养性，能令人无病，不能寿之为仙。为仙体轻气强，犹未能升天，令见轻强之验，亦无毛羽之效，何用升天？天之与地，皆体也。地无下，则天无上矣。天无上升之路，何如穿天之体？人力不能入。如天之门在西北，升天之人，宜从昆仑上。淮南之国，在地东南。如审升天，宜举家先从昆仑，乃得其阶。如鼓翼邪飞，趋西北之隅，是则淮南王有羽翼也。今不言其从之昆仑，亦不言其身生羽翼，空言升天，竟虚非实也。

张宗祥校注：《论衡校注》，上海古籍出版社2010年版，第145–146页

儒书言："齐王疾痟，使人之宋迎文挚。文挚至，视王之疾，谓太子曰：'王之疾必可已也。虽然，王之疾已，则必杀挚也。'太子曰：'何故？'文挚对曰：'非怒王，疾不可治也。王怒，则挚必死。'太子顿首强请曰：'苟已王之疾，臣与臣之母以死争之于王，必幸臣之母。愿先生之勿患也。'文挚曰：'诺，请以死为王。'与太子期，将往不至者三，齐王固已怒矣。文挚至，不解屦登床，履衣问王之疾。王怒而不与言。文挚因出辞以重王怒。王叱而起，疾乃遂已。王大怒不悦，将生烹文挚。太子与王后急争之而不能得，果以鼎生烹文挚。爨之三日三夜，颜色不变。文挚曰：'诚欲杀我，则胡不覆之，以绝阴阳之气？'王使覆之，文挚乃死。夫文挚，道人也，入水不濡，入火不燋，故在鼎三日三夜，颜色不变。"

此虚言也。夫文挚而烹三日三夜，颜色不变，为一覆之故，绝气而死，非得道之验也。诸生息之物，气绝则死；死之物，烹之辄烂。致生息之物密器之中，覆盖其口，漆涂其隙，中外气隔，息不得泄，有顷死也。如置汤镬之中，亦辄烂矣。何则？体同气均，禀性于天，共一类也。文挚不息乎？与金石同，入汤不烂是也。令文挚息乎？烹之不死，非也。令文挚言，言则以声，声以呼吸。呼吸

之动，因血气之发。血气之发，附于骨肉。骨肉之物，烹之辄死。今言烹之不死，一虚也。既能烹煮不死，此真人也，与金石同。金石虽覆盖，与不覆盖者，无以异也。今言文挚覆之则死，二虚也。置人寒水之中，无汤火之热，鼻中口内，不通于外，斯须之顷，气绝而死矣。寒水沉人，尚不得生，况在沸汤之中，有猛火之烈乎？言其入汤不死，三虚也。人没水中，口不见于外，言音不扬。烹文挚之时，身必没于鼎中。没则口不见，口不见则言不扬。文挚之言，四虚也。烹辄死之人，三日三夜，颜色不变，痴愚之人，尚知怪之。使齐王无知，太子群臣宜见其奇。奇怪文挚，则请出尊宠敬事，从之问道。今言三日三夜，无臣子请出之言，五虚也。此或时闻文挚实烹，烹而辄死。世见文挚为道人也，则为虚生不死之语矣。犹黄帝实死也，传言升天；淮南坐反，书言度世。世好传虚，故文挚之语，传至于今。世无得道之效，而有有寿之人，世见长寿之人，学道为仙，逾百不死，共谓之仙矣。何以明之？如武帝之时，有李少君，以祠灶、辟谷、却老方见上，上尊重之。少君匿其年及所生长，常自谓七十，而能使物却老。其游以方遍诸侯，无妻。人闻其能使物及不老，更馈遗之，常余钱金衣食。人皆以为不治产业饶给，又不知其何许人，愈争事之。少君资好方，善为巧发奇中。尝从武安侯饮，座中有年九十余者，少君乃言其王父游射处。老人为儿时从父识其处，一座尽惊。少君见上，上有古铜器，问少君。少君曰："此器齐桓公十五年陈于柏寝。"已而案其刻，果齐桓公器，一宫尽惊，以为少君数百岁人也。久之，少君病死。今世所谓得道之人，李少君之类也。少君死于人中，人见其尸，故知少君性寿之人也。如少君处山林之中，入绝迹之野，独病死于岩石之间，尸为虎狼狐狸之食，则世复以为真仙去矣。世学道之人，无少君之寿，年未至百，与众俱死。愚夫无知之人，尚谓之尸解而去，其实不死。所谓尸解者，何等也？谓身死精神去乎，谓身不死得免去皮肤也？如谓身死精神去乎，是与死无异，人亦仙人也；如谓不死免去皮肤乎，诸学道死者，骨肉具在，与恒死之尸，无以异也。夫蝉之去复育，龟之解甲，蛇之脱皮，鹿之堕角，壳皮之物解壳皮，持骨肉去，可谓尸解矣。今学道而死者，尸与复育相似，尚未可谓之尸解。何则？案蝉之去复育，无以神于复育，况不相似复育，谓之尸解，盖复虚妄失其实矣。太史公与李少君同世并时，少君之死，临尸者虽非太史公，足以见其实矣。如实不死，尸解而去，太史公宜纪其状，不宜言死，其处座中年九十老父为儿时者，少君老寿之效也。或少君年十四五，老父为儿，随其王父。少君年二百岁而死，何为不识？武帝去桓公铸铜器，且非少君所及见也。或时闻宫殿之内，有旧铜器，或案其刻以告之者，故见而知之。今时好事之人，见旧剑古钩，多能名之，可复谓目见其铸作之时乎？

世或言：东方朔亦道人也，姓金氏，字曼倩。变姓易名，游宦汉朝。外有仕宦之名，内乃度世之人。

此又虚也。夫朔与少君，并在武帝之时，太史公所及见也。少君有教道、祠灶、却老之方，又名齐桓公所铸鼎，知九十老人王父所游射之验，然尚无得道之实，而徒性寿迟死之人也。况朔无少君之方术效验，世人何见谓之得道？案武帝之时，道人文成、五利之辈，入海求仙人，索不死之药，有道术之验，故为上所信。朔无入海之使，无奇怪之效也。如使有奇，不过少君之类，及文成、五利之辈耳，况谓之有道？此或时偶复若少君矣，自匿所生之处，当时在朝之人，不知其故，朔盛称其年长，人见其面状少壮，又恬淡不好仕宦，善达占卜射覆，为怪奇之戏，世人则谓之得道之人矣。

世或以老子之道为可以度世，恬淡无欲，养精爱气。夫人以精神为寿命，精神不伤，则寿命长而不死。成事：老子行之，逾百度世，为真人矣。

夫恬淡少欲，孰与鸟兽？鸟兽亦老而死。鸟兽含情欲，有与人相类者矣，未足以言。草木之生何情欲？而春生秋死乎？夫草木无欲，寿不逾岁；人多情欲，寿至于百。此无情欲者反夭，有情欲者寿也。夫如是，老子之术，以恬淡无欲，延寿度世者，复虚也。或时老子，李少君之类也，行恬淡之道，偶其性命亦自寿长。世见其命寿，又闻其恬淡，谓老子以术度世矣。

世或以辟谷不食为道术之人，谓王子乔之辈，以不食谷，与恒人殊食，故与恒人殊寿，逾百度世，遂为仙人。此又虚也。夫人之生也，禀食饮之性，故形上有口齿，形下有孔窍。口齿以噍食，孔窍以注泻。顺此性者，为得天正道，逆此性者，为违所禀受。失本气于天，何能得久寿？使子乔生无齿口孔窍，是禀性与人殊。禀性与人殊，尚未可谓寿，况形体均同，而以所行者异。言其得度世，非性之实也。夫人之不食也，犹身之不衣也。衣以温肤，食以充腹。肤温腹饱，精神明盛。如饥而不饱，寒而不温，则有冻饿之害矣。冻饿之人，安能久寿？且人之生也，以食为气，犹草木生以土为气矣。拔草木之根，使之离土，则枯而蚤死。闭人之口，使之不食，则饿而不寿矣。

道家相夸曰："真人食气。"以气而为食，故传曰："食气者寿而不死。虽不谷饱，亦以气盈。"此又虚也。夫气，谓何气也？如谓阴阳之气，阴阳之气不能饱人，人或咽气，气满腹胀，不能餍饱。如谓百药之气，人或服药，食一合屑，吞数十丸，药力烈盛，胸中愦毒，不能饱人。食气者必谓吹呴呼吸，吐故纳新也。昔有彭祖，尝行之矣，不能久寿，病而死矣。

道家或以导气养性，度世而不死，以为血脉在形体之中，不动摇屈伸，则闭塞不通。不通积聚，则为病而死。此又虚也。夫人之形，犹草木之体也。草木在高山之巅，当疾风之冲，昼夜动摇者，能复胜彼隐在山谷间，鄣于疾风者乎？案草木之生，动摇者伤而不畅。人之导引动摇形体者，何故寿而不死？夫血脉之藏于身也，犹江河之流地。江河之流，浊而不清；血脉之动，亦扰不安。不安，则犹人勤苦无聊也，安能得久生乎？道家或以服食药物，轻身益气，延年度世。此又虚也。夫服食药物，轻身益气，颇有其验。若夫延年度世，世无其效。百药愈病，病愈而气复，气复而身轻矣。凡人禀性，身本自轻，气本自长，中于风湿，百病伤之，故身重气劣也。服食良药，身气复故，非本气少身重，得药而乃气长身更轻也。禀受之时，本自有之矣。故夫服食药物，除百病，令身轻气长，复其本性，安能延年，至于度世？有血脉之类，无有不生，生无不死。以其生，故知其死也。天地不生故不死，阴阳不生故不死。死者生之效，生者死之验也。夫有始者必有终，有终者必有始。唯无终始者，乃长生不死。人之生，其犹冰也。水凝而为冰，气积而为人。冰极一冬而释，人竟百岁而死。人可令不死，冰可令不释乎？诸学仙术为不死之方，其必不成，犹不能使冰终不释也。

张宗祥校注：《论衡校注》，上海古籍出版社2010年版，第149–155页

语增篇

齐桓公云："寡人未得仲父极难，既得仲父甚易。"桓公不及尧、舜，仲父不及禹、契，桓公犹易，尧、舜反难乎？以桓公得管仲易，知尧、舜得禹、契不难。夫易则少忧，少忧则不愁，不愁则身体不臞。舜承尧太平？尧、舜袭德，功假荒服，尧尚有忧，舜安能无事？故《经》曰"上帝引逸"，谓虞舜也。舜承安继治，任贤使能，恭己无为而天下治。故孔子曰："巍巍乎，舜、禹之有天下而不与焉！"夫不与尚谓之臞若腒，如德劣承衰，若孔子栖栖，周流应聘，身不得容，道不得行，可骨立跛附，僵仆道路乎？纣为长夜之饮，糟丘酒池，沉湎于酒，不舍昼夜，是必以病。病则不甘饮食，不甘饮食，则肥腴不得至尺。《经》曰："惟湛乐是从，时亦罔有克寿。"魏公子无忌为长夜之饮，困毒而死。纣虽未死，宜羸臞矣。然桀、纣同行，则宜同病。言其腴垂过尺余，非徒增之，又失其实矣。

张宗祥校注：《论衡校注》，上海古籍出版社2010年版，第156页

儒增篇

儒书言："卫有忠臣弘演，为卫哀公使，未还，狄人攻哀公而杀

之，尽食其肉，独舍其肝。弘演使还，致命于肝，痛哀公之死，身肉尽，肝无所附，引刀自刳其腹，尽出其腹实，乃内哀公之肝而死。”言此者，欲称其忠矣。言其自刳内哀公之肝而死，可也；言尽出其腹实乃内哀公之肝，增之也。人以刃相刺，中五藏辄死。何则？五藏，气之主也，犹头脉之凑也。头一断，手不能取他人之头着之于颈，奈何独能先出其腹实，乃内哀公之肝？腹实出辄死，则手不能复把矣。如先内哀公之肝，乃出其腹实，则文当言内哀公之肝，出其腹实。今先言尽出其腹实，内哀公之肝，又言尽，增其实也。

张宗祥校注：《论衡校注》，上海古籍出版社2010年版，第164-165页

问孔篇

问曰：颜渊之死，孔子不王，天夺之邪？不幸短命，自为死也？如短命不幸，不得不死，孔子虽王，犹不得生。辅之于人，犹杖之扶疾也。人有病须杖而行，如斩杖本得短，可谓天使病人不得行乎？如能起行，杖短能使之长乎？夫颜渊之短命，犹杖之短度也。且孔子言“天丧予”者，以颜渊贤也。案贤者在世，未必为辅也。夫贤者未必为辅，犹圣人未必受命也。为帝有不圣，为辅有不贤。何则？禄命、骨法，与才异也。由此言之，颜渊生未必为辅，其死未必有丧。孔子云“天丧予”，何据见哉？且天不使孔子王者，本意如何？本禀性命之时，不使之王邪，将使之王，复中悔之也？如本不使之王，颜渊死，何丧？如本使之王，复中悔之，此王无骨法，便宜自在天也。且本何善所见，而使之王？后何恶所闻，中悔不命？天神论议，误不谛也。

张宗祥校注：《论衡校注》，上海古籍出版社2010年版，第189页

谈天篇

从始立以来，年岁甚多，则天地相去，广狭远近，不可复计。儒书之言，殆有所见。然其言触不周山而折天柱，绝地维，销炼五石补苍天，断鳌之足以立四极，犹为虚也。何则？山虽动，共工之力，不能折也。岂天地始分之时，山小而人反大乎？何以能触而折之？以五色石补天，尚可谓五石若药石治病之状。至其断鳌之足，以立四极，难论言也。从女娲以来久矣，四极之立自若，鳌之足乎？

张宗祥校注：《论衡校注》，上海古籍出版社2010年版，第217–218页

程才篇

材不自能则须助，须助则待劲。官之立佐，为力不足也；吏之取能，为材不及也。日之照幽，不须灯烛；贲、育当敌，不待辅佐。使将相知力若日之照幽，贲、育之难敌，则文吏之能，无所用也。病作而医用，祸起而巫使。如自能案方和药，入室求祟，则医不售而巫不进矣。桥梁之设也，足不能越沟也；车马之用也，走不能追远也。足能越沟，走能追远，则桥梁不设，车马不用矣。天地事物人所重敬，皆力劣知极，须仰以给足者也。今世之将相，不责己之不能，而贱儒生之不习；不原文吏之所得，得用而尊其材，谓之善吏。非文吏，忧不除；非文吏，患不救。是以选举取常故，案吏取无害。儒生无阀阅，所能不能任剧，故陋于选举，佚于朝庭。

张宗祥校注：《论衡校注》，上海古籍出版社2010年版，第245–246页

量知篇

郑子皮使尹何为政，子产比于未能操刀使之割也。子路使子羔

为费宰，孔子曰："贼夫人之子。"皆以未学，不见大道也。医无方术，云："吾能治病。"问之曰："何用治病？"曰："用心意。"病者必不信也。吏无经学，曰："吾能治民。"问之曰："何用治民？"曰："以材能。"是医无方术，以心意治病也。百姓安肯信向，而人君任用使之乎？手中无钱之市，使货主问曰："钱何在？"对曰："无钱。"货主必不与也。夫胸中不学，犹手中无钱也。欲人君任使之，百姓信向之，奈何也！

张宗祥校注：《论衡校注》，上海古籍出版社2010年版，第255页

效力篇

世称力者常褒乌获，然则董仲舒、扬子云，文之乌获也。秦武王与孟说举鼎不任，绝脉而死。少文之人，与董仲舒等较其胸中之思，必将不任有绝脉之变。王莽之时，省五经章句，皆为二十万，博士弟子郭路，夜定旧说，死于烛下，精思不任，绝脉气减也。颜氏之子，已曾驰过孔子于涂矣，劣倦罢极，发白齿落。夫以庶几之材，犹有仆顿之祸，孔子力优，颜渊不任也。才力不相如，则其知思不相及也。勉自什伯，鬲中呕血，失魂狂乱，遂至气绝。书五行之牍，书十奏之记，其才劣者，笔墨之力尤难，况乃连句结章，篇至十百哉！力独多矣！

张宗祥校注：《论衡校注》，上海古籍出版社2010年版，第265-266页

别通篇

县道不通于野，野路不达于邑，骑马乘舟者必不由也。故血脉不通，人以甚病。夫不通者，恶事也，故其祸变致不善。是故盗贼宿于秽草，邪心生于无道。无道者，无道术也。医能治一病谓之巧，能治百病谓之良。是故良医服百病之方，治百人之疾；大才怀百家

之言，故能治百族之乱。扁鹊之众方，孰若巧医之一伎？子贡曰："不得其门而入，不见宗庙之美，百官之富。"盖以宗庙、百官喻孔子道也。孔子道美，故譬以宗庙，众多非一，故喻以百官。由此言之，道达广博者，孔子之徒也。

张宗祥校注：《论衡校注》，上海古籍出版社2010年版，第273页

超奇篇

通书千篇以上，万卷以下，弘畅雅闲，审定文读，而以教授为人师者，通人也。杼其义旨，损益其文句，而以上书奏记，或兴论立说，结连篇章者，文人鸿儒也。好学勤力，博闻强识，世间多有；著书表文，论说古今，万不耐一。然则著书表文，博通所能用之者也。入山见木，长短无所不知；入野见草，大小无所不识。然而不能伐木以作室屋，采草以和方药者，此知草木所不能用也。夫通人览见广博，不能掇以论说，此为匿生书主人，孔子所谓"诵《诗》三百，授之以政，不达"者也，与彼草木不能伐採，一实也。

张宗祥校注：《论衡校注》，上海古籍出版社2010年版，第278页

状留篇

且夫含血气物之生也，行则背在上而腹在下；其病若死，则背在下而腹在上。何则？背肉厚而重，腹肉薄而轻也。贤儒俗吏，并在当世，有似于此。将明道行，则俗吏载贤儒，贤儒乘俗吏。将暗道废，则俗吏乘贤儒，贤儒处下位，犹物遇害，腹在上而背在下也。且背法天而腹法地，生行得其正，故腹背得其位；病死失其宜，故腹反而在背上。非唯腹也，凡物仆僵者，足又在上。贤儒不遇，仆废于世，踝足之吏，皆在其上。

张宗祥校注：《论衡校注》，上海古籍出版社2010年版，第286页

肉暴长者曰肿，泉暴出者曰涌，酒暴熟者易酸，醢暴酸者易臭。由此言之，贤儒迟留，皆有状故。

张宗祥校注：《论衡校注》，上海古籍出版社2010年版，第288页

寒温篇

人有寒温之病，非操行之所及也。遭风逢气，身生寒温。变操易行，寒温不除。夫身近而犹不能变除其疾，国邑远矣，安能调和其气？人中于寒，饮药行解，所苦稍衰；转为温疾，吞发汗之丸而应愈。燕有寒谷，不生五谷。邹衍吹律，寒谷可种。燕人种黍其中，号曰黍谷。如审有之，寒温之灾，复以吹律之事，调和其气，变政易行，何能灭除？是故寒温之疾，非药不愈；黍谷之气，非律不调。尧遭洪水，使禹治之。寒温与尧之洪水，同一实也。尧不变政易行，知夫洪水非政行所致。洪水非政行所致，亦知寒温非政治所招。

张宗祥校注：《论衡校注》，上海古籍出版社2010年版，第292页

谴告篇

论灾异谓古之人君为政失道，天用灾异谴告之也。灾异非一，复以寒温为之效。人君用刑非时则寒，施赏违节则温。天神谴告人君，犹人君责怒臣下也。故楚严王曰："天不下灾异，天其忘予乎！"灾异为谴告，故严王惧而思之也。

曰：此疑也。夫国之有灾异也，犹家人之有变怪也。有灾异谓天谴，人君有变怪，天复谴告家人乎？家人既明，人之身中，亦将可以喻。身中病，犹天有灾异也。血脉不调，人生疾病；风气不和，岁生灾异。灾异谓天谴告国政，疾病天复谴告人乎？酿酒于罂，烹肉于鼎，皆欲其气味调得也。时或咸苦酸淡不应口者，犹人与药失其和也。夫政治之有灾异也，犹烹酿之有恶味也。苟谓灾异为天谴

告，是其烹酿之误，得见谴告也。占大以小，明物事之喻，足以审天。使严王知如孔子，则其言可信。衰世霸者之才，犹夫变复之家也，言未必信，故疑之。

张宗祥校注：《论衡校注》，上海古籍出版社2010年版，第294页

明雩篇

夫灾变大抵有二：有政治之灾，有无妄之变。政治之灾，须耐求之，求之虽不耐得，而惠愍恻隐之恩，不得已之意也。慈父之于子，孝子之于亲，知病不祀神，疾痛不和药。又知病之必不可治，治之无益，然终不肯安坐待绝，犹卜筮求祟，召医和药者，恻痛殷勤，冀有验也。既死气绝，不可如何，升屋之危，以衣招复，悲恨思慕，冀其悟也。雩祭者之用心，慈父孝子之用意也。无妄之灾，百民不知，必归于主。为政治者，慰民之望，故亦必雩。

张宗祥校注：《论衡校注》，上海古籍出版社2010年版，第311-312页

顺鼓篇

原天心以人意，状天治以人事。人相攻击，气不相兼，兵不相负，不能取胜。今一国水，使真欲攻阳以绝其气，悉发国人，操刀把杖以击之，若岁终逐疫，然后为可。楚、汉之际，六国之时，兵革战攻，力强则胜，弱劣则负。攻社一人击鼓，无兵革之威，安能救雨？

夫一旸一雨，犹一昼一夜也；其遭若尧、汤之水旱，犹一冬一夏也。如或欲以人事祭祀，复塞其变，冬求为夏，夜求为昼也。何以效之？久雨不霁，试使人君高枕安卧，雨犹自止。止久至于大旱，试使人君高枕安卧，旱犹自雨。何则？旸极反阴，阴极反旸。故夫天地之有湛也，何以知不如人之有水病也？其有旱也。何以知不如

人有瘅疾也？祷请求福，终不能愈，变操易行，终不能救；使医食药，冀可得愈；命尽期至，医药无效。尧遭洪水，《春秋》之大水也，圣君知之，不祷于神，不改乎政，使禹治之，百川东流。夫尧之使禹治水，犹病水者之使医也。然则尧之洪水，天地之水病也。禹之治水，洪水之良医也。说者何以易之？

攻社之义，于事不得。雨不霁，祭女娲，于礼何见？伏羲、女娲，俱圣者也。舍伏羲而祭女娲，《春秋》不言。董仲舒之议，其故何哉？夫《春秋经》但言“鼓”，岂言攻哉？说者见有“鼓”文，则言攻矣。夫鼓未必为攻，说者用意异也。

张宗祥校注：《论衡校注》，上海古籍出版社2010年版，第319页

大水用鼓，或时再告社，阴之太盛，雨湛不霁。阴盛阳微，非道之宜，口祝不副，以鼓自助，与日食鼓用牲于社，同一义也。俱为告急，彰阴盛也。事大而急者用钟鼓，小而缓者用铃箙，彰事告急，助口气也。大道难知，大水久湛，假令政治所致，犹先告急，乃斯政行。盗贼之发，与此同操。盗贼亦政所致，比求阙失，犹先发告。鼓用牲于社，发觉之也。社者，众阴之长，故伐鼓使社知之。说鼓者以为攻之，故攻母逆义之难，缘此而至。今言告以阴盛阳微，攻尊之难，奚从来哉？且告宜于用牲，用牲不宜于攻。告事用牲，礼也；攻之用牲，于礼何见？硃丝如绳，示在旸也。旸气实微，故用物微也。投一寸之针，布一丸之艾，于血脉之蹊，笃病有瘳。硃丝如一寸之针与一丸之艾也。吴攻破楚，昭王亡走。申包胥间步赴秦，哭泣求救，卒得助兵，却吴而存楚。击鼓之人，伐如何耳。使诚若申包胥，一人击得。假令一人击鼓，将耐令社与秦王同感，以土胜水之威，却止云雨。云雨气得与吴同恐，消散入山，百姓被害者，得蒙霁晏，有楚国之安矣。

迅雷风烈，君子必变，虽夜必兴，衣冠而坐，惧威变异也。

张宗祥校注：《论衡校注》，上海古籍出版社2010年版，第320–321页

商虫篇

虫之种类，众多非一。鱼肉腐臭有虫，醯酱不闭有虫，饭温湿有虫，书卷不舒有虫，衣襞不悬有虫，蜗疽蛤蝼蠘虾有虫。或白或黑，或长或短，大小鸿杀，不相似类，皆风气所生，并连以死。生不择日，若生日短促，见而辄灭。变复之家，见其希出，出又食物，则谓之灾。灾出当有所罪，则依所似类之吏，顺而说之。人腹中有三虫，下地之泽，其虫曰蛭。蛭食人足，三虫食肠，顺说之家，将谓三虫何似类乎？凡天地之间，阴阳所生，蛟蛲之类，蜫蠕之属，含气而生，开口而食。食有甘不，同心等欲，强大食细弱，知慧反顿愚。他物小大连相啮噬，不谓之灾，独谓虫食谷物为应政事，失道理之实，不达物气之性也。

张宗祥校注：《论衡校注》，上海古籍出版社2010年版，第335页

治期篇

夫贤君能治当安之民，不能化当乱之世。良医能行其针药，使方术验者，遇未死之人，得未死之病也。如命穷病困，则虽扁鹊末如之何。夫命穷病困之不可治，犹夫乱民之不可安也。药气之愈病，犹教导之安民也。皆有命时，不可令勉力也。公伯寮诉子路于季孙，子服景伯以告孔子。孔子曰：“道之将行也与，命也！道之将废也与，命也！”由此言之，教之行废，国之安危，皆在命时，非人力也。

张宗祥校注：《论衡校注》，上海古籍出版社2010年版，第360-361页

人之温病而死也，先有凶色见于面部。其病遇邪气也，其病不愈。至于身死，命寿讫也。国之乱亡，与此同验。有变见于天地，犹人温病而死，色见于面部也。有水旱之灾，犹人遇气而病也。灾

祸不除，至于国亡，犹病不愈，至于身死也。论者谓变征政治，贤人温病色凶，可谓操行所生乎？谓水旱者无道所致，贤者遭病，可谓无状所得乎？谓亡者为恶极，贤者身死，可谓罪重乎？夫贤人有被病而早死，恶人有完强而老寿。人之病死，不在操行为恶也。然则国之乱亡，不在政之是非。恶人完强而老寿，非政平安而常存。由此言之，祸变不足以明恶，福瑞不足以表善，明矣。

张宗祥校注：《论衡校注》，上海古籍出版社2010年版，第362-363页

自然篇

或曰："凡动行之类，皆本有为。有欲故动，动则有为。今天动行与人相似，安得无为？"曰：天之动行也，施气也，体动，气乃出，物乃生矣。由人动气也，体动，气乃出，子亦生也。夫人之施气也，非欲以生子，气施而子自生矣。天动不欲以生物，而物自生，此则自然也。施气不欲为物，而物自为，此则无为也。谓天自然无为者何？气也。恬淡无欲，无为无事者也，老聃得以寿矣。老聃禀之于天，使天无此气，老聃安所禀受此性？师无其说，而弟子独言者，未之有也。或复于桓公，公曰："以告仲父。"左右曰："一则仲父，二则仲父，为君乃易乎？"桓公曰："吾未得仲父，故难；已得仲父，何为不易？"夫桓公得仲父，任之以事，委之以政，不复与知。皇天以至优之德，与王政，而谴告人，则天德不若桓公，而霸君之操过上帝也。

张宗祥校注：《论衡校注》，上海古籍出版社2010年版，第365页

草木之生，华叶青葱，皆有曲折，象类文章，谓天为文字，复为华叶乎？宋人或刻木为楮叶者，三年乃成。孔子曰："使地三年乃成一叶，则万物之有叶者寡矣。"如孔子之言，万物之叶，自为生也。自为生也，故能并成。如天为之，其迟当若宋人刻楮叶矣。观

鸟兽之毛羽，毛羽之采色，通可为乎？鸟兽未能尽实。春观万物之生，秋观其成，天地为之乎？物自然也。如谓天地为之，为之宜用手，天地安得万万千千手，并为万万千千物乎？诸物在天地之间也，犹子在母腹中也。母怀子气，十月而生，鼻、口、耳、目、发肤、毛理、血脉、脂腴、骨节、爪齿，自然成腹中乎？母为之也？偶人千万，不名为人者，何也？鼻、口、耳、目非性自然也。武帝幸王夫人，王夫人死，思见其形。道士以方术作夫人形，形成，出入宫门，武帝大惊，立而迎之，忽不复见。盖非自然之真，方士巧妄之伪，故一见恍忽，消散灭亡。有为之化，其不可久行，犹王夫人形不可久见也。

张宗祥校注：《论衡校注》，上海古籍出版社2010年版，第366–367页

且凡言谴告者，以人道验之也。人道，君谴告臣，上天谴告君也，谓灾异为谴告。夫人道，臣亦有谏君，以灾异为谴告，而王者亦当时有谏上天之义，其效何在？苟谓天德优，人不能谏，优德亦宜玄默，不当谴告。万石君子有过，不言，对案不食，至优之验也。夫人之优者，犹能不言，皇天德大，而乃谓之谴告乎？夫天无为，故不言，灾变时至，气自为之。夫天地不能为，亦不能知也。腹中有寒，腹中疾痛，人不使也，气自为之。夫天地之间，犹人背腹之中也。谓天为灾变，凡诸怪异之类，无小大薄厚，皆天所为乎？牛生马，桃生李，如论者之言，天神入牛腹中为马，把李实提桃间乎？牢曰："子云：'吾不试，故艺。'"又曰："吾少也贱，故多能鄙事。"人之贱不用于大者，类多伎能。天尊贵高大，安能撰为灾变以谴告人？且吉凶蜚色见于面，人不能为，色自发也。天地犹人身，气变犹蜚色。人不能为蜚色，天地安能为气变！然则气变之见，殆自然也。变自见，色自发，占候之家，因以言也。

张宗祥校注：《论衡校注》，上海古籍出版社2010年版，第370页

齐世篇

语称上世之人，侗长佼好，坚强老寿，百岁左右；下世之人，短小陋丑，夭折早死。何则？上世和气纯渥，婚姻以时，人民禀善气而生，生又不伤，骨节坚定，故长大老寿，状貌美好。下世反此，故短小夭折，形面丑恶。此言妄也。

夫上世治者，圣人也；下世治者，亦圣人也。圣人之德，前后不殊，则其治世，古今不异。上世之天，下世之天也。天不变易，气不改更。上世之民，下世之民也，俱禀元气。元气纯和，古今不异，则禀以为形体者，何故不同？夫禀气等则怀性均，怀性均则形体同，形体同则丑好齐，丑好齐则夭寿适。一天一地，并生万物。万物之生，俱得一气。气之薄渥，万世若一。帝王治世，百代同道。人民嫁娶，同时共礼。虽言男三十而娶，女二十而嫁，法制张设，未必奉行。何以效之？以今不奉行也。礼乐之制，存见于今，今之人民，肯行之乎？今人不肯行，古人亦不肯举。以今之人民，知古之人民也。

张宗祥校注：《论衡校注》，上海古籍出版社2010年版，第380页

验符篇

芝草延年，仙者所食，往世生出，不过一二，今并前后凡十一本，多获寿考之征，生育松、乔之粮也。甘露之降，往世一所，今流五县，应土之数，德布濩也。

皇瑞比见，其出不空，必有象为，随德是应。孔子曰："知者乐，仁者寿。"皇帝圣人，故芝草寿征生。

张宗祥校注：《论衡校注》，上海古籍出版社2010年版，第402页

须颂篇

秦始皇东南游，升会稽山，李斯刻石，纪颂帝德。至琅琊亦然。秦，无道之国，刻石文世，观读之者，见尧、舜之美。由此言之，须颂明矣。当今非无李斯之才也，无从升会稽、历琅琊之阶也。

弦歌为妙异之曲，坐者不曰善，弦歌之人，必怠不精。何则？妙异难为，观者不知善也。圣国扬妙异之政，众臣不颂，将顺其美，安得所施哉？今方技之书在竹帛，无主名所从生出，见者忽然，不卸服也。如题曰“某甲某子之方”，若言“已验尝试”，人争刻写，以为珍秘。上书于国，奏记于郡，誉荐士吏，称术行能，章下记出，士吏贤妙。何则？章表其行，记明其才也。国德溢炽，莫有宣褒，使圣国大汉有庸庸之名，咎在俗儒不实论也。

张宗祥校注：《论衡校注》，上海古籍出版社2010年版，第407页

论死篇

世谓死人为鬼，有知，能害人。试以物类验之，死人不为鬼，无知，不能害人。何以验之？验之以物。

人，物也；物，亦物也。物死不为鬼，人死何故独能为鬼？世能别人物不能为鬼，则为鬼不为鬼，尚难分明。如不能别，则亦无以知其能为鬼也。人之所以生者，精气也，死而精气灭。能为精气者，血脉也，人死血脉竭，竭而精气灭，灭而形体朽，朽而成灰土，何用为鬼？人无耳目则无所知，故聋盲之人，比于草木。夫精气去人，岂徒与无耳目同哉！朽则消亡，荒忽不见，故谓之鬼神。人见鬼神之形，故非死人之精也。何则？鬼神，荒忽不见之名也。人死精神升天，骸骨归土，故谓之鬼。鬼者，归也；神者，荒忽无形者也。或说：鬼神，阴阳之名也。阴气逆物而归，故谓之鬼；阳气导物而生，故谓之神。神者，伸也。申复无已，终而复始。人用神气

生，其死复归神气。阴阳称鬼神，人死亦称鬼神。气之生人，犹水之为冰也。水凝为冰，气凝为人；冰释为水，人死复神。其名为神也，犹冰释更名水也。人见名异，则谓有知，能为形而害人，无据以论之也。

人见鬼若生人之形。以其见若生人之形，故知非死人之精也。何以效之？以囊橐盈粟米。米在囊中，若粟在橐中，满盈坚强，立树可见。人瞻望之，则知其为粟米囊橐。何则？囊橐之形，若其容可察也。如囊穿米出，橐败粟弃，则囊橐委辟，人瞻望之，弗复见矣。人之精神藏于形体之内，犹粟米在囊橐之中也。死而形体朽，精气散，犹囊橐穿败，粟米弃出也。粟米弃出，囊橐无复有形，精气散亡，何能复有体而人得见之乎！禽兽之死也，其肉尽索，皮毛尚在，制以为裘，人望见之，似禽兽之形。故世有衣狗裘为狗盗者，人不觉知，假狗之皮毛，故人不意疑也。今人死皮毛朽败，虽精气尚在，神安能复假此形而以行见乎？夫死人不能假生人之形以见，犹生人不能假死人之魂以亡矣。六畜能变化象人之形者，其形尚生，精气尚在也。如死，其形腐朽，虽虎兕勇悍，不能复化。鲁公牛哀病化为虎，亦以未死也。世有以生形转为生类者矣，未有以死身化为生象者也。

天地开辟，人皇以来，随寿而死。若中年夭亡，以亿万数。计今人之数，不若死者多，如人死辄为鬼，则道路之上，一步一鬼也。人且死见鬼，宜见数百千万，满堂盈廷，填塞巷路，不宜徒见一两人也。人之兵死也，世言其血为磷。血者，生时之精气也。人夜行见磷，不象人形，浑沌积聚，若火光之状。磷，死人之血也，其形不类生人之血也，其形不类生人之形，精气去人，何故象人之体？人见鬼也，皆象死人形，则可疑死人为鬼，或反象生人之形。病者见鬼，云甲来，甲时不死，气象甲形。如死人为鬼，病者何故见生人之体乎？

天地之性，能更生火，不能使灭火复燃；能更生人，不能令死人复见。能使灰更为燃火，吾乃颇疑死人能复为形。案火灭不能复燃，以况之死人不能复为鬼，明矣。夫为鬼者，人谓死人之精神。如审鬼者死人之精神，则人见之宜徒见裸袒之形，无为见衣带被服也。何则？衣服无精神，人死，与形体俱朽，何以得贯穿之乎？精神本以血气为主，血气常附形体。形体虽朽，精神尚在，能为鬼可也。今衣服，丝絮布帛也，生时血气不附着，而亦自无血气，败朽遂已，与形体等，安能自若为衣服之形？由此言之，见鬼衣服象之，则形体亦象之矣。象之则知非死人之精神也。

夫死人不能为鬼，则亦无所知矣。何以验之？以未生之时，无所知也。人未生，在元气之中；既死，复归元气。元气荒忽，人气在其中。人未生无所知，其死，归无知之本，何能有知乎？人之所以聪明智惠者，以含五常之气也。五常之气所以在人者，以五藏在形中也。五藏不伤，则人智惠；五藏有病，则人荒忽。荒忽则愚痴矣。人死五藏腐朽，腐朽则五常无所托矣，所用藏智者已败矣，所用为智者已去矣。形须气而成，气须形而知。天下无独燃之火，世间安得有无体独知之精？

人之死也，其犹梦也。梦者，殄之次也。殄者，死之比也。人殄不悟，则死矣。案人殄复悟，死从来者，与梦相似。然则梦、殄、死，一实也。人梦不能知觉时所作，犹死不能识生时所为矣。人言谈有所作于卧人之旁，卧人不能知，犹对死人之棺，为善恶之事，死人不能复知也。夫卧，精气尚在，形体尚全，犹无所知，况死人精神消亡，形体朽败乎？

人为人所殴伤，诣吏告苦以语人，有知之故也。或为人所杀，则不知何人杀也，或家不知其尸所在。使死人有知，必恚人之杀己也，当能言于吏旁，告以贼主名；若能归语其家，告以尸之所在。今则不能，无知之效也。世间死者，今生人殄而用其言，及巫叩元弦下死人魂，因巫口谈皆夸诞之言也。知不夸诞，物之精神为之象也。或曰：不能言也。夫不能言，则亦不能知矣。知用气，言亦用气焉。人之未死也，智惠精神定矣，病则惛乱，精神扰也。夫死，病之甚者也。病，死之微，犹惛乱，况其甚乎！精神扰，自无所知，况其散也！

人之死，犹火之灭也。火灭而耀不照，人死而知不惠，二者宜同一实。论者犹谓死有知，惑也。人病且死，与火之且灭，何以异？火灭光消而烛在，人死精亡而形存，谓人死有知，是谓火灭复有光也。隆冬之月，寒气用事，水凝为冰，逾春气温，冰释为水。人生于天地之间，其犹冰也。阴阳之气，凝而为人，年终寿尽，死还为气。夫春水不能复为冰，死魂安能复为形？

妒夫娼妻，同室而处，淫乱失行，忿怒斗讼。夫死，妻更嫁；妻死，夫更娶。以有知验之，宜大忿怒。今夫妻死者，寂寞无声，更嫁娶者，平忽无祸，无知之验也。

孔子葬母于防，既而雨甚至，防墓崩。孔子闻之，泫然流涕，曰："古者不修墓。"遂不复修。使死有知，必恚人不修也。孔子知之，宜辄修墓，以喜魂神。然而不修，圣人明审，晓其无知也。

枯骨在野，时呜呼有声，若夜闻哭声，谓之死人之音，非也。何以验之？生人所以言语吁呼者，气括口喉之中，动摇其舌，张歙其口，故能成言。譬犹吹箫笙，箫笙折破，气越不括，手无所弄，则不成音。夫箫笙之管，犹人之口喉也；手弄其孔，犹人之动舌也。人死口喉腐败，舌不复动，何能成言？然而枯骨时呻鸣者，人骨自有能呻鸣者焉，或以为秋也，是与夜鬼哭无以异也。秋气为呻鸣之变，自有所为，依倚死骨之侧，人则谓之骨尚有知，呻鸣于野。草泽暴体，以千万数，呻鸣之声，宜步属焉。

夫有能使不言者言，未有言者死能复使之言，言者亦不能复使之言。犹物生以青为色，或予之也；物死青者去，或夺之也。予之物青，夺之青去，去后不能复予之青，物亦不能复自青。声色俱通，并禀于天，青青之色，犹枭枭之声也，死物之色，不能复青，独为死人之声，能复自言，惑也。

人之所以能言语者，以有气力也。气力之盛，以能饮食也。饮食损减则气力衰，衰则声音嘶困，不能食则口不能复言。夫死，困之甚，何能复言？或曰："死人歆肴食气，故能言。"夫死人之精，生人之精也。使生人不饮食，而徒以口歆肴食之气，不过三日则饿死矣。或曰："死人之精，神于生人之精，故能歆气为音。"夫生人之精，在于身中，死则在于身外，死之与生何以殊？身中身外何以异？取水实于大盎中，盎破水流地，地水能异于盎中之水乎？地水不异于盎中之水，身外之精，何故殊于身中之精？

人死不为鬼，无知，不能语言，则不能害人矣。何以验之？夫人之怒也用气，其害人用力，用力须筋骨而强，强则能害人。忿怒之人，呴呼于人之旁，口气喘射人之面，虽勇如贲、育，气不害人，使舒手而击，举足而蹶，则所击蹶无不破折。夫死，骨朽，筋力绝，手足不举，虽精气尚在，犹呴吁之时，无嗣助也，何以能害人也？凡人与物，所以能害人者，手臂把刃，爪牙坚利之故也。今人死，手臂朽败，不能复持刃，爪牙堕落，不能复啮噬，安能害人？儿之始生也，手足具成，手不能搏，足不能蹶者，气适凝成，未能坚强也。由此言之，精气不能坚强，审矣。气为形体，形体微弱，犹未能害人，况死，气去精神绝。

寒骨谓能害人者邪？死人之气不去邪？何能害人？鸡卵之未字也，澒溶于鷇中，溃而视之，若水之形。良雌伛伏，体方就成，就成之后，能啄蹶之。夫人之死犹澒溶之时，澒溶之气，安能害人？人之所以勇猛能害人者，以饮食也，饮食饱足则强壮勇猛，强壮勇猛则能害人矣。人病不能饮食，则身羸弱，羸弱困甚，故至于死。病困之时，仇在其旁，不能咄叱，人盗其物，不能禁夺，羸弱困劣之故也。夫死，羸弱困劣之甚者也，何能害人？

有鸡犬之畜，为人所盗窃，虽怯无势之人，莫不忿怒，忿怒之极，至相贼灭。败乱之时，人相啖食者，使其神有知，宜能害人。身贵于鸡犬，己死重于见盗，忿怒于鸡犬，无怨于食己，不能害人之验也。蝉之未蜕也，为复育，已蜕也，去复育之体，更为蝉之形。使死人精神去形体，若蝉之去复育乎？则夫为蝉者不能害为复育者。夫蝉不能害复育，死人之精神，何能害生人之身？梦者之义疑惑。言："梦者，精神，自止身中，为吉凶之象。"或言："精神行，与人物相更。”今其审止身中，死之精神，亦将复然。今其审行，人梦杀伤人，梦杀伤人，若为人所复杀，明日视彼之身，察已之体，无兵刃创伤之验。夫梦用精神，精神，死之精神也。梦之精神，不能害人，死之精神，安能为害？火炽而釜沸，沸止而气歇，以火为主也。精神之怒也，乃能害人；不怒，不能害人。火猛灶中，釜涌气蒸；精怒胸中，力盛身热。今人之将死，身体清凉，凉益清甚，遂以死亡。当死之时，精神不怒。身亡之后，犹汤之离釜也，安能害人？

物与人通，人有痴狂之病。如知其物然而理之，病则愈矣。夫物未死，精神依倚形体，故能变化，与人交通；已死，形体坏烂，精神散亡，无所复依，不能变化。夫人之精神，犹物之精神也。物生，精神为病；其死，精神消亡。人与物同，死而精神亦灭，安能为害祸？设谓人贵，精神有异，成事：物能变化，人则不能，是反人精神不若物，物精奇于人也。

水火烧溺。凡能害人者，皆五行之物。金伤人，木殴人，土压人，水溺人，火烧人。使人死，精神为五行之物乎？害人。不为乎？不能害人。不为物，则为气矣。气之害人者，太阳之气为毒者也。使人死其气为毒乎？害人。不为乎？不能害人。夫论死不为鬼，无知，不能害人，则夫所见鬼者，非死人之精，其害人者，非其精所为，明矣。

张宗祥校注：《论衡校注》，上海古籍出版社2010年版，第414-422页

死伪篇

周武王有疾，不豫，周公请命，设三坛，同一埠，植璧秉圭，乃告于太王、王季、文王。史乃策祝，辞曰：“予仁若考，多才多艺，能事鬼神。乃元孙某，不若旦多才多艺，不能事鬼神。”鬼神者，谓三王也。即死人无知，不能为鬼神。周公，圣人也，圣人之

言审，则得幽冥之实，得幽冥之实，则三王为鬼神，明矣。

曰：实，人能神乎？不能神也。如神，宜知三王之心，不宜徒审其为鬼也。周公请命，史策告祝，祝毕辞已，不知三王所以与不，乃卜三龟，三龟皆吉，然后乃喜。能知三王有知为鬼，不能知三王许己与不，须卜三龟，乃知其实。定其为鬼，须有所问，然后知之。死人有知无知，与其许人不许人，一实也。能知三王之必许己，则其谓三王为鬼，可信也；如不能知，谓三王为鬼，犹世俗人也，与世俗同知，则死人之实未可定也。且周公之请命，用何得之？以至诚得之乎？以辞正得之也？如以至诚，则其请之说，精诚致鬼，不顾辞之是非也。董仲舒请雨之法，设土龙以感气。夫土龙非实，不能致雨，仲舒用之致精诚，不顾物之伪真也。然则周公之请命，犹仲舒之请雨也；三王之非鬼，犹聚土之非龙也。

晋荀偃伐齐，不卒事而还。瘅疽生疡于头，及著雍之地，病目出，卒而视，不可唅。范宣子浣而抚之，曰："事吴敢不如事主。"犹视。宣子睹其不瞑，以为恨其子吴也。人情所恨，莫不恨子，故言吴以抚之，犹视者，不得所恨也。栾怀子曰："其为未卒事于齐故也乎？"乃复抚之曰："主苟死，所不嗣事于齐者，有如河。"乃瞑受唅。伐齐不卒，荀偃所恨也，怀子得之，故目瞑受含。宣子失之，目张口噤。

曰：荀偃之病卒，苦目出。目出则口噤，口噤则不可含。新死气盛，本病苦目出，宣子抚之早，故目不瞑，口不闿。少久气衰，怀子抚之，故目瞑口受唅。此自荀偃之病，非死精神见恨于口目也。凡人之死，皆有所恨。志士则恨义事未立，学士则恨问多不及，农夫则恨耕未畜谷，商人则恨货财未殖，仕者则恨官位未极，勇者则恨材未优。天下各有所欲乎，然而各有所恨，必有目不瞑者为有所恨，夫天下之人，死皆不瞑也。且死者精魂消索，不复闻人之言。不能闻人之言，是谓死也。离形更自为鬼，立于人傍，虽人之言，已与形绝，安能复入身中瞑目闿口乎？能入身中，以尸示恨，则能不免，与形相守。案世人论死，谓其精神有若，能更以精魂立形见面，使尸若生人者，误矣。

张宗祥校注：《论衡校注》，上海古籍出版社2010年版，第425-427页

郑子产聘于晋。晋侯有疾，韩宣子逆客，私焉，曰："寡君寝疾，于今三月矣，并走群望，有加而无瘳。今梦黄熊入于寝门，其何厉鬼也？"对曰："以君之明，子为大政，其何厉之有？昔尧殛鲧于羽山，其神为黄熊，以入于羽渊，实为夏郊，三代祀之。晋为盟主，其或者未之祀乎？"韩子祀夏郊，晋侯有间。黄熊，鲧之精神，晋侯不祀，故入寝门。晋知而祀之，故疾有间。非死人有知之验乎？

夫鲧殛于羽山，人知也；神为黄熊，入于羽渊，人何以得知之？使若鲁公牛哀病化为虎，在，故可实也。今鲧远殛于羽山，人不与之处，何能知之？且文曰："其神为熊。"是死也。死而魂神为黄熊，非人所得知也。人死世谓鬼，鬼象生人之形，见之与人无异，然犹非死人之神，况熊非人之形，不与人相似乎？审鲧死，其神为黄熊。则熊之死，其神亦或时为人，人梦见之，何以知非死禽兽之神也？信黄熊谓之鲧神，又信所见之鬼以为死人精也，此人物之精未可定，黄熊为鲧之神未可审也。且梦，象也，吉凶且至，神明示象，熊罴之占，自有所为。使鲧死，其神审为黄熊，梦见黄熊必鲧之神乎？诸侯祭山川，设晋侯梦见山川，何复不以祀山川，山川自见乎？人病，多或梦见先祖死人来立其侧，可复谓先祖死人求食，故来见形乎？人梦所见，更为他占，未必以所见为实也。何以验之？梦见生人，明日问所梦见之人，不与己相见，夫所梦见之人，不与己相见，则知鲧之黄熊，不入寝门。不入，则鲧不求食。不求食，则晋侯之疾，非废夏郊之祸。非废夏郊之祸，则晋侯有间，非祀夏郊之福也。无福之实，则无有知之验矣。亦犹淮南王刘安坐谋反而死，世传以为仙而升天。本传之虚，子产闻之，亦不能实。偶晋侯之疾，适当自衰，子产遭言黄熊之占，则信黄熊鲧之神矣。

张宗祥校注：《论衡校注》，上海古籍出版社2010年版，第431页

纪妖篇

卫灵公将之晋，至濮水之上，夜闻鼓新声者，说之，使人问之，左右皆报弗闻。召师涓而告之曰："有鼓新声者，使人问左右，尽报弗闻。其状似鬼，子为我听而写之。"师涓曰："诺！"因静坐抚琴而写之。明日，报曰："臣得之矣，然而未习。请更宿而习之。"灵公曰："诺！"因复宿。明日，已习。遂去之晋。晋平公觞之施夷之台。酒酣，灵公起曰："有新声，愿请奏以示公。"公曰："善！"乃召师涓，令坐师旷之旁，援琴鼓之。未终，旷抚而止之曰："此亡国之声，不可遂也。"平公曰："此何道出？"师旷曰："此师延所作淫声，与纣为靡靡之乐也。武王诛纣，悬之白旄，师延东走，至濮水而自投。故闻此声者，必于濮水之上。先闻此声者，其国削，不可遂也。"平公曰："寡人好者音也，子其使遂之。"师涓鼓究之。平公曰："此所谓何声也？"师旷曰："此所谓清商。"公曰："清商固最悲乎？"师旷曰："不如清徵。"公曰："清徵可得闻乎？"师旷曰："不可！古之得听清徵者，皆有德义君也。今吾君德薄，不足以听之。"公曰："寡人所好者音也，愿试听之。"师旷不得已，援琴鼓之。一奏，有玄鹤二八，从南方来，集于郭门之上危；再奏而列；三奏，延颈而鸣，舒翼而舞。音中宫商之声，声彻于天。平公大悦，坐者皆喜。平公提觞而起，为师旷寿，反坐而问曰："乐莫悲于清徵乎？"师旷曰："不如清角。"平公曰："清角可得闻乎？"师旷曰："不可！昔者黄帝合鬼神于西大山之上，驾象舆，六玄龙，毕方并辖，蚩尤居前，风伯进扫，雨师洒道，虎狼在前，鬼神在后，虫蛇伏地，白云覆上，大合鬼神，乃作为清角。今主君德薄，不足以听之。听之，将恐有败。"平公曰："寡人老矣，所好者音也，愿遂听之。"师旷不得已而鼓之。一奏之，有云从西北起；再奏之，风至，大雨随之，裂帷幕，破俎豆，堕廊瓦。坐者散走。平公恐惧，伏于廊室。晋国大旱，赤地三年。平公之身遂癃病。何谓也？

曰：是非卫灵公国且削，则晋平公且病，若国且旱亡妖也？师旷曰："先闻此声者国削。"二国先闻之矣。何知新声非师延所鼓也？曰：师延自投濮水，形体腐于水中，精气消于泥涂，安能复鼓琴？屈原自沉于江，屈原善著文，师延善鼓琴。如师延能鼓琴，则屈原能复书矣。杨子云吊屈原，屈原何不报？屈原生时，文无不作，不能报子云者，死为泥涂，手既朽，无用书也。屈原手朽无用书，则师延指败，无用鼓琴矣。孔子当泗水而葬，泗水却流，世谓孔子神而能却泗水。孔子好教授，犹师延之好鼓琴也。师延能鼓琴于濮水之中，孔子何为不能教授于泗水之侧乎？

赵简子病，五日不知人。大夫皆俱，于是召进扁鹊。扁鹊入视病，出，董安于问扁鹊。扁鹊曰："血脉治也，而怪？昔秦缪公尝如此矣，七日悟。悟之日，告公孙支与子舆曰：'我之帝所，甚乐。吾所以久者，适有学也。帝告我晋国且大乱，五世不安，其后将霸，未老而死。霸者之子，且令而国男女无别。'公孙支书而藏之于箧。于是晋献公之乱，文公之霸，襄公败秦师于崤而归纵淫，此之所闻。今主君之病与之同，不出三日，病必间，间必有言也。"居二日半，简子悟，告大夫曰："我之帝所甚乐，与百神游于钧天，乐九奏万舞，不类三代之乐，其声动人心。有一熊欲援我，帝命我射之，中熊，熊死。有罴来，我又射之，中罴，罴死。帝甚喜，赐我二笥，皆有副。吾见儿在帝侧。帝属我一翟犬，曰：'及而子之长也，以赐之。'帝告我：'晋国且衰，十世而亡；嬴姓将大败周人于范魁之西，而亦不能有也。今余将思虞舜之勋，适余将以其胄女孟姚配而十世之孙。'"董安于受言而书藏之，以扁鹊言告简子，简子赐扁鹊田四万亩。他日，简子出，有人当道，辟之不去，从者将拘之。当道者曰："吾欲有谒于主君。"从者以闻。简子召之，曰："嘻！吾有所见子游也。"当道者曰："屏左右，愿有谒。"简子屏人。当道者曰："日者主君之病，臣在帝侧。"简子曰："然，有之。子见我何为？"当道者曰："帝令主君射熊与罴皆死。"简子曰："是何也？"当道者曰："晋国且有大难，主君首之。帝令主君灭二卿，夫熊罴皆其祖也。”简子曰：“帝赐我二笥皆有副，何也?”当道者曰：“主君之子，将克二国于翟，皆子姓也。”简子曰：“吾见儿在帝侧，帝属我一翟犬，曰‘及而子之长以赐之’。夫儿何说以赐翟犬?”当道者曰：“儿，主君之子也。翟犬，代之先也。主君之子，且必有代。及主君之后嗣，且有革政而胡服，并二国翟。”简子问其姓而延之以官。当道者曰：“臣野人，致帝命。”遂不见。是何谓也?

曰：是皆妖也。其占皆如当道言，所见于帝前之事。所见当道之人，妖人也。

其后晋二卿范氏、中行氏作乱，简子攻之，中行昭子、范文子败，出奔齐。始，简子使姑布子卿相诸子，莫吉。至翟妇之子无恤，以为贵。简子与语，贤之。简子募诸子曰：“吾藏宝符于常山之上，先得者赏。”诸子皆上山，无所得。无恤还曰：“已得符矣。”简子问之，无恤曰：“从常山上临代，代可取也。”简子以为贤，乃废太子而立之。简子死，无恤代，是为襄子。襄子既立，诱杀代王而并其地。又并知氏之地。后取空同戎。自简子后，十世至武灵王，吴庆入其母姓嬴子孟姚。其后，武灵王遂取中山，并胡地。武灵王之十九年，更为胡服，国人化之。皆如其言，无不然者。盖妖祥见于兆，审矣，皆非实事。吉凶之渐，若天告之。

何以知天不实告之也?以当道之人在帝侧也。夫在天帝之侧，皆贵神也。致帝之命，是天使者也。人君之使，车骑备具，天帝之使，单身当道，非其状也。天官百二十，与地之王者，无以异也。地之王者，官属备具，法象天官，禀取制度。天地之官同，则其使者亦宜钧。官同人异者，未可然也。

何以知简子所见帝非实帝也?以梦占知之，楼台山陵，官位之象也。人梦上楼台，升山陵，辄得官位。实楼台山陵，非官位也。则知简子所梦见帝者，非天帝也。人臣梦见人君，人君必不见，又必不赐。以人臣梦占之，知帝赐二笥、翟犬者，非天帝也。非天帝，则其言与百鬼游于钧天，非天也。鲁叔孙穆子梦天压己者，审然，是天下至地也。至地，则有楼台之抗，不得及己，及己则楼台宜坏。

楼台不坏，是天不至地。不至地，则不得压己。不得压己，则压己者，非天也，则天之象也。叔孙穆子所梦压己之天非天，则知赵简子所游之天非天也。

或曰："人亦有直梦见甲，明日则见甲矣；梦见君，明日则见君矣。"曰：然。人有直梦，直梦皆象也，其象直耳。何以明之？直梦者梦见甲，梦见君，明日见甲与君，此直也。如问甲与君，甲与君则不见也。甲与君不见，所梦见甲与君者，象类之也。乃甲与君象类之，则知简子所见帝者，象类帝也。且人之梦也，占者谓之魂行。梦见帝，是魂之上天也。上天，犹上山也。梦上山，足登山，手引木，然后能升。升天无所缘，何能得上？天之去人，以万里数。人之行，日百里，魂与体形俱，尚不能疾，况魂独行安能速乎？使魂行与形体等，则简子之上下天，宜数岁乃悟，七日辄觉，期何疾也！夫魂者精气也，精气之行，与云烟等，案云烟之行不能疾。使魂行若蜚鸟乎？行不能疾。人或梦蜚者，用魂蜚也，其蜚不能疾于鸟。天地之气，尤疾速者，飘风也，飘风之发，不能终一日。使魂行若飘风乎？则其速不过一日之行，亦不能至天。人梦上天，一卧之顷也，其觉，或尚在天上，未终下也。若人梦行至雒阳，觉，因从雒阳悟矣。魂神蜚驰何疾也！疾则必非其状。必非其状，则其上天非实事也。非实事则为妖祥矣。夫当道之人，简子病见于帝侧，后见当道象人而言，与相见帝侧之时无以异也。由此言之，卧梦为阴候，觉为阳占，审矣。

张宗祥校注：《论衡校注》，上海古籍出版社2010年版，第436–442页

订鬼篇

凡天地之间有鬼，非人死精神为之也，皆人思念存想之所致也。致之何由？由于疾病，人病则忧惧，忧惧见鬼出。

凡人不病则不畏惧。故得病寝衽，畏惧鬼至；畏惧则存想，存

想则目虚见。何以效之？传曰："伯乐学相马，顾玩所见，无非马者。宋之庖丁学解牛，三年不见生牛，所见皆死牛也。"二者用精至矣，思念存想，自见异物也。人病见鬼，犹伯乐之见马，庖丁之见牛也。伯乐、庖丁所见非马与牛，则亦知夫病者所见非鬼也。病者困剧身体痛，则谓鬼持棰杖殴击之，若见鬼把椎锁绳纆立守其旁，病痛恐惧，妄见之也。初疾畏惊，见鬼之来；疾困恐死，见鬼之怒；身自疾痛，见鬼之击，皆存想虚致，未必有其实也。夫精念存想，或泄于目，或泄于口，或泄于耳。泄于目，目见其形；泄于耳，耳闻其声；泄于口，口言其事。昼日则鬼见，暮卧则梦闻。独卧空室之中，若有所畏惧，则梦见夫人据案其身哭矣。觉见、卧闻，俱用精神；畏惧、存想，同一实也。

一曰：人之见鬼，目光与卧乱也。人之昼也，气倦精尽，夜则欲卧，卧而目光反，反而精神见人物之象矣。人病亦气倦精尽，目虽不卧，光已乱于卧也，故亦见人物象。病者之见也，若卧若否，与梦相似。当其见也，其人能自知觉与梦，故其见物，不能知其鬼与人，精尽气倦之效也。何以验之？以狂者见鬼也。狂痴独语，不与善人相得者，病困精乱也。夫病且死之时，亦与狂等。卧、病及狂三者皆精衰倦，目光反照，故皆独见人物之象焉。

一曰：鬼者，人所见得病之气也。气不和者中人，中人为鬼，其气象人形而见。故病笃者气盛，气盛则象人而至，至则病者见其象矣。假令得病山林之中，其见鬼则见山林之精。人或病越地者，病见越人坐其侧。由此言之，灌夫、窦婴之徒，或时气之形象也。凡天地之间气皆纯于天，天文垂象于上，其气降而生物。气和者养生，不和者伤害。本有象于天，则其降下，有形于地矣。故鬼之见也，象气为之也。众星之体，为人与鸟兽，故其病人则见人与鸟兽之形。

一曰：鬼者，老物精也。夫物之老者，其精为人；亦有未老，性能变化象人形。人之受气，有与物同精者，则其物与之交；及病，精气衰劣也，则来犯陵之矣。何以效之？成事：俗间与物交者，见鬼之来也。夫病者所见之鬼，与彼病物何以异？人病见鬼来，象其墓中死人来迎呼之者，宅中之六畜也。及见他鬼，非是所素知者，他家若草野之中物为之也。

一曰：鬼者，本生于人，时不成人，变化而去。天地之性，本有此化，非道术之家所能论辩。与人相触犯者病，病人命当死，死者不离人。何以明之？《礼》曰："歓项氏有三子，生而亡去为疫鬼。一居江水，是为虐鬼；一居若水，是为魍魉鬼；一居人宫室区隅沤库，善惊人小儿。"前歓项之世，生子必多，若歓项之鬼神以百数也。诸鬼神有形体法，能立树与人相见者，皆生于善人，得善人之气，故能似类善人之形，能与善人相害。阴阳浮游之类，若云烟之气，不能为也。

一曰：鬼者，甲乙之神也。甲乙者，天之别气也，其形象人。人病且死，甲乙之神至矣。假令甲乙之日病，则死见庚辛之神矣。何则？甲乙鬼，庚辛报甲乙，故病人且死，杀鬼之至者，庚辛之神也。何以效之？以甲乙日病者，其死生之期，常在庚辛之日。此非论者所以为实也。天道难知，鬼神暗昧，故具载列，令世察之也。

一曰：鬼者，物也，与人无异。天地之间，有鬼之物，常在四边之外，时往来中国，与人杂则，凶恶之类也，故人病且死者乃见之。天地生物也，有人如鸟兽。及其生凶物，亦有似人象鸟兽者。故凶祸之家，或见蜚尸，或见走凶，或见人形，三者皆鬼也。或谓之鬼，或谓之凶，或谓之魅，或谓之魑，皆生存实有，非虚无象类之也。何以明之？成事：俗间家人且凶，见流光集其室，或见其形若鸟之状，时流入堂室，察其不谓若鸟兽矣。夫物有形则能食，能食则便利。便利有验，则形体有实矣。

张宗祥校注：《论衡校注》，上海古籍出版社2010年版，第448-450页

天地之道，人将亡，凶亦出；国将亡，妖亦见。犹人且吉，吉祥至；国且昌，昌瑞至矣。故夫瑞应妖祥，其实一也。而世独谓鬼者不在妖祥之中，谓鬼犹神而能害人，不通妖祥之道，不睹物气之

变也。国将亡，妖见，其亡，非妖也。人将死，鬼来，其死，非鬼也。亡国者，兵也；杀人者，病也。何以明之？齐襄公将为贼所杀，游于姑棼，遂田于贝丘，见大豕。从者曰："公子彭生也。"公怒曰："彭生敢见！"引弓射之，豕人立而啼。公惧，坠于车，伤足丧履，而为贼杀之。夫杀襄公者，贼也。先见大豕于路，则襄公且死之妖也。人谓之彭生者，有似彭生之状也。世人皆知杀襄公者非豕，而独谓鬼能杀人，一惑也。

张宗祥校注：《论衡校注》，上海古籍出版社2010年版，第452页

鬼、毒同色，故杜伯弓矢，皆朱彤也。毒象人之兵，则其中人，人辄死也。中人微者即为腓，病者不即时死。何则？腓者，毒气所加也。妖或施其毒，不见其体；或见其形，不施其毒；或出其声，不成其言；或明其言，不知其音。若夫申生，见其体、成其言者也；杜伯之属，见其体，施其毒者也；诗妖、童谣、石言之属，明其言者也；濮水琴声、纣郊鬼哭，出其声者也。

张宗祥校注：《论衡校注》，上海古籍出版社2010年版，第453页

言毒篇

或问曰："天地之间，万物之性，含血之虫，有蝮蛇蜂虿，咸怀毒螫，犯中人身，谓获疾痛，当时不救，流遍一身；草木之中，有巴豆、野葛，食之凑懑，颇多杀人。不知此物禀何气于天？万物之生，皆禀元气，元气之中，有毒螫乎？"

曰：夫毒，太阳之热气也，中人人毒。人食凑懑者，其不堪任也。不堪任，则谓之毒矣。太阳火气，常为毒螫，气热也。太阳之地，人民促急，促急之人，口舌为毒。故楚、越之人，促急捷疾，与人谈言，口唾射人，则人唇胎而为创。南郡极热之地，其人祝树，树枯；唾鸟，鸟坠。巫咸能以祝延人之疾，愈人之祸者，生于江南，

含烈气也。夫毒，阳气也，故其中人，若火灼人。或为蝮所中，割肉置地焦沸，火气之验也。四方极皆为维边，唯东南隅有温烈气。温烈气发，常以春、夏。春、夏阳起。东南隅，阳位也。他物之气，入人鼻目，不能疾痛。火烟入鼻鼻疾，入目目痛，火气有烈也。物为靡屑者多，唯一火最烈，火气所燥也。食甘旨之食，无伤于人。食蜜少多，则令人毒。蜜为蜂液，蜂则阳物也。

人行无所触犯，体无故痛，痛处若箠杖之迹。人腓，腓谓鬼殴之。鬼者，太阳之妖也。微者，疾谓之边，其治用蜜与丹。蜜丹阳物，以类治之也。夫治风用风，治热用热，治边用蜜丹。则知边者阳气所为，流毒所加也。天地之间，毒气流行，人当其冲，则面肿疾，世人谓之火流所刺也。

人见鬼者，言其色赤，太阳妖气，自如其色也。鬼为烈毒，犯人辄死，故杜伯射周宣立崩。鬼所赍物，阳火之类，杜伯弓矢，其色皆亦。南道名毒曰短狐。杜伯之象，执弓而射，阳气因而激，激而射，故其中人，象弓矢之形。火困而气热，血毒盛，故食走马之肝杀人，气困为热也。盛夏暴行，暑暍而死，热极为毒也。人疾行汗出，对炉汗出，向日亦汗出，疾温病者亦汗出。四者异事而皆汗出，困同热等，火日之变也。

天下万物，含太阳气而生者，皆有毒螫。毒螫渥者，在虫则为蝮蛇、蜂虿，在草则为巴豆、冶葛，在鱼则为鲑与鯸、鮁，故人食鲑肝而死，为鯸、鮁螫有毒。鱼与鸟同类，故鸟蜚鱼亦蜚，鸟卵鱼亦卵，蝮蛇、蜂虿皆卵，同性类也。其在人也为小人。故小人之口，为祸天下。小人皆怀毒气，阳地小人，毒尤酷烈，故南越之人，祝禁辄效。谚曰："众口烁金。"口者，火也。五行二曰火，五事二曰言。言与火直，故云"烁金"。道口舌之烁，不言"拔木""焰火"，必云"烁金"，金制于火，火口同类也。

药生非一地，太伯辞之吴。铸多非一工，世称楚棠溪。温气天下有，路畏入南海。鸩鸟生于南，人饮鸩死。辰为龙，巳为蛇，辰巳之位在东南。龙有毒，蛇有螫，故蝮有利牙，龙有逆鳞。木生火，火为毒，故苍龙之兽含火星。冶葛、巴豆，皆有毒螫，故冶在东南，巴在西南。土地有燥湿，故毒物有多少。生出有处地，故毒有烈不烈。蝮蛇与鱼比，故生于草泽。蜂虿与鸟同，故产于屋树。江北地燥，故多蜂虿；江南地湿，故多蝮蛇。生高燥比阳，阳物悬垂，故蜂虿以尾刺。生下湿比阴，阴柔伸，故蝮蛇以口齰。毒或藏于首尾，故螫齰有毒；或藏于体肤，故食之辄懑；或附于唇吻，故舌鼓为祸。毒螫之生，皆同一气，发动虽异，内为一类。故人梦见火，占为口舌，梦见蝮蛇亦口舌。火为口舌之象，口舌见于蝮蛇，同类共本，所禀一气也。

故火为言，言为小人。小人为妖由口舌。口舌之征，由人感天，故五事二曰言。言之咎征，僭恒旸若。僭者奢丽，故蝮蛇多文。文起于阳，故若致文。旸若则言从，故时有诗妖。妖气生美好，故美好之人多邪恶。

张宗祥校注：《论衡校注》，上海古籍出版社2010年版，第455–458页

美酒为毒，酒难多饮；蜂液为蜜，蜜难益食。勇夫强国，勇夫难近。好女说心，好女难畜。辩士快意，辩士难信。故美味腐腹，好色惑心，勇夫招祸，辩口致殃。四者，世之毒也。

辩口之毒，为害尤酷。何以明之？孔子见阳虎，却行白汗交流。阳虎辩有口舌。口舌之毒，中人病也。人中诸毒，一身死之。中于口舌，一国之贵乱。《诗》曰："谗言罔极，交乱四国。"四国犹乱，况一人乎！故君子不畏虎，独畏谗夫之口。谗夫之口，为毒大矣。

张宗祥校注：《论衡校注》，上海古籍出版社2010年版，第459页

薄葬篇

孝子之养亲病也，未死之时，求卜迎医，冀祸消，药有益也。既死之后，虽审如巫咸，良如扁鹊，终不复生。何则？知死气绝，

终无补益。治死无益，厚葬何差乎？倍死恐伤化，绝卜拒医，独不伤义乎？亲之生也，坐之高堂之上，其死也，葬之黄泉之下。黄泉之下，非人所居，然而葬之不疑者，以死绝异处，不可同也。如当亦如生存，恐人倍之，宜葬于宅，与生同也。不明无知，为人倍其亲，独明葬黄泉，不为离其先乎？亲在狱中，罪疑未定，孝子驰走以救其难。如罪定法立，终无门户，虽曾子、子骞，坐泣而已。何则？计动无益，空为烦也。今死亲之魂，定无所知，与拘亲之罪决不可救，何以异？不明无知，恐人倍其先，独明罪定，不为忽其亲乎？圣人立义，有益于化，虽小弗除；无补于政，虽大弗与。今厚死人，何益于恩？倍之弗事，何损于义？

张宗祥校注：《论衡校注》，上海古籍出版社2010年版，第462-463页

四讳篇

三曰讳妇人乳子，以为不吉。将举吉事，入山林，远行，度川泽者，皆不与之交通。乳子之家，亦忌恶之。丘墓庐道畔，逾月乃入，恶之甚也。暂卒见若为不吉，极原其事，何以为恶？

夫妇人之乳子也，子含元气而出。元气，天地之精微也，何凶而恶之？人，物也；子，亦物也。子生与万物之生何以异？讳人之生谓之恶，万物之生，又恶之乎？生与胞俱出，如以胞为不吉，人之有胞，犹木实之有扶也，包裹儿身，因与俱出，若鸟卵之有壳，何妨，谓之恶？如恶以为不吉，则诸生物有扶壳者，宜皆恶之。万物广多，难以验事。人生何以异于六畜？皆含血气怀子，子生与人无异，独恶人而不憎畜，岂以人体大气血盛乎？则夫牛马体大于人，凡可恶之事，无与钧等，独有一物，不见比类，乃可疑也。今六畜与人无异，其乳皆同一状。六畜与人无异，讳人不讳六畜，不晓其故也。世能别人之产，与六畜之乳，吾将听其讳；如不能别则吾谓世俗所讳妄矣。

且凡人所恶，莫有腐臭。腐臭之气，败伤人心。故鼻闻臭，口食腐，心损口恶，霍乱呕吐。夫更衣之室，可谓臭矣；鲍鱼之肉，可谓腐矣。然而有甘之更衣之室，不以为忌；肴食腐鱼之肉，不以为讳。意不存以为恶，故不计其可与不也。凡可憎恶者，若溅墨漆，附著人身。今目见鼻闻，一过则已，忽亡辄去，何故恶之？出见负豕于涂，腐澌于沟，不以为凶者，洿辱自在彼人，不著已之身也。今妇人乳子，自在其身，斋戒之人，何故忌之？

张宗祥校注：《论衡校注》，上海古籍出版社2010年版，第467–468页

四曰讳举正月、五月子。以为正月、五月子杀父与母，不得也举已举之，父母祸死，则信而谓之真矣。夫正月、五月子何故杀父与母？人之含气在腹肠之内，其生十月而产，共一元气也。正与二月何殊？五与六月何异？而谓之凶也？世传此言久，拘数之人，莫敢犯之。弘识大材，实核事理，深睹吉凶之分者，然后见之。

张宗祥校注：《论衡校注》，上海古籍出版社2010年版，第469页

讥日篇

《沐书》曰："子日沐令人爱之。卯日沐令人白头。"

夫人之所爱憎，在容貌之好丑；头发白黑，在年岁之稚老。使丑如嫫母，以子日沐，能得爱乎？使十五女子，以卯日沐，能白发乎？且沐者，去首垢也。洗去足垢，盥去手垢，浴去身垢，皆去一形之垢，其实等也。洗、盥、浴不择日，而沐独有日。如以首为最尊，尊则浴亦治面，面亦首也。如以发为最尊，则栉亦宜择日。栉用木，沐用水，水与木俱五行也。用木不避忌，用水独择日。如以水尊于木，则诸用水者宜皆择日。且水不若火尊，如必以尊卑，则用火者，宜皆择日。且使子沐人爱之，卯沐其首白者，谁也？夫子之性，水也；卯，木也。水不可爱，木色不白。子之禽鼠，卯之兽

兔也。鼠不可爱，兔毛不白。以子日沐，谁使可爱？卯日沐，谁使凝白者？夫如是，沐之日无吉凶，为沐立日历者，不可用也。

张宗祥校注：《论衡校注》，上海古籍出版社2010年版，第477页

卜筮篇

人道，相问则对，不问不应。无求、空扣人之门；无问，虚辨人之前：则主人笑而不应，或怒而不对。试使卜筮之人，空钻龟而卜，虚揲蓍而筮，戏弄天地，亦得兆数，天地妄应乎？又试使人骂天而卜，殴地而筮，无道至甚，亦得兆数。苟谓兆数天地之神，何不灭其火，灼其手，振其指而乱其数，使之身体疾痛，血气凑踊？而犹为之见兆出数，何天地之不惮劳，用心不恶也？由此言之，卜筮不问天地，兆数非天地之报，明矣。

张宗祥校注：《论衡校注》，上海古籍出版社2010年版，第482页

辨祟篇

世俗信祸祟，以为人之疾病死亡，及更患被罪，戮辱欢笑，皆有所犯。起功、移徙、祭祀、丧葬、行作、入官、嫁娶，不择吉日，不避岁月，触鬼逢神，忌时相害。故发病生祸，絓法入罪，至于死亡，殚家灭门，皆不重慎，犯触忌讳之所致也。如实论之，乃妄言也。

张宗祥校注：《论衡校注》，上海古籍出版社2010年版，第485页

人之疾病，希有不由风湿与饮食者。当风卧湿，握钱问祟；饱饭餍食，斋精解祸。而病不治，谓祟不得；命自绝，谓筮不审，欲人之知也。

张宗祥校注：《论衡校注》，上海古籍出版社2010年版，第487页

诘术篇

图宅术曰："宅有八术，以六甲之名数而第之，第定名立，宫商殊别。宅有五音，姓有五声。宅不宜其姓，姓与宅相贼，则疾病死亡，犯罪遇祸。"

张宗祥校注：《论衡校注》，上海古籍出版社2010年版，第495页

解除篇

病人困笃，见鬼之至，性猛刚者，挺剑操杖，与鬼战斗，战斗一再，错指受服，知不服必不终也。夫解除所驱逐鬼，与病人所见鬼，无以殊也。其驱逐之，与战斗无以异也。病人战斗，鬼犹不去，宅主解除，鬼神必不离。

……

解逐之法，缘古逐疫之礼也。昔歞项氏有子三人，生而皆亡，一居江水，为虐鬼；一居若水，为魍魉；一居欧隅之间，主疫病人。故岁终事毕，驱逐疫鬼，因以送陈、迎新、内吉也。世相仿效，故有解除。夫逐疫之法，亦礼之失也。行尧、舜之德，天下太平，百灾消灭，虽不逐疫，疫鬼不往。行桀、纣之行，海内扰乱，百祸并起，虽日逐疫，疫鬼犹来。

张宗祥校注：《论衡校注》，上海古籍出版社2010年版，第501-502页

祀义篇

山犹人之有骨节也，水犹人之有血脉也。故人食肠满，则骨节与血脉，因以盛矣。今祭天地，则山川随天地而饱。今别祭山川以为异神，是人食已，更食骨节与血脉也。

张宗祥校注：《论衡校注》，上海古籍出版社2010年版，第505页

知实篇

无兆象效验，圣人无以定也。鲁、卫不能用，自知极也；鲁人获麟，自知绝也。道极命绝，兆象着明，心怀望沮，退而幽思。夫周流不休，犹病未死，祷卜使痊也；死兆未见，冀得活也。然则应聘未见绝证，冀得用也。死兆见舍，卜还医绝，揽笔定书。以应聘周流言之，圣人不能先知，十一也。

张宗祥校注：《论衡校注》，上海古籍出版社2010年版，第526页

定贤篇

夫圣贤之治世也有术，得其术则功成，失其术则事废。譬犹医之治病也，有方笃剧犹治，无方才微不愈。夫方犹术，病犹乱，医犹吏，药犹教也。方施而药行，术设而教从，教从而乱止，药行而病愈。治病之医，未必惠于不为医者。然而治国之吏，未必贤于不能治国者，偶得其方，遭晓其术也。治国须术以立功，亦有时当自乱，虽用术，功终不立者；亦有时当自安，虽无术，功犹成者。故夫治国之人，或得时而功成，或失时而无效。术人能因时以立功，不能逆时以致安。良医能治未当死之人命，如命穷寿尽，方用无验矣。故时当乱也，尧、舜用术，不能立功；命当死矣，扁鹊行方，不能愈病。

张宗祥校注：《论衡校注》，上海古籍出版社2010年版，第535页

自纪篇

充以元和三年徙家，辟诣扬州部丹阳、九江、庐江，后入为治中。材小任大，职在刺割，笔札之思，历年寝废。章和二年，罢州

家居。年渐七十，时可悬舆。仕路隔绝，志穷无如。事有否然，身有利害。发白齿落，日月逾迈，俦伦弥索，鲜所恃赖。贫无供养，志不娱快。历数冉冉，庚辛域际，虽惧终徂，愚犹沛沛，乃作《养性》之书，凡十六篇。养气自守，适时则酒，闭明塞聪，爱精自保，适辅服药引导，庶冀性命可延，斯须不老。既晚无还，垂书示后。惟人性命，长短有期，人亦虫物，生死一时。年历但记，孰使留之？犹入黄泉，消为土灰。上自黄、唐，下臻秦、汉而来，折衷以圣道，析理于通材，如衡之平，如鉴之开，幼老生死古今，罔不详该。命以不延，吁叹悲哉！

张宗祥校注：《论衡校注》，上海古籍出版社2010年版，第585页

佚　文

人五岁，以心为主。心发智慧，而四脏藏之，肝为之喜，肺为之怒，肾为之哀，脾为之乐。故圣人节之，恐伤性也。

黄晖：《论衡校释》，中华书局1990年版，第1215页

潜夫论

王　符

王符（约85年—约163年），字节信，安定临泾（今甘肃镇原）人。因仕宦不利，王符退隐家乡，其著书而不欲彰显其名，故其书名为《潜夫论》。王符提出了富民论，反对谶纬而主张无神论等，思想的进步性不言而喻。

贤　难

今世俗之人，自慢其亲而憎人敬之、自简其亲而憎人爱之者不少也。岂独品庶，贤材时有焉。邓通幸于文帝，尽心而不违，吮痈而无恡色。帝病不乐，从容曰："天下谁最爱朕者乎？"邓通欲称太子之孝，则因对曰："莫若太子之最爱陛下也。"及太子问疾，帝令吮痈，有难之色，帝不悦而遣太子。既而闻邓通之常吮痈也，乃惭而怨之。及嗣帝位，遂致通罪而使至于饿死。故邓通其行所以尽心力而无害人，其言所以誉太子而昭孝慈也。太子自不能尽其称，则反结怨而归咎焉。称人之长，欲彰其孝，且犹为罪，又况明人之短矫世者哉？

且凡士之所以为贤者，且以其言与行也。忠正之言，非徒誉人而已也，必有触焉；孝子之行，非徒吮痈而已也，必有驳焉。然则循行论议之士，得不遇于嫉妒之名、免于刑戮之咎者，盖其幸者也。比干之所以剖心，箕子之所以为奴，伯宗之以死，郄宛之以亡。

汪继培笺：《潜夫论笺》，中华书局1979年版，第41页

思　贤

夫"与死人同病者，不可生也；与亡国同行者，不可存也"，岂虚言哉？何以知人之且病也？以其不嗜食也。何以知国之将乱也？以其不嗜贤也。是故病家之厨，非无嘉馔也，乃其人弗之能食，故遂于死也。乱国之官，非无贤人也，其君弗之能任，故遂于亡也。夫生饣宋粱，旨酒甘醪，所以养生也，而病人恶之，以为不若菽麦糠糟欲清者，此其将死之候也。尊贤任能，信忠纳谏，所以为安也，而闇君恶之，以为不若奸佞阘茸谗谀之言者，此其将亡之征也。《老子》曰："夫唯病病，是以不病。"《易》称"其亡其亡，系于苞桑。"是故养寿之士，先病服药；养世之君，先乱任贤。是以身常安而国永永也。

上医医国，其次下医医疾。夫人治国，固治身之象。疾者，身之病；乱者，国之病也。身之病待医而愈，国之乱待贤而治。治身有黄帝之术，治世有孔子之经。然病不愈而乱不治者，非针石之法误，而五经之言诬也，乃因之者非其人。苟非其人，则规不圆而矩不方，绳不直而准不平，钻燧不得火，鼓石不下金，驱马不可以追速，进舟不可以涉水也。凡此八者，天之张道，有形见物，苟非其人，犹尚无功，则又况乎怀道术以抚民氓、乘六龙以御天心者哉？

夫治世不得真贤，譬犹治疾不得真药也。治疾当得真人参，反得支罗服；当得麦门冬，反得烝穬麦。已而不识真，合而服之，病以侵剧，不自知为人所欺也，乃反谓方不诚而药皆无益于病，因弃后药而弗敢饮，而更求巫觋者，虽死可也。人君求贤，下应以鄙；与直，不以枉。已不引真，受猥官之，国以侵乱，不自知为下所欺也，乃反谓经不信而贤皆无益于救乱，因废真贤不复求进，更任俗吏，虽灭亡可也。三代以下，皆以支罗服、烝穬麦合药，病日痁而遂死也。

汪继培笺：《潜夫论笺》，中华书局1979年版，第76页

忠　贵

历观前世贵人之用心也，与婴儿等。婴儿有常病，贵臣有常祸，父母有常失，人君有常过。婴儿常病，伤饱也；贵臣常祸，伤宠也；父母常失，在不能已于媚子；人君常过，在不能已于骄臣。哺乳太多，则必掣纵而生痫；贵富太盛，则必骄佚而生过。是故媚子以贼其躯者，非一门也；骄臣用灭其家者，非一世也。或以背叛横逆不道，或以德薄不称其贵。文昌奠功，司命举过，观恶深浅，称罪降罚，或捕格斩首，或拉髆掣胸，掊死深弃，衔刀都市，殭尸破家，覆宗灭族者，皆无功于民氓者也。而后人贪权冒宠，蓄积无极，思登颠陨之台，乐循覆车之迹，愿禆福祚以备员满贯者，何世无之？

汪继培笺：《潜夫论笺》，中华书局1979年版，第114页

浮 侈

《诗》刺“不绩其麻，女也婆娑”。今多不修中馈，休其蚕织，而起学巫祝，鼓舞事神，以欺诬细民、荧惑百姓。妇女羸弱，疾病之家，怀忧愦愦，皆易恐惧，至使奔走便时，去离正宅，崎岖路侧，上漏下湿，风寒所伤，奸人所利，贼盗所中，益祸益祟，以致重者，不可胜数。或弃医药，更往事神，故至于死亡，不自知为巫所欺误，乃反恨事巫之晚，此荧惑细民之甚者也。

汪继培笺：《潜夫论笺》，中华书局1979年版，第125页

述 赦

凡治病者，必先知脉之虚实、气之所结，然后为之方，故疾可愈而寿可长也。为国者，必先知民之所苦、祸之所起，然后设之以禁，故奸可塞国可安矣。

汪继培笺：《潜夫论笺》，中华书局1979年版，第173页

救 边

折冲安民，要在任贤，不在促境。齐、魏却守，国不以安。子婴自削，秦不以在。武皇帝攘夷柝境，面数千里，东开乐浪，西置炖煌，南踰交趾，北筑朔方，卒定南越，诛斩大宛，武军所向，无不夷灭。今虏近发封畿之内，而不能擒，亦自痛尔，非有边之过也。唇亡齿寒，体伤心痛，必然之事，又何疑焉？君子见机，况已著乎？

汪继培笺：《潜夫论笺》，中华书局1979年版，第260页

实 边

夫土地者，民之本也，诚不可久荒以开敌心。且扁鹊之治病也，审闭结而通郁滞，虚者补之，实者泻之，故病愈而名显。伊尹之佐

汤也，设轻重而通有无，损积余以补不足，故殷治而君尊。贾谊痛于偏枯躄痱之疾。今边郡千里，地各有两县，户财置数百，而太守周回万里，空无人民，美田弃而莫垦发；中州内郡，规地拓境，不能半边，而口户百万，田亩一全，人众地荒，无所容足。此亦偏枯躄痱之类也。

汪继培笺：《潜夫论笺》，中华书局1979年版，第284页

梦 列

凡梦：有直，有象，有精，有想，有人，有感，有时，有反，有病，有性。

汪继培笺：《潜夫论笺》，中华书局1979年版，第315页

阴病梦寒，阳病梦热，内病梦乱，外病梦发，百病之梦，或散或集。此谓气之梦也。

汪继培笺：《潜夫论笺》，中华书局1979年版，第315页

观其所疾，察其所梦，谓之病。

汪继培笺：《潜夫论笺》，中华书局1979年版，第317页

德 化

夫化变民心也，犹政变民体也。德政加于民，则多涤畅姣好坚强考寿；恶政加于民，则多罢癃尪病夭昏札瘥。故《尚书》美“考终命”，而恶“凶短折”。国有伤明之政，则民多病目；有伤聪之政，则民多病耳；有伤贤之政，则贤多横夭。夫形体骨干为坚强也，然犹随政变易，又况乎心气精微不可养哉？《诗》云：“敦彼行苇，羊牛勿践履。方苞方体，惟叶柅柅。”又曰：“鸢飞厉天，鱼跃于渊。恺悌君子，胡不作人？”公刘厚德，恩及草木，羊牛六畜，且犹感德，仁不忍践履生草，则又况于民萌而有不化者乎？君子修其乐易之德，上及飞鸟，下及渊鱼，无不欢忻悦豫，则又况于士庶而有不仁者乎？

圣深知之，皆务正己以为表，明礼义以为教，和德气于未生之前，正表仪于咳笑之后。民之胎也，合中和以成；其生也，立方正以长。是以为仁义之心，廉耻之志，骨著脉通，与体俱生，而无粗秽之气，无邪淫之欲。虽放之大荒之外，措之幽冥之内，终无违礼之行；投之危亡之地，纳之锋镠之间，终无苟全之心。举世之人，行皆若此，则又乌所得亡夫奸乱之民而加辟哉？“上天之载，无声无臭，仪形文王，万邦作孚。”此姬氏所以崇美于前，而致刑措于后也。

汪继培笺：《潜夫论笺》，中华书局1979年版，第372页

志氏姓

周灵王之太子晋，幼有成德，聪明博达，温恭敦敏。谷、雒水斗，将毁王宫，王欲壅之。太子晋谏，以为不顺天心，不若修政。晋平公使叔誉聘于周，见太子，与之言，五称而三穷，逡巡而退，归告平公曰：“太子晋行年十五，而誉弗能与言，君请事之。”平公遣师旷见太子晋。太子晋与语，师旷服德，深相结也。乃问旷曰：“吾闻太师能知人年之长短。”师旷对曰：“女色赤白，女声清汗，火色不寿。”晋曰：“然。吾后三年将上宾于帝，女慎无言，殃将及女。”其后三年而太子死。孔子闻之曰：“惜夫！杀吾君也。”世人以其豫自知去期，故传称王子乔仙。仙之后，其嗣避周难于晋，家于平阳，因氏王氏。其后子孙世喜养性神仙之术。

汪继培笺：《潜夫论笺》，中华书局1979年版，第435页

申 鉴

荀 悦

荀悦（148年—209年），字仲豫，颍川颍阴（今河南许昌）人。

荀悦以才学为汉献帝所赏识，奉帝命改写《汉书》为《汉纪》三十篇。针对社会弊病作《申鉴》五篇。荀悦提出了君民臣一体、法教一体以及见解深刻的人性论等思想。

俗 嫌

或问曰："有养性乎？"曰："养性秉中和，守之以生而已。爱亲、爱德、爱力、爱神之谓啬，否则不宣，过则不澹，故君子节宣其气，勿使有所壅闭滞底，昏乱百度则生疾，故喜怒哀乐思虑必得其中，所以养体也。寒暄虚盈消息必得其中，所以养体也。善治气者，由禹之治水也。若夫导引蓄气，历藏内视，过则失中，可以治疾，皆非养性之圣术也。夫屈者以乎申也，蓄者以乎虚也，内者以乎外也，气宜宣而遏之，体宜调而矫之，神宜平而抑之，必有失和者矣。夫善养性者无常术，得其和而已矣。邻脐二寸谓之关，关者，所以关藏呼吸之气，以禀授四体也。故气长者以关息，气短者其息稍升，其脉稍促，其神稍越。至于以肩息而气舒，其神稍专，至于以关息而气衍矣。故道者常致气于关，是谓要术。凡阳气生养，阴气消杀。和喜之徒，其气阳也。故养性者，崇其阳而绌其阴。阳极则亢，阴极则凝，亢则有悔，凝则有凶。夫物不能为春，故俟天春而生；人则不然，存吾春而已矣。药者，疗也，所以治疾也。无疾，则勿药可也，肉不胜食气，况于药乎？寒斯热，热则致滞，阴药之用也。唯适其宜则不为害，若已气平也，则必有伤，唯针火亦如之。故养性者，不多服也，唯在乎节之而已矣。"

或问："仁者寿何谓也？"曰："仁者内不伤性，外不伤物，上不违天，下不违人，处正居中，形神以和，故咎征不至，而休嘉集之，寿之术也。"

荀悦撰：《申鉴》，上海古籍出版社1990年版，第21页

杂　言

或问："致治之要，君乎？"曰："两立哉。非天地不生物，非君臣不成治，首之者天地也，统之者君臣也哉。先王之道致训焉，故亡斯须之间而违道矣。昔有上致圣，由教戒，因辅弼，钦顺四邻。故检柙之臣，不虚于侧；礼度之典，不旷于目；先哲之言，不辍于身；非义之道，不宣于心。是邪僻之气，未由入也。□有间□必有入之者矣，是故僻志萌则僻事作，僻事作则正塞，正塞则公正亦末由入也矣，不任不爱谓之公，惟公是从谓之明。齐桓公中材也，末能成功业，由有异焉者矣。妾媵盈宫，非无爱幸也，群臣盈朝，非无亲近也。然外则管仲射己，卫姬色衰，非爱也，任之也。然后知非贤不可任，非智不可从也。夫此之举弘矣哉。膏肓纯白，二竖不生，兹谓心宁；省闼清净，嬖孽不生，兹谓政平。夫膏肓近心而处阨，针之不逮，药之不中，攻之不可，二竖藏焉，是谓笃患。故治身治国者唯是之畏。"

荀悦撰：《申鉴》，上海古籍出版社1990年版，第23页

三辅决录

赵　岐

赵岐（？—201年），字邠卿，京兆长陵（今陕西咸阳）人。赵岐聪明早慧，经学功力深厚，其《孟子注疏》是《孟子》最早的注本，被收入《十三经注疏》中。赵岐另有《三辅决录》《蓝赋》《临终敕其子》等作品。

韩康字伯休，京兆霸陵人也。常游名山采药，卖于长安市中，口不二价者，三十余季。时有女子买药于康，怒康守价，乃曰："公是韩伯休邪？乃不二价乎？"康叹曰："我欲避名，今区区女子皆知

有我，何用药为！”遂遁入霸陵山中，博士公交车连征不至。桓帝时，乃备玄纁安车以聘之，使者奉诏造康，康不得已，乃佯许诺，辞安车，自乘柴车冒晨先发至亭。亭长以韩征君当过，方发人牛修道桥，及见康柴车幅巾，以为田叟也，使夺其牛。康即释驾与之。有顷，使者至，夺牛翁乃征君也。使者欲奏杀亭长，康曰：“此自老子与之，亭长何皋？”乃止。康因中路逃遁，以寿终。

〔汉〕赵岐等撰，〔清〕张澍辑，陈晓捷注：《三辅决录》，三秦出版社2006年版，第15页

风俗通义

应　劭

应劭（约153年—196年），字仲瑗，汝南郡南顿县（今河南项城）人。应劭博学多闻，灵帝时被举为孝廉。应劭著作丰硕，现存《汉官仪》《风俗通义》等。其作品具有重要的史学价值和民俗学价值。

皇　霸

《含文嘉纪》：“伏戏、燧人、神农。伏者，别也，变也。戏者，献也，法也。伏羲始别八卦，以变化天下，天下法则，咸伏贡献，故曰伏羲也。燧人始钻木取火，炮生为熟，令人无复腹疾，有异于禽兽，遂天之意，故曰遂人也。神农，神者，信也；农者，浓也。始作耒耜，教民耕种，美其衣食，德浓厚若神，故为神农也。”

王利器校注：《风俗通义校注》，中华书局2011年版，第3页

六　国

赵之先，与秦同祖。其裔孙曰造父，幸周穆王，为御骅骝，騄耳

之乘，西谒西王母，东灭徐偃王，日驰千里；帝念其功，赐以赵城，因以为姓。子叔带始去周事晋。其后，简子地过于诸侯，权重于晋君。简子疾，五日，不知人。大夫皆惧，呼医扁鹊视之。出，董安于问。扁鹊曰："血脉治也，勿怪。昔秦穆公尝如此，七日而寤，寤之日，告公孙支与子舆曰：'我之帝所，甚乐。吾所以久者，适有学也。帝告我：'晋国且大乱，五世不安，其后将霸，未老而死；霸者之子，且令国男女无别。'公孙支书而藏之，秦策于是出。夫献公之乱，文公之霸，而襄公之败秦师于崤，而归纵淫，此子之所闻。今主君之病与之同，不出三日，病必间，间必有言也。"居二日半，简子寤。语大夫曰："我之帝所，乐，与百神游于钧天广乐九奏万舞，不类三代之乐，其声动心。有一熊欲援我，帝令我射之，中，熊死。有罴来，我又射之，中，罴死。帝甚嘉之，赐我二笥，皆有副。吾见儿在帝侧，属我翟犬，曰：'及汝子之壮也，以赐之。'帝告我：'晋国且衰，七世而亡，嬴姓将大败周人于范魁之西，亦不能有也。'"董安于受言而藏之。以扁鹊之言告简子，赐扁鹊田四万亩。

他日，简子出，有人当道，辟之不去，从者将刃。当道者曰："吾欲有谒于主君。"从者以闻。简子召之，曰："嘻，吾有所见子晰也。"当道者曰："屏左右，愿有以谒。"简子屏人。当道者曰："子君之病，臣在帝侧。"简子曰："然。子之见我何为？"当道者曰："帝令主君射熊罴，皆死。"简子曰："是且何也？"当道者曰："晋国且大难，主君首之。帝令主君灭二卿，夫熊罴皆其祖也。"简子曰："帝赐我二笥皆有副，何也？"当道者曰："主君之子，将克二国于翟，皆子姓也。"简子曰："吾见儿在帝侧，属我一翟犬，曰'及汝子之长以赐之'。夫儿何说以赐翟犬？"当道者曰："儿，主君之子也。翟犬，代之先也。主君之子，其必有代。及主君之后嗣，且有革政而胡服，并二国于翟。"简子问其姓而延之以官，当道者曰："臣野人，致帝命耳。"遂不见。无几，范、中行作乱，简子灭之，此熊罴之效应也。

王利器校注：《风俗通义校注》，中华书局2011年版，第34页

淮南王安神仙

俗说：淮南王安，招致宾客方术之士数千人，作《鸿宝》《苑秘》枕中之书，铸成黄白，白日升天。

谨按《汉书》："淮南王安，天资辨博，善为文辞，孝武以属诸父，甚尊之。招募方伎怪迂之人，述神仙黄白之事，财殚力屈，无能成获。乃谋叛逆，克皇帝玺，丞相、将军、大夫已下印，汉使符节法冠。赵王彭祖、列侯让等议曰：'安废法，行邪僻，诈伪心，以乱天下，营惑百姓，背叛宗庙。《春秋》无将，将而必诛。安罪重于将，反形已定，图书印及他逆无道事验明白。'丞相弘、廷尉汤以闻，上使宗正以符节治王。安自杀，太子诸所与谋皆收夷，国除为九江郡。"亲伏白刃，与众弃之，安在其能神仙乎？安所养士，或颇漏亡，耻其如此，因饰诈说。后人吠声，遂传行耳。

王利器校注：《风俗通义校注》，中华书局2011年版，第115页

禊

谨按《周礼》："男巫掌望祀望衍，旁招以茅；女巫掌岁时，以祓除衅浴。"禊者，洁也。春者，蠢也，蠢蠢摇动也。《尚书》："以殷仲春，厥民析。"言人解析也。疗生疾之时，故于水上衅洁之也。巳者，祉也，邪疾已去，祈介祉也。

王利器校注：《风俗通义校注》，中华书局2011年版，第382页

怪　神

礼：天子祭天地、五岳、四渎，诸侯不过其望也。大夫五祀，士门户，庶人祖。盖非其鬼而祭之，谄也。又曰："淫祀无福。"是以隐公将祭钟巫，遇贼蔿氏。二世欲解淫神，阎乐劫弑。仲尼不许子路之祷，而消息之节平。荀罃不从《桑林》之祟，而晋侯之疾间。

由是观之，则淫躁而畏者，灾自取之，厥咎响应。反诚据义，内省不疚者，物莫能动。祸转为福矣。《传》曰："神者，申也。怪者，疑也。"孔子称土之怪为坟羊。《论语》："子不语怪力乱神。"故采其晃著者曰怪神也。

世间多有见怪惊怖以自伤者

谨按《管子书》："齐公出于泽，见衣紫衣，大如毂，长如辕，拱手而立。还归，寝疾，数月不出。有皇士者见公，语惊曰：'物恶能伤公，公自伤也。此所谓泽神委蛇者也，唯霸主乃得见之。'于是桓公欣然笑，不终日而病愈。"

予之祖父郴为汲令，以夏至日谒见主簿杜宣，赐酒。时北壁上有悬赤弩，照于杯，其形如蛇。宣畏恶之，然不敢不饮，其日便得胸腹痛切，妨损饮食，大用羸露，攻治万端，不为愈。后郴因事过至宣家，窥视，问其变故，云畏此蛇，蛇入腹中。郴还听事，思惟良久，顾见悬弩，必是也。则使门下史将铃下侍徐扶辇载宣，于故处设酒，杯中故复有蛇，因谓宣："此壁上弩影耳，非有他怪。"宣意遂解，甚夷怿，由是瘳平，官至尚书，历四郡，有威名焉。

王利器校注：《风俗通义校注》，中华书局2011年版，第388页

世间多有恶梦变难必效

谨按《晏子春秋》："齐景公病水十日，夜梦与二日斗而不胜。晏子朝，公曰：'吾梦与二日斗，寡人不胜，我其死也？'晏子对曰：'请召占梦者。'立于闺，使以车迎召占梦者。至，曰：'曷为见召？'晏子曰：'公梦与二日斗，不胜，恐必死也。'占梦者曰：'请反具书。'晏子曰：'无反书，公无所病。病者阴也。日者阳也。一阴不胜二阳，公病将已。'居三日，公病大愈，且赐占梦者。曰：'此非臣之功也，晏子教臣对也。'公召晏子，将赐之。晏子曰：'占梦者以臣之言对，故有益也。使臣身言之，则不信矣。此占梦者之力也，

臣无功焉。’公召吏而使两赐之。晏子不为夺人之功，占梦者不蔽人之能。”

王利器校注：《风俗通义校注》，中华书局2011年版，第392页

会稽俗多淫祀

会稽俗多淫祀，好卜筮，民一以牛祭，巫祝赋敛受谢，民畏其口，惧被祟，不敢拒逆。是以财尽于鬼神，产匮于祭祀。或贫家不能以时祀，至竟言不敢食牛肉，或发病且死，先为牛鸣，其畏惧如此。

王利器校注：《风俗通义校注》，中华书局2011年版，第401页

鲍君神

谨按：汝南鲖阳有于田得麏者，其主未往取也。商车十余乘经泽中行，望见此麏著绳，因持去。念其不事，持一鲍鱼置其处。有顷，其主往，不见所得麏，反见鲍鱼，泽中非人道路，怪其如是，大以为神，转相告语，治病求福，多有效验。因为起祀舍，众巫数十，帷帐钟鼓，方数百里皆来祷祀，号鲍君神。其后数年，鲍鱼主来历祠下，寻问其故，曰：“此我鱼也，当有何神。”上堂取之，遂从此坏。傅曰：“物之所聚斯有神。”言人共奖成之耳。

王利器校注：《风俗通义校注》，中华书局2011年版，第403页

李君神

谨按：汝南南顿张助于田中种禾，见李核，意欲持去，顾见空桑中有土，因殖种，以余浆溉灌。后人见桑中反复生李，转相告语。有病目痛者息荫下，言“李君令我目愈，谢以一豚”。目痛小疾，亦行自愈。众犬吠声，因盲者得视，远近翕赫，其下车骑常数千百，酒肉滂沲。间一岁余，张助远出来还，见之，惊云；“此有何神，乃

我所种尔。”因就斮也。

王利器校注：《风俗通义校注》，中华书局2011年版，第405页

石贤士神

谨按：汝南汝阳彭氏墓路头立一石人，在石兽后。田家老母到市买数片饵，暑热行疲，顿息石人下小瞑，遗一片饵去，忽不自觉。行道人有见者。时客适会，问因有是饵？客聊调之：“石人能治病，愈者来谢之。”转语：“头痛者摩石人头，腹痛者摩其腹，亦还自摩，他处放此。”凡人病自愈者，因言得其福力，号曰贤士。辎辇毂击，帷帐绛天，丝竹之音，闻数十里。尉部常往护视，数年亦自歇，沫复其故矣。

王利器校注：《风俗通义校注》，中华书局2011年版，第406页

世间多有亡人魄持其家语声气，所说良是

夫死者，澌也，鬼者，归也；精气消越，骨肉归于土也。夏后氏用明器，殷人用祭器，周人兼用之，视民疑也。子贡问孔子：“死者其有知乎？”曰：“赐，尔死自知之，由未晚也。”董无心云：“杜伯死，亲射宣王于镐京。”予以为桀、纣所杀，足以成军，可不须汤、武之众。古事既察，且复以今验之，人相啖食，甚于畜生，凡菜肝鳖虾，尚能病人。人用物精多，有生之最灵者也，何不芥蒂于其胸腹而割裂之哉？犹死者无知审矣，而时有汉直为狗鼠之所为。

王利器校注：《风俗通义校注》，中华书局2011年版，第409页

释　名

刘　熙

刘熙（生卒年不详），字成国，北海（今山东昌乐）人，著名经

学家、训诂学家。著作有《释名》《孟子注》，后者已亡佚。《释名》的特点是“譬况假借，以证音字”，显著影响了后世训诂学因声求义的研究理路。

厉，疾气也，中人如磨厉伤物也。

疫，役也，言有鬼行疫也。

毕沅疏证：《释名疏证》，中华书局1985年版，第19页

体，第也，骨肉毛血表里大小相次第也。

躯，区也，是众名之大总若区域也。

形，有形象之异也。

身，伸也，可屈伸也。

毛，貌也，冒也，在表所以别形貌，且以自覆冒也。

毕沅疏证：《释名疏证》，中华书局1985年版，第51页

皮，被也，被覆体也。

肤，布也，布在表也。

肌，幪也，肤幕坚幪也。

骨，滑也，骨坚而滑也。

肕，枝也，似木之枝格也。

肉，柔也。

筋，靳也，肉中之力气之元也，靳固于身形也。

膜，幕也，幕络一体也。

血，涉也，出于肉流而涉涉也。

毕沅疏证：《释名疏证》，中华书局1985年版，第52页

脓，醲也，汁醲厚也。

汁，涕也，涕涕而出也。

津，进也，汁进出也。

汋，泽也，有润泽也。

汗，涅也，出在于表涅涅然也。

髓，遗也，遗潰也。

发，拔也，拔擢而出也。

囟，峻也，所生高峻也。

髦，冒也，覆冒头颈也。

毕沅疏证：《释名疏证》，中华书局1985年版，第53页

眉，媚也，有妩媚也。

头，独也，于体高而独也。

首，始也。

面，漫也。

额，鄂也，有垠鄂也，故幽州人谓之鄂也。

角者，生于额角也。

頞，鞍也，偃折如鞍也。

目，默也，默而内识也。

眼，限也，童子限限而出也。

毕沅疏证：《释名疏证》，中华书局1985年版，第54页

睫，插也，接也，插于眼匡而相接也。

童子，童重也。肤幕相裹重也。子，小称也，主谓其精明者也，或曰牟子。牟，冒也，相裹冒也。

鼻，嘒也，出气嘒嘒也。

口，空也。

颊，夹也，两旁称也，亦取挟敛食物也。

舌，泄也，舒泄所当言也。

齿，始也，少长之别始乎此也。以齿食多者，长也；食少者，幼也。牙，摅牙也，随形言之也。

毕沅疏证：《释名疏证》，中华书局1985年版，第55页

颐，养也，动于下止于上，上下咀物以养人也。或曰辅车，言其骨强所以辅持口也。或曰牙车，牙所载也。或曰颔车，颔，含也，口含物之车也。或曰颊车，亦所以载物也。或曰鼸车，鼸鼠之食积于颊，人食似之，故取名也。凡系于车皆取在下载上物也。

毕沅疏证：《释名疏证》，中华书局1985年版，第56页

耳，耏也，耳有一体属著两边耏耏然。

唇，缘也，口之缘也。

吻，免也。入之则碎，出则免也。又取抆也，漱唾所出，恒加抆拭，因以为名也。或曰口卷也，可以卷制食物使不落也。鼻下曰立，人取立于鼻下，狭而长，似人立也。

口上曰髭。髭，姿也，为姿容之美也。

毕沅疏证：《释名疏证》，中华书局1985年版，第57页

口下曰承浆。承水浆也。

颐下曰须。须，秀也。物成乃秀，人成而须，生也。亦取须体干，长而后生也。

在颊耳旁曰髯，随口动摇髯髯然也。

其上连发曰鬓。鬓，滨也。滨，厓也。为面额之崖岸也。

鬓曲头曰距。距，矩也，言曲似矩也。

项，确也，坚确受枕之处也。

颈，俓也，俓挺而长也。

毕沅疏证：《释名疏证》，中华书局1985年版，第58页

咽，咽物也。或谓之嚶，在颐下缨理之中也。青徐谓之脰，物投其中，受而下之也，又谓之嗌气，所流通阨要之处也。

胡，互也。在咽下垂，能敛互物也。

胸，犹啌也，啌气所冲也。

臆，犹抑也，抑气所塞也。

毕沅疏证：《释名疏证》，中华书局1985年版，第59页

膺，壅也，气所壅塞也。

腹，複也，富也，肠胃之属。以自裹盛，复于複之，其中多品似富者也。

心，纤也，所识纤微无物不贯也。

肝，干也。于五行属木，故其体状有枝干也，凡物以木为干也。

肺，勃也，言其气勃郁也。

脾，裨也，在胃下裨助胃气主化谷也。

肾，引也。肾属水，主引水气灌注诸脉也。

胃，围也，围受食物也。

毕沅疏证：《释名疏证》，中华书局1985年版，第60页

肠，畅也，通畅胃气去滓秽也。

脐，剂也，肠端之所限剂也。自脐以下曰水，腹小汋所聚也，又曰少腹。少，小也，比于脐以上为小也。

胞，脬也，脬空虚之言也。主以虚承水汋也，或曰膀胱，言其体短而横广也。

阴，荫也，言所在荫翳也。

胁，挟也，在两旁臂所挟也。

肋，勒也，检勒五脏也。

毕沅疏证：《释名疏证》，中华书局1985年版，第61页

膈，塞也，隔塞上下，使气与谷不相乱也。

腋，绎也，言可张翕寻绎也。

肩，坚也。甲，阖也，与胸胁皆相会阖也。

臂，裨也，在旁曰裨也。

肘，注也，可隐注也。

腕，宛也，言可宛屈也。

掌，言可以排掌也。

手，须也，事业之所须也。

毕沅疏证：《释名疏证》，中华书局1985年版，第62页

节，有限节也。

爪，绍也。筋极为爪，绍续指端也。

背，倍也，在后称也。

脊，积也，积续骨节终上下也。

尾，微也，承脊之末稍微杀也。

要，约也，在体之中约结而小也。

髋，缓也，其腋皮厚而缓也。

臀，殿也，高厚有殿遝也。

尻，廖也，尻所在廖牢深也。

毕沅疏证：《释名疏证》，中华书局1985年版，第63页

枢，机也，要髀股动摇如枢机也。

髀，卑也，在下称也。

股，固也，为强固也。

膝，伸也，可屈伸也。

脚，却也，以其坐时却在后也。

胫，茎也，直而长似物茎也。

膝头曰膊。膊，团也，因形团而名之也。

或曰蹁，蹁，扁也，亦因形而名之也。

足，续也，言续胫也。

趾，止也，言一进一止也。

毕沅疏证：《释名疏证》，中华书局1985年版，第64页

蹄，底也，足底也。

踝，确也。居足两旁硗确然也，亦因其形踝踝然也。

足后曰跟，在下方著地一体任之象木根也，又谓之踵。踵，钟也，钟，聚也，体之所钟聚也。

毕沅疏证：《释名疏证》，中华书局1985年版，第65页

脉，摘，犹谪，摘也。如医别人脉知疾之意见事者之称也。

疾，病，疾，疾也，客气中人。急，疾也。病，并也。与正气并在肤体中也。

疹，诊也，有结聚可得诊见也。

毕沅疏证：《释名疏证》，中华书局1985年版，第245页

疚，久也，久在体中也。

痛，通也，通在肤脉中也。

痒，扬也，其气在皮中欲得发扬，使人搔发之而扬出也。

毕沅疏证：《释名疏证》，中华书局1985年版，第246页

眩，县也，目视动乱如悬物摇摇然不定也。

历，﨎﨎从耳鼻中出，历历然也。

秃，无发沐，秃也。髡头生创也，头有创曰疡，髡亦然也。

毕沅疏证：《释名疏证》，中华书局1985年版，第247页

盲，茫也，茫茫无所见也。

瞽，鼓也，瞑瞑然，目平合于鼓皮也。

矇，有眸子而失明。蒙，蒙无所别也。

瞍，缩坏也。

瞎，迄也，肤幕迄迫也。

毕沅疏证：《释名疏证》，中华书局1985年版，第248页

眸子明而不正，曰通视。言通达目匡一方也，又谓之丽，视丽，离也。言一目视天，一目视地，目明分离，所视不同也。

目匡陷急曰眇。眇，小也。目眥伤赤曰䁾。䁾，末也。创在目两末也。

目生肤入眸子曰浸。浸，侵也，言侵明也，亦言浸淫转大也。

毕沅疏证：《释名疏证》，中华书局1985年版，第249页

聋，笼也，如在蒙笼之内，听不察也。

鼻塞曰鼽，鼽，久也，涕久不通，遂至窒塞也。

龋，齿朽也，虫啮之齿缺朽也。

瘖，唵然无声也。

瘿，婴也，在颈婴喉也。

痈，喉气著，喉中不通，蓄成痈也。

毕沅疏证：《释名疏证》，中华书局1985年版，第250页

消潵，潵也，肾气不周于胸，胃中津润，消渴故欲得水也。

呕，伛也，将有所吐。脊，曲伛也。

欬，刻也，气奔至出入不平，调若刻物也。

毕沅疏证：《释名疏证》，中华书局1985年版，第251页

喘，湍也，湍疾也，气出入湍疾也。

吐，泻也。故扬豫以东，谓泻为吐也。

乳痈曰妒。妒，褚也，气积褚不通，至肿溃也。

心痛曰疝。疝，诜也，气诜诜然上而痛也。

脴，否也，气否结也。

毕沅疏证：《释名疏证》，中华书局1985年版，第252页

小儿气结曰哺。哺，露也。哺而寒露，乳食不消，生此疾也。

注病，一人死一人复得气相灌注也。

泄利，言其出，漏泄而利也。下重而赤白，曰𦝫，言厉𦝫而难也。

阴肿曰隤气下隤也，又曰疝，亦言诜也。诜，诜引小腹急痛也。

毕沅疏证：《释名疏证》，中华书局1985年版，第253页

疼，痹也，气疼，疼然，烦也。

痔，食也，虫食之也。

酸，逊也，逊遁在后也。言脚疼力少行，遁在后，似逊遁者也。

消，弱也，如见割削筋力弱也。

毕沅疏证：《释名疏证》，中华书局1985年版，第254页

懈，解也，骨节解缓也。

厥，逆气从下厥起上行入心胁也。

疟，酷虐也。凡疾或寒或热耳，而此疾先寒后热，两疾似酷虐者也。

疥，齘也，痒搔之齿䶗齘也。

癣，徙也，浸淫移徙处日广也，故青徐谓癣为徙也。

胗，展也，痒搔之捷展起。

毕沅疏证：《释名疏证》，中华书局1985年版，第255页

肿，钟也，寒热气所钟聚也。

痈，壅也，气壅否结裹而溃也。

痳，懔也，小便难懔懔然也。

疮，戕也，戕毁体使伤也。

毕沅疏证：《释名疏证》，中华书局1985年版，第256页

痍，侈也，侈开皮肤为创也。

瘢，漫也，生漫故皮也。

痕，根也，急相根引也。

瘤，流也，血流聚所生瘤肿也。

赘，属也，横生一肉属著体也。

肬，丘也，出皮上聚高如地之有丘也。

毕沅疏证：《释名疏证》，中华书局1985年版，第257页

驳五经异义

郑　玄

郑玄（127年—200年），字康成，北海郡高密县（今山东高密）人，汉代大儒，著名的经学大师。郑玄突破家派，兼通今古文经，遍注儒家经典，著书百万余言，是汉代经学的集大成者。唐代，郑玄配享孔庙。郑玄的代表性著作有《周礼注》《仪礼注》《礼记注》等多种学术著作。

异义：今文《尚书》欧阳说："肝，木也；心，火也；脾，土也；肺，金也；肾，水也。"古《尚书》说："脾，木也；肺，火也；心，土也；肝，金也；肾，水也。"谨按《月令》春祭脾，夏祭肺，季夏祭心，秋祭肝，冬祭肾，与古《尚书》说同。

驳曰："月令祭四时之位，及其五脏之上下次之耳。冬位在后，而肾在下；夏位在前，而肺在上；春位小前，故祭先脾；秋位小却，故祭先肝。肾也、脾也，俱在鬲下；肺也、心也、肝也，俱在鬲上。祭者必五，故有先后焉。不得同五行之气，今医病之法，以肝为木，心为火，脾为土，肺为金，肾为水，则有瘳也。若反其术不死为剧。"

郑玄著：《驳五经异义》，景印文渊阁四库全书本，台湾商务印书馆1986年版，第303页

易纬通卦验

郑　玄

夫卦之效也，皆指时，卦当应他卦气，及至其灾，各以其冲应之，此天所以示告于人者也。

干，西北也，主立冬，人定，白气出直干，此正气也。气出右，万物半死，气出左，万物伤。

干气不至，则立夏有寒，伤禾稼，万物多死，人民疾疫，应在其冲。

郑玄著：《易纬通卦验》，景印文渊阁四库全书本，台湾商务印书馆1986年版，第889页

震，东方也，主春分，日出，青气出直震，此正气也。气出右，万物半死，气出左，蛟龙出。

震气不至，则岁中少雷，万物不实，人民疾热，应在其冲。

郑玄著：《易纬通卦验》，景印文渊阁四库全书本，台湾商务印书馆1986年版，第890页

巽，东南也，主立夏，食时青气出直巽，此正气也。气出右，风橛木，气出左，万物伤，人民疾湿。

郑玄著：《易纬通卦验》，景印文渊阁四库全书本，台湾商务印书馆1986年版，第890页

巽气退，则盲风至，万物不成，湿伤人民。

郑玄著：《易纬通卦验》，景印文渊阁四库全书本，台湾商务印书馆1986年版，第891页

离，南方也，主夏至，日中，赤气出直离，此正气也。气出右，万物半死，气出左，赤地千里。

离气不至，则无日光，五穀不荣，人民病目痛，冬无冰，应在

其冲。

郑玄著：《易纬通卦验》，景印文渊阁四库全书本，台湾商务印书馆1986年版，第891页

兑，西方也，主秋分日，白气出直兑，此正气也。气出右，万物不生，气出左，则虎害人。

兑气不至，则岁中多霜，草木枯落，人民疥瘙，应在其冲。

郑玄著：《易纬通卦验》，景印文渊阁四库全书本，台湾商务印书馆1986年版，第891页

凡此阴阳之云，天之云，天之便气也，坎、震、离、兑为之，每卦六爻，既通于四时，二十四气人之四支，二十四脉亦存于期。故其当至不至，则万物大旱，大豆不为，人足太阴脉虚，多病振寒。未当至而至，则人足太阴脉盛，多病暴逆，胪张心痛，大旱应在夏至。

小寒合冻，虎始交，祭蚍垂首，曷旦入空，晷长丈二尺四分，仓阳云出平，南仓北黑。当至不至，则先小旱，后小水，人手太阴脉虚，人多病喉痹。未当至而至，则人手太阴脉盛，人多热，来年麻不为。

大寒雪降，草木多生心，鹊始巢。晷长丈一尺八分，黑阳云出心，南黑北黄。当至不至，则旱后水，麦不成，人足少阴脉虚，多病蹶逆，惕善惊。未当至而至，则人足少阴脉盛，人多病，上气嗌肿，应在大暑。

立春雨水降，条风至，雉雊鸡乳，冰解，杨柳樟。晷长丈一尺二分，青阳云出房，如积水。当至不至，则兵起，来年麦不成，人足少阳脉虚，多病疫疟。未当至而至，则人足少阳脉盛，人多病粟疾疫，应在立秋。

雨水，冻冰释，猛风至，獭祭鱼，鸧鹒鸣，蝙蝠出。晷长九尺一寸六分，黄阳云出亢，南黄北黑。当至不至则旱，麦不为，人手少阳脉虚，人多病心痛。未当至而至，则人手少阳脉盛，人多病目。应在处暑。

惊蛰，雷候应北，晷长八尺二寸，赤阳云出翼，南赤北白。当至不至，则雾，稚禾不为，人足太阳脉虚，人多疫病疟。未当至而至，则人足太阴脉盛，多病痈疽胫肿，应在白露。

春分，明庶风至，雷雨行，桃始花，日月同道。晷长七尺二寸四分，正阳云出张，如积鹄。当至不至，先旱后水，岁恶，重来不为，人手太阳脉盛，人多病痹痛。未当至而至，人手太阳脉虚，人多病疠疥，身痒，应在秋分。

清明，雷鸣，雨下，清明风至，元鸟来。晷长六尺二寸八分，白阳云出，南白北黄。当至不至，菽豆不为，人足阳明脉虚，人多病疥虚，振寒洞泄。未当至而至，人足阳明脉盛，人多病温暴死，应在寒露。

谷雨，田鼠化为鴽。晷长五尺三寸二分，太阳云出张，上如车盖，不如薄。当至不至，水物稻等不为，人足阳明脉虚，人多病痈疽疟，振寒霍乱。未当至而至，人足阳明脉盛，人多病温，黑肿，应在霜降。

立夏，清明风至而暑，鹄声蜚，电见早出，龙升天。晷长四尺三寸六分，当阳云出觜，紫赤如珠。当至不至则旱，五穀大伤，牛畜病，人手阳明脉虚，多病寒热，齿龋。未当至而至，人手阳明脉盛，多病头肿嗌，喉痹，应在立冬。

小满雀子蜚蝼蛄鸣，晷长三尺四寸，上阳霍七星，赤而饶。当至不至，多凶言，有大丧。先水后旱，人足太阳脉虚，人多病满筋，急痹痛。未当至而至，人足太阳脉盛，人多病冲气肿。

芒种，蚯蚓出。晷长二尺四分，长阳云集赤，如曼曼。当至不至，多凶言，国有狂令，人足太阳脉虚，多病血痹。应在大雪。未当至而至，人足太阳脉盛，多蹶眩头痛痹。应在大雪。

夏至景风至，暑且湿，蝉鸣，螳螂生，鹿解角，木茎荣。晷长四寸八分，少阴云出，如水波崇崇。当至不至，邦有大殃，阴阳并伤，口干嗌痛。未当至而至，人手阳脉盛，多病肩痛，应在冬至。

小暑，云五色出，伯劳鸣，虾蟇无声。晷长二尺四寸四分，黑阴云出，南黄北黑。当至不至，前小水，后小旱，有兵，人足阳明脉虚，多病泄注腹痛。未当至而至，人足阳明脉盛，多病胪肿，应在小寒。

大暑，雨湿，半夏生。晷长三尺四寸，阴云出，南赤北仓。当至不至，外兵作，来年饥，人手少阳脉虚，多病筋痹胸痛。未当至而至，人手少阳脉盛，多病胫痛恶气。应在大寒。

立秋，凉风至，白露下，虎啸，腐草为嗌，蜻蚓鸣。晷长四尺三寸六分，浊阴云出，上如赤缯，列下黄弊。当至不至，暴风为灾，年岁不入人，足少阳脉虚，多病疠，少阳气中寒，白芒芒。未当至而至，人足少阳脉盛，多病咳嗽上气咽喉肿。应在立春。

处暑雨水，寒蝉鸣。晷长五尺三寸二分，赤阴云出，南黄北黑。当至不至，国有淫令，四方兵起，人手太阴脉虚，多病胀，身热，来年麦不为。未当至而至，人手太阴脉盛，多病胀，身热不汗出。应在雨水。

白露，云气五色，蜻蛚上堂，鹰祭鸟，燕子去室，鸟雌雄别，晷长六尺二寸八分，黄阴云出，南黑北黄。当至不至，六畜多伤，人足太阴脉虚，人多病痤疽泄。未当至而至，人足太阴脉盛，多病心胀闭痔瘕。应在惊蛰。

秋分，风凉惨，雷始収，鸷鸟击，元鸟归，昌盍风至。晷长七尺二寸四分，白云出，南黄北白。当至不至，草木复荣，人手少阳脉虚，多病温悲心痛。未当至而至，人手少阳脉盛，多病胁鬲痛。应在春分。

寒露，霜小下，秋草死，众鸟去。晷长八尺二寸，正阳云出，如冠缨。当至不至，来年穀不成，六畜鸟兽被殃，人足蹶阴脉虚，多病疪疼腰痛。不当至而至，人足蹶，阴脉盛，多病痛，　中热。应在清明。

霜降候雁南向，豺祭兽，霜大下，草禾死。晷长九尺一寸六分，太阳云出，上如羊，下如磻石。当至不至，万物大耗，来年多大风，人足蹶，阴脉虚，多病腰痛。未当至而至，人足蹶，阴脉盛，多病喉风肿。应在榖雨。

立冬，不周风至，始冰，荠麦生，宾爵入水为蛤。晷长丈一寸二分，阴云出接。当至不至，地气不藏，立夏反寒，早旱晚水，万物不成，人手少阳脉虚，多病温心烦，未当至而至，人手少阳脉盛，多病臂掌痛，应在立夏。

小雪，阴寒，熊罴入穴，雉入水为蜃，晷长丈一尺八分，阴云出而黑。当至不至，来年五穀伤，蚕麦不为，人心主脉虚，多病肘腋痛。未当至而至，人心主脉盛，人多病腹耳痛，应在小满。

大雪，鱼负冰，雨雪。晷长丈二尺四分，长云出，黑如介。当至不至，温气泄，夏蝗生，大水，人手心主脉虚，多病少气五疸水肿。未当至而至，人手心主脉盛，多病痈疽肿痛，应在芒种。

圣人仰取象于天，俯取法于地，以知阴阳、精微所应。故日者，众阳之精也，天所以照四方，因以立定二十四气，始于冬至，终于大雪，周天三百六十五日分之一阴一阳，分之各得八十二日有奇，分为普，得九十一日有奇，四正分而成八节，节四十五日二十一分，八节各三分，各得十五日七分，而为一气也。分满三十二为一日，令备，或为复。二十四气，其复合于晷。应其法，皆先复之二日，左同右。

郑玄著：《易纬通卦验》，景印文渊阁四库全书本，台湾商务印书馆1986年版，第893页

易　林

焦延寿

焦延寿（生卒年不详），睢阳（今河南商丘）人。焦延寿长于《易经》的研究，其自称易学于孟喜，其弟子京房更是汉代著名的易学大师。焦延寿今存著作有《易林》。

坤之无妄

延颈无望，眯为目病。不见叔姬，使伯心忧。

芮执俭著：《易林注译》，敦煌文艺出版社2001年版，第21页

坤之大过

瘤瘿秃疥，为身疮害。疾病癃残，常不远逮。

芮执俭著：《易林注译》，敦煌文艺出版社2001年版，第22页

屯之颐

冬华不实，国多盗贼；疾病难医，鬼哭其室。

芮执俭著：《易林注译》，敦煌文艺出版社2001年版，第38页

蒙之履

踝踵足伤，右指病痈。失旅后时，利走不归。

芮执俭著：《易林注译》，敦煌文艺出版社2001年版，第51页

蒙之贲

招祸致凶，来弊我邦。病在手足，不得安息。

芮执俭著：《易林注译》，敦煌文艺出版社2001年版，第53页

需之巽

晋平有疾，迎医秦国。病乃大患，分为两竖。逃匿膏肓，和不能愈。

芮执俭著：《易林注译》，敦煌文艺出版社2001年版，第75页

师之大有

鸿雁翩翩，始怨劳苦。灾疫病民，鳏寡愁忧。

芮执俭著：《易林注译》，敦煌文艺出版社2001年版，第97页

师之益

刖根烧株，不生肌肤。病在心腹，日以焦枯。

芮执俭著：《易林注译》，敦煌文艺出版社2001年版，第103页

师之小过

邻不我顾，而望玉女。身多癞疾，谁肯媚者。

芮执俭著：《易林注译》，敦煌文艺出版社2001年版，第106页

泰之讼

踝踵足伤，左指病痈。失旅后时，利走不来。

芮执俭著：《易林注译》，敦煌文艺出版社2001年版，第159页

大有之大壮

瘿瘤疡疹，为身疮害。疾病癃痾，常不危殆。

芮执俭著：《易林注译》，敦煌文艺出版社2001年版，第210页

观之讼

日暗不明，谗夫在堂。右臂疾痹，君失其光。

芮执俭著：《易林注译》，敦煌文艺出版社2001年版，第294页

噬嗑之睽

邻不我顾，而求玉女。身多疣癞，谁当媚者？

芮执俭著：《易林注译》，敦煌文艺出版社2001年版，第315页

噬嗑之益

斧斤所斫，疮痏不息。针石不施，下即空室。

芮执俭著：《易林注译》，敦煌文艺出版社2001年版，第315页

剥之随

猕猴冠带，盗载非位。家犬共吠，仓走蹶足。

芮执俭著：《易林注译》，敦煌文艺出版社2001年版，第341页

剥之蛊

剥蛊黍稷禾稻，垂亩方好。中旱不雨，伤风病槁。

芮执俭著：《易林注译》，敦煌文艺出版社2001年版，第341页

复之井

乌鸣葭端，一呼三颠。动摇东西，危而不安。灵祝祷祉，疾病无患。

芮执俭著：《易林注译》，敦煌文艺出版社2001年版，第363页

复之革

天厌禹德，命兴汤国。祓社衅鼓，以除民疾。

芮执俭著：《易林注译》，敦煌文艺出版社2001年版，第363页

复之节

簪短带长，幽思穷苦。瘠貌小瘦，以疾疾降。

芮执俭著：《易林注译》，敦煌文艺出版社2001年版，第365页

无妄之师

火起上门，不为我残。跳脱东西，独得生完；不利出邻，病疾忧患。

芮执俭著：《易林注译》，敦煌文艺出版社2001年版，第371页

无妄之小畜

鳅虾去海，游于枯里。街巷迫狭，不得自在。南北四极，渴馁成疾。

芮执俭著：《易林注译》，敦煌文艺出版社2001年版，第372页

颐之需

履危无患，跳脱独全。不利出门，伤我左膝。疾病不食，鬼哭其室。

芮执俭著：《易林注译》，敦煌文艺出版社2001年版，第404页

颐之大畜

谗以内安，不利其国。室家大惧，幽囚重闭。疾病多求，罪乱愦愦。

芮执俭著：《易林注译》，敦煌文艺出版社2001年版，第408页

颐之晋

两虎争斗，股疮无处。不成仇雠，行解却走。

芮执俭著:《易林注译》，敦煌文艺出版社2001年版，第409页

大过之无妄

风怒漂木，女惑生疾。阳失其服，阴孽为贼。

芮执俭著:《易林注译》，敦煌文艺出版社2001年版，第423页

离之贲

平公有疾，迎医秦国。和不能愈，晋人赴告。

芮执俭著:《易林注译》，敦煌文艺出版社2001年版，第454页

离之大壮

绥德孔明，履禄久长。贵且有光，疾病忧伤。

芮执俭著:《易林注译》，敦煌文艺出版社2001年版，第456页

咸之晋

周成之隆，越裳夷通。疾病多祟，鬼哭其公。狼子野心，宿客不同。

芮执俭著:《易林注译》，敦煌文艺出版社2001年版，第471页

恒之讼

履不容足，南山多棘。毋出房闺，乃无病疾。

芮执俭著:《易林注译》，敦煌文艺出版社2001年版，第481页

恒之咸

簪短带长，幽思苦穷。瘠蠡小瘦，以病之瘥。

芮执俭著:《易林注译》，敦煌文艺出版社2001年版，第486页

恒之大壮

朽根枯株，不生肌肤。病在心腹，日以焦枯。

芮执俭著：《易林注译》，敦煌文艺出版社2001年版，第486–487页

恒之艮

南山昊天，刺政闵身。疾病无辜，背憎为仇。

芮执俭著：《易林注译》，敦煌文艺出版社2001年版，第490页

恒之渐

苍耳东从，道顿跂踦。日辰不良，病为祟祸。

芮执俭著：《易林注译》，敦煌文艺出版社2001年版，第490页

遁之需

三首六目，政多烦惑。皋陶瘖聋，乱不可从。

芮执俭著：《易林注译》，敦煌文艺出版社2001年版，第497页

大壮之损

出门望东，伯仲不来。疾病为患，使母忧叹。

芮执俭著：《易林注译》，敦煌文艺出版社2001年版，第520页

晋之比

黍稷禾稻，垂秀方造。中旱不雨，伤风病槁。

芮执俭著：《易林注译》，敦煌文艺出版社2001年版，第528页

晋之既济

出入门所，与道开通。杞梁之信，不失日中。少季渡江，来归其邦，疾病危亡。

芮执俭著：《易林注译》，敦煌文艺出版社2001年版，第539页

明夷之乾

贱履寒冰，十步九寻。虽有苦痛，不为忧病。

芮执俭著：《易林注译》，敦煌文艺出版社2001年版，第542页

明夷之比

深谷为陵，衰者复兴。乱倾之国，民得安息。中妇病因，遂入冥室。

芮执俭著：《易林注译》，敦煌文艺出版社2001年版，第543页

家人之剥

骑龙乘凤，上见神公。彭祖受刺，王乔赞通。巫咸就位，拜寿无穷。

芮执俭著：《易林注译》，敦煌文艺出版社2001年版，第560页

睽之大畜

匿病不医，乱政伤灾。纣作淫虐，商破其墟。

芮执俭著：《易林注译》，敦煌文艺出版社2001年版，第575-576页

睽之中孚

南向陋室，风雨并入。尘埃积湿，王母盲痹。偏枯心疾，乱我家次。

芮执俭著：《易林注译》，敦煌文艺出版社2001年版，第582-583页

蹇之噬嗑

火起上门，不为我残。跳脱东西，独得生完。不利出邻，病疾忧患。

芮执俭著：《易林注译》，敦煌文艺出版社2001年版，第591页

解之大过

三耳六齿，痛疾不已。龋病蠹缺，堕落其宅。

芮执俭著：《易林注译》，敦煌文艺出版社2001年版，第607页

损之晋

铅刀切玉，坚不可得。尽我筋力，胝茧为疾。

芮执俭著：《易林注译》，敦煌文艺出版社2001年版，第623页

损之渐

呼精灵来，魄生无忧。疾病瘳愈，解我患愁。

芮执俭著：《易林注译》，敦煌文艺出版社2001年版，第626页

损之中孚

邻不顾我，而望玉女。身疾疮癞，谁肯媚者？

芮执俭著：《易林注译》，敦煌文艺出版社2001年版，第628页

损之未济

阴注阳疾，水离其室。舟楫大作，伤害黍稷。民饥于食，亦病心腹。

芮执俭著：《易林注译》，敦煌文艺出版社2001年版，第628页

益之姤

土阶明堂，礼让益兴。雄雌相得，使我无疾。

芮执俭著：《易林注译》，敦煌文艺出版社2001年版，第640页

萃之节

针头刺手，百病瘳愈。抑按扪灸，死人复起。

芮执俭著：《易林注译》，敦煌文艺出版社2001年版，第687页

升之讼

衰老困极，无齿不食。痔病痏瘵，就长夜室。

芮执俭著：《易林注译》，敦煌文艺出版社2001年版，第692页

升之否

时凋岁霜，君子疾病。宋女无辜，郑受其殃。

芮执俭著：《易林注译》，敦煌文艺出版社2001年版，第693页

困之解

阴淫寒疾，水流其室。舟楫大作，伤害黍稷。民饥于食，不无病厄。

芮执俭著:《易林注译》，敦煌文艺出版社2001年版，第714页

困之鼎

踝踵足伤，右指病疡。失旅后时，利走不来。

芮执俭著:《易林注译》，敦煌文艺出版社2001年版，第715页

鼎之贲

肿胫病腹，陷厕污辱。命短时极，孤子哀哭。

芮执俭著:《易林注译》，敦煌文艺出版社2001年版，第756页

震之需

刖根枯株，不生肌肤。病在于心，日以焦枯。

芮执俭著:《易林注译》，敦煌文艺出版社2001年版，第769页

艮之复

筑阙石颠，立基泉源。病疾不安，老孤为邻。

芮执俭著:《易林注译》，敦煌文艺出版社2001年版，第787页

艮之夬

虙除善疑，难为攻医。骥穷盐车，困于衔箠。

芮执俭著:《易林注译》，敦煌文艺出版社2001年版，第791页

渐之益

筑阙石巅，立基泉源。疾病不安，老孤无邻。

芮执俭著:《易林注译》，敦煌文艺出版社2001年版，第806页

归妹之姤

履不容足，南山多叶。家有芝兰，乃无病疾。

芮执俭著：《易林注译》，敦煌文艺出版社2001年版，第821页

丰之豫

病笃难医，和不能治。命期终讫，下即蒿里。

芮执俭著：《易林注译》，敦煌文艺出版社2001年版，第832页

旅之蒙

封豕沟渎，灌溃国邑。火宿口中，民多疾病。

芮执俭著：《易林注译》，敦煌文艺出版社2001年版，第845页

兑之蛊

疮痍多病，宋公危殆。吴子巢门，陨命失所。

芮执俭著：《易林注译》，敦煌文艺出版社2001年版，第877页

涣之屯

两犬争斗，股疮无处。不成仇雠，行解却去。

芮执俭著：《易林注译》，敦煌文艺出版社2001年版，第889页

小过之困

骚骚扰扰，不安其类。疾在颈项，凶危为忧。

芮执俭著：《易林注译》，敦煌文艺出版社2001年版，第941页

太平经

于 吉

于吉（生卒年不详），东汉末年人，道家代表人物，相传《太平经》为其所作。

修一却邪法

天地开辟贵本根，乃气之元也。欲致太平，念本根也；不思其根名大烦，举事不得，灾并来也。此非人过也，失根基也。离本求末，祸不治，故当深思之。

夫一者，乃道之根也，气之始也，命之所系属，众心之主也。当欲知其实，在中央为根，命之府也。故当深知之，归仁归贤使之行。

人之根处内，枝叶在外，令守一皆使还其外，急使治其内，追其远，治其近。守一者，天神助之；守二者，地神助之；守三者，人鬼助之。四五者，物佑助之。故守一者延命，二者与凶为期，三者为乱治，守四五者祸日来。深思其意，谓之知道。

故头之一者，顶也；七正之一者，目也；腹之一者，脐也；脉之一者，气也；五藏之一者，心也；四肢之一者，手足心也；骨之一者，脊也；肉之一者，肠胃也。能坚守，知其道意，得道者令人仁，失道者令人贪。

于吉撰，杨寄林译注：《太平经》，中华书局2013年版，第47–50页

以乐却灾法

悬象还，凶神往。夫人神乃生内，反游于外，游不以时，还为身害；即能追之以还，自治不败也。追之如何？使空室内傍无人，画象随其藏色，与四时气相应，悬之窗光之中而思之。上有藏象，下有十乡，卧即念，以近悬象，思之不止，五藏神能报二十四时气，五行神且来救助之。万疾皆愈。男思男，女思女，皆以一尺为法，随四时转移。春，青童子十；夏，赤童子十；秋，白童子十；冬，黑童子十；四季，黄童子十二。

二十五神人真人共是道德正行法。阳变于阴，阴变于阳，阴阳相得，道乃可行。

于吉撰，杨寄林译注：《太平经》，中华书局2013年版，第56–58页

守一明法

守一明之法，长寿之根也，万神可祖，出光明之门。守一精明之时，若火始生时，急守之勿失。始正赤，终正白，久久正青，洞明绝远复远，还以治一，内无不明也，百病除去。守之无懈，可谓万岁之术也。守一明之法，明有日出之光，日中之明，此第一善得天之寿也。

于吉撰，杨寄林译注：《太平经》，中华书局2013年版，第65页

解承负诀

凡人有三寿，应三气：太阳、太阴、中和之命也。上寿一百二十，中寿八十，下寿六十。百二十者，应天大历一岁，竟终天地界也。八十者，应阴阳分别八偶等应地，分别应地，分别万物，死者去，生者留。六十者，应中和气，得六月《遁》卦。遁者，逃亡也，

故主死生之会也。如行善不止，过此寿谓之度世。行恶不止，不及三寿，皆夭也。

胞胎及未成人而死者，谓之无辜承负先人之过。多头疾者，天气不悦也；多足疾者，地气不悦也；多五内疾者，是五行气战也；多病四肢者，四时气不和也；多病聋盲者，三光失度也；多病寒热者，阴阳气忿争也；多病愦乱者，万物失所也；多病鬼物者，天地神灵怒也；多病温而死者，太阳气杀也；多病寒死者，太阴气害也；多病卒死者，刑气太急也；多病气胀或少气者，八节乖错也。

于吉撰，杨寄林译注：《太平经》，中华书局2013年版，第93-96页

阙　题

真人问曰："凡人何故数有病乎？"神人答曰："故肝神去，出游不时还，目无明也；心神去不在，其唇青白也；肺神去不在，其鼻不通也；肾神去不在，其耳聋也；脾神去不在，令人口不知甘也；头神去不在，令人眴冥也；腹神去不在，令人腹中央甚不调，无所能化也；四肢神去，令人不能自移也。

夫神、精，其性常居空闲之处，不居污浊之处也。欲思还神，皆当斋戒，悬象香室中，百病消亡。不斋不戒，精、神不肯还反人也，皆上天共诉人也，所以人病积多，死者不绝。"

于吉撰，杨寄林译注：《太平经》，中华书局2013年版，第115-116页

真人云：人之精、神，常居空闲之处，不居污浊之间也。欲思还精，皆当斋戒香室中，百病自除。不斋戒，则精、神不肯返人也。皆上天共诉人，所以人病积多，死者不绝。"

于吉撰，杨寄林译注：《太平经》，中华书局2013年版，第118页

事死不得过生法

“真人言是也，固大已失天道真实，远复远矣。今真人说尚如此，俗人冥冥是也，失天法明矣。”

“何谓也？唯天师。”“然。人生象天，属天也；人死象地，属地也。天，父也；地，母也，事母不得过父。生人，阳也；死人，阴也，事阴不得过阳。阳，君也；阴，臣也，事臣不得过君。事阴反过阳，则致逆气，事小过则致小逆，大过则致大逆，名为逆气，名为逆政。其害使阴气胜阳，下欺其上，鬼神邪物大兴，共乘人道，多昼行不避人也。今使疾病不得绝，列鬼行不止也。其大咎在此。子知之邪？子知之耶？”

于吉撰，杨寄林译注：《太平经》，中华书局2013年版，第185–186页

起土出书诀

“唯唯。今或有起土反吉无害者，何也？”“善哉，子之问也。皆有害，但得良善土者，不即病害人耳。反多四方得其凶，久久会且害人耳。得恶地者，不忍人可为，即害之也，复并害远方。”“何也？”“是比若良善肠之人也，虽见冤，能强忍须臾，心不忘也，后会害之；恶人不能忍，须臾交行。”

“善哉善哉!今地身体积巨，人比于地，积小小，所为复小不足道，何乃能疾地乎哉？”“善哉，子之难也。天使子分别不明此。”“以何知之？”“以其言大惓惓。子今欲云何，心中悃悒，欲言乃快。天地神精居子腹中，敬子趣言，子固不自知也。凡人所欲为，皆天使之。诺，不敢有可匿也，子明德。”“唯唯。”

于吉撰，杨寄林译注：《太平经》，中华书局2013年版，第405–406页

“今子言：人小小，所动为不能疾地。今大人躯长一丈，大十

围，其齿有龋虫，小小不足道，合人齿。大疾当作之时，其人啼呼交，且齿久久为堕落悉尽。夫人比于天地大小，如此虫害人也。齿尚善金石，骨之坚者也；夫虫，但肉耳，何故反能疾是子？人之疾地，如此矣。子知之邪？行，真人复更明开耳。”“唯唯。”

于吉撰，杨寄林译注：《太平经》，中华书局2013年版，第408页

“夫人或有长出丈身，大出十围，疽虫长不过一寸，其身小小积小，不足道也，居此人皮中，旦夕凿之，其人病之，乃到死亡。夫人与地大小，比若此矣。此虫积小，何故反贼杀此人乎？真人其为愚暗，何故大剧也，将与俗人相似哉?”“实不及。”“子尚不及，何言凡人乎?”“有过有愚，唯天师，愿闻不及业，幸为愚生竟说其意。” “诺，不匿也。吾知天地病之剧，故口口语子也。行，复为子说一事，使子察察重明知之。”“唯唯。”

“今大丈夫力士，无不能拘制疥虫。小小不足见也，有一斗所共食此人，病之疾，痛不得卧，剧者著床。今疥虫蚤虱小小，积众多，共食人，蛊虫者杀人，疥虫蚤同使人烦懑，不得安坐，皆生疮疡。夫人大小比于地，如此矣。宁晓解不?”“唯唯。”

于吉撰，杨寄林译注：《太平经》，中华书局2013年版，第409-410页

“行，今子或见吾所说，如不足以为法也，今为子言之。人虽小，其冤愁地形状，使人昭然自知，深有过责，立可见也。今一大里有百户，有百井；一乡有千户，有千井；一县有万户，有万井；一郡有十万户，有十万井；一州有亿户，有亿井。大井一丈，中井数尺，小井三尺，今穿地下著黄泉。天下有几何哉?或一家有数井也。今但以小井计之，十井长三丈，百井长三十丈，千井三百丈，万井三千丈，十万井三万丈。天下有如此者凡几井乎？穿地皆下得水，水乃地之血脉也。今穿子身，得其血脉，宁疾不邪？今是一亿井者，广从凡几何里？子自详计之，天下有几何亿井乎哉？故人为冤天地已明矣。

“子贼病其母，为疾甚剧，地气漏泄，其病人大深，而人不爱不怜之，反自言常冤天地何不纯调也？此不反邪？是尚但记道诸井耳。今天下大屋丘陵冢，及穿凿山阜，采取金石，陶瓦竖柱，妄掘凿沟渎，或闭塞壅阏，当通而不得通有几何乎？今是水泉，或当流，或当通，又言闭塞穿凿之几何也？

“今水泉当通，利之乃宣，因天地之利渎，以高就下。今或有不然，妄凿地形，皆为疮疡；或有塞绝，当通不通。王治不和，地大病之，无肯言其为病疾痛者。地之精神，上天告诉不通，日无止也，天地因而俱不说喜，是以太和纯气难致也。真人宁解不邪？”

“唯唯。今人生天地之间，会当得室庐以自盖，得井饮之，云何乎？”“善哉，子之言也。今天不恶人有室庐也，乃其穿凿地大深，皆为疮疡，或得地骨，或得地血。”“何谓也？”“泉者，地之血；石者，地之骨也；良土，地之肉也。洞泉为得血，破石为破骨，良土深凿之，投瓦石坚木于中为地壮。地内独病之，非一人甚剧。”

“今当云何乎？”“地者，万物之母也，乐爱养之，不知其重也。比若人有胞中之子，守道不妄穿凿其母，母无病也；妄穿凿其母而往求生，其母病之矣。人不妄深凿地，但居其上，足以自彰隐而已，而地不病之也，大爱人，使人吉利。”

“今愿闻自彰隐多少而可？”“凡动土入地，不过三尺，提其上。”“何止以三尺为法？”“然。一尺者，阳所照，气属天；二尺者，物所生，气属中和；三尺者，属及地身，气为阴；过此而下者，伤地形，皆为凶。”

“古者穴居云何乎？”“同贼地形耳。多就依山谷，作其岩穴因地中，又少木梁柱于地中，地中少柱，又多倚流水，其病地少微，故其人少病也。后世不知其过，多深贼地，故多不寿。”“何也？”“此剧病也。”

穿地见泉，地之血也；见石，地之骨也；土，地之肉也。取血，破骨，穿肉，复投瓦石坚木于地中，为疮。地者，万物之母也，而患省若此，岂得安乎？凡人居母身上，亦有障隐多少。穿地一尺，为阳所照，炁属天；二尺者，物之所生，炁属中和；三尺者及地身，阴；过此已往，皆伤地形也。

今天不恶人有庐室也，乃恶人穿凿地太深，皆为创伤，或得地骨，或得地血者。泉是地之血也，石为地之骨也。地是人之母，妄凿其母，母既病愁苦，所以人固多病不寿也。凡凿地动土，入地不过三尺为法：一尺者，阳所照，气属天也；二尺者，物所生，气属中和也；三尺者及地身，气属阴；过此而下者，伤地形，皆为凶也。古者依山谷岩穴，不兴梁柱，所以其人少病也。后世贼土过多，故多病也。

“今时时有近流水而居，不凿井，固多病不寿者，何也?”“此天地既怒，及其比伍，更相承负。比若一家有过，及其兄弟也。”

“今人或有不动土，有所立，但便时就故舍，自若有凶，何也?”“是者行不利犯神。”“何神也?”“神非一，不可豫名也。真人晓邪?”“唯唯。”“是故人居地上，不力相教为善，故动作，过反相及也，是者冤。”

于吉撰，杨寄林译注：《太平经》，中华书局2013年版，第412–426页

“今人或大远流水，会当得井水饮之乃活，当云何乎?”“善哉，子之言也。然。有故井者，宜使因故相与共饮之，慎无数易之；既易，宜填其故，塞地气，无使发泄。饮地形，令地衰，不能养物也。填塞故，去中壮。”“何谓也?”“谓井中瓦石材木也，此本无今有，比若人身中有奇壮，以为病也。”“可核哉！可核哉！卿不及天师详问之，不但知是。”

于吉撰，杨寄林译注：《太平经》，中华书局2013年版，第422–423页

“今天师既开通愚生，示以天忌，愿复乞问一疑事：今河海下田作室庐，或无柱梁，入地法三尺，辄得水，当云何哉?”“善乎，子之问也。此同为害耳，宜复浅之。此者，地之薄皮也，近地经脉。子欲知其效，比若人，有厚皮难得血，血出亦为伤矣；薄皮者易得

血，血出亦为伤，俱害也。故夫血者，天地之重信效也。夫伤人者，不复道其皮厚与薄也，见血为罪名明白。夫人象天地，不欲见伤，伤之则怒，地何独欲乐见伤哉？夫天地，乃人之真本，阴阳之父母也，子何从当得伤其父母乎？真人宜深念是于赤心。愚人或轻易，忽然不知，是为大过也。”

“今子当得饮食于母，故人穿井而饮之，有何剧过哉？子言已失天心明矣。今人饮其母，乃就其出泉之处，故人乳，人之泉坼也，所以饮子处，比若地有水泉可饮人也。今岂可无故穿凿其皮肤，而饮其血汁邪？真人难问，甚无意。”

于吉撰，杨寄林译注：《太平经》，中华书局2013年版，第425页

上善臣子弟子为君父师得仙方诀

“诺，然，夫上善之臣子民之属也，其为行也，常旦夕忧念其君王也。念欲安之，心正为其疾痛，常乐帝王垂拱而自治也，其民臣莫不象之而孝慈也。其为政治，但乐使王者安坐而长游，其治乃上得天心，下得地意，中央则使万民莫不欢喜，无有冤结失职者也。跂行之属，莫不向风而化为之，无有疫死者，万物莫不尽得其所。天地和合，三气俱悦，人君为之增寿益算，百姓尚当复为帝王求奇方殊术，闭藏隐之文莫不为其出，天下响应，皆言：‘咄咄善哉！未尝有也。’上老到于婴儿，不知复为恶，皆持其奇殊之方，奉为帝王，帝王得之，可以延年。皆惜其君且老，治乃得天心，天地或使神持负药，而告子之，得而服之，终世不知穷时也。是所谓为上善之臣子民臣之行所致也。真人宁晓知之不邪？”“唯唯。”

于吉撰，杨寄林译注：《太平经》，中华书局2013年版，第451-452页

“子可谓已觉矣。是故太古上皇帝第一之善臣民，其行如此矣。”“以何能求之，致此治正也？”“以此道。吾道正上古之第一之文也，真人深思其意，即得天心矣。吾敬受是于天心矣，而下为德君解灾

除诸害，吾畏天威，敢不悉其言？天且怒！吾属书于真人，疾往付归之上德君，得之以治，与天相似，与天何异哉？”

“善乎善乎！见天师言，承知天太平之平气真真已到矣。其所以致之者，文已出矣。乐哉复何忧？”“今民非子事，何故见善即喜，见恶则忧之乎？”“所以然者，善气至，即邪恶气藏，吾且常安，可无疾伤；夫恶气至，则善气藏，使吾畏灾不敢行。天下皆然，故吾见善则喜也。”“善哉，子之言也。”

“天师幸哀，已为说上善臣子民之法，愿复闻上孝之术。”“善哉，子难问也。然。上善第一孝子者，念其父母且老去也，独居闲处念思之，常疾下也。于何得不死之术，向可与亲往居之，贱财贵道活而已。思弦歌哀曲，以乐其亲，风化其意，使入道也，乐得终古与其居，而不知老也。常为求索殊方，周流远所也，至诚乃感天，力尽乃已也。其衣食财自足，不复为后世置珍宝也，反悉愁苦父母，使其守之。家中先死者，魂神尚不乐愁苦也，食而不求吉福，但言努力自爱于地下，可毋自苦，念主者也。是名为太古上皇最善孝子之行。四方闻其善，莫不遥为其悦喜，皆乐思象之也，因相仿效，为帝王生出慈孝之臣也。”

于吉撰，杨寄林译注：《太平经》，中华书局2013年版，第453-456页

“今天地实当有仙不死之法、不老之方，亦岂可得耶？”“善哉，真人问事也。然。可得也。天上积仙不死之药多少，比若太仓之积粟也；仙衣多少，比若太官之积布帛也；众仙人之第舍多少，比若县官之室宅也，常当大道而居。故得入天大道者，得居神灵之传舍室宅也。若人有道德居县官传舍室宅也。

“天上不惜仙衣不死之方，难予人也。人无大功于天地，不能治理天地之大病，通阴阳之气，无益于三光四时五行、天地神灵，故天不予其不死之方仙衣也。此者，乃以殊异有功之人也。子欲知其大效乎？比若帝王有太仓之谷，太官之布帛也。夫太仓之谷，几何斗斛？而无功、无道德之人，不能得其一升也；而人有过者，反入

其狱中，而正尚见治，上其罪之状，此明效也。

“今人实恶，不合天心，故天不具出其良药方也，反日使鬼神精物行考、笞击其无状之人。故病者不绝，死者众多也，比若县官治乱，则狱多罪人，多暴死者，此之谓。……”

于吉撰，杨寄林译注：《太平经》，中华书局2013年版，第463-465页

“故今天上积奇方仙衣，乃无亿数也，但人无大功，不可而得之耳。比若人有县官室宅、钱谷、布帛，常当大道而居，为家不逃匿也；而无功德者，不能得谷一斗、钱一枚、布帛一寸，此明效也。故太古中古以来，真道日衰少，故真寿仙方不可得也。而人过得独寿者，极是其天下之大寿人也。”

“何也？”“真道德多，则正气多，故人少病而多寿也；邪伪文多，则邪恶气多，故人多病而不得寿也，此天自然之法也。故古者三皇之臣多真道也，故其君多寿；五帝之臣少真道，故其君不若三皇之寿也；三王之臣复少真道，不能若五帝也；五霸之臣最上功伪文祸，无有一真道，故多夭死，是明效也。其中时时得寿者，极天下之寿人也。子重知之耶？”“唯唯。”

于吉撰，杨寄林译注：《太平经》，中华书局2013年版，第468-469页

急学真法

“天下之人，其志也常高，而其所成者反常下，不能应其所志念也。故夫上士，忿然恶死乐生，往学仙，勤能得寿耳，此上士，是尚第一有志者也；中士有志，疾其先人夭死，忿然往求道学寿，勤而竟其天年耳，是其第一坚志士也；其次疾病多而不得常平平，忿然往学可以止之者，勤能得复其故；已小困于病，病乃学想能禁止之，已大病矣；其次大病剧，乃求索道术可以自救者，已死矣。是故吾书教学人，乃以天长寿之法，旦夕自力为之，才得且平平耳。

如以平平之法学，凡人已入凶矣。”

于吉撰，杨寄林译注：《太平经》，中华书局2013年版，第544页

草木方诀

草木，有道有德而有官位者乃能驱使也，名之为草木方，此谓神草木也。治事立愈者，天上神草木也，下居地而生也；立延年者，天上仙草木也，下居地而生也。治事立诀愈者，名为立愈之方，一日而愈，名为一日而愈方；百百十十相应愈者是也。

此草木有精神，能相驱使，有官位之草木也。十十相应愈者，帝王草也；十九相应者，大臣草也；十八相应者，人民草也；过此而下者，不可用也，误人之草也。是乃救死生之术，不可不审详。

方和合而立愈者，记其草木，名为立愈方；一日而愈者，名为一日愈方；二日而治愈者，名为二日方；三日而治愈者，名为三日方。一日而治愈者方，使天神治之；二日而治愈者方，使地神治之；三日而治愈者方，使人鬼治之。不若此者，非天神方，但自草滋治之，或愈或不愈，名为待死方。慎之慎之。此救死命之术，不可易事，不可不详审也。

于吉撰，杨寄林译注：《太平经》，中华书局2013年版，第592页

生物方诀

生物行精，谓飞步禽兽跂行之属，能立治病。禽者，天上神药在其身中，天使其圆方而行。十十治愈者，天神方在其身中；十九治愈者，地精方在其身中；十八治愈者，人精中和神药在其身中。此三者，为天地中和阴阳行方，名为治疾使者，比若人有道而称使者神人神师也。

是者，天地人精鬼使之。得而十十百百而治愈者，帝王上皇神

方也；十九治愈者，王侯之神方也；十八治愈者，大臣白衣至德处士之神方也。各有所为出，以此候之，万不失一也。此三子，皆为天地人行神药以治病，天使其各受先祖之命，著自然之术其中，不得去也。比若凤凰麟麟，著德其身；比若蜂虿，著毒其身，此之谓也。

当深知天道至要意，乃能明天道性，有益于帝王治，使人不惑也。如不知要文，但言天下文书悉可用也，故十七中以下皆为邪，不与三瑞相应，为害甚深。故治十伤一者，不得天心意；十伤二者，不得地意；十伤三者，不得人意；十伤六七以下，皆为乱治，阴阳为其乖逆，神灵为其战斗。是故古者圣王帝主，虽居幽室，深惟思天心意，令以自全，自得长寿命。

吾书辞上下相集，厕以为文，贤明读之以相足，此乃救迷惑，使人长吉而远凶害，各当旦夕思其至要意，以全其身。夫古今百姓行儿歌诗者，天变动，使其有言；神书时出者，天传其谈，以付至德，救世失也。夫天道恶杀而好生，蠕动之属皆有知，无轻杀伤用之也。有可贼伤，方化，须以成事，不得已，乃后用之也。故万物芸芸，命系天，根在地，用而安之者在人。得天意者寿，失天意者亡，凡物与天地为常，人为其王。为人王长者，不可不审且详也。

于吉撰，杨寄林译注：《太平经》，中华书局2013年版，第600页

灸刺诀

灸刺者，所以调安三百六十脉，通阴阳之气而除害者也。三进六十脉者，应一岁三百六十日，日一脉持事，应四时五行而动，出外周旋身上，总于头顶，内系于藏，衰盛应四时而动移。有疾则不应度数，往来失常，或结或伤，或顺或逆，故当治之。

灸者，太阳之精，公正之明也，所以察奸除恶害也。针者，少阴之精也，太白之光，所以用义斩伐也。

治百中百，治十中十，此得天经脉谶书也，实与脉相应，则神为其驱使；治十中九失一，与阴脉相应，精为其驱使；治十中八，人道书也，人意为其使；过此而下，不可以治疾也，反或伤神。甲脉有病反治乙，名为恍惚，不知脉独伤绝。

故欲乐知天道神不，神相应与不也，直置一病人前，名为脉本文，比若书经道本文也，令众贤围而议其病。或有长于上，或有长于下，三百六十脉，各有可睹，取其行事常所长而治诀者以记之，十十中者是也，不中者皆非也。集众行事愈者，以为经书，则所治无不解诀者矣。

天道制脉，或外或内，不可尽得而知之也。所治处十十治诀，即是其脉会处也。人有小有大，尺寸不同，度数同等，常窅穴分理乃应也。道书古今积众，所言各异，名为乱脉也；阳脉不调，反治阴脉，使人被咎，贼伤良民，使人不寿。

脉乃与天地万物相应，随气而起，周者反始，故得其数者，因以养性，以知时气至与不也，本有不调者安之。古者圣贤，坐居清静处，自相持脉，视其往来度数至不便，以知四时五行得失，因反知其身衰盛，此所以安国、养身、全角者也，可不慎乎哉!

人惑随其无数灸刺，伤正脉，皆伤正气，逆四时五行，使有灾异；大人伤大，小人伤小，尽有可动、遥不居其处者，此自然之事也。是故古圣贤重之。圣帝王居其处，候脉行度，以占知六方吉凶，此所谓，以近知远，以内知外也，故为神要道也。

于吉撰，杨寄林译注：《太平经》，中华书局2013年版，第629页

神祝文诀

天上有常神圣要语，时下授人以言，用使神吏应气而往来也。人民得之，谓为神祝也。祝也，祝百中百，祝十中十，祝是天上神本文、传经辞也。

其祝有可使神伭为除疾，皆聚十十中者，用之所向无不愈者也。但以言愈病，此天上神谶语也。良师帝王所宜用也。集以为卷，因名为祝谶书也，是乃所以召群神使之，故十愈也。十九中者，真神不到中神到，大臣有也。十八中者，人神至，治民有也。此者，天上神语也，本以召呼神也，相名字时，时下漏地，道人得知之，传以相语，故能以治病。如使行人之言，不能治愈病也。

夫变事者，不假人须臾。天重人命，恐奇方难卒成，大医失经脉，不通死生重事，故使要道在人口中，此救急之术也。欲得此要言，直置一病人于前，以为祝本文。又各以其口中密秘辞前言，能即愈者，是真事也；不者，尽非也，应邪妄言也，不可以为法也。

或有用祝独愈而他傍人用之不决效者，是言不可记也，是者鬼神之长，人自然使也，名为孤言，非召神真道也。人虽天遥远，欲知其道真不是与非，相应和若合符者是也，不者非也。

于吉撰，杨寄林译注：《太平经》，中华书局2013年版，第635页

分别四治法

“谨更问天地何睹何见，时者欲一语言哉?”“实有可睹见，不空言也。天以安平为欢，无疾病，以上平为喜。故使人民皆静而无恶声，不战斗也，各居其所，则无病而说喜，则天言而不妄语也。若今使阴阳逆斗，错乱相干，更相贼伤，万物不得处其所，日月无善明，列星乱行，则天有疾病，悒悒不解，不传其言，则病不愈。故乱则谈，小乱小谈，大乱大谈。是故古今神真圣人为天使，受天心，主当为天地谈话。天地立事以来，前后以是为常法。故圣人文，前后为天谈语，为天言事也。”

于吉撰，杨寄林译注：《太平经》，中华书局2013年版，第694页

阙题（阴阳施法、劝物知道德诀）

人生备具阴阳，动静怒喜皆有时。时未牝牡之合也，是阴阳当主为生生之效也。天道三合而成，故子三年而行。三三为九，而和道究竟，未行牝牡之合，其中时念之，未能施也。

天数五，地数五，人数五。三五十五，而内藏气动。四五二十，与四时气合而欲施，四时者主生，故欲施生。五五二十五，而五行气足，而任施。五六三十而强，故天使常念施，以通天地之统，以传类。会三十年而免，老当衰，小止闭房内。天下蚑行之属，人象天地纯耳，其余不能也。

于吉撰，杨寄林译注：《太平经》，中华书局2013年版，第756页

大功益年书出岁月戒

人食五常之气，无所不禀，无所不依，无所不行，独何不奉知古有知人，相及逮乎？此为失善从恶，令命不全，何独而是耶？故天君言，有善有恶，善可令同？所以然者，当令有分别，不可自从。善当上行，恶当见刑，何得与善相及耶？以人意言之，亦为可知。自有当直之者，故设恶以分明天地四时五行之意，使知成生为重，增其命年。人得生成之道，承用其禁，不敢触忌。以是言之，天知愚人甚薄而无报复之意，逆天所施为。证天所施为，加人所施，行邪中类，反当活恶疾善也。故圣人知阴阳之会，贤人理其曲直，解其未知，使各自知分画，不相怨。善自命长，恶自命短，何可所疑所怨乎？人人为不如六畜、飞鸟走兽、水中物耶？以为人无状邪，天使然也。天同欲使为善耳，不欲令为恶也。如善恶同其苦乐耳，富贵寿老，天在上为，不能分别好丑，使无知人得气扬声，言我与汝曹等耳，行善何至用？是故进益善，令久生；其人薄者，念之等耳。比恶亡命，乃欲正悔过，见善与从事，见恶退止，日夜克躬思

省，所负既复，小生得与人等，虽不仙度，可竟所受，不中亡年，是为可矣。

俗人之所长须臾耳，不念久生可上及。知士有心，念索生，故不作恶耳。天见其善，使可安为，更求富有子孙，虽不尽得，尚有所望。何为作恶久灭亡？自以当可竟年，不知天遣神往记之，过无大小，天皆知之。簿疏善恶之籍，岁日月拘校，前后除算减年。其恶不止，便见鬼门。地神召问其所为，辞语同不，同复苦鬼治之，治后乃服。上名命曹上对，算尽当入土，愆流后生。是非恶所致邪？人何为不欲生乎？人无所照见乃如是，何所怨咎乎？同十月之子，独何为不善？施恶不息，安得久乎？愚士之计，壹何不与小善合乎？

行，复道小不急之事。凡人所为，各不同计，自以为可，所触所犯，皆欲得人利，人亦不欲利之。善利得生须臾，恶利不久。以善不久居地上也，故使有天地，知不乎？天使人为善，故生之；而反为恶，故使主恶之鬼久随之不解，有解不止，余鬼上之，辄生其事，故使随人不置也。知不乎？

于吉撰，杨寄林译注：《太平经》，中华书局2013年版，第1682–1687页

人命近在汝身，何为叩心仰呼天乎？有身不自清，当清谁乎？有身不自爱，当爱谁乎？有身不自成，当成谁乎？有身不自念，当念谁乎？有身不自责，当责谁乎？复思此言，无怨鬼神！见善白善，见恶白恶，皆不同也。复知之乎？辞小止。有恶不息，文书不绝，人没乃止，此戒可知。为恶自负其身耳，不负他人也，复知之乎？行顺所言，可思无离于心，离之为败，不可复理，与鬼同伍，何得活乎？念生得生，是为知；恶会当尽，不得久在，知之不乎？

行，复小说。人居天地之间，皆得为人，奈何忘天地恩乎？此为何等哉？其愚乃如是，不能改，何所复望乎？欲望天报，当自责恳恻，垂泪而行，言我蒙恩得为人，与万物绝殊，天使有异，能言能语，见好丑，知善恶，可不之事当自详慎。所言反天，辞令不奉顺，是为大逆不道之人，天安从得久与从事乎？故置凶神古观之。

还辞如所言，其人自不好善。天君言："前已有文书不绝，部主者下收其魂，骨肉付地主，不须时，恶人不可数闻。"故自损威怒，还就儒雅，改易其恶，采取众善，著之于内，以心置。心神言："我受天心教敕，使主随人心，其不得有小脱，善恶辄有傍神复得。"心神言益复悲楚："未知吉凶，故自恐在恶伍之部，日夜自惟，不知当所自置。故不敢有不善之意，唯诸神相假借，使得自责，不用神诫，被诛不恨。"天君遣大神下言："此人有自责悔过，不犯所禁，假之假之。后有不善，取之未晚。"见神言，日夜长息，恐身过未悉除，久不与太阳气通，而在死伍之部，益复笃，不知而何也。受敕未能通达，静于闲处自省，责过所负，以谢天地四时五行诸所部神。天君聆听，令自思。

惟上古之人，皆有知虑，不敢犯禁，自修自正，恐见有失，动辄为不承命，失其年。用是之故，不敢小解。过辄有罚首，以是自省自爱，敬重禁忌，不敢有违失意，复见责问，心常恐悸，怅然失气。负天心，言有小不称，是为文烦，辄考问实核。所言所信可，以得名誉；及其身无信久，亡人年。故复思念，不失我心，切怛恐怖，不敢自安。舍气而行，常自恋慕，贪与天地四时五行共承统而行，不敢有小过差。心自忿，当前后深知至意，不失其常。念恩不违精实，贪生望活，何有小恶闻上乎？

结躯行相承事，何敢有解意？恐不能得上至意，不知如何也，心益复悸切。自安无益，天寿难得，一失不可复还。远俗日久，而反中折，当顾望下，是令怅然，故自敕惶栗而已。常恐一旦大小不称见退，愁濡在心，自责自过。既蒙天恩，得展舒前命，饥渴之情不敢忘，得活而已。

诸大神哀省，录示元元，禀气于天厨，驾乘天气而行，薄所主防禁，众多不可有失亡。身虽鄙贱，不足荣宠，亦不以不肖故，能见嫌疑也。真以心求进索生，唯大神原省语言，使见四时五行生成，复见日月难报，想不见中弃。正营之人，不敢自远，倾倒枕席。

于吉撰，杨寄林译注：《太平经》，中华书局2013年版，第

1688–1695 页

天君闻之，大神戒圣人相对辞语，为有知之人，宜勿忽解。命可至无訾之寿。各还就所部，见善当进之。大神、圣人言："俱受天君教，尽力有效，有效不敢倦时也。"天君言："成人者为自成。""唯唯。"

惟上古得道之人，亦自法度未生有录籍。录籍在长寿之文，须年月日当升之时，传在中极，中极一名昆仑。辄部主者往录其人姓名，不得有脱。数使往动摇支节，屈申转倾，反复教戒敕，随神屈折，以药饮之，骨节开炼。虽不时相见者，知其可坚与不也，示之志不倾也。贪生恶色，思行天上之神，数使往实核，有岁数，乃令拜受不足之文，心言出辞，使知所行防禁，传示学者不用神文言自已。赍书且竟，神乃知，相对语言。亦连岁月，积千三百二十日，乃将与俱见大神，通元气，行自然。天君簿见，密敕所案行，不得有私相信，感心易意，行无失误。

于吉撰，杨寄林译注：《太平经》，中华书局2013年版，第1706–1707页

惟上古之人皆得天报应，有信可成，乃令受命，为神所护视，恐有毁缺，日夜占之。见为善，助其欢悦，不欲闻其恶，常置长寿之曹。心使为善，无有恶时，使有进善，有孝忠顺之意。所承所行，不敢以意，承教而行。人谓无知，我亦见知之；人有善大恩，有哀以思，力自喜加；人久见狐疑，尤恶先没。用是自损度自约，恐犯恶人，日夜惶惧，不知何如也。

天生人，知善恶，行善有信，天不欲令人有恶闻也。用是欲贪生恶死，亦不敢犯禁，如所妨害于身也。故因缘天气，得与通人之辞，语言自往来，知人情意。见其不善，而退自责，恐有文书，污名存其中也。如人当时意，加施于人，诚不敢对首理委曲，得自责所施。行不得人意，过多难除，故人来悔易势，当时锋通，以为命可再得也，不意天遣大神，占之尤恶，先入土。用是自慰隐忍，不敢当恶格。辞有小异意，既得天恩，假其须臾，使得苏息，长有活

之望，是天之部分也。以故得有分，意命不久存，用是之故，复益怅然，有惭恔之心，欲见天神，求哀教戒，照未知之事，防备未来，当与天心合，可得小如意。

贪上有计虑之人，并思善恶，得不见之敕，乃见大神，苦甘自道："生求俗之人，贪及上，以故自修自正，唯大神敕厉其不足，使觉寐，望戒左侧，唯大神哀省索生之人。"大神言："何惜禁戒乎？想自深知之。辞令各自吐写情实，但恐不如所言。且复谛之，计从心出，宜复熟念。"生言："皆感恐，既身及之，何敢不从心出乎？"大神言："如是为发，且复还静处，惟思之，有不足乃求。"

生言："禀知希疏少，未得大通著之戒也。匍匐须教，乃敢进见。"大神言："如欲尽精诚，有功可得及之。努力自念，从生以来功效所进，解先人承负。承负除解过尽，亦当上，何所疑也？且复慎所言，宜勿外意也。"生言："受敕见戒，不敢余力而不进善也。已善复恶，自与命戏耳。"大神言："善人也，宜复屈意。虽心劳命之日，当时微苦，用心不解，复后得福。""生受敕，诚归闲静处，思失自责。"大神言："思从中出，天神知之，勿倦也。""生以年穷尽乃止。"大神言："有行乃如是，何忧不前乎？"天君闻之，重敕大神："使欲进者观其所为，积岁月日，各令有部，有功当上，名须缺补。"

上古之人，心言口语，皆知人情，无文而治。表里外内，具见其信，各不相负。天有要令，犯者尤丑，辄见治问，责其过咎。用是之故，益复悸动恻然，念天恩所施行，使得全完为人，知好恶之义，人以此等念恩深厚，不知以何报之，但心思欲进，而有忠诚之信，所为所作，承奉不敢失小差，恐为众神所白，见过于上，有不竟年命之寿。以是益复感伤忧心，不敢自解，而望报施之意，实贪生，与诸天神共承天心。有善者，财小过除，竟其年耳。如有大功，增命益年，承事元气，合精华，照见所知，复受大恩，非辞所报，但独心不知如何也。唯诸大神共省哀，录不及教戒，使见知虑，知天上所施，禁忌众多，当辄相承，不得有失也。唯大神惟其不足，见戒不敢忘大分，受施不忘生恩意也。

于吉撰，杨寄林译注：《太平经》，中华书局2013年版，第1713-1719页

大神言："是语可知。天上之施，与中知地下傍行等耳。法律相应，无有差也。自有相教者，且随其主，勿逆而已。"生言："自分当戒也。法律虽同，而用心少得其意也，天心难知其诀。"大神言："是皆实无欺而已。乃豫知天君意所施为者，为上第一之人，可在天君左侧。有功劳赐赏，谦逊不敢尽受，益复竭尽筋力，用心乙密为大。故天君重复自面敕教人，是生之福也。所主众多，平心为行，是自可矣。"生言："不敢乃望在天君左侧也，见活而已。但思忠孝，顺理尽节，不敢受重赐，但恐无功耳。如小功效之日，令生身日明，长见生日久矣。但思无极，不敢有不思过须臾也。得见温言，心志饱满，大神与生同居，对治无思也。诚复受恩，出入上下，时小相戒，是大神之恩，不可中谢，但心意恋慕，常在心中，不敢解止。"天君闻之，知之士所行，莫不得愿也。常能自责过负，想不中恶，敕大神教戒之，使及上，勿倦也。

上善之人，皆生于自然，皆有历纪，著善籍之文，名之为善人之籍。常有善人之行，未尝有恶称，行止出入，辄闻善意，未尝有恶，故名善人。动辄进之于人众，奇为不见之物，得上于尊。尊者见之，或善其言，或贪其善行，或贪其诚，或贪其见爱，或贪其孝忠，或贪其久所言，或亦贪其见信，是善之善也，故名之为善。时见宠荣，复贪得长游，复贪得神仙，复贪得不死位，复贪使众神，是善人之贪也。

于吉撰，杨寄林译注：《太平经》，中华书局2013年版，第1721-1724页

天上之事，功劳有差。德人主知地之事，令民依仰，重见恩施，不能以时报之。德人为天行气上下中央不得其所者，人反轻天所施为，是正令天怒不止，神灵不爱人，侵夺年命，反自怨非天，是愚甚剧。故下神书，使住敕，为施禁固。既民不犯，有豫知来事，远恶趣善，不犯所禁，复得见天道所师化，无不从之化者。故使人主

为作羽翼，开导头尾，成其所为城郭，倬然可知。

知上及大化，并理元气，复知人事，是亦有禄有命之人，皆先知之。随人化可，得延之期，天亦爱之，善神随护，使不中恶，心使见善，恶者不得以为比等。故天重善，使得从愿，不侵不克如其平。殊能过善，天复增其命年，不危陷，是非大恩也？当报何疑？前有大善，所行合天心意，近之左侧，恶气不来，不敢视之，延命无穷。是恩难报，报之不以珍奇，但写心归诚，自实有信，不负所言，是为有报，为报为，知不乎？知善为善，见信行信，是人所长也，且宜照之，勿自疑。前有信人，已寿无极，化为神灵，所兼备足，功劳所致，复知之乎？故德人有知之士，所得上进，天甚爱之。不其文章，知命不怨天，行各自慎，勿非有邪，教人为善，复得天心意者，命自长。

事皆天君出，不得留止。俗人难化，化之以渐，无有卒暴。详慎所言，勿为神所记，各慎所部文书簿领，自有期度，勿相逾越。见善进之，见恶当改，勿有所疑。贪生之人，自不忘天所施为，故重之者，诚爱人之命耳。念善得善，寿不疑也。天君爱信，知不乎？详慎神文，勿以自试。天下之事，孝忠诚信为大，故勿得自放恣，复夺人算，不得久长。慎之慎之，勿懈也，懈为自疑耳。疑之自令不令，知不乎？知不乎？

于吉撰，杨寄林译注：《太平经》，中华书局2013年版，第1733–1736页

贪财色灾及胞中诫

神人之言，皆受天应，不得自怨。延命之期，上及为善，竟其天年，恶下入黄泉。思之思之勿妄传，恶者之人传得恶，被其患，死生异处，无敢有言。行不善，自勿怨，他人辄有注录之者，无所复怨。读书知意，戒慎神书，精物鬼使，皆有所因。有命家得见此文，慎无自伤，抵欺善人，天减人命。得疾有病，不须求助，烦医

苦巫，录籍当断，何所复疑。谛之念之，思之惟之，可无被患，患祸一及，不复救焉。

真人持此书，以示愚蒙，自改为善，勿恶书言。前后所说，皆复重焉，所以然者，死生易命，不语其禁令，无从得存，□□自然。唯当知真心意好文，当知所言，故使守一身躯，竟其天年。守一思过，复得延期。

天道亿万，少得其真，河图洛书，废者众多。所以然者，不信其文，少得仙度，便为俗人。今故因三神人之师，复感动其心者，神灵附人，不欲令地气召之。致详念，思惟其意，勿疑此文重复。神人之师，被受天教，故因有录籍之人，通达书意。

于吉撰，杨寄林译注：《太平经》，中华书局2013年版，第1815-1817页

七十二色死尸诫

古者知不敢犯之人，神数下，历之于天地；人无功，亦无望其报。贤圣之心，当照其书，卷卷有戒谶，恶人为逆。贪生者，天之所佑；贪养者，地之所助；贪仁者，人共爱之；过此而为恶，必得贼。天知其恶，故使凶神精鬼物待之，入人身中，外流四肢、头面、腹背、胸胁、七政，上白明堂，七十二色为见，是死之尸也。

五藏有病，其去有期。慎饮食，无为风寒所犯，随德出入，是竟年之寿。天贪人生，地贪人养，人贪人施，为恶其祸不救。故以天书告，令敕民无犯所禁。天气因人出辞，宜各洗去不纯之行，慎之勿忘，后将有喜，不者不须复存，□□如言。

于吉撰，杨寄林译注：《太平经》，中华书局2013年版，第1830-1831页

写书不用徒自苦诫

先时为恶，殃咎下及，故令生子必不良之日。或当怀妊之时，

雷电霹雳；弦望朔晦，血忌反支，以合阴阳，生子不遂，必有祸殃。

于吉撰，杨寄林译注：《太平经》，中华书局2013年版，第1842页

乐怒吉凶诀

“乐小具小得其意者，以乐人；中具中得其意者，以乐治；上具上得其意者，以乐天地。得乐人法者，人为其悦喜；得乐治法者，治为其平安；得乐天地法者，天地为其和。天地和，则凡物为之无病，群神为之常喜，无有怒时也。是正太平气至，具乐之悦喜也。”

……

“是故乐而得大角、上角之音者，青帝大喜，则仁道德出，凡物乐生。青帝出游，肝气为其无病，肝神精出见。东方之类其恶者悉除去，善者悉前助化，青衣玉女持奇方来赐人，是其明效也。真人详思此意。”“唯唯。”

于吉撰，杨寄林译注：《太平经》，中华书局2013年版，第1895–1896页

某　诀

行有疾苦，心中恻然，叩头医前，补写孝言。承事恭敬，以家所有，贡进上之，敬称其人。医工见是，心敬其人，尽意为求真药新好，分部谷，令可知。迎医解除，常垂涕而言，谢过于天，自搏求哀，叩头于地，不避瓦石泥涂之中，辄得令父母平安。

于吉撰，杨寄林译注：《太平经》，中华书局2013年版，第1907–1908页

有功天君敕进诀

天君闻之，是诸神各无所主正，见善有功之人，而不时白道之。

使者遣使神考积其行，大有功。是诸神各为无状，各无有功善而齐外心，以为天君不知，诸神各解辞，令自何用者？有益而已，各自安乎？谢诸神，各以识事免冠谢。言小神奉职，各平尽忠诚之心，而得问是罪无状，待死于门。

天君出教日，且待于外须敕，诸神伏地，自以当直危立也。教日敕诸神言，天君欲不惜诸神，且未忍相中伤，教谪于中和地上，在京洛十年，卖药治病，不得多受病者钱。谪竟，上者著闻曹，一岁有功，乃复故。诸神见天君贯不死之罪，才得薄谪，诚自知过失，自以摧折，不望其生，不忍有中伤之意，复以事谢。

于吉撰，杨寄林译注：《太平经》，中华书局2013年版，第1988–1990页

大寿诫

天喜善人，不用恶子，宜思书言，其文具足，可以自护，必得天福。可无久苦自愁，令忧满腹。复有忧气结不解，日夜愁毒大息，念在钱财散亡，恐不得久保，疾病连年，不离枕席，医所不愈，结气不解，计念之日夜羸劣，饭食复少，不能消尽谷，五藏不安，脾为不磨。是正在不全之部。短气饭食不下，家室视之，名为难活。

于吉撰，杨寄林译注：《太平经》，中华书局2013年版，第2010页

病归天有费诀

惟人居世之间，各有所宜，各有所成，各不夺其愿，随其所便安。自在所喜，商贾佃作，或欲为吏，及所医巫工师，各令得成，道皆有成，以给民可用。是天师化，何有不就？使自给口，当念奉天所行恩分之施，四时之报皆使不绝香洁而已。是为报天之恩。

行善日久，神灵所爱，是善行所致，何有不从者乎？故天常为其上，司人是非，使神往来，知人所为，善恶辄白，何有失者？知

知少，以为不然，故天为视其影响，使闻音，以是为效。风雨迟疾，皆使可知，何有疑者！

动作辄异，文墨相承，亦不失其法，人亦当知可不，安得自恣而不顺天乎？天亲受元气自然，从其教令，不敢小有违之意，恐其有失；而民所为功，犯天法，不避罗网是为，故天命以自诫，为当久生，可与善人等也。

中为人，得自在邪？故使神随恶行人之后，司其不当所为，辄以事白，过无大小，上闻于天。是自人过，何所怨天书？书有戒而不用，其行得病乃惶，岂可免焉？诚民之愚，何益于天，使神劳心烦苦。

医巫解除，欲得求生，不忘为过时？当为恶时，乃如是，何不即自悔责？已病乃求生，已后之，多亡。所有祷祭神灵，轻者得解，重者不贳，而反多征召、呼作诈病之神，为叩头自搏，欲求其生。文辞数通，定其死名，安得复脱？

医巫神家，但欲得人钱，为言可愈，多征肥美。及以酒脯呼召，大神从其寄，精神致，当脱汝死名籍；不自致，钱财殚尽，乃亡其命。神家求请，满三不下，病不得愈，何为复请？事祸必更有祸，责在其后。邪神称正神，狂行斩杀，不得其人而杀之。咎怨讼上至天，天君为理之，杀事神之家，子孙坐。为病者求福，欲令为救生，呼召不顺，反受其殃。

事邪神之家自言，我神正神者，教其语。邪神精物，何时敢至天君之前，而求请人乎？但费人酒脯枣馓之属！得病，反妄邪神之家得愈者，谓在不死之伍中，事未上过，可得蒙愈。此天自愈之，邪神之家何得名之，而言多愈人病乎？而责人肥美？

见邪神所为，则召令上之，考问藏罪。藏多罪大，便见不活。事神者，神不往来，人复不中，精神日竭，是邪神自其殃。神家得邪神余物，以给家口，肥美好衣，自以可久。神尝坐之，何望得活而寿乎？受神藏多，不可复贳，并亡其子孙，反言其过杀我子孙。或身亦望久，久亡户。人日当自正，可勿咎天。

今世之人，行甚愚浅，得病且死，不自归于天。首过自搏叩头，家无大小，相助求哀，积有日数，天复原之，假其日月，使得苏息。后复犯之，叩头无益。是为可知：努力为善，无入禁中，可得生活，竟年之寿；不欲为善，自索不寿，自欲为鬼，不贪其生，无可奈何也。

行慎所言，辞乐知，余者自计，勿枉所为。有病自归于天，可省资费，无为大烦。反举家怔忪，避舍远处，当死之人远何益？凶神随之，当可得脱不乎？愚人为行乃如是，宁能使命在不死之中？可勿避也。舍不杀人，家自衰耳。天神在上占之，欲何所至乎？中为不知汝处邪？

且慎所言，天致爱人，俗使人生，何时欲害杀人？故施禁法，使人不犯之耳。而自犯之，寿命从何得前？当思之思之，复念书言，可无自疑。书复小止，止后念之，当所道说者，复道之。

于吉撰，杨寄林译注：《太平经》，中华书局2013年版，第2028页

不承天书言病当解谪诫

惟念俗间之人甚独愚处，不念作孝顺事，而为反逆；不承大书言，而苟自薄；与人既无善，而恶数闻。处者致灾，中者衰落，下者见病，无有休息。是为恶施于人，令咎不容。

于吉撰，杨寄林译注：《太平经》，中华书局2013年版，第2030页

无状之人，结客合伍，劫取人财，其主不全。县官未得杀汝，天代诛罚，上自灭户，下流子孙。用是财故，而反不生，是计何一不纯！故数出此书文者，贵此不犯耳。今续犯之，尤处故，令死亡者多，天甚患之，故见其人。有心知者，自不犯之。今世俗人，了不可晓，视其寿书而不用其言，以为书不可信用也。不当见神仙之人，皆以孝善，乃得仙耳，其寿何极！

于吉撰，杨寄林译注：《太平经》，中华书局2013年版，第2035页

令世俗人亦自薄恩，复少义理，当前可意，各不惜其寿，纵横自在，以为无神。随疏之者众多，事事相关，及更明堂，拘校前后，上其姓名。主者任录，如过负辄白司官，司官白于太阴，太阴之吏取召家先去人，考掠治之，令归家言，咒诅逋负被过，行作无有休止，故遣病人。病人之家，当为解阴解谪，使得不作，谪解得除之；不解其谪，病者不止；复责作之，既不解已。以为不然，观其所行，皆有其人，多与少耳，是为可知。复慎其后，勿益其咎，乃为有知，可使无咎，无知自已。患福之间，未曾休止。

于吉撰，杨寄林译注：《太平经》，中华书局2013年版，第2040页

天咎四人辱道诫

“何谓也？愚生心结闭，未及之也。”“善哉，子之问乎！天使子言，详开耳目而听。夫天与道，不好施好生好称邪？为之何不卜卦赋药，有益于民人？而使神治人，病固止也。此三人也，皆得称师。不利天道，不敢淹污辱天道。夫天道不欺人也，常当务至诚。天道不欺，以欺，即其后久久，日凶衰矣。天之为道也，不乐淹污辱，不欲利人。

于吉撰，杨寄林译注：《太平经》，中华书局2013年版，第2169页

辛　部

请问不食而饱，年寿久久，至于遂存，此乃富国存民之道。

比欲不食，先以导命之方居前，因以留气。服气药之后，三日小饥，七日微饥，十日之外，为小成无惑矣，已死去就生也。服气药之后，诸食有形之物坚难消者，以一食为度；食无形之物，节少为善。百日之外可不食，名不穷之道，名为助国家养民，助天地食主。少者为吉，多者为凶，全不食亦凶，肠胃不通。通肠之法：一食为适，再食为增，三食为下，四食为肠张，五食饥大起，六食大

凶恶，百疾从此而生，至大饥年当死。节食千日之后，大小肠皆满，终无料也。令人病悉除去，颜色更好，无所禁防。

古者得道老者，皆由不食。君臣民足以安身心，理其职；富者足以存财，贫者足以度躯；君子行之，善乐岁，凶年不危亡。夫人曰有三命，而不自知。日三食乃生，朝不食，一命绝；昼不食，二命绝；暮不食，三绝；绝三日不食，九命绝。无匿物，无宝留，此由饥也。奸邪大起，悉从此始。用吾道，万事自理，吉岁可以兴利，凶年可以存民。常当忽带收肠，使利行步也。

于吉撰，杨寄林译注：《太平经》，中华书局2013年版，第2240–2243页

六事：臣知其君老，有天期而忧之，为其索殊方、大贤之助、异策内文，令君更得延年，是大功也。知而不能，反言吉凶者，其过大也。

于吉撰，杨寄林译注：《太平经》，中华书局2013年版，第2246页

八事：父母有疾，占相之，知能尽力竭精，有以救之。知而不救，天将大罚。九事：父母年老且尽，为子者知父母老期将至，为求贤师异方，令得丁强，孝子之宜也。此由食人之食，以食归之，而有大功也。

于吉撰，杨寄林译注：《太平经》，中华书局2013年版，第2247页

凡人腹中，各有天子，五气各有王者。天有五气，地有五位，其一气主行为王者，主执正凡事，居人腹中，自名为心。心则五藏之王，神之本根，一身之至也，主执为善。心不乐为妄，内邪恶也。凡人能执善，清静自居，外不妄求，端正内，自与腹中王者相见，谓明能还睹其心也。心则王也，相见必为延命，举事理矣；不得见王者，皆邪也，不复与王者相通，举事皆失矣，而复早终。

于吉撰，杨寄林译注：《太平经》，中华书局2013年版，第2256–2257页

说天地上下、中央八远邮亭所衣食止舍何等也。作道德而怀疑者，取决于此谶。今天上有官舍邮亭以候舍等，地上有官舍邮亭以

候舍等，八表中央皆有之。

天上官舍，舍神仙人。地上官舍，舍圣贤人。地下官舍，舍太阴善神善鬼。八表远近名山大川官舍，以舍天地间精神。人仙未能上天者，云中风中以舍。北极昆仑官舍邮亭，以候圣贤善神有功者。

道为首，德为腹，仁为足而行之，天设官舍邮亭，得而居之。欲得天力者行道，欲得地力者行德，欲得人力者行人。此三者，无穷之路；失此三者，乱之本也；不循此三者，名逆天。故圣人苞道德行仁，过此而言，属万物之行矣。

于吉撰，杨寄林译注：《太平经》，中华书局2013年版，第2303–2305页

子欲使后世常谨常信，自亲自爱，神明精气不得去离其身，则不知老，不知死矣。夫神明精气者，随意念而行，不离身形。神明常在，则不病不老，行不遇邪恶；若神明亡，病者立死，行逢凶恶，是大效也。人欲不病，宜精自守也。

凡事不过自然，自然中无精神，凡事皆不成；神不过大道与天地之性，中无大精神，尚皆不成，不能自全。故天地之道，据精神自然而行。故凡事大小，皆有精神，巨者有巨精神，小者有小精神。各自保养精神，故能长存。精神减则老，精神亡则死，此自然之分也，安可强争乎？

凡事安危，一在精神，故形体为家也，以气为舆马，精神为长吏，兴衰往来，主理也。若有形体而无精神，若有田宅城郭而无长吏也。夫长吏者，乃民之司命也。忠臣孝子，大顺之人所宜行也。夫人之身，而不忠于上，不孝其亲，是负其身，戮其刑，亡其本也。常思善，精神集来随人也；思恶，精神亦来集人也。乃入人腹中，随趋人所思，使悁悒不能忘之矣。

于吉撰，杨寄林译注：《太平经》，中华书局2013年版，第2309–2311页

请问胞中之子，不食而取气。在腹中，自然之气；已生，呼吸阴阳之气。守道力学，反自然之气；反自然之气，心若婴儿，即生

矣。随呼吸阴阳之气，即死矣。

于吉撰，杨寄林译注：《太平经》，中华书局2013年版，第2312页

壬部

请问从古到今，贤者明者、智者辩者、力者勇者，此六人皆有万倍之才，岂有善恶哉？此六人，悉有万倍人之才能，其才能安和天地，令使凡邪恶害之属不生，帝王长无忧而寿，身能自除其疾病，各竟其天年，恩流凡人，此贤明智辩力勇，大善有益矣。而不能共和天地，使帝王无忧而寿，而身有疾病，被灾不能祓去，或夭年而死，与凡人无别，此六人无益也。但效其成功，无复问也。成功者是也，不成功者非也。效事若此，深得皇天心意，帝王为之延年命，万物悉治也。”

于吉撰，杨寄林译注：《太平经》，中华书局2013年版，第2322页

君者，号也。吏者，治也，而助上治物，使凡民万物大小，不失其治，乃得称吏。师者，悉解天下辞悉，乃得称大师者，所谓能解天下天下文也。故得称皇、帝、王、君、师也。

故皇道为首，帝道为腹，王道为股，吏为手足，师道者绳墨，为法为则，上下相须而立。故善治者常念皇道，中念帝道，下念君吏吏道。

于吉撰，杨寄林译注：《太平经》，中华书局2013年版，第2333–2336页

天地之性，精气鬼神行治人、学人、教人。神者居人心阴，精者居人肾阴，鬼者居人肝阴。于人念正善，因教人为善；常居人藏阴，趋人为恶，教人为恶亦趋人为恶。古者贤人圣人，腹中常阴念为善，故得善应。凡人腹中常阴念恶，故得恶应，不能自禁。咎在常阴念善恶，鬼神因而趋善恶，安鬼于此可验矣。

于吉撰，杨寄林译注：《太平经》，中华书局2013年版，第2339页

问曰："古今要道，皆言守一，可长存而不老。""人知守一，名为无极之道。人有一身，与精神常合并也。形者乃主死，精神者乃主生，常合即吉，去则凶。无精神则死，有精神则生。常合即为一，可以长存也。常患精神离散，不聚于身中，反令使随人念而游行也。故圣人教其守一，言当守一身也。念而不休，精神自来，莫不相应，百病自除，此即长生久视之符也。"

"阳者守一，阴者守二，故名杀也。故昼为阳，人魂常并居；冥为阴，魂神争行为梦，想失其形，分为两，至于死亡，精神悉失，而形独在。守一者真，真合为一也。人生精神，悉皆具足，而守之不散，乃至度世，为良民父母，见太平之君，神灵所爱矣。"

于吉撰，杨寄林译注：《太平经》，中华书局2013年版，第2396–2398页

《三洞珠囊》卷四《绝粒品》引《太平经》第一百四十五云，问曰："上中下得道度世者，何食之乎？"答曰："上第一者食风气，第二者食药味，第三者少食，裁通其肠胃。"

又云：天之远而无方，不食风气，安能疾行，周流天之道哉？又当与神吏通功，共为朋，故食风气也。其次当与地精并力，和五土，高下山川，缘山入水，与地更相通，共食功，不可食谷，故饮水而行也。次节食为道，未成固象，凡人裁小别耳，故少食以通肠，亦其成道之人。

于吉撰，杨寄林译注：《太平经》，中华书局2013年版，第2399–2401页

神人真人圣人贤人、自占可行是与非法

人腹中有过，反面赤，何也？心者，五藏之主，主即王也。王主执正，有过乃白于天也。

惊即面青，何也？肝者主人，人者忧也，反核肝，胆为发怒，故上出青也。诸神皆有可主，以万物相应，故令人常自谨良而顺天地，而灾不得复起也。

于吉撰，杨寄林译注：《太平经》，中华书局2013年版，第2410–2411页

以自防却不祥法

顺用四时五行，外内思正，身散邪，却不祥，悬象而思守，行顺四时气，和合阴阳，罗纲政治鬼神，令使不得妄行害人。

立冬之后到立春，盛行用太阴气，微行少阳之气也。常观其意，何者病为人使。其神吏黑衣服，思之闲处四十五日，上至九十日，令人耳目聪明。

立春盛德在仁，气治少阳，王气转在东方，兴木行。其气弱而仁，其神吏青衣，思之幽闲处四十五日，至九十日，令人病消以留年。行不止，令人日行仁爱。春分已前，盛行少阳之气，微行太阳之气，以助少阳。观其意无疑，深思其意，百邪服矣。

立夏日盛德火，王气转在南方，太阳之气以中和治。其神吏用之，得其意，口中生甘。神吏赤衣，守之，百鬼去千里。夏至之日，盛德太阳之气，中和之气也。其神吏思之，可愈百病。季夏六月，盛德合治，王气转在西南，回入中宫。其神吏黄衣，思之令人口中甘。每至季，思之十八日。

立秋日盛德在金，王气转在西方，断成万物。其神吏白衣，思之四十五日，至九十日，可除病，得其意，令骨强老寿。秋分日少阴之气，微行太阴之气也。逆疾顺之。

立冬之日盛德在水，王气转在北方。其神吏黑衣，令人志达耳聪。守之四十五日，至九十日，百病除。此五行四时之气，内可治身，外可治邪，故天用之清，地用之宁，天用之生，地用之藏，人用之兴。能顺时气，忠臣孝子之谓也。此名大顺天地阴阳四时五行

之道，故道为仁贤出，不为愚者生矣。

于吉撰，杨寄林译注：《太平经》，中华书局2013年版，第2415–2422页

盛身却灾法

年十岁，二十年神；年二十，四十年神；年三十，六十年神；年四十，八十年神；年五十，百年神；年六十，百二十年神；年七十，百四十年神；年八十至百二十，神尽矣。少年神加，年衰即神灭，谓五藏精神也，中内之候也。

千二百二十善神为其使，进退司候，万神为其民，皆随人盛衰。此天地常理，若以神同城而善御之，静身存神，即病不加也，年寿长矣，神明祐之。

故天地立身以靖，守以神，兴以道，故人能清静，抱精神，思虑不失，即凶邪不得入矣。其真神在内，使人常喜，欣欣然不欲贪财宝，辩讼争，竞功名，久久自能见神。神长二尺五寸，随五行、五藏服饰。

君仁者道兴，君柔者德生。中心少有邪意，远方为之乱。神气周流，疾于雷电，急还神明，以自照内，故病自愈而人自治。故人生百二十上寿，八十中寿，六十下寿，过此皆夭折。此盖神游于外，病攻其内也。

于吉撰，杨寄林译注：《太平经》，中华书局2013年版，第2424–2426页

思本正行法

古之求寿不失其道者，天地有常行，不可离本也。故求安而长存者，慎无忘此道本元也。故画图以示后来。陈人物生、受命之时，久远以来到今，不失阴阳传类，更相生而久长，万万余世，不可阙也。一衰一盛，高下平也。盛而为君，衰即为民；盛即得道，衰即

受刑。

夫孝者，莫大存形，乃先人统也，扬名后世，此之谓善人谨民。天地爱之，五行功之，四时利之，百王任之，万民好之，鬼神祐之，五藏神留之。遇一得生，今且失之，离我神器，复为灰土，变化无常，复为万物矣。

于吉撰，杨寄林译注：《太平经》，中华书局2013年版，第2427–2428页

王者无忧法

大顺之路，使王者无忧无事致太平。夫天地不大动摇，风雨不横行，百神安其居，天下无灾矣。万物各居其处，则乐无忧矣。何以致之？仁使帝王常乐，道使无愁苦也。若帝王愁苦，即天下不安。夫帝王，天下心也；群臣，股肱也；百姓，手足也。心愁则股肱妄为，手足行运不休止，百姓流荡，是其自然相使也。天亦如是也，天失道，云气乱；地失道，不能藏矣。

王者与天相通。夫子乐其父，臣乐其君，地乐于天，天乐于道，然可致太平气。天气且一治，太上皇平且一下，天地和合。帝王且行吾道，何咎之有？道者，天之心，天之首。心首已行，其肢体宁得不来从之哉？

于吉撰，杨寄林译注：《太平经》，中华书局2013年版，第2444–2445页

还神邪自消法

神者主生，精者主养，形者主成。此三者，乃成一神器。三者法君臣民，故不可相无也。故心神动摇，使形不安。存之不置，利其可安，即留矣；不用其可安，即去矣。始学，用其可安之，教之久久，自都安不去矣。

阴气阳气更相摩砺，乃能相生。人气亦轮身上下，神、精乘之

出入。神、精有气，如鱼有水，气绝神、精散，水绝鱼亡。故养生之道，安身养气，不欲数怒喜也。古者明师教帝王，皆安身使无忧，即帝王自专矣。天喜，太平气出，无不生成；天恨，形罚之气出，莫不杀伤，万物莫不被其毒，故同忧也。

于吉撰，杨寄林译注：《太平经》，中华书局2013年版，第2447–2450页

令人寿治平法

三气共一，为神根也。一为精，一为神，一为气。此三者，共一位也，本天地人之气。神者受之于天，精者受之于地，气者受之于中和。相与共为一道。故神者乘气而行，精者居其中也，三者相助为治，故人欲寿者，乃当爱气、尊神、重精也。

欲正大事者，当以无事正之。夫无事，乃生无事，此天地常法、自然之术也，若影响。上士用之以平国，中士用之以延年，下士用之以治家。此可谓不为而成，不理而治。大道坦坦，去身不远，内爱吾身，其治自反也。

于吉撰，杨寄林译注：《太平经》，中华书局2013年版，第2454–2455页

是神去留效道法

人不卧之时，行坐言语，分明白黑，正行住立，文辞以为法度，此人神在也。及其瞑目而卧，光景内藏，所念得之，但不言，神在内也。及其定卧，精神去游，身不能动，口不能言，耳不能闻，与众邪合，独气在，即明证也。故精神不可不常守之，守之即长寿，失之即命穷。人之得道者，志念耳；夫道者，亦志念耳。

于吉撰，杨寄林译注：《太平经》，中华书局2013年版，第2467页

佚　文

恶人入道，损败善人，亦如拙匠损败人材木，拙女毁人布帛，终无成善功。然恶人与善人反，如人健时吃好美食，大美乃得肥壮；若病人食饭苦，亦不肯食，久久因病而死。令恶人闻善言劝喻，亦如临死人吃美食耳，反而为恶。若善人见善人乃喜，贤人见贤人乃喜，智人见智人乃喜，恶人见恶人乃喜，奸人见奸人乃喜，各得其类乃喜。若子不能尽力事父母，弟子不能尽力事师尊，臣不能尽力事君长，此三行而不善，罪名不可除也。

于吉撰，杨寄林译注：《太平经》，中华书局2013年版，第2487页

夫人本生混沌之气，气生精，精生神，神生明。本于阴阳之气，气转为精，精转为神，神转为明。

欲寿者，当守气而合神、精，不去其形。念此三合以为一，久即彬彬自见身中，形渐轻，精益明，光益精，心中大安，欣然若喜，太平气应矣。修其内，反应于外，内以致寿，外以致理，非用筋力，自然而致太平矣。

于吉撰，杨寄林译注：《太平经》，中华书局2013年版，第2503–2504页

守一明法，明正黄而青者，中和之光，其道良药。

于吉撰，杨寄林译注：《太平经》，中华书局2013年版，第2507页

守一之法，老而更少，发白更黑，齿落更生。守之一月，增寿一年；两月，增寿二年；以次而增之。

于吉撰，杨寄林译注：《太平经》，中华书局2013年版，第2509页

守一之法，神药自来。

于吉撰，杨寄林译注：《太平经》，中华书局2013年版，第2511页

凡将篇

司马相如

乌啄桔梗□芫华，款冬贝母木蘖蒌，芩草芍药桂漏卢，蜚廉萑菌□荈诧，白敛白芷□菖蒲，芒消□莞椒茱萸。

〔清〕严可均辑：《全汉文》，商务印书馆1999年版，第225页

与王音书

谷 永

谷永，字子云，长安（今陕西西安）人。早年遍习经书，经人举荐，任太常丞，谷永任职期间，多次向皇帝直言进谏，上奏论政治得失。

夫上德厚则下爱深，下爱深则其谋忠，其言至。昔善治国者不忘危，善养生者不讳死，以忠臣直友，明史良医，灵蓍信龟，咸得尽忠正言，不蔽兆吉。故能迁咎延誉，转祸为福。

〔清〕严可均辑：《全汉文》，商务印书馆1999年版，第474页

新 论

桓 谭

求 辅

唯针艾方药者，已病之具也，非良医不能以愈人。材能德行者，

治国之器也，非明君不能以立功。医无针药，可作为求买，以行术伎，不须必自有也。君无材德，可选任明辅，不待必躬能也。由是察焉，则材能德行，国之针药也，其得立功效，乃在君辅。传曰："得十良马，不如得一伯乐。得十利剑，不如得一欧冶。多得善物，不如少得能知物。知物者之致善珍，珍益广，非特止于十也。"

〔清〕严可均辑：《全后汉文》，商务印书馆1999年版，第117页

谴　非

王者初兴，皆先建根本，广立藩屏，以自树党，而强固国基焉。是以周武王克殷，未下舆而封黄帝、尧、舜、夏、殷之后，及同姓亲属、功臣德行，以为羽翼，佐助鸿业，永垂流于后嗣。乃者强秦罢去诸侯，而独自恃任一身，子弟无所封，孤弱无与，是以为帝十四岁而亡。汉高祖始定天下，背亡秦之短计，导殷、周之长道，褒显功德，多封子弟。后虽多以骄佚败亡，然汉之基本得以定成，而异姓强臣不能复倾。至景、武之世，见诸王数作乱，因抑夺其权势，而王但得虚尊，坐食租税，故汉朝遂弱，孤单特立。是以王翁不兴兵领士而径取天下。又怀贪功独专之利，不肯封建子孙及同姓戚属，为藩辅之固，故兵起莫之救助也。传曰："与死人同疾者不可为医，与亡国同政者不可为谋。"王翁行甚类暴秦，故亦十五岁而亡。失猎射禽兽者，始欲中之，恐其创不大也。既已得之，又恶其伤肉多也。

〔清〕严可均辑：《全后汉文》，商务印书馆1999年版，第123页

祛　弊

颜渊所以命短，慕孔子，所以殇其年也。关东鄙语曰："人闻长安乐，则出门西向而笑。"知肉味美，则对屠门而大嚼。此犹时人虽不别圣，亦复欣慕。如庸马与良马，相追衔尾，至暮，共列宿所，良马鸣食如故，庸马垂头不复食，何异颜渊与孔子优劣。

余少时见扬子云之丽文高论，不自量年少新进，而猥欲逮及。

尝激一事而作小赋，用精思太剧，而立感动发病，弥日瘳。子云亦言，成帝时，赵昭仪方大幸，每上甘泉，诏令作赋，为之卒暴。思精苦，赋成，遂困倦小卧，梦其五藏出在地，以手收而内之。及觉，病喘悸大少气，病一岁。由此言之，尽思虑，伤精神也。

〔清〕严可均辑：《全后汉文》，商务印书馆1999年版，第28页

余尝过故陈令同郡杜房，见其读《老子》书，言："老子用恬淡养性，致寿数百岁。今行其道，宁能延年却老乎？"余应之曰："虽同形名，而质性才干乃各异度，有强弱坚脆之姿焉，爱养适用之，直差愈耳。譬犹衣履器物，爱之则完，全乃久。"余见其旁有麻烛，而炧垂一尺所，则因以喻事。言："精神居形体，犹火之然烛矣。如善扶持，随火而侧之，可毋灭而竟烛。烛无，火亦不能独行于虚空，又不能后然其炧。炧犹人之耆老，齿堕发白，肌肉枯腊，而精神弗为之能润泽。内外周遍，则气索而死，如火烛之俱尽矣。人之遭邪伤病，而不遇供养良医者，或强死，死则肌肉筋骨常若火之倾刺风而不获救护，亦道灭，则肤余干长焉。余尝夜坐饮内中，然麻烛，烛半压欲灭，即自日敕视，见其皮有剥炧，乃扶持转侧，火遂度而复。则维人身或有亏剥，剧能养慎善持，亦可以得度。又人莫能识其始生时，则老亦死不当自知。夫古昔平和之世，人物蒙美盛而生，皆坚强老寿，咸百年左右乃死，死时忽如卧出者，犹果物谷实，久老则自堕落矣。后世遭衰薄恶气，娶嫁又不时，勤苦过度，是以身生子皆俱伤，而筋骨血气不充强，故多凶短折，中年夭卒，其遇病或疾痛恻怛，然后中绝，故咨嗟憎恶，以死为大故。昔齐景公美其国，嘉其乐，云：'使古而无死，何若？'晏子曰：'上帝以人之殁为善，仁者息焉，不仁者如焉。'今不思勉广日学自通，以趋立身扬名，如但贪利长生，多求延寿益年，则惑之不解者也。"或难曰："以烛火喻形神，恐似而非焉。今人之肌肤时剥伤而自愈者，血气通行也。彼蒸烛缺伤，虽有火居之，不能复全。是以神气而生长，如火烛不能自补完，盖其所以为异也，而何欲同之？"应曰："火则从一端起，而人神气则于体，当从内稍出合于外，若由外腠达于内，

故未必由端往也。譬由炭火之燃赤，如水过渡之，亦小灭，然复生焉。此与人血气生长肌肉等，顾其终极，或为炙，或为炮耳。曷为不可以喻哉！”余后与刘伯师夜燃脂火坐语，灯中脂索而炷燋秃，将灭息，则以示晓伯师，言人衰老亦如彼秃灯矣。又为言前燃麻烛事。伯师曰：“灯烛尽，当益其脂，易其烛。人老衰亦如彼自蹶续。”余应曰：“人既禀形体而立，犹彼持灯一烛，及其尽极，安能自尽易？尽易之乃在人。人之蹶傥亦在天，天或能为他。其肌骨血气充强，则形神枝而久生，恶则绝伤，犹火之随脂烛多少长短为迟速矣。欲灯烛自尽易以不能，但促敛旁脂以染渍其头，转侧蒸干，使火得安居，则皆复明焉。及本尽者，亦无以燃。今人之养性，或能使堕齿复生，白发更黑，肌颜光泽，如彼促脂转烛者，至寿极亦独死耳。明者知其难求，故不以自劳；愚者欺或，而冀获尽脂易烛之力，故汲汲不息。又草木五谷，以阴阳气生于土，及其长大成实，实复入土而后能生。犹人与禽兽昆虫，皆以雄雌交接相生。生之有长，长之有老，老之有死，若四时之代谢矣。而欲变易其性，求为异道，惑之不解者也。”

〔清〕严可均辑：《全后汉文》，商务印书馆1999年版，第129-130页

余与刘子骏言养性无益。其兄子伯玉曰：“天生杀人药，必有生人药也。”余曰：“钩吻不与人相宜，故食则死，非为杀人生也。譬若巴豆毒鱼，礜石贼鼠，桂害獭，杏核杀猪，天非故为作也。”

〔清〕严可均辑：《全后汉文》，商务印书馆1999年版，第130页

奏太官宜著两梁冠

陈　忠

陈忠，字伯始，东汉沛国洨县（今安徽淮北市）人。其为政宽厚，政声卓著，又多荐举人才，规谏帝王，堪称良吏。

令史质堪上言，太官宜著两梁。尚书孟希奏，太官职在鼎俎，不列陛位，堪欲令比大夫两梁冠，不宜许。臣伏惟太官令职在典掌王饔，统六清之饮，列八珍之馔，正百品之羞，纳四方之贡，所奉尤重，用思又勤。明诏慎口实之御，防有败之奸，增崇其选。待御史主捕案，太医令奉方药供养，符节令掌幡信金虎，故位从大夫，车有韬沂，冠有两梁，所以殊亲疏，别内外也。太官令以供养言之，为最亲近，以职事言之，为最烦多，令又高选，又执法比太医令，科同服等，而冠二人殊，名实不副。又博士秩卑，以其传先王之训，故尊而异之，令服大夫之冕。由此言之，两梁冠非必列于陛位也。建初中，太官令两梁冠。《春秋》之义，大于复古。如堪言合典，可施行。克厌帝心，即听用之。

〔清〕严可均辑：《全后汉文》，商务印书馆1999年版，第327–328页

贡药物表

应　劭

臣劭言，郡旧因计吏献药，阙而不修，惭悸交集，无辞自文。今道少通，谨遣五官孙艾贡茯苓十斤，紫芝六枝，鹿茸五斤，五味一斗，计吏发行，辄复表贡。

〔清〕严可均辑：《全后汉文》，商务印书馆1999年版，第339页

汉官仪

应　劭

太医令，周官也。两梁冠，秩千石，丞三百石。

……

太医令一人，秩六百石。

〔清〕严可均辑：《全后汉文》，商务印书馆1999年版，第354页

桓帝时，侍中乃存，年老口臭，上出鸡舌香与含之。鸡舌香颇小辛螫，不敢咀咽，自嫌有过，得赐毒药。归舍辞决，欲就便宜。家人哀泣，不知其故。赖寮友诸贤闻其愆失，求视其药。出在口香，咸嗤笑之。更为吞食，其意遂解。存鄙儒，蔽于此耳。

〔清〕严可均辑：《全后汉文》，商务印书馆1999年版，第355页

遗葛龚佩铭

崔　瑗

崔瑗（生卒年不详），字子玉，涿郡安平（今河北安平）人。崔瑗擅长草书，与杜度并称崔杜，并影响了草圣张芝。《后汉书》记载崔瑗作品五十多篇，但大多已亡佚。崔瑗“专心好学，虽颠沛必于是”，其父崔骃、其子崔寔均为著名学者，故《后汉书·崔骃传》称“崔氏世有美才”。

禹、汤罪己，仲尼多诲。盘盂有铭，几杖有诫。天为刚德，犹不干时。君子妄怒，厥亦生灾。晋厉好虐，栾书作乱。荀瑶峻戾，韩、魏致难。慷慨愤激，动肠伤气。久生百疾，历年不遂。俯览斯佩，柔韦是贵。

〔清〕严可均辑：《全后汉文》，商务印书馆1999年版，第455页

太医令箴

崔　寔

崔寔（约103年—约170年），冀州安平（今河北衡水市安平县）

人。崔寔有各类作品十五篇，代表性作品有《政论》《四民月令》。崔寔提出了养廉论、德教刑罚并用等观点，其《四民月令》是农家月令书这一系统中最早的代表。

动不肆勤，静不宴逸。有疾归天，医无能恤。晋平好内，四时是一。非鬼非食，惑以自失。虽有秦和，焉所施术。太上防疾，其疾萌芽。腠理不蠲，骨髓奈何？

〔清〕严可均辑：《全后汉文》，商务印书馆1999年版，第460页

奏记大将军梁商

霍　谞

霍谞，字叔智，东汉魏郡邺县（今河南安阳）人。做金城太守时，霍谞在边地推行仁政，教化胡俗，受到羌胡人的敬服。因抨击大将军梁冀外戚专权，受到汉桓帝嘉奖，被封邺都亭侯而拒绝接受，最后死于官位。

将军天覆厚恩，愍舅光冤结，前者温教，许为平议，虽未下吏断决其事，已蒙神明顾省之听。皇天后土，实闻德音。窃独踊跃，私自庆幸。谞闻《春秋》之义，原情定过，赦事诛意，故许止虽弑君而不罪，赵盾以纵贼而见书。此仲尼所以垂王法，汉世所宜遵前修也。传曰："人心不同，譬若其面。"斯盖谓大小窳隆，丑美之形，至于鼻目众窍，毛发之状，未有不然者也。情之异者，刚柔舒急，倨敬之闲，至于趋利避害，畏死乐生，亦复均也。谞与光骨肉，义有相隐，言其冤滥，未必可谅，且以人情，平论其理。光衣冠子孙，径路平易，位极州郡，日望征辟，亦无瑕秽纤介之累，无故刊定诏书，欲以何名？就有所疑，当求其便安，岂有触冒死祸，以解细微？譬犹疗饥于附子，止渴于酖毒，未入肠胃，已绝咽喉，岂可为哉！昔东海孝妇，见枉不辜，幽灵感革，天应枯旱。光之所坐，情既可

原，守阙连年，而终不见理。呼嗟紫宫之门，泣血两观之下，伤和致灾，为害滋甚。凡事更赦令，不应复案。夫以罪刑明白，尚蒙天恩，岂有冤谤无征，反不得理？是为刑宥正罪，戮加诬侵也。不偏不党，其若是乎？明将军德盛位尊，人臣无二，言行动天地，举厝移阴阳，诚能留神，沛然晓察，必有于公高门之福，和气立应，天下幸甚。

〔清〕严可均辑：《全后汉文》，商务印书馆1999年版，第628-629页

昌　言

仲长统

仲长统（180年—220年），字公理，山阳郡高平（今山东邹城）人。仲长统才华过人，敢直言不拘小节，语默无常，人称狂生。其代表作为《昌言》。仲长统任自然毁名教的思想，开启魏晋风尚之先河。

廉隅贞洁者，德之令也，流逸奔随者，行之污也。风有所从来，俗有所由起。病其末者刈其本，恶其流者塞其源。夫男女之际，明别其外内，远绝其声音，激厉其廉耻，涂塞其亏隙，由尚有胸心之逸念，睇盼之过视，而况开其门、导其径者乎！今嫁娶之会，捶杖以督之戏谑，酒醴以趣之情欲，宣淫佚于广众之中，显阴私于族亲之间，污风诡俗，生淫长奸，莫此之甚，不可不断者也。

〔清〕严可均辑：《全后汉文》，商务印书馆1999年版，第895页

和神气，惩思虑，避风湿，节饮食，适嗜欲，此寿考之方也。不幸而有疾，则针石汤药之所去也。肃礼容，居中正，康道德，履仁义，敬天地，恪宗庙，此吉祥之术也。

〔清〕严可均辑：《全后汉文》，商务印书馆1999年版，第897页

知言而不能行谓之疾，此疾虽有天医，莫能治也。同于我者，

何必可爱？异于我者，何必可憎？智足以立难成之事，能足以图□□□□，附者不党，疏者不遗。

〔清〕严可均辑：《全后汉文》，商务印书馆1999年版，第900页

行气可以不饥不病，吾始者未之信也，至于为之者尽乃然矣。养性之方，若此至约，而吾未之能也。岂不以心驰于世务，思锐于人事哉！他人之不能者，又必与吾同此疾也。昔有明师，知不死之道者，燕君使人学之，不捷而师死。燕君怒其使者，将加诛焉。谏者曰："夫所忧者莫过乎死，所重者莫急乎生。彼自丧其生，亦安能令吾君不死也？君乃不诛，其谏辞则此为良说矣，然亦非至当之论。使彼有不死之方，若吾所闻行气之法，则彼说师之死者，未必不知道也，直不能弃世事而为之。故虽知之而无益耳。非无不死之法者也。

〔清〕严可均辑：《全后汉文》，商务印书馆1999年版，第902-903页

《周礼》：女巫掌岁时祓除疾病。禊者，洁也，于水上盥洁也。巳者，祉也，邪疾已去，祈介祉也。

〔清〕严可均辑：《全后汉文》，商务印书馆1999年版，第906页

下编　出土文献

甲骨文合集释文

以下文献出自胡厚宣主编的《甲骨文合集释文》，中国社会科学出版社2009年版。

00006（8）

辛卯卜，宾，贞子徠㞢疾。

00006（27）

戊寅卜，光，贞王弗疾㞢𦣻。　一

00006（28）

贞其疾。七月。一

00045

□□〔卜〕,〔㱿〕，贞王〔疾〕……众不潸。　一

00376正（7）

贞王其疾𡆥。　一　二　三　四　五

00376正（20）

乙巳卜，㱿，贞㞢疾身不其龙。　一　二　告　二　三　四　五

00440正（3）

贞㞢疾言，隹𡿪。

00454反（10）

王……疾……隹妣……

00456正（13）

贞王其疾目。　一　二　三

00456正（14）

贞王弗疾目。　一　二　三　　一　二　三　　一　二　三

一　一

00526（1）

贞㞢疾羌其死。

00557（9）

……亡疾。十二月。

00591正（1）

甲辰卜，亘，贞疾齿隹□……

00641正（4）

〔戊辰卜，亘〕，疾。

00641正（8）

贞于羌甲卯克蛊疾。　三　二　三　二告　一

00702反（1）

贞帚好其凡㞢疾。

00702反（2）

王固曰：吉。〔帚〕好弗〔其〕凡㞢〔疾〕

00709正（1）

庚戌卜，亘，贞王其疾𡆥。　一　二　三　四

00709正（2）

庚戌卜，亘，贞王弗疾𡆥。王固曰：勿疾。　一　二　三　二告〔四〕

00709正（3）

贞㞢疾身隹㞢壱。　一　二

00709正（4）

贞帚好弗其𡆥凡㞢疾。　一　二　二

00709正（5）

贞帚𡆥凡㞢疾。　一　二　三

00773甲（2）

帚好弗疾齿。　一

00775反（3）

丁巳卜，争，疾趾𢀛于父庚。

00775反（4）

疾趾勿𦎫𢀛于父辛。

00808正（7）

贞□弗疾。　一　二　三〔四　五〕

00808正（8）

贞□弗疾。　一　二　三　四　五

00808反（6）

王固曰：疾𦉢。

00808反（7）

勿疾□。

00822正（2）

贞王疾身隹妣己𢀠。　一　二　三

00869（2）

贞㞢疾，告羌甲。　一　二

00914反（6）

子𩲃㞢疾。

01248正（14）

贞子〔𠂤〕其〔㞢〕疾。　一　一　二　小告　一　二　小告　一　二　一　小告　二　一　二

01720

于祖辛𢀛疾。

02064

……疾……父……　一　二　告

02123（1）

贞疾人隹父甲𢀠。　七　二　告　八

02123（2）

贞㞢疾人不隹父甲〔𢀛〕。　五　六　七

02274正（3）

乙夕㞢疾隹㞢𠷎。　一　二　三　四　二告

02274正（4）

〔乙〕夕〔㞢〕疾不隹㞢𠷎。〔一〕　二　三　四　〔一〕　二　〔三〕　一　二　〔三〕

02502反甲（1）

……隹㞢疾……

02505正（2）

……亥……疾……

02505反

……疾隹己。

02521正甲（1）

贞隹多妣戎王疾。　四　五　六　七　八

02663反（1）

王𡆥曰：疾凡……

02969

……王……〔疾〕……子𦗚。　五　六　七

03224

贞子𡧊亡疾。

03807（1）

〔贞〕，𢀜疾好……𣪊。

04477正

甲贞㞢疾𡆥弗……　五

04477正乙

贞㞢疾𠂤其……

04611正（1）

贞王𡆥異其疾不龙。　一　二　三　四　五　六

04711

贞宁亡疾。

05137（1）

帚……弗……疾……

05477正（8）

贞𪇰其㞢疾。　一　二　三　四　五

05477正（9）

贞𪇰〔亡疾〕。　一　二　三　四　〔五〕

05480反（1）

疾□隹父乙䖵。

05583

……王……疾……夕告……小臣若。　一

05598正

己巳卜，亘，贞王梦珏不隹𢓊小疾臣。　一

05598反

……隹𢓊，小疾臣告于高妣庚。

05599正

乎小疾臣于。

05600（1）

贞小疾臣𢆶。　一

05601正

〔贞〕小疾臣不〔其〕𢆶。

05645

……疾……興……使

06016反（1）

贞目其𢦏疾。

06016反（2）

贞目不𢦏疾。
06032反（5）
贞疾，隹父乙𡆥。
06054（2）
……疾……
06120正（1）
贞小疾勿告于祖乙。
06482正（9）
疾齿龙。　一
06483正（8）
祝氏之疾齿，鼎，龙。　二　小告
06483正（9）
疾齿龙。　二
06484正（8）
祝氏之疾齿，鼎，龙。　三
06484正（9）
疾齿龙。　三
06485正（8）
祝氏之疾齿，鼎，龙。四
06485正（9）
疾齿龙。　四
06486正（8）
祝氏之疾齿，鼎，龙。　〔五〕
06486正（9）
疾齿龙。　〔五〕
06568正（5）
□□〔卜〕，𡧊，贞王曰：亡其疾。
06649反甲（2）
疾畐〔甾艰〕

06649反甲（3）

疾畐不隹艰。

06655正（6）

贞王疾不隹𢼸。　一　二　三　四

08445

□□〔卜〕，内……疾。

08511（3）

贞疾……　三

08594反（1）

〔王固〕曰：其出疾。

08626（2）

贞弗其𡆥凡㞢疾。　允。

08941（2）

疾……

09346

……疾……酒……

09560（1）

甲子卜，㱿，贞𢀛𡧊在疾卜从王𡆥。　二

09650（2）

丁卯卜，王，贞中𡆥𡆥凡㞢疾。十二月。

10067（3）

癸未卜，争，贞子央隹其㞢疾。三月。

10349（1）

甲子卜，㱿，贞王疾齿隹……易……

10407正（6）

贞勿𢀛亡疾。　一

11460正甲（2）

贞疾□𢀛于妣甲。　二　三　四

11506正（3）

贞㞢疾自隹㞢壱。　一　二　〔三〕　四

11506正（4）

贞㞢疾自不隹㞢壱。　一　二　三　四　　一　二　三　　一　二　二　告　三　　一　二　三

12704（2）

贞其疾。六月。

13431

□□卜，□，贞□疾□雪。

13614（1）

贞子□疾首……　一

13615

□□〔卜〕，𣪊，贞㞢疾首□不……

13616

□□卜，𣪊，〔贞〕㞢疾首……　四

13617

疾首卜隹丁。　一

13618

……疾首……

13620正（1）

㞢疾目其征。　一　二　三　四

13620正（2）

㞢疾目不征。　二　三　　三　　一　二告　　二　二告　三

13621（2）

贞□亡疾。

13621（3）

……疾。　二月。

13622（2）

贞不隹〔疾〕目𡆥。

13625正（3）

贞㞢疾目龙。一〔二〕　二告〔三〕〔四〕五六

13625正（4）

贞㞢疾目不其龙。　一　二　〔三　四〕　五　六

13627

……〔蠱〕臣……疾……

13628（1）

贞疾目不㞢。

13629

……疾取。　一

13630

贞疾耳隹㞢老。　二　不玄冥　二

13631（1）

……𡆥疾耳隹㞢……　二告

13632正

贞疾耳𢀛于……

13633

贞帚好𣎆隹出疾。　一　二　二

13634正

甲辰卜，𡆥，贞疾舌隹〔㞢〕老。

13636

……疾言……

13637正

贞言其㞢疾。

13637反（1）

〔王固〕曰：疾。

13638

□巳卜，〔贞〕㞢疾言〔𠭯〕……　一

13639

贞疾言〔𠭯〕于祖□。

13640

……疾〔言〕……

13641（3）

贞王𥗪疾隹㞢𠯑。　三

13642（3）

贞疾□。

13643（2）

甲子卜，㱿，贞王疾齿亡易……

13644（1）

壬戌卜，亘，贞㞢疾齿隹㞢𡆥。　一

13645正（1）

贞㞢疾齿隹𡆥。　三　二告

13646正（1）

贞㞢疾齿不隹父乙𡆥。　一　二　三　四　五　六　七　八　九　十　一　二　三　四

13647正（5）

疾齿隹㞢𡆥。　一

13647正（6）

疾齿不隹㞢𡆥。　一

13648正（3）

贞疾齿……　一　二　三　四　五　六　七

13648正（4）

贞疾齿不隹父乙𡆥。　一　二　三　四　五　小告　六　十　小告

13648正（5）

贞疾齿隹南……　一　二　三　四　五　六　七　八　九

13648正（6）

贞疾齿不隹〔南〕……　一　二　三　四　小　告　五　六　七　八　九

13649（2）

贞疾齿隹父乙壱。四　五〔六　七　八〕九　十

13650

贞疾齿不隹〔父〕乙〔壱〕

13651

己丑卜，争，贞㞢疾齿，父乙隹㞢闻，在洮。　一　一　二

13652（1）

贞疾齿𢼄于父乙

13653

癸丑卜，亘，贞疾齿𢼄于□若。

13655

……〔疾〕齿勿𢼄……　一

13656正（4）

贞疾齿不隹㞢旨。　一〔二〕　二告　三　四

13656正（5）

贞㞢疾齿不隹㞢旨。　一　二　三　小告

13657正

贞疾齿不隹㞢旨。

13658正（1）

甲子卜，𣪊，贞疾伇不征。　一

13658正（2）

贞疾伇其征。　三告

13658正（6）

㞢疾齿隹蛊。　二　小告

13659

……疾齿……灾。

13660

……疾齿□于……

13661

疾齿。一

13662

……勿……龋……御……　四

13663正甲（1）

贞□于妣甲御帚好龋。　一　二　三　四

13664

贞〔㞢疾〕齿不〔隹〕蛊。

13665正

……齿……蛊。　四

13666正（1）

疾身隹㞢〔𡆥〕。

13666正（3）

疾身隹有𡆥。　三　四

13666正（4）

疾身不隹有𡆥。　三　四

13667

……辛御疾身。

13668正

贞御疾身于父乙。

13669

□〔酉〕卜，〔𡧊〕，〔贞御疾〕身于南〔庚〕。　一

13670

贞勿于父乙告疾身。　小告

13673

贞疾齿龙。 一 二 三

13675正（1）

壬戌卜，古，贞御疾身妣癸。 一

13675正（2）

御疾身于妣癸。 一

13676正（3）

贞疾。

13677正

……贞疾自龙。 一 二 三 四 五 六 七

13678

……疾自。

13679正（1）

贞疾自氏小弋御于…… 二 三 四

13682正

□午卜，殻，贞㞢疾趾隹黄尹〔壱〕。 一 二 三

13683

贞疾趾隹㞢壱。

13684（2）

贞疾趾隹㞢壱。

13685正

贞疾趾……

13686

……疾趾。

13687（2）

辛未卜，亘，贞疾〔趾〕……

13688正（1）

御疾趾于父乙咼。 一 二

13689（3）

贞疾趾于妣庚卸。

13692

贞不疾𨑒。十二月。 一

13693

贞疾𠤎隹……

13694

贞疾〔𠤎〕……

13695正乙（3）

贞㞢疾趾隹父乙𢀛。〔一〕 二 三

13696正（3）

贞㞢疾自隹𢀛。 〔一〕 二 二告 三 四 〔五〕 六 二告 七 〔八〕

13696正（4）

贞疾自不隹𢀛。 一 二告 二 三 四 五 六 七 八

13696反（2）

□午卜，宾，贞㞢疾自隹𢀛。

13697正甲

〔贞〕王疾卜隹大示。 一 四

13697正乙

贞王疾隹大示。 一 四

13698

贞王□疾不隹妣〔己〕……

13699（1）

……帚王其疾。

13700

贞王〔告〕隹其疾𡆧。 一

13701（1）

……王……疾……

13702

王疾。 三

13703

……王……疾㞢……

13704

……㞢〔疾〕……

13705（1）

王学马亡疾。

13706正

王疾勿𠬝…… 二

13707（2）

乙未卜，㱿，贞妣庚龙王〔疾〕。

13707（3）

乙未卜，㱿，贞妣庚龙王疾。

13708正（2）

贞高〔妣〕己龙王疾。

13709正（1）

……其克龙王疾。 六 七

13709正（2）

庚□克龙王疾。

13710

……𠧢王疾祉…… 二

13711

贞帚好不祉疾身。

13713正（3）

贞帚好其祉㞢疾。 一 二 三 二告 四 二告

13713正（5）

贞㞢疾身𠬝于祖丁。 一

13713正（7）

疾趾……一

13714正（1）

贞帚好虫疾隹虫巷。　二

13714正（2）

贞帚□虫疾。

13715

□丑卜，王，〔贞〕□鼠……虫疾。

13716正（1）

丁巳卜，宕，贞帚姝不汰疾。　一　〔二〕　三　四　五　六　七

13716正（2）

贞帚姝其汰疾。　一　二　三　四　小告　五　六

13717

〔帚姝〕子疾不死。

13718

贞〔帚〕姘疾〔隹虫巷〕。　二

13719正

贞〔帚〕姘亡疾。

13720（2）

贞斲丁人妫虫疾

13721（1）

贞子嚣其虫疾。　〔一　二〕　三　四　〔五　六〕　七　小告　八　〔九　十〕　一　二　小告

13721（2）

贞子〔嚣〕亡〔疾〕。六月。　〔一　二〕　三　四　小告　〔五　六〕　七　八　〔九　十〕　一　二

13722（1）

丁亥卜，〔殻〕，贞子渔其虫疾。　一

13723

丁□〔卜〕，□，贞子渔亡疾。三月。

13724（2）

〔己〕酉卜，王，□子𢦚囷〔𠙵〕㞢疾。

13725

……〔子〕夌……疾。

13726（1）

贞子妻亡疾。

13726（2）

贞利亡疾。

13726（4）

贞不疾。

13727

己未卜，𠦪子陟亡疾。

13728正（1）

……亥吴……亡疾。　二

13729

……〔子〕央疾。

13730

……子其疾。一

13731（1）

癸酉卜，贞叀其㞢疾。　二

13731（2）

贞叀亡疾。一

13732

〔乙巳〕……叀……㞢疾。　一

13733

壬辰卜，贞𠦪其㞢疾。　一

13734

□戌卜，王，〔贞〕𠦪其〔㞢〕疾。　一

13735（1）

癸酉卜，穷，贞单亡疾。二月。　二

13736（2）

乙卯……单……疾……征。　一

13737（3）

贞叀征㞢疾。

13738

乙巳卜，𡆥，贞叀疾不……

13739（1）

……告𠂤……疾……丁。

13740（1）

……囗〔凡〕㞢〔疾〕。

13740（5）

丙辰卜，贞福告𠂤疾于丁新䰜。

13741（1）

贞取〔其〕㞢疾。

13741（2）

贞〔亡〕疾。

13742（1）

西弗其㞢疾。

13743（2）

贞弗亡疾。　六

13744

贞弗亡疾。　二　三

13745（1）

癸酉卜，贞刚其㞢疾。　一

13745（2）

贞亡疾。十一月。

13746

贞𠬝疾。　二

13747

贞𡧊其㞢疾。

13748

乙未卜，贞𡧊亡疾。

13749

……𡧊亡疾。一月。

13750正（1）

□寅卜，𡆥，贞𡧊其㞢疾。〔一〕　二　二告　三　四　五　六　七　八

13750正（2）

贞𡧊亡疾。〔一　二〕三　四　五　六　二告　七　八　〔一〕二　三　四　五　六　二告　七　八　一　〔二〕三　四　五　六　七

13751正（3）

乙巳卜，𣪊，贞𡧊亡疾。九月。　一　二　三　四

13751正（4）

贞𡧊□疾。　一　二　三　四

13752正（1）

贞𡧊其㞢疾。王𡆥曰：𡧊其㞢疾。𠧢丙不庚，二旬㞢一日庚申丧𡧊。　一　二　三

13752正（2）

贞𡧊亡疾。　一　二　　一　二　　一　二

13752反（2）

王𡆥曰：𡧊㞢疾，□丙隹……

13753

□申卜，贞𡧊𡆥〔凡〕㞢疾，旬㞢二日

□未，𡧊允𡆥。百日㞢七旬㞢。□寅𡧊亦㞢疾……夕㞢，丙申疾。

13754

壬子卜，贞亚克興㞢疾。

13755

贞见亡疾。　二

13756（1）

𠕁未卜……夫……病。　二告

13757（1）

贞𠎤〔亡〕疾。　一　二　三　〔四　五〕　六　七　八　二告　九　十

13757（2）

贞𠎤其㞢疾。　一　二　三　四　五　六　七　八　二告　九　十

13757（3）

贞〔𡆥〕亡疾。　〔一〕　二　三　四　二告　五　六　七　八　九　一　二　三

13757（4）

贞𡆥其㞢疾。　〔一　二　三〕　四　五　六　七　八　九　二告

13758反（1）

己巳卜，㱿，贞䰝亡疾。

13758（4）

……疾……

13759正

六月㞢来曰：史㞢疾。　一　二　三　一　二告　二

13760（1）

□□卜，贞……角……疾。

13761反

……〔蝠〕亡疾。

13762（1）

贞圃其㞢疾。

13763

……何㞢疾。

13764（1）

㝅亡疾。

13765

……我……疾……

13766

贞□疾不隹……

13767

〔乙〕未卜，㱿，〔贞〕㞢疾隹其…… 三

13768（1）

……㞢疾隹㞢壱。

13768（2）

贞〔㞢疾〕隹〔㞢〕壱。

13769

贞□疾□隹祖辛壱。

13770（2）

贞㞢疾隹㞢壱。

13771正

戊子卜，亘，贞㞢疾隹㞢壱。 一 二 二告 三 四 五 一 一

13772

……疾……〔隹〕壱。

13773

□□〔卜〕，〔争〕，〔贞〕……疾……隹…… 一

13774

〔贞〕㞢疾隹……

13775反（2）

㞢疾……

13776

□酉卜，〔𣪊〕，贞㞢疾……

13777（1）

……〔其〕㞢〔疾〕。

13777（2）

……疾。

13777（3）

……疾……

13778

辛未卜，𣪊，贞㞢疾告……

13779（2）

……〔㞢〕疾……

13780正

贞㞢疾。

13781（1）

……㞢疾。五月。

13782

其㞢疾。

13783（1）

其㞢疾。

13784

贞其㞢疾。　三

13785

……其㞢疾。　二

13786

□戌〔卜〕，□，〔贞〕……㞢疾。

13787

……㞢疾。

13788

□□〔卜〕，争，〔贞〕……㞢疾。

13789正

……㞢疾。

13790正

贞其……㞢疾……

13791

……㞢疾。　一

13792

〔壬〕子〔卜〕，〔贞〕……㞢疾……　一

13793正（1）

癸亥卜，𡧊，〔贞其亡〕疾。　一　不玄　二　三　四　〔五〕　六　七　〔八〕　九　十

13793正（2）

贞其㞢疾。　一　小告　二　二告　三　四　五　六　七　八　九　十

13794（2）

丙午〔卜〕，□，贞……㞢疾卜死。

13795（1）

□丑卜，〔贞〕㞢疾□死。

13796

㞢疾不蛊。　一

13797

疾不蛊。　一

13798

……𠙵亡疾。　三

13799（3）

贞亡其疾。

13800正（1）

……疾。二月。

13800正（2）

贞亡疾。

13801

癸亥〔卜〕，宊，贞□亡疾。

13802

□□卜，□，贞……亡疾。

13803

……亡疾。　八

13804（2）

……亡疾𢦏其……　〔一〕　二　三　〔四〕　五　六

13805

……亡疾。　五　〔六　七〕　八　九

13806正

……亡疾。

13807

……亡疾。

13808

贞□亡疾。

13809正

……亡疾。

13810

……贞弗疾。　一

13811

……弗疾。　一　二

13812

□〔巳〕……〔光〕……弗疾。

13813

贞勿疾，帚□〔其〕……

13814

贞……不疾。 三

13815

贞疾……不……

13816（1）

贞不……㞢疾。八月。 二

13817

□未卜，贞……不征疾。 八

13818

王固曰：其疾……

13819

□戌卜，贞□其疾。

13820（2）

〔王〕固曰：……疾……

13821

……其□疾。六月。 六

13822

……其疾。

13823

……鸣……疾……氏……

13824

□酉卜，殻，贞疾……佳〔[illegible]〕……

13825

〔戊寅〕卜，□，贞疾……于……

13826

丁亥卜，□，贞疾□卜[illegible]。 一

13827

……亡疾乎[illegible]。 三

13828

……疾……福〔告于〕丁。

13829

戊□〔卜〕，𣪊，贞……疾。

13830

□卯卜……□……疾。

13831

……〔𡆥〕凡〔㞢〕疾。

13832

疾。　四

13833（2）

……疾。　二告　一

13834

……疾。　五

13835（1）

……疾。　二

13836反（1）

贞……隹……疾。

13837（2）

贞旬……万……疾。

13838

……疾……南庚……

13839正

……疾。　一　〔二〕告

13840正

……疾……　一

13841

……疾其……

13842（3）

……疾……死。

13843

□□卜，𡧊，〔贞〕㞢弟……疾。

13844

□未卜，□，贞征……〔疾〕。

13845

贞非号隹疾。

13846

贞疾□于□庚。

13847（1）

……疾……高……

13848（1）

……辛告疾。

13849

贞告疾于祖乙。

13850

贞〔告〕疾于祖乙。

13851

贞其于祖辛□疾……

13852

〔贞〕拃〔告〕疾于祖辛正。 一

13853

贞告疾于祖丁。

13854正

□午〔卜〕，贞疾……告……

13855（4）

贞亡降疾。

13856（2）

贞亡降疾。

13857

□□〔卜〕，穷，〔贞〕……卯疾于父□。

13858

……勿卯疾……

13859

……疾……隹……

13862

……王……〔疾〕龙。

13863

……其疾龙。

13864（1）

……今日疾龙。

13865（1）

己□〔卜〕，贞□好囚凡㞢疾。 一

13866

……〔媜〕囚凡㞢疾。

13867

己未卜，□，贞𦨶〔囚〕凡〔㞢〕疾。

13868（2）

己酉卜，穷，贞𡛷囚凡㞢疾。

13869（1）

戊申卜，贞雀囚凡㞢疾。六月。 一 二告 三

13869（2）

戊申卜，贞雀弗其囚凡㞢疾。 一 二 三 四 二告 五

13869（3）

戊申卜，贞雀囚凡㞢疾。 四 五

13870

贞雀囚凡㞢疾。

13872（2）

贞翌癸卯子渔不其囚凡〔㞢疾〕。

13874正甲（2）

贞子钛囚凡㞢疾。　一

13874正乙（1）

子钛弗其囚凡㞢疾。

13875

……子䨻囚凡㞢〔疾〕。

13876（1）

〔乙〕卯卜，争，贞美囚凡㞢疾。五月。　二

13877

乙卯卜，□，贞美其囚凡㞢疾。　一

13878（2）

乙丑卜，𡆥，贞单囚凡㞢疾。

13879

〔贞〕单〔弗〕其囚〔凡㞢〕疾。

13880

壬午卜，穷，贞单囚凡㞢疾。一月。

13881甲

……奠弗其凡㞢〔疾〕。

13881乙

贞奠〔其〕凡〔㞢疾〕。

13882

〔贞〕𣪘囚凡〔㞢疾〕。

13883（1）

庚辰卜，内，贞侯专囚凡㞢疾。

13884

贞䶊□囚凡㞢疾。十二月。　一

13885正

贞𡿺囚凡㞢疾。　小告

13886（1）

戊午卜，㱿，贞妻𡆥凡㞢〔疾〕。　一

13887（3）

贞入弗其𡆥凡㞢〔疾〕。

13888

辛卯卜，㱿，贞妻𡆥凡㞢疾。

13889

〔贞〕鼄〔𡆥〕凡〔㞢〕疾。　一

13890（1）

丁酉卜，㱿，贞杞侯㷟，弗其𡆥凡㞢疾。　一

13890（2）

贞子𡨦不𢓊㞢疾。

13891

……沚𡆥〔凡〕㞢疾。

13892（4）

弗其𡆥凡㞢疾。

13893

□□〔卜〕，□〔贞〕争弗其𡆥凡㞢疾。

13894

……疾，弗〔其𡆥〕凡㞢疾。□月。

13895

贞弗其𡆥㞢疾。　二

13896（2）

贞不其𡆥凡〔㞢疾〕。

13897正（1）

……弗其凡〔㞢疾〕。

13897反

……㞢疾。

13898

……弗〔其𡆥〕凡〔㞢〕疾。

13900反（1）

……其囚凡〔㞢〕疾。

13900反（2）

……囚凡㞢疾。

13901

……其〔囚〕凡㞢疾。 三

13902

……𪐏……囚凡㞢疾。

13903

……囚凡㞢疾。

13904

……囚凡㞢疾。

13905

〔囚〕凡㞢疾。 三 四

13906（4）

□未〔卜〕，□，贞□囚凡㞢疾。

13906（5）

戊□〔卜〕，〔𡆥〕，〔贞〕，其囚凡㞢疾。

13907

王固曰：囚凡〔㞢疾〕。

13908（2）

……其囚凡㞢〔疾〕。 三

13909

……其〔囚〕凡㞢〔疾〕。 二

13910

……固……〔囚〕凡〔㞢〕疾。

13911（2）

〔贞〕□不〔其〕〔囚〕凡〔㞢〕疾。 一

13912（1）

□卯卜，贞……𡆥凡〔㞢疾〕。

13912（2）

贞黄不〔其〕𡆥凡〔㞢疾〕。

13913

……〔𡆥〕凡〔㞢〕疾。　二

13914

……〔𡆥〕凡〔㞢〕疾。

13915

……〔𡆥〕凡〔㞢〕疾。

13916

……𠂤𠂤……其𡆥〔凡㞢〕疾。

13917

……弗其𡆥凡〔㞢疾〕。

13918

□寅卜……𡆥〔凡〕㞢〔疾〕。

13919

……〔𡆥〕凡〔㞢〕疾。　二

13921

……𡆥〔凡〕㞢疾。

13931（3）

□申卜，争，贞帚好卜〔祉㞢〕疾。　一

13931（4）

〔贞〕帚好其祉㞢疾。　一　二告

13931（5）

贞帚好卜祉㞢疾。　一　二

13931（6）

帚好其祉㞢疾。　一　二

14007（1）

贞子不其㞢疾。

14008正（2）

贞疾……隹〔祖〕……　一　不玄冥　一

14019反（2）

其㞢疾亡……

14022正（4）

疾秉。　一　二　三　四

14022正（5）

疾秉。　一　二　三　四

14033反（2）

……疾……

14199正（1）

贞殻弗其𡆥凡㞢疾。　一　二

14199正（2）

……〔㞢〕疾。　一　二

14222正甲

贞不隹下上戎王疾。　一　二　三　四　五　二告　一　二　三　四　五　六　二　三

14921（4）

……宁……𡆥〔凡〕㞢〔疾〕。

15664（2）

甲辰卜，宾，贞集其疾𢓊。

17384

……王梦子亡疾。

17385

贞王梦疾齿隹□。

17448

贞亚多鬼梦亡疾。四月。

17450（3）

庚辰卜，贞多鬼梦甶疾见。

17458

……梦……疾。　三

17984

贞不……疾㞢……十二月。　一

18756（2）

……降疾。

18918（2）

贞㞢疾。

18919

……弗其……興……疾。

19965（2）

……隹其疾。一月。　三

20051（1）

……不疾……

20084（1）

壬子卜，贞，光伯褱亡〔疾〕。

20463（4）

疾。疾。　二十羊。　七

21035（2）

□丑卜，㞢……其𡆥凡㞢疾。允不。　小告　二

21036（1）

辛丑卜，自，贞子𡨦小疾臣不〔其〕𡆥書，〔印〕𡆥書。三月。

21038

贞□工疾。　一

21039（1）

丙申卜，〔疾〕其入丁。十二月。　一

21040（1）

丁……疾……

21041

□□卜，贞丁勿……乎勺……〔羊〕九亦〔疾〕。

21042

乙酉卜，勺衜疾。

21043（4）

□□卜……不〔征〕疾。　二

21044

□午卜……〔卷〕……疾。七〔月〕。

21045

戊戌卜，贞，出其疾。

21046（2）

……侯其疾。

21048

贞亡疾。

21049

……母……奏……豖……疾……

21050（2）

癸未卜，贞𫷷弗疾，出疾𡆥凡。

21052（3）

癸酉卜，贞万叩𡆥凡又疾。十二月。　一　二　三

21053

辛亥卜，贞犬𡆥凡疾印。一月。

21054（2）

□未夕𣅀，老〔𡆥〕凡疾。四日。

21057（1）

□子卜，𢓊疾……女……　一

21058

……𡆥……疾。

21982（1）

辛丑，贞疾。

22092（1）

乙巳卜，贞石疾首卜𢓊。　二

22098（1）

丁亥卜，贞汝㞢疾，其水。

22098（2）

丁亥卜，汝㞢疾于今二月弗水。

22246（16）

帚好子疾不𢓊。　二

22249（10）

癸巳卜，贞帚[罒+弓]亡疾。　三

22250

〔癸〕巳卜，帚[罒+弓]□疾。

22258（8）

辛丑卜，贞疾[彳+它]亡亦疾。　一　二

22258（11）

辛丑卜，亡疾。

22258（16）

丙午，贞多臣亡疾。　一　二

22258（17）

丙午，贞多帚亡疾。　一　二

22265（3）

□寅，贞……周疾𢓊。

22267（2）

子亡疾。　三

22282（1）

乙卯卜，贞子攸亡疾。　一

22283（1）

乙卯卜，贞子攸亡疾。　二

22284（1）

乙卯卜，贞子𢻮〔亡〕疾。　三

22323（5）

乙丑卜，贞帚爵夕子亡疾。　二

22324（5）

乙丑卜，贞帚爵夕子亡疾。　二

22371（2）

……王疾。

22389（1）

壬戌，贞见……其疾……亡……

22389（2）

□丑，疾其……𡆥。

22391（3）

贞帚亡疾。其𢓊。

22392（2）

亡入疾。　二

22393（1）

□辰卜，贞……𢻮亡疾。

22393（2）

……疾……

22394（1）

辛酉卜，贞婞亡疾。

22394（2）

……亡疾。

22394（3）

……𢻮亡疾。隹冬。

22395

丁卯，贞𡚸子不疾□。

23439（5）

〔丁酉卜，贞子弗〕疾㞢疾。〔十月〕。

23531

己未卜，出，贞子㠯毌㞢疾不。

23532（2）

癸亥卜，出，贞丁卯子㠯弗疾，㞢疾。

23533（2）

癸亥卜，出，贞丁卯子㠯弗疾，㞢疾。

24957（2）

甲辰卜，出，贞王疾首亡徏。

24958（2）

□□〔卜〕，□，贞……利……疾。

24959

□□卜，出，〔贞〕……般……疾。　二

26837（1）

□□卜，出，〔贞〕疾……宧……

31681（2）

疾卜。

33004（1）

射……即疾。

33112（6）

丙申卜，其疾。　三

33112（7）

丙申卜，弗疾。　三

34072（1）

癸未卜，王弗疾[illegible]。

34073（1）

癸卯卜，其疾。

34074（1）

癸卯卜，其疾。　一　一

34075（4）

……疾……
34076
……〔[illegible]〕旋又疾……
39512（2）
贞亡来疾。九月。
39576
……王疾隹祖乙……
40353正（2）
丙子卜，𡧊，贞子𡆥亡疾。
40368
贞子□疾首。　一
40370
〔贞〕疾齿隹……
40371
〔贞疾〕齿隹𡆥。　二
40372
疾身御于妣己眔妣庚。　小告
40373（1）
贞疾趾御于妣己。　一
40374（1）
己巳卜，□，贞由疾。
40375（1）
□□〔卜〕，允，贞，……㞢疾。二月。　一
40376
子……疾……〔隹〕𡆥。
40377
……其□疾。
40378
……甫亡疾。

40379

癸巳卜，𡧊，贞子渔疾目福……

40380

贞子𡧊𡆥凡㞢〔疾〕。　三

40381

贞其㞢𡆥〔凡〕疾。

40382

贞□王〔𡆥〕凡㞢疾。

41023（5）

丁酉卜，贞子弗疾，㞢疾。十月。

简 牍

清华大学藏战国竹简

程 寤

隹王元祀贞（正）月既生朗（魄），大（太）姒梦见商廷隹（惟）棶（棘），乃尐=（小子）𩀌（发）取周廷杍（梓）梪（树）于氒（厥）閒（间），敱（化为）松柏棫柞。𡨦（寤）敬（惊），告王=（王。王）弗敢占，詔（诏）大（太）子发。卑（俾）霝（灵）名䒫（凶），祓（祓）。祝忻（忻）祓（祓）王，晉（巫）衒（率）祓（祓）大（太）姒，宗于?（祓）大（太）子发。敝（币）告宗方（祊）木（社）稷（稷），忻（忻）于六末山川，攻于商神，朢（望），承（烝），占于明堂。王及大（太）子发并拜吉梦受商命于皇帝（上帝）。兴，曰："发，女（汝）敬圣（听）吉梦。朋棶（棘）𢦏（𢧵）杍=松=（梓松，梓松）柏副，棫䕻（覆）柞=（柞柞），敱（化为）𦟪。于（呜）虖（呼），可（何）敬（警）非朋，可（何）戒非商，可（何）甬（用）非梪=（树，树）因欲，不违芋（材）。女（如）天隆（降）疾，旨味既甬（用），不可药，時（时）不远。隹（惟）商戚才（在）周=（周，周）戚才（在）商。欲隹（惟）柏梦，徒庶言迯，引（矧）又勿亡𥝩（秋）明武禖（威），女（如）棫柞亡堇（根）。于（呜）虖（呼），敬才（哉）。朕𦖞（闻）周长不弍（贰），柔（务）罼（择）用周，果拜不忍，妥（绥）用多（棘），意（亿）亡勿甬（用），不忎，思（使）卑腝（柔）和川（顺），眚（生）民不芌（灾），褭（怀）允。于（呜）虖（呼），可（何）监非旹（时），可（何）柔（务）非和，可（何）褁（褱）非彣（文），可（何）保非道，可（何）炁（爱）非身，可（何）力非人=（人。人）𢝊（谋）疆（强），不可以䡟（藏）。逡=戒（后戒，后〔戒〕），人甬（用）女（汝）母（谋），炁（爱）日不跌（足）。

李学勤主编：《清华大学藏战国竹简（壹）》，中西书局2018年版，第136页

说命中

敓（说）逨（来）自专（传）厰（严），才（在）嚳（殷）。武丁朝于门，内（入）才（在）宗。王豲（原）比氒（厥）梦，曰：“女（汝）逨（来）隹（惟）帝命。”敓（说）曰：“允若寺（时）。”武丁曰：“来各（格）女（汝）敓（说），圣（听）戒朕言，澌（渐）之于乃心。若金，甬（用）隹（惟）女（汝）复（作）礪（砺）。故（古）我先王滅（灭）䪥（夏），燮（燮）郶（强），戠（捷）菅（蠢）邦，隹（惟）庶相（相）之力兖（胜），甬（用）孚自𢁉（迩）。敬之𢦏（哉），户攴（启）乃心，日沃朕心。若药，女（如）不眂（瞑）眴（眩），邚（越）疾罔瘳。朕畜女（汝），隹（惟）乃𦝤（腹），非乃身。若天𩂢（旱），女（汝）复（作）淫（淫）雨。若圚〈圚〉（津）水，女（汝）复（作）舟。女（汝）隹（惟）𢦏（兹）敓（说）砥（底）之于乃心。复（且）天出不恙（祥），不虘（徂）远，才（在）氒（厥）胳（落），女（汝）克䚂（覞）见（视）四方，乃府（俯）见（视）埅（地）。心毁隹（惟）备。敬之𢦏（哉），甬（用）隹（惟）多悳（德）。复（且）隹（惟）口记（起）戎出好，隹（惟）戓（干）戈复（作）疾，隹（惟）衮（衣）㦰（载）𥁒（病），隹（惟）戓（干）戈生（眚）氒（厥）身。若诋（抵）不见（视），甬（用）？

(伤)，吉不吉。余告女（汝）若寺（时），㴻（志）之于乃心。

李学勤主编：《清华大学藏战国竹简（叁）》，中西书局2018年版，第125页

赤鹄之集汤之屋

曰故（古）又（有）赤鹄（鹄），集于汤之廛（屋），汤䠶（射）之䐾（获）之，乃命少（小）臣曰："脂（旨）䀇（羹）之，我亓（其）亯（享）之。汤进（往）。"少（小）臣既䀇（羹）之，汤句（后）妻纴巟胃（谓）少（小）臣曰："尝我于而尔?（羹）。少（小）臣弗敢尝，曰：句后亓（其）〔杀〕我。"纴?胃（谓）少（小）臣曰："尔不我尝?（吾）不亦杀尔"?少（小）臣自堂下受（授）纴巟䀇（羹）。纴巟受少（小）臣而尝之，乃卲（昭）然，四巟（荒）之外，亡（无）不见也；少（小）臣受亓（其）余（馀）而尝之，亦卲（昭）然，四晦（海）之外，亡（无）不见也。汤𨑓（返）𨑓（廷），少（小）臣馈。汤忞（怒）曰："簹（孰）洀（调）虐（吾）䀇（羹）?"少（小）臣思（惧），乃逃于䠶（夏）。汤乃□之，少（小）臣乃痳（眛）而帰（寝）于?（路），见（视）而不能言。众鸄（乌）𤖤（将）飤（食）之。㐱（巫）鸄（乌）曰："是少（小）臣也，不可飤（食）也。䠶（夏）句（后）又（有）疾，𤖤（将）𥜥（抚）楚，于飤（食）亓（其）祭。"㐱鸄（乌）乃䚻（讯）㐱（巫）鸄（乌）曰："䠶（夏）句（后）之疾女（如）可（何）𤖤㐱（巫）鸄（乌）乃言曰："帝命二黄它（蛇）与二白兔尻句（后）之帰（寝）室之栋，亓（其）下畬（舍）句（后）疾，是囟（使）句（后）瘛（疾）而不智（知）人。帝命句（后）土为二菮（陵）屯，共尻句（后）之床下，亓（其）𨑓（上）句（刺）句（后）之体，是思（使）句（后）之身𧊒（疴）蓋，不可𨑓（及）于筶（席）。"众鸄（乌）乃进（往）。㐱（巫）鸄（乌）乃䫉（歠）少（小）臣之朐（喉）渭（胃），少（小）臣乃记（起）而行，至于䠶=句=（夏后。

夏后）曰："尔隹（惟）𥴦？"少（小）臣曰："我天晉（巫）。""夏句（后）乃僟（讯）疾？"少（小）臣曰："我智（知）之。"䪾（夏）句（后）曰："朕疾女（如）可（何）？"少（小）臣曰："帝命二黄它（蛇）与二白兔，凥句（后）之帰（寝）室之栋，亓（其）下畲（舍）句（后）疾，是思（使）句（后）慭=恂=（棼棼眩眩）而不智（知）人。帝命句（后）土为二菸（陵）屯，共凥句（后）之床下，亓（其）走（上）𠂈（刺）句（后）之身，是思（使）句（后）䎽（昏）𤔔（乱）甘心。句（后）女（如）𢼸（撤）麐（屋），杀黄它（蛇）与白兔，坐（发）墬（地）斩菸（陵），句（后）之疾亓（其）瘳。"䪾（夏）句（后）乃从少（小）臣之言，𢼸（撤）麐（屋），杀二黄它（蛇）与一白兔；乃坐（发）墬（地），又（有）二菸（陵）𢀜，乃斩之。亓（其）一白兔不䙷（得），是䛖（始）为埤（陴）丁者（诸）麐（屋），以䥴（御）白兔。

李学勤主编：《清华大学藏战国竹简（叁）》，中西书局2018年版，第167页

汤处于汤丘

汤屋（处）于汤（唐）坖（丘），取妻于又=䢒=（有莘。有莘）嫈（媵）以少=臣=（小臣，小臣）善为飤（食），亯（烹）之和。又（有）䢒（莘）之女飤（食）之，䜌（绝）舫（芳）旨以䭴（粹），身体𩩲（痉）㶣（平），九窔（窍）发明，以道心㸠（嗌），愭（舒）快以𢝊（恒）。汤亦飤（食）之，曰："允！此可以和民虎（乎）？"少（小）臣畣（答）曰："可。"乃与少（小）臣惎（基）悬（谋）𢍰（夏）邦，未成，少（小）臣又（有）疾，三月不出。汤反逯（复）见少（小）臣，遈（归）必夜。方惟𦖞（闻）之乃纖（箴）："君天王，是又（有）𡊒（台）？𠌶（仆）。今少（小）臣又（有）疾，女（如）思（使）㖑（召），少閖（闲）于疾，朝二僟（讯）之，不猷（犹）受君赐？吟（今）君進（往）不以时，遈（归）必夜，䢛（适）

奉（逢）道洛（路）之祙（祟），民人䎽（闻）之亓（其）胃（谓）虐（吾）君可（何）?”汤曰：“善才（哉）！子之员（云）。先=（先人）又（有）言：能亓（其）事而𣈆（得）亓（其）飤（食），是名曰昌。未能亓（其）事二𣈆（得）其飤（食），是名曰丧。必思（使）事与飤（食）相堂（当）。今少（小）臣能廛（展）章（彰）百义，以和利万民，以攸（修）四时之正，以埶（设）九事之人，以长奉社褉（稷），虐（吾）此是为见之。女（如）我弗见，夫人母（毋）以我为䛤（怠）于亓（其）事虎（乎）?我䛤（怠）于亓（其）事，而不智（知）丧，虐（吾）可（何）君是为?”方惟曰：“善才（哉）！君天王之言也。唯（虽）臣死而或（又）生，此言弗或（又）可𣈆（得）而䎽（闻）也。”汤曰：“善才（哉）！子之员（云）也。唯（虽）余孤之与𠄟（上下）交，剴（岂）敢以衾（贪）𦥷（举）?女（如）幸余閖（闲）于天畏（威），朕隹（惟）逆训（顺）是𢡺（图）。”

汤或（又）䎽（问）于少（小）臣：“又（有）顕（夏）之悳（德）可（何）若才（哉）?”少（小）臣倉（答）：“又（有）顕（夏）之悳（德）?（使）货（过）以惑，萅（春）𥝌（秋）改则，民人诹（趣）貣（忒），型（刑）亡（无）卣（攸）恋（赦），民人皆䋣（瞀）禺（偶）𠈌（离），虽（夏）王不?（得）亓（其）𢡺（图）。”

汤或（又）䎽（问）：“虐（吾）戏（戡）虽（夏）女（如）䛐（台）?”少（小）臣倉（答）：“句（后）古（固）共（恭）天畏（威），敬祀，𦧇（淑）慈我民，若自吏（事）朕身也。傑（桀）之疾，句（后）𤖍（将）君又（有）虽（夏）才（哉）!”

汤或（又）䎽（问）于少（小）臣：“古先=（之先）圣人，可（何）以自悉（爱）?”少（小）臣倉（答）：“古先=（之先）圣人所以子悉（爱），不吏（事）䎽（问），不凥（处）矣（疑）；飤（食）时不旨（嗜）饍（饕），五味皆哉（䶝），不又（有）竘（𪓰）；不备（服）𠈌（过）文，器不敭（雕）镂；不瘧（虐）杀；与民分利，此以自悉（爱）也。”

汤或（又）螽（问于少（小）臣："为君系（奚）若？为臣系（奚）若？"少（小）臣倉（答）："为君悉（爱）民，为臣共（恭）命。"汤或（又）餌（问）于少（小）臣："悉（爱）民女如紿（台）？"少（小）臣倉（答）曰："远又（有）所亟，裳（劳）又（有）所思，鉛（饥）又（有）所飤（食），罙（深）鼎（渊）是淒（济），高山是愈（逾），远民皆亟（极），是非悉（爱）民虎（乎）？"

汤或（又）餌（问）于少（小）臣："共（恭）命女（如）紿（台）？"少（小）臣倉（答）："君既？明，既受君命，退不募（顾）死生，是非共（恭）命虎（乎）！"

李学勤主编：《清华大学藏战国竹简（伍）》，中西书局2018年版，第135页

汤在啻门

贞（正）月己斋（亥），汤才（在）啻闷，螽（问）于少（小）臣："古之先帝亦有良言青（情）至于今虎（乎）？"少（小）臣倉（答）曰："又（有）才（哉）。女（如）亡（无）又（有）良言清（情）至于今，则可（何）以成人？可（何）以成邦？可（何）以成埅（地）？可（何）以成天？"

汤或（又）螽（问）于少（小）臣曰："几言成人？几言成邦？几言成埅（地）？几言成天？"少（小）臣倉（答）曰："五以成人，悳（德）以光之；四以成邦，五以楒（相）之；九以成埅（地），五以牆（将）〔之〕；九以成天，六以行之。"

汤或（又）螽（问）于少（小）臣曰："人可（何）旻（得）以生？可（何）多以长？筸（孰）少而老？者（固）猷（犹）是人，而罷亞（恶）罷好？少（小）臣倉（答）曰："唯皮（彼）五味之槩（气），是哉以为人。亓（其）末槩（气），是胃（谓）玉穜（种），鼠月訇（始）匔（扬），二月乃裹，三月乃刑（形），四月乃貼（固），五月或收（褢），六月生肉，七月乃膌（肌），八月乃正，九月蠶

（显）章，十月乃成，民乃时生。亓（其）㷼（气）朁䌛（歜）发紿（治），是亓（其）为长𠭯（且）好才（哉）。亓（其）㷼（气）畓（奋）昌，是亓（其）为堂（当）𡏒（壮）。㷼（气）𩁹（融）交以备，是亓（其）为力。㷼（气）戚（促）乃老，㷼（气）𥫗（徐）乃猷，㷼（气）逆𤔔（乱）以方，是亓（其）为疾央（殃）。㷼（气）屈乃夂（终），百志皆𥧌（穷）。”

汤或（又）𦖞（问）于少（小）臣：“夫四以成邦，五以𢼄（相）之，可（何）也？”少（小）臣倉（答）曰：“唯皮（彼）四神，是胃（谓）四正，五以相之，悳（德）、事、设（役）、正（政）、型（刑）。”

汤或（又）𦖞（问）于少（小）臣：“媺（美）悳（德）系（奚）若？亞（恶）悳（德）系（奚）若？𡵂（美）事系（奚）若？亞（恶）事系（奚𡵂若？𡵂（美）设（役）系（奚）若？亞（恶）设（役）系（奚）若？𡵂（美）正（政）系（奚）若？亞（恶）正（政）系（奚）若？𡵂（美）型（刑）系（奚）若？亞（恶）型（刑）系（奚）若？”少（小）臣倉（答）：“悳（德）濬明執訐（信）以义成，此胃（谓）𡵂（美）悳（德），可以㝉（保）成；悳（德）𡭂（变）亟執讹以亡成，此胃（谓）亞（恶）悳（德），唯（虽）成或（又）𣶒（渎）。记（起）事又（有）穫，民长万（赖）之，此胃（谓）𡵂（美）事；记（起）事亡（无）穫，疠（病）民亡（无）古（故），此胃（谓）亞（恶）事。记（起）设（役）时训（顺），民备不（俑）（庸），此胃（谓）𡵂（美）设（役）；记（起）设（役）不时，大弼（费）于邦，此胃（谓）亞（恶）设（役）。正（政）柬（简）以成，此胃（谓）𡵂（美）正（政）；正（政）㑌（祸）𤔔（乱）以亡（无）祟（常），民咸解体自卹（恤），此胃（谓）亞（恶）正（政）。型（刑）情（轻）以不方，此胃（谓）𡵂（美）型（刑；刑）竨（重）以亡（无）祟（常），此胃（谓）亞（恶）型（刑）。”

汤或（又）𦖞（问）于少（小）臣：“九以成墬（地），五以𡑞

（将）之，可（何）也？”少（小）臣倉（答）曰：“唯皮（彼）九神，是胃（谓）墬（地）真，五以𤔲（将）之，水、火、金、木、土，以成五，以穂（植）五穀（谷）。”汤或（又）𦖞（问）于少（小）臣：“夫九以成天，六以行之，可（何）也？”少（小）臣?（答）曰：“唯皮（彼）九神，是胃（谓）九宏，六以行之，书、夜、芚（春）、虽（夏）、烁（秋）、各（冬），各時（司）不解，此隹（惟）事首，亦隹（惟）天道”

汤曰：“天尹，唯古先=（之先）帝之良言，则可（何）以改之。”

李学勤主编：《清华大学藏战国竹简（伍）》，中西书局2018年版，第142页

管　仲

趄（桓）公或（又）𦖞（问）于笶（管）中（仲）曰：“中（仲）父，亓（其）从人之道可昮（得）𦖞（闻）虎（乎）？”笶（管）中（仲）倉（答）：“从人之道，止（趾）则心之本，手则心之枳（枝），目、耳则心之末，口则心之窔（窍）。止（趾）不正则心卓（逴），心不情（静）则手𢽿（躁）。心亡（无）惹（图）则目、耳豫（野），心惹（图）亡（无）獸（守）则言不道。言则行=之=首=（行之首，行之首）则事之本也。尚𢈪（展）之，尚詻（格）之，尚勿（勉）之。”

李学勤主编：《清华大学藏战国竹简（陆下）》，中西书局2018年版，第111页

郑文公问太伯（甲、乙）

子人成子既死，太白（伯）堂（当）邑。太白（伯）又（有）疾，吝（文）公逹（往）𦖞（问）之。君若曰：“白（伯）父，不孛（谷）學（幼）弱，忞（闵）𦍋（丧）虐（吾）君，卑（譬）若鸡?

（雒），白（伯）父是（实）被复（覆），不孛（谷）以能与遠（就）宋（次）。今天为不惠，或爰（援）肰（然），与不孛（谷）争白（伯）父，所天不豫（舍）白=父=（伯父，伯父）而□□□□□□□□□□□孛（谷）。”太白（伯）曰：“君，老臣□□□□母（毋）言而不?（当）。故（古）之人又（有）言曰：“为臣而不谏，卑（譬）若饋而不酞（醽）。”昔虐（吾）先君逗（桓）公後（后）出自周，以车七韲（乘），徒卅=（三十）人，故（鼓）亓（其）腹心，畜（奋）亓（其）朌（股）拡（肱），以顏（协）于攸（庸）胍（偶），簐（摄）皐胄（胄）轉（擐）虩（甲），免（擭）戈盾以嫚（造）勋。戰（战）于鱼罗（丽），虐（吾）〔乃〕膢（获）鄣（函）、邶（訾），輹（覆）车閿（袭）鵨（介），克鄶寡=（迢迢），女（如）容袿（社）之尻（处），亦虐（吾）先君之力也。枼（世）及虐（吾）先君武公，西鹹（城）洢（伊）閒（涧），北遠（就）郤（邬）、鄧（刘），縈厄（轭）郘（祆蔿）、芋（邘）之国，鲁、壆（卫）、鄝（蓼）、郝（蔡）逨（来）见。枼（世）及虐（吾）先君臧（庄）公，乃东伐齐酄之戎为敵（御），北鹹（城）郦（温）、原，徲（遗）鉖（阴）、欆（鄂）宋（次），东启遗（隤）、乐，虐（吾）达（逐）王于?（葛）。枼（世）及虐（吾）先君邵公、刺（厉）公，殹（抑）天也，亓（其）殹（抑）人也，为是牢鼫（鼠）不能同穴，朝夕豉（斗）戝（阋），亦不鯢（逸）斩伐。今及虐（吾）君，弱學（幼）而辯（滋）长，不能莫（慕）虐（吾）先君之武敵（御）臧（庄）社（功），色〈孚〉泾〈淫〉条（婬）于庚（康），膢（获）皮（彼）罶（荆）俑（宠），敡（为）大亓（其）宫，君而虩（狎）之，不善弋（哉）。君女（如）由皮（彼）孔叀（叔）、逵（佚）之巨（夷）、帀（师）之佢鹿、臯（堵）之俞瓕（弥），是四人者，方谏虐（吾）君于外，兹贍（詹）父内谪于中，君女（如）是之不能茅（懋），则卑（譬）若疾之亡癠（医）。君之亡（无）籲（问）也，则亦亡（无）聞（闻）也。君之亡（无）出也，则亦亡（无）内（入）也。戒之弋（哉），君。虐（吾）若聞（闻）夫蠮（殷）邦，庚（汤）为语而受亦为语。”

李学勤主编：《清华大学藏战国竹简（陆下）》，中西书局2018年版，第119页

新蔡葛陵楚简初探

▨□瘻（瘳），至癸卯之日安（焉）良瘶（瘥）。丌（其）说（祟）与黾（龟）▨（甲三39）

宋华强著：《新蔡葛陵楚简初探》，武汉大学出版社2010年版，第373–374页

▨肖=（八月），己未多=（之夕），以君之疠（病）之〔故〕▨（乙四5）

宋华强著：《新蔡葛陵楚简初探》，武汉大学出版社2010年版，第376页

▨以坪夜君不瘽（怿），伓（背）雁（膺）、瘄（膚）疾，瘗（胖）痮（胀），心［闷］▨（乙二37+乙二5）

宋华强著：《新蔡葛陵楚简初探》，武汉大学出版社2010年版，第376页

▨疠（病）之古（故），公子为▨（零158+零67）

宋华强著：《新蔡葛陵楚简初探》，武汉大学出版社2010年版，第377页

▨以陵尹怿之大保（宝）彖为君贞：肧（背）膺疾，以瘗（胖）瘬（胀），心悆（闷）。既为贞，而敓（说）亓（其）说（祟），自頣（夏）（甲三219）

宋华强著：《新蔡葛陵楚简初探》，武汉大学出版社2010年版，第377页

王遲（徙）于鄩（鄩）郢之戠（岁），頣（夏）𡧊肻=（之月），癸嬛（亥）旾=（之日），彭定以少（小）龙麓为君贞：伓（背）膺疾，以（甲三204+零199）

宋华强著：《新蔡葛陵楚简初探》，武汉大学出版社2010年版，第378–379页

王遲（徙）于鄩郢之戢（岁），頣（夏）柰之月，乙卯之日，郿（应）嘉以卫医（侯）之簭（筮）为坪夜君贞：既又（有）疾，尚速瘛（瘥），毋又（有）☐（零112+甲三114、113）

宋华强著：《新蔡葛陵楚简初探》，武汉大学出版社2010年版，第379页

☐以髗（髆）髀为坪［夜君］贞：既肧（背）雁（膺）疾，髓（脅）疾，以心痵（闷），尚毋死。与（?）良志（甲三301–2/301–1+三131）

宋华强著：《新蔡葛陵楚简初探》，武汉大学出版社2010年版，第381页

☐□疾，髓（脅）疾，以心☐（甲三245）

宋华强著：《新蔡葛陵楚简初探》，武汉大学出版社2010年版，第381页

☐闷，两髓（脅）☐（零277）

宋华强著：《新蔡葛陵楚简初探》，武汉大学出版社2010年版，第381页

☐贞：既疾于肧（背），以髍（胛）疾，自☐（甲三9）

宋华强著：《新蔡葛陵楚简初探》，武汉大学出版社2010年版，第382页

☐贞：既骬（背）髍（膺）疾，以髍（胛）疾，以心痵（闷），为集（匝）［岁贞］☐（乙四8+乙四7）

宋华强著：《新蔡葛陵楚简初探》，武汉大学出版社2010年版，第382页

☐贞：既肧（背）髍（膺）疾，以髍（胛）疾，以心痵（闷），为集（匝）戢（岁）贞：自☐（甲三100+零135）

宋华强著：《新蔡葛陵楚简初探》，武汉大学出版社2010年版，第382页

☐君贞：既又（有）疾，尚速瘥（瘥），毋又（有）咎。占之：难瘥（瘥）。以☐（甲三194）

宋华强著：《新蔡葛陵楚简初探》，武汉大学出版社2010年版，第382页

☐又（有）疾，尚速瘥（瘥），毋又（有）[咎]。盬（盬）貼占☐（零121+甲三29）

宋华强著：《新蔡葛陵楚简初探》，武汉大学出版社2010年版，第382页

☐以少（小）寵（龙）龕为君贞：伓（背）雁（膺）疾，以瘇（肨）瘬（胀）☐（乙三43+乙二11）

宋华强著：《新蔡葛陵楚简初探》，武汉大学出版社2010年版，第382页

☐龙龕为君贞：以亓（其）肩（肩）伓（背）疾☐（乙四61）

宋华强著：《新蔡葛陵楚简初探》，武汉大学出版社2010年版，第382页

☐为君贞：伓（背）膺疾，以瘇（肨）瘬（胀），心痵（闷），卒（卒）戢（岁）或至頣（夏）褮斉。（之月）尚☐（零221、甲三210）

宋华强著：《新蔡葛陵楚简初探》，武汉大学出版社2010年版，第382页

☐旾=（之日），晢（夏）与良志以陵尹怿之髗（髀）髀为君贞：伓（背）膺疾，以痒（肨）瘬（胀），心痵（闷），卒（卒）戢（岁）或至☐（零584、甲三266/277）

宋华强著：《新蔡葛陵楚简初探》，武汉大学出版社2010年版，第383页

☐痒（肨）瘬（胀），膚疾，以悆（闷）心，卒（卒）戢（岁）或至逨（来）戢（岁）之頣（夏）褮☐（零306+甲三248）

宋华强著：《新蔡葛陵楚简初探》，武汉大学出版社2010年版，第383页

☐膚（膚）疾，心悆（闷），卒（卒）[岁] ☐（零215）

宋华强著：《新蔡葛陵楚简初探》，武汉大学出版社2010年版，第383页

□心悆（闷），卒（卒）戢（岁）或至頣（夏）褒□（甲一16）

宋华强著：《新蔡葛陵楚简初探》，武汉大学出版社2010年版，第383页

□［心］悆（闷），卒（卒）戢（岁）或至頣（夏）褒（甲三87）

宋华强著：《新蔡葛陵楚简初探》，武汉大学出版社2010年版，第383页

□坪夜君贞：既心悆（闷），瘁（肨）痮（胀），以百膭（腨）体疾，卜筈（筮）为祆（攻）。既□（甲三189）

宋华强著：《新蔡葛陵楚简初探》，武汉大学出版社2010年版，第384页

□瘁（肨）痮（胀），以百腨体［疾］□（零125+零256）

宋华强著：《新蔡葛陵楚简初探》，武汉大学出版社2010年版，第384页

□疾龖，痮（胀）腹，瘖（膚）疾。子頣（夏）褒竒。（之月）以至备（冬）褒竒。（之月），聿（尽）七月尚毋又（有）大［咎］□（乙一31、25）

宋华强著：《新蔡葛陵楚简初探》，武汉大学出版社2010年版，第384页

□为君贞：既伓（背）雁（膺）疾，以瘁（肨）痮（胀），瘖（膚）［疾］□（甲三257）

宋华强著：《新蔡葛陵楚简初探》，武汉大学出版社2010年版，第384页

□君贞：既伓（背）雁（膺）疾，以□（乙三22）

宋华强著：《新蔡葛陵楚简初探》，武汉大学出版社2010年版，第384页

□贞：既伓（背）雁（膺）疾，以□（乙三51）

宋华强著：《新蔡葛陵楚简初探》，武汉大学出版社2010年版，

第384页

☐贞：既伓（背）雁（膺）疾，以☐（甲三238）

宋华强著：《新蔡葛陵楚简初探》，武汉大学出版社2010年版，第384页

☐痮（胀），膚疾，忞（闷）心。☐（甲三291-2）

宋华强著：《新蔡葛陵楚简初探》，武汉大学出版社2010年版，第385页

☐贞：伓（背）膺疾，以痒（胖）痮（胀），心忞（闷）☐（甲-14）

宋华强著：《新蔡葛陵楚简初探》，武汉大学出版社2010年版，第385页

☐贞：伓（背）☐（乙二19）

宋华强著：《新蔡葛陵楚简初探》，武汉大学出版社2010年版，第385页

☐伓（背）膺疾，以瘗（胖）痮（胀），心忞（闷）☐（甲-13）

宋华强著：《新蔡葛陵楚简初探》，武汉大学出版社2010年版，第385页

☐膺疾，以瘗（胖）痮（胀）☐（甲三149）

宋华强著：《新蔡葛陵楚简初探》，武汉大学出版社2010年版，第385页

☐膺疾，瘗（胖）痮（胀），心［闷］☐（乙三35）

宋华强著：《新蔡葛陵楚简初探》，武汉大学出版社2010年版，第385页

☐疾，以瘗（胖）痮（胀）☐（零686+零138）

宋华强著：《新蔡葛陵楚简初探》，武汉大学出版社2010年版，第385页

☐以瘗（胖）痮（胀）☐（零328）

宋华强著：《新蔡葛陵楚简初探》，武汉大学出版社2010年版，第385页

☑痮（胀），以忞（闷）［心］☑（零26）

宋华强著：《新蔡葛陵楚简初探》，武汉大学出版社2010年版，第385页

☑以忞（闷）［心］☑（零126）

宋华强著：《新蔡葛陵楚简初探》，武汉大学出版社2010年版，第385页

☑痮（胀），膚疾☑（零292）

宋华强著：《新蔡葛陵楚简初探》，武汉大学出版社2010年版，第385页

☑㾪（膚），疾☑（零357）

宋华强著：《新蔡葛陵楚简初探》，武汉大学出版社2010年版，第385页

☑㾪（膚），疾☑（零469）

宋华强著：《新蔡葛陵楚简初探》，武汉大学出版社2010年版，第385页

☑㾪（膚）［疾］☑（零630）

宋华强著：《新蔡葛陵楚简初探》，武汉大学出版社2010年版，第385页

☑疾，以☑（零60）

宋华强著：《新蔡葛陵楚简初探》，武汉大学出版社2010年版，第385页

☑疾，以☑（零321）

宋华强著：《新蔡葛陵楚简初探》，武汉大学出版社2010年版，第385页

☑□疾☑（零665）

宋华强著：《新蔡葛陵楚简初探》，武汉大学出版社2010年版，第385页

☑忞（闷），尚毋又（有）咎☑（甲二33）

宋华强著：《新蔡葛陵楚简初探》，武汉大学出版社2010年版，

第385页

☑㾝（闷），尚☑（零475）

宋华强著：《新蔡葛陵楚简初探》，武汉大学出版社2010年版，第385页

☑［占之］曰：甚吉，未𦘒（尽）𠕋。（八月）疾必瘥（瘥）（甲三160）

宋华强著：《新蔡葛陵楚简初探》，武汉大学出版社2010年版，第386页

50.☑［占］之曰：疾，无咎，速瘥（瘥）☑（甲二34）

宋华强著：《新蔡葛陵楚简初探》，武汉大学出版社2010年版，第386页

☑𨟻（将）速瘥（瘥），无咎无敓（祟）（乙三2、甲三186）

宋华强著：《新蔡葛陵楚简初探》，武汉大学出版社2010年版，第386页

瘥（瘥），无咎［无祟］☑（甲三226）

宋华强著：《新蔡葛陵楚简初探》，武汉大学出版社2010年版，第386页

☑［占］之：死（恒）贞吉，无咎。疾罷（一）𤸫（续罷（一）巳（已），至𠂤=（九月）又（有）良閒（间）（甲一22）

宋华强著：《新蔡葛陵楚简初探》，武汉大学出版社2010年版，第386页

☑死（恒）贞，无咎，疾罷（一）𤸫（续）罷（一）巳（已）☑（甲三284）

宋华强著：《新蔡葛陵楚简初探》，武汉大学出版社2010年版，第387页

☑死（恒）贞，兆（兆）亡（无）咎，疾罷（一）［续］罷（一）巳（已）。

宋华强著：《新蔡葛陵楚简初探》，武汉大学出版社2010年版，第388页

又（有）祱（祟）☐（甲三365+零339）

宋华强著：《新蔡葛陵楚简初探》，武汉大学出版社2010年版，第388页

☐咎，疾一☐（零191）

宋华强著：《新蔡葛陵楚简初探》，武汉大学出版社2010年版，第388页

☐□□之疾牆（将）速瘽（瘥）☐（零481）

宋华强著：《新蔡葛陵楚简初探》，武汉大学出版社2010年版，第388页

☐□牆（将）速瘽（瘥），瞿（惧）或癪（续）。以亓（其）古（故）敚（说）☐（乙二45+乙二41）

宋华强著：《新蔡葛陵楚简初探》，武汉大学出版社2010年版，第388页

☐疾，尚速瘽（瘥）。定贞（占）之：死（恒）贞，无咎。疾迲（迟）瘽（瘥），又有癪（续），台（以）☐（甲一24）

宋华强著：《新蔡葛陵楚简初探》，武汉大学出版社2010年版，第389页

☐毋又（有）咎。（筮卦）占之曰：吉。宜少迲（迟）瘽（瘥）。以亓（其）古（故）敚（说）之。遯（迻）彭定之祱（祟，说）于北方一静，先之☐（乙二2+乙二30）

宋华强著：《新蔡葛陵楚简初探》，武汉大学出版社2010年版，第389页

☐□□□宜少迲（迟）虘（瘥）□☐（甲三153）

宋华强著：《新蔡葛陵楚简初探》，武汉大学出版社2010年版，第389页

☐［恒］贞吉，义（宜）少瘥（瘥），以☐（甲三12）

宋华强著：《新蔡葛陵楚简初探》，武汉大学出版社2010年版，第389页

☐吉。疾速䵘（损），少迲（迟）恚（蠲）瘽（瘥）。以亓（其）

古（故）敓（说）之☐（乙二3、4）

宋华强著：《新蔡葛陵楚简初探》，武汉大学出版社2010年版，第389页

☐疾速𢿦（损），少迖（迟）恚（蠲）［瘥］☐（乙三47）

宋华强著：《新蔡葛陵楚简初探》，武汉大学出版社2010年版，第390页

☐迖（迟）恚（蠲）瘷（瘥），又（有）祱（祟）。以亓（其）古（故）敓（说）之。㝅祷☐（甲三265）

宋华强著：《新蔡葛陵楚简初探》，武汉大学出版社2010年版，第390页

☐死（恒）贞，无咎，迖（迟）瘷（瘥）。以亓（其）［故说之］☐（零330）

宋华强著：《新蔡葛陵楚简初探》，武汉大学出版社2010年版，第390页

☐瘷（瘥）以亓（其）古（故）敓（说）之。亯（享）薦（薦）☐（甲三256）

宋华强著：《新蔡葛陵楚简初探》，武汉大学出版社2010年版，第390页

☐瘷（瘥）。以亓（其）古（故）敓（说）之。遯（迻）盬（盬）脂之敓（祟），𩞁（祷）祭卲（昭）王大牢，脠（栈）钟乐之。郑☐（甲三212、199-3）

宋华强著：《新蔡葛陵楚简初探》，武汉大学出版社2010年版，第390页

☐无咎，疾迖（迟）瘷（瘥），又（有）𤺺（续）。以亓（其）古（故）敓（说）［之］☐（乙三39）

宋华强著：《新蔡葛陵楚简初探》，武汉大学出版社2010年版，第391页

☐无咎。疾犀（迟）瘨（瘥）☐（甲三173）

宋华强著：《新蔡葛陵楚简初探》，武汉大学出版社2010年版，

第392页

〼疠（病），以亓（其）古（故）敓（说）之吝（文）君、吝（文）佚=（夫人），归〼（甲三176）

宋华强著：《新蔡葛陵楚简初探》，武汉大学出版社2010年版，第392页

〼□疾，死囟郙亥敓（说）于五殜（世）[王父王母] □（乙四27）

宋华强著：《新蔡葛陵楚简初探》，武汉大学出版社2010年版，第392页

□以𩰫之大彤簪（筮）为君贞：既心疾，以〼（甲三72）

宋华强著：《新蔡葛陵楚简初探》，武汉大学出版社2010年版，第393页

〼疾，尚速〼（甲三127）

宋华强著：《新蔡葛陵楚简初探》，武汉大学出版社2010年版，第393页

〼既心念（闷），以疾虘（且）痮（胀），痹（疥）不[出] 〼（甲三291-1）

宋华强著：《新蔡葛陵楚简初探》，武汉大学出版社2010年版，第393页

〼痹（疥）不出。今亦（夜）豊（屡）出，而不良又（有）閒（间）（甲二28）

宋华强著：《新蔡葛陵楚简初探》，武汉大学出版社2010年版，第394页

〼□未良瘷（瘥）。（筮卦）或为君贞：以亓（其）不良恚（蠲）瘻（瘳）之古（故），尚毋又（有）祟。仓占之（甲三184-2、185、222）

宋华强著：《新蔡葛陵楚简初探》，武汉大学出版社2010年版，第394页

□念（闷），虘（且）痹（疥）不出，以又（有）瘖。尚速出，

毋为忧（尤）。嘉占之曰：死（恒）贞吉，少（甲三198、199-2）

宋华强著：《新蔡葛陵楚简初探》，武汉大学出版社2010年版，第395页

☑女子之感，又（有）痀疾复（作），不为訧（尤）。诩☑（零204）

宋华强著：《新蔡葛陵楚简初探》，武汉大学出版社2010年版，第401页

☑［以君］不癴（怿）病之古（故），祝巳（?）☑（零209）

宋华强著：《新蔡葛陵楚简初探》，武汉大学出版社2010年版，第440页

☑句（苟）思（使）坪夜君城𡨄瘳（瘳）速瘥（瘥），敢不速☑（零87+零570+零300+零85+零593）

宋华强著：《新蔡葛陵楚简初探》，武汉大学出版社2010年版，第440页

☑思（使）坪夜君城𡨄瘳（瘳）速瘥（瘥）☑（零189）

宋华强著：《新蔡葛陵楚简初探》，武汉大学出版社2010年版，第440页

☑□少（小）臣成奉（逢）害（害）𧇫（虐）☑（甲三64）

宋华强著：《新蔡葛陵楚简初探》，武汉大学出版社2010年版，第441页

☑少（小）臣成速瘳（瘳）是求（?）☑（甲三16）

宋华强著：《新蔡葛陵楚简初探》，武汉大学出版社2010年版，第442页

☑［小］臣成之伓（背）=膺=悆（闷）=心=之=疾=（背膺闷心之疾，背膺闷心之疾）速瘳（瘳）速瘥（瘥），翼（翼）日癸丑少（小）［臣成］☑（零106+甲三22、59）

宋华强著：《新蔡葛陵楚简初探》，武汉大学出版社2010年版，第442页

包山楚简

东周之客簪緹逯（归）复（乍）于蔵（栽）郢之戢（岁），远寮肓=（之月）癸卯畬=（之日），苛光以长䴗（䴗）为右（左）尹邵㙯貞（贞），疠腹疾，以少懕，尚毋又（有）咎。占之，貞（贞）吉，少未已，以其古（故）䜌之。府于埅陞（地）宔一豭，宫陞（地）宔一豭，赛于行一臭=（白犬）、酉飤，占之曰：吉，畱㞕瘽见王。

湖北省荆沙铁路考古队编：《包山楚简》，文物出版社1991年版，第33页

东周之客簪緹逯（归）复（作）于蔵（栽）郢戢=（之岁），夏月己酉之日，簪吉以保豪为左尹邵㙯貞（贞），以其下心而疾，少煲，死（恒）貞（贞）吉。甲寅之日，疠良瘽，又䜌，祑见琥，以其古（故）䜌之。壁（避）琥，罣良月良日逯（归）之，瘽为音緹璠，逮音之厌一豭于埅宔，赛祷㝠一白犬，逯（归）完（冠）綁于二天子。甲寅之日，逗于邓易。

湖北省荆沙铁路考古队编：《包山楚简》，文物出版社1991年版，第34页

东周之客簪緹逯（归）复（作）于蔵（栽）郢之戢（岁），夏月己酉之日，苛光以长䴗为左尹邵㙯貞（贞），以其下心而疾，少煲，死（恒）貞（贞）吉。庚辛又㓗，疠逮瘽，不逗于邓易，同䜌。

湖北省荆沙铁路考古队编：《包山楚简》，文物出版社1991年版，第34页

东周之客簪緹逯（归）复（作）于蔵（栽）郢戢=（之岁），夏月己茜（酉）畬=（之日），鄅䜋以少实为左尹邵㙯貞（贞），懕（懕）又疠=，（疠）心疾，少懕（懕），不内（入）飤。夏月期？尚毋又恙。

湖北省荆沙铁路考古队编：《包山楚简》，文物出版社1991年版，第34页

屈宜习之以彤筶为左尹邵𩇊贞（贞），𢡺（𢡺）又𤶸=，（𤶸）心疾，少𤉃，不内（入）飤，尚毋又（有）恙。占之，亙（恒）贞（贞）吉，又祟见，𤅊郙𦎧之敓，屈宜占之曰：吉。

湖北省荆沙铁路考古队编：《包山楚简》，文物出版社1991年版，第34页

大司马悼𩠹𨘃楚邦之币（师）徒以𢿈（救）郙𢦔=（之𢦔），𦣦𡰥𩃀=（之月）己卯𠀍=（之日），𥂝吉以琛𧰨为左尹𩇊贞（贞），既腹心疾，以𧺆既，不甘飤，旧不瘥，尚𨗃瘥，毋又（有）柰。占之，亙（恒）贞（贞）吉，疾难瘥，以其古（故）敓之。𥝟祷𠂊一𦎞，𠩳土、司命各一牂；𥝟祷大水一膚，二天子各一牂，𠈇山一羖；𥝟祷楚先老僮、祝𩰫（融）、𡤼酓各两羖，亯祭；𥮥之高丘、下丘各一全豢，囟左尹𩇊𨗃復𡰥。囟攻解于𢦔（岁）。𥂝吉占之曰：吉。

湖北省荆沙铁路考古队编：《包山楚简》，文物出版社1991年版，第36页

大司马悼𩠹𨘃楚邦之币徒以救郙之𢦔（岁），𦣦𡰥𩃀=（之月）己卯𠀍=（之日），陞（陈）乙以共命为左［尹］𩇊贞（贞），既腹心疾，以𧺆（走）𢡺，不甘飤，尚𨗃𤸫，毋又（有）柰，𦫵。占之，恆（恒）贞（贞）吉，疾叓，又膚，递𤸫。以其古（故）祟之。𥝟祷五山各一牂，𥝟祷？卲王戠牛，馈之；𥝟祷文坪虽君子良、郚公子春、司马子音、䓝（蔡）公子𧰨各戠豢，馈之。囟攻解于𧜼與兵死。𤅊𥂝吉之祟，亯祭，𥮥之高丘（丘）、下丘（丘）各一全（全）豢。陞（陈）乙占之曰：吉。

湖北省荆沙铁路考古队编：《包山楚简》，文物出版社1991年版，第36页

大司马悼𩠹𨘃楚邦之币（师）徒以救郙之𢦔（岁），𦣦𡰥之月己卯𠀍=（之日），观绷以长霝（灵）为左尹𩇊贞（贞），既腹心疾，以𧺆𢡺，不甘飤，旧不𤸫，尚𨗃𤸫，毋又（有）柰。占之，恆（恒）贞（贞）吉，疠递瘥。以其古（故）敓之。𤅊𥂝吉之祟，𥝟祷䄅一膚，

厌土、司命各一牂；㙷祷大水一膚，二天子各一牂，𡺚山一羖；㙷祷邵王戠牛，馈之，㙷祷东陵器豣=（豣）、酉飤，蒿之；赣之衣裳各三爯；㙷祷𦒢一全豬、虘梪，保䙷（?）之。观綅占之曰：吉。

湖北省荆沙铁路考古队编：《包山楚简》，文物出版社1991年版，第36页

大司马悼髓以让楚邦之帀（师）徒以栽（救）郙歲（之岁），𦒢层斉=（之月）己卯音=（之日），五生以丞悳以为左尹𢀸自（贞），既腹心疾，以走懸，不甘飤（飤），尚速瘥，毋又（有）柰，䜌。占之，𢀸（恒）自（贞）吉。疾叓，疠㝅。以其古（故）敚之。㙷祷𦒢王，自酓繹以庚武王，五牛、五豕。䆋攻解于水上與㲻人。五生占之曰：吉。

湖北省荆沙铁路考古队编：《包山楚简》，文物出版社1991年版，第36页

大司马悼髓让楚邦之帀（师）徒以栽（救）郙歲（之岁）。𦒢层斉=（之月）己卯音=（之日），䜭吉以驳需（灵）为左尹𢀸自（贞），既腹心疾，以走懸，不甘飤，旧不瘥，尚速瘥，毋又（有）柰。占之，𢀸（恒）自（贞）吉，疠又䐛，以其古（故）敚之。㙷祷大水一犛马；㙷祷吾（郚）公子春、司马子音、鄵（蔡）公子豩各戠（䵂）豼，馈之；㙷祷社一豬（豬）。䆋攻解日月与不殆。䜭吉占之曰：吉。

湖北省荆沙铁路考古队编：《包山楚简》，文物出版社1991年版，第37页

上海博物馆藏战国楚竹书

容成氏

郙，支（辨）为五音，吕定男女之圣（声）。堂（当）是时也，

戏（痨）役（疫）不至，祆（妖）羕（祥）不行，祡（祸）才（灾）迲（去）亡，肣（禽）獸（兽）肥大，卉木晋（蓁）长。

马承源主编：《上海博物馆藏战国楚竹书2》，上海古籍出版社2005年版，第262页

堂（当）是旹（时），弝（强）溺（弱）不紿諹，众㝅（寡）不圣讼，天地四旹（时）之事不攸（修）。汤乃专（辅）为正（征）笈（籍），吕正（征）闗（关）市。民乃宜肙（怨），虐（虐）疾訇（始）生，于是

马承源主编：《上海博物馆藏战国楚竹书2》，上海古籍出版社2005年版，第278页

虐（乎）又（有）諡（喑）、聋、皮（跛）、◭、瘦（瘿）、寀、婁（偻）訇（始）记（起）。汤乃蒸（谋）戒求臤（贤），乃立泗（伊）尹吕为差（佐）。

马承源主编：《上海博物馆藏战国楚竹书2》，上海古籍出版社2005年版，第279页

柬大王泊旱

緋（蹦）。龟尹智（知）王之庶（遮）于日而疠（病）痵（疥），悉（仪）愈迗（突）。贅尹智（知）王之疠（病）乘（龜），龟尹速卜。

马承源主编：《上海博物馆藏战国楚竹书4》，上海古籍出版社2005年版，第196页

而卜之褒（表）。王曰："女（如）褒（表），速祭之虗（吾）瘽鼠疠（病）。贅尹畣（答）曰：楚邦又（有）棠（常），古（故）。"

马承源主编：《上海博物馆藏战国楚竹书4》，上海古籍出版社2005年版，第199页

高山深溪，王吕（以）䎽（问）贅尹高："不谷闆瘽甚疠（病）聚（骤），梦高山深溪虗（吾）所旻（得）。"

马承源主编：《上海博物馆藏战国楚竹书4》，上海古籍出版社2005年版，第202页

甚牆（将）必智（知）之。君王之疠（病）牆（将）从含（今）日㠯（以）已。”命（令）尹子林翻（问）于大剸（宰）：“子_为人。”

马承源主编：《上海博物馆藏战国楚竹书4》，上海古籍出版社2005年版，第214页

竞公疟

齐竞（景）公癗（疥）虘（且）瘧（疟），逾（逾）散（岁）不已。割疾（瘥）与梨（梁）丘虡（据）言于公曰：“虐（吾）币帛甚娩（孅）于虐（吾）先君之量矣，虐（吾）珪琛（宝）大于虐（吾）先君之□。”

马承源主编：《上海博物馆藏战国楚竹书6》，上海古籍出版社2005年版，第162页

公癗（疥）虘（且）瘧（疟），逾（逾）散（岁）不已，是虐亡=（吾无）良祝吏（史）也。虐（吾）欲（欲）豉（诛）者（诸）祝、吏（史），公与页畣（答）之尚（倘）肰（然），是虐（吾）所莧（望）于女（汝）也。盍豉（殊）之二子猍（急）牆（将）

马承源主编：《上海博物馆藏战国楚竹书6》，上海古籍出版社2005年版，第166页

之臣，出乔（矫）于郢（鄙）。自古（姑）、蚤（尤）㠯（以）西，慻翏（聊）、聑（摄）㠯（以）东，亓（其）人娄（数）多已，是皆贫痁（苦）约疠（㿈）瘠（疾），夫妇皆祖（诅）一支，夫婺（執）散（孅）之币三布之玉，唯是□……

马承源主编：《上海博物馆藏战国楚竹书》，上海古籍出版社2005年版，第185页

望山楚简

𩿛月，丙（丙）唇（辰）畜=（之日），登逪㠯（以）少（小）敀（筹）为悼固贞：既痵，㠯（以）悗心，不内（入）飤（食），尚毋为大蚤，占之恒【贞吉】

湖北省文物考古研究所、北京大学中文系编：《望山楚简》，中华书局1995年版，第69页

☐【𥫱】豹㠯（以）寳（宝）豪为悼固贞：既痵，㠯（以）心㾡㾡（然），不可㠯（以）違（动）思䙂身，𩏂

湖北省文物考古研究所、北京大学中文系编：《望山楚简》，中华书局1995年版，第69页

☐𥫱豹㠯（以）保（宝）蒙为悼固贞：既心𠆸，㠯（以）𤸷，善𣢜☐☐𥛔佗㠯（以）少☐

湖北省文物考古研究所、北京大学中文系编：《望山楚简》，中华书局1995年版，第69页

☐㠯（以）不能飤（食），㠯（以）心𠆸，㠯（以）𣢜，肙（胸）肋疾，尚☐

湖北省文物考古研究所、北京大学中文系编：《望山楚简》，中华书局1995年版，第71页

☐㠯（以）心㾡，不能飤（食），㠯（以）聚𣢜，足骨疾☐

湖北省文物考古研究所、北京大学中文系编：《望山楚简》，中华书局1995年版，第71页

☐聚𣢜，足骨疾，尚毋死，占之𢛰（恒）贞吉，不死☐

湖北省文物考古研究所、北京大学中文系编：《望山楚简》，中华书局1995年版，第71页

☐㠯（以）瘥（痵），尚毋㠯（以）亓（其）古（故）又（有）大咎，占之𢛰（恒）贞☐

湖北省文物考古研究所、北京大学中文系编：《望山楚简》，中华书局1995年版，第71页

☑首疾，尚毋☑

湖北省文物考古研究所、北京大学中文系编：《望山楚简》，中华书局1995年版，第71页

☑首疾☑

湖北省文物考古研究所、北京大学中文系编：《望山楚简》，中华书局1995年版，第71页

☑递瘥（瘥），毋吕（以）亓（其）古（故）又（有）咎，占之

湖北省文物考古研究所、北京大学中文系编：《望山楚简》，中华书局1995年版，第72页

死（恒）贞吉，疾少屖（迟）瘥（瘥），又（有）☑

湖北省文物考古研究所、北京大学中文系编：《望山楚简》，中华书局1995年版，第72页

☑□之，递□其胸，祷之，递瘥（瘥），赛☑

湖北省文物考古研究所、北京大学中文系编：《望山楚简》，中华书局1995年版，第72页

☑无大咎，疾屖（迟）瘥（瘥），又（有）祱（祟），吕（以）亓（其）古（故）敓之，赛【祷】

湖北省文物考古研究所、北京大学中文系编：《望山楚简》，中华书局1995年版，第73页

☑又（有）瘖，逞（迟）瘥（瘥），吕（以）亓（其）古（故）敓之，嬰☑

湖北省文物考古研究所、北京大学中文系编：《望山楚简》，中华书局1995年版，第73页

☑少逞（迟）瘥（瘥），吕（以）亓（其）古（故）敓之，襄䵷豹之祱，嬰☑

湖北省文物考古研究所、北京大学中文系编：《望山楚简》，中

华书局1995年版，第73页

□逞（迟）瘥（瘥）□

湖北省文物考古研究所、北京大学中文系编：《望山楚简》，中华书局1995年版，第73页

□瘥（瘥），又（有）瘾□

湖北省文物考古研究所、北京大学中文系编：《望山楚简》，中华书局1995年版，第73页

□疾㫋（丙）、丁又（有）疽，辛□

湖北省文物考古研究所、北京大学中文系编：《望山楚简》，中华书局1995年版，第74页

□己未又（有）𤴓（闲），辛、壬瘛（瘥）

湖北省文物考古研究所、北京大学中文系编：《望山楚简》，中华书局1995年版，第74页

壬、癸大又（有）翏（瘳）□

湖北省文物考古研究所、北京大学中文系编：《望山楚简》，中华书局1995年版，第74页

□栽陵君肥冢酉（酒）飤（食）遡祷北子肥豜（豢）酉（酒）飤（食）遬瘥（瘥），赛之。

湖北省文物考古研究所、北京大学中文系编：《望山楚简》，中华书局1995年版，第78页

述瘥（瘥），遬赛之遬瘥（瘥）□

湖北省文物考古研究所、北京大学中文系编：《望山楚简》，中华书局1995年版，第81页

□目（以）述瘥（瘥）□

湖北省文物考古研究所、北京大学中文系编：《望山楚简》，中华书局1995年版，第81页

□足瘥（瘥）

湖北省文物考古研究所、北京大学中文系编：《望山楚简》，中

华书局1995年版，第81页

☒□癨（瘥）☒

湖北省文物考古研究所、北京大学中文系编：《望山楚简》，中华书局1995年版，第81页

甘肃秦汉简牍集释天水放马滩秦简集释

除日：逃亡不得，瘅疾死。可以治啬夫，可以彻言，君子除辠。

孙占宇著：《天水放马滩秦简集释》，甘肃文化出版社2013年版，第16页

以女日病以女日瘳，必女日复之；以女日死以女日葬，必复之。男日亦如是。谓罔刚。

孙占宇著：《天水放马滩秦简集释》，甘肃文化出版社2013年版，第131页

凡人来问病者，以来时投日、辰、时数并之，上多下占病巳，上下等曰陲巳，下多上一曰未巳而几巳，下多上二曰未巳，下多三曰日尚久，多四、五、六曰久未智巳时，多七曰痛不巳，多八、九曰死。

孙占宇著：《天水放马滩秦简集释》，甘肃文化出版社2013年版，第213页

占疾，投其病日、辰、时，以其所中之辰闲，中其后为巳闲，中其前为未闲。得其月之剽，恐死；得其收，□；得其吉，善；得其闭，病中，虽……□；得其建，多余病；得除，恐死；得其盈，驾病；得其吉，善；得其臽，病久不□，乃复病。☒。

孙占宇著：《天水放马滩秦简集释》，甘肃文化出版社2013年版，第215页

占病者，以其来问时直日、辰、时，因而三之，即直六结四百五，而以所三□□除焉，令不足除殹，乃□□者曰□易。如其余□，以九者首殹，八者肩、肘殹，七六者匈、腹、肠殹，五者股、胻殹，

四者膝、足殹、此所以智病疵之所殹。

孙占宇著：《天水放马滩秦简集释》，甘肃文化出版社2013年版，第216页

占病祟除：一天殹，公外；二社及立；三人，鬼大父及殇；四大遏及北公；五音，巫帝、阴、雨公；六律，司命、天□；七星，死者；八风，相莨者；九水，大水殹。

孙占宇著：《天水放马滩秦简集释》，甘肃文化出版社2013年版，第218页

睡虎地秦墓竹简

秦律十八种

将牧公马牛，马【牛】死者，亟谒死所县，县亟诊而入之，其入之其弗亟而令败者，令以其未败直（值）赏（偿）之。其小隶臣疾死者，告其□□之；其非疾死者，以其诊书告官论之。其大廄，中廄、宫廄马牛殹，以其筋、革、角及其贾（价）钱效，其人诣其官。其乘服公马牛亡马者而死县，县诊而杂买（卖）其肉，即入其筋、革、角，及索（索）入其贾（价）钱。钱少律者，令其人备之而告官，官告马牛县出之。今课县、都官公服牛各一课，卒岁，十牛以上而三分一死；不【盈】十牛以下，及受服牛者卒岁死牛三以上，吏主者、徒食牛者及令、丞皆有罪。内史课县，大（太）仓课都官及受服者。

睡虎地秦墓竹简整理小组编：《睡虎地秦墓竹简》，文物出版社1990年版，第24页

城旦之垣及它事而劳与垣等者，旦半夕参，其守署及为它事者，参食之。其病者，称议食之令吏主。城旦舂、舂司寇、白粲操土攻（功），参食之；不操土攻，以律食之。

睡虎地秦墓竹简整理小组编：《睡虎地秦墓竹简》，文物出版社1990年版，第33页

法律答问

疠者有罪，定杀。定杀可（何）如？生定杀水中之谓殹（也）。或曰生埋，生埋之异事殹（也）。

睡虎地秦墓竹简整理小组编：《睡虎地秦墓竹简》，文物出版社1990年版，第122页

甲有完城旦罪，未断，今甲疠，问甲可（何）以论？当䙴（迁）疠所处之；或曰当䙴（迁）䙴（迁）所定杀。

睡虎地秦墓竹简整理小组编：《睡虎地秦墓竹简》，文物出版社1990年版，第122页

城旦、鬼薪疠，可（何）论？当䙴（迁）疠䙴（迁）所。

睡虎地秦墓竹简整理小组编：《睡虎地秦墓竹简》，文物出版社1990年版，第122页

可（何）如为大痍？大痍者，支（肢）或未断，及将长令二人扶出之，为大痍。

睡虎地秦墓竹简整理小组编：《睡虎地秦墓竹简》，文物出版社1990年版，第143页

封诊式

厲（疠）爰书：某里典诣丽人士五（伍）丙，告曰："疑**厲**（疠），来诣。"讯丙，辞曰："以三岁时病疕，麋（眉）突，不可智（知）其可（何）病，毋（无）它坐。令医丁诊之，丁言曰："丙毋（无）麋（眉），艮本绝，鼻腔坏。刺其鼻不疐（嚏）。肘鄰（膝），□□□到□两足下奇（踦），溃一所。其手毋胈。令𧦝（号），其音气败。**厲**（疠）殹（也）。"

睡虎地秦墓竹简整理小组编：《睡虎地秦墓竹简》，文物出版社

1990年版，第156页

贼死爰书：某亭求盗甲告曰："署中某所有贼死、结发、不智（知）可（何）男子一人，来告。"即令令史某往诊。令史某爰书：与牢隶臣某即甲诊，男子死（尸）在某室南首，正偃。某头左角刃痏一所，北（背）二所，皆从（纵）头北（背），袤各四寸，相耎，广各一寸，皆臽中类斧，脑角出（頔）皆血出，柀（被）污头北（背）及地，皆不可为广袤；它完。衣布禅帬、襦各一。其襦北（背）直痏者，以刃夬（决）二所，䧹（应）痏。襦北（背）及中衽污血。男子西有鬖秦綦履一两，去男子其一奇六步，一十步；以履履男子，利焉。地坚，不可智（知）贼迹。男子丁壮，析（皙）色，长七尺一寸，发长二尺；其腹有久故瘢二所。男子死（尸）所到某亭百步，到某里士五（伍）丙田舍二百步。令甲以布帬剡貍（埋）男子某所，侍（待）令。以襦、履诣廷。讯甲亭人及丙，智（知）男子可（何）日死，闻謼（号）寇者不殹（也）？

睡虎地秦墓竹简整理小组编：《睡虎地秦墓竹简》，文物出版社1990年版，第157页

经死爰书：某里典甲曰："里人士五（伍）丙经死其室，不智（知）故，来告。即令令史某往诊。令史某爰书：与牢隶臣某即甲、丙妻、女诊丙。丙死（尸）县其室东内中北廦权，南鄉（向），以枲索大如大指，旋通繫颈，旋终在项。索上终权，再周结索，余末袤二尺。头上去权二尺，足不傅地二寸，头北（背）傅廦，舌出齐唇吻，下遗矢弱（溺），污两卻（脚）。解索，其口鼻气出渭（喟）然。索迹椒（椒）郁，不周项二寸。它度毋（无）兵刃木索迹。权大一围，袤三尺，西去堪二尺，堪上可道终索。地坚，不可智（知）人迹。索袤丈。衣络禅襦、帬各一，践□。即令甲、女载丙死（尸）诣廷。诊必先谨审视其迹，当独抵死（尸）所，即视索终，终所当有通迹，乃视舌出不出，头足去终所及地各几可（何），遗矢弱（溺）不殹（也）？乃解索视口鼻渭（喟）然不殹（也）？及视索迹郁之状。道索终所试脱头；能脱，乃□其衣，尽视其身、头发中及篡。

舌不出，口鼻不渭（喟）然，索迹不郁，索终急不能脱，□死难审殹（也）。节（即）死久，口鼻或不能渭（喟）然者。自杀者必先有故，问其同居，以合（答）其故。”

睡虎地秦墓竹简整理小组编：《睡虎地秦墓竹简》，文物出版社1990年版，第158页

出子爰书：某里士五（伍）妻甲告曰：“甲怀子六月矣，自尽与同里大女子丙斗，甲与丙相捽，丙偾㾄甲里人公士丁救，别丙、甲。甲到室即病复（腹）痛，自宵子变出。今甲裹把子来诣自告，告丙。”即令令史某往执丙。即诊婴儿男女、生发及保之状。有（又）令隶妾数字者，诊甲前血出及痈状。有（又）讯甲室人甲到室居处及复（腹）痛子出状。丞乙爰书：令令史某，隶臣某诊甲所诣子，已前以布巾裹，如𧖴（衃）血状，大如手，不可智（知）子。即置盎水中榣（摇）之，音（衃）血子殹（也）。其头、身、臂、手指、股以下到足、足指类人，而不可智（知）、目、耳、鼻、男女。出水中有（又）音（衃）血状。其一式曰：令隶妾数字者某某诊甲，皆言甲前旁有干血，今尚血出二少，非朔事殹（也）。某赏（尝）怀子而变，其前及血出如甲。

睡虎地秦墓竹简整理小组编：《睡虎地秦墓竹简》，文物出版社1990年版，第161页

为吏之道

凡为吏之道，必精絜（洁）正直，慎谨坚固，审悉毋（无）私，微密韱（纤）察，安静毋苛，审当赏罚。严刚毋暴，廉而毋刖，毋复期胜，毋以忿怒夬（决）。宽俗（容）忠信，和平毋怨，悔过勿重。兹（慈）下勿陵，敬上勿犯，听间（谏）勿塞。审智（知）民能，善度民力，劳以衜（率）之，正以桥（矫）之。反赦其身，止欲去顤（愿）。中不方，名不章；外不员（圆）。尊贤养孽，原壄（野）如廷。断割不刖。怒能喜，乐能哀，智能愚，壮能衰，恿

（勇）能屈，刚能柔，仁能忍，强良不得，审耳目口，十耳当一目。安乐必戒，毋行可悔。以忠为干，慎前虑后。君子不病殹（也）。同能而异。毋穷穷，毋岑岑，毋衰衰，临材（财）见利，不取句（苟）富临难见死，不取句（苟）免。欲富大（太）甚，贫不可得；欲贵大（太）甚，贱不可得。毋喜富，毋恶贫，正行修身，过（祸）去福寸。

睡虎地秦墓竹简整理小组编：《睡虎地秦墓竹简》，文物出版社1990年版，第167页

日书甲种

除日，臣妾亡，不得。有瘇病，不死。利市责（积）、彻□□□除地、饮乐。攻盗，不可以執。

睡虎地秦墓竹简整理小组编，《睡虎地秦墓竹简》，文物出版社1990年版，第183页

盈日，可以筑闲牢，可以产，可以筑宫室、为啬夫。有疾，难起。

睡虎地秦墓竹简整理小组编：《睡虎地秦墓竹简》，文物出版社1990年版，第183页

病：

甲乙有疾，父母为祟，得之于肉，从东方来，裹以桼（漆）器。戊己病，庚有【闲】，辛酢。若不烦居东方，岁在东方，青色死。

丙丁有疾，王父为祟，得之赤肉、雄鸡、酉（酒）。庚辛病，壬有闲，癸酢。若不酢，烦居南方，岁在南方，赤色死。

戊己有疾，巫堪行，王母为祟，得之于黄色索鱼、堇酉（酒）。壬癸病，甲有闲，乙酢。若不酢，烦居邦中，岁在西方，黄色死。

庚辛有疾，外鬼伤（殇）死为祟，得之犬肉，鲜卵白色，甲乙病，丙有闲，丁酢。若不酢，烦居西方，岁在西方，白色死。

壬癸有疾，母（毋）逢人，外鬼为祟，得之于酉（酒）脯修节

肉。丙丁病，戊有闲，己酢。若不酢，烦居北方，岁在北方，黑色死。

睡虎地秦墓竹简整理小组编：《睡虎地秦墓竹简》，文物出版社1990年版，第193页

巳，南吉，西得，北凶，东见疾死。

睡虎地秦墓竹简整理小组编：《睡虎地秦墓竹简》，文物出版社1990年版，第202页

己丑生子，贫而疾。

睡虎地秦墓竹简整理小组编：《睡虎地秦墓竹简》，文物出版社1990年版，第203页

乙未生子，有疾，少孤，后富。

睡虎地秦墓竹简整理小组编：《睡虎地秦墓竹简》，文物出版社1990年版，第203页

壬寅生子，不女为医，女子为也。

睡虎地秦墓竹简整理小组编：《睡虎地秦墓竹简》，文物出版社1990年版，第204页

丙午生子，耆（嗜）酉（酒）而疾，后富。

睡虎地秦墓竹简整理小组编：《睡虎地秦墓竹简》，文物出版社1990年版，第204页

丙辰生子，有疵于膿（体）而恿（勇）。

睡虎地秦墓竹简整理小组编：《睡虎地秦墓竹简》，文物出版社1990年版，第204页

丁卯生子，不正，乃有疵前。

睡虎地秦墓竹简整理小组编：《睡虎地秦墓竹简》，文物出版社1990年版，第205页

北庰，利猪，不利人。圂居正北，吉。圂居东北，妻善病。圂居南，宜犬，多恶言。

睡虎地秦墓竹简整理小组编：《睡虎地秦墓竹简》，文物出版社1990年版，第211页

诘：

诘咎，鬼害民罔（妄）行，为民不羊（祥），告如诘之，𠭁，道（导）令民毋罹兇（凶）央（殃）。鬼之所恶，彼窋（屈）卧箕坐，连行奇（踦）立。

人毋（无）故鬼攻之不已，是是刺鬼。以桃为弓，牡棘为矢，羽之鸡羽，见而射之，则已矣。

人毋（无）故鬼昔（藉）其宫，是是丘鬼。取故丘之土，以为伪人犬，置蘠（墙）尚，五步一人一犬，睘（环）其宫，鬼来阳（扬）灰毄（击）箕以喿（噪）之，则止。

人毋（无）故而鬼惑之，是𧌒鬼，善戏人。以桑心为丈（杖），鬼来而毄（击）之，畏死矣。

人毋（无）故而鬼取为胶，是是哀鬼，毋（无）家，与人为徒，令人色柏（白）然毋（无）气，喜契（洁）清，不饮食。以棘椎桃秉（柄）以𢡱（敲）其心，则不来。

一宅中毋（无）故而室人皆疫，或死或病，是是棘鬼在焉，正立而貍（埋），其上旱则淳，水则干。屈（掘）而去之，则止矣。

一宅之中毋（无）故室人皆疫，多瞢（梦）米（寐）死，是是㚔鬼貍（埋）焉，其上毋（无）草，如席处。屈（掘）而去之，则止矣。

人毋（无）故一室人皆疫，或死或病，丈夫女子隋（堕）须（鬚）羸发黄目，是宲宲〈是是宲〉人生为鬼，以沙人一升𢫫其舂臼，以黍肉食，宲人，则止矣。

犬恒夜入人室，執丈夫，戏女子，不可得也，是神狗伪为鬼。以桑皮为□□之，烰（炮）而食之则止矣。

夏大暑，室毋（无）故而寒，幼𧍪（龙）处之。取牡棘烰（炮）室中，𧍪（龙）去矣。

野兽若六畜逢人而言，是票（飘）风之气，毄（击）以桃丈，绎（释）𨜏（屦）而投之，则已矣。

䆿毋（无）故不可以孰（熟）食，阳鬼取其气。燔豕矢室中，则

止矣

人之六畜毋（无）故而皆死，欲鬼之气入焉。乃疾靡（糜）瓦以还□□□□□已矣。

睡虎地秦墓竹简整理小组编：《睡虎地秦墓竹简》，文物出版社1990年版，第212页

一室人皆养（痒）膿（体），疠鬼居之，燔生桐其室中，则已矣。

睡虎地秦墓竹简整理小组编：《睡虎地秦墓竹简》，文物出版社1990年版，第216页

丑，鼠也。其后必有病者三人。

睡虎地秦墓竹简整理小组编：《睡虎地秦墓竹简》，文物出版社1990年版，第221页

日书乙种

人日：凡子、卯、寅、酉男子日，午、未、申、丑、亥女子日。以女子日病，病瘳，必复之。以女子日死，死以葬，必复之。男子日如是。

睡虎地秦墓竹简整理小组编：《睡虎地秦墓竹简》，文物出版社1990年版，第240页

午大翏（瘳），死生在申，黑肉从北方来，把者黑色，外鬼父叶（世）为姓（眚），高王父谴适（谪）豕〼。

睡虎地秦墓竹简整理小组编：《睡虎地秦墓竹简》，文物出版社1990年版，第245页

丑以东吉，西先行，北吉，南得，【朝】闭夕启，朝兆得，昼夕不得。以入，得。【以有】疾，卯少翏（瘳）巳大翏（瘳）、死生，腤肉从东方来，外鬼为姓（眚），巫亦为姓（眚）。

睡虎地秦墓竹简整理小组编：《睡虎地秦墓竹简》，文物出版社1990年版，第245页

寅以东北吉，西先行，南得，朝闭夕启，朝兆得，昼夕不得。以入，吉。以有疾，午少翏（瘳），申大翏（瘳），死生在子，☐巫为姓（眚）。

睡虎地秦墓竹简整理小组编：《睡虎地秦墓竹简》，文物出版社1990年版，第245页

卯以东吉，北见疾，西南得，朝闭夕启，朝兆得，昼夕不得。以入，必有大亡。以有疾，未少翏（瘳），申大翏（瘳），死生在亥，狗肉从东方来，中鬼见社为姓（眚）。

睡虎地秦墓竹简整理小组编：《睡虎地秦墓竹简》，文物出版社1990年版，第245页

辰以东吉，北兇（凶），先行，南得，朝启夕闭，朝兆不得，夕昼得。以入，吉。以有疾，酉少翏（瘳）戌大翏（瘳），死生在子，干肉从东方来，把者精（青）色，巫为姓（眚）。

睡虎地秦墓竹简整理小组编：《睡虎地秦墓竹简》，文物出版社1990年版，第245页

巳以东吉，北得，西兇（凶），南见疾，朝闭夕启，朝兆得。以入，吉。以有疾，申少翏（瘳），亥大翏（瘳），死生在寅，赤肉从东方来，高王父谴姓（眚）。

睡虎地秦墓竹简整理小组编：《睡虎地秦墓竹简》，文物出版社1990年版，第245页

午以东先行，北得，西闻言，南兇（凶），朝闭夕启，朝兆得，夕不得。以入，吉。有疾，丑少翏（瘳），辰大翏（瘳），死生在寅，赤肉从南方来，把者赤色，外鬼兄?（世）为姓（眚）。

睡虎地秦墓竹简整理小组编：《睡虎地秦墓竹简》，文物出版社1990年版，第245页

未以东得，北兇（凶），西南吉，朝启多夕闭，朝兆不得，昼夕得。以人，吉。以有疾，子少翏（瘳），卯大翏（瘳），【死】生在寅，赤肉从南方来，把者【赤】色，母叶（世）外死为姓（眚）。

睡虎地秦墓竹简整理小组编：《睡虎地秦墓竹简》，文物出版社

1990年版，第245页

申以东北得，西吉，南兇（凶），朝闭夕启，朝兆得，昼夕不得。以入，吉。以有疾，子少翏（瘳），【大】翏（瘳），死生在辰，鲜鱼从西方来，把者白色，王父譴，牂为姓（眚）。

睡虎地秦墓竹简整理小组编：《睡虎地秦墓竹简》，文物出版社1990年版，第245页

酉以东藺（吝），南闻言，西兇（凶），朝启【夕】闭，朝兆不得，昼夕得。以入，有□。【有】疾，戌少翏（瘳），子大翏（瘳），死生在未，赤肉从北方来，外鬼父枼（世）见而欲，巫为姓（眚），室鬼欲狗（拘），戌以东得，西见兵，冬之吉，南兇（凶），朝启夕闭，朝兆不得，昼夕得。以入，藺（吝）。以有疾，卯少翏（瘳），辰大翏（瘳），死生在酉，鲜鱼从西方来，把者白色，高王父为姓（眚），野立为▨。

睡虎地秦墓竹简整理小组编：《睡虎地秦墓竹简》，文物出版社1990年版，第245页

亥以东南得，北吉，西禺（遇）□，【朝】启夕闭，朝兆不得。以入，小亡。以有疾，巳少翏（瘳），酉大翏（瘳），死生在子，黑肉从东方来，母枼（世）见之为姓（眚）。

睡虎地秦墓竹简整理小组编：《睡虎地秦墓竹简》，文物出版社1990年版，第246页

有疾：

——甲乙有疾，禺（遇）御于豕肉，王父欲杀，生人为姓（眚）。有病者必五病而▨有闲，不闲，死，烦▨色亡。

丙丁有疾，王父为姓（眚），得赤肉、雄鸡、酒，庚辛病，壬闲，癸酢（作），烦及岁皆在南方，其人赤色，死火日。

戊己有疾，巫堪，王父为姓（眚），□□□索鱼堇□□□□闲，乙酢（作），不酢（作），□□邦中，中岁在西，人黄色，死土日。

庚辛有疾，外鬼、伤（殇）死为姓（眚），得于肥肉、鲜鱼、卵，□□甲乙病，丙有闲，丁酢（作），不▨死▨壬癸□□□□□人，

外鬼为姓（眚），得于酉（酒）、脯修节肉，丙丁病，戊有闲，己酢（作），不酢（作），烦在北，人黑☒。

睡虎地秦墓竹简整理小组编：《睡虎地秦墓竹简》，文物出版社1990年版，第246页

病：凡酉、午、巳、寅，以问病者，必代病。

睡虎地秦墓竹简整理小组编：《睡虎地秦墓竹简》，文物出版社1990年版，第247页

凡酉、午、巳、寅、辛亥、辛卯问病者，代之。

睡虎地秦墓竹简整理小组编：《睡虎地秦墓竹简》，文物出版社1990年版，第248页

壬辰生，必善医，衣常（裳）。

睡虎地秦墓竹简整理小组编：《睡虎地秦墓竹简》，文物出版社1990年版，第252页

里耶秦简

病者无小今岨行书徒更戍城父柘□☒（143）

湖南省文物考古研究所编：《里耶秦简》，文物出版社2012年版，第17页

二人病复卯

湖南省文物考古研究所编：《里耶秦简》，文物出版社2012年版，第18页

☒□病有能治者言□☒

湖南省文物考古研究所编：《里耶秦简》，文物出版社2012年版，第18页

☒一人病☒

湖南省文物考古研究所编：《里耶秦简》，文物出版社2012年版，第18页

☒一人病☒

湖南省文物考古研究所编：《里耶秦简》，文物出版社2012年版，第47页

三人病骨驧成。

湖南省文物考古研究所编：《里耶秦简》，文物出版社2012年版，第53页

一人病燕

湖南省文物考古研究所编：《里耶秦简》，文物出版社2012年版，第57页

七病暴心痛灼=者治之析蓂实冶二枯橿菌桂冶各一凡三物并和取三指冣到节二温醇酒

湖南省文物考古研究所编：《里耶秦简》，文物出版社2012年版，第63页

□病已如故治病毋時愈治药足治病已治裹□绘臧治核暴若有所燥治

湖南省文物考古研究所编：《里耶秦简》，文物出版社2012年版，第64页

▨二人病贺滑

湖南省文物考古研究所编：《里耶秦简》，文物出版社2012年版，第65页

▨已病不盈三

湖南省文物考古研究所编：《里耶秦简》，文物出版社2012年版，第67页

第一人病少气者恶闻人声不能视而□▨

湖南省文物考古研究所编：《里耶秦简》，文物出版社2012年版，第68页

服药时禁女食彘肉▨

湖南省文物考古研究所编：《里耶秦简》，文物出版社2012年版，第69页

▨中病▨

湖南省文物考古研究所编：《里耶秦简》，文物出版社2012年版，第82页

☑治心=腹=痛=者☑

湖南省文物考古研究所编：《里耶秦简》，文物出版社2012年版，第82页

天雨㿻赐有病身疾☑

湖南省文物考古研究所编：《里耶秦简》，文物出版社2012年版，第84页

☑卅五人病☑

湖南省文物考古研究所编：《里耶秦简》，文物出版社2012年版，第85页

☑病有郁癰☑

湖南省文物考古研究所编：《里耶秦简》，文物出版社2012年版，第85页

病□心穿地深二☑

湖南省文物考古研究所编：《里耶秦简》，文物出版社2012年版，第89页

病□心穿地深二☑

湖南省文物考古研究所编：《里耶秦简》，文物出版社2012年版，第89页

☑□一人病

湖南省文物考古研究所编：《里耶秦简》，文物出版社2012年版，第90页

二人病

湖南省文物考古研究所编：《里耶秦简》，文物出版社2012年版，第92页

居延汉简甲乙编

第廿四隊卒高自当以四月七日病头恿四節不举鉼庭隊卒周良四月三日病=苦▨

中国社科院考古研究所编：《居延汉简甲乙编》，中华书局1981年版，第2页

第二隧卒江谆以四月六日病苦此服支满

中国社科院考古研究所编：《居延汉简甲乙编》，中华书局1981年版，第2页

第卅一隊卒王章以四月一日病苦伤寒第一隊卒孟庆以四月五日=病苦伤寒四·四A（甲一九A）

中国社科院考古研究所编：《居延汉简甲乙编》，中华书局1981年版，第2页

第卅七隊卒苏赏三月旦病两胠葥急少愈

中国社科院考古研究所编：《居延汉简甲乙编》，中华书局1981年版，第2页

第卅三隊卒公孙谭三月廿日病两胠葥急未愈

中国社科院考古研究所编：《居延汉简甲乙编》，中华书局1981年版，第2页

第卅一隊卒尚武四月八日病头廌寒炅飲薬五齐未愈四·四B（甲一九B）

中国社科院考古研究所编：《居延汉简甲乙编》，中华书局1981年版，第2页

▨病书一编敢言▨七二二（乙陆版）

中国社科院考古研究所编：《居延汉简甲乙编》，中华书局1981年版，第5页

空其人病喉详议不顾▨三二·二〇B（乙贰陆版）

中国社科院考古研究所编：《居延汉简甲乙编》，中华书局1981

年版，第20页

□病不幸死宣六月癸亥取宁吏卒尽具坞上不不乏人敢言之三三·二二（甲二三五）

中国社科院考古研究所编：《居延汉简甲乙编》，中华书局1981年版，第21页

病□长闻毋恙□三四·七B（乙贰柒版）

中国社科院考古研究所编：《居延汉简甲乙编》，中华书局1981年版，第22页

九月己丑病寒炅尽庚寅越二日巳偷三四·二五（甲二四三）

中国社科院考古研究所编：《居延汉简甲乙编》，中华书局1981年版，第22页

宫病背一伤右三五·二二A（乙贰玖版）

中国社科院考古研究所编:《居延汉简甲乙编》,中华书局1981年版,第23页

病卒爰书一编敢言□四二·一一A（乙叁捌版）

中国社科院考古研究所编：《居延汉简甲乙编》，中华书局1981年版，第30页

病不幸死□子男□四二·二四（乙叁捌版）

中国社科院考古研究所编：《居延汉简甲乙编》，中华书局1981年版，第30页

日病伤汗未视事官檄日移卒贯卖名籍会□四四·二三（甲三二一）

中国社科院考古研究所编：《居延汉简甲乙编》，中华书局1981年版，第31页

卒三人一人病卒符泽月廿三日病伤汗四六·九A（乙肆叁版）

中国社科院考古研究所编：《居延汉简甲乙编》，中华书局1981年版，第33页

一人□□一人病四六·一八（甲二四四五）

中国社科院考古研究所编：《居延汉简甲乙编》，中华书局1981

年版，第33页

病年月日署所病偷不偷报名籍候官如律令五八·二六（甲四二七）

中国社科院考古研究所编：《居延汉简甲乙编》，中华书局1981年版，第42页

壬寅到官□校计十日癸丑病头廌戊午有瘳谨遣霸诣府☐五九·三七（乙伍伍版）

中国社科院考古研究所编：《居延汉简甲乙编》，中华书局1981年版，第43页

瘁□病汪☐五九·三八（乙伍肆版）

中国社科院考古研究所编：《居延汉简甲乙编》，中华书局1981年版，第43页

☐□何病□□鉼庭卅一卒□服少偷七〇·二〇（乙陆叁版）

中国社科院考古研究所编：《居延汉简甲乙编》，中华书局1981年版，第51页

☐无医治故不起病☐八四·三（乙柒肆版）

中国社科院考古研究所编：《居延汉简甲乙编》，中华书局1981年版，第62页

伤寒四物乌喙十分细辛六分术十分桂四分以温汤飲一刀刲日三夜再行解不出汗八九·二〇（甲五〇九）

中国社科院考古研究所编：《居延汉简甲乙编》，中华书局1981年版，第66页

☐时病不□☐一〇·一四B（乙柒玖版）

中国社科院考古研究所编：《居延汉简甲乙编》，中华书局1981年版，第70页

☐病书□□一〇三·二二（乙捌拾版）

中国社科院考古研究所编：《居延汉简甲乙编》，中华书局1981年版，第72页

☐为故第卅六隧长司马章所伤病医宋昌治飲薬鉼庭隧长罢军主一

〇三・四七（甲五九九）

中国社科院考古研究所编：《居延汉简甲乙编》，中华书局1981年版，第72页

各病事□□为☑

中国社科院考古研究所编：《居延汉简甲乙编》，中华书局1981年版，第91页

其一人伍百二人养一人病右解除四人一三二・四〇（乙玖捌版）

中国社科院考古研究所编：《居延汉简甲乙编》，中华书局1981年版，第94页

治伤寒满三日转为□☑一三六・三（乙壹零零版）

中国社科院考古研究所编：《居延汉简甲乙编》，中华书局1981年版，第96页

一名单衣受寒□□汤藥置□中加沸汤上□汤不可飲一三六・四〇（乙壹零壹版）

中国社科院考古研究所编：《居延汉简甲乙编》，中华书局1981年版，第96页

常便不如房阳命直薄不相当同共□难其卿毋奇袁内伤俱变□头痛蟞传六致黄II护详一四二・二七（乙壹零伍版）

中国社科院考古研究所编：《居延汉简甲乙编》，中华书局1981年版，第100页

☑病瘳视事一四三・二四（乙壹零柒版）

中国社科院考古研究所编：《居延汉简甲乙编》，中华书局1981年版，第101页

☑病死物爰书一四五・三五（乙壹零捌版）

中国社科院考古研究所编：《居延汉简甲乙编》，中华书局1981年版，第102页

戊辰朔丙子甲渠塞尉元移南阳新野埻东里瞿诸病死为藁一棱书到□取如律令一五七・二〇A（甲九一五）

中国社科院考古研究所编：《居延汉简甲乙编》，中华书局1981

年版，第110页

□渠候长报官医张卿=前许为问事至今未蒙教一五七·二八（甲九二一）

中国社科院考古研究所编：《居延汉简甲乙编》，中华书局1981年版，第110页

移觻得万岁里郑贞自言夫望之病不幸死子男赦一六〇·一四（甲九五〇）

中国社科院考古研究所编：《居延汉简甲乙编》，中华书局1981年版，第112页

十一月丁巳呑遠候长放敢言之谨冩移敢言▨识小子□老铟不即害病可言府▨（此一行后冩）一六八·七（乙壹贰壹版）

中国社科院考古研究所编：《居延汉简甲乙编》，中华书局1981年版，第114页

释第当死后论出病养视▨一七四·一二（乙壹贰陆版）

中国社科院考古研究所编：《居延汉简甲乙编》，中华书局1981年版，第117页

▨□病未能行一七五·八A（乙壹贰陆版）

中国社科院考古研究所编：《居延汉简甲乙编》，中华书局1981年版，第118页

六人病一人吏养一八八·一〇（乙乙叁伍版）

中国社科院考古研究所编：《居延汉简甲乙编》，中华书局1981年版，第127页

马不护善令病死适为卅井南界□▨一八八·一七（乙壹叁伍版）

中国社科院考古研究所编：《居延汉简甲乙编》，中华书局1981年版，第128页

病有瘳月十三日视事当▨一九〇·三（乙壹叁陆版）

中国社科院考古研究所编：《居延汉简甲乙编》，中华书局1981年版，第128页

▨父病临之县南鄉见啬▨▨□□破胡□□□▨二〇二·一一（乙

壹肆壹版）

中国社科院考古研究所编：《居延汉简甲乙编》，中华书局1981年版，第134页

□□□病不诣到□辟广薰索□□千四小不任用以承□举薰破绝二〇六·六（乙壹肆陆版）

中国社科院考古研究所编：《居延汉简甲乙编》，中华书局1981年版，第136页

其八人物故见食二百九十一人一人固病先罢二〇六·二四（甲一一五三）

中国社科院考古研究所编：《居延汉简甲乙编》，中华书局1981年版，第137页

☐白昨日病心腹第十二卒李同昨日病☐日病心腹卅井□守士☐二一一·六A（乙壹伍零版）

中国社科院考古研究所编：《居延汉简甲乙编》，中华书局1981年版，第139页

☐病［心］腹积五日☐□□□三□☐二一一·六B（乙壹伍零版）

中国社科院考古研究所编：《居延汉简甲乙编》，中华书局1981年版，第139页

☐里间疾死☐二二七·七一（乙壹陆玖版）

中国社科院考古研究所编：《居延汉简甲乙编》，中华书局1981年版，第157页

☐延就医薬敢言之二三一·一〇四（乙壹柒叁版）

中国社科院考古研究所编：《居延汉简甲乙编》，中华书局1981年版，第161页

□渠隧卒病□丈人病愈□☐二四二·五（乙壹捌壹版）

中国社科院考古研究所编：《居延汉简甲乙编》，中华书局1981年版，第172页

☐□伺滞下病☐二五五·一七（甲一三二六）

中国社科院考古研究所编：《居延汉简甲乙编》，中华书局1981

年版，第181页

鸿嘉三年四月□□□□候□□□□□九□□□□十人有□病□□□□□□□□长□二五八·一四（乙壹玖贰版）

中国社科院考古研究所编：《居延汉简甲乙编》，中华书局1981年版，第183页

甲渠候官五凰四年戍卒病不幸死用藁椟君臬致二六七·四（甲一三九九）

中国社科院考古研究所编：《居延汉简甲乙编》，中华书局1981年版，第191页

当北隧卒冯毋护三月乙酉病心腹丸薬卅五二七五·八（甲一四七八）

中国社科院考古研究所编：《居延汉简甲乙编》，中华书局1981年版，第198页

初作其九人养二人作长今年卒多病率日廿人病定作六十二八六·二（甲一五四〇）

中国社科院考古研究所编：《居延汉简甲乙编》，中华书局1981年版，第205页

辛亥卒卅七人其二人病十四人作墼三人养九人尽沙定作卅二人九人累土三〇六·二一（乙贰捌捌版）

中国社科院考古研究所编：《居延汉简甲乙编》，中华书局1981年版，第214页

遣尉史承禄便七月吏卒病九人飲薬有廖名籍诣府会八月旦·一事一封七II月庚子尉史承禄封〼三一一·六（甲一六四九）

中国社科院考古研究所编：《居延汉简甲乙编》，中华书局1981年版，第216页

〼二月甲申病时痈穜丙巳死〼三一一·八（乙贰贰柒版）

中国社科院考古研究所编：《居延汉简甲乙编》，中华书局1981年版，第216页

〼知者以病故三二二·二〇（乙贰叁壹版）

中国社科院考古研究所编：《居延汉简甲乙编》，中华书局1981年版，第219页

三人病随肩水一人病□一人□□□□□二人□□一人□□昌五〇八·二五A，五〇八·二四A（甲二〇二五A）

中国社科院考古研究所编：《居延汉简甲乙编》，中华书局1981年版，第261页

☑病□□五一二·二七（甲二一三三）

中国社科院考古研究所编：《居延汉简甲乙编》，中华书局1981年版，第265页

☑□腹中痛沉□茱□各一未癸巳前五八二·一二（失照）

中国社科院考古研究所编:《居延汉简甲乙编》,中华书局1981年版,第285页

居延新简

乃十一月戊子病☑（15）

甘肃省文物考古研究所等编：《居延新简》，文物出版社1990年版，第3页

☑城君幸付郑伟君·问隧长孙诩三月中病苦寒炅（51A）

甘肃省文物考古研究所等编：《居延新简》，文物出版社1990年版，第11页

问符子阿叩头叩头病少病愈（51B）

甘肃省文物考古研究所等编：《居延新简》，文物出版社1990年版，第11页

候长敞言□□隧卒陈崇乃□病伤汗头瘫抚□□即日加=□腹（101）

甘肃省文物考古研究所等编：《居延新简》，文物出版社1990年版，第16页

闰月十三日到以十四日□□□□以十五日还到□六日行部视病

者正月旦到十▨（13）

甘肃省文物考古研究所等编：《居延新简》，文物出版社1990年版，第51页

▨六日病伤脏药十齐▨（3）

甘肃省文物考古研究所等编：《居延新简》，文物出版社1990年版，第53页

▨头瘜庚寅有廖（9）

甘肃省文物考古研究所等编：《居延新简》，文物出版社1990年版，第55页

▨□病死自实与宁□候▨（14）

甘肃省文物考古研究所等编：《居延新简》，文物出版社1990年版，第56页

▨□及病少闲不当言尚身病□□……▨（8A）

甘肃省文物考古研究所等编：《居延新简》，文物出版社1990年版，第64页

▨昌病有廖诣官谒八月戊▨（4）

甘肃省文物考古研究所等编：《居延新简》，文物出版社1990年版，第83页

▨□□病卧舍谊留（5）

甘肃省文物考古研究所等编：《居延新简》，文物出版社1990年版，第83页

▨谨移戍卒病（55）

甘肃省文物考古研究所等编：《居延新简》，文物出版社1990年版，第89页

▨病不□卒廿三人□□□▨（198）

甘肃省文物考古研究所等编：《居延新简》，文物出版社1990年版，第98页

▨字中夫前为故大子守观奴婴齐妻婴齐前病死丽戎从==母捐▨（92）

甘肃省文物考古研究所等编:《居延新简》，文物出版社1990年版，第106页

〼视母病□部□〼（19）

甘肃省文物考古研究所等编:《居延新简》，文物出版社1990年版，第126页

〼母病困命在旦夕愿君以禹故令况乘故鄣宜先（34）

甘肃省文物考古研究所等编:《居延新简》，文物出版社1990年版，第127页

又伯□病日当□〼（89B）

甘肃省文物考古研究所等编:《居延新简》，文物出版社1990年版，第137页

始建国天凤二年二月戊辰朔戊寅第十桼候长良敢言之==谨移戍卒病死爰书旁行（136）

甘肃省文物考古研究所等编:《居延新简》，文物出版社1990年版，第140页

〼见育病即当来上相瞻者当相爱〼（30A）

甘肃省文物考古研究所等编:《居延新简》，文物出版社1990年版，第146页

心腹止泄药非物负——算（2）

甘肃省文物考古研究所等编:《居延新简》，文物出版社1990年版，第151页

□□□□□复使根强来曰欲言变事候故使我来召奈何==不往敞复曰病未欲言根强去（2）

甘肃省文物考古研究所等编:《居延新简》，文物出版社1990年版，第171页

却适隧卒魏郡阴安东修里王富六月壬午病头癄已□（102）

甘肃省文物考古研究所等编:《居延新简》，文物出版社1990年版，第179页

〼□不遣纵辅以部界守尉士吏奉持诣官纵诚病辅失不==遣队长官

召纵（118）

甘肃省文物考古研究所等编：《居延新简》，文物出版社1990年版，第180页

……丁未积九日病不迹戊申尽癸丑积六日徙囚甲寅尽==己未积五日病不迹（206）

甘肃省文物考古研究所等编：《居延新简》，文物出版社1990年版，第189页

诘曰不……云以妇病为解有所□……（222）

甘肃省文物考古研究所等编：《居延新简》，文物出版社1990年版，第191页

人常为众所欺侮但数以行亭君行以病未能视事君（230）

甘肃省文物考古研究所等编：《居延新简》，文物出版社1990年版，第192页

少卿足下善毋恙惠君不起病甚瘛无□愿自□迫府君新==视事□……甚善塞外……（233A）

甘肃省文物考古研究所等编：《居延新简》，文物出版社1990年版，第192页

付折伤□□□吏令□□□服治计……府府教甲渠==折伤弩多却不得（252）

甘肃省文物考古研究所等编：《居延新简》，文物出版社1990年，195第页

右鉼庭部病▨（422）

甘肃省文物考古研究所等编：《居延新简》，文物出版社1990年版，第207页

▨饮药五齐积三日（423）

甘肃省文物考古研究所等编：《居延新简》，文物出版社1990年版，第207页

▨□癸亥病头瘛寒炅未能▨（535）

甘肃省文物考古研究所等编：《居延新简》，文物出版社1990年

版，第214页

☐当当时免绞病在☐（588）

甘肃省文物考古研究所等编：《居延新简》，文物出版社1990年版，第217页

☐己酉病不☐（706）

甘肃省文物考古研究所等编：《居延新简》，文物出版社1990年版，第224页

母病死九月☐（721）

甘肃省文物考古研究所等编：《居延新简》，文物出版社1990年版，第225页

☐饮药言府·一事集封三月丙戌掾昌封（60）

甘肃省文物考古研究所等编：《居延新简》，文物出版社1990年版，第231页

奉病不能视□戆以遣属令董云责☐（63）

甘肃省文物考古研究所等编：《居延新简》，文物出版社1990年版，第231页

□吴猪病卧武强隧仁使通持鱼廿头遗猪余鱼三百==八十头仁☐（80）

甘肃省文物考古研究所等编：《居延新简》，文物出版社1990年版，第232页

第十三隧长王安病三月免缺移府·一事一封五==月庚辰尉史☐（158）

甘肃省文物考古研究所等编：《居延新简》，文物出版社1990年版，第239页

☐酉卒夏同予药二齐少俞（228）

甘肃省文物考古研究所等编：《居延新简》，文物出版社1990年版，第245页

阳朔四年四月庚寅朔□☐敢言之乃三月戊子病头☐（264）

甘肃省文物考古研究所等编：《居延新简》，文物出版社1990年

版，第247页

田舍诈移病书君☐（281）

甘肃省文物考古研究所等编：《居延新简》，文物出版社1990年版，第248页

当曲卒屈樊于病使请☐（320）

甘肃省文物考古研究所等编：《居延新简》，文物出版社1990年版，第250页

☐皆财置员医吏☐（578）

甘肃省文物考古研究所等编：《居延新简》，文物出版社1990年版，第266页

掾前病□☐八月壬午☐（654）

甘肃省文物考古研究所等编：《居延新简》，文物出版社1990年版，第270页

□☐乃己酉病☐（793）

甘肃省文物考古研究所等编：《居延新简》，文物出版社1990年版，第278页

□董充乃三月癸巳病挛右胫种☐（14）

甘肃省文物考古研究所等编：《居延新简》，文物出版社1990年版，第280页

五凤三年四月丁未朔甲戌候史通敢言之官病有廖即日==视事敢言之（26）

甘肃省文物考古研究所等编：《居延新简》，文物出版社1990年版，第281页

☐官遣医诊治□☐（134）

甘肃省文物考古研究所等编：《居延新简》，文物出版社1990年版，第289页

君任君明毋恙惠平不起病甚□□□□愿君任君明□逢==□□叩□□□□甲□君明近衣视养食□□□□幸甚幸甚□□□□□□毋□□==丈人□□□□君□丈人……（183）

甘肃省文物考古研究所等编:《居延新简》, 文物出版社1990年版, 第292页

居延令弘伏地再拜少卿足下□□□□□病□热膝肿□▨（296A）

甘肃省文物考古研究所等编:《居延新简》, 文物出版社1990年版, 第299页

治养身三分大黄消（14）

甘肃省文物考古研究所等编:《居延新简》, 文物出版社1990年版, 第301页

壬辰卒十八人其二人养九人绳得□百廿丈率奇八十丈一人病六人□□得五十八束率人九束有奇定作十五人与□□卅束率人五束（124）

甘肃省文物考古研究所等编:《居延新简》, 文物出版社1990年版, 第316页

族姓嫂妹亲戚弟□□病悲□□哭死□遣□心所□（181A）

甘肃省文物考古研究所等编:《居延新简》, 文物出版社1990年版, 第320页

▨凤五年三月病卒名籍（210）

甘肃省文物考古研究所等编:《居延新简》, 文物出版社1990年版, 第322页

初元二年三月辛酉朔乙亥▨孤山里女子石夫自言夫德病▨（261）

甘肃省文物考古研究所等编:《居延新简》, 文物出版社1990年版, 第325页

▨六月辛巳病寒炅（318）

甘肃省文物考古研究所等编:《居延新简》, 文物出版社1990年版, 第329页

▨正月壬午病左足廱□刺（339）

甘肃省文物考古研究所等编:《居延新简》, 文物出版社1990年版, 第330页

▨害隧□葆同县城南里婴□乃丁亥病（384）

甘肃省文物考古研究所等编：《居延新简》，文物出版社1990年版，第333页

甲沟候官始建国天凤一年十二月戍卒病死爰书旁行（8）

甘肃省文物考古研究所等编：《居延新简》，文物出版社1990年版，第337页

道里长卿幸甚伏地再拜请长卿足下谨谨下疾（84A）

甘肃省文物考古研究所等编：《居延新简》，文物出版社1990年版，第343页

正月庚寅甲渠候破胡以☐强疾有廖书一编敢言☐（82）

甘肃省文物考古研究所等编：《居延新简》，文物出版社1990年版，第354页

☐□□寿昌奴满家解何对曰毋☐□皆格死县牒□病急勀二人与（99）

甘肃省文物考古研究所等编：《居延新简》，文物出版社1990年版，第355页

☐日且入时严归以戊申到郭东田舍严病伤汗即日移病==书使弟赫付覆胡亭卒不审名字己酉有☐追逐器物尽壬子积六日即日严持绛单衣甲带旁橐刺==马刀凡四物其昏时到部严期一日还（2）

甘肃省文物考古研究所等编：《居延新简》，文物出版社1990年版，第358页

☐庚午朔辛巳吞远士吏戎敢言☐伤汗寒热头慂即日加烦懑四支（49A）

甘肃省文物考古研究所等编：《居延新简》，文物出版社1990年版，第362页

右病诊爰书（80）

甘肃省文物考古研究所等编：《居延新简》，文物出版社1990年版，第364页

队卒关长前署因病在居延☐（89）

甘肃省文物考古研究所等编：《居延新简》，文物出版社1990年

版，第365页

第十七候史赏病有廖诣官谒☒（119）

甘肃省文物考古研究所等编：《居延新简》，文物出版社1990年版，第367页

□西安国里孙昌即日病伤寒头瘛不能饮食它如（157）

甘肃省文物考古研究所等编：《居延新简》，文物出版社1990年版，第369页

☒头瘛寒热饮药五齐不偷戍掾言候官请（269）

甘肃省文物考古研究所等编：《居延新简》，文物出版社1990年版，第377页

☒□见不云云因道欲饮药元毋酒愿☒（270）

甘肃省文物考古研究所等编：《居延新简》，文物出版社1990年版，第377页

□□因病率……☒□自证爰书……☒（396）

甘肃省文物考古研究所等编：《居延新简》，文物出版社1990年版，第385页

☒□□敢言之谨移戍卒病死缺如（418A）

甘肃省文物考古研究所等编：《居延新简》，文物出版社1990年版，第386页

☒□大母淑病欬短气加番瘛命在旦夕☒（428）

甘肃省文物考古研究所等编：《居延新简》，文物出版社1990年版，第387页

☒大母业病不幸（455）

甘肃省文物考古研究所等编：《居延新简》，文物出版社1990年版，第388页

右病死爰书（638）

甘肃省文物考古研究所等编：《居延新简》，文物出版社1990年版，第399页

☒哀念病□遣六□☒（863）

甘肃省文物考古研究所等编:《居延新简》,文物出版社1990年版,第411页

□第十五……归养病十日(117)

甘肃省文物考古研究所等编:《居延新简》,文物出版社1990年版,第428页

☐气□脏方补诸与泽窎门冬□□各□☐(476)

甘肃省文物考古研究所等编:《居延新简》,文物出版社1990年版,第451页

☐□斋疾疾(520)

甘肃省文物考古研究所等编:《居延新简》,文物出版社1990年版,第454页

三月己亥除署第四部病欬短气主亭隧七所哜呼(5)

甘肃省文物考古研究所等编:《居延新简》,文物出版社1990年版,第456页

乃二月壬午病加两脾痽种匈胷丈满不耐食(80)

甘肃省文物考古研究所等编:《居延新简》,文物出版社1990年版,第483页

三月丁亥朔辛卯城北守候长匡敢言之谨写移隊长党病书如牒敢言之今言府请令就医(82)

甘肃省文物考古研究所等编:《居延新简》,文物出版社1990年版,第483页

勉致医药起视事谨候望方考行如律令(279)

甘肃省文物考古研究所等编:《居延新简》,文物出版社1990年版,第495页

病泄注不愈乙酉加伤寒头通潘瀳四节不举有书(280)

甘肃省文物考古研究所等编:《居延新简》,文物出版社1990年版,第495页

武老人也何僈偾守候也数召不诣官反移病书未忍(281)

甘肃省文物考古研究所等编:《居延新简》,文物出版社1990年

版，第495页

□所持铍即以疑所持胡桐木丈从后墨击意项三下以辜== 一旬内立死案疑贼杀人甲辰病心腹□☒（326）

甘肃省文物考古研究所等编：《居延新简》，文物出版社1990年版，第498页

•甲渠言尉史阳贫困不田数病欲补隊长宜可听（327）

甘肃省文物考古研究所等编：《居延新简》，文物出版社1990年版，第498页

课言·谨案汤自言病令子男殄北休隊长诩自代乘隧汤==䒗癸酉（340）

甘肃省文物考古研究所等编：《居延新简》，文物出版社1990年版，第499页

☒正月旦病持辟病居三堠下卢中死（655）

甘肃省文物考古研究所等编：《居延新简》，文物出版社1990年版，第519页

☒□中助薪病者三日一饮久病者☒（817）

甘肃省文物考古研究所等编：《居延新简》，文物出版社1990年版，第528页

☒病不□☒

甘肃省文物考古研究所等编：《居延新简》，文物出版社1990年版，第540页

己酉病伤汗至五月甲午□□□☒

甘肃省文物考古研究所等编：《居延新简》，文物出版社1990年版，第541页

☒服请不病□谓异☒（106）

甘肃省文物考古研究所等编：《居延新简》，文物出版社1990年版，第542页）

☒三月丁巳病死尽晦减☒（23）

甘肃省文物考古研究所等编：《居延新简》，文物出版社1990年

版，第547页

戍卒病病死告爰书（50）

甘肃省文物考古研究所等编：《居延新简》，文物出版社1990年版，第549页

武威汉简

日忌木简丙午毋盖屋必见火光未毋飮藥必得之毒申毋财衣不烦必亡。

甘肃省博物馆等编：《武威汉简》，文物出版社1964年版，第136页

银雀山汉简释文

咎民多旸（疡）疾（阴·七）

吴九龙释：《银雀山汉简释文》，文物出版社1985年版，第5页

……者发而疾久△始疾后迟△始疾中解后疾

吴九龙释：《银雀山汉简释文》，文物出版社1985年版，第14页

之则五谷有灾民多单（瘅）疾（阴·七）

吴九龙释：《银雀山汉简释文》，文物出版社1985年版，第25页

……血气故贵此若道也（阴·一）

吴九龙释：《银雀山汉简释文》，文物出版社1985年版，第32页

……藏地气使民毋疾役毋修事□□……（阴·七）

吴九龙释：《银雀山汉简释文》，文物出版社1985年版，第69页

……耳之生悤（聪）目之生明然使心狂（尉·一）

吴九龙释：《银雀山汉简释文》，文物出版社1985年版，第71页

……晏子曰寡人志气甚痿身体甚病今吾欲具……（晏·七）

吴九龙释：《银雀山汉简释文》，文物出版社1985年版，第81页

病者也夫亦近于老矣·阳气□……（阴·一）

吴九龙释：《银雀山汉简释文》，文物出版社1985年版，第99页

……物=见=者=病=匿=者=利=则损……（论·七）

吴九龙释：《银雀山汉简释文》，文物出版社1985年版，第100页

……王实官医属于宰……

吴九龙释：《银雀山汉简释文》，文物出版社1985年版，第110页

……吾众者为围疾则存不疾则亡者为死是故……（孙·上一一）

吴九龙释：《银雀山汉简释文》，文物出版社1985年版，第135页

无百疾……（孙·上九）

吴九龙释：《银雀山汉简释文》，文物出版社1985年版，第159页

银雀山汉墓竹简

孙膑兵法

延　气

孙子曰：合军聚众，【务在激气】。复徙合军，务在治兵利气。临竞（境）近适（敌），务在疠（厉）气。战日有期，务在断气。今日将战，务在沍（沍延）气。……以威三军之士，所以敫（激）气也。将军令……其令，所以利气也。将军乃……短衣絜裘，以劝士志，所以厉气也。将军令，令军人人为三日粮，国人家为……望，国使毋来，军使毋往，所以断气也。将军召将卫人者而告之曰：饮食毋……【所】以沍（延）气……也。

……营也。以易营之众而贵武适（敌），必败。气不利则拙，拙则不及，不及则失利，失利……

……气不疠（厉）则聂（摄），聂（摄）则众□，众……

……气不断则迵，【迵】则不槫易散，临难则不可以合旨……

……□□气不□则隋（惰），隋（惰）则难使，难使则不可以合旨……

……□□则不智（知）为已之节，不智（知）为已之节则事……

……□而弗救，身死家残。将军召使而勉之，击……

银雀山汉墓竹简整理小组编：《银雀山汉墓竹简 壹》，文物出版社1985年版，第67页

晏　子

景公问晏子曰："寡人志气甚痿（痿），身体甚病。今吾欲具圭璧牺生（牲），令祝宗荐之上下，意者体可奸（干）福乎？"晏子□曰："婴闻之，古者先君之□福也，正（政）必合乎民，行必顺乎神。故节宫室，毋敢大斩伐，毋以服（偪）山林。节饮食，毋敢多田（畋）鱼（渔），以毋伓（偪）川睪（泽）。祝宗用事，辤（辞）罪而【□□□□】也。是以神民俱顺而山川入琭（禄）。今君之正（政）反乎民，行孛（悖）乎神。大宫室而多斩伐……□是以神民俱怨而山川收禄。司过荐至而祝宗蘄（祈）福。意逆乎？"公曰："寡人非夫子无【□】闻此，请革心易行。"于是□【□□□□】，止海食之献，斩伐者【□□□□】者有数，居处饮食，节□勿羡，祝宗用事，辤（辞）罪而不敢有蘄（祈）求也。故邻国患之，百生（姓）亲之，晏子没而后衰。

银雀山汉墓竹简整理小组编：《银雀山汉墓竹简 壹》，文物出版社1985年版，第93页

□刑。以四时官人。春宜少年，夏宜僒（耆）年，秋宜佫年，冬宜……

……年以秋冬入官，然而久者，必有病者也。夫病亦近于老矣·阳气□……

银雀山汉墓竹简整理小组编：《银雀山汉墓竹简 贰》，文物出版社2010年版，第204页

……春养八穉（稚）于东堂，夏养七妇于南堂，秋养九老于西

堂，冬养六受（叟）于北堂，养……

银雀山汉墓竹简整理小组编：《银雀山汉墓竹简 贰》，文物出版社2010年版，第223页

德令者，求诸孤幼不能自衣食者，禀（廪）气（饩）之，以助生。毋雍塞川泽。雍（壅）塞川泽，发令者有咎，民多肠疾。

银雀山汉墓竹简整理小组编：《银雀山汉墓竹简 贰》，文物出版社2010年版，第226页

义令者，求孝弟（悌）为□乡里者，赏之，以助长遂。毋□兵令，禁□水代（伐）木者。□之，则五穀有灾，民多单（瘅）疾。

银雀山汉墓竹简整理小组编：《银雀山汉墓竹简 贰》，文物出版社2010年版，第226页

罚令者，抶盗贼，开詷诈伪人而杀之，以助臧（藏）地气，使民毋疾役（疫）。毋修（修）义（议）赏之令，修（修）义（议）赏之令，羊□迟

银雀山汉墓竹简整理小组编：《银雀山汉墓竹简 贰》，文物出版社2010年版，第226页

张家山汉墓竹简（二四七号墓）

春日……入宫从昏至夜大半止之，益之伤气。夏日……入宫从昏到夜半止之，益之伤气。秋日……以身所利安，此利道。冬日……入宫从昏到夜少半止之，益之伤气。

高大伦著：《张家山汉简〈引书〉研究》，巴蜀书社1995年版，第91-97页

医程曰：医治病者得六十筭（算）□负廿筭（算）□□程□弗▨七二得六十而负几何？曰负十七筭（算）二百六十九筭（算）十一。其术（术）曰：以近得筭（算）为法，令六十乘负筭（算）为实。

张家山二四七号汉墓竹简整理小组：《张家山汉墓竹简（二四七号墓）：释文修订本》，文物出版社2006年版，第141页

☐八月癸酉，九月壬寅，后九月壬申·六月病免

张家山二四七号汉墓竹简整理小组编：《张家山汉墓竹简（二四七号墓）》，文物出版社2006年版，第3页

吏各循行其部中，有疾病色（?）者收食，寒者叚（假）衣，传诣其县

张家山二四七号汉墓竹简整理小组编：《张家山汉墓竹简（二四七号墓）》，文物出版社2006年版，第48页

尹湾汉墓简牍

问病者日有瘳恐不起病匿幼中直久不死闲病蓟引外内相引直久什一生直久远人☐死

张显成，周群丽著：《尹湾汉墓简牍校理》，天津古籍出版社2011年版，第90页

以端时请谒见人小吉以行有憙毄者毋罪疾者不死生子大吉

张显成，周群丽著：《尹湾汉墓简牍校理》，天津古籍出版社2011年版，第138页

以令时请谒见人大吉以行莫敢禁止疾者不死毄者毋罪亡人不得生子必贵

张显成，周群丽著：《尹湾汉墓简牍校理》，天津古籍出版社2011年版，第138页

以罚时请谒见☐☐人小凶以行不利毄者有罪疾者死生子凶

张显成，周群丽著：《尹湾汉墓简牍校理》，天津古籍出版社2011年版，第139页

以德时请谒见人喜成以行大利毄者毋罪☐☐疾者不死亡盗不得生子必吉

张显成，周群丽著：《尹湾汉墓简牍校理》，天津古籍出版社2011年版，第139页

蒲慧，天下疾。

裘锡圭主编：《长沙马王堆汉墓简帛集成4》，中华书局2014年版，第270页

蒲慧星，邦疢，多死者。北宫

裘锡圭主编：《长沙马王堆汉墓简帛集成4》，中华书局2014年版，第270页

月【薄，其主】病

裘锡圭主编：《长沙马王堆汉墓简帛集成5》，中华书局2014年版，第2页

司（伺）日将行，遇气溥（薄）而之犨（稠），因遇战矣。兵从适（敌）人，塱（望）其气痞（衃）血康赤，客死。其鄉（向）有痞（衃），血康赤者，下【有】溜（流）血。

裘锡圭主编：《长沙马王堆汉墓简帛集成5》，中华书局2014年版，第12页

【□】□民痹病器（夭）死□至□☑可以□☑

裘锡圭主编：《长沙马王堆汉墓简帛集成5》，中华书局2014年版，第89页

☑上☑☑之民痹【病】☑☑□之。☑毋矰（增）高下□☑☑□不（?）户（?）门□☑

裘锡圭主编：《长沙马王堆汉墓简帛集成5》，中华书局2014年版，第107页

卯；巳；未；酉；亥；【丑】。是谓衝（衝）折，以祠，家毁，生子疾，【不】死必孤。

裘锡圭主编：《长沙马王堆汉墓简帛集成5》，中华书局2014年版，第133页

【•】蜀（触）【地：师，不胜，将死，得地弗有；为】好【事

（仕）者，发（废）】；徙者，弗居=（居，居）之枳（支）子死；取（娶）妇者，枳（支）子有疾，妇出二岁有疾。

裘锡圭主编：《长沙马王堆汉墓简帛集成5》，中华书局2014年版，第144页

•大毛（耗）：师，不胜，大将败；士（仕）者，发（废）；徙者，枳（支）子有疾；取（娶）妇者，不利，子生死，妇不出，七岁之中。

裘锡圭主编：《长沙马王堆汉墓简帛集成5》，中华书局2014年版，第144页

•少（小）逆：师，辱，将死；士（仕）者，发（废）；徙者，枳（支）子有疾；取（娶）妇者，不利，子生死，妇不出，六岁中。

裘锡圭主编：《长沙马王堆汉墓简帛集成5》，中华书局2014年版，第144页

•甲乙，下失（昳）西，不病必伤。丙丁，日春入以北，不流必惊水。

裘锡圭主编：《长沙马王堆汉墓简帛集成5》，中华书局2014年版，第156页

□□所居为一咸（减）。人皆居其中。问者东鄉（向）-，次南鄉（向）-，次西鄉（向）-，次北鄉（向）-。出咸（减），问□□则病。卜亡奴婢，人一象，人书其心某名，其主居咸（减）中，南鄉（向）立，奴婢居咸（减）外，北鄉（向）□。举象人，入之得，去之不得，离咸（减）四寸，北鄉（向）立，人亡。意卜者如此。

裘锡圭主编：《长沙马王堆汉墓简帛集成5》，中华书局2014年版，第163页

皋！敢告君：夫君□□大巫𥨊以，唯（虽）有令巫，不若𥨊以所图，唯（虽）有□□，不若𥨊以有之，唯巫谢不□□以复索登病【□】□亡日为某卜。若吉，尽食其𥻦（糈），象人皆偃其臂，租□□股纪悔。为不吉，卜（?）贞（食?）其□□□□去，亡，出咸（减）。

裘锡圭主编：《长沙马王堆汉墓简帛集成5》，中华书局2014年版，第163页

黄神问于左神曰："阴阳九譤（窍）十二节俱产而独先死，何也？"左神曰："力事弗使，哀乐弗以，歙（饮）食弗右，其居甚阴而不见阳，萃而（猝）而暴用，不寺（待）其庄（壮），不刃（忍）两热，是故亟伤。讳其名，匿其膻（体），至多暴事而毋（无）礼，是故与身俱生而独先死。"

怒而（而）不大者，肌不至也；大而不坚者，筋不至也；坚而不热者，气不至也。肌不至而用则遀（惰），气不至而用则避，三者皆至，此胃（谓）三脂（诣）。

如水沫淫，如春秋气，往者弗见，不得其功；来者弗堵（睹），吾鄉（向）其赏。于（呜）虖（呼）謓（慎）才（哉），神明（明）之事，在于所闭。审操玉闭，神明（明）将至。凡彼治身，务在积精=（精。精）羸（赢）必舍，精夬（缺）必布=（补，补）舍之时，精夬（缺）为=之=（为之。为之）合坐，阙（蹶）尻畀（鼻）口，各当其时，物（忽）往物（忽）来，至精将失，吾奚以止之？虖（虚）实有常，謓（慎）用勿忘，勿困勿窮（竆/穷），筋骨淩强，𡑋（踵）以玉泉，食以粉（芬）放（芳），微出微入，侍盈是常，三和气至，坚劲以强。将欲治之，必害其言，𡑋（踵）以玉闭，可以壹迁（仙）。壹𡑋（动）水道行，七𡑋（动）致（至）坚以强，八𡑋（动）志骄以阳（扬），九𡑋（动）顺彼天蓋（英），十𡑋（动）产神明（明）。

气有八益，有=（又有）七孙（损），则行年卌而阴气自半也，五十二起居衰，六十而耳目不葱（聪）明（明），七十下枯上涗（脱），阴气不用，淉泣留（流）出。令之复壮有道，去七孙（损）以振其病，用八益以贰其气，是故老者复壮=（壮，壮）［者］不衰。君子居処（处）安乐，歙（饮）食次（恣）欲，皮奏（腠）曼密，气血充盈，身膻（体）轻利。疾使内，不能道，产病出汗椯（喘）息，中烦气乱；弗能治，产内热；歙（饮）药约（灼）灸以致其气，

服司以辅其外，强用之，不能道，产痤穜（肿）橐（睾）；气血充赢，九激（窍）不道，上下不用，产痤雎（疽），故善用八益、去七孙（损），五病者不作。

八益：一曰治气，二曰致沫，三曰智（知）时，四曰畜（蓄）气，五曰和沫，六曰窃气，七曰寺赢，八曰定顷

七孙（损）：一曰闭，二曰泄，三曰渴（竭），四曰勿，五曰烦，六曰绝，七曰费。

治八益：旦起=（起起）坐，直脊，闹（挠）尻，翕州，印（抑）下之，曰治气；歙（饮）食，垂（垂）尻，直脊，翕周（州）通气焉，曰致沫；先戏两乐，交欲为之，曰智（知）时。为而耎脊，翕周（州），印（抑）下之，曰蓄气；为而物（勿）亟勿数，出入和治，曰和沫；出卧，令人起之，怒择（释）之，曰积气；几巳（已），内脊，毋𡎺（动），翕气，印（抑）下之，静身须之，曰侍赢；巳（已）而洒（洗）之，怒而舍之，曰定顷（倾），此胃（谓）八益。

七孙（损）：为之而疾痛，曰内闭：为之出汗，曰外泄；为之不巳（已），曰楬（竭）；秦（臻）欲之而不能，曰𢗚：为之椯（喘）息中乱，曰烦；弗欲强之，曰绝；为之秦（臻）疾，曰费，此谓七孙（损）。故善用八益，去七孙（损），耳目葱（聪）明（明）身膿（体）轻利，阴气益强，延年益寿，居処（处）乐长。

人产而所不学者二，一曰息，二曰食。非此二者，无非学与服。故贰生者食也，孙（损）生者色也，是以圣人合男女必有则也。故

一曰虎流，二曰蝉付（附），思外，三曰尺扜（蠖），四曰囷（麕）桌（角），五曰黄（蝗）柘（磔），息内，六曰爰（猨）居，思外，七曰瞻（詹/蟾）诸，八曰兔务（骛），九曰青（蜻）靈（蛉），思外，十曰鱼族（嘬），此谓十埶（势）。

一曰致气，二曰定味，三曰治节，四曰劳（劳）实，五曰必时，六曰通才，七曰微𡎺（动），八曰侍盈，九曰齐生，十曰息刑（形），此谓十修。

一曰高之，二曰下之，三曰左之，四曰右之，五曰罙（深）之，六曰浅之，七曰疾之，八曰徐之，此谓八道。

十修暨（既）备，十埶（势）豫陈，八道杂，椄（接）刑（形）以昏。汗不及走，旞（遂）气血门，翕因（咽）榣（摇）前，通辰（脉）利筋。乃祭（察）八嶝（动），观气所存，乃智（知）五言〈音〉，孰后孰先

八嶝（动）：一曰接手，二曰信（伸）紨（肘），三曰平甬（踊），四曰直蹱（踵），五曰交股，六曰振铜（动），七曰厕（侧）枸（钩），八曰上暴（钩）。

五言〈音〉：一曰候（喉）息，二曰檣（喘）息，三曰纍哀，四曰疢（吹），五曰齘（齿）。审蔡（察）五言〈音〉，以智（知）其心；审祭（察）八嶝（动），以智（知）其所乐所通。

接手者，欲腹之傅；信（伸）纣（肘）者，欲上之麻（摩）且据也；厕（侧）枸（钩）者，旁欲麻（摩）也；交股者，刺大（太）过也；直蹱（踵）者，罙（深）不及；上暴（钩）者，下不级（及）心也；平甬（踊）者，欲浅；振铜（动）者，至善也，此谓八观。

气上面热，徐昫（呴）；乳坚鼻汗，徐葆（抱）；舌薄而滑，徐傅；下夕（液）股湿，徐操；益（嗌）干因（咽）唾，徐縅（撼），此谓五微〈征〉，此谓五欲，微〈征〉备乃上。

怒而不大者，膚不至也；大而不坚者，筋不至也；坚而不热者，气不至也；三至乃入。壹巳（已）清凉（凉）出，再巳（已）而糗（臭）如靡骨，三巳（已）而躁（燥），四巳（已）而膏，五巳（已）而鄉（薌），六巳（已）而精如黍粱，七巳（已）而苐，八巳（已）而肌（脂），九巳（已）而黎（膩），十巳（已）而汽=（迄，迄）而复滑，朝气乃出。

一曰笲光，二曰封纪，三曰調瓠，四曰鼠妇，五曰谷实，六曰麦齿，七曰婴女，八曰反去，九曰何□，十曰赤缴，十一曰赤豉，十二曰磲石，得之而物（勿）择（释），成死有薄，走里（理）毛，置枖（腰）心，唇尽白，汗留（流）至国（胭），巳（已）数以百。

人=（人人）有善者，不失女=人=（女人，女人）有之，善者独能，毋予毋治，毋作毋疑，必徐以久，必微以持，如巳（已）不巳（已），女乃大台（怡）。侯（喉）息，下咸土（吐）阴光阳；椯（喘）息，气上相薄，自宇（舒）张；絫（累）滾（哀）者，尻彼疾而蹱（动）封纪；疢（吙）者，鹽（衔）甘甚二养（痒）乃始；龄（齿）者，身振寒，置巳（已）而久。是以雄杜（牡）属为阳=（阳，阳）者外也；雌（雌）牝属为阴=（阴，阴）者内也。凡牡之属靡（摩）表，凡牝之属靡（摩）裹，此谓阴阳之数，频牡之里（理），为之弗得，过在数巳（已）。娚（嬲）乐之要，务在屖（迟）久。句（苟）能迟久，女乃大喜，亲之弟兄，爱之父母。凡能此道者，命曰天士。

裘锡圭主编：《长沙马王堆汉墓简帛集成》，中华书局2014年版，第163页

敦煌汉简释文

谷气以故多病物故今茭又尽校☐（169）

吴礽骧等释校：《敦煌汉简释文》，甘肃人民出版社1991年版，第15页

药窃闻循母循弟家尽病在田=在敦德鱼离邑东循不及候母病笃（A）（230）

吴礽骧等释校：《敦煌汉简释文》，甘肃人民出版社1991年版，第21页

匡治事大且已为今见自爱病望深衣强餐饭自爱来人闻起居幸甚（B）（243）

吴礽骧等释校：《敦煌汉简释文》，甘肃人民出版社1991年版，第23页

却适卒杜受德府治病☐（404）

吴礽骧等释校：《敦煌汉简释文》，甘肃人民出版社1991年版，

第42页

其一人养☐九人病☐定作卅人实□□□□□□五人□（810）

吴礽骧等释校：《敦煌汉简释文》，甘肃人民出版社1991年版，第83页

庚申卒廿七人其二人养八人医县里七十四十七人公县里六十（1018）

吴礽骧等释校：《敦煌汉简释文》，甘肃人民出版社1991年版，第105页

五凤三年十二月庚戍病匈满头瘛□□☐（1026）

吴礽骧等释校：《敦煌汉简释文》，甘肃人民出版社1991年版，第105页

☐□致医药所欲闻命幸=甚=□☐（1138）

吴礽骧等释校：《敦煌汉简释文》，甘肃人民出版社1991年版，第117页

☐□分摄水取桔梗黾板芍药各二分海渫黄岑☐（1177）

吴礽骧等释校：《敦煌汉简释文》，甘肃人民出版社1991年版，第121页

神爵二年十一月癸卯朔乙丑县泉啬夫□□敢言之爰书厩=

御千乘里畸利课告曰所葆养傅马一匹骓牡□□□□□=□□二□即与为六尺一寸□□□□送□匹五乘至宴安病死=

御张乃始=治定药期马死□定毋病□□索□病死审澄之=它如爰书敢言之（1301）

吴礽骧等释校：《敦煌汉简释文》，甘肃人民出版社1991年版，第135页

戍卒济阴郡定陶安定里徐霸元年九月甲戍病死（1404）

吴礽骧等释校：《敦煌汉简释文》，甘肃人民出版社1991年版，第146页

叩头死罪死罪日庚辰□不病□壬午病发（1615）

吴礽骧等释校：《敦煌汉简释文》，甘肃人民出版社1991年版，

第168页

□□□□书到所移神爵四年十月尽五凤元年五月吏民□疾死者一家五（1702）

吴礽骧等释校：《敦煌汉简释文》，甘肃人民出版社1991年版，第177页

壬戌四人作墼二百六十率人六十五一人病（1732）

吴礽骧等释校：《敦煌汉简释文》，甘肃人民出版社1991年版，第181页

显明隧药函（1823）

吴礽骧等释校：《敦煌汉简释文》，甘肃人民出版社1991年版，第191页

▨□或贫困被饥寒疾疫之差日疎而惧于天地之技未知所津君将何以辅胜介（1846）

吴礽骧等释校：《敦煌汉简释文》，甘肃人民出版社1991年版，第194页

不曾御不北边居归未有奉奏叩头叩头大守任君正月中病不幸死大守□□□……（1871）

吴礽骧等释校：《敦煌汉简释文》，甘肃人民出版社1991年版，第198页

须臾当泄下不下复饮药尽大下立愈矣良甚（1997）

吴礽骧等释校：《敦煌汉简释文》，甘肃人民出版社1991年版，第214页

治马伤水方姜桂细辛皂荚付子各三分远志五分桔梗五分□子十五枚▨（2000）

吴礽骧等释校：《敦煌汉简释文》，甘肃人民出版社1991年版，第214页

▨诸绝大黄主靡谷去热亭磨（2001）

吴礽骧等释校：《敦煌汉简释文》，甘肃人民出版社1991年版，第214页

治伤寒□☒（2008）

吴礽骧等释校：《敦煌汉简释文》，甘肃人民出版社1991年版，第215页

诒久欬逆匈痹痿痹止泄心腹久积伤寒方人参茈宛昌蒲细辛姜桂蜀椒各一分乌喙十分皆合和以（2012）

吴礽骧等释校：《敦煌汉简释文》，甘肃人民出版社1991年版，第215页

冶药以和膏炊令沸涂牛领食（2034）

吴礽骧等释校：《敦煌汉简释文》，甘肃人民出版社1991年版，第218页

正月庚辰日卒四人其一人常候其一人疾其二人积薪十日率日致□负□薪二里（2074）

吴礽骧等释校：《敦煌汉简释文》，甘肃人民出版社1991年版，第223页

趋走病狂疵疕灾伤☒（2098）

吴礽骧等释校：《敦煌汉简释文》，甘肃人民出版社1991年版，第227页

戍卒颍川郡阳翟邑□尧里翰赤病死官皂复□☒（2267）

吴礽骧等释校：《敦煌汉简释文》，甘肃人民出版社1991年版，第247页

☒□未及至前因□车来言使君四月中病君徒病哄（A）

㣺病使君徙居衡家卧未偷大舍东堂块（2337）

吴礽骧等释校：《敦煌汉简释文》，甘肃人民出版社1991年版，第254页

敦煌悬泉汉简释粹

入厕，禹步三。祝曰：入则谓厕哉，阳谓天大哉，辰，病与恶入，疾去毋顾。

胡平生，张德芳编：《敦煌悬泉汉简释粹》，上海古籍出版社2001年版，第182页

地湾汉简

府遣医诊治□

甘肃简牍博物馆等编：《地湾汉简》，中西书局2017年版，第86页

□君病伤□□□

甘肃简牍博物馆等编：《地湾汉简》，中西书局2017年版，第90页

关沮秦汉墓简牍

角：斗乘角，门有客，所言者急事也。狱讼，不吉；约结，成；逐盗、追亡人，得；占病者，已；占行者，未发；占来者，未至；占［市旅］者，不吉；占物，黄、白；战（斗），不合。

湖北省荆州市周梁玉桥遗址博物馆编：《关沮秦汉墓简牍》，中华书局2001年版，第110页

［亢：］斗乘亢，门有客，所言者行事也，请谒事也，不成。占狱讼，不吉；占约结，不成；占逐盗、追亡人，得之；占病者，笃；占行者，不发；占来者，不至；占市旅，不吉；占物，青、赤；占战（斗），不合，不得。

［摭（氐）：斗乘］摭（氐），门有客，所言者忧病事也。占狱讼，不解；占约结，相摭乱也；占逐盗、追亡人，得之；占病者，笃；［占行］者，不发；占来者，亟至；占市旅，不吉；占物，青、黄；占战（斗），不吉。

［房：斗乘］房，门有客，所言者家室事，人中子也，多昆弟。占狱讼，解；占约结，成；占逐盗、追亡人，得之；占病，少［可；占行者，☑；占来］者，未至；占市旅，吉；占物，白；占战（斗），不合。

湖北省荆州市周梁玉桥遗址博物馆编：《关沮秦汉墓简牍》，中华书局2001年版，第111页

［心，斗乘心，门有客，所言者］ 树赏赐事也，占［狱讼］，☐；约结，成，逐盗、追亡人，不得；［占病者，少可；占］行者，已发；占来者，亟至；占市旅，吉；占物，赤、黄；战（斗），不合。

［尾：斗］乘尾，门有客，所言者吉事也。占狱讼，胜；占约结，成；占逐盗、追亡人，得之；占病者，已；占行者，已发；占来者，亟至；占市旅，吉；占物，青黄；占战（斗），不合。

箕：斗乘箕，门有客，所言者急，善事成，不善不成。占狱讼，急，后解；占约结，不成；占逐盗、追亡人，得而复失之；占病者，笃；占行者，不发；占来者，亟至；占市旅者，自当；占物，黄、青；占战（斗），不合。

斗：斗乘斗，门有客，所言者未事；急事也。占狱讼，不胜；占约结，不成；占逐盗、追亡人，得；占病者，笃；占行者，已发；占来者，未至；占市旅，不吉；占物，白；占战（斗），不合。

湖北省荆州市周梁玉桥遗址博物馆编：《关沮秦汉墓简牍》，中华书局2001年版，第112页

婺=（婺女）：斗乘婺=（婺女），门有客，所言者忧病事也。占狱讼，不吉；占约结，不成；占逐盗、追亡人，不得；占病者，笃，占行者，不发；占来者，未来；占市旅，不吉；占物，白；占战（斗），不吉。

［虚：斗］乘虚，门有客，所言者虚故事，不害。占狱讼，解；占约结，不成=（成，成）；占逐、追亡人，弗得；占病者，已；占［行］者，已发；占来者；未至；占市旅者，不吉；占物，白、黑半；占战（斗），不合。

［危：斗乘］危，门有客，所言者危行事也。占狱讼，疑；占约结，不成；占逐盗、追亡人，弗得；占病者，笃；［行者］，已发；占来者，亟至；占市旅者，自当；占物，杂白；占战（斗），吉。

［营=（营室）：斗乘］营=（营室），门有客，所言者分楬事也，

不成。占狱讼，胜；占约结，有后言语；占逐盗、追亡人，得之；占［病者］，少可；占行者，不发；占来者，未发；占市旅，吉；占物，白、黑半；占战（斗），不合。

湖北省荆州市周梁玉桥遗址博物馆编：《关沮秦汉墓简牍》，中华书局2001年版，第113页

［东辟（壁）：斗乘东辟（壁），门有客，所言］者善事也。占狱讼，胜；占约结，成；占逐盗、追亡人，不得；占病者，已；占行者，未发；［占来者］，未至；占市旅，吉；占物，青、黑；占战（斗），不合。

［奎：斗乘］奎，门有客，所言者恶事也。占狱讼，不吉；占约结，成；占逐盗、追亡人，得之；占病者，□；占行者，发；占来者，亟至；占市旅，不吉；占物，黄、赤；占战（斗），不合，吉。

［娄：斗乘］娄，门有客，所言者狱讼事、请谒事也。不胜；占结者，凶事成，吉事不成；占逐盗、追亡人，得之；占病者，笃；占行者，发；占来者，至；占市旅者，不吉；占物，白、黑半；占战（斗），不吉。

胃：斗乘胃，门有客，所言者凶事也。占得利、货、财，必后失之；占狱讼，不胜；占约结，不成；占逐盗、追亡人，得；占病者，未已；占行者，未发；占来者，未至；占市旅者，细利；占物，杂；占战（斗），有忧。

卯（昴）：斗乘卯（昴），门有客，所言者恶事也。占狱讼，不成；占约结，成而有言语；占病者，少可；逐盗、追亡人，不得；占行者，发；占来者，到；占市旅，疑；占物，黄、白；占战（斗），怒，不合。

湖北省荆州市周梁玉桥遗址博物馆编：《关沮秦汉墓简牍》，中华书局2001年版，第114页

毕：斗乘毕，门有客，所言者，急相（穷）事也。占狱讼，胜；以期约结者，成；占逐盗、追亡人，得之；占病者，笃，不死；占行者，发；占来者，亟至；占市旅，吉；占物，黄、白；占战

（斗），胜之，不合。

此（觜）：斗乘此（觜），门有客，所言者钱财事也。狱讼，解；约结，不成；占病者，已；占行者，发；占来者，亟至；占市旅，吉；占物，黄、白；占亡，不得；占战（斗），不合。

［参：斗］乘参，门有客，所言者急事也。狱讼，解；占约结，不吉；占逐盗、追亡人，不得；占病者，□；［占行者］，未发；占来者，未至；市旅，不吉；占物，黄、白；战（斗），不合。

［东井］：斗乘东井，门有客，所言者家室、请谒事也。占狱讼，不吉；占约结，不成；占逐盗、追亡人，得；［占］病者，笃；占行，不发；来者，不至；市旅，不吉；占物，黄、白；占战（斗），不合。

湖北省荆州市周梁玉桥遗址博物馆编：《关沮秦汉墓简牍》，中华书局2001年版，第115页

［舆鬼：斗］乘舆鬼，门有客，所言者狱讼、请谒事也。占狱讼，不解；占约结，不成；占逐盗、追亡人，［得；占］病者，死；占行者，不发；占来者，不至；占市旅，不吉；占物，赤、黑，占战（斗），吉。

［柳：斗乘柳，门有客］，所言者忧病事也。占狱讼，毄（繫）留，不吉；占约结，不成；占逐盗、追亡人，不得；［占病者］，□；占行者，未发；占来者，不至；占市旅，不吉；占物，青、赤；占战（斗），不吉。

［七星：斗乘七星，门有客］，所言者家室、故事也。问狱讼，胜；占约结，成；占逐盗、追亡人，得；占病者，已；占［行者；占来］者，不至；占市旅者，自当；占物，青、黄；占战（斗），不合。

［张：斗乘］张，门有客，所言者变治事也。占狱讼，胜；占约结，成；占逐盗、追亡人，得之；占病者笃；占行者，发；占来者，亟至；占市旅，吉；占物，青、黄；占战（斗），胜。

湖北省荆州市周梁玉桥遗址博物馆编：《关沮秦汉墓简牍》，中

华书局2001年版，第116页

翼：斗乘翼，门有客，所言者行事也。占狱讼，已；占约结，成；占逐盗、追亡人，得；占病者，有瘳；占行者，已发；占来者，亟至；占市旅，吉；占物，青、黄；占战（斗），不合。

轸：斗乘轸，门有客，所言者宦御若行者也。占狱讼，解；占约结，成；占逐盗、追亡人，不得；占病者，已；以有求，不得；占行者，已发；占来者，亟至；占市旅，吉；占物，黄、白；占战（斗），不合。

湖北省荆州市周梁玉桥遗址博物馆编：《关沮秦汉墓简牍》，中华书局2001年版，第117页

取肥牛胆盛黑叔（菽）中，盛之二系（繫），县（悬）阴所，干。用之，取十余叔（菽）置鬻（粥）中而（饮）之，已肠辟。不已，复益（饮）之。鬻（粥）足以入之肠。

温病不汗者，以淳（醇）酒渍布，（饮）之。

湖北省荆州市周梁玉桥遗址博物馆编：《关沮秦汉墓简牍》，中华书局2001年版，第126页

取车前草实，以指（撮），入酒若鬻（粥）中，（饮）之，下气。

以正月取桃橐（蠹）矢（屎）少半升，置淳（醇）酒中，温，（饮）之，令人不单（惮）病。

取新乳狗子，尽（煮）之。即沐，取一匕以殽沐，长发。

去黑子方：取稾（藁）本小弱者，齐约大如小指。取东（柬）灰一升，渍之。（和）稾（藁）本东（柬）灰中，以靡（摩）之，令血欲出。因多食葱，令汗出。（恒）多取桑木，燔以为炭火，而取牛肉剝（劙）之，小大如黑子，而炙之炭火，令温勿令焦，即以傅黑子，寒辄更之。

湖北省荆州市周梁玉桥遗址博物馆编：《关沮秦汉墓简牍》，中华书局2001年版，第127页

……干者，令人孰（熟）以靡（摩）之，令欲出血，即以并傅，彼（被）其上以枲絮。善布清席，东首卧到晦，朔复到南卧。晦起，

即以酒賁（喷），以羽渍，稍去之，以粉傅之。

人所恒炊（吹）者，上橐莫以丸，大如扁（蝙）蝠矢而干之。即发，以四分升一（饮）之。男子（饮）二七，女子欲（饮）七。

湖北省荆州市周梁玉桥遗址博物馆编：《关沮秦汉墓简牍》，中华书局2001年版，第128页

叚（瘕）者，燔剑若有方之端，卒（淬）之醇酒中。女子二七，男子七以（饮）之，已。

治（痿）病：以羊矢（屎）三斗，乌头二七，牛脂大如手，而三温（煮）之，洗其，已（痿）病亟甚。

已龋方：见东陈垣，禹步三步，曰：皋！敢告东陈垣君子，某病龋齿，笱（苟）令某龋已，请献骊牛子母。前见地瓦，操；见垣有瓦，乃禹步，已，即取垣瓦（埋）东陈垣止（址）下。置垣瓦下，置牛上，乃以所操瓦盖之，坚之。所谓“牛”者，头虫也。

已龋方：以叔（菽）七，税（脱）去黑者。操两瓦，之东西垣日出所烛，先（埋）一瓦垣止（址）下，复环禹步三步，祝曰：噂（呼）！垣止（址），笱（苟）令某龋已，予若叔（菽）子而徼之龋已。即以所操瓦而盖。

其一曰：以米亦可。男子［以］米七，女子以米二七。

已龋方：见车，禹步三步，曰：“辅车=（车车）辅，某病齿龋，笱（苟）能令某龋已，令若毋见风雨。”即取车舝（鎋），毋令人见之，及毋与人言。操归，匿屋中，令毋见=（见，见）复发。

病心者，禹步三，曰：“皋！敢告泰=山=（泰山，泰山）高也，人居之，之孟也。人席之，不智（知）岁实。赤隗独指，搕某叚（瘕）心疾。”即两手搕病者腹；“而心疾不智（知）而咸”，即令病心者南首卧，而左足践之二七。

禹步三，汲井，以左手袤（牵）繘，令可下免（瓮），下免繘（瓮），左操杯，鲭（瓮）水；以一杯盛米，毋下一升。前置杯水女子前，即操杯米，禹步，祝曰：“皋！敢告鬻。”步，投米地，祝投米曰：“某有子三旬，疾生。”即以左手挢杯水（饮）女子，而投杯

地，杯

湖北省荆州市周梁玉桥遗址博物馆编：《关沮秦汉墓简牍》，中华书局2001年版，第129-133页

阜阳汉简《万物》

以下出自文化部古文献研究室、安徽阜阳地区博物馆阜阳汉简整理组撰写的《阜阳汉简〈万物〉》，载《文物》1988年4期。

下之道，不可不闻也。万物之本，不可不察也。阴阳【之】化，不可不智（知）也

茈之已辟也。

已以石韦与燕。

•石番之令弱（溺）不遗留也。

为也•梓根汁可为（体）也•马胭潜居水中使人不弱（溺）死也。

见〈贝〉母已寒（热）也

烛也•石鼠矢已心痛也。

至也•当户之止也。

燔牡疠蛎止气臾也

东与使人不龟手也。

燔之。

也•蚕卵之可以免列（裂）也•驺（）鸟之解惑也。

可以已痿也•貘膏可以美。

寒水目盲也。

齿煮陈蒲也•燔艾。

已石也•半夏细辛。

杀虿也•取中。

也•兰宾〈实〉鼠（脑）之已也•美糗以〈蜜〉。

也•鱼黄土之已痔也• 杏（核）之已耳也。

之起唾也•膏之美禾也•杏（核）之令人

身不痤也
[之已]　也•石番戁膏已
已也•已
已也
叔（菽）可已
[莫盗之]已澞也
白发复黑
（蜘）令人也
之已也•石番戁膏已
叶使人忍寒也
也•石鼠矢已
也【•】服乌喙百日令人善趋也
〈兔〉•倍力者以羊与龟
少长忧解。
牛胆晢目可以登高也•理石朱（茱）臾（萸）可以损劳也
亡也•（饮）咎每也•牡厉（蛎）浆也
已蛊
令人卧也
橐令人不梦咢也
以半夏
•石卦筑已金夷（痍）
已也•已之
已（瘼?）
骨留（瘤）•兔白可以为裘也
土之已睡也
食齐（荠）之致也•不食以也
莫盗之已澞也
朱之之也
毋食以蚕也

者河中也

也•〈蜜〉已肠澼也

也•荚莎可

鸟可以

贝金也•蛛令人疾

实治益气窬

平少长忧解

鼻治也

参考文献

1. 程俊英.诗经译注[M].上海:上海古籍出版社,2009年.

2. 王逸.楚辞章句[M].黄灵庚,点校.上海:上海古籍出版社,2017.

3. 逯钦立.先秦汉魏晋南北朝诗[M].北京:中华书局,1983.

4. 萧统.文选[M].杭州:浙江大学出版社,2017.

5. 龚克昌,苏瑞隆.全汉赋评注[M].石家庄:花山文艺出版社,2003.

6. 李民,王健译.尚书译注[M].上海:上海古籍出版社,2004.

7. 杨伯峻.春秋左传注[M].北京:中华书局,1990.

8. 左丘明.国语[M].韦昭,注.上海:上海古籍出版社,2015.

9. 诸祖耿.战国策集注汇考[M].南京:凤凰出版社,2008.

10. 陈鼓应.老子今注今译[M].北京:商务印书馆,2009.

11. 杨伯峻.论语译注[M].北京:中华书局,2010.

12. 孙诒让.墨子閒诂[M].孙启治,点校.北京:中华书局,2010.

13. 杨伯峻.孟子译注[M].北京:中华书局,2010.

14. 郭庆藩.庄子集释[M].北京:中华书局,2007.

15. 梁启雄.荀子简释[M].北京:中华书局,2010.

16. 陈奇猷.韩非子集释[M].北京:中华书局,2010.

17. 许维遹.吕氏春秋集释[M].北京:中华书局,2010.

18. 管子[M].房玄龄注,刘绩补注,刘晓艺校点.上海:上海古籍出版社,2015.

19. 卢守助．晏子春秋译注·外篇[M]. 上海：上海古籍出版社，2012.

20. 杨伯峻．列子集释[M]. 北京：中华书局，2008.

21. 亢仓子[M]. 北京：商务印书馆，1939.

22. 汪继培．尸子译注（卷下）[M]. 朱海雷，注．上海：上海古籍出版社，2006.

23. 尹喜．关尹子[M]. 北京：中华书局，1985.

24. 黄怀信．鹖冠子汇校集注[M]. 北京：中华书局，2004.

25. 子华子[M]. 景印文渊阁四库全书本．台湾商务印书馆，1986.

26. 邓析子[M]. 上海：上海古籍出版社，1990.

27. 司马穰苴．司马法[M]. 上海：上海中华书局平津馆，1936.

28. 二十二子·文子缵义[M]. 上海：上海古籍出版社，1985.

29. 杨天宇．周礼译注[M]. 上海：上海古籍出版社，2012.

30. 杨天宇．礼记译注[M]. 上海：上海古籍出版社，2012.

31. 陈诚．山海经译注[M]. 上海：上海古籍出版社，2010.

32. 司马迁．史记[M]. 北京：中华书局，1982.

33. 班固．汉书[M]. 北京：中华书局，2007.

34. 范晔．后汉书[M]. 北京：中华书局，2007.

35. 黄石公．素书[M]. 景印文渊阁四库全书本．台湾商务印书馆，1986.

36. 孔鲋．孔丛子[M]. 上海：上海古籍出版社，1990.

37. 王利器．新语校注[M]. 北京：中华书局，1986.

38. 阎振益，钟夏．新书校注[M]. 北京：中华书局，2000.

39. 许维遹．韩诗外传集释（二卷）[M]. 北京：中华书局，2009.

40. 钟哲．春秋繁露义证[M]. 北京：中华书局，2011.

41. 陈广忠．淮南子译注[M]. 上海：上海古籍出版社，2017.

42. 东方朔．神异经[M]. 上海：上海古籍出版社，1990.

43. 东方朔．十洲记[M]. 上海：上海古籍出版社，1990.

44. 王利器．盐铁论校注[M]. 北京：中华书局，2012.

45. 卢元骏. 说苑今注今译[M]. 北京:商务印书馆,1979.

46. 卢元骏. 新序今注今译[M]. 天津:天津古籍出版社,1987.

47. 刘向. 列女传[M]. 刘晓东,校点. 沈阳:辽宁教育出版社,1998.

48. 王叔岷. 列仙传校笺[M]. 北京:中华书局,2007.

49. 严遵. 道德指归论[M]. 景印文渊阁四库全书本. 台湾商务印书馆,1986.

50. 班固. 汉武帝内传[M]. 景印文渊阁四库全书本. 台湾商务印书馆,1986.

51. 吴则虞. 白虎通疏证[M]. 北京:中华书局,2011.

52. 张宗祥. 论衡校注[M]. 上海:上海古籍出版社,2010.

53. 汪继培. 潜夫论笺[M]. 北京:中华书局,1979.

54. 荀悦. 申鉴[M]. 上海:上海古籍出版社,1990.

55. 赵岐. 三辅决录[M]. 张澍辑,陈晓婕注. 西安:三秦出版社,2006.

56. 王利器. 风俗通义校注[M]. 北京:中华书局,2011.

57. 毕沅. 释名疏证[M]. 北京:中华书局,1985.

58. 郑玄. 驳五经异义[M]. 景印文渊阁四库全书本,台湾商务印书馆,1986.

59. 郑玄. 易纬通卦验[M]. 景印文渊阁四库全书本,台湾商务印书馆,1986.

60. 芮执俭. 易林注译[M]. 兰州:敦煌文艺出版社,2001.

61. 于吉. 太平经[M]. 杨寄林,译注. 北京:中华书局,2013.

62. 严可均. 全后汉文[M]. 北京:商务印书馆,1999.

63. 胡厚宣. 甲骨文合集释文[M]. 北京:中国社会科学出版社,2009.

64. 李学勤. 清华大学藏战国竹简[M]. 上海:中西书局,2018.

65. 宋华强. 新蔡葛陵楚简初探[M]. 武汉:武汉大学出版社,2010.

66. 湖北省荆沙铁路考古队. 包山楚简[M]. 北京:文物出版社,1991.

67. 马承源. 上海博物馆藏战国楚竹书[M]. 上海:上海古籍出版社,2005.

68. 湖北省文物考古研究所北京大学中文系. 望山楚简[M]. 北京:中华书局,1995.

69. 孙占宇. 天水放马滩秦简集释[M]. 兰州:甘肃文化出版社,2013.

70. 睡虎地秦墓竹简整理小组. 睡虎地秦墓竹简[M]. 北京:文物出版社,1990.

71. 湖南省文物考古研究所. 里耶秦简[M]. 北京:文物出版社,2012.

72. 中国社科院考古研究所. 居延汉简甲乙编[M]. 北京:中华书局,1981.

73. 甘肃省文物考古研究所等. 居延新简[M]. 北京:文物出版社,1990.

74. 甘肃省博物馆等. 武威汉简[M]. 北京:文物出版社,1964.

75. 吴九龙. 银雀山汉简释文[M]. 北京:文物出版社,1985.

76. 银雀山汉墓竹简整理小组. 银雀山汉墓竹简[M]. 北京:文物出版社,1985.

77. 张家山汉墓竹简(二四七号墓)·释文修订本[M]. 北京:文物出版社,2006.

78. 张显成,周群丽. 尹湾汉墓简牍校理[M]. 天津:天津古籍出版社,2011.

79. 张家山二四七号汉墓竹简整理小组. 张家山汉墓竹简(二四七号墓)[M]. 北京:文物出版社,2006.

80. 裘锡圭. 长沙马王堆汉墓简帛集成[M]. 北京:中华书局,2014.

81. 吴礽骧. 敦煌汉简释文[M]. 兰州:甘肃人民出版社,1991.

82. 胡平生,张德芳. 敦煌悬泉汉简释粹[M]. 上海:上海古籍出版社,2001.

83. 甘肃简牍博物馆等. 地湾汉简[M]. 上海:中西书局 ,2017.

84. 湖北省荆州市周梁玉桥遗址博物馆. 关沮秦汉墓简牍[M]. 北京:中华书局,2001.

85. 文化部古文献研究室、安徽阜阳地区博物馆阜阳汉简整理组. 阜阳汉简《万物》[J]. 文物,1988(4).